JE ME SOUVIENS

Du même auteur, chez le même éditeur :

- *Il ne faut pas parler dans l'ascenseur*, roman, 2010
- *La chorale du diable*, roman, 2011

Graphisme : Katia Senay
Conception de la couverture : Martin Michaud, Katia Senay, Marjolaine Pageau
Dessin du bonhomme pendu : Martin Michaud
Révision, correction : Patricia Juste, Fleur Neesham, Élaine Parisien
Portrait de l'auteur : Philippe-Olivier Contant/Agence QMI

© Éditions Goélette, Martin Michaud, 2012

www.editionsgoelette.com   www.facebook.com/EditionsGoelette
www.michaudmartin.com   www.facebook.com/martinmichaudauteur

Dépôt légal : 3e trimestre 2012
Bibliothèque et Archives nationales du Québec
Bibliothèque nationale du Canada

Les Éditions Goélette bénéficient du soutien financier de la SODEC pour son programme d'aide à l'édition et à la promotion.

Nous remercions le gouvernement du Québec de l'aide financière accordée par l'entremise du Programme de crédit d'impôt pour l'édition de livres, administré par la SODEC.

 Patrimoine Canadian
canadien   Heritage

Nous reconnaissons l'aide financière du gouvernement du Canada par l'entremise du Fonds du livre du Canada pour nos activités d'édition.

 Membre de l'Association nationale des éditeurs de livres

Imprimé au Canada

ISBN : 978-2-89690-417-4

MARTIN MICHAUD

JE ME SOUVIENS

UNE ENQUÊTE DE VICTOR LESSARD

Les Éditions Goélette

À PROPOS DE
IL NE FAUT PAS PARLER DANS L'ASCENSEUR

Finaliste – Grands Prix littéraires Archambault –
Prix de la relève

Découvertes littéraires de l'année 2010,
Journal *La Presse*

Finaliste au Prix Saint-Pacôme
du roman policier 2010

Prix Coup de cœur 2010 du Club du polar
de Saint-Pacôme

Auteur vedette du mois de février 2010,
Club de lecture Archambault

Recrue du mois d'avril 2010 du site larecrue.net

«[...] un récit haletant, intéressant.
Il ne faut pas parler dans l'ascenseur
est un bon premier roman, bien écrit, captivant.»
Anne-Josée Cameron, Téléjournal, Radio-Canada

«[c]e premier roman tout à fait maîtrisé est l'un
des meilleurs polars québécois parus ces derniers mois.»
Norbert Spehner, Entre les lignes

«[Martin Michaud] a le plein contrôle sur nous.
Il tire les ficelles. Tu lis son roman et tu te
sens comme une marionnette.»
Christine Michaud, Salut Bonjour Week-end, TVA

«L'histoire est racontée en tranches courtes, au style rapide
(le classique puzzle de 1000 morceaux), qui nous obligent
à tourner les pages jusque trop tard le soir.»
Benoît Aubin, Journal de Montréal

«Du grand art»
Culture Hebdo

À PROPOS DE
LA CHORALE DU DIABLE

Prix Saint-Pacôme
du roman policier 2011

Arthur-Ellis Award 2012

Top 10 des meilleurs
livres québécois 2011
La Presse

« Le nouveau maître du thriller au Québec ! »
Christine Michaud, Rythme FM,
Les Midis de Véro

« Un roman policier qui est à la hauteur des
meilleurs romans policiers écrits par les
meilleurs auteurs à travers le monde… »
Anne Michaud, SRC, Première Chaîne Ottawa

« *La chorale du diable* est un polar "complet" : une intrigue
très bien menée, des personnages captivants et crédibles,
un suspense impeccable. [A]vec ce polar, Michaud se taille
une place de choix dans l'élite de la filière québécoise. »
Norbert Spehner, La Presse

« Il a réussi à créer un véritable polar, bien écrit,
bien tricoté, où tout s'enchevêtre merveilleusement bien.
[Il] a vraiment une âme de scénariste. »
Franco Nuovo, Radio-Canada, Six dans la cité

« J'ai dévoré ce roman en moins de 24 heures !
Et je m'en veux terriblement de ne pas avoir lu le premier. »
Joanne Boivin, Rock Détente 107,5FM Québec, Tout l'monde debout

NOTE DE L'AUTEUR

Chers lecteurs,

Wow! Et des milliers de merci… C'est ce que je trouve de mieux à dire au sujet du nombre et de la qualité des témoignages rendus à l'égard de mes deux premiers romans. Votre enthousiasme et votre passion m'ont ému, fait rire et touché droit au cœur. Certains d'entre vous ont fait plusieurs heures de route pour venir me rencontrer dans un salon du livre ; vous me parlez de Victor Lessard comme s'il s'agissait d'un vieil ami et ne cessez de me demander : « Quand est-ce, le prochain ? » Comment ne pas se sentir privilégié ?

Même si je suis démesurément en retard, je réponds à tout mon courrier. Et dans le but de simplifier nos échanges, j'ai récemment créé une page d'auteur sur Facebook. N'hésitez pas à venir m'y rejoindre pour partager vos impressions de lecture. Et surtout, continuez de m'écrire et de venir me serrer la pince dans les salons du livre.

Vous êtes mon carburant. Vous êtes extraordinaires. Je vous suis redevable.

Et je me souviens.

M

www.facebook/martinmichaudauteur
www.michaudmartin.com

À Guy,
déjà plus de vingt ans
je me souviens

Aux miens

Faire au sort violence est l'humeur des héros.

Victor Hugo

Les plans les mieux conçus des souris et des hommes
souvent ne se réalisent pas.

Robert Burns

Référendum

Je viens de voir René prononcer son discours à la télé, son éternelle cigarette au bec:

«Si je vous ai bien compris, vous êtes en train de dire: "À la prochaine fois."»

Ça m'a fait sourire qu'il ait utilisé mes propres paroles. Je ne le reverrai pas. J'imagine que je devrais ressentir une certaine émotion face à cette situation ou quant au résultat du vote, mais je ne ressens rien. Qu'est-ce qui a vraiment de l'importance?

Ce que je suis ou l'impression que j'en ai?

Ce qui se passe dans ma vie ou l'idée que je m'en fais?

Je ne suis que du vide, une abstraction. Je ne suis rien de ce que je croyais être.

Je suis sans identité. Un peu comme le Québec aujourd'hui.

Un jour, peut-être, quelqu'un viendra qui pourra lire entre ces lignes et me dire qui je suis.

L'ENTONNOIR DU TEMPS

CHAPITRE 1

Le carcan

Brisés, vidés, reprogrammés, récupérés.

La femme aux cheveux gris crépus connaissait tout de la mécanique des cerveaux, mais n'en avait jamais traité de plus tordus que le sien.

Le temps de la terreur, des cris et des sanglots était passé, la douleur la dopait…

Le carcan qu'on lui avait installé transperçait ses chairs, embrochait les os de son sternum et de son menton, la forçant à garder sa tête en pleine extension vers l'arrière.

On lui avait enlevé ses vêtements pour l'humilier ; elle était pieds nus, les mains attachées derrière le dos, les jambes immobilisées pour qu'elle ne puisse pas les plier.

La lune pénétrant par la fenêtre découpait un rectangle sur le ciment.

La femme savait qu'on l'observait : elle relâcha ses sphincters une dernière fois, sentit avec satisfaction l'urine couler le long de ses cuisses.

— *Fu… fuck you !* hoqueta-t-elle, s'efforçant de déglutir.

Une pensée grava un rictus sur son visage : les chiffres de plastique multicolores…

La femme franchit la ligne rouge et saisit la clé en riant à gorge déployée.

Le rire d'une folle.

Ensuite, après avoir longtemps peiné pour la glisser dans la serrure, elle tourna la clé. L'espace d'une fraction de seconde, elle crut que l'impossible s'était produit, qu'elle avait réussi à se libérer les poignets.

Puis l'aiguillon siffla dans l'air, pénétra sa nuque et ressortit par la gorge.

Le sang bouillonnait en jaillissant de la blessure, giclait entre ses dents.

CHAPITRE 2

Tempête de neige

Montréal
Plus tôt dans la journée, jeudi 15 décembre

Miss météo pencha la tête sur le côté en posant deux doigts contre son oreille, l'air morose. Puis, quand la voix dans son oreillette lui cracha qu'elle entrait en ondes, son regard s'illumina et elle se mit à déclamer sa prophétie avec assurance :

«Tempête de neige. Accumulation de trente centimètres. Poudrerie. Vents violents. »

La femme se leva et éteignit le téléviseur ; un sourire impétueux, presque sauvage, passa sur son visage raviné. Elle rinça le bol ayant contenu ses céréales dans l'évier, puis le déposa sur le comptoir.

Les cristaux liquides de la cuisinière indiquaient 6 h.

Il n'y avait pas de meilleur moment pour faire une promenade que dans le blizzard du matin. Le temps se suspendait et, sous le dôme laiteux qui la purifiait de ses souillures, la ville reprenait son souffle.

La femme empruntait toujours le même trajet.

Emmitouflée dans un manteau de duvet, elle quitta l'immeuble qu'elle habitait, rue Sherbrooke, tout près du Musée des beaux-arts, et descendit Crescent. Là où, l'été, la nuit, une faune bling-bling et m'as-tu-vu se pressait à la sortie des bars, elle ne rencontra que son reflet dans les vitrines. Elle remonta ensuite de Maisonneuve et passa devant le club de danseuses nues Wanda's.

Coin Peel, la femme traversa au feu de circulation en suivant, d'un regard amusé, les embardées d'une voiture qui patinait en essayant de tourner le coin.

La neige s'accumulait déjà sur les trottoirs, le vent hurlait dans ses oreilles, les flocons tourbillonnaient dans l'air.

Elle s'était arrêtée sur l'esplanade du 1981, avenue McGill College; décorés de lumières, les arbres bordant l'artère luttaient contre les rafales.

Elle admirait la statue *La foule illuminée*, lorsqu'une main posée sur son épaule la fit sursauter. Survêtement de laine polaire, pantalon de treillis glissé dans des Doc Martens à quatorze œillets, multiples piercings, yeux fardés de noir, dreadlocks émergeant d'une tuque ornée d'une tête de mort, la jeune punk semblait tout droit sortie d'un concert des Sex Pistols.

Effrayée, la femme recula brusquement lorsque, les mains en porte-voix devant ses lèvres noires, l'ange des ténèbres s'approcha et lui dit à l'oreille :

– *I didn't shoot anybody, no sir!*

Se demandant si elle avait bien entendu, la femme voulut faire répéter la vampire, mais avant qu'elle ne puisse réagir, celle-ci tourna les talons, enfourcha sa bicyclette et fut avalée par la tempête. La femme écarquilla les yeux, resta un moment immobile à scruter la rue, le corps ballotté par la bourrasque.

La femme rentra chez elle à 11 h 22.

À toute vitesse, elle abandonna ses bottes sur le tapis de l'entrée, envoya sa tuque et ses mitaines valser sur le canapé et laissa son manteau choir sur le carrelage de la salle de bains.

Elle se soulagea dans l'obscurité en poussant un long soupir.

Appuyant sur l'interrupteur, elle regarda le reflet de son visage dans le miroir, fendu d'un large sourire, les lèvres bleuies par le froid.

Du centre-ville, elle avait marché jusqu'au mont Royal, où elle avait passé des heures à arpenter les sentiers, à admirer les conifères ployant sous le poids de la neige, à observer, en contrebas, la ville en transparence.

En chantonnant, elle se rendit dans la cuisine pour se préparer un thé.

La bouilloire sifflait lorsqu'elle sentit que quelque chose n'allait pas. Elle avait le sentiment qu'un objet ne se trouvait pas à sa place. Son regard scruta d'abord le comptoir encombré, bascula sur l'évier, puis longea la ligne des armoires.

En voyant la date sur le frigo, elle sursauta.

Quand elle avait sorti le lait, cinq minutes auparavant, les chiffres de plastique multicolores aimantés sur la porte du compartiment congélateur ne s'y trouvaient pas.

Elle n'avait pas repensé à l'incident du matin. Mais, à présent, tout son corps, agité de tremblements, sonnait l'alarme.

Derrière elle, une voix la figea, lui faisant dresser les cheveux sur la tête :

– *I didn't shoot anybody, no sir!*

Elle se retourna et poussa un cri strident en découvrant la gueule menaçante d'un pistolet.

Les dards fendirent l'air, pénétrèrent la peau. La décharge du Taser la foudroya.

Alors qu'elle tombait vers le sol et que son corps était secoué de convulsions, elle ne put s'empêcher d'être hantée par cette voix, qu'elle avait reconnue sans difficulté.

La voix délicate de l'assassin du président Kennedy.

Celle de Lee Harvey Oswald.

CHAPITRE 3

Bonhomme pendu

Vendredi 16 décembre

Avec une agilité surprenante pour un septuagénaire, l'homme gravit la volée de marches menant à la tour de la Bourse. Sans un regard pour la couronne décorative ornée d'un ruban rouge qui surplombait l'entrée, il tira la porte vitrée et, précédé par le hurlement du vent, s'engouffra à l'intérieur.

L'hiver avait fini par s'accrocher aux haillons de Montréal.

Tandis qu'INRI grelottait sur sa croix, Noël et les marchands du temple se bousculaient au portillon.

De la neige se détacha de ses couvre-chaussures et vrilla sur le miroir de marbre.

Dans l'ascenseur désert, l'homme entendit à peine la voix suave de Bing Crosby roucouler à propos d'un monde en guimauve. Au quarante-huitième étage, il gratifia la réceptionniste d'un demi-sourire enjôleur, semblable à celui qui avait fait la renommée de Bernard Derome au *Téléjournal*.

– Bonjour, maître Lawson.

Il n'avait croisé personne dans le sous-marin.

Chaque matin, les bureaux des secrétaires et les piles de cartons obstruant le couloir donnaient en effet à Nathan R. Lawson l'impression suffocante de marcher dans les entrailles exiguës d'un submersible.

Baker, Lawson, Watkins, le cabinet d'avocats dont il était devenu l'un des associés principaux, avait subi moult métamorphoses depuis qu'il s'y était joint, au début des années soixante. Comptant à l'époque moins de vingt avocats, la firme avait connu une croissance exponentielle. Au tournant des années deux mille, une série de fusions judicieuses l'avait transformée en société nationale. Elle employait désormais plus de six cents juristes, dont cent soixante-quatorze pratiquaient à Montréal.

Au fil des ans, les bureaux pharaoniques avaient disparu au profit d'espaces plus austères. Minuscules, les pièces à cloisons jaunies, où s'échinaient à présent les sociétaires, détonnaient avec l'image de marque du cabinet. Mais les clients, qui ne demandaient qu'à se laisser draper de satin, n'avaient pas accès aux entrailles du sous-marin. On les confinait aux luxueuses salles de conférences du quarante-neuvième étage, où ils pouvaient profiter de la vue panoramique sur le fleuve et admirer la collection d'œuvres d'art.

Nathan Lawson retira son pardessus en s'ébrouant devant l'espace de travail de son adjointe. Écouteurs aux oreilles, celle-ci transcrivait les mémos qu'il avait dictés la veille. Des secrétaires étaient disposées à travailler le soir et la nuit, mais il n'avait confiance en personne d'autre qu'elle.

— Bien dormi, Adèle?
— Pas si mal.

Vingt-six ans que le même manège se répétait, qu'ils participaient de plein gré à ce simulacre quotidien. Vingt-six ans qu'ils se mentaient chaque matin: Lawson se foutait pas mal que sa secrétaire ait bien dormi; Adèle avait encore passé la nuit à suivre du regard les craques du plafond.

Fidèles à leurs habitudes, ils n'échangeraient plus aucune civilité de la journée, leurs seules interactions se limitant à quelques monosyllabes concernant le boulot.

Dans quelques secondes, il gagnerait son bureau pour dépouiller le courrier, tandis qu'elle lui porterait, dans la demi-heure, une tasse de café fumant et deux cubes de sucre.

Nathan Lawson était souvent le premier avocat à poser le pied sur l'étage, mais il n'arrivait jamais avant Adèle. Cette règle n'avait connu qu'une exception : le jour où, huit ans plus tôt, elle avait enterré sa mère.

Avec les années, par une sorte d'osmose involontaire, ils avaient fini par tout comprendre de la vie de l'autre, sans jamais en parler.

— C'est vous qui avez déposé ça dans ma correspondance ?

Se tenant dans l'embrasure de la porte, Lawson brandissait une feuille de papier.

Il venait de la trouver coincée entre le *Journal du Barreau* et le rapport d'heures facturables du mois de novembre. Guettant la réponse d'Adèle, il chassa d'une chiquenaude une poussière sur le revers de son veston.

Absorbée par sa tâche, les yeux rivés sur l'écran, Adèle continua à pianoter sur le clavier.

— C'est Lucian qui s'occupe du courrier, pas moi.

Perplexe, Lawson retourna dans son bureau. Se renversant dans son fauteuil, il fixa un instant les cartes de Noël alignées sur le coin de la table, tandis que son esprit tournait à vide.

Une idée émergea soudain, effaçant les points d'interrogation de ses pupilles.

Il n'y avait personne d'autre dans toute la firme pour imaginer ce genre de canular !

En souriant, il se remémora que Louis-Charles Rivard avait à nouveau sévi la semaine précédente. Cette fois-là, la plaisanterie avait consisté à intervertir, dans leurs bureaux respectifs, les photos de famille de deux plaideurs.

Quelques carences dans les compétences professionnelles de Rivard n'avaient pas empêché Lawson de s'opposer à plusieurs reprises au renvoi de son protégé.

Divertissant et sexy, Rivard compensait ses lacunes par ses habiletés sociales.

La sonnerie du téléphone tira Lawson de sa rêverie.

— Vos clients sont arrivés, annonça la réceptionniste du quarante-neuvième.

— Très bien.

Il se leva et consulta sa montre : 7 h 02.

Alors qu'il attrapait son dossier, son regard atterrit encore sur la feuille posée sur le bureau :

Good morning, Nathan.

Let's play hangman together: _ V _ _ G _ _ _ N

Hint: Company filled with corpses.

Ain't it fun, Nathan?

La réunion s'éternisait et, sur le mur, l'homme dans la toile de Jean-Paul Lemieux semblait s'ennuyer ferme. Costumés d'Armani et parfumés comme des seigneurs, deux autres associés du cabinet épaulaient Lawson.

– Il faudrait fixer la valeur de rachat des actions privilégiées avant la clôture, proposa ce dernier en jetant un regard vers ses clients.

– On va vous revenir avec un chiffre, répondit fermement le chef de la direction financière d'une grande pharmaceutique, un élégant aux mains manucurées. En passant, nous n'avons pas encore reçu l'agenda de clôture.

Lawson se tourna vers l'un de ses collaborateurs. La responsabilité de l'agenda et de la documentation de clôture incombait à son protégé.

– Carlos, demandez à Rivard de venir nous rejoindre.

– Il est à l'extérieur du bureau, maître Lawson. C'est Tania qui le remplace. Je l'appelle.

Lawson hocha la tête : il avait oublié que Louis-Charles Rivard était en réunion toute la journée chez un autre client.

La discussion reprit, mais Lawson était perdu dans ses pensées : il songeait au dessin.

Pendant une pause, alors que les autres se servaient du café, il sortit discrètement le papier de sa poche et examina le bonhomme de plus près.

Sinistre, celui-ci tirait la langue. Ou peut-être s'agissait-il d'une moustache.

Nathan R. Lawson n'avait pas joué au bonhomme pendu depuis l'enfance — même jeune, il n'avait jamais eu beaucoup le temps de s'amuser —, mais il se souvenait qu'on le dessinait trait par trait, quand l'autre joueur se trompait dans le choix des lettres.

Dans ce cas-ci, il semblait déjà complété. Qu'est-ce que ça signifiait ?

Soudain, un flash dans sa tête lui fit dresser les poils sur les avant-bras ; à l'aide de son stylo, il ajouta des lettres dans les tirets vides.

Le mot secret lui explosa au visage.

– Maître Lawson ?

– Nathan ?

Quatre paires d'yeux étaient braquées sur lui.

Avait-il poussé un cri ?

Hagard, il bredouilla de vagues excuses et quitta précipitamment la salle de conférences.

Vue brouillée, doigts hésitants sur le clavier du cellulaire, voix blanche.

– Vous allez me faire sortir des documents des archives, Adèle !

Récupérer un dossier vieux de quarante ans n'avait pas été une sinécure, s'était-elle chargée de lui souligner. Lawson avait à peine entendu ses doléances.

Car, s'il avait mis un certain temps à le reconnaître, le visage de la peur lui semblait à présent tapi dans tous les coins.

Soulevant le couvercle de l'une des boîtes, il constata avec soulagement que les scellés, sur lesquels était imprimée la mention « *Never Destroy* », étaient intacts.

Saisissant le téléphone, il appela Wu et, lui ayant annoncé qu'il partait en voyage quelques jours, lui demanda de lui préparer un sac et d'y mettre son passeport.

Ensuite, avant de quitter le bureau, il discuta brièvement avec sa secrétaire. Adèle camoufla mal sa surprise : il s'octroyait rarement des vacances.

— Et les dossiers en cours ? objecta-t-elle.

— Rivard et les autres prendront la relève, on les paie assez cher pour ça.

Un à un, les étages s'évaporèrent au-dessus d'eux, jusqu'à ce que, au deuxième sous-sol, les portes de l'ascenseur s'ouvrent. Tandis que Lawson s'épongeait le front avec un mouchoir, le garçon du courrier souleva les boîtes chargées sur le diable, révélant les entrelacs celtiques tatoués sur son biceps gauche.

— Ma voiture est là, à côté du camion noir, précisa le vieil homme en rempochant nerveusement la pièce de tissu carreautée.

Une rangée de néons projetait une lueur blafarde sur les murs de béton du stationnement souterrain. Marchant d'un pas rapide, l'avocat jetait des regards inquiets par-dessus son épaule, mais sans jamais perdre de vue les deux cartons posés sur la lame du chariot.

— Dépêchez-vous, bon sang !

En franchissant les derniers mètres le séparant de sa Mercedes, il actionna le dispositif de déverrouillage à distance.

— Vous êtes certain de ne pas vous en souvenir, Lucian ? insista-t-il, tandis que le garçon du courrier plaçait les cartons dans le coffre.

— Comme je vous l'ai dit, maître Lawson, je traite des centaines de documents par jour. Je ne sais pas comment ce message a atterri sur votre bureau.

Avec dépit, l'avocat glissa un billet de dix dollars dans la main du jeune homme et s'engouffra dans le véhicule.

– Imbécile de Roumain, marmonna-t-il, alors que, dans son rétroviseur, l'autre repartait vers l'ascenseur.

Essayant de dominer la terreur qui le paralysait, Nathan Lawson quitta furtivement le stationnement. Pendant plusieurs minutes, il roula au hasard, jetant à tout bout de champ des regards dans le miroir afin de s'assurer qu'il n'était pas suivi.

Ses neurones s'attachaient à résoudre une équation : outre téléphoner à la police, ce qui en l'occurrence ne constituait pas une option, que ferait le commun des mortels devant la menace qui planait au-dessus de sa tête ?

Une idée se détacha des autres, jusqu'à s'imposer comme une évidence : monsieur Tout-le-Monde mettrait la plus grande distance possible entre ses fesses et le danger.

Alors, lui ferait l'inverse : il se cacherait tout près, là où personne ne viendrait le chercher.

Ses adversaires disposaient de moyens considérables. Leurs actes seraient calculés et exécutés froidement. Et s'il avait visé juste, les gares et les aéroports étaient déjà surveillés.

Ce qui se produisait ne le surprenait pas outre mesure.

Mais pourquoi maintenant, après tant d'années ?

Conformément à ses instructions, le gardien de l'immeuble lui remit, dans une ruelle attenante, le sac que Wu lui avait préparé. Après avoir vérifié que son passeport s'y trouvait, Lawson démarra en se demandant pourquoi on lui avait adressé cette mise en garde plutôt que de l'exécuter froidement. Il avait beau tourner la question dans tous les sens, il en revenait toujours à la même réponse : on voulait l'effrayer pour le forcer à faire une erreur.

Lawson se frappa le front du plat de la main : le dossier qu'il trimballait dans le coffre...

N'avait-il pas commis un faux pas en le sortant de sa cachette ?

À présent, il venait de s'exposer.

Lawson s'arrêta dans un dépanneur où il acheta des sacs-poubelles. L'avocat y rangea les documents pour les protéger de l'eau et de l'humidité, avant de les remettre dans le coffre de la voiture. Il se rendit ensuite dans un centre d'affaires, d'où il envoya un fax. Enfin, sur le trottoir, il retira la carte SIM et la pile de son cellulaire, et les jeta dans une poubelle avec l'appareil.

Lorsqu'il fut convaincu qu'il ne faisait pas l'objet d'une filature, Lawson roula jusqu'au cimetière Mont-Royal, où il stationna devant un tombeau vétuste. Après avoir discrètement déposé les sacs-poubelles à l'intérieur du monument, il rebarra la porte de fer rouillée et laissa la clé sur une autre stèle, cent mètres plus loin.

Lawson remonta dans sa Mercedes et démarra. Un peu avant d'arriver à destination, il craignit d'être suivi, jusqu'à ce qu'une femme quelconque, dans une voiture quelconque, finisse par le dépasser sans même le regarder.

En s'engageant dans Summit Circle, il commença à se calmer. La première manche était sienne, il avait réussi à leur échapper.

Un peu de Tchaïkovski était de mise : son index toucha le bouton d'allumage du lecteur CD.

Perçant les parasites de l'enregistrement, une voix familière roulant en boucle, celle d'Oswald, lui glaça le sang :

« I emphatically deny these charges… I emphatically deny these charges… I emphatic… »

CHAPITRE 4

L'homme aux portefeuilles

Samedi 17 décembre

Les faisceaux de quelques projecteurs s'entortillaient sur la brique de la façade de l'édifice New York Life, magnifiant l'horloge et la patine de la tourelle. Du haut du toit, l'homme balaya du regard les autres immeubles patrimoniaux de la place d'Armes, allumés pour les touristes.

Après un moment, il se remit en marche, titubant dans la pénombre.

– Pis c'est d'même, c'est toute ! Maudite chienne de vie !

Un jet de salive alla noircir la neige à ses pieds.

Pour n'importe quel autre itinérant, réussir à se faufiler jusque-là sans se faire remarquer aurait relevé de l'exploit. Mais pas pour André Lortie. Crocheter des serrures, se tapir dans l'ombre et attendre le moment propice pour bouger, il avait fait ça une bonne partie de sa vie.

– Ces estie de malades là, avec leurs machines partout, dit-il en enjambant un appareil de climatisation. La place est pus comme avant, ma Sylvie. Mais je vas te retrouver pareil. Ton Dédé t'a pas oubliée.

Lortie saisit la bouteille de gros gin dans la poche de son manteau maculé de graisse et en avala une longue rasade.

– Ahhhh. 'Stie que ça va m'manquer, ça !

Le sans-abri s'avança à tâtons vers le mur de brique.

– M'semble que ça d'vait être dans ce coin-citte, ma Sylvie…

À la lueur de son briquet, Lortie éclaira le mur, comme s'il cherchait le sens de l'existence entre les joints de mortier.

— J'me souviens, c'te journée-là, y f'sait chaud. Me semble que c'tait quèqu' jours avant l'assassinat de Laporte. J'suis toute mêlé dans mes dates. Mais j'me rappelle que t'étais belle en crisse. T'avais enlevé ta robe, juste icitte, ma Sylvie.

L'ivrogne regarda tendrement la neige piétinée devant lui. Éclairé par la flamme vacillante qu'il protégeait de ses doigts crasseux, il se remit à inspecter le mur avec attention.

— J'suis certain que c'tait icitte, marmonna-t-il.

Au bout de plusieurs minutes, résigné, il se dirigea vers le bord du toit et s'assit sur le parapet, les jambes ballottant dans le vide.

— Y ont changé le mur de brique, dit-il, une tristesse infinie dans la voix. T'en souviens-tu? Ton nom pis le mien, entourés d'un gros cœur, ma Sylvie. J'avais scrappé la lame d'mon couteau. Pis, toi, tu m'embrassais comme une folle en r'mettant ta robe…

L'homme but le reste de la bouteille d'un trait et la laissa tomber dans le vide. Puis il se mit à sangloter comme un enfant.

La bouteille se fracassa sur le trottoir.

Des éclats de verre furent projetés sur un passant. Celui-ci composa le 9-1-1 à 21 h 47. Douze minutes plus tard, les patrouilleurs Gonthier et Durocher arrivèrent sur les lieux.

— Est-ce que ça va, monsieur? demanda l'agente Gonthier, d'une voix qu'elle s'efforçait de maîtriser.

Cheveux en bataille, le vieillard se tourna vers eux, mais ne semblait pas les voir, envasé dans son univers parallèle. Cependant, lorsque la policière fit mine d'avancer pour le rejoindre, il se tassa davantage vers le haut de la balustrade.

Elle stoppa net sa progression.

— Qu'est-ce que vous faites là, monsieur?

Un rictus amer se fixa sur le visage buriné, marqué au fer par la vie.

— J'aurais aimé ça, moi 'ssi, en avoir, des souvenirs.

– Je vous comprends, dit l'agente en cherchant le regard de son coéquipier.

– J'essaie d'me souvenir de Sylvie. Pis j'suis pus capable d'voir sa face.

– Voulez-vous qu'on l'appelle?

Le clochard se fendit d'un grand éclat de rire.

– J'pense pas qu'ils ont l'téléphone au ciel. (L'homme regarda la policière, l'air désemparé.) Pis le cœur que j'avais gravé est pus là!

L'index de Lortie pointa le mur qu'il avait examiné, un peu plus tôt.

– Vous aviez gravé un cœur dans la brique?

Une lumière irradia le faciès de l'itinérant.

– En soixante-dix, madame! Avec mon nom, pis celui d'Sylvie.

– Je comprends. Descendez de là. On va le chercher ensemble, OK?

– J'aurais aimé ça, moi 'ssi, en avoir, des souvenirs.

– Mais vous en avez, monsieur. La preuve, c'est que vous vous rappelez de Sylvie.

Le visage de Lortie ressemblait maintenant à un masque mortuaire.

– Non, j'ai checké ben comme y faut. Y a rien su'l'mur. Y m'ont trop fouillé dans l'cerveau. J'ai pus rien de vrai dans 'tête. Pis ça recommence. Chus tanné…

Le clochard baissa les yeux et regarda la rue en contrebas; la policière comprit l'urgence de la situation.

– Bougez pas, OK? J'arrive.

Avant de sauter, Lortie prit un objet dans sa poche et le déposa sur la balustrade; les doigts de l'agente Gonthier manquèrent de quelques centimètres l'étoffe de son manteau.

En approchant du sol, Lortie vit s'agrandir le sourire céleste de Sylvie dans le reflet des lampadaires. Sa tête explosa contre le trottoir, une dizaine d'étages plus bas, sous les yeux horrifiés d'une centaine de personnes qui sortaient du concert de Noël donné par l'OSM, à la basilique Notre-Dame.

La main de son coéquipier sur l'épaule, en état de choc, l'agente Gonthier resta un moment à fixer la méduse rouge qui rampait sur la neige.

Elle remarqua ensuite les deux portefeuilles que la victime avait laissés sur la balustrade.

CHAPITRE 5

Jane Doe

Dimanche 18 décembre

Les mains sur les cuisses, la tête penchée vers le sol, Victor Lessard tentait de reprendre son souffle et ses esprits. Du fond de l'entrepôt, il avait dû courir une vingtaine de mètres avant de pouvoir atteindre la porte et se précipiter à l'extérieur.

La poitrine toujours haletante, il détourna le regard de la flaque jaunâtre et se redressa.

S'essuyant les lèvres, le sergent-détective sortit son paquet de cigarettes. La première bouffée lui incendia la gorge; la deuxième lui alluma les poumons; la troisième le calma.

Son visage reprenant peu à peu sa couleur normale, Victor remonta la fermeture éclair de son blouson de cuir et, les mains dans les poches de ses jeans, fit quelques pas dans le bric-à-brac de la cour enneigée: vieux bateau monté sur des caissons de bois, carcasses de voitures éventrées, pièces de métal tordues et rouillées.

Avec un peu d'imagination, on aurait presque pu voir, dans cet univers atomisé, postapocalyptique, le décor d'une photographie d'Edward Burtynsky…

Voulant s'assurer qu'on n'était pas parti à sa recherche, Victor jeta un coup d'œil vers l'entrepôt. De l'endroit où il se trouvait, il pouvait lire le nom sur le panneau qui surplombait l'entrée: MetalCorp.

Plus loin, sur sa gauche, se profilait la silhouette dégingandée de la bretelle de l'autoroute Décarie menant au pont Champlain.

Hypnotisé, Victor resta un moment à suivre le flot incessant de véhicules, puis il s'avança vers le canal Lachine. Ses Converse en cuir noir lui montaient à la cheville, mais il marchait prudemment pour empêcher la neige d'y entrer.

Son regard traîna un instant sur l'autre rive.

Le coin était encore industriel, mais des immeubles d'habitation champignonnaient. Rien à voir cependant avec, à l'est, les usines désaffectées reconverties en condos de luxe qu'il avait visités avec Nadja.

Victor projeta le mégot dans le squelette d'un Plymouth Duster, passa les doigts sur ses joues couvertes d'une barbe naissante et, hochant la tête, retraita vers le bâtiment en boitant légèrement. S'il s'agissait de la seule séquelle visible de l'agression qui avait failli lui coûter la vie, ni le passage du temps ni une psychothérapie n'avaient tout à fait effacé les cicatrices que le Roi des mouches avait gravées sur son âme.

— Maudit, que t'as le cœur sensible, Lessard. Tu vomis à chaque fois…

Victor contracta ses mâchoires saillantes et planta ses iris verts dans ceux de sa collègue.

— J'étais sorti fumer.

Jacinthe Taillon gratifia son coéquipier d'un petit sourire narquois, plongea ses gros doigts boudinés dans un sac de Cheetos et en engouffra une poignée.

— Le truc, c'est d'avoir toujours quelque chose dans l'estomac. Déjeunes-tu, le matin?

— T'as le bord d'la bouche orange, Jacinthe.

La quarantaine, traits mous, cheveux coupés court, des bourrelets visibles à travers son survêtement, allergique au maquillage, celle que ses collègues surnommaient avec affection «la grosse Taillon» se torcha les babines du revers de la main. Directe, brutale et terre à terre, elle était reconnue pour son franc-parler et sa propension à ne pas faire dans la dentelle.

— OK. *Let's go,* mon coco. On passera pas la journée ici.

Sans plus attendre, Jacinthe remua sa carcasse monolithique et repartit vers l'arrière de l'entrepôt en froissant en boule le sac de chips.

Victor se massa les tempes un moment, prit une grande inspiration et lui emboîta le pas.

Il régnait à l'intérieur un chaos identique à celui de la cour, mais il s'agissait d'un chaos organisé : de la saleté, des débris, du métal empilé en strates ou rangé dans des caisses de bois.

Deux techniciens de l'Identification judiciaire s'affairaient à vaporiser du luminol sur une partie du plancher, pour y rechercher des éclaboussures de sang.

Victor essaya de se souvenir de leurs noms, puis y renonça. Depuis son retour à la section des crimes majeurs, il avait eu tant de choses à assimiler que, parfois, son cerveau ne suffisait pas à la tâche.

— Des nouvelles de monsieur Horowitz?

Taillon soupira, contrariée.

— Malaise cardiaque. Il est aux soins intensifs, à Saint-Luc.

— Mets-toi à sa place, plaida Victor. Tu t'attends pas à trouver un cadavre dans ton entrepôt, un dimanche matin...

— Peut-être... mais, là, va falloir attendre pour prendre sa déposition. Pis on perd du temps !

— De toute façon, il faut s'occuper de Jane Doe. Ça prendra le temps qu'ça prendra.

— Coudonc, fais-tu exprès d'me pomper, à matin?

La propreté et le raffinement du bureau d'Horowitz contrastaient avec le reste : sol de béton laqué, table de verre et fauteuils de cuir sous des fenêtres industrielles ; ordinateur, papiers et stylos alignés avec soin ; classeurs métalliques ; toilettes adjacentes, laminés de Toulouse-Lautrec sur les murs ; cuisinette avec évier, micro-ondes et machine à espresso ; table de stratifié et quelques chaises pour prendre les repas.

Seuls les rubans de plastique jaune délimitant le périmètre de la scène de crime et le corps venaient briser l'équilibre de l'ensemble.

Un bref instant, Victor espéra qu'en fermant les yeux, il pourrait gommer la morte.

Pourtant, lorsqu'il les rouvrit, elle gisait toujours sur le dos, exsangue et nue, au pied de la table, à l'endroit même où il l'avait aperçue avant d'être assailli par la nausée.

Un rayon de soleil filtrant d'une fenêtre découpait des motifs singuliers sur la peau du cadavre, dont la posture évoquait les corps tordus des toiles de Delacroix.

Les sphincters s'étaient relâchés au moment de la mort, et les jambes, repliées sur le côté, baignaient dans l'urine et les excréments. Victor remonta son t-shirt sur son nez pour échapper à l'odeur fétide qui le prenait aux narines.

Traits fins, menton délicat, petites lunettes, cheveux trop bien coiffés, Jacob Berger se tourna vers lui en souriant.

– Ça va mieux, Lessard?

Toute ressemblance entre les deux hommes s'arrêtait à leur taille: les deux mesuraient près d'un mètre quatre-vingt-dix. Alors que le visage dur et l'allure athlétique du sergent-détective lui donnaient un air menaçant, le médecin légiste était pour sa part un grand efflanqué, le prototype même de l'intellectuel.

– Comment tu fais pour endurer ça, Jacob?

Demeurant en retrait, Victor évitait de s'approcher du corps.

Les globes révulsés de la dépouille lui flanquaient la trouille, mais il ne pouvait détacher son regard des bras plissés, de la chair molle et flasque constellée de gouttelettes de sang.

– On s'habitue, affirma Berger en s'agenouillant près de la victime.

– Pas moi, faut croire.

Jacinthe leva les yeux au ciel avant de les poser sur les vêtements jetés en tas dans un coin.

– Vous parlerez de vos *feelings* plus tard, les moumounes. C'est ici qu'elle a été tuée?

– Oui.

– Elle est morte depuis quand?

– Comme ça, à l'œil, je dirais que la mort remonte à plus de quarante-huit heures. Probablement dans la nuit de jeudi à vendredi.

Victor prit une note mentale, puis il hésita un instant, cherchant la formulation adéquate pour ce qu'il se préparait à demander au médecin. Berger pouvant se révéler soupe au lait, il voulait à tout prix éviter de lui donner l'impression qu'il le microgérait.

– Comme on a pas de sacoche ni de papiers, j'aimerais ça que tu portes attention à tout ce qui pourrait nous permettre de l'identifier: travaux dentaires, particularités physiques, étiquettes, vêtements griffés, etc.

– Aucun problème.

Peut-être après tout que, comme lui, Berger ramollissait en vieillissant.

– Tu lui donnerais quel âge? continua le sergent-détective.

– Dans la soixantaine, mais je peux me tromper.

– Elle aura pas fait de vieux os, en tout cas, ironisa Jacinthe en saluant sa propre boutade d'un éclat de rire tonitruant. Hum… (Elle reprit son sérieux.) Et c'est quoi la cause du décès? enchaîna-t-elle en curant, à l'aide d'un ongle, la matière orange agglutinée entre ses dents.

– Elle est morte au bout de son sang. Quelque chose lui a transpercé le cou de part en part, de l'arrière vers l'avant, je pense.

– C'est ça, le trou?

Jacinthe pointait un doigt vers la plaie circulaire située juste au-dessus de la trachée. Avec douceur, Berger fit pivoter la tête de la morte, inséra son index dans l'ouverture.

Le «splouish» écœura Victor qui détourna les yeux, le cœur de nouveau au bord des lèvres. Fascinée, Taillon regardait les mains expertes du médecin légiste se promener sur la gorge du cadavre.

– Ça, c'est l'orifice de sortie. L'objet utilisé par le tueur est entré par la nuque, puis il est ressorti par la trachée, sectionnant la carotide au passage. Les artères vertébrales passent par les os du cou pour atteindre le cerveau. L'hémorragie a été massive. Elle a agonisé quelques minutes, avant de mourir.

— L'objet utilisé par le tueur… (Silence.) Donc, c'est pas une blessure par balle? reprit Victor, qui luttait encore pour conserver le contenu de son estomac à sa place.

— Je pourrais entrer dans les détails, mais…

— Laisse faire les détails, éructa Taillon.

— Réponse courte: c'est pas une blessure par balle.

— OK. C'est quoi d'abord, l'arme du crime? poursuivit-elle.

— Je vais en savoir plus après l'autopsie, mais je dirais une arme blanche, actionnée par un mécanisme quelconque.

— Un mécanisme? répéta Victor, intrigué.

Berger le regarda par-dessus la monture de ses lunettes, qui oscillaient en équilibre précaire sur l'arête de son nez.

— Ça prend de la vélocité pour provoquer une blessure comme ça. Plus que peut en produire la force d'un homme.

Leurs regards se croisèrent un instant.

— Il y a autre chose, reprit Berger.

— Ah ouin? grommela le pachyderme.

Le médecin légiste caressait du doigt deux entailles, l'une située sur le sternum, et l'autre sous le menton, près de la gorge. Chaque plaie avait deux points d'entrée distincts.

— Je sais pas ce qui a causé ça, mais c'est profond.

La même image, partout où Victor posait le regard: la tête et les cheveux gris crépus de la morte qui baignaient dans un lac rouge, tandis qu'un demi-sourire à la Mona Lisa demeurait figé sur ses lèvres, comme si elle avait été fauchée en paix.

— Et il y a des marques de frottement, sur les poignets et sur le cou…

— C'est quoi? coassa Jacinthe.

— Pour les poignets, ça pourrait être des menottes.

— Et pour le cou?

— On dirait que le meurtrier lui a fait porter un objet très lourd et très serré.

— Un collier de chien? suggéra Victor.

— Ça prendrait un très gros collier de chien, renchérit Berger.

CHAPITRE 6

Chambre 50

Chronique d'une catastrophe annoncée :

L'enquêteur Chris Pearson soupira en regardant la photo de sa femme et de ses deux filles, posée sur le coin du bureau. C'était dimanche ; la semaine n'était pas encore commencée que, déjà, Corinne aurait à préparer le souper et à donner les bains seule.

Au moins, il essaierait de rentrer quelques minutes avant que les petites ne se couchent.

En buvant une gorgée de café, il ne put s'empêcher de repenser aux motifs pour lesquels il avait demandé sa réaffectation au poste de quartier 21.

Le mythe du centre-ville.

Beaucoup de jeunes enquêteurs rêvaient de s'y frotter, de se retrouver au cœur de l'action, mais seulement les meilleurs y parvenaient. Pearson faisait partie du lot, comme le confirmait la lettre de recommandation qu'avait signée à l'époque son ancien mentor, Victor Lessard.

Le départ de ce dernier pour la section des crimes majeurs avait d'ailleurs pesé lourd dans la balance. Lessard était torturé, bourru et entêté, mais Pearson adorait travailler avec lui. C'était un patron loyal, il n'abandonnait jamais et savait protéger son équipe contre les abus de la hiérarchie.

Après son départ, le commandant Tanguay avait commencé à s'immiscer de façon arbitraire dans les enquêtes en cours. L'atmosphère au poste 11 était devenue si viciée que Pearson avait eu envie d'aller voir ailleurs s'il y était.

Le poste 21 était alors apparu dans sa ligne de mire.

Cependant, l'adrénaline et la frénésie qu'il s'était attendu à trouver au centre-ville tardaient à se manifester. Au lieu de cela, les dossiers de faible envergure pleuvaient, s'empilaient à un rythme étourdissant.

Lessard avait souvent répété à son protégé de faire attention à son couple et à sa vie de famille, l'avait mis en garde plusieurs fois contre les erreurs qu'il estimait avoir lui-même commises.

À l'époque, le jeune homme l'avait écouté d'une oreille plutôt distraite, persuadé que *« Chris Pearson knew better »*, qu'il saurait éviter ces écueils.

Et puis voilà que Corinne et lui consultaient une thérapeute.

Un appel au début de la nuit avait extirpé Pearson du monde des songes.

Corinne ne s'était pas réveillée. Avant de partir, il était resté un moment sur le seuil de l'autre chambre, attendri par les deux têtes blondes émergeant des couvertures.

Il s'était rendu directement à l'édifice de la New York Life.

Le corps d'André Lortie avait été recouvert d'une bâche, un périmètre de sécurité dressé.

À l'écart, le visage barbouillé par la lumière des gyrophares, deux préposés attendaient le signal pour le transporter à la morgue.

Sur place, Pearson s'était livré aux constatations d'usage.

Lortie avait réussi à déjouer la vigilance du gardien de sécurité, à se faufiler dans la cage de l'escalier et à accéder au toit en crochetant quelques serrures. Les patrouilleurs ayant répondu à l'appel d'urgence paraissaient ébranlés, mais leur compte rendu avait semblé clair et concis.

Les papiers d'identité du suicidé manquaient à l'appel, mais ses empreintes digitales étaient fichées. En effet, André Lortie était connu des policiers pour quelques méfaits mineurs.

Depuis quelque temps, il dormait dans une maison de chambres avec d'autres clochards. Puisque le dossier de Lortie ne contenait les coordonnées d'aucune personne à prévenir en cas d'urgence, Pearson s'y était rendu dès 8 h, dans l'espoir de dénicher des informations qui lui permettraient de retracer des proches.

Ni les autres chambreurs ni la concierge édentée n'avaient pu le diriger vers un membre de la famille. Après que la concierge lui eut ouvert la porte, Pearson avait fouillé sommairement la chambre infecte, sans rien trouver qui pût relier Lortie au monde extérieur. Le policier avait également visité l'Accueil Bonneau et la Maison du Père, des refuges pour itinérants où Lortie se rendait parfois.

Là encore, on ne lui connaissait aucune fréquentation.

Ceux qui l'avaient aperçu à quelques reprises le décrivaient comme un homme taciturne et solitaire. «Il n'était pas très liant, pas très ouvert, lui avait affirmé une intervenante de la Maison du Père. À part le refuge, il n'a jamais utilisé les autres services que nous offrons. Il ne cherchait pas d'aide.»

Lortie avait aussi fréquenté la Mission Old Brewery, mais y était interdit de séjour depuis 2006, à la suite d'un incident. «Il avait frappé une bénévole», avait confirmé laconiquement un chef d'équipe, qui n'avait pu lui en dire davantage sur la nature de l'agression.

Pearson avait retrouvé le rapport d'incident dans la base de données du CRPQ[1], mais il ne contenait pas l'information qu'il cherchait.

Après un arrêt au Tim Hortons, il était rentré au poste 21.

Assis derrière son bureau, Pearson déchira l'enveloppe que les patrouilleurs lui avaient remise. Il en sortit les deux portefeuilles.

Il s'agissait probablement d'un vol, quoique le suicidé eût également pu les trouver. Une première recherche dans les bases de données ne donna pas de résultats: aucune des deux personnes concernées, un homme et une femme, n'était portée disparue, ni n'avait déposé de plainte pour vol.

---

1 Centre de renseignements policiers du Québec.

Pearson ne s'en étonna pas. Le suicide avait eu lieu pendant la nuit; les gens mettaient parfois plusieurs heures avant de se rendre compte qu'on leur avait volé quelque chose.

Le numéro de téléphone de la femme figurait sur une carte d'hôpital; Pearson obtint celui de l'homme en effectuant une recherche à l'aide de son permis de conduire.

Il leur laissa le même message: avaient-ils perdu leur portefeuille ou été victimes d'un vol? Le cas échéant, il leur enjoignait d'entrer en contact avec lui pour les récupérer.

L'enveloppe contenant les deux portefeuilles sous le bras, il se leva et se dirigea vers la chambre 50, l'endroit où, suivant le protocole, on leur attribuerait un code-barres et où on les conserverait en attendant que leurs propriétaires viennent les réclamer.

Sur le formulaire qu'il devait remplir, il indiqua le nom des propriétaires des deux portefeuilles: Judith Harper et Nathan R. Lawson.

CHAPITRE 7

Déposition

Quelques voitures dévalaient la rue Saint-Denis pour rejoindre l'autoroute Ville-Marie.

Victor tira une bouffée de sa cigarette et remonta le col de sa veste en frissonnant. Le manteau grand ouvert, Taillon mangeait du chocolat.

Employés d'entretien, infirmières, patients traînant leur sac de soluté sur un porte-sérum, une robe de chambre passée sur la jaquette, la petite faune habituelle se pressait pour fumer près du mur de l'entrée principale de l'hôpital Saint-Luc.

Victor éprouvait de l'empathie pour les gens qui se retrouvaient coincés là, mais il aurait volontiers tourné les talons pour fuir leur malheur, de crainte qu'il ne soit contagieux.

Les nuages défilaient à haute vitesse dans le ciel hachuré par les flocons ; le vent, le froid et l'humidité cinglaient la peau.

Victor lança son mégot qui laissa un sillon noir dans la neige. Taillon lui emboîta le pas. Il était 10 h 37.

– T'as pigé qui pour l'échange de cadeaux ? gloussa-t-elle.

– J'te l'dis pas.

Victor essaya de repérer l'endroit où ils devaient se rendre sur le plan fixé à l'entrée des ascenseurs. Pragmatique, Jacinthe mit deux doigts dans sa bouche et siffla pour attirer l'attention du gardien de sécurité qui, derrière son comptoir, somnolait les yeux ouverts.

Après avoir sursauté, ce dernier leur indiqua à quel étage se rendre.

— Fais pas ta tapette, Lessard. C'est qui? insista-t-elle, quand les portes d'acier se refermèrent.

— C'est Gilles…

Gilles Lemaire avait été le coéquipier de Taillon jusqu'au retour de Victor à la section des crimes majeurs. En plus de son travail sur le terrain, il avait maintenant la charge du volet informatique des enquêtes menées par la section. Par ailleurs, sa petite taille et ses sept enfants le désignaient comme un candidat de choix aux railleries.

— Ha, ha, t'as pigé Gilles! As-tu des idées?

— Ça te regarde pas.

— Ben, moi, j't'ai pigé!

— Pour vrai?

— Oui! J'pensais d'ailleurs t'acheter des crèmes, monsieur le rétrosexuel. Tu sais que c'est dans la quarantaine qu'il faut commencer à faire attention.

Taillon se fendit d'un grand éclat de rire; tous les regards convergèrent vers eux tandis qu'ils remontaient le corridor.

— On dit «métrosexuel», Jacinthe, pas «rétrosexuel», répliqua le sergent-détective sans se laisser démonter.

— Même affaire…

Victor haussa les épaules en hochant la tête.

— C'est pas parce que je vais au gym et que je fais attention à ce que je mange que je suis un métrosexuel. (Soupir.) Pour l'échange, il y a la nouvelle biographie de Mohamed Ali qui m'intéresse. Je te donnerai le titre…

La mine allongée de Robin Horowitz, l'homme qui avait trouvé le corps de Jane Doe dans son entrepôt, affichait la même couleur crayeuse que les draps du lit dans lequel il reposait. Il avait eu plus de peur que de mal, mais une infirmière avait néanmoins demandé aux policiers de ne pas s'éterniser.

Victor s'était assis à son chevet, un calepin de notes ouvert sur les genoux. Il avait été rapidement établi qu'Horowitz était hors de cause.

L'entrepôt était fermé à la clientèle le vendredi et le week-end, mais le propriétaire s'y était rendu ce matin-là parce qu'il devait faire de la comptabilité en retard.

— Vous aviez donc l'habitude de laisser la clé sur le cadre de la porte arrière? récapitula Victor.

— Oui, répondit Horowitz dans un filet de voix.

— Je n'ai pas vu de système d'alarme…

Une quinte de toux secoua l'homme alité.

— À part l'ordinateur, il n'y a pas d'objet de valeur. Qui voudrait voler du métal?

— Qui connaissait l'existence de cette clé? reprit le sergent-détective.

— Nous sommes une entreprise familiale. Mes deux frères négocient un contrat en Chine, en ce moment. Ma belle-sœur vient faire la comptabilité trois fois par mois. Les enfants passent de temps en temps. Ça fait pas mal de monde.

— Ben, ça va nous prendre une liste des noms, monsieur! lança Jacinthe, qui se tenait à la fenêtre, les bras croisés dans le dos.

Victor fit non de la tête pour rassurer l'homme.

— On pense que le tueur s'est servi de cette clé pour entrer, enchaîna-t-il. À part la famille, quelqu'un d'autre était-il au courant? Un fournisseur, un client, une connaissance?

Horowitz fit un effort de mémoire qui sembla lui coûter ses dernières énergies.

— Je ne vois pas, non.

Plus par habitude que par galanterie, Victor se tassa sur le côté pour laisser Taillon entrer dans l'ascenseur avant lui; plus par virilisme que par habitude, celle-ci ne le remercia pas.

— T'es ben rendu lousse! beugla-t-elle. C'est pas clair, son affaire. Il nous ment. Je le sens.

— Calme-toi, Jacinthe, répliqua-t-il en appuyant sur le bouton du rez-de-chaussée. Le p'tit monsieur est quasiment à l'article de la mort. On peut-tu lui donner un *break*?

— C'est ça que j'disais. T'es rendu ben trop lousse!

— Peut-être. Mais peut-être aussi que je deviens plus zen en vieillissant.

— Zen, toi?! Mon cul! Donne-moi les clefs du char, c'est moi qui chauffe.

— Comme tu veux, dit-il en les lui tendant.

— On va manger! J'ai faim!

Jacinthe avait le pied aussi pesant que le reste et avalait les feux rouges comme des poignées de Smarties. La pédale au plancher, ils avaient mis à peine quelques minutes à se rendre au coin des rues René-Lévesque et Saint-Urbain : elle raffolait des *dim sum* de La Maison Kam Fung.

Bruyant, l'endroit grouillait de Chinois qui prenaient leur repas dominical en famille.

— Ça donnera rien de faire une liste. Je pense que le tueur observait Horowitz à partir de la piste cyclable, près du canal. C'est comme ça qu'il a su où il cachait la clé.

— Qu'ef-fe qui te fait fire fa? marmonna Jacinthe en aspirant des nouilles.

— Une intuition. J'ai vérifié ce matin : du canal, on voit la porte de l'entrepôt.

— Moi, j'vais retourner à l'hôpital demain, pour faire une liste. J'aime autant pas prendre de chances.

Plongé dans ses pensées, Victor avait à peine touché à son assiette.

— Pourquoi le tueur a choisi cette place-là, d'après toi? reprit-il.

— Mmm? Maudites baguettes! Sais pas... Parce que c'est isolé?

— Il avait sûrement observé les allées et venues d'Horowitz. Il savait qu'il aurait pas besoin de faire attention aux cris de la victime...

Jacinthe plongea la main dans son sac et en sortit son cellulaire, qui avait vibré.

— C'est Gilles, annonça-t-elle en survolant ses messages textes. Jane Doe est pas fichée pis son profil correspond pas aux dossiers de disparition.

– Ça me surprend pas, répondit Victor, qui avait quand même l'air déçu. On va demander à Berger de prendre des photos du cadavre et de les envoyer par courriel aux postes de quartier.

– Penses-tu qu'un patrouilleur pourrait la reconnaître?

– Un patrouilleur ou un enquêteur. On sait jamais.

Sur les touches de son cellulaire, Victor pianotait un texto à l'intention du médecin légiste.

– Bonne idée. (Jacinthe hésita, puis elle montra un des paniers de bambou qui contenait des *baozi* fourrés à la viande.) Vas-tu en prendre d'autres?

– Non, non. Sers toi. (Silence.) Peut-être qu'on devrait demander aux plongeurs de draguer le canal.

– S'ils trouvent l'arme dans le canal, j'me mets au régime! C'est gelé!

– Non, pas partout. La glace est instable… Et j'pensais que t'étais déjà au régime…

Jacinthe lui jeta un regard oblique. Ils continuèrent de blablater quelques minutes, le temps pour Victor d'expédier un thé vert, pour Jacinthe des beignets frits aux pommes, et pour le serveur l'addition.

De la sortie du restaurant, ils n'avaient que quinze mètres à franchir sur le trottoir pour atteindre leur voiture de fonction, mais Victor rentra la tête dans les épaules.

Le vent soufflait avec force.

Sur le siège du passager, il écouta un moment le bruit du moteur qui enflait avant de briser le silence sépulcral.

– J'me demande ce qu'il fait en ce moment…

– Qui ça? fit Jacinthe, sans quitter la route des yeux.

– Celui qui a tué Jane Doe.

CHAPITRE 8

Bulle d'air

Nathan Lawson tenta de distinguer la forme aux contours flous qui manipulait la bulle d'air, mais sa vue était embrouillée par une matière visqueuse, comme s'il avait de l'onguent dans les yeux. Avant de sombrer de nouveau dans un inframonde, à la lisière de l'inconscience, il songea qu'il avait sans doute bu trop d'alcool.

Une succession d'images rapides défila dans son cortex.

Après avoir rangé la voiture au garage, il était entré dans la maison.

Comme il connaissait bien l'endroit, il s'était installé sans même ouvrir la lumière. À la tombée de la nuit, il avait allumé une bougie et l'avait placée de telle sorte que la lueur ne puisse être vue de l'extérieur. Plus tard, dans la soirée, il s'était autorisé un whisky.

Puis un autre…

Titubant jusqu'à la chambre, il avait tenté de se rasséréner en se répétant que personne ne viendrait le chercher là où il se trouvait. Un nom avait surgi et tournoyé dans sa mémoire, pendant qu'il se glissait sous les couvertures.

Pourquoi avait-il soudain pensé à lui?

On lui avait pourtant assuré il y avait des siècles qu'André Lortie était hors d'état de nuire et rien n'indiquait que la situation avait changé.

Lawson s'était réveillé au milieu de la nuit avec une gueule de bois et une envie pressante d'uriner. Tâtonnant dans le noir, il s'était engagé dans le corridor. En relevant la tête, il avait sursauté : une silhouette se découpait dans l'embrasure de la porte de la salle de bains.

Revenu de sa surprise, il avait essayé en vain d'atteindre le fusil de chasse de Peter...

Nathan Lawson entrouvrit les paupières ; la lumière d'un puissant projecteur l'aveugla. Il avait l'impression d'avoir dormi des mois, un goût métallique saturait sa bouche pâteuse.

Tournant la tête, Lawson remarqua que la forme aux contours flous avait disparu, il ne restait que la bulle d'air. Son regard se focalisa sur cette dernière jusqu'à ce qu'il réalise qu'il s'agissait en fait d'une poche de vinyle contenant un liquide translucide. Écarquillant les yeux, Lawson vit son corps laiteux sanglé sur le lit et les tubes reliant ses veines au soluté.

Depuis combien de temps le maintenait-on ainsi, sous perfusion ?

La peur s'infiltra en lui comme une traînée d'adrénaline.

Pris au piège, il se mit à hurler.

CHAPITRE 9

Résidus

Situés à la Place Versailles, les locaux de la section des crimes majeurs n'avaient rien d'un château, mais les policiers avaient pris l'habitude d'en parler en disant simplement «Versailles». Sis à l'angle de la rue Sherbrooke et de l'autoroute 25, l'immeuble de vaste taille abritait aussi l'escouade antigang, l'escouade des agressions sexuelles et celle des fraudes.

En traversant l'enfilade de magasins à grande surface et de boutiques, Victor sourit à la pensée que, cette fois, au moins, ils avaient évité l'aire de restauration du centre commercial.

À la sortie de l'ascenseur, ils marchèrent jusqu'au bout des locaux beiges et impersonnels où s'alignaient les espaces de travail encombrés d'ordinateurs, de cartons et de monticules de papiers. Gilles Lemaire, en pleine conversation téléphonique, gesticulait avec énergie.

S'avançant sur la pointe des pieds, Taillon se glissa derrière son ancien coéquipier et toucha son oreille. Allures de dandy, cheveux gominés vers l'arrière, vêtu d'un costume élégant aux plis impeccables, cravate de soie, celui qu'on surnommait «le Gnome» se retourna vivement et, sa main d'enfant plaquée contre le combiné, lui jeta un regard torve.

– Arrête donc de niaiser! lança le lilliputien, dont les yeux arrivaient à la hauteur de la poitrine généreuse de sa collègue. Je suis en ligne avec l'Identification judiciaire.

Se renfrognant, Jacinthe s'affala dans un fauteuil, devant lui, en faisant la baboune.

– T'es plate! On peut même plus rire…

Derrière le bureau voisin, Victor parcourait déjà ses courriels.

Berger lui avait envoyé des photos du visage inanimé de Jane Doe.

En quelques minutes, le sergent-détective rédigea un message électronique qui relatait les circonstances de la découverte du corps, invitant toute personne en possession d'informations à entrer en contact avec lui.

Le courriel terminé, Victor l'expédia à tous les postes de quartier de l'île, avec les photos en pièce jointe. Il ouvrit ensuite le message qu'il avait gardé pour la fin :

j'ai appris pour l'homicide tantôt…

j'espère que tu passes une bonne journée quand même

on se voit toujours ce soir?

Let me know

Jtm

N xx

Un sourire éclaira son visage.

Nadja Fernandez, son ex-coéquipière du poste 11, partageait sa vie depuis plusieurs mois. Elle avait séjourné souvent dans son appartement microscopique de la rue Oxford pendant qu'il poursuivait sa réadaptation. S'entendant comme larrons en foire, Nadja et le fils de Victor, Martin, s'étaient relayés pour prendre soin de lui durant cette épreuve. Récemment, la jeune femme avait soulevé la possibilité qu'ils emménagent ensemble. Peut-être par crainte de la perdre, il n'avait pas encore réussi à lui avouer qu'il ne se sentait pas prêt. Nadja l'équilibrait, l'aidait à s'organiser, supportait ses changements d'humeur. Elle était sexy, allumée, drôle, toujours enjouée.

Et il l'aimait… Même s'il n'avait pas encore trouvé le courage de le lui dire.

Alors, de quoi avait-il peur?

Peut-être voulait-il éviter de retomber dans le piège qui avait sonné le glas de son mariage. À s'enliser dans un bonheur confortable, Marie et lui s'étaient perdus de vue. Si bien qu'ils avaient été incapables de se retrouver quand un grave traumatisme professionnel avait plongé le sergent-détective dans l'alcool et la dépression.

Peut-être avait-il peur de lui-même.

Victor se rendit compte que Jacinthe lisait par-dessus son épaule la réponse qu'il était en train de taper, mais il ne décela aucune trace de sarcasme dans son regard.

Les deux enquêteurs se tournèrent en même temps vers Lemaire lorsqu'il raccrocha le téléphone avec fracas.

— Les techniciens ont trouvé une pièce de métal pas loin du corps.

Jacinthe roula des yeux avec impatience.

— Ciboire! C'est un entrepôt de récupération de pièces de métal, Gilles!

— Je le sais, Jacinthe. Je fais juste vous mettre au courant.

— C'est quoi, l'autre élément? intervint Victor.

— Comment tu sais qu'il y en a un autre?

— Quand tu caches quelque chose, tu parles plus lentement et ta voix devient plus grave.

Le Gnome sourit, impressionné.

— Je vais essayer de m'en souvenir la prochaine fois que je conterai des menteries à ma femme.

— On est pendus à tes lèvres, le pressa Taillon.

— Il y avait des résidus de colle sur le béton, au pied de la table.

— Quelle genre de colle? demanda Jacinthe.

— La même que celle qu'on retrouve sur du *duct tape*.

Sentant poindre une migraine, Victor se pinça l'arête du nez entre le pouce et l'index. Il mettait toujours un certain temps à arrêter son idée sur une nouvelle enquête. Si son pressentiment ne le trompait pas, celle-ci ne serait pas une sinécure.

— Et qu'est-ce qu'en pense Horowitz?

— Il dit qu'il a rien collé là. Berger m'a par ailleurs confirmé qu'il y a les mêmes résidus sur le corps de Jane Doe, aux chevilles et aux cuisses.

CHAPITRE 10

Identification

Après avoir mangé son lunch en s'échinant sur une grille de mots croisés, Chris Pearson s'était convaincu de faire une promenade rue Sainte-Catherine, mais le vent glacial l'avait forcé à battre en retraite.

De retour au bureau, il s'était versé une tasse de café à la consistance de sirop.

Un coup de fil à la maison pour voir comment ça se passait avec les filles lui avait valu les remontrances de Corinne, qu'il avait réveillée au milieu d'une sieste.

Pearson avait raccroché en s'excusant.

Par la fenêtre de son bureau, perdu dans ses pensées, il avait passé un bon moment à regarder les trombes de sloche projetées par les voitures filant sur René-Lévesque.

Le nom d'une personne à contacter en cas d'urgence était souvent inscrit dans les dossiers médicaux. Les bureaux de l'administration étaient fermés le dimanche, mais Pearson espérait que quelques appels, le lendemain, lui permettraient de retrouver un des membres de la famille d'André Lortie.

Consultant ses courriels, il tomba sur celui que Lessard avait envoyé quelques minutes auparavant et cliqua sur le fichier pour télécharger les photos en pièces jointes.

Pearson avait déjà constaté que lorsque la vie quittait un corps, l'enveloppe qui restait ne paraissait plus réelle, comme privée de sa substance. Il ressentit un peu cette impression devant le visage blafard de Jane Doe, qui, sur le coup, ne lui dit rien.

Il allait éteindre son ordinateur et rentrer à la maison quand il posa de nouveau les yeux sur la photo de la morte. Un déclic et il enfilait le corridor au pas de course.

Pearson remplit à la hâte les formulaires de réquisition et signa le registre afin d'obtenir les pièces qu'il avait consignées dans la chambre 50 le matin même.

Lorsque le préposé lui remit les portefeuilles, Pearson prit celui de la femme et fouilla frénétiquement dans les cartes jusqu'à ce qu'il tombe sur le permis de conduire. Un coup d'œil à la photo lui suffit.

Lessard répondit à la première sonnerie.

– Ta Jane Doe... elle s'appelle Judith Harper. J'ai son portefeuille dans ma chambre 50.

Septembre 1964

Tu n'iras pas au ciel

Près de Joliette

Le son nasillard de la cloche, la voix aiguë du professeur, le pépiement des autres enfants. Courant en catastrophe dans le corridor, le manteau à la main, Charlie pousse la porte de l'école ; et le soleil se baigne dans ses yeux et découpe ses pas dans la cour.

Un regard sur sa droite : la silhouette monolithique de Lennie se dresse de l'autre côté de la clôture, sous le couvert des arbres. Qu'importe la canicule, la pluie, la poudrerie ou le verglas, Lennie ne rate jamais leur rendez-vous.

Casquette de baseball enfoncée sur les sourcils, Charlie se précipite vers lui.

— Sa-lut, Cha'lie.

Ce qu'il bafouille paraît incompréhensible, mais Charlie a l'habitude.

— Salut, Lennie. Tu m'aides ?

Le sac à dos change d'épaule et sa main disparaît dans celle du géant.

— Pas-sé b-bonne jou'née, Cha'lie ?

— Bof… Moyen. Et toi ?

— Elle v-veut p-pas p-pa'ti', Cha'lie.

— Quoi ?

Lennie arrête de marcher et plante son regard dans celui de Charlie.

— La vo-voix d-dans ma têt'.

Le colosse se signe et ils disparaissent tous les deux dans la lumière, au bout du trottoir.

Les blés blonds ballottent doucement dans le vent. Léonard aime en caresser la tête du plat de la main. Soulevant la poussière, une Chevrolet 57 les dépasse à toute vitesse sur la route de gravier, les couvrant d'un nuage de particules de sable. Ils passent devant une ferme délabrée, et le chien des Boivin aboie en tournoyant autour d'eux. Effrayé, Léonard se cache derrière l'épaule de Charlie.

— Mais non, Lennie. Il est gentil. Flatte-le.

Le géant avance la main, mais la recule aussitôt. Charlie prend l'énorme paluche et la guide en douceur sur le dos de l'animal.

— Voilà, comme ça. Bon chien…

— B-booon ch-chien, répète Léonard d'une voix où filtre encore un brin d'inquiétude.

— N'aie pas peur, Lennie.

Le visage méfiant du géant s'ouvre peu à peu, jusqu'à s'illuminer lorsque le border collie se couche sur le dos pour accepter ses caresses.

Un large sourire s'imprime maintenant sur ses traits.

— Il est d-d-doux…

Des voix retentissent derrière eux ; Charlie se retourne prestement.

Un pli d'inquiétude lui barre le front : René Desharnais, un gros tata aux yeux cernés et aux genoux troués, s'avance en crânant, flanqué des autres bums de sa gang.

— Tiens, c'est Charlie et son frè… frè… frè… re.

Les éclats de rire des autres enfants déchirent les oreilles de Charlie. Une voix, juste assez forte pour être entendue, s'élève parmi la bande.

— Son frère, l'idiot.

Un autre gamin écarte la mèche de cheveux qui lui tombe sur l'œil, essuie du revers de sa manche la morve qui coule de son nez.

— Moi, mon père dit qu'il est débile.

Retard mental, déficience intellectuelle, ses parents n'ont jamais levé le mystère sur l'état de son frère, mais Charlie fulmine : le manque de respect l'indigne.

— Lennie est juste différent. C'est toi qui es débile !

— Ah oui ? Viens donc me le dire en pleine face !

Charlie se rue sur le morveux, tous deux roulent dans la poussière, et les coups se mettent à pleuvoir jusqu'à ce qu'une force irrésistible les soulève de terre.

Les cris cessent, les mâchoires se bloquent, plus un son ne sort des bouches ouvertes...

— Lâche-moi, tempête Charlie en crachant une giclée de sang dans le sable.

Sans effort, Léonard les tient tous les deux par le fond de culotte.

— C'-c'-c'est ma-maaal, Cha'lie. Tu... tu... tu n'i-i'as pas au c-ci-ciel.

Les reflets moirés de la fin du jour lèchent la cime des arbres, la brise souffle sur les boisés. Sur le dos du géant, Charlie fredonne avec entrain :

« Les fourmis marchent quinze par quinze, hourra, hourra... »

— Enco'e, Cha-Cha'lie, enco'e, supplie Léonard, le visage traversé d'un sourire béat.

Les lumières de la maison scintillent au loin, entre les troncs, lorsque deux curieuses lucioles s'agitent dans l'air. Soudain, ils sont happés par le pinceau des phares. La Chevrolet 57 ralentit et s'immobilise à leur hauteur.

La vitre du côté conducteur est baissée : il y a deux hommes à l'intérieur. Dans la pénombre, Charlie discerne le regard malveillant de l'homme derrière le volant.

Un jet de salive atterrit à leurs pieds.

— Maudite chienne de vie ! Faites attention au Bonhomme Sept Heures, les enfants. Paraîtrait qu'il rôde dans le coin.

Le rire diabolique se perd dans le bruit des pneus qui raclent le gravier, puis dans le vrombissement du moteur qui s'éloigne.

Léonard et Charlie arrivent devant la maison.

À quatre pattes sur la galerie, un homme cherche son souffle; une main dans ses cheveux, une femme est penchée sur lui. Charlie sait que quelque chose ne tourne pas rond avant même d'entendre les pleurs étouffés de sa mère.

Léonard émet un cri d'animal blessé et se précipite dans l'allée.

En montant les marches, Charlie se fige devant le visage tuméfié de son père.

CHAPITRE 11

Mandats et perquisitions

Une coulée de lave n'aurait pas davantage embrasé l'atmosphère à Versailles que l'appel de Pearson. Après avoir donné des directives à ses collègues, Victor avait fébrilement briefé son patron, Paul Delaney.

Le sergent-détective arrivait maintenant à la partie la plus délicate de l'opération.

– On est en train de préparer les mandats, chef. Penses-tu que tu pourrais nous refaire le même tour de passe-passe que la dernière fois?

Victor faisait allusion à une affaire où l'intervention de son supérieur leur avait permis d'obtenir l'approbation d'un juge en un temps record.

Le visage constellé de vieilles cicatrices d'acné, le chef de la section des crimes majeurs soupira et se gratta le sommet du crâne où grandissait, depuis quelques années, un cercle dénudé par la calvitie.

– Je vais voir ce que je peux faire, Vic, répondit-il, les mains jointes sur son ventre rebondi, là où quelques boutons de sa chemise distendue menaçaient de se détacher. Mais c'est dimanche, au cas où vous l'auriez pas remarqué…

– Je le sais. Merci, Paul.

Le meilleur ami de Delaney à la fac de droit était devenu juge à la Cour du Québec.

Parrain d'une de ses filles, Paul Delaney avait joint son vieux chum sur son cellulaire, tiré les mêmes ficelles usées. Peut-être parce qu'il s'agissait d'une affaire de meurtre, ils avaient obtenu les mandats encore plus rapidement cette fois-ci.

Roulant à vive allure, sirène et gyrophare en action, la voiture de police fendait l'obscurité, zigzaguant dans le trafic du boulevard René-Lévesque. Une voiture banalisée roulait dans son sillage.

— Qui va chez Judith Harper avec Gilles? demanda le sergent-détective, qui restait concentré sur la route.

Taillon se cala sur le siège du passager en soupirant.

— Le Kid…

Victor fronça les sourcils, puis hocha la tête, mécontent.

— Loïc? Pas sûr que c'est une bonne idée.

— Le jeune a vraiment insisté, pis Gilles s'est laissé attendrir.

Victor effectua un virage serré pour prendre Berri.

— J'espère juste qu'il fera pas une autre gaffe.

Agacée, Taillon consulta pour une énième fois l'écran de son BlackBerry.

— Toujours pas de nouvelles des patrouilleurs qu'on a envoyés chez Lawson…

Les policiers dépêchés au domicile de l'avocat avaient pour instruction d'appeler Jacinthe dès qu'ils le trouveraient. À ce stade, les enquêteurs n'avaient pas de motif de craindre pour la sécurité de Lawson, ni de raison de penser qu'il avait quelque chose à voir avec la mort de Judith Harper. Cependant, le fait qu'ils étaient incapables de le joindre et les circonstances entourant la découverte des portefeuilles méritaient d'être éclaircis.

— Laisse-leur le temps. S'ils le trouvent, on va le savoir bien assez vite.

— J'te gage un dix qu'on découvre le corps de Lawson dans la chambre de Lortie.

— Ben, t'as perdu, Pearson a déjà fouillé la place.

Victor jeta un coup d'œil dans le rétroviseur avant de poursuivre :

— Et tu sais aussi bien que moi que c'est pas parce qu'un itinérant avait le portefeuille de Judith Harper, et celui de

Lawson, que ça veut dire qu'il les a assassinés. De toute façon, on sait même pas si l'avocat est mort.

— Oui, mais l'itinérant s'est suicidé, lui rappela Jacinthe, l'index en l'air.

Soudain, le visage de Victor s'illumina.

— Eille, parlant de pari, tu me dois encore dix piastres pour la dernière fois…

— Maudits Canadiens à marde! rugit-elle. Tu vas l'avoir, ton dix piastres, inquiète-toi pas… (Silence.) En passant, pourquoi c'est Pearson qui a ramassé le dossier de Lortie? C'était même pas son *shift* cette nuit.

— Pearson le cherchait depuis une couple de semaines. Les patrouilleurs du 21 avaient ordre de l'avertir s'ils le trouvaient.

— Comment ça?

— Lortie avait volé le *pad* de contraventions d'un agent de stationnement.

Taillon s'esclaffa en déballant un sac de friandises.

— Ha, ha, ha! On devrait y donner une médaille posthume! Veux-tu une réglisse?

— Non, merci.

— Lortie rentrait pas dormir à 'maison de chambres?

— Apparemment que ça lui arrivait souvent de coucher ailleurs. (Regard vers le sac.) Donne-moi-z'en donc une, finalement.

Après avoir mâchouillé la première bouchée, Victor mit un doigt dans sa bouche et explora ses molaires, craignant d'avoir perdu un plombage.

— Dé-gueu-lasse, grinça-t-il.

— Pearson a-tu trouvé quelque chose d'intéressant dans les portefeuilles?

— Non, rien.

— Et il a pas trop insisté pour t'accompagner?

En traversant la rue Saint-Antoine, ils virent défiler, sur leur gauche, la silhouette du Château Viger, ancienne gare-hôtel désaffectée. Victor freina brusquement au coin de la rue Saint-Louis et se rangea à côté d'une voiture de police garée sur le bas-côté.

– Pas quand je lui ai dit que tu venais, lança-t-il en ouvrant la portière.

Taillon éclata d'un rire sonore et franc: la boutade tombait dans sa palette.

Un peu plus loin, à l'est, de la fumée blanche s'échappait de la cheminée de brique de la brasserie Molson.

Sur ce tronçon de la rue Saint-Louis, les immeubles patrimoniaux rénovés avec soin se mêlaient à des constructions vétustes et à des terrains vagues. Des pancartes d'agents immobiliers étaient piquées devant plusieurs façades.

Sans surprise, l'immeuble dans lequel ils s'engouffrèrent était nettement le plus défraîchi du lot. Victor leva les yeux vers le haut de l'escalier: les murs de gypse jaunis étaient marqués de stries et défoncés à plusieurs endroits. Alors qu'il montait les marches, une odeur de pisse le prit aux narines.

Sur le palier, une ampoule unique jetait une lumière blafarde.

Pour respecter la procédure, les enquêteurs auraient dû faire appel à un serrurier. Mais puisque Lortie était mort, ils s'étaient contentés de demander l'aide de la concierge.

Cette dernière allait débarrer la porte lorsqu'elle recula d'un pas. Jacinthe et Victor avaient, eux aussi, entendu le bruit provenant de l'intérieur.

Dégainant son Glock, le sergent-détective asséna quelques coups violents sur le battant.

– POLICE! OUVREZ LA PORTE.

Les deux coéquipiers n'eurent même pas besoin d'échanger une parole.

Taillon ouvrit et Victor déboula dans la pièce. Il mit une fraction de seconde à comprendre et courut à la fenêtre ouverte. Il écarta le rideau qui flottait au vent: un homme en sous-vêtements détalait dans les escaliers de secours en colimaçon qui donnaient, au-delà d'une minuscule cour arrière, sur un terrain vague parsemé d'arbres dégingandés.

Victor allait mettre le fuyard en joue et le sommer de s'arrêter lorsque les deux patrouilleurs qui étaient restés en bas apparurent dans la cour, l'arme au poing.

Pieds nus dans la neige, l'individu s'arrêta net et n'offrit aucune résistance ; les agents le cueillirent au pied des escaliers.

À l'intérieur, un homme éméché sortit de sa chambre en jeans et camisole. Un autre, en haillons, s'avança sur le palier.

– Y a rien à voir. Rentrez dans vos chambres, claironna Victor en brandissant son insigne.

Les relents d'urine montant du matelas avaient suffi à le convaincre de laisser la fenêtre ouverte. La pièce aux murs gris ne contenait qu'un lit crasseux, une commode disloquée et une chaise bancale. Dans un coin, des vêtements roulés en boule répandaient des odeurs de sueur et d'humidité.

À travers la cloison de papier, Victor entendait de temps à autre des éclats de voix dans la chambre voisine, où Jacinthe avait emmené le fuyard pour le questionner.

– J'te le laisse, mais brasse-le pas, avait-il pris soin de préciser.

– Juste un peu, avait-elle répondu avec un sourire malicieux.

– Jacinthe ! avait-il insisté, les dents serrées.

Sa collègue lui tapait souvent sur les nerfs, au point de le mettre hors de lui.

– Capote pas ! C't'une *joke* !

Ganté de latex, Victor fouilla les poches d'un pantalon pris au hasard dans le tas de vêtements et ne découvrit que des mégots de cigarettes. Dans un tiroir de la commode, il trouva un polaroïd : une femme brune à la poitrine opulente, début trentaine. Elle fixait l'objectif sans sourire. Tentant en vain de déchiffrer une inscription sur la bordure blanche, délavée par le temps, le sergent-détective rangea la photo dans un sachet de plastique.

Sous le lit, il y avait deux bouteilles de gin vides, de marque De Kuyper.

Victor resta un moment à observer le pot sur la commode : quand même étonnant que Lortie, qui peinait visiblement à s'occuper de lui-même, ait réussi à garder une plante en vie.

Il réalisa tout à coup qu'il n'entendait plus rien en provenance de l'autre chambre. Pouvait-il faire confiance à Taillon? Il décida de laisser couler.

Surmontant sa répulsion, il souleva le matelas. Un flacon de pilules reposait sur le sommier. Le policier le prit, l'examina quelques instants et le glissa dans un sac.

Il inspecta ensuite le sommier, puis le retourna complètement. Plusieurs cartons étaient empilés entre les montants et le cadre de bois. Le sergent-détective les sortit prudemment puis les étala sur le sol; il mit quelques secondes à assembler dans l'ordre six rectangles de quatre-vingt centimètres par soixante.

Victor éprouva un vertige: un lacis complexe de mots était tracé sur les cartons, tantôt au stylo bleu ou rouge, tantôt au crayon-feutre noir. Des centaines, voire des milliers de lettres et de symboles agencés en un labyrinthe chaotique, un réseau répondant à ses propres règles, un patchwork indéfinissable.

L'œuvre d'un esprit dérangé, auraient dit les uns; celle d'un génie, auraient proclamé les autres. Entrant de sa démarche chaloupée, la grosse Taillon choisit son camp sans hésiter:

– Tabarnac! Méchant fucké!

CHAPITRE 12

Coupure de journal

Après avoir passé assez de temps à observer les inscriptions sur les cartons pour comprendre qu'ils n'en tireraient rien d'intelligible sur-le-champ, Jacinthe et Victor convinrent d'appeler l'Identification judiciaire pour que les techniciens viennent en faire des photos. Puis, avant même que le sergent-détective ait eu la chance de placer un mot, sa coéquipière lui mentionna que l'homme qui avait tenté de prendre la fuite s'appelait Michael Witt et qu'il habitait une chambre à l'étage du dessous. Au début, il avait déclaré qu'il voulait récupérer un ouvre-bouteille, prêté au suicidé quelques jours auparavant. Puis Witt avait fini par avouer que, ayant appris la mort de Lortie, il s'était introduit dans sa chambre pour le voler.

Après vérifications, Jacinthe n'avait rien trouvé en sa possession.

Victor osait à peine imaginer comment elle s'y était prise pour faire parler Witt aussi vite. Les lèvres pincées, il secoua la tête, visiblement contrarié.

— Jacinthe… tu l'as pas…

— Ben voyons, tu me connais! s'emporta-t-elle, jouant les vierges offensées.

Le sergent-détective ne s'inquiétait jamais autant que lorsque sa collègue lui enjoignait de ne pas s'en faire.

— Bon…, dit-il d'un ton qu'il voulait dénué d'émotion. Autre chose?

— La concierge… Elle confirme que Lortie disparaissait souvent pendant longtemps. D'après elle, il couchait dehors ou dans des refuges.

– J'ai peut-être une idée de l'endroit où il allait.

Victor lui tendit le sachet contenant le flacon trouvé entre le matelas et le sommier.

– Des pilules?

– Des neuroleptiques. Y a le nom du médecin écrit dessus.

Myope, Taillon approcha la bouteille de ses yeux pour mieux déchiffrer l'inscription.

– Docteur Mark McNeil… Pis pourquoi ça nous indique où Lortie allait?

– McNeil travaille à Louis-H. Lafontaine, l'hôpital psychiatrique. On a pas encore eu le temps de vérifier son dossier, mais ça me surprendrait pas qu'on apprenne que Lortie allait y faire un tour, de temps en temps.

– Et comment tu sais ça, toi, que McNeil travaille en psychiatrie à Louis-H.? À cause de ton père?

Victor se figea, puis il serra les poings, et ses mâchoires se crispèrent.

– J'le sais, c'est tout! répondit-il abruptement en s'élançant dans le corridor.

Sur l'étage, il n'y avait qu'une seule salle de bains complète pour quatre chambres. Victor entra dans le cloaque et claqua la porte derrière lui. Penché sur le lavabo, il aspergea d'abord son visage cramoisi d'eau froide, puis palpa les veines saillant de ses tempes.

Son sang bouillonnait: une colère sourde était montée en lui sans qu'il puisse la contrôler; son poing fendit l'air et fissura le miroir, le transformant en mosaïque.

Le sergent-détective acheva de déverser son trop-plein d'agressivité en assénant de nombreux coups de pied sur le mur de céramique.

Victor mit un moment à reprendre son souffle, puis il ouvrit la fenêtre et alluma une cigarette. Ces accès de rage avaient commencé pendant sa réadaptation et devenaient de plus en plus fréquents. Aléatoires et impérieux, ils réapparaissaient de manière subite, souvent à cause d'une simple contrariété.

Jacinthe prenait d'ailleurs un malin plaisir à actionner les leviers qui le faisaient sortir de ses gonds, une dynamique qui finissait par l'user. Cette fois, pourtant, sa remarque ne se voulait pas mal intentionnée, mais elle avait touché une zone sensible.

Des éclats de miroir s'étaient fichés dans sa main ; il les retira avec soin et rinça sa peau à grande eau. Puis, faute de mieux, il s'enroula la moitié d'un rouleau de papier hygiénique autour des jointures. Vidé, il s'assit ensuite sur le rebord de la baignoire noircie de crasse et, les yeux au sol, tira une longue taffe.

C'est alors qu'il la vit : sous la force de ses coups, une tuile s'était déplacée. Victor se pencha et remarqua que le coulis du carrelage était cassé à intervalles réguliers. Avait-on remis les morceaux en place pour donner l'illusion que le joint était toujours intact ?

À l'aide de sa clé de voiture, le policier dégagea le carreau complètement.

Ses pulsations cardiaques s'accélérèrent. Avec le pouce et l'index, il tira sur la tuile et la sortit de sa niche. Passant les doigts dans l'ouverture, il fouilla le vide et en extirpa un objet cylindrique. Il contempla ce dernier dans la lumière : il s'agissait d'un tube en aluminium ayant contenu un cigare Monte-Cristo. Les mains tremblantes, Victor l'ouvrit et y trouva une coupure de journal jaunie et craquelée.

Il la déroula avec précaution et constata que l'article était daté du 10 octobre 1970.

Au bout du corridor, Taillon parlait avec un des chambreurs.

— Ça va ? demanda-t-elle en se tournant vers son collègue.

Le sergent-détective la regarda à peine.

— On retourne à Versailles.

— On a même pas fini d'interroger les autres !

— Téléphone à l'Identification judiciaire, trancha-t-il. Qu'ils passent aussi la salle de bains au peigne fin.

— As-tu trouvé autre chose ?

Victor entra dans la chambre de Lortie en coup de vent. Il prit les sachets et la plante sur la commode, puis il dévala l'escalier.

Après que le sergent-détective eut demandé aux patrouilleurs de se poster devant la porte de la chambre de Lortie en attendant l'arrivée de l'Identification judiciaire, les deux enquêteurs marchèrent en silence jusqu'à la voiture. En s'installant derrière le volant, Victor tendit la coupure de journal à sa coéquipière.

— C'est quoi? demanda Jacinthe en bouclant sa ceinture.

Il démarra en trombe.

— Un article sur l'enlèvement de Pierre Laporte.

— Le bonhomme enlevé par le FLQ?

— Laporte était ministre.

— Méchant fucké, murmura Taillon, en parlant d'André Lortie.

Victor freina en catastrophe: emmitouflé dans un parka crasseux, Michael Witt venait de surgir entre deux véhicules. De la main, le sergent-détective lui fit signe de traverser, puis il se tourna vers Taillon, une lueur sinistre dans le regard.

— Je l'savais!

Witt pressait un chiffon maculé de sang contre son œil gauche.

CHAPITRE 13

Le grand tableau

Après s'être collé un sparadrap sur la main, Victor arrosa la plante qu'il venait de poser sur son bureau. Puis il se rendit dans la salle de conférences où Jacinthe, qui entrevoyait une longue soirée, commandait du poulet.

Sur le grand tableau de plexiglas, quelqu'un avait disposé les photos de la dépouille de Judith Harper, prises par l'Identification judiciaire, et celles du corps de Lortie, fournies par Pearson.

Avec de la gommette, le sergent-détective fixa au panneau des copies de l'article de journal et du polaroïd trouvés dans la maison de chambres.

À son retour, il avait pris le temps de consulter le casier judiciaire de l'itinérant, tâche dont il n'avait pu s'acquitter avant, dans l'effervescence de la préparation des mandats. L'exercice lui avait permis d'apprendre que Lortie avait été arrêté à quelques reprises pour vagabondage et désordre. Mais, surtout, de confirmer ce qu'il soupçonnait déjà, à savoir que les policiers l'avaient souvent amené en psychiatrie. Le plus récent épisode datait de novembre : Lortie avait été conduit à Louis-H. Lafontaine par des patrouilleurs parce qu'il avait des idées suicidaires.

Il n'était donc pas étonnant que Victor ait découvert des neuroleptiques dans sa chambre.

Le fait de déposer le sac contenant le flacon sur la table lui rappela d'ailleurs qu'il avait quelque chose à faire. Après avoir consulté sa montre, il sortit un pilulier de sa poche.

Victor venait d'avaler deux comprimés lorsqu'il se rendit compte que, sur le seuil, Taillon le regardait d'un drôle d'air. Il rempocha l'objet à la hâte et avala sa salive de travers.

– Des Tylenol… J'ai mal à 'tête.

Jacinthe savait qu'il s'agissait d'un mensonge et Victor savait qu'elle savait.

– Je t'ai pris une cuisse avec une salade crémeuse…

– Parfait, merci.

Cherchant à se donner une contenance, Victor s'assit dans un fauteuil et se mit à lire un feuillet résumant les informations recueillies en leur absence au sujet de Nathan R. Lawson. Jacinthe sortit en emportant celui qui concernait Judith Harper.

Lawson était âgé de soixante et onze ans. Originaire de Montréal, il avait hérité d'une fortune considérable de sa mère, accumulée dans l'import-export. Il résidait dans un luxueux condo en plein cœur du centre-ville, et possédait également une maison cossue au bord du lac Massawipi, de même qu'une villa sur la Côte d'Azur.

Victor sourit: «Né avec une cuillère d'argent dans la bouche», se serait moqué son ancien coéquipier, mentor et deuxième père, Ted Rutherford.

Célibataire, homosexuel et sans enfant, Lawson était diplômé de la prestigieuse Université Harvard. Il siégeait en outre au conseil d'administration d'une kyrielle de sociétés, fondations et autres organismes caritatifs. Ami personnel de l'un des anciens chefs d'orchestre de l'OSM, il possédait des abonnements au Théâtre du Nouveau Monde et on le voyait fréquemment dans les soirées mondaines. Évidemment, il fréquentait les meilleures tables de la ville.

Victor se leva et alla à la cuisinette se chercher une bouteille d'eau. Quand il revint, son regard croisa celui de Taillon, qui s'était installée à son bureau pour parcourir son dossier; il n'aurait pu le jurer, mais elle lui semblait mécontente.

Reprenant sa lecture, il sauta quelques passages, lut avec attention le compte rendu d'une discussion entre l'avocat et sa secrétaire, dont il nota le nom dans son calepin.

— Jacinthe? dit-il les mains en porte-voix, pour être sûr qu'elle l'entende.

— Mmm?

— As-tu des nouvelles des patrouilleurs qu'on a envoyés chez Lawson?

— Non, rien. Je viens de leur laisser un message.

Victor regarda une photo imprimée à partir du site Web de la firme où travaillait l'avocat: visage sanguin, cheveux clairsemés, menton fuyant, fines moustaches.

— On switche?

Debout devant son bureau, Taillon lui tendait le dossier de Judith Harper. Comment avait-elle fait pour déplacer une telle masse sans qu'il l'entende s'approcher?

— OK. Tiens.

Le sergent-détective plongea les yeux dans le document que sa coéquipière venait de lui remettre, pour aussitôt se rendre compte qu'elle n'avait pas bougé. Il releva le menton; Jacinthe l'enveloppait d'un regard sévère.

— Dis-moi que t'as pas recommencé…

— De quoi tu parles? Je te l'ai dit, c'était juste des Tylenol.

Taillon quitta la pièce en maugréant; il poursuivit sa lecture.

Née à Montréal et âgée de soixante-seize ans, Judith Harper était professeure retraitée de l'Université McGill, où elle avait enseigné à la faculté de psychiatrie pendant plus de quarante-cinq ans. Elle n'avait jamais reçu de patients en consultation, s'étant consacrée à la recherche. À cet égard, elle avait écrit de nombreux ouvrages qui avaient marqué, à leur façon, la discipline. Veuve et sans enfant, elle faisait partie des amis du Centre canadien d'architecture et militait au sein de Fangs, un organisme de défense des droits des animaux.

Victor toussa et prit une gorgée d'eau.

Assemblés en vitesse par une recherchiste, les profils demeuraient embryonnaires. N'empêche, ces rapports préliminaires leur donnaient une première impression de la situation et s'étofferaient au fil de l'enquête. Victor prit une note en marge du compte rendu. Avec Harper et Lawson, ils avaient affaire à des gens respectables, des personnes d'un certain âge.

Une clameur monta du corridor.

Au son de la cascade de rires juvéniles, le sergent-détective sut que Gilles Lemaire et Loïc Blouin-Dubois, un grand maigrichon en fin de vingtaine, venaient d'entrer dans les locaux.

Tout le monde convergea vers la salle des enquêteurs; Paul Delaney sortit de son bureau avec le poids du monde sur ses épaules affaissées.

— Débriefing dans quinze minutes. J'ai fait venir du poulet.

Un rictus carnassier passa sur le visage de Jacinthe Taillon: avec ce qu'elle avait déjà commandé, ils n'en manqueraient pas!

Une odeur de graisse et de patates frites planait dans la pièce.

Les boîtes vides étaient empilées les unes sur les autres, sur le tapis gris, dans un coin. Seuls Taillon et Loïc n'avaient pas fini de manger, la première ayant à contrecœur consenti à partager avec le second un des deux repas commandés en trop.

Victor venait de texter à Nadja qu'il rentrerait tard; Gilles Lemaire n'avait cure de se nettoyer les doigts avec des serviettes humides; au bout de la table, réprimant un rot, puis croquant une poignée de Rolaids, Paul Delaney consultait ses notes.

— Les patrouilleurs ont pas trouvé Lawson, mais ils nous ramènent un témoin, précisa-t-il. Victor, tu vas t'en occuper. Loïc, tu assistes à l'interrogatoire et...

— *Yesss!* lança le jeune policier en tapant sur la table.

— Loïc, cette fois-ci...

Delaney laissa planer un silence. Ses longs cheveux blonds retombant devant ses yeux en cascade désordonnée, Loïc sortit un élastique de sa poche et les noua en queue de cheval. Avant de commencer à manger, il avait retiré son *hoodie*, révélant un t-shirt de Nirvana et des bras couverts jusqu'aux poignets d'un labyrinthe sophistiqué de tatouages, où s'entremêlaient avec esthétique nombre de couleurs vives.

Le visage contrit, Blouin-Dubois confirma à son supérieur qu'il avait saisi l'allusion :

— Y aura aucun problème, chef.

— C'est qui, le témoin ? demanda Victor.

— Pas clair, répondit Delaney. Un jeune homme qui habitait chez Lawson.

— Il a pas d'enfant, enchaîna le sergent-détective.

— C'est très clair, au contraire, suggéra Taillon en mimant, la langue dans la joue, un geste obscène.

Se tapant sur les cuisses, elle fit gicler de la sauce BBQ sur la manche de la veste du Gnome. Ce dernier, qui prenait un soin jaloux de ses habits, la fusilla du regard, horrifié.

— Jacinthe, s'il te plaît…

— Excuse-moi, chef.

— Gilles, fais-nous donc un résumé de votre visite chez Jane Doe, continua Delaney.

Pour l'heure, le Gnome n'avait rien de significatif à apprendre à ses collègues. Hormis quelques vêtements d'hiver qui traînaient par terre, tout semblait en ordre. Les recherches n'avaient pas encore permis de retracer les membres de la famille de Judith Harper. Pour leur part, les voisins de palier la connaissaient peu et n'avaient vu ni entendu quoi que ce soit. En fouillant dans les affaires de la morte, on avait cependant retrouvé les coordonnées d'un certain Will Bennett. Ce dernier, qui semblait être son amant, n'était pas chez lui quand on avait essayé de le joindre.

— C'est important de lui parler rapidement, déclara Delaney.

Personne n'était dupe : la violence faite aux femmes s'avérait être, la plupart du temps, l'apanage d'un conjoint ou d'un amoureux éconduit. Lortie demeurait le principal suspect, mais plus on resterait longtemps sans nouvelles de Will Bennett, plus celui-ci disputerait le titre au premier.

— J'ai laissé un message sur son cellulaire, reprit le Gnome. À cause du timbre de la sonnerie, j'ai eu l'impression qu'il était à l'étranger.

Cette précision jeta un froid sur le groupe. Personne ne voulait partir à la poursuite d'un meurtrier en fuite dans un autre pays. Pour le reste, Lemaire souligna que l'Identification judiciaire était arrivée sur place et que les techniciens procédaient aux analyses d'usage.

— Loïc...

— Oui, chef?

— Poubelle.

C'était la troisième fois que le Kid faisait exploser une balloune de Bubblicious.

Les jeans en équilibre précaire sur les reins, Blouin-Dubois se leva et traîna les pieds jusqu'au panier, où il jeta sa gomme.

— Victor, Jacinthe?

Le sergent-détective raconta leur visite à la maison de chambres. Taillon apporta quelques précisions ici et là. Suivit une discussion animée concernant l'existence d'un lien potentiel entre Lawson, Lortie et Harper.

Delaney écoutait à moitié. Il attendait que Victor reprenne la parole.

— On devrait se concentrer sur le meurtre de Harper, chef. Parce que, pour l'instant, on a rien de concret sur Lawson. C'est encore trop tôt pour parler de disparition. Il peut aussi bien être mort qu'en vacances au Costa Rica. Et on risque de se perdre en hypothèses à essayer de comprendre pourquoi Lortie avait son portefeuille en plus de celui de Harper.

— Tu suggères quoi?

— En attendant de pouvoir parler à Lawson, on pourrait essayer de reconstituer l'emploi du temps de Lortie. Si ça se trouve, on va peut-être se rendre compte qu'il avait un alibi au moment du meurtre. En tout cas, ça nous permettrait d'avancer. En parallèle, Gilles pourrait continuer ses démarches pour retracer Bennett.

— Ça me va. Sauf si, bien entendu, ton interrogatoire nous entraîne dans une autre direction...

— On va aussi envoyer des photos des hiéroglyphes tracés sur les cartons à l'experte en documents, ajouta Victor. Pour qu'elle regarde ça.

— Bonne idée, acquiesça Delaney.

Deux patrouilleurs venaient d'entrer dans la salle commune en compagnie d'un jeune homme d'origine chinoise.

– Le témoin est arrivé! s'exclama Loïc.

Le Kid bondit sur ses pieds et se hâta à leur rencontre; Victor se leva en soupirant.

– Y en aura pas de facile… (Silence.) Jacinthe, faudrait que je te parle deux minutes.

Tous deux discutèrent quelques secondes à l'écart, après quoi le sergent-détective se dirigea vers la salle d'interrogatoire.

Debout, Victor marchait autour de la chaise où était assis le jeune homme. Celui-ci semblait intimidé et le sergent-détective peinait à en tirer quelque chose.

– Comment je peux être certain que c'est la vérité, Wu? T'as commencé par dire à mes collègues que t'étais le fils de monsieur Lawson. Quand je t'ai mentionné qu'il avait pas d'enfant, t'as changé ta version. Là, tu me jures que c'est un ami de tes parents et qu'il t'héberge, mais on est pas capables de les joindre avec le numéro de téléphone que tu nous as donné.

– Lignes téléphoniques être mauvaises en Chine, monsieur.

Le regard de Victor se perdit dans l'océan noir des yeux du jeune homme; au bout de la table, Loïc ne perdait pas un mot de l'échange, sa tête oscillant de l'un à l'autre, comme s'il assistait à un match de tennis.

– T'as pas de passeport, pas de papiers. Et pour finir, tu me dis que tu t'es fait voler ton portefeuille. Me niaises-tu?

Loïc se mit à rire. Victor le fusilla du regard.

– Je dire la vérité. Monsieur Lawson téléphoner pour dire que lui partir en vacances. Lui demander moi de préparer sac avec passeport.

– Que tu as remis au concierge de l'immeuble…

– Comme monsieur Lawson demander moi.

– Tu l'as pas vu?

Le jeune homme fit un mouvement avec la tête en signe de dénégation.

– Et ça s'est passé quand, tout ça, Wu?

– Comme je dire vous: vendredi après-midi.

— Loïc, garde un œil sur lui, je reviens.

— OK, Vic.

Le sergent-détective se retourna vers son jeune collègue, l'index en l'air.

— Et pas de conneries, le Kid.

Victor sortit de la pièce et se versa un verre d'eau à la fontaine. Puis il entra dans la salle attenante, d'où Delaney assistait à l'interrogatoire derrière un miroir sans tain.

— Je pense qu'il nous dit la vérité sur ce qui s'est passé vendredi. Mais il nous ment à propos de sa relation avec Lawson. Soit il se tait pour protéger quelqu'un, soit il a peur de parler. Dans les deux cas, il nous cache quelque chose, dit Victor en jetant le cône de carton à la poubelle.

La cravate défaite, les manches de chemise relevées, Paul Delaney se renversa dans son fauteuil et posa les pieds sur la table.

— Quoi, à ton avis?

— Je peux me tromper, mais j'ai l'impression que c'est un immigrant illégal.

— Et qu'est-ce qu'il faisait chez Lawson?

— *Come on*, Paul. Tu sais qu'il y a une note dans le dossier à propos de son homosexualité.

— Ouin... (Soupir.) Et cette histoire de portefeuille volé?

— Ça commence à faire pas mal de portefeuilles volés.

Des éclats de voix s'élevèrent dans le corridor. Delaney reprit la parole:

— J'ai oublié de te dire que le jeune a passé un coup de fil à un avocat avant que les agents l'emmènent. Ça doit être lui qu'on entend gueuler. On a rien, pour l'instant. Laisse-le partir. Je vais le faire surveiller.

Victor eut à peine le temps d'ouvrir la porte qu'il se fit apostropher par un arrogant, les cheveux blonds coupés en brosse, une mâchoire carrée et des épaules de quart-arrière.

— C'est vous, Lessard? cracha le gaillard.

Les bras croisés sur le torse, Victor se plaça entre l'intrus et la porte de la salle d'interrogatoire, lui bloquant le passage. Il leva la main pour apaiser Delaney, qui s'apprêtait à intervenir.

— Lui-même. Vous êtes?

— Maître Louis-Charles Rivard, de l'étude Baker, Lawson, Watkins, répondit l'autre, d'un ton suffisant. Où est Wu?

— À côté, fit Victor en pointant la porte du menton.

— Vous n'avez rien contre lui. Est-ce un crime de se faire voler son portefeuille?

— Absolument pas, maître, déclara Victor d'un ton venimeux.

Alertée par les voix, Taillon arriva en renfort.

— Mais alors, pourquoi a-t-il besoin d'un avocat, au juste? reprit le sergent-détective.

Le rouge monta aux joues de Rivard; Victor s'écarta pour le laisser entrer dans la salle d'interrogatoire.

— Viens, Wu. Ramasse tes affaires, on s'en va.

Un «poc» sonore déchira le silence. Sous le regard outré de Rivard, Loïc Blouin-Dubois ravala sa balloune et se remit à mâcher. Pour une fois, Victor ne put s'empêcher de sourire.

Effarouché, le jeune Chinois enfilait sa veste en roulant des yeux hagards.

— Pendant que vous êtes là, j'aurais une ou deux questions à propos de maître Lawson.

— Maître Lawson est en vacances. Il n'y a rien à dire de plus.

— Ah oui? Il est parti en vacances sans son portefeuille?

Un éclair s'alluma et s'éteignit aussitôt dans les pupilles de Rivard.

— Et si je voulais le joindre? insista Victor.

— C'est hors de question. Il se repose.

— Bon, ben, dans ce cas, je vais être obligé de lancer un avis de recherche.

Louis-Charles Rivard sortit de ses gonds et s'avança vers le sergent-détective, qu'il dépassait d'une tête.

— Vous ne ferez pas ça, gronda-t-il, l'index menaçant à quelques centimètres de la poitrine de Victor.

Le ton montait. Delaney et Taillon s'apprêtaient à s'interposer entre les deux hommes.

— Je lui donne jusqu'à demain pour nous contacter, répliqua le sergent-détective.

— Est-il suspecté de quelque chose? beugla Rivard.

— De meurtre, lança Victor, du tac au tac.

CHAPITRE 14

Retour à la maison

À 20 h 30, le Gnome fut le premier à partir.

– C'est dimanche après tout, avait-il dit, comme pour s'excuser de leur fausser compagnie après avoir reçu un appel de détresse de sa femme.

Il avait enfilé ses bottes, attrapé son manteau et s'était rué en catastrophe vers la sortie, le cellulaire à l'oreille. La maisonnée comportait sept enfants, tous aussi petits que leur paternel. L'âge des rejetons, surnommés avec à-propos «les Sept Nains» par Jacinthe, s'échelonnait de quelques mois à treize ans.

– Non, Mathieu, vous pouvez pas coucher dans le cabanon! Pourquoi? Parce que c'est pas chauffé et qu'il fait moins dix dehors! (…) Comment ça, pas grave?! Passe-moi ta mère…

L'air résigné, un sac de plastique avec les Tupperware ayant contenu son lunch sous le bras, Paul Delaney était parti une heure plus tard. Sachant où son supérieur se rendait, Victor l'avait enveloppé d'un regard chargé d'empathie mais, perdu dans sa bulle, l'autre ne l'avait pas vu.

Loïc Blouin-Dubois avait attendu dix minutes après le départ du patron pour s'éclipser. Chaque soir depuis qu'il avait été mis sur la touche, le manège se répétait: le jeune se sentait obligé de «cruncher des heures visibles» pour l'épate, lors même que tous savaient qu'il procrastinait sur Facebook.

Les yeux perdus dans les traits du visage de l'inconnue, Victor observait avec une loupe le polaroïd épinglé sur le grand tableau lorsque Jacinthe vint le rejoindre.

— L'as-tu appelée, finalement? lui demanda-t-il en se retournant.

— Ça fait un bout. Elle devrait arriver d'une minute à l'autre… On lui veut quoi, au juste?

— As-tu lu le rapport d'incident?

— En diagonale…

— De quoi parlait Lortie avant de sauter?

— Me souviens plus, répondit-elle avec flegme en plongeant la main dans sa poche pour récupérer son cellulaire qui sonnait. Allô? (…) Un instant, je viens vous ouvrir.

Jacinthe mit fin à la communication et se dirigea vers la porte d'entrée.

— Parlant du loup, annonça-t-elle sans se retourner.

Victor invita la constable Gonthier — visage avenant, yeux rieurs — à s'asseoir dans la salle de conférences et lui servit un café. Il réprima l'envie d'en prendre un lui-même. En raison des problèmes de reflux et des troubles digestifs qui l'accablaient, il ne s'autorisait qu'un ou deux décaféinés par jour.

Le sergent-détective se versa à regret un verre d'eau chaude et s'assit en face de la policière. Pour sa part, Jacinthe buvait un Red Bull et faisait les cent pas en observant le grand tableau de plexiglas.

— Désolée, on était sur un appel, s'excusa Gonthier en souriant, exhibant des dents blanches.

— Au contraire, merci d'être venue aussi vite. Écoutez, j'ai lu le rapport d'incident et j'ai quelques questions.

À sa demande, elle lui expliqua dans les grandes lignes les circonstances de l'intervention.

— Donc Lortie cherchait un cœur gravé dans la brique avec ses initiales et celles d'une femme, résuma-t-il.

— Oui.

— Vous rappelez-vous le nom de la femme?

La policière fouilla dans sa mémoire et finit par faire non de la tête.

— Ça serait pas Sylvie, par hasard?

— Sylvie! C'est ça!

Victor avait encore posé quelques questions, précisé quelques détails, avant de reconduire la policière jusqu'à l'ascenseur. Taillon l'interpella dès qu'il posa de nouveau le pied dans la salle de conférences.

– T'as su comment, pour le nom?

Il prit la loupe sur la table et la lui tendit.

– Regarde les lettres à moitié effacées sur le polaroïd…

– T'as peut-être raison, opina Taillon, un œil fermé, l'autre à l'affût derrière la lentille. Mais juste un prénom, ça nous avance pas beaucoup…

– Non, mais on a un point de départ, c'est déjà ça. On pourrait vérifier avec les experts : ils nous diront peut-être avec quel genre d'appareil la photo a été prise. Ça pourrait nous aider à dater le portrait.

– Pfff… Ça va prendre des jours pis ça donnera rien… Pas besoin d'un expert pour me dire que ç'a été pris dans les années soixante-dix. Juste à regarder son linge pis sa coupe de cheveux!

– De toute façon, il y a un autre point plus intéressant.

– Quand le *dude* a dit qu'il aimerait ça, se souvenir, ou quelque chose du genre?

– Exactement. Il faut parler à son médecin, à Louis-H.

– Les médicaments pourraient peut-être expliquer qu'il en perdait des bouts?

– Ça reste à voir.

Taillon ouvrit l'enveloppe qu'elle gardait sous le coude depuis le départ de Gonthier et étala une série de clichés devant eux.

– On a reçu ça de l'Identification judiciaire. Les photos des cartons trouvés chez Lortie…

Ils observèrent les images dans un silence proche du recueillement. L'écriture était nerveuse, les lettres et les symboles avaient été tracés dans l'urgence.

– Ça ressemble à des mémentos, murmura enfin Victor, au bout d'une éternité.

– Des quoi?

– Des aide-mémoire. Regarde comme il faut… Qu'est-ce que tu vois?

– Ben, des dates, des noms de rues, des mots sans suite logique. Ici, ça ressemble à une liste d'épicerie…

– Exactement. C'est là que Lortie prenait ses notes.

– C'était comme son agenda?

– C'était plus que ça, Jacinthe. Je gagerais que Lortie avait des pertes de mémoire et qu'il prenait des notes sur les cartons pour garder le fil. Ce que tu vois là, c'est l'intérieur de son cerveau.

En sortant de la station de métro Villa-Maria, Victor envoya un texto à Nadja pour lui annoncer qu'il arrivait bientôt. Trouée par la rouille, sa vieille Corolla, fidèle complice de presque deux décennies, avait rendu l'âme en novembre. La veille, elle avait encore démarré au quart de tour, puis, quand il avait tourné la clé dans le contact ce matin-là, plus rien. Électrocardiogramme à plat. Ça lui avait fait un petit pincement au cœur quand la remorqueuse avait emmené la dépouille, mais il s'était consolé en se disant que sa voiture avait connu la fin dont il rêvait pour lui-même : se coucher un soir pour ne plus jamais se réveiller.

Il n'en avait toujours pas acheté une autre.

Pas que la dépense dépassait ses moyens mais, pour l'instant, il s'accommodait du métro, des taxis et des *lifts* que Jacinthe lui donnait parfois, empruntant de-ci de-là une voiture de fonction ; le week-end, il pouvait toujours compter sur Nadja pour le véhiculer au besoin.

Son iPod sur les oreilles, Victor passa sur le viaduc surplombant l'autoroute Décarie, cette longue cicatrice qui défigurait la ville. Au coin de la rue Girouard, il s'arrêta un instant pour admirer le spectacle : la neige tombait en diagonale, tournoyait dans l'air, happée par le halo verdâtre des néons de l'enseigne de la Taverne Monkland.

Quelques mètres plus loin, à travers la vitre embuée, il vit les gens entassés dans le Pub Old Orchard. La porte s'ouvrit, libérant du coup la clameur et deux filles, qui se mirent à tituber dans la neige en riant.

Victor ne buvait plus depuis belle lurette, mais il aimait aller déjeuner au pub à l'occasion, la fin de semaine. Au coin de Marcil, il faillit s'arrêter au Provigo pour prendre du lait et du pain. Il s'agissait d'un vieux réflexe, puisque, depuis que Nadja partageait sa vie, son frigo n'avait jamais été aussi bien garni.

Il vérifia ses messages.

Elle répondait d'habitude quand il la textait. Mais pas cette fois… Le bout du nez engourdi par le froid, il descendit la rue Oxford en regardant les branches se balancer dans le vent au rythme de la musique des Dears :

> *All systems, go sister*
> *Up in the air it's a cloud*
> *All systems, go sister*
> *Pack up your love and get down*
> *Underground*

Son fils, Martin, avait créé la *playlist* qu'il écoutait. Après quelques années difficiles où il avait flirté dangereusement avec la drogue et le milieu de la criminalité, Martin s'était repris en main et continuait à travailler dans le monde de la musique, comme technicien de studio.

Distrait, Victor manqua de se faire happer par une voiture en traversant la rue Sherbrooke. Il arriva à son appartement sous un concert de klaxons.

Dans la pénombre, il actionna l'interrupteur.

— Nadja ?

En se débarrassant de son manteau, il se demanda où se trouvait Martin à cet instant. Ça faisait déjà quelques jours que fiston n'avait pas donné de ses nouvelles. Rien d'inhabituel cependant. Son fils réapparaîtrait aussitôt que Mélodie, sa copine, le jetterait dehors après une chicane. Victor s'avança dans le salon, contrarié par l'absence de Nadja. Elle lui avait pourtant texté qu'elle l'attendrait chez lui.

— Nadja ?

Il allait allumer la télé pour écouter RDI lorsqu'il entendit un bruit feutré. Un raclement provenant de la chambre à coucher. Il ne s'agissait à ce moment que d'une crainte irraisonnée, mais dès lors qu'elle s'insinua dans son esprit, il ne put l'en chasser : il y avait *quelqu'un*.

Son pouls s'accéléra, la peur libéra une dose d'adrénaline dans ses veines.

— Nadja ?

Pistolet dégainé et vacillant dans la main, il s'approcha sans bruit, vit le rai de lumière sous la porte et l'ouvrit d'un coup sec du talon.

— Range ton artillerie, cow-boy. T'en auras pas besoin. Pas celle-là, en tout cas.

Éclairé par la faible lueur d'une chandelle, le doux visage de son amoureuse scintillait dans la pièce. Ses cheveux d'ébène ondoyaient sur ses épaules, ses yeux de jade le dardaient, son corps nu et cuivré embrasait le drap blanc, lui murmurait une invite ; dressées, les pointes de ses seins le narguaient.

Victor secoua la tête, les mains sur les hanches, puis expira par petites bouffées. Se décontractant peu à peu, il déposa son arme sur la commode et finit par sourire.

— Ç'aurait pu être dangereux ! Pourquoi tu répondais pas ?

— Désolée, mon beau. Si tu crois que c'est facile de surprendre un enquêteur paranoïaque ! Viens donc ici, dit-elle en tapotant le matelas de sa main droite.

Victor passa ses doigts dans ses cheveux courts et drus, puis esquissa un sourire en se débarrassant de son t-shirt. Les muscles et les veines saillaient sous la peau. Les dernières années, pousser de la fonte était devenu un exutoire.

Depuis l'enquête sur le Roi des mouches, Nadja et lui ne s'étaient plus quittés.

Ils s'étaient rencontrés au poste 11, où Victor avait été rétrogradé après une bavure. Alors en couple avec la mère de ses enfants, le sergent-détective avait vécu un grave passage à vide.

Par la suite, il lui avait fallu passer à travers une relation douloureuse avec Véronique avant de comprendre l'intérêt que lui portait Nadja. Cet intérêt, il n'arrivait toujours pas à le saisir, notamment en raison de leur différence d'âge.

C'était d'ailleurs devenu un sujet de plaisanterie entre eux.

– Ouin, pas pire, pour un quadragénaire, souffla Nadja d'une voix suggestive.

La jeune femme l'intercepta avant qu'il ne puisse se glisser à côté d'elle dans le lit et défit sa braguette. Y plongeant les doigts, elle en sortit son sexe, qu'elle se mit à caresser.

– Tu pensais à quoi en arrivant? demanda-t-elle, le faisant durcir dans sa main. À ton enquête?

Nadja accéléra le mouvement; il ne réfléchissait déjà plus clairement.

– Tantôt? Mmm… C'est bon, ça… Non, je pensais à…

L'image de son fils passa subrepticement devant ses yeux.

– Je pensais à Martin.

– Ah oui? Et là? reprit-elle, d'un air canaille.

– De moins en moins…

Quand elle le prit dans sa bouche, Victor ne pensait plus ni à Martin ni au monde extérieur qui l'avalait chaque jour davantage.

Il vivait enfin dans l'infini du moment présent.

CHAPITRE 15

Le troisième homme

Sur le flanc nord du mont Royal, les trois hommes cagoulés avançaient en fracturant sous leurs pas la croûte de neige glacée. Vêtus de blanc, économes de leurs mouvements, ils progressaient sans hésiter, avec la précision d'un commando d'élite, évitant les lueurs des lampadaires du chemin de la Forêt.

L'homme de tête s'arrêta au centre du cimetière et fit un geste de la main.

Sans un mot, un autre le rejoignit.

Unissant leurs forces, ils se mirent à faire basculer les pierres tombales les unes après les autres, avec méthode. En s'affaissant, les stèles crevaient avec fracas la pellicule de glace.

Armé d'une bombe aérosol, le troisième homme s'approcha d'un monument funéraire surmonté de l'étoile de David. Il secoua le contenant un moment pour bien mélanger la peinture et se mit à tracer des lettres rouges sur plusieurs stèles :

«Muslim Power», «Mort aux juifs», «Prix à payer».

Il achevait de taguer une cinquième tombe lorsqu'une main se posa sur son épaule.

– C'est fait, on dégage.

Un regard sur sa droite lui permit de constater que, dans l'intervalle, ses deux complices avaient renversé une quinzaine de pierres tombales.

Le troisième homme jeta la bombe aérosol dans la neige et emboîta le pas à ses compagnons. Ils quittèrent le cimetière Shaar Hashomayim en enjambant la clôture de fer qui en marquait les limites. Le raid n'avait duré que quelques minutes.

Tout s'était déroulé comme prévu, sans anicroche.

Le groupe marchait vers la voiture lorsque, derrière la fenêtre d'une des maisons, en face, une lumière s'alluma. Au milieu de la nuit, il ne s'agissait pas d'un bon présage : ils étaient repérés.

La porte d'entrée s'ouvrit. Cheveux gris ébouriffés, un homme en robe de chambre passa le torse par l'entrebâillement.

— *Hey! What were you guys doing down there? Cops will be here any minute.*

L'homme de tête plongea la main sous son manteau et en sortit un pistolet muni d'un silencieux. Sans s'arrêter, il tira deux coups en direction de l'importun. Les balles se perdirent dans le bois de la porte, qui se referma aussitôt.

Déjà en marche, la voiture les attendait dans un coin sombre. Ils s'y engouffrèrent, le chauffeur démarra. Ils avaient déjà rejoint le boulevard Mont-Royal lorsqu'ils croisèrent une voiture de patrouille filant à toute vitesse en sens inverse.

Calé sur le siège du passager, le tireur se retourna alors vers le troisième homme, assis sur la banquette arrière, le seul à être encore cagoulé.

— Enlève ça de ta face, Lessard. Tu vas nous faire pogner.

Martin s'exécuta et glissa ensuite ses mains sous ses cuisses, afin que les autres ne puissent en discerner le tremblement.

CHAPITRE 16

Interrogatoires

Le regard de Victor passa à travers la fenêtre du Shäika Café, erra dans le parc Notre-Dame-de-Grâce, s'attarda sur un chien pissant contre un arbre, puis sur son maître, figé par le froid. Rue Sherbrooke, un flot ininterrompu de voitures circulait en direction est, un bouchon se formant dès que le feu de circulation au coin de Girouard passait au rouge.

– Où es-tu, Victor Lessard?

Son regard glissa sur le trottoir enneigé, revint à l'intérieur du restaurant, patina un instant sur la table et vint se planter dans celui de Nadja. Il était à peine 7 h; ils avaient déjà avalé leur déjeuner.

– Dans la lune, excuse-moi.

Nadja posa sa main sur la sienne, l'enveloppa d'un sourire céleste; il serait mort sur-le-champ rien que pour en obtenir un autre.

– Pas grave. À quelle heure Jacinthe vient te chercher?

– Elle devrait arriver d'une minute à l'autre. Je vais demander l'addition.

Enlacés, ils attendaient sur le trottoir; le vent glacial leur mordait la peau. Victor allait se pencher pour embrasser son amoureuse lorsqu'une voix pointue retentit derrière eux; la partenaire de yoga de Nadja les rejoignit en pilotant une poussette dans la sloche.

Des cris stridents fusèrent, des accolades furent échangées : les deux copines ne s'étaient pas revues depuis l'accouchement, deux mois auparavant. Penchée sur la poussette, Nadja écartait la couverture afin de montrer à Victor le visage du nourrisson.

— Trop *cute*, hein ? affirma-t-elle, les yeux brillant d'une lueur qu'il ne leur connaissait pas.

— Mmm, grommela-t-il en s'étranglant.

Quelques coups de klaxon : il tourna la tête et aperçut Taillon, de l'autre côté de la rue. Il salua les filles et traversa au pas de course entre les voitures arrêtées.

Victor se rua sur la portière de la Crown Victoria comme sur une bouée de sauvetage et s'y engouffra.

— Ça va, Lessard ? T'as pas l'air dans ton assiette…

Jacinthe slalomait entre les voitures mais, sur ce point, Victor avait lâché prise. La lutte pour le territoire se déroulait à un autre niveau. Ils étaient engagés dans la guerre des boutons : il montait le chauffage, elle le baissait ; elle syntonisait une station de radio, il en mettait une autre.

— Tu sais que j'haïs ça, le western, Jacinthe.

— Rien à voir, c'était du country. Pis mets-moi pas ta musique de club !

Le consensus finit par s'établir autour de la station de jazz qui, lorsque Victor appuya sur le bouton, diffusait *So What*, de Miles Davis.

— Vous avez combien d'années de différence, Fernandez pis toi ?

— Douze.

— Elle veut-tu des enfants ?

— C'est pas clair. On en a jamais vraiment parlé. Eille, changement de sujet : qu'est-ce qu'on sait sur l'amant de Judith Harper ?

— Bennett ? Pas grand-chose. Il travaille comme vice-président chez Pyatt & White, le fabricant de pièces d'avion. Pis toi, t'en veux-tu d'autres, des enfants ?

— Tu trouves pas que j'ai assez manqué mon coup avec les miens ? C'était où, son voyage d'affaires ?

– Me semble que Gilles a parlé de Boston. (Silence.) T'auras peut-être pas le choix, si tu veux la garder. Tiens, c'est juste là.

Le Gnome les attendait dans le lobby d'un immeuble en hauteur situé près du consulat général d'Italie, rue Drummond, un peu au sud de Docteur-Penfield. Dans l'ascenseur, il précisa que le vol de Will Bennett s'était posé durant la nuit et que ce dernier l'avait rappelé très tôt le matin.

– Il est au courant?

– C'est lui qui a insisté pour savoir…

Les trois policiers affichèrent une mine de circonstance et offrirent leurs condoléances à Will Bennett, qui semblait plus dépassé par les événements qu'accablé de chagrin.

À la demande du maître des lieux, les policiers retirèrent leurs chaussures et traversèrent le corridor en chaussettes pour entrer dans le salon. La pièce, très masculine, était décorée avec luxe mais sans ostentation. Will Bennett offrit du café aux enquêteurs, mais après une œillade de Victor à Jacinthe, les trois refusèrent.

Du canapé, le sergent-détective l'examina : mince, athlétique, milieu de la cinquantaine, un chandail négligemment passé sur les épaules par-dessus un polo Lacoste, Bennett projetait l'image savamment étudiée de celui qui a réussi.

Les premières questions de routine leur permirent d'en apprendre plus sur lui : divorcé, une fille dans la vingtaine, il travaillait chez P & W depuis plus de quinze ans ; il avait rencontré Judith Harper quatre ans plus tôt, à un souper-bénéfice de Fangs.

Ils étaient devenus amants peu après.

– Quand avez-vous vu madame Harper la dernière fois? l'interrogea Victor.

– Nous avons soupé ensemble le soir précédant mon départ. (Réfléchissant longuement.) Donc mardi.

– Avez-vous eu de ses nouvelles par la suite?

– Non, répondit Bennett illico.

– Prenez le temps d'y penser. Pas de courriels, de textos?

– Non, non. Judith n'avait pas d'ordinateur, ni de téléphone cellulaire.

– Ça vous a pas inquiété de pas avoir de nouvelles?

– Pas du tout. Nous avions une relation très libre. Nous pouvions passer quelques semaines sans nous voir, pour ensuite ne pas nous quitter d'une semelle pendant douze jours.

– Avait-elle de la famille? demanda le Gnome.

– Judith était veuve, fille unique, et elle n'a jamais eu d'enfant. Son père est mort quand elle était adolescente et elle a perdu sa mère il y a plusieurs années. Elle doit bien avoir quelques cousins, mais personne d'assez proche pour que je sois au courant.

– Vous étiez beaucoup plus jeune qu'elle, non? risqua Taillon.

– Effectivement, j'ai cinquante-huit ans, Judith en avait soixante-seize, répondit Bennett sèchement. Où voulez-vous en venir?

– Excusez-nous, monsieur Bennett, répondit calmement le sergent-détective. C'est un moment difficile et nous débarquons avec toutes nos questions. Dans d'autres circonstances, vous auriez été un suspect potentiel, mais comme vous étiez à l'étranger...

– J'ai un alibi, c'est ce que vous dites?

Le visage de Bennett vira au rouge sous le coup de l'indignation.

– Je vous comprends d'être fâché... Mais donnez-nous dix minutes et ça sera terminé, plaida Victor.

Les enquêteurs posèrent encore quelques questions à Bennett concernant son voyage d'affaires. À la demande de Victor, l'homme leur remit ses cartes d'embarquement, son billet de stationnement, la facture de l'hôtel où il avait séjourné et les coordonnées des deux collègues qui l'avaient accompagné.

Will Bennett claqua la porte derrière eux.

– Dix piastres qu'y chauffe une Range Rover, fit Taillon en appelant l'ascenseur.

— Non, une Mercedes, répliqua Victor.

— Il conduit une Audi, trancha le Gnome, sans même vérifier le rapport rédigé la veille, qu'il trimballait sous le bras, dans une chemise cartonnée.

La conversation se poursuivit dehors, dans le stationnement de l'immeuble.

— Fais quand même le suivi avec ses collègues, dit Victor en s'adressant à Lemaire.

— Perte de temps, riposta Taillon. Le gars a un alibi en béton.

Le vent hurlait entre les édifices.

— Qu'est-ce qui te chicote, Vic? demanda le Gnome en frissonnant.

— C'est probablement rien, mais quand je lui ai demandé à quel moment il avait vu Harper pour la dernière fois, il a pris le temps de réfléchir avant de répondre. Par contre, quand j'ai voulu savoir s'il avait eu de ses nouvelles depuis, il a réagi tout de suite. Comme pour éviter toute ambiguïté.

— Bon... Victor Lessard pis ses intuitions! railla Jacinthe en levant les yeux au ciel.

Dans le salon de l'appartement de Judith Harper, les mains dans le dos, Taillon regarda un moment les passants emmitouflés qui remontaient le boulevard de Maisonneuve d'un pas lent, puis elle admira le miroitement du fleuve.

— Elle se torchait pas avec d'la gazette, hein? fit-elle en rejoignant Victor à la cuisine.

Les bras croisés, le sergent-détective paraissait ensablé dans ses pensées.

— Bon, tu voulais voir où elle vivait. T'es content, là? reprit-elle. On a fait le tour.

Il avait visité chaque pièce, examiné chaque recoin, mais, sans qu'il sache pourquoi, la cuisine l'attirait comme un aimant.

— T'as trouvé quelque chose? (Silence.) Non? On y va, d'abord?

Jacinthe marchait déjà dans le corridor. Avant d'éteindre, Victor jeta un dernier coup d'œil derrière lui, le front barré d'un pli.

Sur le trottoir, à côté de la voiture, il alluma une cigarette et en tira une bouffée infinie. Assise sur le siège du conducteur, Jacinthe parlait au téléphone ; sa voix, étouffée, se répercutait dans l'air froid. Recrachant la fumée en volutes bleues, il tapa sur la vitre du côté passager ; elle raccrocha et appuya sur le bouton pour la baisser.

— Fini de boucaner ?

— À quelle heure on rencontre la secrétaire de Lawson ?

— À 11 h.

Victor expédia le mégot dans la neige et s'engouffra dans l'habitacle.

— On y va, on a le temps.

— Où ça ?

Ouvert depuis 1865, le magasin de costumes Joseph Ponton était situé dans un édifice patrimonial de la rue Saint-François-Xavier.

— On va être en retard avec tes niaiseries, Lessard, rumina Jacinthe en poussant la porte de la boutique.

— Deux minutes, pas plus, rétorqua Victor en balayant déjà les étalages des yeux.

Un commis à triple menton s'avança vers eux en se frottant les mains.

— Je peux vous aider, monsieur ?

— Peut-être, oui. Je cherche un costume de lutin du père Noël…

— J'en ai pas à votre taille. Ce que j'ai en stock ferait à un enfant, tout au plus.

— Montrez-moi donc ça, répondit Victor, hilare.

Taillon fronça les sourcils : elle venait de comprendre.

— Maudit que t'es cave, Lessard !

Adèle Thibault leur avait donné rendez-vous dans l'aire de restauration de la tour de la Bourse. L'endroit grouillait de professionnels à l'air morose qui, à quelques jours des vacances, rêvaient d'être à la plage dans le Sud, à leur chalet des Laurentides ou encore à la maison, à faire la fête. La secrétaire de Lawson portait une robe noire très stricte, avec un œillet jaune au-dessus de son sein gauche; retenant ses cheveux gris, un chignon dégageait son visage, mettant en évidence ses imperfections. Elle buvait son café à petites gorgées en grimaçant, comme si elle avalait un mauvais sirop contre la toux.

— Vous paraissez surprise de son départ, remarqua Victor.

— Il a pris des vacances une douzaine de fois en vingt-six ans. C'est la première fois qu'il part avant d'avoir dicté des mémos dans ses dossiers actifs. En plus, il a délégué le plus gros à maître Rivard, qui n'est pas... Je veux dire...

— Pas le plus compétent? compléta Victor.

Elle ferma les yeux, hocha la tête, puis les rouvrit, l'air complice.

— Ce n'est pas moi qui vous l'ai dit.

— Lui connaissiez-vous des fréquentations avec un jeune homme du nom de Wu?

La secrétaire fit un demi-sourire.

— Pas avec celui-là en particulier, mais vous savez qu'il était vieux garçon, non?

Victor et Jacinthe échangèrent un regard entendu: l'allusion à l'homosexualité de Lawson luisait comme une verrue au milieu d'un front; Adèle Thibault appartenait à cette génération où l'on désignait encore les gais de cette façon.

— Quel a été son emploi du temps, ce jour-là? demanda le sergent-détective.

— Il avait une réunion importante avec des clients à 7 h, qu'il a quittée en cours de route pour me demander de faire sortir un dossier des archives.

— Ensuite?

— Il est apparu devant moi dix minutes après, m'a demandé de prendre ses appels et il s'est enfermé dans son bureau. Quand le dossier est arrivé, il a demandé l'aide de Lucian, le garçon du courrier, pour le descendre dans sa voiture et il est parti.

— J'imagine que c'était inhabituel qu'il agisse ainsi?

— Ça ne lui était jamais arrivé auparavant.

— Et le dossier... ça concernait quoi?

Un vieux dossier inactif dont elle ne se rappelait plus le nom exact. «North Industries, ou quelque chose du genre» fut tout ce que Victor put en tirer. Elle promit de lui envoyer des détails par courriel.

— Avait-il l'air différent en partant, perturbé?

— Perturbé? Ça, oui! Mais c'était son air habituel.

Victor ne put s'empêcher de sourire. Ayant terminé son café, la femme tira un sachet de papermannes de son sac et en glissa une dans sa bouche. Elle leur en offrit; Jacinthe, qui n'avait pas encore prononcé un seul mot, ne sut résister.

— Vous croyez pas qu'il soit parti en vacances? reprit le policier.

— Pas une seule seconde.

— Où est-il alors? S'est-il passé autre chose qui sorte de l'ordinaire? Réfléchissez… un coup de téléphone étrange, une visite?

Taillon tapa sur l'épaule de Victor.

— Prépare-toi, ça va chauffer.

Le sergent-détective se retourna dans la direction que lui montrait Jacinthe: lèvres brillantes, Louis-Charles Rivard faisait le coq devant une jeune stagiaire dont les jambes fuselées luisaient à travers ses bas de nylon noirs.

Le sourire de l'avocat mourut lorsqu'il aperçut l'adjointe de Lawson avec les policiers.

À présent, il se dirigeait vers eux à toute vitesse, rouge de colère.

— Comment osez-vous questionner nos employés sans permission? lança-t-il à voix basse, essayant d'étouffer son indignation.

Prenant Adèle par le bras, il la forçait déjà à se lever et à lui emboîter le pas. Pour la deuxième fois en moins de vingt-quatre heures, Victor se dressa devant lui.

Cette fois, il n'entendait pas à rire.

— J'ai aucune permission à vous demander. Que pouvez-vous me dire à propos du dossier que maître Lawson a emporté en vacances? lança Victor, qui appuya sur les deux derniers mots en traçant des guillemets avec ses mains.

– Rien. C'est couvert par le secret professionnel. Écartez-vous.

L'invective au bord des lèvres, Victor toisait Rivard en silence. Jacinthe connaissait assez ce regard pour savoir qu'il ne reculerait pas ; il ressemblait soudain à un mur infranchissable. Elle se leva et posa la paume de sa main épaisse contre le thorax de son coéquipier.

– Laisse-le passer, Vic. Avant qu'y chie dans ses culottes.

Du square Victoria, ils rentrèrent directement à Versailles, prirent une bouchée sur le pouce dans l'atrium, puis, chacun à son bureau, expédièrent les tâches de routine : analyse des renseignements, tentatives de recoupements, organisation de l'information et de la paperasse. À un moment, angoissée par sa liste, Jacinthe retourna voir Horowitz à l'hôpital. Elle revint deux heures plus tard et s'enferma dans la salle de conférences avec son air de cochon.

Pour sa part, Victor noircissait avec dépit son calepin, raturait les éléments vérifiés : l'experte en documents, le médecin légiste et l'Identification judiciaire poursuivaient leurs analyses ; les plongeurs n'avaient rien trouvé en draguant le canal ; et la femme du polaroïd n'apparaissait nulle part dans leurs banques de photos.

À part ce que contenait son dossier, il n'obtint guère plus de résultats en retraçant les allées et venues de Lortie dans les jours ayant précédé son suicide. En apprenant que le chef du service de psychiatrie de Louis-H. ne passerait au bureau que le lendemain, Victor sortit fumer une cigarette dans l'air humide.

À quelques heures du solstice d'hiver, l'obscurité enveloppait déjà la ville.

Le stationnement se vidait peu à peu. De mauvais poil, le policier avait l'impression que toutes les portes qu'ils ouvraient ne menaient nulle part. À son retour, un Post-it collé sur son écran d'ordinateur lui indiquait que le patron voulait le voir.

Il régnait dans le bureau un calme d'intérieur de cercueil. Le fauteuil incliné, les pieds posés sur le rebord de la fenêtre, les paupières closes, Paul Delaney semblait dormir.

— Salut, chef.

— Assis-toi, Victor.

En soupirant, Delaney fit pivoter le siège. Cernes violacés, traits tirés, teint gris : le patron de la section des crimes majeurs s'était usé prématurément.

— Comment elle va ?

— Stable. Elle a un autre test plus tard cette semaine.

— Et toi, Paul ?

Sur la surface de sa table de travail, Delaney chassait les poussières du doigt.

— (Silence.) Madeleine est bien traitée, les médecins sont vraiment bons. Mais ce que je trouve le plus dur, c'est de me sentir exclu. Personne m'informe de rien. Les médecins combattent la maladie avec elle, en équipe, sans que je fasse partie du processus.

Les yeux de Delaney se remplirent d'eau ; Victor baissa la tête.

— Si je peux faire quelque chose…

Delaney écrasa quelques larmes en toussant, imputant le tout à ses allergies.

— J'ai lu ton courriel. Tu veux que j'autorise un avis de recherche pour Lawson.

— Il est peut-être en train de crever quelque part, chef.

— À moins que ce soit lui, le tueur… T'as pas besoin de me convaincre, mais c'est quand même non.

— Ils te mettent de la pression, chef ?

— Ils nous menacent de poursuites.

— Maître Rivard ?

Delaney hocha la tête ; Victor lui relata l'altercation qui l'avait opposé à l'avocat dans la matinée.

— Qu'il intervienne durant l'interrogatoire de Wu pour protéger la réputation de Lawson, je comprends. Mais qu'il veuille m'empêcher de parler à son adjointe… Ils essaient d'enterrer quelque chose.

– Tu cherches trop loin. Ils veulent éviter la publicité négative. Est-ce que j'ai vraiment besoin de te faire un dessin? Tu sais comment ça va sortir dans les médias quand ils vont apprendre qu'un associé principal d'un des plus gros cabinets de la ville est porté disparu? On parle pas de n'importe qui, là. Le gars a son nom sur le papier à lettres de la firme. Alors, imagine en plus quand ils sauront qu'il est recherché en lien avec une histoire de meurtre.

– *Tough luck...*

– Donne-moi encore un peu de temps, OK? Ça chauffe, en haut. Si Lawson refait pas surface dans vingt-quatre heures, tu le lanceras, ton avis de recherche.

Victor grimaça: l'idée ne lui plaisait guère, mais il faisait confiance au jugement de Delaney et le savait coincé par la hiérarchie. En outre, même si son supérieur n'avait pas à lui demander de permission, il lui était reconnaissant de le tenir au courant. Les méthodes de Delaney étaient aux antipodes de celles du commandant Tanguay, son ancien boss.

– OK, Paul.

Déjà debout, le sergent-détective tournait les talons pour sortir, mais Delaney le retint.

– Hé, Vic! Gilles me disait que tu as envoyé Loïc sur le terrain...

– C'est vrai...

– Es-tu certain de ton coup?

Delaney se réjouissait que l'initiative vienne de Victor, mais il ne voulait pas que celui-ci se sente obligé de prendre Blouin-Dubois sous son aile. Quelques semaines auparavant, en examinant les photos d'une scène de crime où Loïc les avait assistés, Jacinthe et Victor s'étaient rendu compte que le jeune homme avait les deux pieds sur un tapis imbibé de sang. Même s'il s'agissait d'une erreur, le fait qu'il ait contaminé l'un des éléments importants de la scène de crime avait soulevé l'ire de ses collègues.

– Le Kid connaît rien aux homicides, mais il connaît la rue. De toute façon, fallait lui donner une autre chance...

Dans la salle de conférences, les photos de la scène de crime déployées en demi-cercle devant elle, Jacinthe broyait du noir en pigeant dans une boîte de *brownies*. Même s'il lui répugnait de l'admettre, Lessard avait raison : retourner voir Horowitz avait constitué une perte de temps. L'interrogatoire de Bennett s'était aussi avéré inutile.

Il était passé 17 h et une autre journée venait de partir en fumée à suivre de mauvaises pistes. Jacinthe avait espéré qu'en regardant les photos, un éclair jaillirait dans son esprit, mais rien. Rien que le vide, qui se comprimait sur lui-même.

Elle finit par détacher ses yeux du visage bleui de Judith Harper, se leva et éteignit la lumière. Fin des émissions, elle rentrait à la maison.

Lessard traînait encore à son bureau ; il était la plupart du temps le dernier à partir. Jacinthe était sur le point de lui lancer une craque lorsqu'elle se rendit compte qu'il parlait au téléphone en chuchotant. Approchant sur la pointe des pieds, elle saisit des bribes de la conversation.

– … je te les envoie… mais, surtout, tu dis rien à personne, OK ? Si ça se sait, je vais avoir des problèmes, conclut le sergent-détective en raccrochant.

– Tu parlais à qui, Lessard ? lança-t-elle en arrivant à sa hauteur.

Victor tressaillit ; il ne l'avait pas entendue arriver.

– Jacinthe ! Tu m'as fait faire un saut, balbutia-t-il.

Son cœur cognait dans sa poitrine ; Taillon le dévisageait d'un air suspicieux.

– C'était qui au téléphone ? insista-t-elle.

– Hein ? Euh… c'était Nadja, déclara-t-il en soutenant son regard.

Victor partit vers 20 h, complètement vanné, avec une seule idée en tête : manger un morceau, puis dormir. Il s'arrêta acheter du poulet au beurre au D.A.D.'S Bagels, rue Sherbrooke, un boui-boui ouvert vingt-quatre heures sur vingt-quatre et sept jours par semaine, où il avait passé le réveillon de Noël, l'année de sa séparation. Après avoir laissé choir ses affaires sur le divan, il ouvrit le téléviseur et remit *Casablanca*. Nadja et lui avaient commencé à regarder le film la veille, mais il s'était endormi avant la fin. Et tandis qu'Humphrey Bogart, le regard ténébreux, assurait à Ingrid Bergman qu'ils auraient toujours Paris, il mangea le plat qu'il venait de réchauffer au micro-ondes. Hébété, il regarda défiler le générique sans le voir, puis abandonna la vaisselle dans l'évier. En slip, il se brossait les dents et allait se mettre au lit lorsqu'il entendit la porte d'entrée grincer sur ses gonds : en service au poste 11 pour la nuit, Nadja venait lui dire un petit «coucou» pendant sa pause. Victor s'apprêtait à l'embrasser et à lui demander comment ça se passait quand elle lui mordit la lèvre et le plaqua contre le mur de céramique.

– Baise-moi…

Les vêtements arrachés dans l'urgence, il la prit là, par-derrière, contre le lavabo de la salle de bains. Le souffle haletant de Nadja embuait le miroir chaque fois qu'il entrait en elle, ses lèvres luisantes effleurant la glace. Agrippé à ses hanches, Victor voyait les vertèbres lombaires de la jeune femme danser sous ses coups de boutoir. Il ne détacha les yeux de la cambrure parfaite de ses reins qu'après y avoir explosé.

Nadja l'avait bordé et s'était évaporée dans l'air, évanescente comme une apparition. Maintenant qu'elle le rejoignait dans son lit presque tous les soirs, il avait de la difficulté à dormir en son absence. Il s'était levé plusieurs fois pour aller aux toilettes, avait changé à maintes reprises la position de ses oreillers et n'avait pas réussi à décider s'il devait ou non garder une jambe à l'extérieur des couvertures.

Dans une sorte de demi-sommeil, son esprit tournait à vide, mêlant les détails de l'affaire avec des souvenirs plus anciens : eux aussi morts assassinés, sa mère et son frère Raymond marchaient pieds nus sur des éclats de verre, entraînant à leur suite Judith Harper vers une forêt sombre et sinistre. Il rêva enfin que Nadja, enceinte de lui, avait accouché de triplés dans la cuisine ; en rentrant du bureau, il trouvait les nourrissons assis dans une flaque de sang, devant le frigo, où ils jouaient avec des lettres et des chiffres aimantés. Nadja était assise dans un coin où elle sanglotait, le visage enfoui dans ses mains ridées.

Poussant un cri, il se redressa d'un bond dans le lit. Après avoir repris son souffle, il consulta sa montre. Tant pis! Il se leva, enfila ses jeans et ouvrit la fenêtre. Il prit quelques bouffées de sa cigarette, puis attrapa son cellulaire sur la table de chevet.

— Allô, marmonna une voix de femme ensommeillée.

— Jacinthe?

— Non, attends, Victor…

Les chuchotements qu'il entendit d'abord firent vite place à des sommations insistantes: visiblement, Taillon ne dormait pas d'un sommeil léger.

— Ciboire, Lessard! finit-elle par mugir.

— Judith Harper avait pas d'enfant.

— T'as besoin d'avoir mieux que ça à me dire pour me réveiller à 2 h du matin!

— Il faut retourner à son appartement avec l'Identification judiciaire.

— Tu me fais perdre mon temps, Lessard. Je raccroche!

— Y avait des chiffres magnétiques sur le frigo, Jacinthe. Des chiffres en plastique multicolores, pour les enfants. Allume! Le tueur est passé là!

CHAPITRE 17

Collier

La vitre de la voiture s'abaissa, laissant apparaître la mine patibulaire du colosse derrière le volant. Portant ses verres fumés la nuit, celui-ci semblait se prendre pour Corey Hart.

Will Bennett lui tendit l'enveloppe; le chauffeur ne put s'empêcher de sourire en comptant la liasse de billets, révélant des dents immaculées.

— Chambre 38, précisa l'émule du chanteur en lui donnant une clé.

Le colosse remontait la vitre lorsque Bennett mit la main dessus pour la bloquer.

— J'espère que la marchandise est de première qualité. La dernière fois…

Le chauffeur retira ses lunettes, plissa les yeux et le dévisagea longuement; il semblait hésiter entre éclater de rire ou entrer dans une colère noire.

— Elle l'est, dit-il. Mais cette fois-ci pas de marques. Sinon ce sera la dernière.

Will Bennett entra dans la chambre par la porte qui donnait sur le stationnement, évitant ainsi d'avoir à passer devant la réceptionniste du motel. La pièce à l'allure quelconque était éclairée par une lampe posée sur la table de nuit.

Un collier lui ceignant le cou, la fille était étendue sur le lit défait, les mains liées derrière le dos, les jambes retenues par du *duct tape*. Une corde assujettie aux montants du lit était attachée au collier, immobilisant sa tête, tandis qu'une boule de caoutchouc fixée par une lanière de cuir la bâillonnait.

Will Bennett vit la peur dans les pupilles de la fille lorsqu'il s'avança vers le lit.

Il enfila ses gants sans se presser.

CHAPITRE 18

Le mal

Le mal rampe, le mal rôde, il s'immisce dans les interstices de l'âme. Et parfois, sans raison apparente, alors que vous le croyiez occupé ailleurs, il hume votre parfum de cendre dans l'air froid, tourne les talons et vous emboîte le pas. Dès ce moment, chaque fibre de votre corps sait qu'il n'y aura pas d'armistice et que l'enveloppe qui vous porte est déjà condamnée. Sauf que le cerveau, jusqu'à la dernière seconde, réussit à faire naître l'illusion qu'il y aura une issue possible, une échappatoire.

Alors qu'il voguait encore de torpeur en torpeur, on avait dessanglé Nathan Lawson du lit pour lui fixer dans le cou un collier muni d'une tige aux pointes acérées qui, pénétrant la chair de son thorax et de sa gorge, sous le menton, lui maintenait la tête vers l'arrière à un angle de quarante-cinq degrés, rendant sa déglutition pénible et l'empêchant de respirer normalement.

Dans le dos de Lawson, un dispositif complexe reliait le collier à des bracelets métalliques qui lui retenaient les mains. À l'autre extrémité, une sorte de mygale métallique fendue d'un aiguillon noir menaçait sa nuque, en la surplombant. Puis, avant que Lawson ne puisse reprendre ses esprits, on lui avait collé un morceau de *duct tape* sur les paupières et sur la bouche.

Un éclair jaune avait brûlé ses rétines quand on avait retiré l'adhésif, mais il n'avait mis qu'un instant à prendre la mesure de la précarité de sa situation.

Lawson se trouvait dans une chambre froide, à la cave : il avait reconnu la pièce en apercevant les cannages sur les étagères et l'étal de boucher qui traînait dans un coin.

Exigu, l'espace était fermé par une porte métallique ; la lumière d'une ampoule fixée au plafond léchait le béton gris. Lawson pouvait marcher, mais il n'était pas en mesure de plier les genoux ; il s'était désorbité les yeux en vain à essayer de comprendre pourquoi.

L'homme avait froid, il grelottait.

Pour autant qu'il pouvait en juger, on ne lui avait laissé que ses sous-vêtements.

Chaque fois qu'il était sur le point de s'assoupir, que sa tête partait vers l'avant, les pointes s'enfonçaient dans la chair de son sternum et dans l'os de son menton ; elles ne touchaient aucun organe vital, mais la douleur, fulgurante, le forçait à rester éveillé.

Un filet de sang coulait de ses blessures, séchait en strates dans son cou et sur son thorax.

Depuis combien temps se trouvait-il là ? Deux heures ou vingt ?

La seconde option semblait plus probable : l'odeur de ses excréments flottait dans l'air et ses jambes souillées vacillaient de fatigue. Il avait pensé un moment à se laisser tomber sur le sol pour se reposer, mais la peur que les pointes ne pénètrent davantage sa chair flasque l'en empêchait. Il ne pourrait tolérer davantage de douleur.

Au début, il s'était persuadé qu'il voulait mourir.

À son âge, il n'entretenait pas de regrets, ayant vécu la vie dont il rêvait : il avait vu ce qu'il voulait voir du monde, acquis les biens qu'il convoitait et il s'était offert tout le sexe désiré. Sur le plan humain, maintenant que sa mère était disparue, il ne lui restait aucune attache, personne à regretter, ni personne qui le regretterait.

Le boulot ? Il aurait pu continuer quelques années, mais il savait que la fin approchait.

Ensuite, il s'était mis à penser à la situation dans laquelle il se trouvait. Il n'avait pas vu son bourreau, ils n'avaient échangé aucun mot. Pourtant, il savait qu'il ne pouvait s'agir que d'André Lortie. De nouveau, sans pouvoir formuler une réponse, il se demanda pourquoi cette histoire refaisait surface maintenant.

Puis la peur l'avait avalé et il n'avait plus songé qu'à cette clé aperçue du coin de l'œil, posée sur l'étal de boucher. Voilà des heures qu'elle accaparait ses pensées, des heures que son cerveau ne cessait d'essayer de se convaincre que cette clé représentait une échappatoire. Que s'il réussissait à la saisir, il pourrait ouvrir les bracelets qui lui bloquaient les poignets et se libérer du piège.

Prêt à mourir?

Nathan Lawson se sentait plutôt prêt à tout pour savourer un dernier réveillon, qu'il passerait seul à perpétuer le rituel que sa mère et lui avaient observé pendant tant d'années : regarder *Le Fantôme de l'Opéra*, classique du cinéma muet, en se goinfrant de champagne et de foie gras.

Pourtant, depuis des heures, son corps refusait de lui obéir et de prendre la clé.

Tout ça à cause de la ligne rouge.

Il y avait en effet un morceau d'adhésif rouge devant l'étal et, chaque fois qu'il s'en approchait, son corps se contractait, il reculait de quelques pas, convaincu qu'il s'agissait d'un piège ou d'un signal, que s'il franchissait la ligne, il mourrait.

En claudiquant au rythme du cliquetis de ses entraves, Lawson marcha en pingouin jusqu'au meuble, les jambes raides. Il avait fini par acquérir la conviction qu'il devait tenter quelque chose, qu'il mourrait bientôt de toute manière s'il ne risquait rien : ses forces déclinaient rapidement, il perdait du sang et il ne pourrait plus tolérer la douleur encore longtemps sans sombrer dans la folie. Tout son corps le faisait souffrir ; sa nuque lui semblait sur le point de se rompre ; ses bras et son dos, prêts à se fendre.

Lawson réfléchit : il devait coûte que coûte voir en dessous de l'étal de boucher. À cause du carcan qui immobilisait sa tête et qui bloquait tout mouvement, c'était le seul endroit qu'il n'avait pu inspecter du regard.

Le seul endroit où pouvait encore se dissimuler une menace.

Les yeux exorbités, le souffle court, les narines aspirant goulûment chaque molécule d'air, Lawson ramena la tête vers l'avant d'un coup. Les pointes s'enfoncèrent davantage dans les os de son sternum et de son menton, le sang gicla, la douleur devint intolérable.

Un hurlement mourut dans sa gorge; les larmes lui montèrent aux yeux.

Mais il avait vu! Il n'y avait rien sous l'étal, rien!

Par superstition, il prit soin de ne pas toucher la ligne rouge avec ses pieds.

Dos à la table, il récupéra la clé en tâtonnant avec les doigts. À force de contorsions, il réussit ensuite à l'introduire dans la serrure de ses menottes. Quand il la tourna, il sentit avec soulagement l'étreinte autour de ses poignets se relâcher.

Son cerveau s'emballa et tout le temps perdu se comprima pour défiler devant ses yeux comme une promesse.

Au même moment, un mécanisme déclenché par le tour de clé qu'il venait de donner fit glisser des loquets, se relâcher des ressorts et, à une vitesse fulgurante, l'aiguillon pénétra sa nuque et ressortit par la gorge, perforant au passage la carotide, crevant la jugulaire.

Face contre terre, Lawson baigna bientôt dans une flaque de sang. Jusqu'à la dernière seconde, il avait cru à une issue possible. S'il avait écouté son instinct plutôt que sa raison, il aurait sans doute vécu plus longtemps.

Mais à peine un peu plus.

La nuit des longs couteaux

Cette nuit-là, dans une cuisine du Château Laurier d'Ottawa, pendant que René et sa délégation dormaient à Hull, le procureur général Jean Chrétien a négocié en secret avec les premiers ministres des autres provinces.

Le choc est brutal : l'entente pour rapatrier la Constitution a été conclue par Trudeau et dix des onze gouvernements canadiens, sans la participation du gouvernement québécois.

Évidemment, René a refusé de signer. À la télé, il avait son air romantique et sa tête triste. Avec raison, il se sent trahi par ce coup de poignard des autres premiers ministres.

J'aurais envie de le prendre dans mes bras et de lui murmurer que nous apprivoiserons ensemble la rage d'être tenus en captivité au sein de notre pays. Tout comme j'apprivoise la rage d'être en captivité dans mon corps et mon esprit.

Vivant dans la douleur des exclus, le Québec est un être différent, une entité unique, un espace à modeler et à définir.

Je crois qu'on pourrait dire exactement la même chose à mon sujet.

READ-ONLY MEMORY

CHAPITRE 19

Louis-H. Lafontaine

Mardi 20 décembre

Il était 6 h 25 et les plantes de plastique de Chez la Mère vibraient au rythme du vrombissement de la gratte qui entassait la bordée de neige nocturne le long des trottoirs. Tout près, au coin du boulevard Pie-IX, la sirène d'une remorqueuse hululait, intimant l'ordre à ceux qui n'avaient pas encore déplacé leur véhicule de le faire immédiatement. Taillon s'apprêtait à attaquer une poutine, tandis que le spleen de Victor tournoyait à la surface de son café. Ils se trouvaient dans le restaurant depuis quelques minutes, ayant passé la majeure partie de la nuit à explorer l'appartement de Judith Harper avec l'équipe de l'Identification judiciaire.

— Tiens, tu surveilles ton cholestérol? ironisa-t-il.

— Ça ou la cigarette… Faut ben mourir de quelque chose, hein?

S'emparant des condiments, elle transforma le plat en une bouillie baveuse. Le sergent-détective haussa les épaules avant de poursuivre:

— C'est frustrant, quand même…

— Quoi? dit Jacinthe avant d'enfourner le quart de l'assiette à la première bouchée.

— «0 bleu, 1 rouge, 2 orange, 3 jaune, 4 mauve, 6 vert», récita Victor. (Les yeux dans son calepin, le sergent-détective passait en revue les chiffres aimantés découverts sur le frigo de Judith Harper, et leurs couleurs respectives.) On se tape une nuit blanche, et c'est tout ce qu'on a!

— À moins que l'Identification judiciaire trouve des empreintes.

— Compte pas là-dessus. C'était pas un oubli : le tueur voulait qu'on trouve les chiffres…

— Pourquoi? Pour nous mettre sur une piste? lança-t-elle entre deux bouchées.

Victor souffla sur le breuvage fumant avant de prendre une gorgée.

— T'as remarqué qu'il y avait six chiffres? Un de moins que pour un numéro de téléphone, mais ça pourrait être une date…

La fourchette de Jacinthe resta en suspension dans l'air, puis son poing s'abattit sur la table avec fracas.

— Il veut peut-être attirer notre attention sur un événement!

— Ou sur une date significative pour Judith Harper.

— Bon! Et c'est pas toi qui chialais tantôt, qui disais qu'on avait rien? s'exclama Jacinthe. (Elle se gratta le front.) Mais s'il veut nous mettre sur une piste, pourquoi laisser les chiffres pêle-mêle?

— Aucune idée… (Silence.) T'as de la sauce sur le menton, dit Victor en bayant aux corneilles.

— Six chiffres… Ça fait pas mal de possibilités… (Elle s'essuya du revers de la main.) À quelle heure on voit le psychiatre déjà?

— À 8 h. Passe-moi les clés, j'vais aller me coucher dans le char en attendant. Chus brûlé.

Jacinthe lui tendit le trousseau, puis dit quelque chose à propos d'un dessert, mais Victor avait déjà déplié sa carcasse et se faufilait entre les tables où quelques clients lisaient le *Journal de Montréal*.

Il ouvrit la porte, ses pupilles plongèrent dans le blanc ; le ciel cotonneux filait si bas qu'il eut envie de s'y étendre pour dormir.

Taillon l'avait réveillé une fois la voiture garée dans le stationnement de l'hôpital psychiatrique Louis-H. Lafontaine. Une barre dans le bas du dos, Victor avait fumé une cigarette en claquant des dents, devant l'entrée principale.

Alors qu'ils s'étaient attendus à trouver un décor spartiate, des diplômes accrochés aux murs et des piles de dossiers couverts de poussière, le bureau du docteur Mark McNeil les avait surpris : murs blancs, plancher de bois foncé, mobilier minimaliste ; rien d'autre de visible sur le plan de travail que les lignes épurées d'un iMac et un agenda.

Bien charpenté, arborant une luxuriante moustache à la *Magnum P.I.*, le chef du service de psychiatrie s'exprimait d'une voix graveleuse.

Les enquêteurs expédièrent d'abord les formalités d'usage avec le médecin, notamment la question du secret professionnel. S'il n'était pas obligé de répondre à leurs questions avant qu'ils n'aient obtenu un mandat, McNeil les rassura tout de suite : puisque Lortie était décédé sans famille connue et qu'il s'agissait d'une enquête pour meurtre, il ferait montre de souplesse.

Taillon et Victor entrèrent ensuite dans le vif du sujet, sollicitant la collaboration du psychiatre pour en apprendre davantage à propos d'André Lortie. Plongeant dans ses notes, McNeil leur expliqua que Lortie avait été pris en charge pour la première fois à l'hôpital en 1969. À ce moment-là, l'homme était arrivé en crise aux urgences, en plein délire psychotique. Après examen et mise en observation, on lui avait diagnostiqué une très sérieuse forme de bipolarité — à l'époque, on parlait plutôt de « maniaco-dépression » — accompagnée des habituels délires de grandeur et de persécution.

McNeil précisa ensuite que le dossier de Lortie comportait peu de détails au sujet de son passé. Avait-il déjà eu, comme tant d'autres, un foyer, un emploi, une vie sociale, une conjointe ? Quels événements l'avaient poussé à basculer dans le monde de l'itinérance ? Les médecins qui s'étaient penchés sur son cas au fil des ans semblaient l'ignorer. En revanche, McNeil confirma que l'homme vivait depuis plusieurs années dans les rues du centre-ville ou dans les refuges réservés aux sans domicile fixe.

Le psychiatre leur apprit également que Lortie avait effectué plusieurs séjours à Louis-H. Lafontaine depuis sa première admission. Leur durée s'échelonnait, selon la gravité de son état, de quelques jours à plusieurs mois. Chaque fois, il présentait des symptômes de délire psychotique. Cependant, depuis quelques années, grâce à une médication plus efficace et à un encadrement plus rigoureux, son état avait pu être «stabilisé». Dernièrement, il avait pu réintégrer la maison de chambres où les deux enquêteurs s'étaient rendus.

— Quand vous mentionnez que Lortie était en délire psychotique, ça veut dire quoi, au juste? risqua Jacinthe qui, pour une rare fois, semblait passionnée par la discussion.

Les mains posées à plat sur les appuie-bras, McNeil se carra dans son fauteuil.

— Un état maniaque intense peut conduire à des symptômes psychotiques comme les délires et les hallucinations. Il y a souvent une base de vérité dans les délires, mais la personne qui en souffre perd contact avec la réalité, elle est convaincue de la véracité d'une chose qui est objectivement fausse. Les épisodes maniaques impliquent souvent un comportement dangereux du patient ou même des épisodes dépressifs avec idées suicidaires.

— À ce moment, ça devient un cas d'hospitalisation, suggéra Victor.

— Tout à fait. L'hospitalisation se fait de façon volontaire ou à la demande d'un tiers. Dans le cas de Lortie, ce sont la plupart du temps les policiers qui finissaient par le ramener ici, quand il arrêtait de prendre ses médicaments.

— Et en règle générale, les délires portent sur quoi? l'interrogea Victor.

— Mon Dieu... Les malades peuvent délirer sur plusieurs thèmes... Par exemple, le délire de persécution: c'est le cas de la personne qui prétend être l'objet d'une machination ou d'une conspiration.

Jacinthe parla alors au psychiatre des inscriptions sur les cartons qu'ils avaient découverts dans la chambre de Lortie.

— On a aussi trouvé un article de journal qu'il avait caché, enchaîna Victor. Ça concernait l'enlèvement de Pierre Laporte.

Le visage du psychiatre s'éclaira.

– Écoutez, je n'ai pas été un de ses médecins traitants… Mais, pour en avoir déjà parlé avec des collègues, si ma mémoire est bonne, Laporte, c'était une de ses lubies. Lortie prétendait avoir participé à l'opération. Ce qui est faux, évidemment : les felquistes impliqués, on les connaît tous depuis longtemps. Vous voyez, ça, c'est un bon exemple de délire mégalomaniaque : une surestimation de soi qui n'est pas conforme à la réalité. Les inscriptions que vous avez vues sur les cartons sont donc probablement le fruit de ses délires.

– Est-ce que c'est une maladie ? continua le sergent-détective.

– On parle de trouble psychiatrique. En soi, le délire est un symptôme qui nous montre que la pensée du patient est perturbée.

Victor leva les yeux du carnet dont il avait déjà noirci plusieurs pages.

– Est-ce qu'on en connaît les causes ?

– Il peut y en avoir plusieurs, soupira McNeil. Prise de produits toxiques, maladie du système nerveux central, événement traumatique, facteurs héréditaires, stress. On essaie d'identifier les facteurs déclencheurs, mais souvent on n'en trouve pas.

– Et Lortie ? lança Jacinthe.

Le psychiatre esquissa une moue dubitative.

– De mémoire, on n'a jamais vraiment réussi à identifier une cause précise. Sauf que, dans son cas, les symptômes ont fini par évoluer vers une psychose hallucinatoire chronique.

– En bon français ? reprit Jacinthe.

– Le malade entend des voix. L'atteinte est fluctuante, avec des moments de rémission et d'aggravation en alternance.

– Comment ça se traite ? Peut-on en guérir ? demanda Victor.

– Les neuroleptiques permettent dans certains cas d'atténuer les symptômes. Mais non, on n'en guérit pas. À partir du moment où les défenses éclatent, le problème refait surface de façon récurrente, par le biais de crises. Le malade est ainsi voué à une grande solitude. Les impacts sociaux sont terribles.

Victor se leva et fit quelques pas dans le bureau, pour se dégourdir les jambes.

– Selon vous, est-ce que Lortie aurait pu tuer?

– Réponse courte: assurément. Une personne affectée de troubles bipolaires peut avoir des tendances homicides et suicidaires.

– Et la réponse longue? hasarda le sergent-détective.

McNeil se lança alors dans une véritable dissertation, leur offrant des explications que les deux enquêteurs ne saisirent pas tout à fait. La conversation dura encore un moment, puis Jacinthe changea de sujet.

– Connaissiez-vous les gens que Lortie fréquentait?

Le psychiatre hocha la tête.

– Comme je vous le disais, l'impact de cette maladie est tel qu'il est difficile d'entretenir des rapports sociaux. Lortie ne devait pas avoir beaucoup d'amis.

– Je comprends, acquiesça Victor. Mais je tente quand même ma chance une dernière fois: a-t-il déjà mentionné une Sylvie?

McNeil consulta un moment les documents étalés devant lui en se lissant la moustache.

– Je ne vois rien dans le dossier, dit-il en levant le regard vers eux. Mais vous savez, vous pourriez peut-être en parler à madame Couture.

– C'est qui, ça? lâcha Jacinthe.

– Une préposée aux bénéficiaires qui s'est beaucoup occupée de Lortie. Je vais demander à mon adjointe de vous la présenter.

Les deux policiers remercièrent le psychiatre. Ils étaient sur le point de sortir lorsque McNeil posa une main sur l'épaule du sergent-détective, le dévisageant.

– Pardonnez-moi, enquêteur, mais ça m'a chicoté tout le temps de notre rencontre. Est-ce qu'on se connaît? Il me semble que votre visage m'est familier…

Victor baissa les yeux vers le sol; Taillon le regardait, interloquée.

— On s'est vus à l'urgence psychiatrique en juillet. (Sourire embarrassé.) Vous m'aviez prescrit du Paxil.

Victor avait souffert d'une dépression majeure après l'enquête sur le Roi des mouches.

Un soir, des idées noires rampant comme des vers dans sa tête, il s'était présenté de lui-même à Louis-H., après être passé à deux doigts de rechuter dans un bar d'Hochelaga-Maisonneuve. Le sergent-détective était resté quelques jours à l'hôpital de son plein gré.

— Bien sûr! Pardonnez mon indélicatesse, répondit McNeil, l'air désolé.

Effacée et anonyme, la secrétaire du docteur McNeil marchait à pas feutrés, les guidant dans un dédale de corridors. Jacinthe regardait dans tous les coins avec circonspection, s'attendant à voir surgir les personnages de *Vol au-dessus d'un nid de coucou*. Ils arrivèrent dans une salle d'attente. La secrétaire les fit asseoir et s'excusa, avant de repartir chercher la préposée. Se tordant les mains, Jacinthe cherchait à dissiper le malaise, à briser le mur du silence, mais Victor parla le premier:

— Savais-tu que Nelligan a vécu ici de 1925 jusqu'à sa mort?

— Le poète? Il était fou?

— Ça, c'est ce que l'histoire dit. Mais dans les faits, il paraît qu'il était juste un peu asocial. Tu vois, y a pas juste les fous qui se ramassent à l'asile.

— Pourquoi tu m'as rien dit?

Les yeux du sergent-détective s'embuèrent; il haussa les épaules. Jacinthe posa une main sur son avant-bras. Elle le savait à fleur de peau.

— T'as longtemps été le seul dans l'équipe à connaître ma vie privée, Lessard. Pis tu m'as jamais jugée. Je dis souvent des niaiseries, mais j'aurais pas fait de farces là-dessus.

— …

– En tout cas, ça explique les «Tylenol» que tu prends en cachette… T'aurais dû m'en parler! Parce que, moi, j'avais peur que t'aies recommencé à consommer.

– Ça fait sept ans que j'ai pas bu, dit Victor en tournant lentement la tête vers sa partenaire, le regard sombre. Reviens-en!

Il se rendait aux Alcooliques anonymes quatre fois par année, plus pour revoir les anciens que par nécessité.

– J'te parle pas nécessairement d'alcool, Lessard! Mais avec tous les médicaments que t'as pris pour ta jambe, t'aurais pu devenir *addict*. Y disent que c'est génétique, la dépendance. C'est pas ta faute, mais t'as une fragilité en toi.

L'image fugace de son père, de l'écume à la commissure des lèvres, revint à la mémoire de Victor. Imbibé d'alcool, il venait à nouveau de tabasser sa mère sous ses yeux.

– N'importe quoi, murmura-t-il en hochant la tête.

– On sait jamais, mon homme!

Remuant des zones d'ombre douloureuses, les remarques de Jacinthe le gênaient, mais il réussit à se contenir et à laisser couler. Ils attendirent quelques minutes sans plus s'adresser le moindre mot, puis une femme entra. Vêtue d'un uniforme bleu poudre, elle avait des taches de rousseur sur les joues, et ses cheveux blond cendré étaient retenus par un élastique.

– Bonjour, il semble que vous vouliez me voir, souffla-t-elle d'une voix calme et posée.

– Oui, confirma Victor. Le docteur McNeil croit que vous pourriez nous aider à voir plus clair dans une affaire.

– Je dois m'occuper d'un patient. Si ça ne vous dérange pas, on parlera en marchant.

Victor commença à poser ses questions sur Lortie, essayant d'en apprendre davantage sur les gens qu'il fréquentait. Comme l'avait mentionné McNeil, l'homme menait une vie en marge, avec des relations sociales restreintes. En se creusant les méninges, la préposée finit par leur parler d'un jeune avec lequel Lortie jouait parfois aux échecs, mais le souvenir demeurait trop vague pour qu'elle puisse se rappeler un nom.

Quant aux lieux qu'il fréquentait, elle semblait en savoir encore moins.

Ils arrivèrent devant la chambre d'un patient, un homme obèse couché sur le côté. La préposée s'approcha et lui parla doucement. Il émit quelques râles gutturaux. Victor et Jacinthe saisirent qu'il était question d'aller aux toilettes et que l'homme manifestait vivement son désaccord. Visiblement empathique, l'aide-soignante finit par l'aider à se retourner et à se mettre debout. Elle le soutint ensuite jusqu'à la salle de bains et ressortit lorsqu'il fut installé.

– Comment faites-vous?! s'exclama Victor. Ça doit prendre de la patience et une force surhumaine pour faire votre boulot.

– La force, c'est à cause de mon père. Il aurait voulu un garçon, dit la femme en riant.

– André Lortie a-t-il déjà mentionné des noms de personnes proches? Sylvie, par exemple…

– Non, pas à ma connaissance, fit-elle après avoir réfléchi un instant. Mais si je peux me permettre, pourquoi me posez-vous toutes ces questions? Est-il arrivé quelque chose à monsieur Lortie?

– Oh, pardonnez-moi! Je croyais que vous étiez au courant.

Victor lui relata les circonstances de la mort de l'itinérant; un pli barrait à présent le front de la femme.

– Peut-être que le docteur McNeil vous en a parlé, mais ce que vous me décrivez ressemble beaucoup à une histoire que monsieur Lortie racontait souvent.

– C'est-à-dire?

– Il était convaincu d'avoir vécu des *black-out* dans le passé. Et après l'un de ces épisodes, il s'était réveillé en panique, parce qu'il croyait avoir tué des inconnus.

– Et pourquoi voyez-vous un lien avec notre histoire? reprit Victor, intrigué.

– Parce qu'il disait qu'à son réveil son linge était taché de sang.

La préposée aux bénéficiaires releva la tête et les regarda tous les deux de ses yeux perçants avant de poursuivre:

– Et selon lui, il avait le portefeuille des victimes en sa possession…

CHAPITRE 20

Mauvais fils

– Vous m'aurez pas vivant, vous m'aurez pas vivant!

Martin se retourna et les vit, derrière la clôture de métal, courir vers l'adulte, puis il entendit leurs cris stridents fuser dans l'air.

Lui enserrant les jambes, les enfants terrassèrent l'éducateur qui, croulant sous leur nombre et leurs rires, mourut de façon théâtrale dans la neige, agité de convulsions.

Laissant le service de garde du YMCA derrière lui, Martin continua son chemin.

En regardant les corneilles alignées sur un fil électrique, il essaya de se remémorer à quel moment de l'imaginaire jalonnant l'enfance, il avait basculé vers la morne réalité du monde adulte. Un souvenir lointain émergea, lui accrochant un sourire aux lèvres : son père l'avait réveillé, et ils étaient sortis sur la pointe des pieds dans les lueurs argentées de l'aube. Puis au parc, en silence, ils avaient fait voler un cerf-volant rouge.

Martin se rembrunit aussitôt. Chaque fois qu'elle revenait, cette réminiscence lui apportait son lot de mélancolie. Pourquoi ne pouvait-il se défaire de l'impression qu'on lui avait volé son enfance, qu'il avait gaspillé du temps? Pourquoi n'en gardait-il que des fragments? Martin n'avait pourtant pas vécu une jeunesse particulièrement difficile, il avait pu compter sur des parents aimants.

Essayant de remonter le fil de sa mémoire, il avait déjà tenté de déterminer ce qui l'avait fait dévier de sa trajectoire.

Une certitude s'était dégagée : il ne s'agissait pas d'un événement marquant, mais plutôt d'une série de facteurs qui avaient semblé anodins sur le moment.

Martin traversa la rue Notre-Dame-de-Grâce à l'intersection et continua à descendre Hampton.

Il était 8 h 53, il faisait moins huit degrés et il marchait sans presser le pas, le capuchon de son *hoodie* enfoncé jusqu'aux yeux.

Il se trouvait à quelques rues de l'appartement de son père et il espérait ne pas le croiser. Mais, s'il le rencontrait, il lui dirait qu'il avait couché chez Mélodie, à Côte-Saint-Luc, et qu'il s'en allait prendre un café avec des amis.

Ce qui n'était pas loin de la vérité...

S'approchant de la maison de sa mère avec circonspection, Martin composa un numéro sur son cellulaire et attendit de tomber sur le répondeur avant de raccrocher. Il répéta deux autres fois la manœuvre. Lorsqu'il eut acquis la conviction qu'il avait le champ libre, il contourna la maison par la gauche et, de la neige aux mollets, marcha dans la cour jusqu'au balcon.

La clé était toujours dissimulée au même endroit.

Entrant par la porte-fenêtre, il abandonna ses chaussures sur le tapis de caoutchouc. Tendant l'oreille pour s'assurer que l'endroit était désert, il monta les marches quatre à quatre et arriva sur le palier. Il hésita quelques secondes, puis il ouvrit la porte de sa chambre, se figeant sur le seuil : sa mère n'avait touché à rien depuis son départ. Tout était demeuré intact : ses cartes de hockey étaient toujours empilées sur la commode, ses instruments de *Guitar Hero* entassés dans le coin où il les avait abandonnés et son vieux chandail du Canadien roulé en boule sur le tapis. Crucifié au mur, Kurt Cobain le dévisageait.

Le divorce de ses parents datait de quelques années et Martin les avait vus tous les deux patauger dans la gadoue du célibat. Sa mère s'en était mieux tirée au début, tandis que Victor avait sombré dans la dépression. Le retour à la vie de Marie s'était en effet déroulé dans la légèreté : alors au début de la quarantaine, elle s'était transformée en «couguar», sortant avec des garçons beaucoup plus jeunes qu'elle.

Pourtant, leur relation n'avait jamais paru aussi soudée et harmonieuse que durant cette période, où elle semblait mieux le comprendre, où les règles s'étaient assouplies. Un soir, elle lui avait même confié avoir pris de l'ecstasy dans un rave.

Puis, après quelques années de galère, elle s'était rangée, avait refait sa vie avec Derek, un comptable anglophone dont Martin exécrait la gentillesse, qu'il estimait feinte.

Pour sa part, Marie ne jurait que par lui : «Derek dit que…», «Derek pense que…», «Derek suggère que…».

Marie et lui ne s'étaient pas chicanés, Martin n'avait pas claqué la porte. Il s'était simplement réfugié chez Victor, d'où il partait et où il revenait au gré des hauts et des bas de sa relation avec Mélodie.

Le jeune homme s'avança dans la pièce et retira le dernier tiroir de la commode, qu'il posa à l'envers sur le lit. Ce qu'il était venu récupérer était scotché sur la face externe du panneau arrière, enveloppé dans un chiffon blanc. Martin n'avait pas touché à l'arme depuis que son père lui avait sauvé les fesses en le sortant d'une situation périlleuse, quelques années plus tôt. Il retira le chiffon et soupesa l'objet dans sa main un moment, avant de le glisser dans sa ceinture.

Cette fois, il irait jusqu'au bout.

Et il n'aurait besoin de l'aide de personne pour se sortir du pétrin.

Martin remit le tiroir en place et, secouant sa nostalgie, il jeta un dernier coup d'œil à la chambre avant de refermer la porte.

Il descendit les marches en tenant la main courante ; le pistolet cognait contre ses reins.

CHAPITRE 21

Francine Grimaldi

Jacinthe et Victor se tenaient face à une petite femme d'âge mûr, vêtue d'un boubou ocre et la tête enveloppée d'un turban bariolé, à la Francine Grimaldi. Une heure plus tôt, Mona Vézina avait laissé un message dans la boîte vocale de Victor, qui ne l'avait écouté qu'en sortant de Louis-H. Le sergent-détective l'avait rappelée et ils s'étaient entendus pour se rencontrer sur-le-champ. Elle occupait un petit espace anonyme dans un centre d'affaires regroupant plusieurs bureaux de professionnels, à proximité de la Place Versailles.

— Entrez, asseyez-vous, proposa l'experte en documents en tendant le bras vers les chaises visiteurs, faisant tinter les bracelets qui pendaient par dizaines à ses poignets.

Pour un peu, ils se seraient attendus à ce qu'elle sorte une boule de cristal d'un tiroir et qu'elle leur propose d'y lire l'avenir.

— Merci de nous recevoir aussi vite, marmonna le sergent-détective en s'asseyant.

Un cadre contenant une photo du pape Jean-Paul II était accroché au mur, au-dessus de la tête de l'experte en documents.

— Ça me fait plaisir, dit cette dernière en posant sur la table le chapelet qu'elle était en train d'égrener à leur arrivée.

Elle sourit pour la première fois, découvrant de petites dents serrées qui, sur le devant, se chevauchaient un peu. Engluée dans la chaleur humide de son bureau, elle semblait bouger au ralenti dans cette molle atmosphère.

Dès qu'elle fut assise, Jacinthe saisit une enveloppe sur le bureau et commença à s'éventer, les joues déjà rouges.

Mona Vézina commença par leur donner les mises en garde d'usage, leur expliquant ce qu'ils savaient déjà, à savoir que son opinion se limitait à l'examen du polaroïd et des cartons trouvés dans la chambre de Lortie, sur lesquels avait été tracée ce qu'elle appelait «la mosaïque». Elle ajouta que ladite opinion était émise sous toutes réserves, puisqu'elle pouvait changer en fonction des faits nouveaux qui pourraient être portés à son attention subséquemment. Puis elle ouvrit une chemise cartonnée, en sortit une feuille et la consulta.

— Ce que je peux vous dire d'entrée de jeu, c'est que la mosaïque a été tracée en plusieurs étapes et que différents types d'encre ont été utilisés. Mais si vous voulez les dater pour connaître les époques, il faudrait consulter un chimiste. Je peux vous recommander quelqu'un qui collabore avec le SPVM.

— Ça sera pas nécessaire, affirma Jacinthe.

— Bien. Par ailleurs, après des examens détaillés à la loupe et au microscope, je n'ai aucune raison de penser que des éléments de la mosaïque ont été falsifiés ou contrefaits. Alors, je dirais, en fonction de ce qui précède, que la mosaïque est l'œuvre d'une seule et même personne. Par contre, je ne suis pas en mesure d'identifier monsieur Lortie comme étant l'auteur de la mosaïque. Si vous désirez que je pousse plus loin, il faudrait me fournir un spécimen d'écriture aux fins de comparaison. Une lettre, par exemple…

— Pour l'instant, le seul autre écrit que nous avons est le mot inscrit sur le polaroïd, précisa le sergent-détective. Sylvie…

— Et encore là, on peut même pas relier la photo à Lortie avec certitude, ajouta Taillon.

— C'est Lortie, l'auteur, Jacinthe. Je pense qu'on peut tenir pour acquis que ce qui se trouvait dans sa chambre lui appartenait, objecta Victor. (Il se tourna vers Mona Vézina.) Est-ce que les écritures correspondent?

— Vous comprendrez qu'un seul mot n'est pas un échantillon suffisamment représentatif pour que je sois en mesure d'arriver à une conclusion irréfutable, reprit la femme. Mais je dirais avec un degré de certitude de plus de soixante-quinze pour cent que les écritures sur le polaroïd et la mosaïque proviennent de la même personne.

– En tout cas, c'était une écriture de gars ; ça, c'est certain, trancha Jacinthe.

– Je ne voudrais pas vous contredire, madame, continua l'experte en documents, mais, contrairement à la croyance populaire, trois choses ne peuvent être déterminées de façon catégorique dans l'analyse d'un écrit : si l'auteur est droitier ou gaucher, son sexe et son âge.

Sous le coup de la surprise, Jacinthe se tint coite un instant. Puis, une idée en amenant une autre, elle attaqua la question sous un autre angle :

– Qu'est-ce que vous pouvez nous dire sur la personnalité de l'auteur ?

– Écoutez, je suis experte en documents, pas graphologue.

Agitant devant son visage l'enveloppe qu'elle avait prise pour s'éventer, Taillon ne se laissa pas démonter pour autant.

– Vous avez quand même une opinion ? Quelles ont été vos premières impressions quand vous avez examiné la mosaïque ?

Mona Vézina regarda Victor, comme pour chercher son approbation. Il hocha la tête.

– Eh bien, je crois que je ne vous apprendrai rien en vous disant que l'auteur était quelqu'un de perturbé. Ça peut sembler étrange, mais il semble être à la fois confus et méthodique. Toute écriture faite à la main montre des variations naturelles. Ici, l'écriture provient de la même personne, mais il y a, à certains égards, des ruptures radicales et claires. Si j'avais à parier, je dirais que l'auteur était affecté d'un trouble de la personnalité.

Quelque chose dans le langage corporel de la spécialiste en documents attira l'attention de Victor, peut-être cette façon de baisser les yeux quand elle parlait. Il sentit confusément qu'elle n'osait pas formuler le fond de sa pensée.

– Y a-t-il autre chose que vous avez remarqué, madame Vézina ?

La femme hésita, se tordit les mains. Un malaise palpable s'installa.

– Écoutez... Comment dire... (Elle prit une pause pour rassembler ses idées, choisir ses mots.) Vous savez, je travaille comme consultante pour le SPVM et mon mandat est précis : il concerne l'analyse des écritures. D'habitude, je me limite au contenant, je ne regarde pas le contenu. Vous comprenez ? Mais ici, parce qu'il s'agit d'un meurtre et que ça me captivait, je me suis permis de me livrer à un exercice qui excède mon champ de compétences. Je veux juste que vous compreniez que mon intention n'était pas d'empiéter sur le territoire des experts...

Victor saisissait parfaitement.

Depuis que des séries télé comme *CSI* avaient glorifié leur rôle, il y avait parmi les techniciens de l'Identification judiciaire quelques têtes enflées qui se croyaient plus intelligents que la moyenne des ours. L'experte en documents était de nature curieuse et, à plus d'une reprise, on avait dû lui dire avec condescendance de se mêler de ses affaires.

Quoi qu'il en soit, ils n'avaient rien à perdre à l'écouter.

L'Identification judiciaire poursuivait l'analyse de la mosaïque en parallèle, mais n'en avait rien tiré jusqu'ici.

– Madame Vézina, soyez pas inquiète, ça restera entre nous.

Rassurée, elle lui adressa un sourire reconnaissant. Elle appréciait la marque de confiance que venait de lui donner le sergent-détective.

– Pour la plupart, les mots qui se retrouvent sur la mosaïque sont des mots uniques ou des suites de mots sans signification apparente, parfois répétés à de nombreuses reprises. J'ai tenté pendant plusieurs heures d'y trouver un sens ou une logique, mais sans y parvenir. Alors, j'ai changé d'approche. J'ai essayé d'identifier des phrases. Il n'y en a pas beaucoup, mais j'ai fini par en trouver quelques-unes.

Mona Vézina posa une photographie devant eux, sur la table.

– Regardez ce que j'ai obtenu de l'Identification judiciaire. Il s'agit d'une portion d'environ dix centimètres sur dix-huit de la mosaïque.

L'experte en documents sortit un autre document de la chemise, une feuille de papier, qu'elle tendit au sergent-détective avant de poursuivre :

– J'ai relevé les quatre phrases qui y sont répétées le plus souvent et je les ai retranscrites. Entre parenthèses, je me suis amusée à chiffrer le nombre d'occurrences. Et je ne sais pas s'il s'agit ou non d'une coïncidence mais, si vous regardez attentivement la photo, les quatre phrases en question se retrouvent à proximité l'une de l'autre. C'est le seul endroit de la mosaïque où elles sont groupées de cette façon.

Victor examina la feuille un moment, puis il la passa à Jacinthe :

«Meeting with Mr. McGregor at Fédération Laïque
Québécoise, May 1st 1965» (3)

«Richard Crosses The Door» (7)

«My ketchup uncle Larry Truman relishes apples» (9)

«Watermelon man is watching» (13)

– Mon oncle ketchup! Méchant fucké! éructa la grosse Taillon.

– Et qu'est-ce que vous en tirez? demanda Victor.

– Voyez les croix ici et là, la religion semble être une préoccupation. Je note aussi une opposition entre ces croix et les termes «Fédération Laïque Québécoise». Est-ce une antinomie entre vie religieuse et vie laïque? Est-ce le signe d'un conflit? Quoi qu'il en soit, j'ai vérifié sur Internet et, à ma connaissance, la Fédération laïque québécoise n'a jamais existé.

– Pas encore une histoire de religion!

Victor lança à Jacinthe un regard chargé de reproches.

– Continuez, Mona, intervint-il.

– Je remarque aussi l'emploi du mot « *Crosses* », alors que le mot « croix », en anglais est « *cross* ». Y a-t-il un lien? Aussi, il y a trois références à la nourriture, deux à des fruits, des pommes et du melon d'eau, l'autre à un condiment : le ketchup. Je vous l'avoue avant que vous me posiez la question, je n'ai aucune idée de ce que ça signifie.

Le front trempé de sueur, Jacinthe semblait sur le point de s'évanouir. Le sergent-détective aussi commençait à avoir chaud. Pour sa part, Mona Vézina continua sur sa lancée.

– Les points noirs semblent être des yeux, ce qui pourrait suggérer qu'il se sentait surveillé, précisa l'experte en documents. Surtout si on les met en conjonction avec la phrase : « *Watermelon man is watching.* » S'agissait-il d'un homme qui avait une grosse tête? Ou de quelqu'un qui mangeait souvent du melon? Les paris sont ouverts! conclut-elle, haussant les épaules avec une certaine théâtralité.

– Et vous, quel est votre avis? demanda Victor.

Bien sûr, il s'agissait de ça. Mona Vézina esquissa le petit sourire de celle qui sait des choses dont il est inutile de parler.

– Puisque vous me le demandez, je dirais qu'il pourrait peut-être s'agir de messages codés, dit-elle, trop heureuse de contribuer à résoudre une énigme. Mais je me tais! (Elle feignit de se zipper la bouche avec les doigts.) J'ai déjà largement dépassé mon domaine d'expertise.

Victor repoussa pour une énième fois une feuille de la plante qui rampait sur son épaule et lui chatouillait la nuque.

– Au moins, reprit-il à l'intention de Jacinthe, on a une date et des noms à passer dans les banques de données : Larry Truman et ce M. McGregor… C'est déjà ça. On va vérifier aussi pour la Fédération laïque québécoise.

– Envoie ça à Gilles. Y trippe sur les mots croisés, affirma Jacinthe. Il va être bon là-dedans.

– Bonne idée, reprit Victor. (Il se tourna vers l'experte en documents.) Pourriez-vous en faxer une copie à Gilles Lemaire, à la section des crimes majeurs?

– Malheureusement, je n'ai pas de fax.

Jacinthe se leva soudain et écrabouilla la main de Mona Vézina dans la sienne.

– Excusez-moi, mais chus pus capable. J'ai trop chaud. Merci, madame!

Se lançant à toute vitesse dans le corridor, elle jeta, sans prendre le soin de se retourner :

– Je t'attends en bas, Lessard.

Victor se leva à son tour, inspira profondément. Il était exaspéré par les manières de sa collègue, mais essaya de n'en rien laisser paraître.

– Je vous remercie beaucoup, Mona, vous nous avez été très utile.

L'experte en documents rougit de fierté.

– Je peux garder ça? demanda-t-il en montrant la feuille du doigt.

– Bien sûr, c'est votre copie.

Au rez-de-chaussée, Victor se pencha sur une fontaine pour boire de l'eau. Jacinthe l'y rejoignit alors qu'il se redressait.

– En tout cas, remarqua-t-il en s'essuyant la bouche, si on prend les premières lettres de Fédération laïque québécoise, ça forme l'acronyme du FLQ. Et « *Richard Crosses the Door* », ça pourrait être une référence à l'enlèvement de Pierre Laporte.

– « *The Door* » correspondrait donc à Laporte?! s'exclama Jacinthe. Pourquoi pas à Jim Morrison? (Elle était sur le point de s'esclaffer, mais, croisant le regard de son collègue, s'en abstint.) Euh… j'comprends pas pour « *Richard Crosses* » …

– T'as jamais entendu parler de James Richard Cross? lança-t-il, avec un atome d'arrogance dans la voix.

– C'est pas un chanteur, lui avec? répliqua Jacinthe le plus sérieusement du monde.

Victor boutonna son manteau et ils sortirent dans le stationnement. L'air froid le revigora.

– Cross était un diplomate britannique. Je me souviens pas de la date précise, mais il a été enlevé par le FLQ en 1970, quelques jours avant Pierre Laporte.

CHAPITRE 22

Conférence de presse

Victor flottait dans un autre monde, ses lèvres bougeaient au ralenti, sa voix plongeait dans les graves, jusqu'à devenir inaudible, les mots se distendaient. La femme qui croisait et décroisait les jambes au premier rang voulait-elle qu'il la remarque? Il finit de réciter sa déclaration d'un ton monocorde et se jeta sur son verre d'eau; le crépitement en continu des flashs l'aveuglait.

À leur retour à Versailles, ils avaient briefé Paul Delaney. À la lumière des derniers développements, celui-ci les avait autorisés à préparer un mandat pour obtenir le dossier psychiatrique d'André Lortie. Jacinthe expédiait la paperasse requise au moment même où le sergent-détective affrontait les journalistes.

En plissant les yeux, Victor consulta ses notes pour s'assurer qu'il avait couvert tous les points, puis il saisit la carafe et se versa un autre verre.

— Je vais répondre à vos questions, soupira-t-il.

Une clameur monta de la salle, surchauffée par les projecteurs. Un reporter avec une barbe clairsemée se leva; une liasse de feuilles émergeait de la poche de sa veste.

— Oui, monsieur? commença le sergent-détective en s'essuyant le front.

— Jacques-Yves Brodeur, Radio-Canada. Si j'ai bien compris, vous ne pensez pas que la disparition de maître Lawson soit reliée à une autre affaire…

— C'est exact, répondit Victor après avoir bu quelques gorgées d'eau.

– Alors, pourquoi une conférence de presse? Pourquoi pas un simple avis de recherche?

Victor attendait la question, mais pas aussi vite. Après discussion avec Delaney, considérant la notoriété de Lawson, ils avaient conclu que peu importe la façon dont ils communiqueraient la nouvelle, les médias s'empareraient de l'affaire.

Autant maximiser les retombées en la donnant au plus grand nombre.

– Parce que maître Lawson est un membre important de la communauté d'affaires de Montréal.

– Croyez-vous que sa disparition soit reliée à la mort de Judith Harper? Est-il considéré comme suspect?

Victor prit une nouvelle gorgée d'eau avant de répondre. Soit Brodeur était allumé, soit quelqu'un l'avait tuyauté.

– Pour l'instant, nous traitons ces deux affaires de manière séparée. (La femme qui croisait les jambes leva la main. Il s'empressa de la désigner d'un signe.) Oui, madame?

– Virginie Tousignant, *La Presse*. Vous savez que maître Lawson a annoncé qu'il partait en vacances, mais vous n'avez aucune information permettant de déterminer s'il a quitté Montréal. C'est bien ça?

– C'est exact. Nous savons qu'il est en possession de son passeport, mais il n'a été signalé à aucun poste frontière jusqu'à maintenant.

Victor la détailla tandis qu'elle tenait un iPhone devant elle, à bout de bras, enregistrant leur échange : longs cheveux foncés, lunettes rectangulaires à monture épaisse, derrière lesquelles brillaient de grands yeux verts, une bouche à la Angelina Jolie et un je-ne-sais-quoi dans le regard qui la rendait émouvante.

– Croyez-vous que maître Lawson a été victime d'un enlèvement, enquêteur? Ou, pire encore, d'un homicide?

Victor termina son verre d'un trait.

– Nous considérons toutes les hypothèses mais, pour l'instant, aucun élément ne permet de conclure en ce sens.

Le sergent-détective répondit encore à quelques questions, puis la relationniste qui l'assistait déclara que la conférence de presse était terminée. Le groupe de journalistes sortit dans un vacarme ordonné.

Trop de molécules d'eau dans le système, Victor fila directement aux toilettes, la vessie sur le point d'éclater. Le carrelage de la pièce montrait des traces de moisissure à plusieurs endroits, et les raccords des tuyaux longeant les murs étaient couverts de mousse noire. Deux cabines aux portes désaxées et trois urinoirs étaient alignés sur le mur du fond. Victor passa devant les lavabos marqués de cernes jaunes, se mira un instant dans l'un des miroirs et marcha vers l'urinoir du centre en dézippant son pantalon.

Le sergent-détective ne se retourna pas lorsque la porte s'ouvrit, flotta dans un état second quelques secondes en se soulageant, puis reprit contact avec la réalité.

Le bruit de pas avait cessé et Victor ressentit soudain un malaise : quelqu'un s'était arrêté dans son dos et il avait le sentiment qu'on le regardait. Sa vision périphérique ne lui permettait pas de voir celui qui s'était glissé dans son angle mort. Un frisson lui parcourut l'échine : il ne put s'empêcher de repenser au personnage de John Travolta dans *Pulp Fiction*, surpris dans les toilettes. Son *précieux* entre les doigts, il se trouvait lui aussi dans une position vulnérable. En une fraction de seconde, tout fut joué : il remballa son matériel et fit volte-face, le Glock armé au bout du poing.

Apeuré, le reporter de Radio-Canada agitait les mains devant son visage, la tête rentrée dans les épaules.

– Arrêtez! Arrêtez! J'avais juste une dernière question.

Victor rangea le pistolet dans son holster et, le cœur cognant dans la poitrine, expulsa l'air de ses poumons en hochant la tête.

Après avoir escorté le journaliste jusqu'à la sortie, Victor rejoignit ses collègues dans la salle de conférences. Il était presque 15 h. Assis en bout de table, Delaney découpait des quartiers de pomme avec un couteau; il en tendit un à Victor et le félicita pour sa prestation devant les journalistes. Celui-ci se laissa tomber dans un fauteuil et mit le morceau dans sa bouche. En mastiquant, il réalisa qu'il avait sauté le dîner.

Jacinthe leur annonça que la demande d'accès au dossier psychiatrique de Lortie avait été faite et qu'elle attendait un retour du Service juridique pour la faire parvenir au docteur McNeil. Les policiers discutèrent ensuite de certains aspects de l'enquête: la découverte des chiffres de plastique aimantés, les affirmations de la préposée aux bénéficiaires de Louis-H. et les hypothèses de l'experte en documents.

Par ailleurs, l'Identification judiciaire n'avait toujours rien découvert d'intéressant dans les appartements de Lortie et de Judith Harper. Pour l'heure, Nathan Lawson et Lortie étaient considérés comme les deux principaux suspects.

La responsabilité potentielle de Will Bennett, l'amant de la victime, fut également soulevée, mais comme c'était le Gnome qui assurait le suivi sur ce point et qu'il n'était pas là, ça n'alla pas plus loin.

— On peut revirer ça de tous les bords, y reste qu'on a toujours pas de lien entre Harper, Lawson et Lortie, bougonna Taillon.

La remarque eut l'effet d'une douche froide. Ils se tinrent cois jusqu'à ce que Delaney brise le silence.

— Vous avez des nouvelles de Loïc?

Sur ces entrefaites, le Gnome déboula dans la pièce, à bout de souffle. Il ouvrit le téléviseur en vitesse et mit une chaîne d'information continue.

— Regardez ça, dit-il en augmentant le volume.

L'image montrait Louis-Charles Rivard qui donnait, lui aussi, un point de presse semi-improvisé au sujet de la disparition de Lawson. Interviewé devant la Maison de Radio-Canada, il mentionnait que son cabinet était prêt à payer une forte récompense à quiconque fournirait des informations concernant cette affaire.

Puis Rivard donna un numéro de téléphone où on pouvait le joindre.

– Je m'adresse à la personne qui a enlevé maître Lawson, déclara-t-il. Peu importe ce qui s'est passé, nous pouvons trouver un terrain d'entente. Contactez-moi. J'ai ce que vous cherchez.

Delaney, dont le visage s'était empourpré, commenta :

– S'ils pensent qu'ils vont faire de l'obstruction à notre enquête, ils se trompent.

– Ils agissent vraiment comme s'ils avaient quelque chose à cacher, ajouta le Gnome.

– Méchant cave, résuma Jacinthe.

Posé sur la table, le cellulaire de Victor se mit à vibrer et à clignoter.

Lorsqu'il vit le numéro sur l'afficheur, il sortit de la salle de conférences et prit l'appel à l'écart, dans la cuisinette. Un pied sur une chaise, le coude appuyé sur le genou, le menton dans la main, il parlait en regardant par la fenêtre.

Dans le stationnement, une femme s'escrimait à déglacer son pare-brise, couvert de grésil.

– As-tu du nouveau pour moi ? lança-t-il à son interlocuteur.

– Peut-être. Mais il faudrait que tu me donnes accès au dossier de l'Identification judiciaire.

– Pas en ligne, c'est trop risqué, répliqua Victor, légèrement agacé. Par contre, je peux m'arranger pour te faire une copie. Mais je compte sur ta discrétion…

– Inquiète-toi pas. Je vais garder ça pour moi.

La salle de photocopie était attenante à la cuisinette, mais pourvue d'une entrée distincte.

En regagnant la salle de conférences, le sergent-détective ne remarqua pas que Jacinthe s'était glissée dans le réduit pour l'épier.

Quelques minutes après la fin de la déclaration impromptue de Rivard à la presse, Victor composa le numéro de téléphone de l'avocat devant les autres enquêteurs.

– Jouez pas à ça, Rivard, c'est dangereux !

– Laissez faire les grandes personnes, Lessard. J'ai l'habitude de travailler sur des transactions de plusieurs millions de dollars. Et si quelqu'un se pointe, ça se pourrait bien que je lui règle son compte avant de vous appeler.

— C'est pas un dossier juridique que vous gérez, Rivard. La vie de votre collègue est peut-être en jeu. Et la vôtre aussi, si vous devenez une cible.

Victor devint brusquement rouge de colère et encastra le combiné dans son socle.

— Pis? demanda Delaney.

Les paupières closes, le sergent-détective hocha la tête plusieurs fois pour marquer son exaspération.

— L'enfant de chienne... il a raccroché.

Septembre 1964

L'honneur

Maman lui fait d'abord couler un bain. Avec sa douceur coutumière et ses yeux qui guérissent tous les maux, elle nettoie ses coudes et ses genoux écorchés à l'aide d'une débarbouillette et de savon. Puis Charlie trempe dans l'eau chaude jusqu'à en avoir le bout des doigts ratatinés.

Après avoir revêtu son pyjama, Charlie prend place à la table, où se trouvent déjà Léonard et papa. Sous le crucifix, ils récitent la prière ensemble, puis ils mangent le poulet rôti que maman a préparé. Léonard ne cesse de se balancer sur sa chaise, et des miettes de nourriture tombent partout autour de son assiette.

Papa pose à Charlie des questions sur sa journée à l'école, mais il ne lui demande pas de précisions concernant l'altercation qui lui a valu ses éraflures.

Papa se garde aussi de faire quelque allusion que ce soit à la scène dont Léonard et Charlie ont été témoins à leur arrivée.

Après le repas, pendant que maman fait la vaisselle, papa aide Charlie à faire ses devoirs et ses leçons. Il lui donne ensuite une dictée où il est question de chevaux qui courent en liberté dans les vergers et croquent les pommes directement sur les branches.

Puis, tandis que Charlie regarde la télévision avec Lennie, une discussion animée a lieu entre papa et maman. Des bribes de conversation se détachent et parviennent jusqu'aux enfants : papa croit qu'il faut rendre l'argent, maman dit qu'il faut le garder et oublier cette histoire.

En soupirant bruyamment, Charlie se rend dans la cuisine et, les sourcils froncés, les mains sur les hanches, tranche le débat avec véhémence :

— Arrêtez de vous chicaner, bon ! On entend pas la télé !

Maman sourit et vient à sa rencontre tandis que papa range avec précipitation une grosse enveloppe dans un tiroir, pour la soustraire à sa vue.

La maison est silencieuse à présent. Maman ramène le drap sous son menton, puis dépose un baiser sur son front. Avant qu'elle sorte de la chambre, son sourire ramène l'équilibre des choses. Puis maman redescend. Sûrement pour se plonger dans ses livres d'histoire. Depuis des années, tous les soirs, maman travaille si fort à sa thèse. Elle persévère et ne cesse de répéter que les femmes ont autant de capacités que les hommes. Charlie sait qu'après lui avoir souhaité bonne nuit, papa passera le reste de la soirée à additionner des colonnes de chiffres.

Par la fenêtre ouverte, Charlie n'entend plus que la stridulation des criquets. La soirée est chaude pour la saison, l'été s'étire.

Papa ouvre la porte et vient s'asseoir sur le lit, près de sa tête.

— Qu'est-ce qui s'est passé en rentrant de l'école, Charlie ?

— C'est à cause de René Desharnais. Il a dit que Léonard est débile !

— Et vous vous êtes battus ?

— Il a insulté notre honneur, papa ! Tu dis tout le temps qu'on est pauvres, mais qu'on a quand même notre honneur.

Papa se mord la lèvre pour que Charlie ne remarque pas son émotion.

— C'est vrai, Charlie. Mais, parfois, il faut savoir choisir ses batailles.

Charlie se redresse sur le lit.

— Mais je l'ai choisie ! Je pouvais pas le laisser dire du mal de mon frère !

Charlie recueille du bout de l'index la larme qui roule sur la joue de papa, puis touche l'hématome violacé sous son œil gauche.

– Et toi, qu'est-ce qui t'est arrivé?

Papa l'enveloppe d'un regard capable de décrocher des lunes et caresse ses cheveux.

– Rien. Mais parfois, l'honneur, ça coûte cher, Charlie.

CHAPITRE 23

Insomnies

Victor démarra la voiture de fonction et poussa le chauffage à fond. Puis il sortit de l'auto en maugréant et entreprit de déglacer les vitres avec un grattoir. Il faisait noir et il avait les doigts et les orteils gelés. Le sergent-détective jeta un regard vers ses Converse.

«Ça te prendrait une paire de bottes», ne cessait de lui répéter Nadja.

Tandis que le froid lui mordait le visage, il ne fut jamais aussi près qu'à ce moment-là d'admettre qu'elle avait raison.

Et tant qu'à y être, des gants ne seraient pas un luxe non plus.

– Maudit hiver de marde! grommela-t-il en débrayant.

Victor prit Sherbrooke en direction du centre-ville et alluma la radio.

Personnage coloré s'il en est, Ron Fournier était en plein cœur d'une des envolées lyriques dont lui seul avait le secret: avant de prendre les appels des auditeurs, il avait fredonné un rigodon improvisé dans lequel il exhortait l'état-major du Canadien à obtenir du renfort pour l'attaque massive. Quelques secondes à peine avaient suffi pour qu'un sourire réapparaisse sur les lèvres de Victor; il se surprit même à rire à voix haute. Écouter Ron Fournier monologuer en ondes lui faisait du bien. Et il n'était pas loin de penser que même s'il n'en recevait pas tout le crédit, l'homme était un génie du monde des communications.

L'habitacle commençait à se réchauffer, ses orteils pico-taient en dégelant. Le rectangle qu'il avait gratté dans le givre s'agrandissait, ses contours devenaient de plus en plus flous, s'effaçant au profit d'une forme rappelant les ailes d'un papillon.

Victor ralentit l'allure en arrivant au coin d'Amherst; la voiture le précédant patinait sur une plaque de glace. Tandis que Fournier rabrouait un auditeur, le sergent-détective mit les essuie-glaces en marche: le ciel crachait de gros flocons baveux.

Victor gara la voiture rue Viger.

Les mains dans les poches de sa veste de cuir, une grosse enveloppe jaune coincée sous le bras, il remonta en vitesse le boulevard Saint-Laurent. Il venait de dépasser le restaurant Hong Kong lorsqu'un coup de klaxon retentit sur sa gauche. L'espace d'un instant, il en chercha des yeux la provenance, repéra la voiture et traversa la rue au pas de course. Il glissa l'enveloppe par la vitre entrouverte et échangea quelques mots avec le conducteur, qui démarra peu après.

Victor marcha ensuite dans la rue de La Gauchetière, en plein cœur du Chinatown.

Jacinthe attendit quelques secondes avant de s'engager à sa suite. Pour autant qu'elle puisse en juger, Lessard ne l'avait pas repérée.

– Tabarnac! ne put-elle s'empêcher de s'exclamer en tournant le coin.

Elle eut beau scruter les magasins à travers les vitrines, fouiller du regard les ruelles, elle ne retrouva pas la trace de son coéquipier. La voiture était une Ford Escape, mais elle n'avait pu s'approcher suffisamment pour voir le visage du conducteur ou relever le numéro de la plaque d'immatriculation.

Ce fut une autre de ces nuits où Victor se réveilla à 3 h pour ne plus se rendormir.

Il resta un moment à fixer le plafond. Sa place dans le lit était moite, il transpirait.

À sa gauche, Nadja dormait, la tête appuyée sur son bras. Ils avaient soupé ensemble vers 21 h, quand elle était rentrée du travail. Victor avait acheté des pâtes fraîches chez Pasta Casareccia, à deux pas de chez lui, rue Sherbrooke.

Ils s'étaient raconté leur journée en mangeant, Nadja lui offrant son point de vue sur certains aspects de l'affaire. Alors qu'elle s'apprêtait à faire la vaisselle, il l'avait entraînée dans la chambre. Nadja ne s'était pas fait prier longtemps. En percevant le bruissement de l'étoffe de ses vêtements glissant sur sa peau basanée, Victor avait eu l'impression que l'air, raréfié, quittait la pièce.

Après, ils s'étaient endormis, les membres emmêlés.

Avec d'infinies précautions, le sergent-détective dégagea son bras, qui commençait à être ankylosé, puis se leva. Ramassant ses vêtements sur le sol, il sortit sur la pointe des pieds et referma la porte en douceur derrière lui.

Victor s'habilla devant la fenêtre du salon. La pièce baignait dans la lueur orangée du lampadaire planté devant l'appartement. En hochant la tête, il attrapa son manteau et enfila ses Converse.

Dehors, l'air était sec, la couche de neige glacée crissait sous ses pas. Les cols bleus n'étaient pas encore venus déblayer le trottoir. Au coin de Sherbrooke, le sergent-détective hésita un moment, alluma une cigarette, puis il reprit sa marche. Il passa devant le D.A.D.'S Bagels. Tant qu'à être réveillé, Victor pensa à s'arrêter pour prendre une bouchée, mais il se ravisa : il entendait les rires d'une bande de jeunes à l'intérieur, qui rentraient sans doute des bars du centre-ville, et il avait plutôt besoin de solitude.

Fidèle à son trajet habituel, il remonta Wilson jusqu'à Côte-Saint-Antoine.

En marchant dans un sentier du parc Notre-Dame-de-Grâce, il croisa un homme et une femme transportant un sapin boudiné dans un filet de plastique. Victor les salua d'un signe de tête. Depuis le temps qu'il habitait Montréal, il avait appris à ne s'étonner de rien.

Son cellulaire vibra. Il le récupéra dans sa poche : il venait de recevoir un texto.

Jacinthe Taillon se tourna dans le lit, elle n'arrivait pas à trouver le sommeil.

Une odeur de ragoût embaumait l'appartement à son arrivée. Elle avait embrassé Lucie, pris une douche, puis elles avaient mangé.

Lucie et elle étaient le yin et le yang : deux contraires indissociables, deux pièces perdues d'un casse-tête improbable, s'imbriquant parfaitement l'une dans l'autre. Lucie la tempérait, la calmait, la ramenait sur terre quand elle grimpait dans les rideaux, ramassait les dégâts quand elle se chicanait avec sa famille ou qu'elle passait sa rage sur le mobilier.

Menue, délicate, s'exprimant avec un filet de voix, Lucie ressemblait un peu à Jane Birkin.

Dans quelques semaines, elles fêteraient leurs vingt ans de vie commune.

Jacinthe avait connu Lucie par l'intermédiaire de sa mère, dont celle-ci était une amie. Maintenant au début de la soixantaine, Lucie vivait entourée de livres, à la maison comme à la bibliothèque où elle travaillait.

Après avoir éprouvé des problèmes de santé en début d'année, elle allait mieux. Jacinthe disait souvent que, le jour où Lucie partirait, elle-même n'aurait plus rien à faire sur cette terre. Lucie était d'une douceur absolue. Un ange. Son équilibre. Ses quatre points cardinaux.

Pendant la convalescence de Lucie, Jacinthe, qui n'avait jamais terminé un livre de toute sa vie, s'était laissé attendrir et avait accepté de faire la lecture d'un roman à son amoureuse. Une histoire où il était question d'un jeune garçon qui apprenait à voler.

Jacinthe essaya de se dépêtrer des couvertures qui lui collaient au corps.

Ses pensées s'étaient mises à défiler au moment où elle s'était couchée et elle avait fait l'erreur de s'y abandonner. Maudit Lessard qui l'empêchait de dormir !

S'était-il caché parce qu'il l'avait vue ou était-il entré dans un magasin du Chinatown pour rencontrer quelqu'un ? À qui avait-il remis l'enveloppe ? Et que contenait-elle ?

Jacinthe faillit attraper son cellulaire sur la table de chevet et mettre fin au suspense en lui donnant un coup de fil. La ligne droite était toujours le meilleur chemin.

Elle jeta un coup d'œil au cadran : ça pourrait attendre au lendemain.

De toute manière, elle faisait confiance à Lessard.

Enfin, jusqu'à un certain point.

Assis sur le bord du lit, la tête entre les mains, Paul Delaney pleurait en silence.

Il ne se rappelait plus comment il était revenu de l'hôpital, il ne se souvenait plus des paroles exactes du médecin, mais il avait retenu une chose : le cancer de Madeleine avait progressé.

Au début de sa maladie, il avait ressenti un vide.

Les enfants s'étaient relayés pour lui tenir compagnie. Puis les traitements s'étaient étirés plus longtemps que prévu et tout le monde avait peu à peu repris sa routine.

Delaney releva la tête. Il avait envie de hurler.

La place de Madeleine dans le lit était béante, la maison où il se traînait maintenant comme un mort vivant devenait un bagne, et chaque jour qui passait ne réussissait pas à remplir le néant laissé par le précédent. Il ressentait un vide dans sa chair, partout où il posait les yeux, dans tous les endroits où il passait.

Ce vide était en train de l'avaler.

Le texto de Berger enjoignait à Victor de le rappeler le plus rapidement possible, ce que celui-ci avait fait après s'être allumé une nouvelle cigarette.

— Je me disais que tu dormais pas, aussi.

— Salut, Jacob. J'suis pas le seul, à ce que je peux voir.

— Tu sais comment ça se passe, non ? J'essaie de tout finir avant de partir pour les vacances de Noël, mais on dirait que plus j'en fais, plus il en arrive !

Victor soupira, découragé. Les vacances... Il redoutait plus que tout le moment où il devrait annoncer à Nadja que, si la tendance se maintenait, il ne pourrait l'accompagner au chalet qu'ils avaient loué dans les Laurentides. Elle qui se faisait une joie d'y passer les vacances entre Noël et le jour de l'An…

— Si ça peut t'encourager, disons qu'on est dans le même bain, reprit le sergent-détective.

— Meilleure chance la prochaine fois, tu m'encourages pas du tout.

Ils rirent tous les deux, puis Victor reprit son sérieux. Le texto du médecin légiste l'intriguait.

— Qu'est-ce qui me vaut l'honneur, Jacob?

— Je viens de prendre connaissance des résultats d'analyses que j'ai reçus aujourd'hui. (Victor entendit un froissement de feuilles.) C'est peut-être anodin, mais j'ai pensé que ça t'intéresserait de savoir que Judith Harper avait une chlamydia.

CHAPITRE 24

Farine Five Roses

Mercredi 21 décembre

Le Vieux-Montréal était encore endormi, les rues, désertes.

Thermos de café et sac de bagels achetés chez D.A.D.'S sous le bras, Victor arriva à l'endroit désigné, au coin des rues Smith et de la Commune Ouest. Le vent sifflait contre le viaduc recouvert de graffitis, où deux formes étaient étendues sous un tas de couvertures et de guenilles.

Devant eux, l'enseigne de Farine Five Roses surplombait la ville.

Une odeur fétide de transpiration et d'urine monta aux narines de Victor. L'ayant vu arriver, une des formes s'extirpa de son sac de couchage et vint à sa rencontre.

– Ça va, Loïc? dit le sergent-détective, une pointe d'inquiétude dans la voix, en remarquant les cernes et le visage cireux de son jeune collègue.

– Ça va. Juste eu un peu froid, répondit le Kid en acceptant le café tendu.

C'était visible que Blouin-Dubois n'avait pas fermé l'œil de la nuit.

À l'adolescence, alors qu'il fuguait chaque fois qu'on le plaçait dans une nouvelle famille d'accueil, Victor avait lui-même vécu de-ci de-là dans la rue.

– T'as couché ici? poursuivit-il.

Frissonnant, Loïc acquiesça d'un hochement de tête.

– On a pas affaire au *pattern* habituel. C'est un gars ultra brillant, t'sais : il est doctorant en mathématiques, à l'UdeM.

Là, il est sur une dérape, il prend de l'héro. Il dit que ça lui arrive de temps en temps, mais j'ai l'impression que, cette fois-ci, c'est plus sérieux.

— Je peux pas croire qu'il est au doctorat à plein temps et dans la rue. Il a un casier?

— J'ai pas pu vérifier: il a jamais voulu me donner son vrai nom. Il se fait appeler Nash.

— Comment tu l'as trouvé?

— J'ai fait pas mal tous les refuges et les places où il y a des itinérants, comme tu m'avais demandé. Je commençais à être découragé, mais j'ai décidé de faire une dernière tentative. Je suis retourné chiller devant l'Accueil Bonneau. Nash était là, il m'a demandé une cigarette. Je sais pas pourquoi, peut-être parce qu'on est du même âge, t'sais, mais on s'est mis à jaser. Il s'est vite rendu compte que j'étais dans la police. Pis, quand je lui ai montré la photo, il a tout de suite reconnu Lortie.

— Qu'est-ce que t'as appris?

— Rien jusqu'à date. Mais on a fait un *deal*.

— Quel *deal*? demanda le sergent-détective en appuyant sur le premier mot.

Du tranchant de la main, le Kid fit un geste évasif.

— T'sais, un *deal*... rien de ben grave.

Victor le dévisagea. Son regard était exempt de reproches, mais Loïc comprit qu'il n'accepterait pas de se laisser enfariner.

— OK, OK. Il voulait que je lui paye un *fix*. Pis que je passe la nuit dehors avec lui. Il voulait avoir de la compagnie. Quelqu'un à qui parler. En échange, il acceptait de te rencontrer et de répondre à nos questions. (Il planta son regard dans celui de Victor.) T'sais, qu'est-ce que tu voulais que j'fasse?

Le sergent-détective hocha la tête. Il ne pouvait réprimander le jeune, il se serait sans doute comporté de la même manière à sa place. En vérité, il avait déjà fait bien pire que Loïc, et à plus d'une reprise. Ce qui n'était pas, par ailleurs, une raison pour glorifier la conduite du Kid.

– Je comprends. Sauf que, pour le *fix*, on va garder ça mort. Pas un mot à Paul, ni aux autres.

Blouin-Dubois acquiesça. Un train filant vers la gare Centrale passa avec fracas sur le viaduc, ce qui ne sembla pas réveiller Nash, dont les ronflements sonores et réguliers recommencèrent à se faire entendre dès que le dernier wagon se fut éloigné.

– Il sait pourquoi on s'intéresse à Lortie?

– Je lui ai dit que c'était sa famille qui le cherchait.

Victor sortit son paquet de cigarettes et en tendit une à Loïc. Protégeant la flamme avec la main, il alluma les deux clopes.

Ils n'avaient tiré qu'une taffe lorsqu'une voix caverneuse retentit:

– Eille! J'en veux une, moi aussi!

Le visage barbu de Nash émergea de son sac de couchage; ses yeux fiévreux détaillèrent Victor des pieds à la tête.

Debout derrière un des piliers du viaduc, les trois hommes s'abritaient du vent. Teint verdâtre, cernes sous les yeux, dents en très mauvais état, Nash régla en quelques bouchées le sort de deux bagels, puis il s'attaqua au thermos de café.

Le sergent-détective estima qu'il avait entre vingt-cinq et trente-cinq ans.

Le *fix* que lui avait payé Loïc avait cessé de produire ses effets, mais le jeune itinérant ne semblait présenter aucune caractéristique de dépendance, ce qui laissait supposer qu'il réussissait à contrôler sa consommation.

Par expérience, Victor savait que très peu de personnes y parviennent, mais qu'il est parfois possible d'être héroïnomane et fonctionnel durant une certaine période.

Ils avaient d'abord parlé de la température et des inconvénients de vivre dans la rue l'hiver. Puis, petit à petit, les questions étaient devenues plus précises.

– Loïc me disait que t'étudies à l'Université de Montréal…

– Oui, je suis au doctorat en mathématiques. J'ai reçu une bourse du département pour étudier dans le domaine de la théorie des nombres.

Nash clignait sans cesse des yeux.

— C'est quoi, au juste, la théorie des nombres?

Le sans-abri releva la tête et lança à Victor un sourire narquois.

— Vous voulez vraiment qu'on rentre là-dedans?

— Peut-être pas, finalement, soupira le sergent-détective en faisant la moue.

Les trois hommes se mirent à rire à l'unisson.

— Tu t'arranges comment pour étudier au doctorat et vivre dans la rue?

— Je suis en rédaction depuis dix-huit mois. Dans la rue depuis six. C'est pas la première fois que ça m'arrive.

— Et ça avance, la rédaction?

Nash leva les yeux et comprit que Victor ne portait aucun jugement.

— Pas si pire. J'ai mon portable avec moi.

— Ça doit pas être facile… (Le policier hocha la tête, l'air empathique.) Peux-tu me parler de Lortie? Où vous êtes-vous connus?

Nash plongea ses doigts crasseux dans le sac et attrapa un autre bagel.

— À Bonneau. André se mélange pas ben ben aux autres. Moi non plus. Y a une salle commune où on est plus tranquille, plus à l'écart. Y a moins de monde. On s'y trouvait souvent en même temps, lui pis moi. J'avais l'habitude d'apporter un échiquier et de jouer des parties en solitaire. Un soir, il m'a demandé pour jouer…

Nash insérait des bouts de bagel dans sa bouche et mastiquait en parlant, comme s'il craignait que quelqu'un reparte avec la nourriture.

— C'est un bon joueur d'échecs?

— Non, pitoyable.

Il rit, dévoilant des dents de scorbutique.

— Mais c'est tout un conteur. Je peux l'écouter parler pendant des heures. Vous savez, votre truc à vous, c'est la police. Moi, c'est les chiffres. Lui, c'est les histoires.

Victor alluma deux cigarettes et en tendit une à Nash. Loïc avait ouvert la bouche à quelques reprises pour participer à la conversation, mais il n'avait pas osé.

— Qu'est-ce qu'il raconte? De quoi vous parlez?

— Ça! fit Nash en manquant s'étouffer en tirant une taffe. De n'importe quoi! André a une opinion sur tout! Il est bien renseigné sur la politique et l'économie.

— Y a sûrement quelque chose qui t'a frappé...

— Quand il part, il peut raconter n'importe quoi...

— Donne-moi un exemple.

— Il dit qu'il a fait partie du FLQ, pis qu'il a participé à l'enlèvement de James Richard Cross et à celui de Pierre Laporte. Je sais pas si c'est vrai, mais il dit aussi qu'ils ont placé des bombes pour faire exploser une ambassade. J'me rappelle plus laquelle. Le pire, c'est qu'il est convaincant. Quand il parle, avec tous les détails qu'il donne, on le croit!

— Quel genre de détails?

— Ben, par exemple, sur comment ils ont fabriqué les bombes. Il a l'air de connaître ça pas mal.

Nash porta la main à son thorax, émit un hoquet, puis il rota en soupirant d'aise.

— Lortie t'a déjà parlé d'une histoire de portefeuilles? enchaîna Victor d'un ton anodin.

Nash éclata de rire.

— Il vous a fait le coup à vous aussi avec son affaire de *black-out*, hein? Il m'a dit que quand il était plus jeune, il a tué des inconnus, pis qu'il s'est réveillé avec leurs portefeuilles.

Victor se tourna vers Loïc et l'invita à poser la question qui lui brûlait les lèvres.

— Est-ce que Lortie a déjà mentionné le nom de ses victimes? demanda Blouin-Dubois.

— S'il en a parlé, je m'en souviens plus, répondit Nash après avoir fouillé dans sa mémoire quelques secondes.

— Comment il est? reprit Victor.

— André? Il est super méfiant. À part à moi, je l'ai jamais vu parler à personne. Il est pas mal bizarre aussi. On dirait un animal traqué, toujours en train de se checker. Une fois, il a insisté pour qu'on change de place dans la salle commune. Il a dit qu'il fallait jamais s'asseoir dos à la porte, ni trop loin de la sortie. Pour savoir qui entrait dans la pièce et être prêt à réagir, genre. Pis quand on est dehors, il regarde toujours en arrière de lui. Il dit qu'il veut être certain de pas être suivi.

Nash avala une longue rasade de café. Pensif, Victor attendit quelques secondes avant de poursuivre :

— Te souviens-tu d'autre chose sur lui?

— Il sait se battre, lança Nash en engouffrant une autre bouchée.

— Comment ça?

— Un soir, on était couchés ici, pis y a trois *squeegees* qui sont arrivés. Des punks. Ils ont commencé à nous achaler. Ils voulaient des *smokes*, de la *shit*, de la bouffe. À un moment donné, André s'est tanné et il leur a dit de s'en aller. Les trois gars ont commencé à rire, pis à le traiter de grand-père. Il leur est rentré dedans pis il s'est mis à en frapper un. Il l'a tellement magané que les deux autres ont été obligés de le porter.

— À part jouer aux échecs et jaser, vous faites quoi? Vous allez où?

— On fait rien d'autre ensemble. Des fois, il couche ici quèqu' jours. Pis après, il disparaît pendant des semaines.

— Tu savais qu'il a une chambre?

— Oui, mais il est pas mal plus à l'aise dans 'rue.

— Il prend de la drogue?

— Non.

— Des médicaments?

— J'sais pas.

Victor remarqua que Nash lorgnait son paquet de cigarettes. Il le lui tendit.

— Tiens. Garde-le.

— Merci, répondit le jeune itinérant en se fixant une cigarette à la commissure des lèvres.

— C'est quand la dernière fois que t'as vu Lortie?

— Ça fait une couple de jours. Il faudrait que je checke. (Il pointa un doigt vers le sac en treillis camouflage qui traînait à côté de son sac de couchage.) J'écris tout dans un journal. Je pense faire un livre sur mon expérience, un jour. (Silence.) Je peux-tu vous poser une question?

— Vas-y, l'invita Victor.

– André est-tu mort?

– Pourquoi tu dis ça?

– Ben j'sais pas, mais y me semble que la police enverrait pas deux enquêteurs pour me poser des questions s'il lui était pas arrivé quèqu' chose de grave.

Les yeux de Nash cillèrent pour une énième fois depuis le début de la conversation. Le sergent-détective ne voyait aucune raison de lui dissimuler la vérité.

– Il s'est suicidé samedi soir. Et on a des raisons de penser qu'il a été impliqué dans un meurtre qui s'est produit dans la nuit de jeudi à vendredi.

Un lourd silence s'abattit sur le trio. Victor crut d'abord que Nash était gagné par l'émotion, puis il comprit qu'il réfléchissait.

– Ça me surprendrait qu'il ait quelque chose à voir avec le meurtre, affirma enfin le jeune homme.

– Pourquoi? voulut savoir Victor, surpris de l'assurance que montrait l'itinérant.

Mais déjà Nash n'écoutait plus. Il s'était levé, avait marché vers son sac et en tirait un carnet à la couverture racornie.

– Parce qu'il était ici, dit-il en tournant les pages avec fébrilité. Il est arrivé jeudi après-midi, pis il est reparti samedi matin.

CHAPITRE 25

Cadavres dans le placard

Ses cils battirent, l'image du plafond bascula un moment dans sa rétine, puis se fixa.

Le lit était trempé, un marécage.

En grelottant, Will Bennett porta une main à sa mâchoire inférieure : une douleur sourde valsait dans ses gencives. Il fixa un instant le bout de ses doigts mouillés, des gouttes de sueur couraient sur ses joues rugueuses.

Ça lui était encore arrivé. La fièvre l'avait repris, elle rampait sous sa peau, le dévorait.

Il avait voulu faire taire la voix dans sa tête, cette musique malsaine qui l'aliénait. Depuis que Judith était morte, il ne pouvait plus retenir la pulsion, il y cédait sans retenue.

Parce que plus rien n'avait d'importance, que tout n'était qu'une question de temps avant la fin, inéluctable.

Bennett se leva et, dans la pénombre, jeta un regard sur le désordre de la chambre. Des vêtements entortillés pendaient au pied du canapé, des bouteilles d'alcool traînaient sur la table basse ; sur le tapis élimé, des bouts de poulet et des frites flasques baignaient dans une sauce figée, à côté d'une assiette renversée.

Bennett se raidit en apercevant, roulé en boule dans un coin, le couvre-lit maculé de taches brunâtres. Il n'avait nul besoin de vérifier s'il s'agissait de traces de sang. Qu'allait-il raconter à Daman cette fois ? Il hocha la tête pour chasser cette pensée. Qu'importe, il n'y avait rien à dire, rien à faire. Il avait déjà fouillé en lui-même, essayé de comprendre comment tout avait commencé, mais il était incapable de trouver les racines du mal. S'il ne pouvait en situer l'origine, il savait par contre que cette descente dans les abysses tirait à sa fin, qu'il n'était qu'à quelques mètres du fond. Après tout, peut-être était-ce mieux ainsi, peut-être fallait-il que ça s'arrête. Et même, peut-être était-ce ce qu'il souhaitait.

L'image fugace du visage de Judith passa devant ses yeux. Fataliste, il goûta un instant l'ironie de la situation : elle aurait sûrement parlé de satisfaction pulsionnelle inconsciente.

Titubant, s'appuyant sur la table de nuit, il risqua quelques pas.

Déglutissant pour produire un peu de salive, il eut l'impression d'avaler des perles de feu.

Il mouilla son index dans sa bouche pâteuse, le promena sur la table pour y agglutiner les résidus de poudre blanche dont il se tapissa les gencives.

La cocaïne engourdit la muqueuse, lui gela la langue.

Bennett traversa le désert de la chambre, aboutit à la penderie et trouva son cellulaire dans la poche intérieure de son veston. 6 h 32. Il réalisa alors qu'il avait disparu de la circulation depuis près de vingt-quatre heures. Indiquant le nombre de messages dans sa boîte vocale, le registre lui confirmait l'étendue des dégâts. Il remit l'appareil en place sans même les écouter. À ce stade, il ne servait plus à rien d'essayer de donner le change.

Qu'étaient-ce que quelques réunions et rendez-vous manqués?

Bientôt, il serait délivré et pourrait expier ses péchés.

Will Bennett marcha jusqu'au lavabo de la salle de bains et ouvrit le robinet. La tête inclinée, il resta un moment les mains appuyées sur la porcelaine froide. Puis il se pencha et but longuement, à même le jet. L'homme s'aspergea le visage jusqu'à ce que sa peau devienne insensible à la morsure de l'eau froide et appuya sur l'interrupteur, se préparant à affronter son reflet dans la lumière crue.

Ses lèvres craquelées, ses narines à vif, tout s'effaçait derrière ses yeux injectés de sang. Il tourna la tête. Sur sa droite, un étron flottait dans la cuvette.

Soudain, il sursauta et les souvenirs lui revinrent en bloc.

La fille, livide, gisait recroquevillée dans la baignoire. Tête renversée, bouche ouverte, un collier autour du cou. Elle ressemblait à un poisson crevé.

Il se prit les tempes entre les mains. Il ne fallait pas que Daman le trouve ici.

Puis il se mit à ricaner en silence.

Quand on a des cadavres dans le placard, tout finit par se savoir.

Il regarda la fille de nouveau. Un sein luisait, hors du soutien-gorge.

Une bosse dérisoire se forma sous son pantalon.

Parce que plus rien n'avait d'importance, parce que tout n'était qu'une question de temps.

On pourrait bien le pendre ou aller cracher sur sa tombe.

Bennett défit sa braguette, s'approcha de la baignoire et commença à se masturber.

CHAPITRE 26

Northern Industrial Textiles

Loïc actionna l'interrupteur, les néons se mirent à crépiter.

Celui se trouvant au-dessus du bureau de Victor clignota au rythme des battements de son cœur pendant un moment, puis finit par s'allumer. Le sergent-détective jeta un coup d'œil à sa montre : 7 h. L'endroit ne tarderait pas à grouiller de vie, aussi goûta-t-il cette plage de quiétude éphémère.

À la salle de bains, Victor nettoya avec ses ongles et du savon à mains la tasse qu'il avait récupérée sur son bureau. Lorsqu'il vint à bout de la croûte collée au fond, il remplit la tasse d'eau, retourna à sa place en sifflant et arrosa la plante récupérée chez Lortie.

Loïc était affalé à son poste de travail. Les pieds sur la table, il attendait, le regard perdu dans le vide, que son PC démarre. Victor avait trouvé la solution au problème : il ne fermait jamais son ordinateur. Il se contentait d'éteindre son écran le soir, pour faire taire les ayatollahs de la confidentialité qui se formalisaient chaque fois qu'ils trouvaient un PC allumé après les heures de bureau.

Le sergent-détective appuya sur un bouton et son écran s'alluma après quelques secondes.

Consultant ses courriels, il répondit aux plus urgents, fit le tri parmi ceux qui pouvaient attendre. Il allait fermer sa session lorsqu'il se rendit compte qu'il avait reçu un message, la veille au soir, qui avait été filtré puis déposé dans sa boîte de spams.

L'adresse lui était inconnue : *adth1952@hotmail.com*.

Convaincu qu'on lui proposerait un remède miracle pour allonger sa queue ou augmenter son QI — l'un étant souvent le corollaire de l'autre, lui semblait-il —, Victor faillit l'effacer sans le lire. Il se décida néanmoins à cliquer dessus en se disant : «Au cas où…»

Il s'en félicita, car il s'agissait d'un message d'Adèle Thibault, l'adjointe de Nathan Lawson, qui lui avait écrit pour lui donner plus de détails concernant le dossier que Lawson avait récupéré des archives avant de disparaître. Elle précisait qu'elle lui envoyait le courriel de son adresse personnelle, car on lui avait enjoint de ne pas parler à la police.

Le message de Thibault était laconique.

Le registre électronique auquel elle avait accès ne lui donnait que quelques renseignements fragmentaires concernant le contenu des cartons, à savoir le nom du client, une compagnie constituée en vertu des lois du Québec et spécialisée dans la confection et la distribution d'uniformes de travail, et le fait que le dossier avait été ouvert en 1971, puis fermé en 1972.

Elle concluait en ajoutant qu'effectuer des recherches plus poussées risquerait d'attirer l'attention de ses employeurs et de lui causer des problèmes.

Victor se rendit sur le site Internet du registraire des entreprises du Québec pour «sortir un CIDREQ», un fichier informatisé qui lui permettrait d'obtenir certaines informations utiles : année d'immatriculation, adresse, nom et coordonnées des principaux actionnaires, administrateurs et dirigeants, domaine d'activités, etc. Le sergent-détective eut beau vérifier le nom de compagnie que lui avait donné la secrétaire et l'entrer à quelques reprises dans la fenêtre, il reçut à chaque fois le même message :

`Northern Industrial Textiles Ltd.`
`«Aucun dossier n'a été trouvé pour cette recherche.»`

Ayant déjà effectué quelques recherches du même genre dans le passé, il savait que sa méthode n'était pas en cause.

Cette requête dépassait son champ de compétences : il faudrait qu'il demande de l'aide aux juristes du ministère de la Justice.

Le policier composa un courriel, y copia les informations pertinentes et l'envoya à l'avocate à laquelle il avait toujours affaire, lui demandant de sortir les détails disponibles sur cette entreprise.

– Café, le Kid ? proposa-t-il en agitant sa tasse dans les airs.

Les deux policiers se rendirent à la cuisinette. Une fois n'étant pas coutume, Victor fit entorse à ses habitudes et délaissa le déca. Un peu de caféine l'aiderait à voir le terme de sa journée.

Nash s'était énervé lorsqu'il lui avait demandé s'il pouvait les accompagner au bureau. Le sergent-détective avait cru percevoir de la terreur dans ses yeux. Évidemment, il aurait pu l'y contraindre, mais il ne l'avait pas jugé utile.

En échange d'une promesse de ne pas lui chercher de problèmes, Victor avait obtenu son vrai nom. Il était convaincu que le jeune homme avait un casier judiciaire. Mais, comme il le lui avait mentionné, ses antécédents étaient le dernier de ses soucis : il enquêtait sur un meurtre. Nash lui avait promis de se tenir à la disposition des policiers en cas de besoin et de passer de temps à autre à l'Accueil Bonneau, où ceux-ci laisseraient un message à son intention s'ils le cherchaient.

Avant de le quitter, Victor lui avait aussi donné les coordonnées de Pearson, au poste 21, et un peu d'argent.

– Si tu y vas, avait-il précisé au jeune itinérant, dis-lui que c'est moi qui t'envoie. Il y a une équipe multidisciplinaire en référence et en intervention auprès des itinérants. Ils appellent ça l'EMRII. Ça pourrait te donner un coup de main. Ils ont deux travailleuses sociales et une infirmière.

Le témoignage de Nash fournissait un alibi à Lortie pour le jour du meurtre. Pouvaient-ils pour autant le considérer comme totalement fiable ?

Nash pouvait s'être emmêlé les pinceaux dans les dates. D'accord, il tenait un journal, mais le bonhomme n'avait quand même rien d'une secrétaire juridique. Ensuite, toute la question de l'heure du meurtre entrait en ligne de compte. Un décalage de quelques heures et l'alibi tombait.

À cet égard, jusqu'à ce qu'ils reçoivent les résultats définitifs de l'autopsie pratiquée par Berger, ils devraient se fier au rapport préliminaire que ce dernier leur avait donné. Le rapport final ne serait pas disponible avant quelques jours, au mieux.

Victor fouilla dans son calepin, tournant les pages sans réussir à trouver ce qu'il cherchait.

— C'est quoi, son vrai nom, déjà?

— Eugène Corriveau, précisa Loïc en soufflant sur son café, pour le refroidir. Tu crois qu'on peut se fier à ce qu'il nous a dit?

— J'espère que j'me suis pas trompé en lui faisant confiance, marmonna Victor. (Silence.) Passe son nom dans le système, juste pour confirmer son identité, et après, va dormir un peu.

— OK. (Hésitation.) Ce que Nash nous a dit remet en question la culpabilité de Lortie, hein? (Blouin-Dubois se leva, passa les pouces entre ses hanches et ses jeans, et les remonta en rentrant les fesses.) T'sais, peut-être que c'est l'autre *dude*, celui qui a disparu…

— Lawson? Je sais pas, Loïc. Mais une chose est sûre, tant qu'on le retrouvera pas, on aura pas le portrait d'ensemble.

— Peut-être que ç'a pas d'rapport, mais, t'sais, y a peut-être un point commun entre l'entrepôt où le corps de Harper a été retrouvé et le viaduc où Lortie et Nash couchaient…

— Ah oui? Lequel? demanda Victor en se raclant la gorge.

Après avoir craché un poumon dans l'évier, il fit couler l'eau quelques secondes.

— La piste cyclable… elle relie les deux points…

Soudain, un chapelet de sacres retentit, en provenance de la réception.

— T'es mieux d'y aller, le Kid. J'ai comme l'impression que, Jacinthe et moi, on va avoir une petite discussion.

Avant de sortir, Loïc se tourna vers le sergent-détective.

— Eille, Vic? Merci de m'avoir donné un *break*, fit-il en se tordant les mains.

– Pas de problème, mon Loïc. T'as fait une maudite bonne job!

Un sourire illumina le visage du jeune homme ; il s'écarta juste à temps pour céder le passage à Taillon qui, de l'écume au bord des lèvres, bondit dans la pièce comme une grenade dégoupillée.

– T'es là, toi! T'aurais pas pu m'appeler pour que je vienne avec toi, au lieu de me laisser un message par après?!

– Salut, Jacinthe, commença Victor, d'une voix grave et douce. Je voulais pas te réveiller pour rien.

– Me réveiller pour rien? Eille, est bonne, celle-là! Me réveiller pour rien! Va donc chier, Lessard! T'as le «pour rien» élastique en tabarnac, je trouve. Ça t'a pas empêché de m'appeler «pour rien» en plein milieu de la nuit quand tu voulais retourner à l'appartement de la vieille Harper! Hein?!

– Assis-toi, Jacinthe, on va prendre un café. Je vais te raconter ce que j'ai appris.

Taillon donna un coup de pied sur la table, envoyant valser quelques chaises sur le sol.

– Tu peux ben te l'mettre où je pense, ton café, vociféra-t-elle en sortant en trombe.

Victor laissa passer la tempête, vaqua à ses occupations. L'endroit reprenait vie, les fourmis arrivaient une à une, se débarrassaient de leurs tuques et de leurs manteaux, la rumeur de leurs voix commençait à sourdre.

Delaney entra avec des écouteurs aux oreilles. La mine basse, il traversa la salle des enquêteurs sans saluer personne et s'enferma dans son bureau. Victor le suivit des yeux. Son chef n'avait pas besoin de parler pour qu'il saisisse son désarroi. Le sergent-détective irait aux nouvelles plus tard.

Après avoir vérifié ses courriels, il répondit à un texto de Nadja qui, envoyé deux heures plus tôt, lui demandait où il était passé.

Ensuite, il se leva et marcha droit vers Jacinthe. Par sa gestuelle, il sentit qu'elle se refermait sur elle-même, mais il se planta tout de même devant son bureau, affichant son air contrit des beaux jours.

– Je m'en allais en bas… J'te paye une couple de beignes au miel?

Elle lui lança d'abord un regard torve, qui se transforma bientôt en guimauve.

– Maudit manipulateur à marde! (Elle hochait la tête de façon théâtrale, pour marquer sa désapprobation.) Tu l'sais ben trop que je peux pas résister, quand tu me prends par les sentiments!

Jacinthe se leva, lui enserra le cou de ses deux énormes paluches et fit mine de l'étrangler. Ils rirent tous les deux de bon cœur et descendirent à l'aire de restauration de la Place Versailles, où ils prirent leurs aises.

Les employés commençaient à ouvrir les rideaux métalliques qui barraient l'entrée des boutiques. Les habitués commençaient déjà à affluer, principalement des vieux qui égrenaient leurs journées en s'usant les fesses sur les bancs du centre commercial.

– Excuse-moi, Jacinthe. J'aurais dû t'appeler.

– Maudit sans-dessein…, fit-elle encore pour la forme, le sourire fendu jusqu'aux oreilles.

Victor lui relata par le détail les circonstances ayant permis à Loïc de prendre contact avec Nash et les révélations de ce dernier.

– Lortie lui avait aussi parlé des enlèvements de Laporte et de Cross? Eh ben… (Silence.) T'es sûr qu'y a pas autre chose que t'oublies de me dire? insista Taillon.

Le sergent-détective soutint son regard. Lui révéler que Loïc avait payé un *fix* à Nash ne serait pas la fin du monde, mais il préférait l'éviter si c'était possible.

Il se préparait à patiner lorsque son visage s'illumina.

– Oui! J'ai parlé à Berger. Harper avait une chlamydia.

De la surprise se peignit sur les traits mous de Jacinthe.

– À son âge? C'est bizarre, ça.

Victor devait reconnaître que c'était pour le moins inusité.

– Elle a pas été violée, quand même? reprit-elle.

– Non, non. Berger est catégorique là-dessus.

– Une chance! Tu me caches-tu autre chose? demanda-t-elle en le perçant du regard.

– Non, je vois pas, dit-il en haussant les épaules. Par exemple?

– Par exemple qu'est-ce que tu faisais hier avec...

Victor s'était penché pour ramasser sa serviette en papier sur le plancher lorsque les souliers miniatures et le pli impeccable du pantalon de Gilles Lemaire entrèrent dans son champ de vision.

– Je savais que je vous trouverais ici, déclara ce dernier, coupant Jacinthe.

Le sergent-détective tira une chaise pour lui.

– Tiens, assis-toi, Gilles. Qu'est-ce qui se passe?

– Non, non, j'aime mieux rester debout. Pour une fois que je suis pas obligé de me casser le cou quand je vous parle. (Victor remarqua que Lemaire était à peine plus grand que lui lorsqu'il était assis.) J'ai enfin réussi à parler avec les collègues de Will Bennett hier...

– L'amant de Judith Harper? lança Jacinthe. Pis?

– Ça faisait deux jours qu'on jouait au chat et à la souris. J'ai fini par me demander s'ils essayaient pas de m'éviter. Le premier a rien dit, mais, à force de le cuisiner, le deuxième a fini par craquer.

– Envoye, Gilles, shoote! Arrête de tourner autour du pot! s'impatienta Jacinthe.

– Tenez-vous bien... (Le Gnome se pencha vers eux et adopta le ton de celui qui protège un secret d'État.) Bennett a disparu pendant leur voyage d'affaires.

Lemaire recula d'un pas, comme pour mieux mesurer son effet.

– Assez longtemps pour revenir, commettre le meurtre, puis repartir? demanda Victor.

– Ses collègues ont perdu sa trace pendant plus de vingt-quatre heures.

– Est-ce qu'ils savent pourquoi? continua le sergent-détective.

– Bennett leur a fourni aucune explication, ce qui se justifie peut-être par le fait qu'il est leur supérieur hiérarchique. Apparemment que c'était pas la première fois qu'il s'éclipsait comme ça, mais il était jamais parti aussi longtemps.

– Ils ont aucune idée de ce qu'il faisait?

– Je les ai pas encore poussés à fond, mais ils prétendent que non.

– Ça vaut la peine d'investiguer ça. S'il a repassé la frontière, ça laisse des traces. T'as vérifié avec les douanes?

– Je sais déjà qu'il a pas pris l'avion. Pour le reste, ça va prendre un certain temps.

– T'as demandé un profil financier? reprit Victor.

– Je devrais l'avoir cet après-midi.

– Ça donnera rien, trancha Jacinthe. Je peux pas croire que Bennett ait été assez cave pour louer une auto ou acheter un billet de train avec sa carte de crédit, ajouta-t-elle en enfournant un beigne. On a pus le temps de niaiser! Il faut le réinterroger tout de suite.

– C'est là que ça devient intéressant, affirma le Gnome, un sourire énigmatique aux lèvres.

– Dans quel sens? demanda-t-elle, la bouche pleine.

– Bennett est introuvable.

CHAPITRE 27

Vétérinaire

Victor s'arrêta devant son reflet dans la glace et s'observa un instant. Du bout des doigts, il tâta les poches et les cernes violacés qui serpentaient autour de ses orbites. Vieillir commençait à l'agacer.

Depuis quelques années, il travaillait à maximiser ce que la nature lui avait donné : il mangeait végé aussi souvent que possible et un entraînement acharné lui avait permis de gagner en muscle ce qu'il avait perdu en poids.

Même s'il cherchait parfois à se convaincre du contraire, la différence d'âge entre Nadja et lui le préoccupait. Un peu déprimé, il abandonna son double dans le miroir et continua à fouiller la chambre de Nathan Lawson, ouvrant les tiroirs, soulevant les objets, examinant une pile de vieilles factures. Dans le salon, il entendait la voix de Taillon qui cuisinait Wu.

En remontant au bureau après leur pause, ils avaient obtenu confirmation que le visa du jeune homme était expiré. Comme il se trouvait en situation d'illégalité, ils avaient décidé de le rencontrer sur la base de ce nouvel élément. Dans la voiture, ils avaient établi leur stratégie : avec toute la subtilité dont elle savait faire preuve, Jacinthe le menacerait d'expulsion s'il refusait de parler et, au contraire, Victor promettrait de le laisser tranquille s'il collaborait.

Juste avant qu'ils ne partent, Lemaire les avait informés que les recherches effectuées dans les bases de données concernant Larry Truman et les autres phrases mises en évidence par l'experte en documents n'avaient rien donné jusqu'ici, sauf en ce qui avait trait à la rencontre avec un certain monsieur McGregor.

À cet égard, il avait confirmé ce que Victor soupçonnait déjà, à savoir que *Fédération Laïque Québécoise* référait au FLQ. En effet, Lemaire avait découvert que, le 1er mai 1965, le FLQ avait fait exploser une bombe au consulat américain, situé rue McGregor.

Victor avait aussi eu la possibilité de faire le point avec Loïc à propos d'Eugène Corriveau, alias Nash. Son instinct ne l'avait pas trompé : l'homme avait effectivement quelques condamnations à son actif, dont une pour possession de stupéfiants, mais, somme toute, il ne s'agissait que de trucs mineurs.

Par ailleurs, les vérifications effectuées par le Kid lui avaient permis d'apprendre que Nash leur avait menti sur un point : il n'était désormais plus étudiant au doctorat en mathématiques à l'Université de Montréal.

Le doyen avait en effet confirmé à Loïc que Nash avait été renvoyé de la faculté l'année précédente, après avoir négligé à de nombreuses reprises de produire les travaux requis, malgré plusieurs mises en demeure à cet effet. Son directeur de thèse avait en outre affirmé qu'il était notoire que Corriveau était aux prises avec un grave problème de toxicomanie et qu'il avait eu recours au service d'aide à la disposition des étudiants.

Ainsi, la question demeurait entière : pouvaient-ils se fier à la parole de Nash quand celui-ci affirmait que Lortie était avec lui du jeudi après-midi au samedi matin ?

Loïc avait aussi fait remarquer à Victor, avec beaucoup d'à-propos, que la distance entre le viaduc sous lequel les deux hommes avaient passé la nuit et l'entrepôt où le corps de Judith Harper avait été retrouvé pouvait être parcourue à pied en moins d'une heure par la piste cyclable, laquelle demeurait relativement praticable, malgré la neige. Il était donc concevable que Lortie ait pu s'y rendre à l'insu de Nash, alors que celui-ci était dans les vapes après s'être injecté de l'héroïne.

Victor s'apprêtait à aller fouiner sous le lit de Lawson lorsque Taillon vint le rejoindre. À voir son air, il sut qu'elle n'avait pas obtenu les résultats qu'elle escomptait.

– En gros, le jeune est au Québec depuis une couple de mois. Je pense qu'il connaît pas beaucoup Lawson, mais il a fini par m'avouer qu'ils se sont rencontrés dans un sauna du quartier gai, il y a à peu près deux mois. Lawson l'hébergeait depuis ce temps-là en échange de faveurs sexuelles. Pour le reste, il maintient sa version de l'autre jour. Il m'a répété que le soir de sa disparition, Lawson lui a téléphoné pour lui dire de lui faire un sac avec du linge pis son passeport. Après ça, Wu est descendu à la réception et a remis le sac au gardien de sécurité, comme Lawson le lui avait demandé.

– C'est tout?

Jacinthe prit la remarque comme un désaveu.

– Écoute, si t'es si fin que ça, tu peux t'essayer toi avec. (Un sourire sadique se forma sur ses lèvres.) À moins que…

– Non! Je m'en occupe!

Jacinthe sur les talons, Victor marcha jusqu'au canapé où Wu était assis. Chétif, les mains jointes, la tête rentrée dans les épaules: la terreur se lisait sur son visage. Même sans user de la force, Jacinthe demeurait une présence intimidante et c'était sans compter ses menaces de déportation qui produisaient très certainement leurs effets.

Victor éprouva tout de suite de l'empathie pour le jeune homme, qui semblait perdu dans un monde dont il ne connaissait pas les codes.

– Salut, Wu. J'aurais moi aussi quelques questions à te poser. Après ça, on te laisse tranquille, c'est promis, dit-il en s'accroupissant pour se mettre à la hauteur du jeune homme.

Celui-ci leva ses yeux noirs, où surnageait la peur, et acquiesça d'un hochement de tête.

– Si je comprends bien, t'as pas vu monsieur Lawson le soir où il a disparu. C'est exact?

– C'est être exact, murmura le jeune homme.

– OK. Maintenant, prends ton temps avant de me répondre, essaie de te souvenir. Quand il t'a demandé de prendre son passeport, est-ce qu'il t'a dit où il allait?

– Non, répondit Wu sans hésiter.

– Répète-moi avec tes mots ce qu'il a dit…

– Lui dire qu'il être en voyage quelques jours et que je pouvoir rester ici.

– Qu'est-ce qu'il a dit d'autre?

– Lui dire rien d'autre.

– Comment était-il au téléphone?

Un pli se dessina sur le front du jeune Chinois, tandis qu'il réfléchissait.

– Lui être énervé. Être très énervé, oui.

Derrière Victor, Taillon s'impatientait, se balançant d'une jambe à l'autre. Sachant qu'elle risquait d'exploser à tout moment et que sa présence l'empêchait de créer un climat de confiance avec le jeune homme, le sergent-détective la pria d'aller fouiller le bureau de Lawson. Elle partit vers le fond de l'appartement dans un concert de mots d'église.

Victor se retourna vers Wu et vit du soulagement dans son regard.

– Dans les dernières semaines, aviez-vous parlé de vacances, d'un voyage, d'un endroit qu'il voulait te montrer?

Le jeune homme hocha la tête.

– Je croire que non.

– As-tu une idée où il est parti, Wu? Te souviens-tu d'un endroit où vous êtes allés ensemble?

Le jeune homme sombra loin dans ses pensées, répondit par la négative, puis, au moment où il allait enchaîner avec une autre question, Victor vit quelque chose s'allumer dans ses prunelles.

– Tu viens de te souvenir de quelque chose?

Le protégé de Nathan Lawson rougit.

– Lui m'emmener un soir pour le sexe. Dans autre maison.

– Où ça?

– Je connaître ville pas assez bien pour dire. Ça être le soir. Maison être plusieurs étages. Personne être à l'intérieur. Juste lui et Wu.

Victor grimaça, ils avançaient à l'aveugle.

– Vous êtes allés en auto?

– Oui. Ça être environ vingt minutes.

Lawson et le jeune homme étaient restés en ville. C'était un début…

– Ferme les yeux, Wu. Décris-moi la maison, ce qu'il y avait autour, ce que tu voyais par les fenêtres.

– Je voir montagne par la fenêtre! s'écria-t-il. Avec neige dessus.

Le mont Royal. La maison donnait sur le mont Royal!

– Tu pourrais reconnaître l'endroit, si je t'y emmène?

– Oui.

Victor descendit dans le lobby et parla avec le gardien de sécurité en service, celui-là même qui avait remis à Lawson le sac préparé par Wu. Le gardien affirma que l'avocat avait insisté pour que l'échange se fasse dans une ruelle adjacente et qu'il n'était pas sorti de sa voiture, ce qui laissait supposer qu'il se méfiait. Sinon le sergent-détective n'apprit rien de neuf, mis à part que Lawson était désagréable et condescendant, qu'il n'adressait que rarement la parole au personnel de l'immeuble et que, chaque fois, c'était pour se plaindre de la qualité de leur service.

Victor sortit sur le trottoir fumer une cigarette.

Ils savaient que Lawson n'avait pas utilisé son passeport. Plus il y réfléchissait, plus il penchait pour l'hypothèse voulant que l'avocat ait cherché à brouiller les pistes, qu'il n'ait en fait jamais eu l'intention de quitter le pays. Seulement, l'homme avait tenté de faire croire à quelqu'un que c'était ce qu'il comptait faire. Il se cachait tout près, le sergent-détective en aurait mis sa main à couper.

Peut-être dans cette maison dont lui avait parlé Wu?

S'il s'agissait bien du mont Royal, ça restreignait le cercle des possibilités, mais sans doute pas encore assez pour qu'ils perdent un temps précieux à promener Wu en voiture dans les rues de Westmount et d'Outremont en espérant un eurêka.

L'obscurité annonçait la fin de l'après-midi. Le vent s'était levé, de la neige tombait. À en croire les médias, la tempête qui s'amorçait risquait de rayer le Québec de la carte.

Le sergent-détective tira sur sa cigarette en grelottant; il était sorti sans manteau.

Son cellulaire vibra.

Pour la première fois de la journée, un sourire éclaira son visage. C'était Nadja.

je pense à toi xxx

Victor ne s'inquiétait pas trop d'avoir laissé Wu seul avec Taillon, mais il ne traîna pas dehors. En rentrant dans l'appartement, il constata que Jacinthe avait trouvé un sac de chips dans le garde-manger de Lawson. Les deux pieds sur une table de verre, elle était évachée sur le canapé du salon. Victor sut immédiatement à son air satisfait qu'elle avait découvert quelque chose.

— Est-ce que Lawson avait un animal de compagnie? lança-t-elle avant de porter le sac à ses lèvres et de rejeter la tête vers l'arrière pour engloutir les dernières miettes.

— Aucune idée. As-tu demandé à Wu?

— Il dit qu'il en avait pas.

Le sergent-détective chercha le jeune homme des yeux.

— Inquiète-toi pas, il est allé se reposer dans sa chambre. J'l'ai pas touché.

— Pourquoi tu me poses la question si tu connais déjà la réponse? dit-il en s'enfonçant à son tour dans un fauteuil.

Sans dire un mot, l'air énigmatique, elle lui tendit un papier. Victor s'avança et le saisit.

— Une facture de vétérinaire, conclut-il après l'avoir observée un moment.

Elle datait du mois précédent. Jacinthe l'avait trouvée en fouillant dans les papiers de Lawson.

— T'avoueras que c'est quand même bizarre pour quelqu'un qui a pas d'animal, non?

– T'as téléphoné?

– Pfff… Depuis quand c'est moi la bonniche de service? dit-elle en pavoisant, visiblement fière de sa découverte. À toi l'honneur, mon homme.

Après avoir été mis en attente par la réceptionniste et avoir patienté quelques minutes, le temps qu'elle fouille dans ses dossiers, le sergent-détective apprit que la facture concernait l'euthanasie d'un chien.

– Le chien de monsieur Lawson?

– Non, c'était celui d'un de ses amis. Monsieur Lawson nous a apporté l'animal quelques jours après le décès de son propriétaire, afin que nous puissions l'endormir.

Le cœur de Victor se mit à battre à tout rompre.

– Vous connaissez le nom de cet ami, madame?

– Oui, c'est monsieur Frost. Peter Frost.

– Vous auriez pas son adresse au dossier, par hasard?

CHAPITRE 28

Summit Woods

— Attention! hurla Taillon.

Les mâchoires serrées, les muscles tendus et prêts à rompre, Victor donna un coup de volant. L'arrière dérapa, la Crown Victoria tangua de gauche à droite, menaçant de quitter la route, mais le sergent-détective appuya sur l'accélérateur et réussit, au dernier moment, à la redresser. Ils filaient sur Summit Circle. Happée par les phares, la neige tombait dru, ils ne voyaient pas à un mètre devant. Nichée sur le flanc du mont Royal, la maison de Peter Frost apparut au détour d'un virage en épingle.

— C'est là, freine. STOP! STOP!

Abandonnant le véhicule devant l'allée, ils laissèrent portières et gyrophare ouverts.

Victor nota mentalement la présence d'une pancarte «À vendre» près de l'entrée.

— C'est pas barré, remarqua Jacinthe, le souffle court.

Le sergent-détective poussa le battant avec sa lampe de poche métallique.

— On entre, murmura-t-il en armant son Glock.

Le faisceau de la lampe de poche éclaira un salon surchargé de meubles victoriens et de lourdes tentures de velours rouge, puis une salle à manger surplombée d'un lustre de cristal et contenant une table pouvant accueillir quatorze personnes. Victor actionna l'interrupteur. Il n'y avait pas de courant. Ils découvrirent ensuite une cuisine aux armoires de chêne massif et un bureau encombré.

Les deux enquêteurs progressaient en silence, méthodiquement, chacun sécurisant sa position avant que l'autre n'avance. Victor fit un signe à Taillon, pointant l'étage supérieur avec son index. Plusieurs marches grincèrent sous le poids de Jacinthe. Le sergent-détective se sentait oppressé, un mélange de peur et d'adrénaline l'étreignait, de la sueur froide roulait sur ses tempes. Ils découvrirent cinq chambres surannées, couvertes de tapisserie. Dans l'une d'elles, un lit était défait.

Victor toucha le drap froissé du bout des doigts: il était froid.

Ils avaient visité chaque chambre, chaque pièce. Aucune trace de lutte. Personne.

Dans la cave, des alvéoles de céramique contenant plusieurs centaines de bouteilles de vin couvraient un mur complet. De vieux meubles étaient entassés dans un coin, à côté de skis et d'un sac de golf avec des moumoutes jaunes sur les bâtons. Des étagères contenant les choses dont Frost n'avait pas su se départir, au fil des années, occupaient l'autre partie de l'espace. Continuant à avancer, ils arrivèrent dans un atelier où des outils étaient soigneusement accrochés au mur.

Un bruit ressemblant au grattement d'une allumette les fit sursauter: le brûleur de la fournaise au gaz venait de s'allumer. Victor soupira, s'essuya le front du dos de la main, puis ouvrit la porte qui se trouvait au fond de l'atelier.

Le faisceau de sa lampe patina dans la pièce, et un cri se figea dans sa gorge. Une odeur de mort et de déjections flottait dans l'air. Le corps d'un homme en sous-vêtements baignait dans une mare de sang et d'excréments.

Le sergent-détective enregistra mentalement les détails de la scène: le cadavre gisait sur le dos, les bras en croix, et avait, sur la peau diaphane de la gorge et du thorax, des plaies aux rebords mordorés; les deux poignets étaient marqués d'ecchymoses violacées; les lèvres, craquelées et desséchées, s'ouvraient à vif à plusieurs endroits.

Les murs se mirent à tourner, les doigts de Victor s'ouvrirent et il laissa tomber avec fracas son Glock et sa lampe de poche sur le sol.

Réprimant un haut-le-cœur, il bouscula Jacinthe en se précipitant, dans l'obscurité, vers l'escalier.

Le sergent-détective sortit sur le balcon arrière à temps pour éviter de vomir. L'air frais finit par dissiper son malaise. Il fuma une cigarette. Son regard se fixa sur la route en lacets, en contrebas, qui venait d'être déblayée.

Derrière le mont Royal, les lumières de la ville scintillaient.

Récupérant son mégot pour le jeter, Victor rentra. Par la fenêtre du salon, il remarqua que le gyrophare était toujours allumé et les portières ouvertes. Il sortit pour appeler des renforts avec l'émetteur de la Crown Victoria. Face à la maison, le vent hurlait entre les hautes cimes des arbres de Summit Woods. Dans le boisé, une lumière jaillit, puis disparut.

Intrigué, le sergent-détective fit quelques pas en avant, plissa les yeux.

Au début, il ne distingua rien, puis il lui sembla voir quelque chose bouger, derrière une épinette. Il balaya de nouveau du regard l'endroit où il avait perçu les mouvements et sursauta : au loin, une silhouette sombre regardait dans sa direction.

— Eille ! lança-t-il en levant le bras, sachant que de nombreux randonneurs sillonnaient les sentiers.

Un halo se mit à tressauter entre les arbres.

Le temps de comprendre que l'autre avait rallumé sa lampe et qu'il s'enfuyait en direction inverse, Victor s'était déjà lancé à sa poursuite.

— TAILLON ! cria-t-il aussi fort qu'il put en espérant qu'elle l'entendrait.

Plutôt que de revenir sur ses pas, dans la rue, pour emprunter le sentier à son point de départ, il se lança à l'assaut d'une butte escarpée, haute de plus de deux mètres. Ses Converse dérapaient sur la neige, mais il réussit à attraper une branche et à s'en servir pour se hisser au sommet. Le boisé était en pente ascendante, mais heureusement pas assez dense pour l'empêcher de se frayer un chemin jusqu'au sentier qui s'ouvrait devant lui.

Par réflexe, le policier toucha son holster. Vide! Son Glock et sa lampe étaient restés dans la cave. De la neige aux genoux, les branches lui fouettant le visage, il avança aussi vite que possible dans le noir opaque. Sur le sentier, il s'arrêta une seconde pour repérer le halo, qu'il avait perdu de vue momentanément, puis il se remit à la poursuite du point lumineux, qu'il venait de retrouver, à environ cent mètres sur sa droite.

Victor gagnait rapidement du terrain, ignorant du même coup les douleurs de plus en plus violentes qu'il ressentait à la jambe, celle qu'un sadique lui avait presque arrachée durant une enquête précédente. Il vit le dos du fuyard, plongé dans l'ombre. Encore quelques mètres et il pourrait le toucher. Puis il comprit pourquoi il l'avait rattrapé aussi facilement: le suspect avait chaussé des skis de fond, ce qui l'avait ralenti dans la montée. Ils arrivaient au sommet, à l'endroit où la pente redescendait. Victor accéléra, donna tout ce qui lui restait: s'il ne l'arrêtait pas maintenant, il n'aurait aucune chance de le rattraper dans la descente.

— ARRÊTE! cria le sergent-détective, qui regretta à ce moment de ne pas avoir son pistolet sur lui.

Sans qu'il fasse un faux mouvement, sa jambe céda sous son poids au moment où il tendait le bras vers l'avant, dans une tentative désespérée pour agripper le manteau du fugitif. Il lui sembla flotter un instant en suspension dans l'air, puis il tomba et sa tête heurta lourdement le sol. Un *hoodie* rabattu sur les yeux, l'ombre revint sur ses pas et se pencha vers lui. Une lumière puissante l'aveugla. L'espace d'un instant, le sergent-détective crut voir un pistolet pointé vers son visage. Ou n'était-ce qu'une illusion?

Tout vacillait.

Victor sombra.

CHAPITRE 29

Bande sonore

Des mots tournoyaient dans la pièce, que son cerveau tentait de saisir au vol et de mettre dans les bonnes cases, pour former des phrases dont il ne parvenait pas à saisir la portée.

— Une chance que je t'ai entendu crier…

Assis sur le comptoir de la cuisine, Victor retira le sac de glace que lui avait donné Jacinthe et palpa la bosse qui avait poussé sur le côté de son crâne.

— T'aurais dû m'attendre au lieu de faire le cave!

Le sergent-détective se rappelait que lorsqu'il avait repris ses sens, Jacinthe était penchée au-dessus de lui et qu'il était frigorifié. Cependant, il gardait un souvenir plutôt confus de la façon dont ils étaient parvenus à regagner la maison de Peter Frost.

— En tout cas, t'as la tête dure…

La séquence des événements lui revenait peu à peu en mémoire. Le halo dans le boisé, sa course effrénée, les skis. Sa chute, puis le noir.

— Es-tu étourdi? Tu devrais aller à l'hôpital. T'as peut-être une commotion…

Victor agita les mains devant lui.

— Non, non, ça va aller, dit-il à voix basse, comme pour se convaincre lui-même.

— Pis, ta jambe?

Plier et déplier le membre à quelques reprises lui arracha une grimace. Sa jambe ne reprendrait jamais sa force initiale.

Selon les médecins, le fait qu'il puisse simplement marcher relevait déjà de l'exploit. Pendant sa réadaptation, ceux-ci lui avaient d'ailleurs martelé qu'il devrait dorénavant faire attention.

Tout le contraire de ce qui venait de se produire…

– Correct, mentit-il.

– Tiens, avale-moi ça, ordonna Jacinthe en lui tendant des comprimés d'acétaminophène qu'elle avait trouvés dans la pharmacie, à l'étage.

Victor les fit descendre avec une gorgée d'eau. À ce moment, il remarqua que les lumières étaient allumées. Jacinthe lui confirma qu'elle avait elle-même rétabli le courant. Quelqu'un avait simplement mis le panneau d'alimentation électrique à *off*.

– Pis le cadavre, en bas? demanda Victor.

– C'est bien Lawson. L'Identification judiciaire est en route.

Le sergent-détective s'apprêtait à poser d'autres questions à sa coéquipière, mais Jacinthe fit bifurquer la conversation sur ce qui venait de se produire dans Summit Woods. Elle suggérait que le skieur avait peut-être simplement mal interprété ses signaux et qu'il avait pris peur lorsque Victor s'était lancé à ses trousses.

– T'oublies le pistolet, glissa-t-il.

– T'es même pas sûr qu'il avait une arme, répliqua Taillon.

En revenant vers la maison, Victor lui avait effectivement confié qu'il n'en avait pas la certitude. Désorienté, son esprit avait-il imaginé la scène? Malgré ce doute, il ne put s'empêcher de penser au cliché voulant que le tueur revienne toujours sur les lieux de son crime. Était-ce ce qui s'était produit? Il ne formula pas la question. Il savait que Jacinthe se posait la même.

Les deux enquêteurs se mirent rapidement au boulot à l'arrivée de l'équipe de l'Identification judiciaire.

Tandis que Jacinthe coordonnait les opérations avec les techniciens en scène de crime, Victor passa un appel au Gnome pour le mettre à contribution. Ils avaient besoin d'un profil concernant Peter Frost. Le sergent-détective descendit ensuite à la cave où il trouva plusieurs vieux équipements de ski de fond et des traces de pas devant la porte donnant sur le jardin. Sous son regard pensif, un des techniciens moula quelques empreintes dans la neige, lesquelles menaient toutes à la rue.

Le tueur était-il dans la maison lorsqu'ils étaient arrivés? Avait-il profité du fait qu'ils fouillaient les chambres pour s'emparer d'une paire de skis dans la cave et s'enfuir?

Avec le technicien, Victor retourna dans Summit Woods. Les traces des skis s'arrêtaient au bord de la route, de l'autre côté du boisé, près du belvédère.

Une voiture attendait-elle le skieur à cet endroit?

Quoi qu'il en soit, toute trace éventuelle de pneus dans la neige avait disparu après le passage de la gratte, qui avait déblayé la rue avant qu'ils n'arrivent.

Le policier alluma une cigarette et s'accouda au parapet. Son regard plongea vers les maisons cossues de Westmount, les lumières de Montréal et le fleuve.

Victor achevait de fouiller le rez-de-chaussée de la maison lorsque le Gnome le rappela. Propriétaire de plusieurs pharmacies, Peter Frost était décédé des suites d'une longue maladie, un mois plus tôt. Selon sa sœur, il avait désigné Lawson, un ami de longue date, comme exécuteur testamentaire. La femme avait aussi confié à Lemaire, sur le ton de la confidence, que Frost et Lawson avaient déjà été amants.

Le sergent-détective remercia son collègue et donna un coup de fil à l'agent immobilier dont il avait lu le nom et les coordonnées sur la pancarte plantée devant la maison. Celui-ci lui apprit que la propriété n'avait été mise en vente que deux semaines auparavant, à la demande de Lawson, en sa qualité d'exécuteur testamentaire, et que tous les contacts avec ce dernier s'étaient faits par téléphone.

Toujours d'après le courtier, le prix élevé et le ralentissement du marché à l'approche de Noël expliquaient sans doute le fait qu'il n'y avait eu encore aucune visite.

L'endroit grouillait de projecteurs et de techniciens en combinaison qui allaient et venaient en prenant garde de ne pas trébucher dans les fils qui couraient sur le sol. Victor et Jacinthe se connaissaient depuis si longtemps qu'ils savaient quoi faire, au cœur de ce ballet silencieux, sans même avoir à se consulter.

Tandis que Taillon assistait les techniciens qui effectuaient les premières constatations sur le corps, le sergent-détective fouilla la chambre au lit défait et trouva des vêtements, un sac de cuir en contenant d'autres, ainsi qu'un passeport et des papiers au nom de Nathan R. Lawson. Un verre ayant contenu de l'alcool était posé sur la table de nuit. Victor le renifla : c'était du whisky. Il découvrit aussi un fusil de chasse chargé sous le lit. L'arme provenait de la collection personnelle de Frost, conservée sous clé dans une armoire de son bureau.

Victor résuma ses observations à Jacinthe quand elle monta le retrouver dans la salle à manger, où il examinait des papiers qu'il avait étendus sur la table.

— Il a jamais eu l'intention de partir à l'étranger, déclara-t-il. Il se terrait et craignait pour sa vie. Et si je me fie aux assiettes sales dans l'évier et au contenu de la poubelle, il a pris plusieurs repas. D'après moi, il est ici depuis le jour de sa disparition.

— Je sais pas quand il est arrivé, ni comment, mais il a les mêmes blessures que Judith Harper, ajouta Jacinthe. J'imagine que tu réalises ce que ça implique...

— À toi de me le dire, bluffa Victor.

— C'est toi, le spécialiste des tueurs en série, mon homme.

Avec malice, Jacinthe faisait allusion à une enquête précédente qui avait valu à Victor, de façon bien involontaire, une large couverture médiatique. Une publicité dont il se serait bien passé et qui le hérissait au plus haut point.

— Lâche-moi avec ça, lança-t-il en la dévisageant.

– Capote pas! J'te niaise. Mais quand même...

Victor ne lui laissa pas le loisir de terminer sa phrase.

– Tu vas trop vite, là! Les blessures ont peut-être l'air identiques, mais on est ni l'un ni l'autre médecin légiste. Et même si les meurtres avaient été commis par la même personne... ça va prendre plus que ça avant qu'on puisse parler de tueur en série!

Victor s'essuya la bouche. Il avait postillonné.

– *Calmos los neros, Lessardos*, dit Jacinthe en faisant mine de se protéger le visage avec ses mains, un sourire narquois accroché aux lèvres.

Hochant la tête, il soupira longuement avant de reprendre d'une voix grave, caverneuse:

– Changement de sujet, j'ai cherché partout et j'ai pas trouvé de dossier.

Des points d'interrogation apparurent dans les pupilles de Jacinthe.

– De quel dossier tu parles? demanda-t-elle.

– La secrétaire de Lawson nous a dit que, le jour de sa disparition, il a emporté un dossier dans le coffre de sa voiture.

– J'avais oublié, admit-elle.

Tout à coup, ils se regardèrent, apparemment frappés par la même illumination.

– Le char! s'exclama Jacinthe.

Le garage était un bâtiment de brique indépendant de la maison, érigé au bout de l'allée. À travers le voile de givre de la fenêtre, les deux policiers aperçurent une Mercedes garée dans la pénombre. Victor retourna dans la maison et prit le trousseau de clés qu'il avait trouvé dans les poches du pantalon du défunt, à l'étage.

Malgré une fouille minutieuse de la voiture et du bâtiment, ils ne trouvèrent rien d'autre que deux boîtes de carton vides dans le coffre. Aucune trace du dossier.

– Faudrait demander à un des techniciens de l'Identification judiciaire de relever les empreintes, finit par articuler Victor.

Victor consulta sa montre : 17 h 12. Cherchant dans son carnet, il trouva le numéro d'Adèle Thibault et l'appela. Avec un peu de chance, elle serait encore au bureau.

Quand elle répondit, il prit soin d'enclencher la fonction haut-parleur de son cellulaire afin que Jacinthe puisse suivre la conversation. Il ne mentionna pas à l'adjointe de Lawson qu'ils venaient de retrouver le corps de son patron, mais il la questionna de nouveau à propos du dossier. Était-elle bien certaine que Lawson l'avait en sa possession quand il avait quitté le bureau ? Après lui avoir répété sa version des faits, elle lui dit que c'était Lucian, le garçon du courrier, qui avait aidé l'avocat à mettre les cartons dans sa voiture.

Victor demanda à lui parler. La secrétaire le mit en attente, le temps de vérifier s'il était encore au bureau.

Quelques déclics plus tard, il se retrouva en communication avec Lucian, lequel lui confirma qu'il avait transporté les cartons jusqu'à la voiture de Lawson, dans le stationnement souterrain.

— Une Mercedes gris métallique, avança Victor.

— Oui, oui, répondit Lucian en précisant avec exactitude le numéro de modèle. J'ai déposé les deux boîtes dans le coffre. Maître Lawson regardait partout. Il avait l'air nerveux.

Victor lança un regard entendu à Jacinthe, qui restait impassible, le visage barbouillé par la lumière crue du plafonnier.

— Tu sais ce qu'il y avait dans les cartons ? Il t'a parlé d'un dossier ?

— Non. Il m'a juste posé des questions au sujet d'un message.

— Quel message ?

— Je sais pas trop.... Un papier qu'il disait avoir reçu.

Les autres questions que lui posa Victor ne lui permirent pas d'en apprendre plus : Lucian n'avait pas de souvenir du message en cause, ayant plusieurs centaines de documents à déposer chaque jour dans plusieurs centaines de pigeonniers.

C'est d'ailleurs, affirmait-il, ce qu'il avait mentionné à Lawson quand celui-ci l'avait interrogé sur la provenance du papier, alors qu'ils descendaient au stationnement souterrain.

Nouveau changement de poste. Long silence au bout de la ligne. Nouveaux déclics.

Après avoir réfléchi, l'adjointe de Lawson finit par dire au sergent-détective qu'elle ne se souvenait pas d'avoir discuté avec son patron d'un message spécifique le jour de sa disparition. Ou peut-être que, à bien y penser, il avait brandi une feuille de papier dans le cadre de sa porte.

Mais elle ne savait plus, elle n'y avait pas prêté attention.

Perplexe, Victor mit fin à la communication. Penchée dans l'habitacle, Jacinthe s'agitait à ses côtés, sa grosse main gantée de latex fouillant dans l'espace entre le siège du passager et la coque couvrant la boîte de vitesse.

– Qu'est-ce que tu fais? s'impatienta-t-il.

– Attends, y a quelque chose de pogné, ici, grogna-t-elle.

Elle retira sa main : elle tenait un CD entre les doigts.

– Pars donc le moteur, suggéra-t-elle.

Victor obéit, tandis qu'elle glissait le disque dans le lecteur CD.

Une voix que ni l'un ni l'autre ne connaissaient répétait une phrase en boucle :

« *I emphatically deny these charges… I emphatically deny these charges… I emphatic…* »

CHAPITRE 30

Laurentides

Ce jour-là, j'ai compris que la peur vivait au plus profond de nous-mêmes, et qu'une montagne de muscles ou un millier de soldats ne pourraient rien y changer.
Jean-Claude Lauzon, *Léolo*

La fourgonnette avalait la route glacée. Les lumières d'une maison venaient parfois briser la ligne monochrome des conifères. Dans les haut-parleurs, Eminem et Pink scandaient qu'ils ne céderaient pas. Sur la banquette arrière, la peur lui tordait l'estomac. Ce n'était plus le temps d'avoir des doutes, plus la peine de se poser des questions ou de chercher des réponses.

Il était pris dans l'engrenage, il ne pouvait plus reculer.

L'homme assis sur le siège du passager le dévisagea.

– On arrive… Es-tu prêt, Lessard?

Martin acquiesça d'un signe de tête; sa main se crispa sur la crosse du pistolet.

– Te souviens-tu ce qu'on s'est dit? C'est l'heure de la fermeture. Y restera pas plus qu'un ou deux employés sur place. Y a pas de caméra, pas de garde armé, aucun dispositif de sécurité…

– *Fuck*, y a même pas de clôture, Boris! intervint le conducteur en pouffant de rire.

– C'est un *in and out*, reprit l'autre, sans relever la remarque. On met ce qu'on a besoin dans le sac, pas un bâton de plus, pis on s'efface. Y aura pas de problèmes.

Le chauffeur rétrograda pour ralentir sa course et vira dans une route secondaire. Il roula quelques minutes, puis, phares éteints, il s'engagea dans une allée de gravier menant à un entrepôt de béton. Le chauffeur immobilisa le véhicule à cent mètres du stationnement. Deux camions étaient garés sur le côté de l'immeuble.

— On y va, annonça Boris en ouvrant sa portière avec précaution.

Martin rabattit la cagoule sur son visage.

— Y aura pas de problèmes, murmura-t-il, comme pour s'en convaincre.

Les deux silhouettes marchèrent le plus longtemps possible dans l'ombre du bâtiment, presque invisibles dans leurs combinaisons noires. Cinglant les vitres, le vent hululait des sanglots de givre. L'arme au poing, ils surprirent un employé lisant le journal derrière le comptoir de la réception. Son ventre flasque pendait sous un t-shirt distendu, qui avait dû lui aller dans une autre vie. Avant même que l'homme puisse réagir, Boris s'approcha et appuya le canon de son pistolet contre sa tête.

— OK, le gros, t'auras aucun problème si tu fais ce que je te dis. Mais si t'essaies de faire ton Bruce Willis, tu vas sortir d'ici dans un *body bag*. On se comprend?

— Ou... oui, balbutia l'homme, pétrifié.

Martin scruta l'entrepôt: calme plat, personne d'autre en vue, zéro mouvement.

— Vous êtes combien? reprit Boris.

— Ju... Juste un... un autre gars à papa... à pa... part moi... Il est en arrière...

— OK. Appelle-le. Et pas de conneries, ajouta Boris en retirant le cran de sûreté.

L'homme déglutit, mort de peur. Martin remarqua une flaque qui grandissait sur le sol de béton: le pauvre venait d'uriner dans son pantalon.

— Mar... Marcel? lança-t-il d'une voix blanche. Marcel?

À l'instar de son collègue, le dénommé Marcel resta bouche bée face aux deux cercles d'acier qui lui fixaient le front. Il n'opposa aucune résistance.

Martin compta de nouveau les bâtons de dynamite qu'il avait glissés avec soin dans les compartiments du sac. Le compte y était. Il fit un signe de tête à son complice, qui tenait en joue les deux employés de l'entreprise de dynamitage.

L'opération avait duré moins de dix minutes.

– C'est bon. On y va, dit Boris, avant d'abandonner les deux hommes dans le coin où ils se tenaient à genoux, les mains attachées dans le dos avec du *duct tape*.

Ils piquèrent un sprint vers la fourgonnette. Le chauffeur avait déplacé le véhicule afin d'être prêt à repartir en marche avant. Il démarra avant même que les portières soient refermées. Boris et Martin reprirent leurs places respectives. Martin enleva sa cagoule, puis épongea la sueur sur son front. En retirant le chargeur de son pistolet, il lui sembla que la tension retombait enfin, que la boule au creux de son estomac disparaissait peu à peu.

C'est Boris qui brisa le silence quand le chauffeur s'engagea sur la route principale et qu'il devint manifeste qu'ils n'étaient pas suivis, juste avant que les cris de joie et les *high five* ne se mettent à pleuvoir.

– On a fait une maudite bonne job, les gars. T'as été parfait, Lessard!

Pendant que Boris et le chauffeur se passaient un joint et discutaient, Martin avait fait semblant de s'assoupir. Il tapa discrètement un texto sur son iPhone, dissimulé dans la poche de son manteau, et l'envoya. Il allait l'effacer du registre quand Boris mit la main sur son genou et le secoua. Faisant semblant de s'éveiller en sursaut, Martin s'étira.

– Tiens, Lessard. Tire une poffe, ça va te faire du bien!

Le chauffeur de la fourgonnette les déposa devant un immeuble résidentiel anonyme, dans Hochelaga-Maisonneuve.

– Va déposer le stock, pis viens nous rejoindre après, *man*, lui ordonna Boris.

Le véhicule disparut de leur champ de vision. Boris passa un bras autour des épaules de Martin et l'entraîna vers l'édifice.

– Qu'est-ce qui se passe? T'as l'air parti dans lune, *man*.

Martin se ressaisit aussitôt, se força à rire.

– Moi? Ben non! C'est juste l'adrénaline qui retombe.

– Ha, ha, ha! Ça se peut-tu que t'étais juste un p'tit peu nerveux, mon Martin?

Ne jamais montrer de faiblesse, ne jamais être en situation de vulnérabilité. Jamais.

– Nerveux? Pfff… Pas pantoute, *man*! crâna-t-il.

– Eille, avoue, c'était cool en tabarnac, quand même!

– Mets-en! Les deux gars ont figé ben raide.

Martin ouvrit et ferma la bouche à quelques reprises, mimant la réaction du premier employé qu'ils avaient surpris. Boris pouffa de rire.

– On va avoir une belle soirée, *man*! Y a Roxanne, Lolita et Muriel qui vont passer. Pis Amélie aussi, peut-être.

Martin s'efforça de paraître enthousiaste.

– Tu sais que Muriel te trouve pas mal à son goût, *man*? reprit Boris. Et elle est chaude, cette fille-là! Chaaaauuuuuude! En plus, si tu t'y prends de la bonne manière, tu peux te taper Amélie aussi. Elles baisent souvent ensemble.

I wanna fuck you like an animal.

La musique brutale de Nine Inch Nails soulevait l'appartement; la basse synthétique battait dans la poitrine de Martin comme son propre cœur. Il y avait des corps partout qui se tortillaient les uns contre les autres dans la fumée, mélangeant sueur et salive. Muriel l'entraîna dans un coin. La lumière des stroboscopes glissait sur ses seins charnus; ses pointes étaient déjà durcies. Il y passa la langue, mais Muriel lui échappa. Sa braguette s'ouvrit, une main attrapa son sexe et, soudain, un spasme de plaisir le secoua: la bouche de Muriel brûlait sa chair.

I wanna feel you from the inside.

Son regard croisa celui de Boris qui, à l'autre bout de la pièce, étendait ses tentacules sur le corps sculptural de Roxanne. Était-il parano ou son ami le regardait d'un drôle d'air? Plus tôt dans la soirée, Martin était allé aux toilettes en oubliant son iPhone sur la table, là où ils s'étaient enfilé quelques autoroutes de poudre dans les narines. À son retour, Boris le lui avait rendu en suggérant, un sourire énigmatique accroché aux lèvres, de faire attention à ce qu'il laissait traîner.

You get me closer to God.

Martin gémit et saisit les cheveux de Muriel, qui l'enfonça dans sa bouche avec encore plus d'intensité. Est-ce que Boris avait lu le texto qu'il avait envoyé du véhicule? Était-ce simplement l'alcool et la drogue qui altéraient son jugement?

Fuck! Il s'en voulait d'avoir oublié d'effacer le message!

Amélie s'avançait vers lui, ses jambes filiformes luisaient dans la lumière. Elle se mordilla la lèvre inférieure, puis, caressant les cheveux de Muriel, enfonça sa langue dans l'oreille de Martin. Il se dégagea une main, lui empoigna les fesses et l'attira vers lui.

Help me tear down my reason, help me it's your sex I can smell.

Martin ferma les yeux.

Les images de Boris pointant son pistolet sur sa tête se mélangeaient à celles de Muriel avalant son sexe. Puis il se laissa emporter par le maelström.

Il ne servait à rien de résister.

I wanna fuck you like an animal.

CHAPITRE 31

Jeux de miroir

Tandis que la voix de Win Butler et celles des autres membres d'Arcade Fire retentissaient dans ses oreilles, Louis-Charles Rivard essayait de donner l'impression qu'il se regardait dans le miroir dans le seul but d'exécuter sa dernière série de *curls* avec symétrie.

Mais, en réalité, il admirait ses biceps, sa carrure d'athlète et sa belle gueule d'apollon.

D'un geste imperceptible, il tourna légèrement la tête. Une grande rousse marchait dans sa direction, en tous points conforme aux critères qu'il s'imposait en matière de beauté : jambes de liane, poitrine bien compacte et petit cul moulé à la perfection dans un short de sport ajusté. Elle avait, en outre, un grain de peau parfait, et le galbe de ses cuisses était exempt de cellulite.

Rivard l'avait remarquée lorsqu'elle était venue ramer sur un appareil près du sien.

Aussi, il avait noté que c'était la troisième fois qu'elle se rendait à l'abreuvoir. Elle passa derrière lui et, une fois de plus, elle lui jeta un regard.

Outre tomber en pâmoison devant lui-même, c'était ce qu'il aimait par-dessus tout de ses séances d'entraînement au gym : croiser des regards dans le miroir.

D'ailleurs, il avait toujours su que la véritable communication passait par le regard et non par les mots. Tout transitait par les yeux : l'attirance, la répulsion, l'amour, la vérité et le mensonge. Pourtant, la plupart des gens négligeaient ce fait. Il était bien placé pour le savoir, il avait menti tant de fois dans sa vie sans que son interlocuteur s'en aperçoive.

Il n'y avait que sa mère qu'il ne réussissait jamais à berner; ils étaient trop semblables.

Louis-Charles braqua de nouveau les yeux sur la rousse. Penchée sur l'abreuvoir, elle lui offrait en toute connaissance de cause une vue en plongée sur ses attributs. En l'observant, il estima qu'elle devait avoir le milieu de la vingtaine, habitait sur le Plateau ou dans le Mile-End et ne s'entraînait pas au Sanctuaire régulièrement. Elle était là dans le but d'appâter le bon parti, elle ne demandait qu'à être cueillie.

Louis-Charles allait lui donner satisfaction.

Lorsqu'elle repassa près de lui, il lui lança son regard de fauve dans le miroir, celui du roi de la jungle, celui qui disait: «J'ai envie de te baiser là tout de suite maintenant.»

Elle passa et sembla l'ignorer, mais son regard effleura le miroir une seconde.

Une seconde de trop, car il sut. Elle était piégée, ses yeux la trahissaient: «Je fais semblant de ne pas être attirée, mais j'en serais plus que ravie.»

Pour Rivard, la plupart des femmes, particulièrement les plus belles, jouaient un jeu. Elles manifestaient un certain intérêt de prime abord, puis faisaient mine de ne pas être vraiment séduites. Par la suite, elles attendaient que l'homme fasse les premiers pas.

Une femme dans la cinquantaine passa, le visage rougi par l'effort, puis un homme au crâne rasé, barbu, démarche chaloupée, un tatouage sur le biceps droit; le regard de Louis-Charles croisa le sien dans le miroir. Avec les homosexuels, c'était tout le contraire. Ils étaient des maîtres dans le domaine de l'approche directe.

D'ailleurs, Louis-Charles recevait toutes sortes de propositions, que ce soit au gym, quand il suivait ses cours de boxe rue Bélanger ou encore sur Facebook.

Même s'il était résolument hétéro, il ne craignait pas de capter le regard d'un homme ou de se livrer au jeu de la séduction avec un gai. Pour lui, plaire à un homosexuel était aussi satisfaisant que de plaire à une femme, il était aussi à l'aise sur les deux tableaux et jouait sur cette ambiguïté au bureau, avec Lawson. Il ne s'était jamais rien passé entre eux mais, entretenant le fantasme, Louis-Charles avait toujours usé de son charme avec le vieux, cultivant la zone grise de façon à lui laisser miroiter l'espoir qu'un jour…

Se levant, Rivard déposa les poids dans le support métallique réservé à cet effet et marcha droit vers la rousse.

À partir du moment où une femme vous avait montré son intérêt, mais qu'elle feignait l'indifférence, il fallait être effronté, prendre les devants, profiter de l'effet de surprise.

Et mentir. Ça oui! Ne jamais dire la vérité. Prétendre qu'on est prêt pour le grand amour même si, en réalité, on ne veut que tirer son coup, se libérer les gamètes et ne plus jamais donner de nouvelles.

– Salut! Je m'appelle Louis-Charles, dit-il en tendant la main et en la gratifiant d'un battement de paupières concupiscent. Celui qui pouvait vouloir dire, selon le contexte: «Votez pour moi / Je suis une pute / On peut me faire confiance.»

Louis-Charles se dirigea vers le vestiaire après avoir noté l'adresse de courriel de la fille dans son iPhone. Ça avait été presque trop facile. Deux minutes de baratin et le tour était joué.

Comme chaque fois, il avait dit qu'il partait en voyage d'affaires pour quelques jours, mais qu'il entrerait en contact avec elle à son retour. Ça permettait de voir venir et d'éviter de perdre de bonnes occasions en raison d'un conflit d'horaire.

Par la suite, l'équation était simple et mathématique: bon resto + bon souper + pas mal d'alcool = chez toi ou chez moi? Il n'avait qu'à parler un peu de sa Porsche Cayenne, de son loft dans le Vieux-Montréal et de son voilier amarré à la marina longeant le parc René-Lévesque, à Lachine, pour que l'équation produise une formule de récurrence semblable à la suite de Fibonacci.

Après? Après, il ne rappelait jamais. Il passait à un autre dossier.

Il ne pensait qu'à lui-même, à sa carrière et à l'argent qu'il en tirait.

Son t-shirt Adidas était trempé de sueur. Il le retira et fit jouer ses abdos dans le miroir quelques secondes. Satisfait de ce qu'il voyait, Louis-Charles ouvrit son casier et but sa boisson protéinée. Il prendrait de la créatine à son retour à la maison, avec sa collation post-entraînement.

À moins qu'il n'aille manger boulevard Saint-Laurent avant de rentrer se coucher. Il y avait cette serveuse d'un resto branché qui n'attendait qu'un claquement de doigts de sa part.

Déposant son iPhone sur la tablette de son casier, il fouilla dans les poches de son pantalon et en extirpa un autre cellulaire, un modèle générique qu'il avait acheté à la suggestion de l'homme qui l'avait appelé après sa déclaration impromptue à la presse.

La messagerie était vide.

C'est en reposant le cellulaire qu'il le vit : quelqu'un avait glissé un papier dans son casier. Plié en deux, celui-ci était tombé sur ses effets personnels. Louis-Charles vit une série de chiffres alignés et c'est tout son visage qui s'illumina.

La disparition de Lawson s'avérait être une opération bénéfique pour lui : les autres associés s'étaient rangés à ses arguments et lui faisaient confiance pour gérer la crise. Tout le monde voulait éviter un scandale capable d'ébranler le cabinet.

Appuyant sur le bouton de recomposition automatique du cellulaire, Louis-Charles tomba sur une boîte vocale, où il laissa un message contenant sa contre-proposition.

Après avoir déchiré le papier en petits morceaux, il actionna la chasse d'eau à quelques reprises pour les faire disparaître dans une des toilettes du vestiaire.

Une serviette enroulée autour de la taille, l'homme au crâne rasé dont il avait surpris le regard dans le miroir, un peu plus tôt, avait vu son geste et le fixait d'un drôle d'air.

Louis-Charles haussa les épaules, lui décocha son plus beau sourire et passa sous la douche, où il prit son temps pour se laver, utilisant deux gels douche différents : un pour le corps, un autre pour le visage. Puis Rivard appliqua une pléthore de crèmes et de lotions sur sa peau. Comme Patrick Bateman, le personnage d'*American Psycho*, il croyait à l'importance de «prendre soin de lui».

En marchant vers son véhicule, il vérifia de nouveau la messagerie du cellulaire. L'appel qu'il attendait était arrivé pendant qu'il se lavait.

Sa contre-proposition avait été acceptée!

Un sentiment de puissance grisait tout son être.

Rivard décida qu'il irait manger boulevard Saint-Laurent. Après tout, cette fille était vraiment *hot*. Mais, avant, il devait récupérer quelque chose qui ressemblait à un passeport pour la liberté.

Dans le stationnement, il ouvrit le coffre de la Porsche Cayenne. En équilibre sur une jambe, il troqua ses souliers de course contre des bottes de randonnée, puis enfila une tuque, s'emmitoufla dans un parka et attrapa des mitaines de Goretex.

En tendant la main vers la poignée de la portière, il se figea : le reflet d'un visage était apparu un instant dans la vitre. Le cœur bondissant, il se retourna brusquement.

Puis il se détendit en souriant.

Personne. Il n'y avait personne.

CHAPITRE 32

Débriefing

Par la fenêtre de son bureau, perdu dans ses pensées, Paul Delaney avait passé la soirée à regarder, sans la voir, cette foule bigarrée. Tous ces gens qui se pressaient pour acheter des cadeaux de dernière minute, comme si le sort du monde en dépendait.

Le stationnement était vide depuis quelques heures, mais ses yeux rougis traînaient toujours dans la sloche.

Madeleine se faisait opérer de nouveau le 24, dans la soirée.

Le médecin avait refusé de se prononcer sur les chances de réussite. Ils allaient ouvrir d'abord et aviser ensuite. Si les métastases avaient atteint le foie, ils ne pourraient plus rien pour elle.

Le chef de la section des crimes majeurs avait passé la nuit à l'hôpital et il y passerait Noël. Il fallait avertir les enfants.

Pour leur dire quoi?

Quelques coups résonnèrent à la porte.

Delaney marmonna quelque chose qui ressemblait à une invitation à entrer et regarda Victor se débattre avec la porte et deux gobelets de café fumant.

— Je peux m'asseoir, chef? demanda celui-ci en désignant du menton une des chaises destinées aux visiteurs.

— Vas-y, répondit Delaney en saisissant un stylo pour se donner une contenance.

Victor tendit un verre de styromousse à son supérieur et déposa l'autre devant lui, sur le bureau.

– Une chance qu'on est dans les AA, parce que ça ressemble au moment de la journée où tu sortirais une bouteille de ton tiroir, ironisa Victor.

– Crois-moi, c'est pas l'envie qui manque, rétorqua Delaney, l'air sombre.

– Des nouvelles? risqua le sergent-détective en soufflant sur la surface de son café.

– Mauvaises. Opération dans trois jours. Ça passe ou ça casse.

Victor hocha la tête, abasourdi.

– *Fuck.*

Il aurait voulu ajouter quelque chose, les bons mots de préférence, mais rien ne vint. Ils restèrent muets un moment.

– Veux-tu que je repasse plus tard?

Delaney inspira, se redressant un peu.

– Non, non, au contraire, reste. J'ai besoin de me changer les idées. (Silence.) Comment va ta tête? Pis ta jambe?

Victor prit une gorgée en grimaçant. Le café était trop chaud.

– Une bonne bosse, dit-il en passant les doigts à l'endroit où son cuir chevelu se surélevait. Mais pas de commotion. Ma jambe est correcte.

– Une chance... Est-ce que l'Identification judiciaire a découvert quelque chose qui pourrait nous mettre sur la piste de ton skieur?

Victor saisit un trombone sur le bureau et le déplia.

– Non, toujours rien.

– Inquiète-toi pas, qu'il soit relié à notre affaire ou non, on va finir par le retrouver. (Delaney passa les doigts sur sa plaque de calvitie.) En tout cas, maintenant que Lawson est mort, ça l'élimine de la liste des suspects. Lortie aussi sans doute.

– Attendons quand même que Berger nous confirme l'heure exacte de la mort de Lawson avant d'écarter définitivement Lortie des suspects. On sait toujours pas pourquoi il avait les portefeuilles en sa possession ni ce qui le rattachait aux victimes.

– C'est peut-être juste un hasard. Lortie était itinérant. Il a très bien pu les trouver dans une poubelle ou les voler.

– Tu oublies ce qu'on a appris à Louis-H., à propos de son délire de portefeuilles.

Delaney s'enfouit le visage dans les mains, puis fixa le sol, l'air désemparé.

– C'est vrai. Excuse-moi, j'avais oublié.

Victor posa sa main sur le bras de son supérieur.

– Décourage-toi pas, Paul. On est avec toi.

Dès que Victor était entré dans son bureau, Delaney avait compris que sa visite était une façon de lui témoigner son empathie et son soutien plutôt que liée à un besoin de discuter de l'affaire avec lui. C'était sa manière de lui manifester son respect et son amitié.

Le chef esquissa un sourire, puis se racla la gorge, les yeux luisants.

– Pis, la fouille de la maison? reprit-il.

Victor haussa les épaules en secouant la tête.

– À date, on a rien d'autre que le CD, le corps de Lawson et ses effets personnels. On a pas trouvé son cellulaire, mais on a vérifié le relevé de ses appels. Rien de suspect de ce côté-là. (Silence.) Et si je me fie aux témoignages de sa secrétaire et du garçon du courrier, on aurait dû trouver un dossier dans le coffre de sa voiture...

– ... qui concerne une compagnie qui s'appelle... (Delaney fouillait dans un monticule de papiers, sur son bureau.) Voyons, me semble que j'avais imprimé ton courriel!

– Northern Industrial Textiles, précisa Victor en se grattant la joue. On a juste trouvé des boîtes de carton vides dans le coffre. Soit le tueur a emporté les papiers, soit Lawson s'en est débarrassé avant d'arriver à la maison de Peter Frost. Dans les deux cas, il faut envisager que ça ait quelque chose à voir avec les meurtres. (Il avala une gorgée de café.) J'attends un rapport de recherche des juristes du ministère concernant la compagnie. Je te l'enverrai.

– OK, merci. (Silence.) Ton dossier Northern, ça pourrait être une affaire judiciaire qui a mal tourné.

– Ça pourrait. Mais si c'est le cas, c'est de l'histoire ancienne.

– Est-ce que Berger a confirmé que les deux meurtres ont été commis avec la même arme?

– Pas encore. Mais Jacinthe est convaincue que oui. Des fois, je trouve qu'elle est trop vite en affaires, mais, dans ce cas-ci, ça m'étonnerait qu'elle se trompe.

– Et l'enregistrement que vous avez trouvé dans la voiture de Lawson?

– Le CD? L'as-tu entendu?

– Oui, Jacinthe me l'a fait jouer tantôt.

– «*I emphatically deny these charges.*» (Silence.) Au début, on a rien compris, Taillon et moi. C'est Gilles qui nous a fait remarquer que ces paroles-là avaient été prononcées par Lee Harvey Oswald après son arrestation. Ça semble être une copie intégrale d'un des extraits diffusés à l'époque. C'est facile à se procurer, il y a plein de liens sur YouTube.

– C'est quoi, le rapport entre notre affaire et l'assassinat de Kennedy?

– Je pense qu'il y en a pas. J'ai parlé de ça avec Gilles et Jacinthe, et on est d'accord: faut pas prendre le message dans son sens littéral, faut voir la charge symbolique. Une de nos hypothèses, c'est que le tueur essaie de nous mettre sur la piste d'une affaire où quelqu'un nie sa culpabilité, quelqu'un qui a été pris dans le filet de la justice, mais qui clame son innocence.

Delaney reprit son sport favori: la chasse aux grains de poussière sur la surface de travail. Il en repéra un près du coude de Victor, le fit disparaître sous son majeur, puis le balança dans le vide en se frottant les doigts.

– Quelqu'un qui a vécu une injustice, proposa-t-il.

– Genre. (Victor resta dans la lune un moment, à inspecter le bout de ses Converse.) Mais tu sais ce que je trouve le plus bizarre? C'est la deuxième fois que le tueur laisse des traces. Les chiffres sur le frigo de Judith Harper et, là, le CD…

– En effet, on dirait qu'il veut nous mettre sur une piste…

— C'est bien ça qui m'inquiète… J'ai peur qu'il nous envoie dans la mauvaise direction pendant qu'il continue avec la suite de son plan.

— Tu crois qu'il va y avoir d'autres victimes?

— J'en ai peur.

— Une série?

— C'est Jacinthe qui t'a parlé de ça? C'est encore trop tôt pour parler d'une série, Paul. Oublie pas que même si leurs victimes ont des caractéristiques communes, les tueurs en série les choisissent en général de façon aléatoire. Là, c'est autre chose. Il y a un lien qui nous échappe. C'est juste trop organisé, trop structuré pour être l'œuvre d'un tueur en série. Je le sens pas.

— Les tueurs en série sont méthodiques, en général…

— Jusqu'à un certain point, oui. Mais pas de cette manière-là. Et il y a cette histoire de message que Lawson a reçu.

— Un autre message, en plus du CD?

Victor lui relata la discussion qu'il avait eue avec Adèle Thibault et le garçon du courrier. Les deux parlaient d'un papier. Les policiers discutèrent un moment de la possibilité que l'avocat ait reçu une enveloppe contenant à la fois une lettre et le CD. Puis le chef reprit la parole:

— Donc, il a reçu des menaces?

— Ça ressemble à ça. En tout cas, ça expliquerait pourquoi Lawson a quitté le bureau aussi vite. Il avait le feu au cul, Paul. Il a reçu un message, récupéré le dossier Northern et il est parti se cacher. (Victor but la dernière gorgée de son café.) Dans le cas de Judith Harper, on a retrouvé des chiffres aimantés sur son frigo. (Silence.) Moi, j'ai l'impression que les victimes ont été soigneusement choisies. Comme si le tueur avait eu des cibles spécifiques à abattre. Écoute, Lawson était en fuite et le tueur l'a retrouvé!

Sans paraître s'en rendre compte, Delaney appuyait sans cesse sur le bouton-poussoir de son stylo, produisant à chaque fois un «clic» qui agaçait Victor.

— Je suis d'accord avec toi, quand je parlais de série, je me faisais juste l'avocat du diable, précisa Delaney. (Il sembla se perdre dans ses pensées un instant.) Dans un cas comme dans l'autre, le suicide de Lortie fitte pas. Et il y a les inscriptions sur la mosaïque et le skieur, murmura-t-il encore pour lui-même. (Delaney soupira, l'air dépassé, avant de se secouer.) Eille, je saute du coq à l'âne, mais quand tu verras Berger, dis-lui donc de se grouiller le cul! Ça nous aiderait en maudit de savoir c'est quoi, l'arme du crime.

Le sergent-détective leva ses mains en signe d'impuissance.

— Tu le connais, vaut mieux pas trop le brusquer. De toute façon, avec ce qu'on sait déjà, c'est pas difficile d'imaginer que c'est quelque chose qui sort de l'ordinaire.

Victor regarda sa montre et se leva.

— Bon, je vais aller passer un coup de fil à maître Rivard. Je veux lui annoncer la mort de Lawson et lui poser des questions concernant le dossier Northern. Et je suis curieux de savoir si quelqu'un s'est manifesté à la suite de son annonce, après la conférence de presse.

Victor composa le numéro de Rivard en retournant à son bureau, mais il tomba sur la boîte vocale et y laissa un message. Puis il se retourna et revint précipitamment dans celui de Delaney.

— Hé, Paul?

Penché sur son clavier, Delaney avait commencé à entrer son mot de passe.

Il releva la tête.

— Courage, pour Madeleine.

CHAPITRE 33

Le Fantôme de l'Opéra

La nuit était d'encre. Les grilles à l'entrée du cimetière Mont-Royal étaient fermées, mais Louis-Charles Rivard n'eut aucun mal à se glisser dans l'enceinte. Couvrant le faisceau de sa lampe, il repéra la stèle de Mordecai Richler en quelques minutes. Avec précaution, il balaya du revers de la main la neige accumulée sur le dessus du monument funéraire. Comme Lawson le lui avait indiqué, la clé était cachée sous une de ces pierres que les gens déposaient pour honorer la mémoire du défunt.

L'humidité lui transperçait les os. Le vent sifflait entre les arbres, les branches tordues s'animaient, semblaient vouloir le toucher. Était-ce l'atmosphère lugubre des lieux ou son imagination qui le faisait frissonner ?

Rivard rabattit son capuchon, enfonça sa tuque sur ses yeux et, reprenant sa marche, laissa derrière lui la stèle de Richler.

Un caveau apparut cent mètres plus loin, au bout de l'allée. La serrure ne lui causa aucun problème, la porte de métal tourna sur des gonds bien huilés.

À l'intérieur, il n'y avait pas de cercueil, juste un autel sur lequel on pouvait voir des lampions, une flaque de cire durcie et un livre protégé par une pellicule plastique. Rivard l'éclaira. Il s'agissait d'une vieille édition du roman de Gaston Leroux, *Le Fantôme de l'Opéra*.

Sur la dalle, sa lampe dévoila l'inscription altérée par le temps : « *In Loving Memory of Jane Margaret Sophia Lawson 1912-1986* ». Puis il se secoua, se rappelant sa tâche.

Les deux sacs-poubelles gisaient dans un coin. Louis-Charles s'approcha, en ouvrit un et constata qu'il contenait des documents. Il le referma aussitôt. Lawson lui avait parlé de l'existence du dossier sans lui dire ce qu'il contenait, mais moins Rivard en saurait, mieux il se porterait.

Lawson lui avait téléphoné d'un numéro bloqué, le jour de sa disparition. Le vieux bouc ne lui avait pas révélé l'endroit où il se terrait; il s'était contenté de lui donner les instructions nécessaires pour retrouver le dossier.

Ses directives avaient été claires: il l'appellerait chaque soir, autour de 18 h.

S'il ne le faisait pas, ça signifierait qu'il était mort. Le cas échéant, Louis-Charles devait récupérer le dossier, convoquer une conférence de presse et en rendre le contenu public.

En contrepartie, Lawson lui avait suggéré de consulter le solde de son compte bancaire. Rivard n'en avait pas cru ses yeux lorsqu'il avait constaté que le vieux y avait fait virer cinquante mille dollars. Lawson avait aussi précisé qu'il avait pris des arrangements pour lui en garantir le double après le point de presse.

Mais Rivard savait lire entre les lignes.

Le vieux bouc, croyant que le dossier constituait son assurance-vie, avait menacé d'en révéler le contenu, espérant ainsi mettre un terme à la menace. Voyant qu'il avait manqué leur rendez-vous téléphonique à plus d'une reprise, Rivard avait compris une chose: Lawson avait joué à quitte ou double et avait perdu.

Rivard ne connaissait pas encore à ce moment l'identité de l'homme qui s'intéressait au dossier, mais s'il était prêt à tuer pour le récupérer, c'est qu'il y attachait une importance capitale.

Par conséquent, l'avocat avait décidé de saisir l'occasion en appliquant la règle la plus simple des sciences économiques: la théorie de l'offre et de la demande. Lawson était mort, il ne voyait aucune raison d'avoir des scrupules à se départir du dossier. Rivard connaissait la valeur de l'argent et il lui paraissait clair qu'il en toucherait beaucoup plus s'il ne s'arrêtait pas à la promesse faite au vieux bouc de le rendre public.

Aussi, devant les médias, il avait lancé un message clair à la personne qui s'intéressait au dossier : ce qu'elle cherchait se trouvait en sa possession et il était disposé à le vendre. Son message avait été reçu. Un premier contact par téléphone avait été établi après la conférence de presse.

L'homme qui l'avait contacté au bureau n'avait pas abordé la question directement. Il lui avait simplement proposé son aide pour retrouver Lawson. Mais des sous-entendus avaient mis la puce à l'oreille de Louis-Charles.

Après avoir tergiversé quelques heures, Rivard avait rappelé l'homme de son domicile.

– Je sais où trouver ce que vous cherchez, avait-il annoncé d'entrée de jeu.

Pour toute réponse, l'autre lui avait suggéré de se procurer un cellulaire à forfait prépayé, afin qu'ils puissent «communiquer plus aisément».

Rivard regretta de ne pas avoir pensé à emmener l'*assault pack* qu'il avait conservé de son séjour dans l'armée. Les sacs-poubelles étaient lourds, trop pour en transporter un dans chaque main sur une aussi longue distance.

De toute manière, même si Lawson les avait doublés, ils risquaient de se déchirer.

Tant pis, il ferait deux voyages.

Après vingt mètres, Louis-Charles réalisa que le fardeau était plus encombrant qu'escompté : il était en nage, s'enfonçait dans la neige. Ce ne serait pas une sinécure de ramener les sacs à la voiture, mais il serra les dents, redoubla d'ardeur : cette petite difficulté n'était rien comparativement aux exercices que leur faisait subir, à l'époque, le sergent instructeur Deschenaux.

Son œil exercé perçut du mouvement sur sa droite. Il avança encore, puis s'arrêta. Les sens aux aguets, il essaya de distinguer la forme dans la pénombre.

Sa vue le trompait-elle? Était-ce un arbre ou une silhouette sur le talus?

Rivard attendit. Le cimetière resta figé, les arbres, immobiles. L'avocat allait reprendre sa course lorsque l'ombre bougea.

La peur le happa d'un coup, un frisson lui parcourut l'échine.

Il y avait *quelqu'un* sur la colline.

L'ombre avait tendu un bras, puis replié l'autre lentement, vers l'arrière, avant de le détendre. Le trait fendit l'air, son estomac explosa. Avec horreur, il baissa les yeux. Une flèche le transperçait de part en part.

Rivard échappa le sac, qui roula sur le sol. Puis la douleur arriva, fulgurante. Il essaya de s'enfuir entre les stèles, mais tomba à genoux.

Chaussée de skis, l'ombre dévalait la pente.

Rivard hoqueta, voulut aspirer une goulée d'air, recracha un bouillon de sang.

Derrière lui, un *hoodie* rabattu sur les yeux, l'ombre s'arrêta, puis retira son capuchon.

Rivard se retourna et écarquilla les yeux: ce visage, il le reconnaissait. L'ombre banda son arc de nouveau. Une deuxième flèche passa près de ses oreilles et se perdit dans la neige; un flux d'images déferla devant ses yeux, puis un autre projectile le frappa au plexus.

Les ténèbres l'envahirent.

CHAPITRE 34

Burgers

Jeudi 22 décembre

Le visage de Jacob Berger dépassait à peine de la pile de papiers qui encombrait la surface de son bureau. Il faisait une chaleur de four dans la pièce sans fenêtre du douzième étage de la rue Parthenais, là où étaient situés les bureaux du Laboratoire de sciences judiciaires et de médecine légale.

— Fait chaud, icitte.

Les doigts dans le col, Jacinthe tirait à petits coups sur son chandail pour s'éventer.

— Pis enlève-toi donc ça d'la face, maudit niaiseux, on comprend rien quand tu parles, rugit-elle encore.

Victor obéit en rougissant comme un gamin pris en faute.

Chaque fois qu'il se trouvait dans le bureau de Berger, il enfilait le masque de gardien de but qu'avait conservé le médecin légiste après avoir réalisé l'autopsie d'un violeur. Surnommé Jason par la presse, l'homme, qui avait semé la terreur pendant trois ans à Laval, avait été poignardé à mort par la dernière femme qu'il avait tenté d'agresser.

— Si je résume, Jacob, ce que tu nous confirmes, c'est que Lortie peut pas avoir tué Lawson, dit Victor.

— C'est exact, répondit Berger en remettant ses lunettes en place sur l'arête de son nez. Il s'est suicidé avant. En effet, Lortie est mort samedi. D'après moi, le meurtre de Lawson remonte à lundi, ou un peu après. Je vous donnerai une fenêtre plus précise quand j'aurai terminé l'autopsie. Par contre, je peux déjà vous confirmer qu'il souffrait de déshydratation.

— Pis les blessures sont les mêmes, hein, Burgers?

Malgré les remontrances du légiste et ses tentatives de clarification, Taillon avait toujours prononcé Berger à l'anglaise, en y ajoutant un *s*. Au fil des ans, le médecin avait fini par abdiquer. Elle n'était pas de mauvaise foi, mais certains de ses travers étaient irrécupérables.

— Oui, Jacinthe. Pour l'instant, je peux pas vous en dire plus sur l'arme du crime, mais on remarque la même perforation, de la nuque vers la gorge. Et Lawson a des plaies similaires au menton et au sternum, mais encore plus profondes que celles de Judith Harper.

— Pis les traces de frottement au cou et aux poignets?

— Même chose que pour la première victime. Et Lawson a aussi les mêmes résidus de colle sur les chevilles et sur les cuisses. Je pourrai vous donner plus de détails dans quelques jours.

— Bon ben, ça confirme ce qu'on soupçonnait. Les deux meurtres ont été commis avec la même arme et en suivant le même *modus operandi*. Donc, logiquement, c'est pas Lortie qui a tué Harper non plus. De toute façon, il avait un alibi : Nash, le jeune quêteux à qui t'as parlé, dit qu'il était avec lui ce soir-là.

— On s'y attendait, mais ça fait chier pareil, souffla Victor, l'air découragé. Le seul lien qu'on avait entre les deux meurtres, c'était Lortie et les portefeuilles.

— Ouaip. On vient officiellement de perdre notre suspect numéro un, déplora Jacinthe. Fait que retour à la case nulle part, mon homme.

— À la case départ, Jacinthe, la reprit Victor. Départ!

Jacinthe leva les yeux au ciel, exaspérée.

— *Calmos*, Lessard… Tu vas quand même pas me reprendre parce que je mets un peu de poésie dans ta vie?!

Le cellulaire du sergent-détective se mit à vibrer dans sa poche.

– Oublie pas qu'il reste encore Will Bennett et le skieur, lança Victor en quittant la pièce pour prendre l'appel à l'écart.

– T'es même pas sûr que le skieur avait un pistolet! rétorqua Taillon.

Trop tard. Il était déjà sorti.

CHAPITRE 35

Moyen Âge

Victor marchait avec peine dans la rue Ontario tandis qu'un vent à écorner les bœufs soufflait en diagonale, essayant de le rabattre au sol. Il chercha de l'œil une Ford Escape garée près de la façade du café. En vain.

À l'intérieur de l'établissement, deux clients assis près de la fenêtre étaient en grande conversation.

Arrivé le premier, Victor prit une table à l'écart, dans le fond de la salle vétuste. Un serveur à bajoues s'approcha et, même s'il en avait déjà bu un dans le bureau de Berger, le sergent-détective commanda un café.

Avec la découverte du corps de Lawson, les vérifications à effectuer sur la scène de crime et les discussions animées que Jacinthe, le Gnome et lui avaient poursuivies jusqu'au petit matin, Victor s'était contenté d'une nuit de sommeil écourtée.

Pour déjeuner, Nadja et lui avaient mangé quelques croissants dans la cuisine en parlant de leurs journées. Marchant sur un fil, Victor en avait profité pour aborder la question de leurs projets pour les fêtes. Il fut soulagé de voir qu'elle n'était ni surprise ni offusquée qu'il ne puisse peut-être pas se rendre au chalet entre Noël et le jour de l'An.

Déjà que, le lendemain, il y avait le *party* de bureau de la section des crimes majeurs et que, le 24, ils passaient le réveillon en compagnie des enfants, de son père spirituel, Ted Rutherford, et du conjoint de ce dernier, Albert Corneau...

— Ça fait déjà pas mal, tu comprends?

— Ben oui. Tu viendras quand tu pourras. Si tu peux...

Nadja était si parfaite que, parfois, ça lui nouait une boule au creux de l'estomac.

Le fait que son magasinage n'était pas commencé était loin de l'aider à réduire son niveau de stress. Comme d'habitude, il n'avait aucune idée de ce qu'il achèterait à Martin et à Charlotte.

Chaque fois qu'il leur demandait des suggestions, ils disaient qu'ils voulaient de l'argent. Alors, il était devenu le champion des chèques-cadeaux, mais il se sentait coupable de ne pas savoir recréer la magie de leurs Noëls d'enfance. Pour Nadja, la tâche ne serait guère plus aisée. Certes, il pouvait toujours se rabattre sur les bijoux, mais elle n'en portait pas vraiment.

Et Ted? Et Albert?

Victor soupira. Le simple fait d'y songer l'épuisait.

Il consulta sa montre. Mais qu'est-ce qu'il fichait? La dernière fois, ils s'étaient retrouvés dans Chinatown. Parce que c'était à mi-chemin et que Victor avait à faire dans le coin. Le policier se mit soudain à douter. Avait-il bien compris quand son interlocuteur lui avait précisé le point de rendez-vous? Il vérifiait ses messages sur son cellulaire lorsqu'un petit homme sec, portant des lunettes passées de mode, entra et se dirigea vers lui sans hésiter.

— Salut, Doug. Comment ça va? dit Victor en se levant, la main tendue.

L'autre déposa une enveloppe jaune sur la table avant de lui serrer la pince avec vigueur.

— Pas pire, Vic! Pas pire! Excuse-moi, je trouvais pas de parking.

Doug Adams était le technicien en scène de crime avec lequel il avait pris l'habitude de travailler quand il était au poste 11. Un homme réservé et solitaire, difficile d'approche et qui avait traversé, comme lui, son lot d'épreuves.

Après un début de relation marqué par de nombreuses prises de bec, Victor avait fini par acquérir une confiance inébranlable en Adams, qui la lui rendait bien.

D'ordinaire plutôt avare de compliments, le sergent-détective ne se gênait pas pour claironner sur tous les toits qu'il considérait Adams comme le meilleur de la profession.

«La seule chose qui arrive à la cheville d'Adams, c'est sa chaussette», disait-il d'ailleurs souvent à la blague, une tirade qu'il avait déjà entendue à propos de Chuck Norris.

Pour cette raison, et aussi parce qu'il n'avait pas encore réussi à établir une telle complicité avec les techniciens auprès de qui il travaillait maintenant, il faisait de temps à autre appel, en catimini, au flair et à l'expertise de l'ancien du SPVM.

Puisque Adams n'était plus au service de la police, cette pratique pouvait cependant receler un danger potentiel, notamment à cause des questions de confidentialité. Victor savait qu'il risquait gros si la chose venait à se savoir.

C'est pourquoi il opérait en secret, à l'insu de ses collègues.

— Pis, la Chine, mon Doug?

Adams avait rendu son badge quelques mois auparavant et coulait une retraite paisible avec sa conjointe et leurs chats dans leur condo de L'Île-des-Sœurs.

— Ah... Spectaculaire! Tu vas voir ça en images. Je suis en train de monter un film.

Ils parlèrent encore un peu des choses de la vie, puis Adams commanda un café. Quand il l'eut reçu, fidèle à ses habitudes, l'ancien technicien du SPVM entra dans le vif du sujet sans flafla ni préambule.

— Je suis passé à travers le dossier de l'Identification judiciaire, dit-il en posant une main sur l'enveloppe jaune. J'ai fait pas mal de recherches et je pense que j'ai une piste.

Adams pencha le tronc vers Victor, le regarda droit dans les yeux.

Le sergent-détective sentit son pouls s'accélérer. Si Adams croyait être sur une piste, c'est qu'il avait fait un travail de recherche et d'analyse méticuleux.

— T'as trouvé l'arme du crime?

— Peut-être, en partie. (Le petit homme se racla la gorge et but une gorgée de café.) Ce que j'ai découvert explique pas la blessure mortelle, mais ça pourrait avoir causé les plaies au menton et au sternum.

Victor sortit son calepin et enleva le capuchon de son stylo avec les dents.

– Vas-y, Doug, dit-il en recrachant l'objet dans la paume de
sa main. Je t'écoute.

Adams enleva ses lunettes, souffla sur chacun des verres et
essuya ensuite la buée avec sa serviette de papier.

– Je te préviens, c'est un truc assez tordu, qui remonte au
Moyen Âge.

CHAPITRE 36

Fourche de l'hérétique

Les lunettes cerclées d'acier de l'ancien technicien de l'Identification judiciaire avaient repris leur place sur le bout de son nez.

— Si je te parle de «fourche de l'hérétique», ça te dit quelque chose?

L'étonnement se fraya un chemin sur les traits de Victor.

— Non, ça me dit vraiment rien. C'est quoi?

— Un instrument de torture qui était employé au Moyen Âge pour arracher des aveux aux sujets en les privant de sommeil. Je t'ai imprimé un article que j'ai trouvé sur Internet. (Adams sortit une feuille de la poche de sa veste, la déplia et la posa sur la table, devant Victor.) Le dispositif était composé d'une tige de fer unique terminée, à chaque extrémité, par une fourche à deux pointes. (Du doigt, Adams montrait un dessin illustrant un homme qui, grimaçant de douleur, était harnaché d'une fourche de l'hérétique.) Tu vois, on déposait deux pointes sur le sternum et deux pointes sous l'extrémité du menton relevé, la tige longeant le cou distendu. Une sangle ou un collier enserrant le cou servait à fixer le dispositif.

— Tu disais que la fourche aurait causé les blessures au menton et au sternum?

— C'est ce que je pense, oui.

— Et ça expliquerait aussi les marques sur le cou? Berger parlait d'un gros collier de chien...

— Tout à fait, répondit Adams. La sangle devait être très serrée. (L'ancien du SPVM but une gorgée de café en grimaçant et se reporta au dessin.) Tu vois, pour que le dispositif fonctionne, il fallait que la victime ait les mains attachées dans le dos, sinon elle pouvait le retirer. Normalement, on suspendait la victime au plafond, pour éviter qu'elle s'allonge. Ensuite, au moment où sa tête tombait de fatigue, les quatre pointes de fer la perforaient sous le menton et perçaient le sternum. En plus de provoquer une grande douleur, les pointes l'empêchaient de bouger la tête et de parler distinctement.

Victor se rembrunit. Il en avait vu d'autres, pourtant il frissonna.

— C'est sadique, constata-t-il.

— Peut-être, mais c'était drôlement efficace. On se servait de la fourche tantôt pour arracher des aveux ou empêcher ceux qui avaient avoué de parler à nouveau, tantôt pour faire abjurer des sujets.

— Abjurer?

— Renier sa religion. La fourche a souvent été utilisée pendant l'Inquisition pour obliger les hérétiques à abjurer. Le mot latin « *abiuro* », qui signifie « j'abjure », était d'ailleurs gravé dessus. Tu imagines le portrait? Après plusieurs jours sans sommeil, à endurer de violentes douleurs, plusieurs victimes finissaient par avouer n'importe quoi.

Victor était loin, dans un autre monde; il espérait de tout son cœur que, cette fois, l'enquête ne concernait pas encore une histoire de religion.

— Mais pour transpercer la nuque et la gorge, il a fallu autre chose que la fourche, non?

— Exact. Un autre mécanisme ou, sinon, une modification au modèle original.

— Comment on se procure un truc comme ça, Doug? Il y en a sur le marché?

— Je commencerais par aller voir les boutiques spécialisées dans les armures et objets médiévaux. Je sais qu'il y a des clubs où certaines personnes se réunissent pour des jeux de rôles. Ils pourraient peut-être te donner des pistes. Essaie aussi du côté des collectionneurs d'objets du Moyen Âge. Il y a peut-être un marché de revente sur Internet, genre eBay.

Le sergent-détective jetait des notes dans son calepin. Il demanderait à Loïc de vérifier ça.

— Il y a une autre possibilité, ajouta Adams.

— Laquelle?

— Quelqu'un d'habile pourrait fabriquer une fourche.

La pellicule de café avait séché au fond de leurs tasses quand la réserve de questions de Victor fut épuisée. Après avoir réglé l'addition, il remercia Adams et lui serra chaleureusement la main en le quittant sur le trottoir.

Du givre recouvrant les vitres de la voiture, il sortit le grattoir. Ensuite, il se laissa choir sur le siège du conducteur et balança sur celui du passager l'enveloppe que lui avait remise l'ancien technicien du SPVM. Le moteur toussa et le sergent-détective tourna le bouton de la chaufferette à fond.

— Y était temps que t'arrives! Je commençais à geler…

Sous le coup de la surprise, son sang ne fit qu'un tour, ses fesses quittèrent le siège.

— AHHHH!

Jacinthe venait d'apparaître sur la banquette arrière. Sa bouche n'était qu'un trait horizontal.

— Qu'est-ce tu faisais avec Doug Adams?

— ES-TU FOLLE, SACRAMENT?! TU VAS ME FAIRE FAIRE UNE CRISE DE CŒUR!

— Qu'est-ce tu faisais avec Adams? répéta Taillon, sa voix d'une inflexible rigidité.

La main sur le cœur, Victor mit quelques secondes à retrouver son souffle. D'un ton agacé, il marmonna qu'ils prenaient un café ensemble de temps en temps, depuis qu'Adams était parti à la retraite.

— EILLE, NIAISE-MOI PAS!

Les deux équipiers se dévisagèrent, chacun guettant la réaction de l'autre. Pendant un instant, ils furent deux fauves prêts à fondre sur leurs proies respectives.

— Qu'est-ce que je vais trouver si je fouille dans l'enveloppe, hein? Des ti-collants en forme de papillons ou le rapport d'autopsie que t'as remis à Adams quand vous vous êtes rencontrés dans Chinatown? (Victor écarquilla les yeux.) À moins que ce soit celui de l'Identification judiciaire? Prends-moi pas pour une conne, Victor Lessard!

Le sergent-détective finit par baisser les yeux en soupirant.

— L'arme du crime est peut-être un collier surmonté de pointes en fer qu'on accote sous le menton et sur le sternum, maugréa-t-il. Ça s'appelle une fourche de l'hérétique.

Jacinthe bougea sa carcasse, sortit de la voiture et la contourna pour venir s'asseoir sur le siège du passager. Victor lui fit un résumé de sa conversation avec Adams.

— Donc, le meurtrier aurait voulu faire avouer quelque chose aux victimes avant de les tuer? résuma Jacinthe, après avoir écouté avec attention le monologue de son collègue.

— Les faire avouer, leur soutirer des renseignements, appelle ça comme tu veux.

De la vapeur s'échappait de leur bouche quand ils parlaient.

— Pfff... Ben moi, j'appelle ça se compliquer la vie! Tu me fais écouter du Lionel Ritchie dix minutes, pis chus prête à faire tout ce que tu veux pour que ça s'arrête!

Ignorant la boutade, Victor acheva de la mettre au courant de ce qu'il avait appris.

— C'est ben beau, tout ça, poursuivit-elle, mais on sait que les plaies du menton et du sternum les ont pas tués. Pis tu dis que les victimes étaient suspendues au plafond? On va demander à l'Identification judiciaire de vérifier ça, mais ils auraient relevé des traces si une des deux victimes avait été suspendue. De toute façon, le plafond était pas assez haut dans la chambre froide où Lawson est mort.

— Je le sais, approuva Victor. (Il haussa les épaules.) Écoute, dit-il avec impatience, c'est un point de départ...

Les lignes du front de Jacinthe s'animant, il sut que quelque chose la tracassait.

— Quoi? demanda-t-il.

— Je viens d'avoir un flash... Tu vas peut-être trouver ça exagéré, mais j'étais en train de me dire qu'on a peut-être écarté Lortie trop vite comme suspect.

— Comment ça?

– Ta fourche, là, si elle prive la victime de sommeil pendant plusieurs jours, ça ouvre la porte à une autre possibilité, enchaîna Taillon. Peut-être que la mort de Lawson a été préprogrammée. Burgers disait qu'il était déshydraté. Imagine que Lortie lui ait passé sa patente autour du cou juste avant de se suicider?

– Lawson aurait donc été pris au piège pendant quelques jours avant qu'un autre mécanisme se déclenche et le tue?

– Exact. Ç'aurait été comme une sorte de compte à rebours.

– Un retardateur, tu veux dire... Mouais, ça se tient en théorie. (Victor paraissait sceptique.) Mais pourquoi Lortie se serait donné tout ce mal-là? Je comprendrais s'il avait voulu être à l'autre bout de la ville au moment de la mort de Lawson, pour se forger un alibi. Mais le gars est allé se jeter en bas d'un édifice. Ç'a aucun sens...

Jacinthe balaya l'air de la main.

– C'était juste une idée... Bon! Tasse-toi de là, c'est moi qui chauffe.

– Tu m'as suivi comment au juste?

– En char.

Le sergent-détective lui jeta un regard perplexe.

– Tu le laisses ici?

– Va falloir que je le fasse remorquer, grommela-t-elle. Pis pose-moi pas de questions!

Un sourire narquois apparut sur les lèvres de Victor tandis qu'il se dépliait.

– Un petit accrochage, Jacinthe?

Se glissant derrière le volant, elle lui décocha un regard meurtrier.

– C'est beau, c'est beau, dit-il en rentrant la tête dans les épaules.

À peine eut-il refermé la portière du côté passager qu'elle démarra en trombe.

– On va où? demanda Victor.

– À Versailles. J'ai parlé à Gilles pendant que mossieu prenait sa pause café! Le dossier psychiatrique d'André Lortie vient de rentrer. On va peut-être trouver un lien avec les deux victimes dedans.

— Excellent. (Le sergent-détective promena une main dans sa barbe de quelques jours.) En passant, est-ce que le Gnome a retrouvé Bennett?

Jacinthe fit la moue. Elle conduisait en cow-boy, une seule main sur le volant, à midi, le bras en complète extension, le siège reculé le plus loin possible.

— Sais pas. J'imagine que non, sinon il m'en aurait parlé.

Victor boucla sa ceinture de sécurité en regardant les façades défiler. Il commençait déjà à avoir mal au cœur.

— À propos d'Adams…, commença-t-il avant de s'interrompre, hésitant. J'apprécierais qu'on garde ça entre nous.

— Ah oui? OK. Mais on va faire un *deal*, d'abord. Moi, la prochaine fois, j'apprécierais que tu m'en parles avant. On est *partners* ou on l'est pas, hein?

Victor hocha la tête avec ostentation. Il était prêt à lui promettre tout ce qu'elle voulait afin de garder profil bas.

— Je te donne ma parole. On est *partners*.

— Comme ça, ajouta Jacinthe d'un ton perfide, tu vas pouvoir me dire ce que tu bizounais dans Chinatown, après avoir donné l'enveloppe à Adams?

Victor sortit de ses gonds sur-le-champ.

— *Fuck off!* C'est pas de tes affaires!

— Ah ouin? persifla-t-elle. Pour un gars qui vient juste de me dire qu'on est *partners*, j'trouve que tu fais pas mal dur!

— Eille! Sacre-moi patience, Taillon! lança-t-il, le doigt menaçant. Je fumais de l'opium si tu veux le savoir! Du méchant bon stock à part de ça! Tu devrais venir la prochaine fois, on pourrait se geler ensemble! Entre *partners*!

La grosse Taillon ne put retenir un éclat de rire.

— T'es drôle, quand tu veux, mon ti-pitou. Mais matante Jacinthe va finir par savoir ce que tu magouillais, inquiète-toi pas…

Calé dans son siège, Victor s'enferma dans un mutisme complet. Il n'en sortit qu'une fois. Ce fut pour crier à Taillon de freiner avant qu'ils ne percutent l'arrière d'une autre voiture.

CHAPITRE 37

Pour Judith, avec amour et abjection

Dans la salle de bains de son appartement, Will Bennett se regarda dans le miroir.

Nu, un ver. Ses pensées se bousculaient, vacillaient entre lucidité et confusion. Plus on vieillit, avait-il déjà lu dans une revue, plus on devient indulgent face à son apparence.

Un rictus d'amertume tordit ses traits.

Ce genre de formule fourre-tout, censée rassurer monsieur Tout-le-Monde, lui donnait envie de vomir ses intestins. Il n'avait jamais accepté de vieillir, jamais toléré de voir son corps se flétrir. Il n'en pouvait plus d'être considéré comme un bel homme «pour un quinquagénaire», de se faire dire par des «mamies» dans la quarantaine qu'il paraissait dix ans plus jeune. Il détestait ses rides, ses cheveux gris, la mollesse de ses muscles, le manque d'éclat de son teint, les poils drus qu'il devait arracher de plus en plus souvent sur son nez et ses oreilles.

À l'aide de la chirurgie plastique, il avait tant bien que mal freiné les outrages du temps, mais l'âge, ce fumier, l'avait rattrapé. Il ne supportait pas davantage de voir que les jeunes femmes dans la vingtaine ne le remarquaient plus.

Son œil était devenu un radar entraîné à les détecter, un prisme déformant par lequel il filtrait sa réalité. La rue était son champ de bataille : il admirait les seins tressautant sous les camisoles ajustées, les fesses se dandinant dans les jupes, s'extasiait devant les lèvres de celle-ci, humectées de salive, qui brillaient comme une vulve, et les mamelons de celle-là, qui pointaient dans l'air froid à lui en crever les yeux.

Les petites salopes.

Bennett n'en ratait pas une, il avait envie de toutes les baiser. Il voulait toutes les voir crever. Dans ses rêves, il les découpait en morceaux et recréait le corps parfait avec les pièces.

Judith avait libéré l'animal, l'avait encouragé à devenir ce lui-même qui ne faisait plus que céder à ses pulsions. Au début, il avait pensé que c'était mieux ainsi. Il s'était senti puissant, un dieu, libéré de valeurs de pacotille, relents de son éducation judéo-chrétienne. Puis, petit à petit, il avait perdu pied, dérapé. Les prostituées n'avaient plus suffi. Il fallait toujours aller plus loin pour nourrir la bête.

Judith était la seule femme qu'il avait aimée. Il regrettait sa mort.

Will Bennett détourna le regard du miroir.

Le reflet du mollusque qui pendouillait entre ses jambes l'écœurait. Il s'était masturbé une dernière fois une heure plus tôt, donnant à travers sa webcam des directives tordues à une jeune Ukrainienne qui paraissait en avoir vu d'autres.

Bennett rit à gorge déployée.

L'indulgence de l'âge… Que des conneries…

Il n'avait jamais fait plus son âge qu'en ce moment.

Soudain, il entendit des éclats de voix. Des coups puissants ébranlèrent la porte, puis un grand craquement déchira le silence. Après avoir trouvé la pute dans la baignoire, la veille, les hommes de Daman revenaient le chercher. Ils n'auraient aucune pitié.

Essayant de trouver le courage d'en finir avant qu'ils ne parviennent jusqu'à lui, Bennett appuya la lame froide du couteau contre sa carotide et retint son souffle. L'adrénaline giclait dans ses veines.

Un seul mouvement, et tout serait joué.

L'homme qui le fixait dans le miroir lui apparut alors sous son vrai jour : un être mauvais, abject et pervers. Un cri monta dans son larynx, vibra contre ses cordes vocales.

Le cri d'un animal qui agonise.

C'était la fin. Il le fallait. Ses doigts se crispèrent sur le manche.

Au même moment, des policiers armés de pistolets firent irruption dans la pièce en criant des directives qu'il n'entendait plus.

CHAPITRE 38

Le syndrome de la porte tournante

Victor ouvrit le dossier défraîchi et sortit le feuillet jauni posé sur le dessus de la pile. Contemplant le document quelques secondes, plongé dans ses souvenirs, il ne put réprimer un sourire : il y avait bien longtemps que le papier carbone était disparu de la carte.

Avant d'entamer sa lecture, il but une gorgée d'eau.

La première fois qu'André Lortie avait été pris en charge en psychiatrie remontait à la fin des années soixante, à la suite d'un incident dans le Vieux-Port de Montréal. Victor remarqua qu'à l'époque l'hôpital ne portait pas encore le nom de Louis-H. Lafontaine :

```
Montréal,

Hôpital Saint-Jean-de-Dieu

3 février 1969


   Patient   de   sexe   masculin   emmené   à
11:50 a.m. par les constables Tremblay et
O'Connor de la police de Montréal. L'homme
a été arrêté sans papiers pour vagabondage
et désordre. Il dit s'appeler André Lortie
et avoir trente et un ans. Selon les agents,
il n'a aucun domicile connu.
```

L'agent O'Connor mentionne qu'ils ont interpellé monsieur Lortie alors qu'il urinait contre la façade d'un restaurant, rue Saint-Paul. Selon le policier, monsieur Lortie semblait désorienté, confus et sentait l'alcool. Monsieur Lortie a raconté aux policiers qu'on l'avait battu, qu'il avait subi des mauvais traitements et qu'on lui avait injecté des drogues. L'agent Tremblay précise que monsieur Lortie n'a pas été en mesure de leur dire à quel endroit il avait été victime de tels sévices, ni le nom du ou de ses agresseurs. Il note aussi que monsieur Lortie ne présente aucune marque apparente de violence.

À l'examen clinique, je n'ai noté aucune marque ou blessure. De façon générale, le patient est en bonne santé. Il a déjà subi une appendicectomie, probablement à l'adolescence si j'en juge par l'état de la cicatrice. Le patient confirme qu'il boit entre dix et douze grosses bières par jour.

Le médecin entreprenait ensuite l'analyse de l'état psychiatrique de Lortie. Victor sauta la partie technique et se rendit directement aux conclusions :

En résumé, l'examen psychiatrique me laisse croire que le patient est présentement dans une phase maniaque et qu'il souffre de psychose maniacodépressive. Je garde le patient en observation pour une période de 90 jours et, dans l'intervalle, réserve mon diagnostic final. Je le place sous lithium et Haldol pour cette période. En fonction de l'évolution de la maladie, le patient pourrait être un bon candidat aux électrochocs.

Dr Robert Thériault
Psychiatre
#1215

(Dicté mais non relu)
Transcrit par : PK

---

3 juillet 1969

Patient ramené par les policiers dans la nuit. Sans domicile fixe. Se promenait nu dans le parc Maisonneuve et incommodait d'autres citoyens. A cessé de prendre ses médicaments. Grosse consommation d'alcool. Patient estime boire un 40 oz de De Kuyper par jour. Ai augmenté la dose de Haldol. Séance d'électrochocs prévue ce matin et une autre demain. Est dans une phase maniaque. Prétend que des tueurs de la CIA sont à ses trousses.

---

8 juillet 1969

Patient toujours en phase maniaque. Symptômes de sevrage alcoolique. Prétend maintenant qu'il a fait exploser des bombes pour le FLQ. Les électrochocs le calment. Nouvelle séance prévue demain matin.

31 juillet 1969

Patient décompense. Déprimé, mais lucide.
Pas de délire. Ai trouvé le bon dosage de
médication. Patient fait souvent un signe
de croix avant de prendre ses pilules.

En parcourant les annotations manuscrites prises par le médecin en marge du document dactylographié, Victor constata que, au cours du premier séjour d'André Lortie en institution, le psychiatre avait tenté en vain à de multiples reprises de joindre un membre de sa famille, un ami ou une connaissance.

Mais Lortie ne semblait avoir aucun passé.

Après avoir reçu son congé à la mi-novembre, Lortie n'avait pas été réadmis pendant l'année 1969. Ce qui ne voulait pas dire qu'il n'avait pas été interné dans un autre établissement. À Pinel ou à Douglas, par exemple.

À leur sortie, les malades comme Lortie se retrouvaient souvent dans un taudis ou atterrissaient dans la rue. Et, pour la grande majorité, ce congé était suivi de retours fréquents à l'hôpital psychiatrique. Un phénomène que l'ancien partenaire de Victor, Ted Rutherford, appelait le «syndrome de la porte tournante».

Le sergent-détective en connaissait un rayon sur la question. Comme patrouilleur, il était intervenu dans les quartiers les plus pauvres et délabrés du centre-ville. La rue grouillait d'un monde où l'on ne pouvait faire confiance à personne, un microcosme où l'itinérant doux et amical de la veille se transformait subitement en animal et vous assaillait, en pleine crise, les yeux exorbités.

Un vieux souvenir remonta à la surface: l'image d'un corps gelé.

Frank.

Victor secoua la tête pour chasser cette idée.

Le cas de Lortie ne l'étonnait guère; il en avait vu d'autres. Mais le portrait qui se dégageait sous la plume du docteur Thériault ne l'en touchait pas moins. Le sergent-détective ressentait en fait une grande empathie en pensant à la vie de misère que l'homme avait dû endurer.

Avec l'entrée suivante, il fit un bond en avant de presque trois ans dans le cheminement psychiatrique de Lortie :

13 mars 1972

Patient ramené par la police. Arrêté en état d'ébriété près des bureaux du Parti libéral. Habite maison de chambres dans Hochelaga. En état de psychose. Voulait parler à Robert Bourassa de son rôle dans l'enlèvement de James Richard Cross et l'assassinat de Pierre Laporte. Reprise de la médication. Électrochocs.

14 mars 1972

Patient en pleine psychose. Violent. Mesures de contention. Nouveaux délires. Persuadé d'avoir participé à des crimes sanglants.

Victor nota la date dans son calepin. Puis il secoua la tête, soudain découragé. Qu'espérait-il trouver dans le dossier psychiatrique d'un patient qui délirait depuis plus de quarante ans?

Le sergent-détective prit la liasse et fit défiler les feuilles contre son pouce. Ça continuait ainsi sur des centaines de pages. Il n'aurait ni le temps ni la patience d'éplucher les entrées une à une. Aussi, plutôt que d'essayer de tout analyser en profondeur, de tout comprendre en détail, il s'efforça d'en dégager un portrait d'ensemble.

Son premier constat, c'est qu'il y avait des trous importants.

En effet, Lortie n'avait pas été vu en psychiatrie entre 1974 et 1979.

Que s'était-il passé dans sa vie pendant cette période? Avait-il pris sa médication avec régularité pour stabiliser son état? S'était-il trouvé du travail? Avait-il connu des moments de répit? Au contraire, avait-il sombré encore plus creux dans le vortex de son esprit, continué à dépérir? Lortie avait été revu une fois à Louis-H. en 1980. Puis, entre 1981 et 1987, les portes s'étaient remises à tourner à un rythme affolant :

```
12 août 1981


Patient   arrêté   après   bagarre   entre
itinérants.  Ecchymoses  au  visage.  Phase
maniaque.  Délires  de  grandeur  et  de
persécution. A mordu un infirmier qui voulait
lui donner ses médicaments.
```

```
16 août 1981


Patient décompense. Très déprimé. Lithium
et Haldol.
```

```
18 août 1981


Patient très accablé lorsque mis au courant
de la manière dont il a agi avec l'infirmier.
Désespoir intense, se dévalorise, se juge
nul, inutile. Idées suicidaires. Ai demandé
surveillance 24/7. Important qu'il ne reste
pas seul.
```

Victor interrompit sa lecture pour prendre, dans sa poche, son cellulaire qui vibrait. Le nom de Nadja apparut sur l'afficheur.

— Allô, dit-il d'un ton las, mais avec un sourire aux lèvres.

– Sergent-détective Lessard, amorça une voix espiègle. Ici la mère Noël! Je vous téléphone pour vous dire que c'est Noël bientôt. Avez-vous acheté des cadeaux pour vos enfants?

Une bouffée d'angoisse l'étreignit. Il prit son stylo et écrivit «cadeaux» sur sa main.

– Mère Noël, il n'y a plus de service au numéro que vous avez composé. Je répète: il n'y a plus de service au numéro que vous avez composé.

Ils éclatèrent de rire en même temps.

– Non, j'ai rien acheté encore, reprit-il, redevenant sérieux d'un coup. J'ai encore le temps de me casser la tête.

– Ben voyons donc, c'est super facile! Martin te pose toujours des questions sur la Deuxième Guerre mondiale. Achète-lui le coffret de *Band of Brothers*. Et Charlotte arrête pas d'emprunter mes boucles d'oreilles. T'sais, mes grands anneaux dorés.

Les larmes vinrent aux yeux de Victor. Qu'avait-il fait pour mériter une telle femme dans sa vie? Dans un élan d'enthousiasme, il pensa à la demander en mariage sur-le-champ, mais il se ravisa aussitôt. Aucun mariage ne durait, il en savait quelque chose.

Ce qu'ils vivaient relevait de la perfection, ou presque.

Mais sa nature fataliste le rattrapait: la peur de tout perdre l'envahit de nouveau et il pensa qu'un jour il se réveillerait, que tout aurait volé en éclats et que leur amour, transformé en courant d'air, s'envolerait par la fenêtre.

– Vic?

– Excuse-moi, reprit-il en s'efforçant de secouer sa torpeur.

– Comment ça avance, ton enquête?

Nadja savait déjà tout du dossier. Ou presque. En quelques phrases, il la mit au courant des derniers développements, lui parla des rencontres avec Berger et Adams.

– Mmm… La fourche de l'hérétique? Ça m'intrigue, je vais regarder ça sur le Net.

– Je suis pas certain qu'Adams soit sur la bonne piste. Pour que ça marche, il aurait fallu que les victimes aient été suspendues. Mais je viens de reparler à l'Identification judiciaire et à Berger. Ils disent que c'était pas le cas. (Silence.) Et toi ? Comment ça se passe ?

– J'ai Tanguay aux fesses, lâcha-t-elle dans un soupir, mais à part ça, ça va.

Nadja enquêtait sur une série de braquages à domicile dans des résidences cossues de Notre-Dame-de-Grâce. Et le commandant Tanguay voulait toujours des résultats immédiats, sans laisser aux enquêteurs du poste 11 le temps de faire leur boulot convenablement.

– Gros cave. Mais remarque, je le comprends, avec des fesses de même, dit Victor en riant. (Redevenant sérieux.) Quand même, t'as trop de talent pour perdre ton temps dans cette job-là… As-tu repensé à ta conversation avec Delaney ?

– J'ai pas encore pris de décision.

Ils avaient déjà discuté de la question en long et en large : si la perspective de se joindre aux crimes majeurs excitait la jeune femme, les sacrifices qui venaient avec la faisaient hésiter. Nadja estimait qu'à ce stade-ci de sa carrière, elle avait atteint une zone de confort dans son travail, alors qu'aux crimes majeurs, elle devrait tout recommencer à zéro, prouver sa valeur.

Chaque fois que le sujet revenait sur le tapis, Victor disait qu'il comprenait, mais au fond de lui-même, il était convaincu qu'il ne s'agissait que d'excuses.

Dans les faits, il soupçonnait Nadja de vouloir tomber enceinte, ce qui lui donnait le vertige.

Ils discutèrent encore quelques minutes.

Puis, avant de raccrocher, elle lui dit qu'elle l'aimait.

Après être sorti fumer une cigarette, Victor regagna son bureau et se remit à la tâche. Au bout d'un moment, il constata que, à partir du début des années quatre-vingt, les comptes rendus qu'on trouvait dans le dossier n'étaient plus dactylographiés sur du papier carbone, mais rédigés à la main sur de simples feuilles lignées.

Quelques pages plus loin, il remarqua un nouveau hiatus entre les années 1988 et 1995 : Lortie avait encore disparu des écrans radars durant cette période. Le sergent-détective nota le tout dans son carnet et continua.

La spirale infernale de consultations reprenait fin 1996 et se poursuivait jusqu'au début des années deux mille. La durée des hospitalisations variait de quelques jours à quelques semaines.

> 8 octobre 1996
> Ancien patient du Dr Thériault. Long historique de bipolarité. Abus d'alcool. Agoraphobie. Pas vu en psychiatrie depuis 1987. Ramené par la police. Délires psychotiques. Confus. Prétend détenir des secrets importants concernant un complot relatif au référendum de 1995. Dit qu'il a été en possession d'informations concernant certaines victimes de la tuerie de Polytechnique et celle impliquant Valery Fabrikant. Ai décidé de le mettre sous Divalproex et Séroquel.
> Dre Marina Lacasse, psychiatre
>
> 12 octobre 1996
> Patient toujours délirant. Ne cesse de parler du complot des ethnies et de l'argent. J'augmente la dose de Séroquel.

Victor hocha la tête, incrédule.

Le référendum. Polytechnique. Valery Fabrikant.

N'importe quoi! Roswell, tant qu'à y être?! Si Ted Rutherford avait été là, il se serait esclaffé et lui aurait servi son expression fétiche :

— Descendre plus bas que ça, tu trouves du pétrole!

CHAPITRE 39

Cure fermée

Victor soupira et repoussa du coude une liasse de papiers sur sa gauche. L'exercice fastidieux auquel il se livrait avait fini par le déprimer. Fouillant dans sa poche, il attrapa son pilulier et enfourna un anxiolytique, qu'il fit passer à l'aide d'une gorgée de café froid, en grimaçant. Après avoir écrasé son gobelet entre ses doigts, il visa la corbeille et la rata. Plutôt que de se lever pour corriger son tir manqué, il se replongea dans la paperasse. Il y avait de nouvelles entrées dans le dossier pour la période couvrant 2001 à 2010, dont un séjour, qui avait duré huit semaines à compter d'avril :

> *5 avril 2010*
> *Ancien patient de la D^{re} Lacasse. A mis le feu dans les poubelles en face de son appartement. Phase maniaque. Profonds délires. Fortement intoxiqué. Alcool et autre ? Confirme avoir cessé de prendre ses médicaments depuis plusieurs années. Divalproex et Topamax.*
> *Dr Marco Giroux, psychiatre*

Après, les seules autres entrées concernaient l'année en cours et s'échelonnaient de juin à novembre. L'hospitalisation avait duré six mois, soit la plus longue de Lortie à Louis-H. depuis le début des années soixante-dix.

12 juin
Crise majeure. Idées suicidaires. Amené par la police. Voulait se jeter en bas d'un viaduc sur Décarie. Psychose. Phase maniaque. Est convaincu que quelqu'un essaie de le tuer. Hallucinations. Il voit le fantôme de gens qu'il croit avoir tués. Prétend qu'il s'est réveillé en possession de vêtements tachés de sang et de portefeuilles. Crises de terreur. Délires récurrents. Obtenir ordre de cour. Cure fermée et isolement. Divalproex et Lamictal.
Dr Marco Giroux, psychiatre

27 juin
Pas de réponse au traitement. Hallucinations et idées suicidaires persistantes. Augmente la dose.

Victor prit une note dans son calepin au sujet des portefeuilles, mais il n'apprit pas grand-chose de plus, si ce n'est que le médecin traitant avait obtenu un ordre de cour pour maintenir Lortie aussi longtemps en cure fermée, demande que le tribunal avait avalisée sur la base du fait qu'il avait des idées suicidaires et ne répondait pas aux traitements. Sa médication avait d'ailleurs été changée à quelques reprises par le docteur Giroux avant que le dosage adéquat ne soit trouvé.

12 novembre
État du patient stabilisé depuis quelques semaines. Répond bien à la médication. Ordre de cour arrive à échéance. Patient veut sortir. Recommande hébergement transitoire.
Dr Marco Giroux, psychiatre

Lortie n'avait obtenu son congé que deux semaines plus tard. En parcourant le dossier, Victor finit par comprendre qu'on l'avait retenu un peu plus longtemps contre son gré parce qu'il n'avait nulle part où aller. En effet, en raison de ses écarts de conduite passés, aucune ressource d'hébergement dans la communauté ne voulait l'accueillir.

Son cas était jugé trop lourd et de nature à perturber leurs autres pensionnaires. L'ordre de cour échu, on n'avait eu d'autre choix que de le laisser sortir. Finalement, avec l'aide de l'infirmière en chef du service, Lortie avait trouvé la maison de chambres que Victor et ses collègues avaient perquisitionnée.

Que s'était-il passé dans l'intervalle, entre le jour de sa sortie et sa mort, le 17 décembre?

Une ombre passa dans le champ de vision de Victor. Il leva les yeux et faillit les frotter pour s'assurer qu'il ne rêvait pas: l'air presque candide, Jacinthe était plantée devant son espace de travail et lui tendait un gobelet de styromousse.

– À mon tour d'acheter la paix. (Rires.) C'est du déca.

Le sergent-détective saisit l'offrande et prit une gorgée.

– La hache de guerre était déjà enterrée. Mais merci.

– Pis? lança-t-elle. Trouves-tu quelque chose?

Les deux enquêteurs discutèrent un moment du dossier psychiatrique de Lortie. Victor lui résuma dans les grandes lignes ce qu'il avait lu, mais déjà, s'avançant vers le grand tableau de plexiglas, Jacinthe ne l'écoutait plus. Jetant un coup d'œil au carton sur lequel étaient retranscrites les quatre phrases que Mona Vézina avait portées à leur attention, elle hocha la tête en soupirant bruyamment.

– D'habitude, Gilles est capable de faire jaillir de l'eau d'une roche quand il cherche dans la base de données. Là, il a rien trouvé en passant les phrases dans le système. (Jacinthe se retourna vers son coéquipier et braqua son regard sur lui.) Lortie était fou. Va falloir arrêter d'essayer de comprendre ce qu'il a écrit comme si c'était la bible, ciboire!

– Il est où, Gilles, en passant? demanda Victor en levant les yeux au plafond.

– Je sais pas. Il est parti avec Loïc pis il répond pas au téléphone. (Elle secoua la tête avec dégoût.) Mon oncle ketchup, rumina-t-elle. On ira pas chier loin avec ça!

Pour sa part, elle revenait d'une rencontre avec l'avocate du ministère de la Justice, rencontre sollicitée à l'origine par

Victor pour les aider à trouver des informations concernant Northern Industrial Textiles. Trop absorbé par l'examen du dossier psychiatrique de Lortie, il avait demandé à sa collègue de le remplacer.

— Je comprends qu'elle est *cute* pis toute, mais c'est une méchante tarte, ta juriste! Pas moyen qu'elle explique comme du monde. Eille, elle a commencé par me dire qu'elle pouvait rien faire si on connaissait pas la date de... (Elle regarda ses notes sur un bout de papier avant de poursuivre.) Euh... la date d'immatriculation ou de dissolution de la compagnie! Non mais!

— Jacinthe, tu l'as pas engueulée, quand même? demanda Victor, les yeux écarquillés.

Elle fit un geste de la main qui se voulait rassurant.

— Non, non, je dirais plutôt que nous avons eu une discussion constructive. On est pas la Gestapo, mais y a toujours ben des maudites limites!

Victor s'enfouit le visage dans les paumes. Une «discussion constructive» était à Jacinthe ce qu'un nettoyage ethnique était à d'autres.

À force de poser des questions et de demander des précisions, il finit par comprendre que la juriste du ministère avait en effet trouvé une entrée correspondant à Northern Industrial Textiles Ltd., une compagnie incorporée le 11 mars 1959 et dissoute le 17 décembre 1974, avec un numéro de référence.

Cependant, les cases où figuraient normalement l'adresse de l'entreprise, les noms des administrateurs et des dirigeants étaient vides. Débordée de travail et n'ayant pas la certitude que l'entrée en question concernait la bonne entité, la juriste avait préféré suspendre ses recherches pour obtenir leurs instructions.

La pauvre ne s'attendait sûrement pas à tomber sur Taillon.

— Il doit y avoir moyen de creuser plus loin, avança Victor.

— Tu vois, c'est exactement ce que je lui ai dit! mugit sa collègue.

Sans doute, mais le sergent-détective osait à peine imaginer sur quel ton...

D'après ce qu'il finit par comprendre des explications alambiquées de Jacinthe, deux options se présentaient à eux : consulter le service des archives du Fichier central des entreprises, une bande d'escargots qui ne répondaient même pas au téléphone, ou chercher directement dans les recueils des lois refondues du Québec, un exercice qui pouvait nécessiter plusieurs heures. Ensuite, il fallait espérer que l'avocat ou le comptable chargé de la publication des statuts s'était acquitté proprement de sa tâche à l'époque.

— Bref, madame la grande avocate va voir quelle option est la plus rapide, pis nous revenir dès qu'elle trouve quelque chose, claironna Jacinthe en bombant le torse. C'est une longue *shot*, mais on sait jamais.

Conserver de bonnes relations avec les juristes du ministère était essentiel. C'était une erreur d'avoir envoyé Taillon à sa place, Victor le réalisait à présent.

Pour la suite des choses, il demanderait à Gilles Lemaire de prendre la relève.

Entendant des éclats de voix dans le corridor, ils se retournèrent en même temps. La porte s'ouvrit et Victor capta le regard dur du Gnome. Puis il remarqua les éclaboussures de sang qui tachaient son complet et sa chemise. Lemaire passa devant eux sans paraître les remarquer.

Quelques pas derrière, Loïc cessa de chiquer sa gomme, le temps de mettre Victor et Jacinthe au courant de la situation.

— On est arrivés trop tard pour Bennett... Il est dans le coma. Tentative de suicide...

Lac Meech et Charlottetown

Le jeu de la chaise musicale se poursuit, seuls les acteurs changent.

Dans le coin rouge, Elliott Trudeau a cédé sa place à Brian. Dans le coin bleu, après René, c'est maintenant au tour de Robert B.

Mais les délires, les délires demeurent toujours les mêmes.

Les accords du lac Meech et de Charlottetown...

Au final, nous sommes d'accord pour être en désaccord. Les partisans de l'un deviennent les opposants à l'autre, une mascarade risible entre bons et méchants qui rappelle tristement les Étoiles de la lutte.

Complots fédéralistes? Sortez la fanfare et balancez les confettis: je n'y crois pas!

Robert B. a déclaré après l'échec de Meech: «Le Canada anglais doit comprendre de façon très claire que, quoi qu'on dise et quoi qu'on fasse, le Québec est, aujourd'hui et pour toujours, une société distincte, libre et capable d'assumer son destin et son développement.»

Par ces affirmations, nous essayons de nous convaincre nous-mêmes que nous sommes capables d'avancer.

Un jour, il faudra faire table rase du passé, cesser de dire, et faire.

C'est ce à quoi j'aspire.

LES VOLEURS DE MÉMOIRE

CHAPITRE 40

My ketchup uncle Larry Truman relishes apples

L'émail noirci du lavabo ressemblait à une dent cariée; le filet d'eau y ricochait avant de s'écouler par la bonde. Le visage rubescent, Gilles Lemaire ne broncha pas quand Victor poussa la porte de la salle de bains et s'approcha.

Le petit homme finit par briser le silence.

– Ça pissait le sang. Bennett s'est tranché la gorge…

Ses yeux se promenèrent dans le vague un instant, puis se fixèrent sur ses mains immaculées, qu'il ne cessait pourtant de savonner.

– Quand je vois quelqu'un faire ça dans un film, je trouve ça tellement cliché…

Victor toucha son épaule.

– Ça fait cliché jusqu'à ce que ça arrive pour vrai. Tu devrais prendre le reste de ta journée…

Jacinthe se leva et tourna le bouton du thermostat.

Si elle avait pu baisser la température de la salle de conférences au-dessous du point de congélation, elle l'aurait fait. Son médecin de famille l'avait d'ailleurs mise en garde : il se pouvait très bien que ces bouffées de chaleur soient les signes avant-coureurs de la ménopause.

Bref, rien pour adoucir ses humeurs.

Loïc expliqua à ses collègues que le gardien de sécurité de l'immeuble de Will Bennett les avait avertis de la présence de celui-ci à son appartement, comme le lui avait demandé Gilles

Lemaire. Ensuite, le Kid revint brièvement sur les circonstances de l'intervention que le Gnome et lui avaient effectuée chez l'amant de Judith Harper, puis il précisa que l'Identification judiciaire y était déjà à l'œuvre. Blouin-Dubois mentionna aussi qu'ils avaient trouvé une panoplie de jouets sexuels, dont un collier de cuir brut, dans les affaires de l'homme.

À l'heure qu'il était, l'objet devait être en possession de Berger qui, après analyse, serait en mesure de confirmer si c'était ce qui avait laissé les marques trouvées sur les cous de Harper et de Lawson. Le Kid conclut en mentionnant que Lemaire avait sauvé la vie de Bennett en maintenant une pression constante sur sa gorge jusqu'à l'arrivée des ambulanciers.

Loïc recommença à mâcher dès qu'il cessa de parler.

— Y a l'air ébranlé. Y est-tu parti chez lui? questionna Taillon à propos de Lemaire.

La porte s'ouvrit au même instant, dévoilant la silhouette frêle du Gnome, qui trouva tout de même la force de sourire malgré son teint cireux.

— Tu te débarrasseras pas de moi aussi facilement, Jacinthe.

Lemaire les informa qu'il venait de convoquer les deux collègues de Bennett pour les interroger de nouveau. Par ailleurs, les vérifications des derniers jours ne permettaient pas de savoir si Bennett était revenu incognito de Boston. Aucune transaction n'avait été faite avec ses cartes bancaires: pas de véhicule loué, pas de trace de lui à l'aéroport non plus.

Mais pour le Gnome, ça ne prouvait rien.

Bennett était brillant, il avait très bien pu payer comptant, revenir sur le pouce, ou encore avec un routier. Quant à passer la frontière illégalement, sans être facile, c'était possible pour qui savait s'y prendre. Le territoire à couvrir était vaste et le nombre de possibilités, infini. Bennett avait très bien pu se glisser dans les failles du système.

Jacinthe tiquait, hochait la tête pour marquer son désaccord.

Pourquoi Bennett se serait-il donné tout ce mal pour se forger un alibi qui n'était même pas solide? À preuve, ses deux collègues, qui étaient au courant de son absence, avaient fini par l'avouer à Lemaire.

Mais le Gnome n'en démordait pas; il s'accrochait au fait qu'il y avait un trou dans l'emploi du temps de Bennett. Et que, durant cette période, ce dernier avait matériellement eu la possibilité de tuer Harper et de retourner à Boston.

Bennett, argumentait-il, avait sans doute estimé que ses employés ne parleraient pas par crainte de représailles. Il ne fallait pas perdre de vue qu'il était leur supérieur hiérarchique, ajoutait-il, et qu'à ce titre il pouvait leur causer du tort.

D'ailleurs, insistait Lemaire, il avait dû cuisiner longuement les subalternes avant que l'un d'eux ne finisse par lâcher le morceau. Et le fait que Bennett venait de tenter de se suicider scellait pour lui la question de façon définitive.

– Mettons qu'il a tué Harper, avança Jacinthe. Et mettons qu'il est retourné à ses réunions d'affaires à Boston après… Comment t'expliques le meurtre de Lawson? Hein?

– Lawson a disparu vendredi dernier. D'après Berger, il est mort lundi. Ça peut vouloir dire que quelqu'un l'a séquestré pendant ce temps-là. Bennett est revenu en avion dans la nuit de dimanche à lundi. En théorie, il avait donc la possibilité de le tuer. C'est sans compter ton idée de retardateur, qui ouvre d'autres possibilités.

Loïc écoutait la discussion d'une oreille discrète, travaillant les muscles de sa mâchoire et pitonnant sur son BlackBerry.

– Pis toi, Lessard, qu'est-ce que t'en penses? lança Jacinthe.

Victor, qui inspectait de près le bout de ses Converse, se retrouvait maintenant pris au cœur de ce qui commençait à ressembler à une scène de ménage. Il se leva.

– Je sais pas, balaya-t-il du revers de la main. Je vais fumer une cigarette. Et pendant qu'il est à l'hôpital, qu'on fasse donc tester Bennett pour la chlamydia.

Enfilant son manteau, il descendit et traversa le centre commercial. Puis il sortit dans le stationnement, un bronzé à gros biceps sur les talons.

– S'cuse, l'gros, as-tu du feu? demanda le tatoué qui, en t-shirt, restait insensible au froid.

Douchebag, pensa le sergent-détective en faisant jaillir une flamme de son briquet.

L'autre le remercia et se retira à l'écart pour fumer tranquille.

Victor avait répondu franchement à la question de Jacinthe.

Cette enquête l'embêtait, il ne savait plus quoi en penser. Lortie s'était détaché d'emblée du lot comme suspect potentiel, mais le sergent-détective n'y croyait plus depuis que Berger avait confirmé que sa mort avait précédé celle de Lawson. Pas plus qu'il n'ajoutait foi à l'idée de retardateur proposée par Jacinthe.

Quant à Will Bennett, il ne savait trop quoi penser de sa tentative de suicide.

Pour sa part, le Gnome semblait croire dur comme fer que Bennett avait quelque chose à se reprocher dans la mort violente de Judith Harper, mais il ne proposait aucun indice ni mobile pour appuyer son accusation. Cette absence de preuves ne voulait pas dire pour autant que Bennett était innocent, mais Victor hésitait. Il se sentait ambivalent, partagé entre son désir de croire à l'hypothèse émise par le Gnome et l'intuition qu'ils faisaient fausse route, que Bennett n'avait rien à voir dans toute cette histoire.

Le policier tira sur sa cigarette, emplit une dernière fois ses poumons des soixante-dix substances cancérigènes que contenait la fumée, laissa son regard flotter dans le vide un moment, puis balança le mégot dans la neige souillée, devant lui.

Frigorifié, le sergent-détective remonta à l'étage, passa à son bureau et répondit à quelques courriels avant de retourner dans la salle de conférences. Il n'y avait là que Gilles Lemaire, plongé dans la lecture du dossier psychiatrique d'André Lortie.

Il releva la tête lorsqu'il entendit Victor approcher.

– Taillon? Loïc? fit le sergent-détective en avisant les chaises vides.

– En bas, à la cafétéria, dit le Gnome, la voix plus aiguë qu'à l'accoutumée.

Victor remarqua alors à ce détail que le Gnome semblait en proie à une vive émotion.

– Ça va, toi?

– Je crois que j'ai trouvé quelque chose, affirma le petit homme.

– Ah oui? Quoi?

– Ça…

Le Gnome désigna du doigt le rabat cartonné du premier dossier que Victor avait consulté. Dessus, il y avait une mention écrite au crayon de plomb. Le sergent-détective plissa les yeux. Il ne l'avait pas remarquée en consultant les rapports.

– «Ref. Dr Ewan Cameron, 1964», lut-il à voix haute, perplexe. C'est quoi, le problème?

– Il y en a deux. Un: que veut dire cette mention? Est-ce que ça signifie que Lortie a été référé par Cameron en 1964? Si c'est le cas, on a seulement une partie de son dossier.

– Ça me surprendrait, répliqua Victor, songeur. Si je me fie à ce que le chef du service de psychiatrie de Louis-H. m'a dit, Lortie a été pris en charge pour la première fois en 1969, après avoir été amené par la police.

Victor tourna les pages et lui montra le passage en question.

– Je remets pas ça en doute, se défendit Lemaire. Je pose la question.

– Mettons. Et le deuxième problème?

– J'ai fait un bac en psychologie avant de m'inscrire à l'école de police. S'il s'agit bien du même Ewan Cameron, on a étudié certaines de ses expériences. Il était assez célèbre en son genre, mais pas pour les bonnes raisons.

– Qu'est-ce que tu veux dire?

– Il a mené des expériences à l'Université McGill, dans les années soixante. Ses travaux portaient sur la modification des comportements induits par les lavages de cerveau. Des dizaines de cobayes recrutés dans la population montréalaise ont été manipulés mentalement, notamment par l'injection de substances psychotropes.

– Jamais entendu parler de ça, concéda Victor. Lortie aurait été un de ses patients, tu crois?

– Attends! Il te manque le plus beau de l'affaire, dit le Gnome avec une pointe d'excitation dans la voix. Sais-tu qui finançait les travaux du docteur Cameron?

– J'haïs ça, jouer aux devinettes, Gilles.

– Les services secrets américains. La CIA, pour pas la nommer.

Victor fronça les sourcils, intrigué.

– Et sais-tu quel était le nom de code du projet? continua Lemaire.

– Non, aucune idée.

– MK-ULTRA.

Visiblement, le Gnome s'attendait à ce que Victor ait une forte réaction, mais ce dernier eut beau chercher, il ne comprenait pas où voulait en venir son collègue.

– Est-ce que ça devrait me dire quelque chose, Gilles?

Le Gnome se retourna et désigna le carton collé sur le grand tableau.

– T'as trouvé un lien qui permet de remonter jusqu'à Larry Truman! C'est ça? reprit Victor.

– Tu vois vraiment pas? soupira le Gnome en secouant la tête d'un air découragé.

Le petit homme prit sa voix de stentor pour lire l'une des phrases, exagérant la prononciation, s'attardant sur chacune des syllabes, d'une manière que n'aurait pas reniée un professeur s'adressant à une classe de cancres.

– *My ketchup uncle Larry Truman relishes apples.* (Silence.) Qu'est-ce que tu obtiens si tu formes un acronyme avec la première lettre de chaque mot?

– Ça fait MK-ULTRA, répondit le sergent-détective après quelques secondes, l'air étonné.

Septembre 1964

Deux jours

Il y a deux jours que maman ne dort plus.

Deux jours que son spectre traîne dans la maison, qu'à tout moment ses yeux papillotent dans le vide et se voilent. Deux jours que son oreille guette le moindre bruit, qu'elle court à la fenêtre au moindre craquement, que son regard se perd dans l'infini du ciel.

Deux jours que Léonard, malgré son corps d'homme, renifle sa morve et tourne en rond en pleurant comme un enfant qui apprend à faire les choses.

Deux jours que Charlie n'a pas desserré la mâchoire et les poings.

Deux jours que papa a disparu.

Charlie se lève d'un bond, l'air décidé, et enfonce sa casquette de baseball sur ses yeux.

— Je vais aller le chercher.

Maman pose sa main sur son avant-bras.

— Non, Charlie. Tu ne bougeras pas d'ici.

Elle ravale un sanglot avant de poursuivre :

— On ne sait même pas où il est.

Au fond de la pièce, recroquevillé sur le canapé, Léonard regarde défiler d'un œil émerveillé les images hachurées en noir et blanc. Charlie qui, d'ordinaire, ne se ferait pas prier pour le rejoindre n'a aucune envie de regarder la télé.

Charlie dégage son bras et frappe la table d'un poing rageur.

— Il faut appeler la police.

Maman se mord la lèvre inférieure. Son angoisse est palpable.

– C'est hors de question, tranche-t-elle avec fermeté, mais d'une voix éteinte. Ce serait la pire chose à faire.

Maman finit par les mettre au lit, malgré leurs protestations. Dans la chambre qu'ils partagent, Léonard s'endort rapidement. Charlie attend d'entendre une modification dans le rythme de la respiration de son frère pour rabattre les couvertures et se lever. Puis, après avoir rampé furtivement sur le sol, Charlie s'installe à son poste, en haut de l'escalier. De cet endroit, on peut observer tout ce qui se passe en bas. Certains soirs, Charlie a été témoin de vives discussions entre papa et maman. En d'autres occasions, certaines scènes l'ont fait retourner à son lit avec un drôle de sourire collé aux lèvres.

Cette fois, Charlie baisse la tête. Et son cœur se serre comme un poing.

Roulée en boule sur le tapis du salon, maman pleure en gémissant, implore le ciel de lui rendre son homme sain et sauf, répète qu'il lui est sûrement arrivé quelque chose, qu'il est sûrement mort.

Ce bruit…

Charlie se réveille en sursaut et porte une main à sa nuque, où une douleur irradie : sa tête est restée appuyée contre la rambarde durant plusieurs heures. Charlie se lève et bondit jusqu'à la fenêtre. Au milieu de la nuit, à la campagne, en fonction de la direction et de la vitesse du vent, les sons filent dans l'air comme une traînée de poudre. Le ronronnement du moteur avait précédé de quelques secondes l'apparition du pinceau des phares.

Charlie reste un instant sans bouger, puis se secoue.

– Maman ! Maman ! Une auto !

Sur la route, la Chevrolet 57 passe à basse vitesse, mais sans s'arrêter. Une portière s'ouvre, un corps roule dans le gravier.

Hors d'haleine, ils arrivent tous les trois en même temps à la route. Papa respire encore et il ne semble pas blessé gravement. Mais il paraît faible, confus et désorienté.

Il murmure un flot de paroles incompréhensibles.

– Qu'est-ce qu'ils t'ont fait? Mais qu'est-ce qu'ils t'ont fait, mon chéri? ne cesse de répéter maman en le berçant dans ses bras.

Léonard pousse de petits cris en pleurant contre ses jambes.

Le regard mauvais, une grosse pierre dans la main, Charlie regarde la Chevrolet s'éloigner, jusqu'à ce que les yeux jaunes flottant dans la nuit disparaissent.

Deux jours ont suffi à faire basculer leur vie.

CHAPITRE 41

Coauteurs

Victor s'était levé et arpentait la pièce de long en large, passant et repassant avec nervosité ses doigts dans ses cheveux. Armé d'un petit sourire en coin, le Gnome le regardait se débattre pour essayer de remettre de l'ordre dans ses idées. Au retour de leur pause, Loïc et Jacinthe s'étaient joints à la conversation. N'eût été le bruit de mastication que produisait celle-ci, on aurait presque pu entendre le sergent-détective penser.

— Le hamster tourne? se moqua Lemaire.

Victor vint se planter devant son collègue et, appuyant les mains sur la table, se pencha vers lui.

— Si je comprends bien ce que tu avances, Gilles, Lortie aurait été utilisé comme cobaye dans le cadre d'un projet secret de la CIA? Des expériences psychiatriques menées à l'Université McGill dans les années soixante. C'est bien ça?

Lemaire acquiesça d'un signe de tête.

Pendant que Victor fouillait avec frénésie dans une liasse de papiers, Jacinthe enfournait une autre poignée de Smarties.

— «J'aurais aimé ça, avoir des souvenirs», lança après un temps le sergent-détective en brandissant dans les airs le rapport concernant le suicide de l'itinérant, qui contenait le verbatim des échanges entre les policiers et lui.

Relevant la tête, il dévisagea ses collègues.

— C'est ce que Lortie a dit aux patrouilleurs avant de sauter dans le vide.

Ces mots, d'apparence anodine, prenaient maintenant une autre résonance.

Entre quelques ballounes, Loïc s'accorda un moment pour réfléchir à l'hypothèse du Gnome.

— Si c'est le cas, avança-t-il finalement, et que Lortie était assez lucide pour écrire une phrase contenant l'acronyme d'un projet ultrasecret, t'sais, c'est peut-être qu'il délirait pas tant que ça.

— Voyons donc, le Kid! explosa Jacinthe. La CIA… Voir si ça se peut! Le projet secret, Mac quèqu'chose, là, Gilles a appris ça à l'école! On s'entend-tu que c'est pus secret pantoute depuis ben longtemps! Lortie en a sûrement entendu parler quelque part, pis il s'est mis à délirer là-dessus, comme sur le reste. Qu'il ait fait des phrases ou des dessins, ça nous avance pas plus dans notre enquête que s'il avait tricoté des pantoufles en Phentex! Et ça prouve juste ce que je dis à propos de lui depuis le début: méchant fucké!

La discussion dérapa, un brouhaha s'ensuivit. Loïc postulait que les traitements subis par Lortie avaient altéré sa mémoire et que ce dernier avait noté sur les cartons des informations relatives à son passé, afin de ne pas les oublier.

Le Gnome tempérait, se demandait pourquoi Lortie aurait eu besoin, le cas échéant, de coder les renseignements, mais convenait qu'une analyse plus pointue de la mosaïque s'avérerait peut-être utile.

Leurs hypothèses craquaient comme des cloportes sous le talon de Jacinthe, qui les accusait de sauter trop vite aux conclusions: pour commencer, ils n'avaient pas de preuve que Lortie avait été utilisé comme cobaye dans le cadre du projet MK-ULTRA.

Juste une note sur le rabat d'un dossier.

Pendant que ses collègues se chamaillaient, Victor pianotait sur son clavier.

— En tout cas, ils se connaissaient, ces deux-là. Ils ont déjà coécrit deux articles.

Les regards convergèrent vers lui.

— Qui ça? demanda Taillon.

— Ewan Cameron et Judith Harper.

Le sergent-détective tourna l'écran dans leur direction. Sur le site de la faculté de psychiatrie de l'Université McGill, il avait accédé à une page consacrée aux recherches menées par Judith Harper. Là, parmi la liste de ses publications, deux titres avaient attiré son attention :

> CAMERON, E., and J. HARPER, « The use of electroshock and sleep depravation drugs to eliminate past behavioral habits », *North American Journal of Psychiatry*, McGill University, Allan Memorial Institute of Psychiatry, 1960.

> CAMERON, E., and J. HARPER, « A case study on "depatterning" to eliminate past behavioral habits », *North American Journal of Psychiatry*, McGill University, Allan Memorial Institute of Psychiatry, 1961.

– On a un lien, là, insista Loïc, fiévreux. Judith Harper aussi était psychiatre. Admettons que Lortie ait été un des patients de Cameron et de Harper. Il aurait pu la tuer pour se venger des mauvais traitements subis !

– T'es dans le champ, le Kid, claironna Jacinthe. Réfléchis deux minutes. On a deux meurtres commis avec la même arme, donc un seul meurtrier. Et Lortie était déjà mort quand Lawson a été tué. Ça nous a été confirmé par Burgers. Pour Harper, il avait un alibi. On l'a éliminé de notre liste de suspects. Qu'est-ce qu'il te faut de plus ? Tant qu'à être parti, vas-tu aussi essayer de nous convaincre que Lawson était l'avocat de Lortie pis que le fucké a voulu se venger d'une facture trop élevée ?

Loïc baissa la tête, rentra les épaules.

– Jacinthe, s'il te plaît…, intervint Victor. C'est pas toi qui parlais d'un retardateur, y a pas si longtemps ?

La joute oratoire se poursuivit, chacun défendant sa théorie avec vigueur.

Le doyen de la faculté de psychiatrie de l'Université McGill, Richard Blaikie, avait des cheveux blancs, une barbichette, un nœud papillon et des lunettes à monture Browline. Victor fouilla dans sa mémoire un moment : Blaikie lui rappelait vaguement quelqu'un. Mais qui ? Démesuré, un tableau à la toile craquelée était accroché au mur derrière lui.

Un homme austère y contemplait l'horizon, la tête altière, les lèvres dédaigneuses. Sans y parvenir, le sergent-détective essaya de distinguer son nom sur la plaquette de cuivre. Il devait s'agir d'un prédécesseur de Blaikie, voire même du premier doyen de l'institution, se dit-il.

Jacinthe, qui se souciait assez peu du décorum, tapotait du bout des doigts sur l'accoudoir. Malgré le fait qu'il approchait 17 h, Blaikie avait accepté de les recevoir sur-le-champ, après un bref échange téléphonique où Victor lui avait mentionné qu'ils enquêtaient sur le meurtre de Judith Harper.

D'une sincérité manifeste, le doyen s'était d'entrée de jeu déclaré attristé de la mort de son ancienne collègue, de qui il affirmait conserver un excellent souvenir.

Toutefois, lorsqu'ils entrèrent dans le vif du sujet, son attitude changea de façon marquée.

En effet, Victor lut de l'agacement sur son visage quand il déclara qu'ils avaient eu accès au dossier psychiatrique d'un certain André Lortie et qu'ils tentaient de vérifier s'il avait été le patient du docteur Ewan Cameron. Lorsqu'il fit allusion au projet MK-ULTRA, l'agacement de Blaikie sembla se transformer en exaspération.

— Écoutez, je n'ai aucune façon de vérifier si cet homme a été traité dans le cadre de ce projet. S'il est vrai que les expériences de MK-ULTRA ont été conduites à McGill, elles n'ont jamais été sous la responsabilité de notre institution.

— Il doit bien exister des dossiers quelque part ? suggéra Victor.

— Mais ça fait plus de quarante-cinq ans ! Je n'étais même pas à la faculté dans ce temps-là. De toute façon, les dossiers étaient sous la garde de Cameron. Et, si je me souviens bien, ils ont été détruits dans les années soixante-dix, sur ordre du directeur de la CIA de l'époque.

L'adjointe de Blaikie, qui, dans un coin de la pièce, s'affairait depuis un moment à préparer des boissons sur un chariot métallique, posa une tasse de thé fumant devant son patron. Elle versa ensuite un verre d'eau aux policiers et rangea la carafe sur un plateau, à portée de main.

— Comme ils ont coécrit des articles, se pourrait-il que Judith Harper ait participé aux expériences de Cameron? reprit Victor.

Le doyen s'empressa de repousser la question du revers de la main.

— Vous faites fausse route. Judith était une chercheuse, pas une praticienne. Elle a d'ailleurs coécrit ces articles au début de sa carrière. Elle s'en est dissociée par la suite, quand elle a compris à quelles expériences cliniques Cameron se livrait réellement.

L'adjointe plaça devant eux une assiette contenant un assortiment de biscuits avant de se retirer. Blaikie la remercia d'un sourire figé tandis que Jacinthe étendait le bras.

— De toute façon, le projet MK-ULTRA, il y a beaucoup de légendes dans tout ça.

Victor posa encore quelques questions, mais il mit un terme à la discussion dès lors qu'il comprit qu'il ne tirerait rien de Blaikie. Cela dit, il comprenait les réticences de l'homme. L'épisode dont il était question avait longtemps entaché la réputation de la faculté dont il avait la charge.

Après les remerciements d'usage, des poignées de main furent échangées. En tournant sur lui-même pour se diriger vers la porte, Victor remarqua qu'il ne restait qu'un biscuit dans l'assiette.

Tandis qu'il jetait un regard noir dans sa direction, Jacinthe haussa les épaules, l'air de se demander ce qu'il avait à lui reprocher.

Les deux enquêteurs marchèrent sans prononcer un mot jusqu'à la voiture, garée dans le stationnement donnant sur l'avenue des Pins. Plongé dans ses pensées, Victor releva son col et s'alluma une cigarette qu'il fuma en regardant la silhouette du mont Royal qui se détachait dans l'obscurité.

Taillon parlait à Lucie sur son cellulaire, annonçant qu'elle rentrerait bientôt.

— Il m'a donné faim, lui, dit-elle en raccrochant. Tu trouves pas qu'il ressemblait au colonel Sanders?

Ce fut plus fort que lui, Victor s'étouffa en expulsant de la fumée. Le colonel Sanders! Voilà la ressemblance qui l'avait frappé plus tôt en entrant dans le bureau du doyen. Pour une fois, Taillon le faisait rire de bon cœur.

— Ha, ha, ha! C'est vrai! (Victor se rembrunit.) Mais coudonc, toi, ça t'arrive pas de penser à autre chose qu'à manger, des fois?

— Ça m'arrive, mais moi, je pense jamais à fumer, répliqua Jacinthe du tac au tac.

CHAPITRE 42

Anneau de glace

Taillon s'était engouffrée dans sa propre voiture dès qu'ils étaient arrivés à Versailles. Victor était fatigué et il avait envie de rentrer chez lui, mais il était néanmoins remonté au bureau. Dans le corridor, il avait croisé le Gnome qui était sur le départ. Bennett était toujours dans un état critique, mais stable. Les médecins préviendraient les policiers dès qu'il sortirait du coma.

Victor passa ensuite prendre des nouvelles de Paul Delaney, mais son bureau était vide. Il espérait que le ciel ne soit pas tombé sur la tête de son patron.

Il trouva Loïc à son poste de travail.

Ce dernier avait découvert sur Internet un portail des ressources médiévales du Québec. Après une quinzaine d'appels, il n'avait toujours pas trouvé de boutique vendant des fourches de l'hérétique. Sa recherche n'avait pas été plus fructueuse sur les sites de vente en ligne.

S'il y avait un marché pour ce genre de trucs, il était au mieux marginal.

— Rentre chez toi, Loïc. Tu reprendras ça demain.

Le Kid hocha la tête, l'air déprimé. Victor s'assit sur le bord du bureau. Quelque chose le chicotait depuis leur réunion de l'après-midi et il voulait s'assurer de ne pas laisser passer l'occasion de faire une mise au point.

— Tu sais, Loïc, Jacinthe met jamais de gants blancs. Ni avec moi, ni avec Gilles, ni avec personne. C'est une guerrière, elle hésitera jamais à risquer sa vie pour sauver la tienne, mais elle manque de tact et de sensibilité. Et ça risque pas de changer. (Loïc regardait Victor en se demandant ce qui allait suivre.) Si je te dis ça, c'est pour que tu comprennes à qui t'as affaire et, surtout, que tu te laisses pas atteindre par ce qu'elle dit. C'était correct que tu défendes ton point de vue tantôt. Et c'est pas parce qu'elle le tourne en ridicule que ça devrait t'arrêter. Garde la tête haute, le Kid, tu fais de la bonne job dernièrement.

Victor sut tout de suite qu'il avait tapé dans le mille. Loïc avait retrouvé des couleurs. Le sergent-détective donna une tape amicale sur l'épaule du jeune homme, saisit son manteau et partit. Avant de prendre le métro, n'ayant pas eu de ses nouvelles depuis un bout de temps, il envoya un texto à son fils pour lui rappeler qu'ils passaient le réveillon chez Ted. Une réponse l'attendait dans sa boîte de messages quand il sortit de la station Villa-Maria : Martin confirmait sa présence.

Nadja avait cuisiné un sauté de bœuf aux légumes et Victor s'était occupé de la vaisselle. Il s'apprêtait à s'installer sur le divan pour regarder un documentaire sur Mohamed Ali, qu'il avait téléchargé plus ou moins légalement sur le Web, quand elle sortit une vieille paire de patins blancs d'un sac en faisant un large sourire.

– Dis oui, l'implora-t-elle.

Il prétexta d'abord qu'il ne savait pas où étaient ses patins, mais elle avait prévu le coup : elle les avait rangés dans le garde-robe de l'entrée. Pour la forme, d'un ton mi-figue, mi-raisin, il invoqua toutes les excuses de son répertoire : il avait trop mangé, il faisait trop froid, ses lames n'étaient pas aiguisées, il avait sommeil, mal au dos.

Nadja esquiva tous les coups avec grâce : un peu d'exercice favoriserait sa digestion ; il pourrait porter son nouveau manteau, celui qu'il trouvait trop chaud autrement ; lui qui avait joué au hockey, elle qui était une novice, le manque d'aiguisage de ses patins les ramènerait au même niveau ; il dormirait mieux après avoir fait du sport au grand air ; elle lui ferait un massage en rentrant, etc.

C'était tout simple : Victor ne pouvait lui résister. Il l'aurait suivie en enfer si elle le lui avait demandé.

— OK, d'abord.

Elle cria de joie, lui sauta au cou et le couvrit de baisers.

Le sourire aux lèvres, il laissa durer le moment.

Ils étaient une vingtaine de patineurs à arpenter l'anneau de glace du lac aux Castors, sur le mont Royal. L'air était glacial. Victor ne sentait pas le froid. Cette sortie en plein air lui faisait un bien immense, lui permettait de faire le vide, de ne penser à rien.

Ils avançaient bras dessus, bras dessous. Le ciel était dégagé et les lèvres de Nadja luisaient dans la lumière des réflecteurs.

— Tu sais, j'ai repensé à l'arme utilisée pour commettre les meurtres. As-tu regardé du côté de ceux qui organisent les jeux de rôles ? Je sais qu'il existe des associations.

Victor précisa qu'Adams avait déjà évoqué le sujet et mentionna les vérifications auxquelles se livrait Loïc. En quelques phrases, il lui résuma les développements de la journée. Elle lui posa quelques questions qui le rassurèrent sur le fait qu'ils n'avaient négligé aucun angle jusqu'ici.

— Ce qui marche pas avec tes meurtres, c'est le suicide. Moi, je partirais de là. Il faut qu'il y ait un lien en quelque part.

— Je suis d'accord. Lortie m'intrigue. Le psychiatre dit qu'il y a souvent une part de vérité dans les délires d'un bipolaire. J'ai consulté son dossier. Le problème, c'est que ses délires sont tellement tirés par les cheveux que ça devient difficile d'y voir clair. Est-ce qu'il a été un patient de MK-ULTRA ? Est-ce qu'il était dans le FLQ ? Est-ce qu'il a déjà eu d'autres portefeuilles en sa possession, à part ceux des victimes ? (Le sergent-détective soupira.) Je sais plus quoi penser, j'ai l'impression que quelque chose m'échappe...

— Vas-tu reparler au psychiatre de Louis-H. demain ?

— Oui. Je veux voir ce qu'il sait à propos de MK-ULTRA. Je veux aussi lui demander si c'est possible que Lortie ait été traité ailleurs avant son admission à Louis-H.

Ils parlèrent ensuite de leur projet d'emménager ensemble dans un autre appartement. Ils se mirent d'accord pour reprendre les visites de condos après les fêtes.

Et ils patinèrent, jusqu'à en avoir le visage gelé.

Victor se sentit tout à coup heureux et optimiste. Rien ne viendrait troubler leur bonheur. Pas même un cinglé qui assassinait de pauvres gens avec des instruments de torture sortis tout droit du Moyen Âge.

Nadja riait comme une folle en virevoltant maladroitement sur elle-même. En la rattrapant, avant qu'elle ne chute, il murmura pour la première fois les mots à son oreille.

— Je t'aime.

CHAPITRE 43

Ne faites rien contre votre conscience,
même si elle vous le demande

Martin s'était réveillé en sueur au milieu de l'après-midi. La lumière crue de la rue traversait les rideaux. La bouche sèche, il s'était traîné en titubant jusqu'à la salle de bains.

Par chance, Boris gardait de l'acétaminophène dans la pharmacie. Martin avait bu au robinet, puis, nauséeux, il s'était agenouillé à côté de la cuvette.

L'envie de vivre lui était revenue seulement quand les comprimés avaient commencé à calmer la douleur qui vrillait ses tempes.

Remonter le corridor avait ressemblé à un chemin de croix. Des bouteilles vides jonchaient le plancher du salon. Les souvenirs de la soirée avaient ressurgi en bloc quand il était entré dans la cuisine. Assis devant un café, le journal étalé devant lui, Boris avait répondu à la question qu'il n'avait pas eu la force de poser.

– Salut, la marmotte. Muriel est partie hier soir. Roxanne, il y a une heure.

Avant de retourner à sa lecture, Boris avait ajouté en bâillant :

– Il y a du café sur le comptoir.

Martin avait mangé quelques croissants en regardant par la fenêtre. L'hiver était gris et sale. Boris avait sorti une paire de ciseaux et découpait des articles en silence. À force d'attendre que l'autre en dise davantage, les inquiétudes de Martin avaient refait surface.

Son ami avait-il intercepté son texto ?

Après avoir pris une douche, Martin avait plongé sur le canapé et ouvert le téléviseur. En zappant, il était tombé sur une chaîne d'information continue. Un reporter parlait d'un vol perpétré la veille dans «l'entrepôt d'une entreprise des Laurentides spécialisée en dynamitage».

Martin avait monté le volume et appelé Boris.

Le journaliste avait précisé que les autorités ne voulaient pas «dévoiler la quantité exacte d'explosifs dérobés par les deux hommes cagoulés et armés» et qualifiait l'opération de «bien préparée». Il concluait en disant que l'enquête avait été confiée aux experts de la Sûreté du Québec en matière de crime organisé, laissant entendre que le vol était probablement lié à la «nouvelle guerre des motards qui se préparait depuis quelques mois».

— T'as entendu ça? avait-il lancé à Boris en coupant le son.

Ce dernier avait à peine relevé la tête pour suivre le reportage.

— Oui, j'ai écouté les nouvelles ce matin. C'est parfait, ça, qu'ils pensent aux motards. Ça veut dire qu'ils ont pas de piste. Tiens, regarde ça.

Boris avait tendu à Martin les coupures de journaux.

Il s'agissait d'articles datant de quelques jours, tirés des principaux quotidiens montréalais. Ils parlaient tous du même sujet, soit la profanation d'un cimetière juif attribuée à «un groupe radical islamiste de plus en plus actif depuis trois mois sur l'île de Montréal».

«Opérant dans l'ombre, sans autre revendication claire que la haine des juifs», on lui imputait aussi la profanation de deux synagogues.

Quoique qualifiées de «phénomène marginal» par le titulaire de la Chaire d'études ethniques de l'Université de Montréal, le groupe commençait à inquiéter. Surtout dans «une ville où, malgré les tensions récentes exacerbées par le débat sur les accommodements raisonnables, règne un multiculturalisme tranquille».

Contenant avec peine sa colère, Martin avait parcouru les articles. Puis, s'efforçant de ne rien laisser transparaître, il s'était tourné vers Boris en faisant un effort pour sourire.

— Tu vois, avait lancé ce dernier, je t'avais dit que ça marcherait, *man*.

Ils avaient passé le reste de la journée à jouer à des jeux vidéo et à boire de la bière. Boris n'avait pas manqué de tendre quelques perches à Martin afin que celui-ci lui donne des détails sur sa «nuit de luxure» en compagnie de Muriel et de Roxanne. Martin avait été aussi honnête que laconique: il ne se rappelait à peu près rien. Ils avaient ensuite parlé un peu de hockey et fumé un joint. Puis Boris s'était levé et avait attrapé sa veste.

— Viens-t'en!

Il s'agissait plus d'une affirmation que d'une question. Martin s'était étiré avant de déplier sa carcasse et d'enfiler son manteau.

— On va où? avait-il risqué.

— Faire un tour. Maintenant qu'on a les explosifs, ça va nous prendre des détonateurs.

Boris s'était tourné et lui avait lancé un regard insondable.

— Si tu cherches ton téléphone, je l'ai mis sur le frigidaire.

Mort de peur, Martin avait dégluti avec peine.

CHAPITRE 44

Dans le soleil, devant l'institut
Allan Memorial

Vendredi 23 décembre

Victor marcha avec peine jusqu'à la station de métro Villa-Maria et descendit les escaliers en grimaçant. Il se trouvait stupide. La veille, sans s'échauffer, il avait poussé la machine à fond et effectué quelques tours rapides en patins pour impressionner Nadja.

Au retour, dans la voiture, il avait senti un pincement dans les lombaires. À la maison, plutôt que de réfléchir avec sa tête, il avait encore pensé avec son bas-ventre et proposé à Nadja de venir le rejoindre dans la douche.

Après quelques acrobaties, il s'était retrouvé sur le carrelage glacé de la salle de bains, le *précieux* rabougri et le dos barré. Incapable de s'arrêter de rire, Nadja avait essayé de le soulager en le massant. Victor avait fini par s'endormir vers 1 h du matin. La douleur, qui descendait jusque dans la fesse, l'avait réveillé à 5 h. Il était parti à l'aube, avant que Nadja n'émerge du monde des songes. D'humeur massacrante, il n'avait envie de parler à personne.

Dans l'ascenseur, un peu buzzé par les relaxants musculaires qu'il avait avalés avant de quitter la maison, Victor se promit de reprendre ses bonnes habitudes dès la conclusion de cette enquête. Il voulait se remettre à faire du cardiovasculaire régulièrement. Contraint d'arrêter le jogging à cause de sa jambe, il s'était converti à la nage. C'était un exercice complet et beaucoup plus sûr pour ses articulations, mais il avait petit à petit laissé tomber.

D'une part, il nageait comme une roche et ne maîtrisait pas la technique du crawl. D'autre part, après quelques longueurs de brasse, il avait envie de se suicider.

Mais, plus fondamentalement, il détestait l'endroit. L'odeur de chlore de la piscine du YMCA lui montait à la tête, et les vieux crabes à carapace flasque dans leurs maillots aux motifs criards lui levaient le cœur.

Pensant être le premier à arriver au bureau, Victor fut surpris de constater, en franchissant la porte de la réception, que l'endroit grouillait de vie et que tout le monde ou presque était déjà au poste. Il remarqua que la porte du bureau de Delaney était close, signe que le chef lui-même était là.

Gilles Lemaire le gratifia d'un sourire accueillant et d'un «bon matin» bien senti.

— Qu'est-ce qui se passe? bougonna-t-il. Comment ça se fait que tout le monde est de bonne heure de même?

— C'est le *party* de Noël ce soir. On finit plus tôt, tu te souviens?

Victor se tapa le front du plat de la main. Il avait complètement oublié. Son cadeau d'échange était resté à l'appartement. Et il ne l'avait pas enveloppé. En maugréant, il s'assit à l'ordinateur et envoya un courriel à Nadja, lui demandant de l'apporter quand elle viendrait le rejoindre. Faisant mine de consulter ses messages, il resta ensuite plusieurs minutes à fixer son écran. Le regard vide, à deux doigts de la catatonie, il essayait de repousser la déprime qui l'envahissait.

Avec peine, il parvint à s'extirper de sa contemplation et à composer le numéro du chef du service de psychiatrie de Louis-H. Lorsqu'il sollicita une rencontre avec le médecin le jour même, son adjointe lui répondit que le docteur McNeil était en réunion toute la journée. Victor faillit insister, lui mentionner qu'il était dans la police et que c'était une urgence, mais il n'en eut pas la force et, de toute manière, ce n'était pas le cas. Il prit en note l'heure de la rencontre fixée au lendemain et il raccrocha.

La silhouette massive de Taillon se découpa au bout du corridor. Elle marcha directement vers lui. C'était au-dessus de ses forces, il ne supporterait pas une autre de ses agressions. Pas aujourd'hui. Le sergent-détective se prépara à l'affronter. Il lui sauterait au visage à la moindre remarque désagréable. Sans même prendre la peine de le saluer, elle balança une enveloppe cartonnée sur son bureau.

— Tiens, t'as reçu du courrier.

N'attendant pas de réponse, elle passa devant lui. Sans ralentir l'allure, elle prit un bloc-notes sur sa table de travail et se dirigea vers la salle de conférences.

La tension se relâcha, Victor soupira, presque déçu que le duel n'ait pas eu lieu.

Il soupesa un moment l'enveloppe entre ses doigts, remarqua qu'elle ne portait aucun timbre ou cachet de poste, ni mention des coordonnées de l'expéditeur. Juste son nom en caractères d'imprimerie, en plein centre. Il la décacheta à l'aide d'un couteau qui traînait sur sa surface de travail. Avec stupéfaction, il découvrit une photocopie d'une photo en noir et blanc, représentant deux hommes et une femme. Ils posaient devant un édifice et, à voir leurs yeux plissés et la clarté de l'image, on devinait qu'ils se tenaient en plein soleil.

Victor reconnut immédiatement Judith Harper, malgré le fait que l'image lui gommait une quarantaine d'années. À partir des photos récentes qu'il avait vues, il s'était forgé une idée de la personne. Certes, Judith était ce qu'il convenait d'appeler une belle femme. Mais, jusqu'à maintenant, il n'avait pas soupçonné à quel point. Il se força à détacher les yeux de la reine de beauté qui souriait à l'objectif et lut la légende imprimée sous la photo:

Dr. Ewan Cameron and colleagues posing in front of the Allan Memorial Institute, where the MK-ULTRA experiments were conducted. Montreal, Canada, circa 1964.

Victor supposa que l'homme le plus âgé était Ewan Cameron. Son regard se reporta alors sur l'autre. Le sergent-détective mit un temps à établir la connexion dans son cerveau, mais, dès l'instant où ce fut chose faite, il n'eut plus aucun doute quant à son identité. Oubliant que son dos le faisait souffrir, il se leva d'un bond et marcha d'un pas rapide vers la salle de conférences.

Les doigts plongés dans un sac de Cheetos, Jacinthe était en train d'examiner les photos que l'Identification judiciaire avait faites des cartons trouvés dans la chambre d'André Lortie.

— Va pas te faire d'idées, Lessard! Je suis toujours convaincue que ça donnera rien. Lortie est juste un hostie de fucké. Mais je regarde la mosaïque pareil, tout d'un coup…

Victor grimaça en portant une main à ses lombaires : lancinante, la douleur qui lui traversait la fesse descendait maintenant jusqu'à son genou.

— Vas-tu t'en sortir, mon coco?

— Problème de sciatique. Ça sort d'où, cette enveloppe-là?

— Sais pas. C'était à la réception ce matin. Pourquoi?

Victor posa la photographie devant elle.

— Regarde ça.

Jacinthe essuya ses doigts jaunis sur son pantalon et prit la photo.

— *Fuck!* C'est Harper avec Cameron.

— T'as reconnu l'autre homme?

Taillon examina le cliché encore un moment avant de donner sa langue au chat.

Victor tomba de nouveau sur l'adjointe du docteur McNeil, qui lui répéta que son patron était en réunion pour la journée et que… Lui coupant la parole, le sergent-détective mentionna d'un ton sans appel que si elle ne leur trouvait pas un trou dans l'agenda illico, il obtiendrait un mandat d'amener à l'encontre du médecin.

— Nous serons là vers 9 h, décréta-t-il sèchement.

— Non, 9 h 30, répliqua l'adjointe, en catastrophe.

Jacinthe approuva d'un hochement tête. Elle aimait quand Victor ne passait pas par quatre chemins.

— Je vais descendre au *food-court*. J'ai faim.

— Pis moi, j'ai envie d'en fumer une.

Les deux enquêteurs marchèrent dans le corridor sans échanger un mot. D'un signe de tête, Victor salua un collègue d'une autre section, que sa coéquipière ignora.

— Qui nous a envoyé ça? dit-elle au bout d'un moment. C'est toujours ben pas le meurtrier…

Victor la regarda d'un air énigmatique.

— J'ai ma petite idée là-dessus.

Ni le visage fermé des enquêteurs ni le fait qu'ils aient menacé son adjointe de l'arrêter s'il ne prenait pas la peine de les recevoir dans l'heure ne semblaient intimider le docteur Mark McNeil. Feinte ou réelle, il ne prenait pas la peine de masquer sa colère.

— J'espère que c'est important! Réalisez-vous que c'est le seul moment dans le mois où les chefs de tous les services se rencontrent et que c'est moi qui préside la réunion?

Jacinthe bondit de son siège, prête à répondre du tac au tac aux propos hargneux du médecin. Victor la fit rasseoir en lui posant la main sur l'avant-bras. Dans la voiture, ils avaient évoqué son caractère bouillant, et convenu qu'elle le laisserait diriger la conversation. Pour sa part, il avait promis de ne pas perdre de temps, d'être le plus direct possible.

— Connaissiez-vous Judith Harper? demanda d'entrée de jeu le sergent-détective.

Le masque de McNeil se fissura. L'incompréhension, puis la surprise se peignirent sur ses traits décomposés.

— Euh… oui. Tout le monde la connaît de réputation.

— Vous l'avez côtoyée?

— À vrai dire, elle m'a enseigné à l'université, répondit-il en se triturant la moustache, visiblement agacé.

— Vous avez pas pensé à nous mentionner ça quand on s'est rencontrés?

– Vous ne m'avez pas posé la question. En quoi est-ce pertinent?

McNeil sortit un mouchoir de la poche de son veston et se tamponna le front, où un rang de gouttelettes avait fait irruption.

– À vous de me le dire, répondit Victor en balançant la photo sur la table.

Le psychiatre la récupéra et y jeta un œil.

La bouche de McNeil s'ouvrit pour protester, mais n'émit qu'une plainte muette.

– Vous pourriez peut-être commencer par nous parler de votre implication dans le projet MK-ULTRA, lança le policier.

Les mots semblèrent mettre un certain temps à se frayer un chemin jusqu'aux neurones de McNeil.

– Quoi? Ma participation au pro...

Le psychiatre comprit à rebours. Le visage rouge, il hocha la tête à plusieurs reprises en signe de dénégation.

– C'est ridicule. Je me suis retrouvé sur cette photo par hasard.

– Ah oui? rétorqua Victor d'un ton vache. Expliquez-moi ça.

– J'étais étudiant à la maîtrise, à l'époque. J'avais été engagé par Judith Harper pour faire des *abstracts*, des résumés de rapports d'études psychiatriques. Je travaillais dans un réduit sans fenêtre, je n'avais aucune interaction avec les patients.

Le sergent-détective se leva, fit quelques pas dans la pièce, puis revint vers le bureau, où il posa les mains à plat, dominant le psychiatre de toute sa taille.

– Alors, pourquoi figurez-vous sur cette photo?

Le médecin soupira, à l'évidence ébranlé par la tournure que prenait l'entretien.

– Parce que Judith m'aimait bien. Elle me trimballait partout, cet été-là.

– L'été 1964.

– Je ne me souviens pas avec précision... Si vous le dites...

– Vous baisiez ensemble?

Les yeux de McNeil n'étaient plus que des fentes minuscules.

– Judith était mariée. J'étais son jouet… son passe-temps, si vous préférez.

– Vous avez eu une liaison…

– On ne réfléchit pas en ces termes à dix-neuf ans. J'avais les hormones chauffées à blanc et j'avais des relations sexuelles avec une femme mariée de dix ans mon aînée. Notre aventure a duré trois ou quatre mois, jusqu'à ce que Judith y mette fin. Voilà tout.

– Vraiment? fit Victor d'un ton innocent.

Le sergent-détective guettait la réaction du psychiatre. L'autre soutint son regard sans ciller.

– Si c'est ça votre question, je n'ai jamais recouché avec Judith après 1964.

Jacinthe et Victor avaient mis à profit l'heure précédant leur rencontre pour fouiller le passé du psychiatre et obtenir le maximum d'informations le concernant. Le rapport de recherche qu'ils avaient obtenu restait embryonnaire, mais ils avaient appris que, quelques années auparavant, McNeil s'était remarié avec une jeune femme d'origine thaïlandaise, de trois décennies sa cadette, et qu'ils avaient eu une fille.

– Même pas récemment? demanda Taillon. Y paraît que certaines femmes perdent tout intérêt pour le sexe après avoir accouché. À votre âge, un homme a encore des besoins… Judith était pas une jeunesse, mais un coup le dentier enlevé…

– Vous êtes odieuse, cracha le médecin, prenant une mine dégoûtée.

Victor tenta d'intervenir, interpella Jacinthe, mais la possibilité de faire preuve d'un iota de retenue n'effleura même pas l'esprit de cette dernière.

– Puis quand elle menace de révéler cette liaison à votre femme, vous perdez la tête et…

Le psychiatre se leva de son siège, écarlate.

– Vous me suspectez d'avoir tué Judith? C'est ça?

– Au fait, vous avez pas eu la chlamydia dernièrement? asséna encore Jacinthe, l'œil torve.

Brusquement, McNeil bondit sur ses pieds et se lança en avant, rugissant, hors de lui. Victor dut s'interposer entre sa collègue, qui ne reculait pas d'un pouce, et le médecin qui, de l'écume au bord des lèvres, essayait de l'atteindre pour lui faire un mauvais parti. Les invectives se mirent à fuser. Essayant de calmer l'un et l'autre, tour à tour, peinant à les maintenir à bout de bras, le sergent-détective haussa le ton et parlementa quelques instants avant de contraindre Jacinthe à aller l'attendre dehors.

Le psychiatre mit un moment avant de se remettre de ses émotions et de se rasseoir.

McNeil présenta ensuite ses excuses à Victor, répétant à quelques reprises qu'il n'était pas dans ses habitudes de s'emporter ainsi. Le policier lui assura qu'il comprenait et réussit tant bien que mal à remettre la conversation sur les rails.

– C'est complètement ridicule. Je croisais Judith de temps en temps dans un cocktail ou une conférence. Mais sans plus, vous devez me croire!

– Avez-vous pris part aux travaux du docteur Cameron?

– Non. Bien sûr que non.

– Et Judith Harper? Elle participait à ces expérimentations?

McNeil desserra son nœud de cravate et détacha le bouton de son col avant de répondre:

– Ils entretenaient des rapports professionnels. Mais Judith était une chercheuse, pas une praticienne. Sa collaboration avec Cameron se limitait à de l'échange d'informations. Comme elle se spécialisait sur les troubles de mémoire, Cameron la consultait parfois pour valider des hypothèses, mais ça s'arrêtait là.

—Donc, elle a pas participé aux mauvais traitements infligés à certains patients?

– Non.

Soit McNeil n'était pas certain de ce qu'il affirmait ou bien il mentait. Le regard de Victor tomba sur les mains jointes du psychiatre, détailla ses doigts manucurés, les initiales brodées sur le revers du poignet de sa chemise et les boutons de manchette en or qui, sertis d'un trèfle noir, complétaient le tout.

— Jolis boutons, dit le sergent-détective en écarquillant les yeux.

— Un cadeau, répondit distraitement le psychiatre.

Victor se leva, marcha jusqu'à la bibliothèque où il contempla une série de photos encadrées montrant McNeil en compagnie de sa femme et de leur enfant.

Un portrait attira son attention. Un détail, ténu, le figea, remua ses idées, mais il se ressaisit, s'efforçant de camoufler sa surprise. Rajustant son pantalon, il se planta directement devant le psychiatre.

— André Lortie faisait-il partie des patients du docteur Cameron?

McNeil marqua une légère hésitation, son regard fuyant celui de Victor.

— Comment le saurais-je, je n'étais pas impliqué dans ses travaux. Et pourquoi me poser toutes ces questions à propos de Cameron?

Victor lui parla de la note manuscrite que le Gnome avait trouvée sur le rabat du dossier. Quelque chose sembla s'animer et s'éteindre aussitôt dans l'œil du psychiatre. Mais, pour autant que le sergent-détective puisse en juger, sa surprise ne semblait pas feinte.

— Et son dossier? S'il a été traité par le docteur Cameron, on doit bien pouvoir le récupérer?

— Le dossier psychiatrique de Lortie avant qu'il arrive à Louis-H.? S'il a existé, personne ici ne l'a jamais vu. Je vous ai remis toute la documentation que nous avions.

Victor continua de cuisiner McNeil jusqu'à épuisement de sa réserve de questions.

— Vous allez m'arrêter? ne put s'empêcher de demander candidement le psychiatre.

Le regard du sergent-détective tomba encore sur les photos de la bibliothèque.

— Non. Mais je vais vous demander de rester en ville et de vous tenir à notre disposition.

Pendant un moment, Victor chercha Jacinthe sur l'étage. Lorsque l'infirmière-chef lui confirma que Taillon avait pris l'ascenseur, il ne put s'empêcher de sourire. S'attendant à la trouver attablée devant un festin, il descendit à la cafétéria.

À sa grande surprise, elle brillait de nouveau par son absence. Perplexe, le sergent-détective sortit dans le stationnement. Transpercé par le froid, la main en visière devant les yeux, il constata que la voiture n'était plus à sa place. Empoignant son cellulaire, il allait l'appeler quand un coup de klaxon dans son dos le fit sursauter.

La Crown Victoria freina à sa hauteur. La portière côté passager s'ouvrit brutalement.

– Ça fait-tu longtemps que t'attends?

Victor grimpa dans la voiture et répondit par la négative. Un sapin encore enneigé dégouttait sur la banquette arrière. L'odeur de résine embaumait l'habitacle.

– Ça va décorer un peu la salle, qu'est-ce que t'en penses? Pis j'ai demandé à Gilles d'aller acheter des boules et des guirlandes au magasin à une piastre.

Le sergent-détective exprima à voix haute ce qu'il ruminait depuis la veille : ne serait-il pas préférable d'annuler la célébration, étant donné la maladie de la femme de Paul Delaney? Jacinthe lui assura que non. Elle avait parlé au chef, qui insistait sur le fait que ça lui ferait du bien de voir du monde.

Puis, avant même qu'il ait pu placer un mot, elle le débriefa : un, Loïc n'était guère plus avancé dans ses recherches à propos des fourches de l'hérétique; deux, le Gnome avait obtenu par la juriste le nom et les coordonnées des administrateurs de Northern Industrial Textiles et fouillait pour en apprendre davantage; trois, Bennett était toujours dans le coma; et quatre, l'Identification judiciaire n'avait rien qui puisse constituer une piste.

Au feu rouge, Victor eut une vision : il se retourna, fixa l'arbre, puis Taillon, puis l'arbre, puis Taillon, puis... Non! Elle n'avait tout de même pas osé...

– Jacinthe, dis-moi que tu viens pas d'aller couper ça sur le terrain de quelqu'un?

Elle le regarda d'un air malicieux.

– Ben voyons donc! Penses-tu vraiment que je traîne une égoïne dans ma sacoche?

– Ça me surprendrait même pas!

Jacinthe s'étrangla de rire, puis le questionna sur McNeil. Il lui résuma la partie de l'entretien qu'elle avait manquée.

– Il ment sur certains aspects, mais je sais pas lesquels, poursuivit-il. De toute façon, on va demander un mandat pour obtenir son relevé d'appels et faire mettre son cellulaire sur écoute.

– Ah oui? s'étonna Jacinthe. En tout cas, pour un gars qui sait pas sur quels aspects McNeil ment, t'as l'air pas mal sûr de ton affaire, tout d'un coup. J'ai dû en manquer un boutte…

La lumière tourna au vert. Elle lança la voiture sur l'asphalte givré.

– Dans son bureau, il a un cadre contenant une photo de sa fille.

– Ouin, pis?

Le regard du sergent-détective chercha celui de sa coéquipière.

– Elle jouait devant un frigo… Avec des chiffres aimantés en plastique multicolores…

La Crown Victoria fit une embardée, mais la grosse Taillon réussit à reprendre le contrôle.

CHAPITRE 45

Black jack

Il était 11 h 25. Les autobus et les navettes emmenant les joueurs commençaient déjà à affluer au Casino de Montréal. En levant les yeux vers l'édifice, Victor ne put s'empêcher de penser qu'il ressemblait à un engin spatial. Deux matantes en survêtement de sport passèrent à côté d'eux en se hâtant.

À voir leur fébrilité, Victor en conclut qu'elles s'en allaient jouer aux machines à sous.

Il tira une bouffée de sa cigarette.

Depuis quelques semaines, il suivait un traitement pour arrêter de fumer, mais le rythme de travail des derniers jours l'empêchait de s'y rendre. De toute manière, avec le niveau de stress qu'il devait affronter, le *timing* laissait à désirer. Il se promit de s'y remettre dès la fin de l'enquête. Ce serait sa résolution pour la nouvelle année, lui qui n'en prenait jamais. Nadja ne lui avait rien demandé, mais il savait que ça lui ferait plaisir.

Tirant une dernière taffe, il écrasa ensuite son mégot dans le cendrier mural prévu à cet effet. Taillon mit fin à sa conversation téléphonique au même moment.

– C'est en route pour le mandat d'écoute électronique. Paul a déjà parlé à son chum le juge, ça devrait pas niaiser. Gilles va aussi sortir un bilan financier. Il en revenait pas quand je lui ai parlé de la photo dans le bureau de McNeil.

Le sergent-détective haussa les épaules, tandis qu'ils se dirigeaient vers l'entrée.

– Comme tu dis souvent, faut surtout pas sauter trop vite aux conclusions. Les McNeil sont sûrement pas les seuls à avoir des chiffres aimantés sur leur frigo…

– T'as raison. Mais c'est quand même une drôle de coïncidence.

Victor ouvrit la porte et laissa passer Jacinthe.

– Pis as-tu parlé à l'adjointe du colonel Sanders? demanda-t-elle. Est-ce que ça venait d'elle, la photo de Judith Harper avec Cameron et McNeil?

– Oui, madame.

Tandis que sa collègue mettait les choses au point avec le Gnome, le sergent-détective avait effectivement discuté avec l'adjointe du doyen de la faculté de psychiatrie de McGill. La femme n'avait d'abord pas voulu lui parler. Puis elle avait fini par lui avouer que c'était elle qui, ayant surpris leur conversation dans le bureau de Richard Blaikie, lui avait envoyé la photo du trio. À contrecœur, elle avait fini par lui parler des bruits qui couraient au sujet de la participation de Judith Harper aux expériences de Cameron. En revanche, elle ne lui avait rien appris de neuf sur une éventuelle participation de McNeil aux mêmes travaux.

– Pourquoi le doyen nous a caché ça? l'avait-il questionnée.

– Ils se protègent entre eux. Et, surtout, ils protègent la sacro-sainte image de l'université.

– Et vous? Pourquoi m'avez-vous envoyé la photo?

L'adjointe n'avait répondu qu'au terme d'un long silence:

– Ça fait des années que Richard me promet de quitter sa femme. Mais il ne le fera jamais.

Les deux policiers attendaient depuis huit minutes dans une antichambre au tapis feutré lorsqu'une porte s'ouvrit, faisant place à une armoire à glace. Complet-cravate de bonne coupe, crâne rasé, une barbe de quelques jours, le visage dur de Guillaume Dionne se fendit d'un large sourire quand il vit le sergent-détective.

– Victor Lessard! Mais qu'est-ce que tu fais ici, mon homme?

Ils échangèrent une solide poignée de main, et Victor présenta Jacinthe. Dionne les fit entrer dans son bureau, qui offrait une vue imprenable sur le fleuve, l'île Notre-Dame et le port de Montréal.

– Ouin, mon Guillaume, ricana Victor en s'assoyant dans un fauteuil luxueux, t'es loin de faire pitié! Tu dois pas regretter d'avoir quitté le SPVM…

Les deux hommes s'étaient connus alors qu'ils travaillaient ensemble comme patrouilleurs. Par la suite, ils s'étaient croisés au gré de leurs affectations respectives. Mais ils n'avaient vraiment repris contact que quelques années auparavant, par l'entremise de Pearson, quand ce dernier s'était marié à Corinne, la sœur de Dionne.

Depuis, ils avaient pris l'habitude de luncher ensemble, tous les trois, de temps en temps.

– Pas une minute! C'est sûr que, pour certaines personnes, être chef de la sécurité au casino, c'est moins *hot* que la police, mais y a quand même de l'action. Et j'ai pas besoin de te dire que j'ai de bien meilleures conditions ici. En passant, on recrute ces temps-ci, si jamais ça t'intéresse. On aurait sûrement besoin de gens comme toi. Mais je suppose que c'est pas pour parler de ma nouvelle job que t'es passé me voir? Eille, j'y pense! Avant qu'on commence, est-ce que je peux vous offrir quelque chose à boire? *Name it*, si ça existe, on l'a!

Dionne s'esclaffa, révélant des dents jaunies par la nicotine.

– Certainem…, commença Jacinthe.

Victor lui coupa la parole.

– Non, je te remercie, Guillaume. On est pressés.

Dionne se renversa sur sa chaise en joignant les mains derrière la nuque, tandis que Jacinthe se renfrognait.

– Je te cache pas que ton appel m'a intrigué. *What's up?*

– As-tu encore tes boutons de manchette?

Un voile d'incompréhension passa sur le visage de Dionne, puis il éclata de rire.

– Lessard, tu me surprendras toujours! Quels boutons de manchette? T'es quand même pas venu ici pour me poser des questions à propos de ça?

Comme Victor demeurait de marbre, Dionne chercha à déceler dans le regard de Jacinthe une indication, un signe qui lui permettrait de conclure qu'ils le faisaient marcher.

Mais cette dernière resta impassible.

– C'est important, Guillaume. Je te parle de ceux que tu portais la dernière fois qu'on a dîné ensemble avec Pearson chez le Viet. Ceux en or, avec un trèfle dessus.

– Oui, oui, je m'en souviens. Vous arrêtiez pas de m'écœurer. Pearson m'a même demandé s'ils en faisaient des comme ça pour hommes. Mais je comprends pas le rapport…

– Si je me souviens bien, t'avais dit qu'il y en avait un nombre limité en circulation…

– Oui, le service aux joueurs VIP du casino en a effectivement offert une quarantaine de paires à ses plus gros joueurs. Mais, ça, c'est de la petite bière. Ils viennent de faire venir un groupe de Chinois de Macao. Le service VIP leur a payé le vol, l'hôtel, les repas et s'est engagé à rembourser dix pour cent de leurs pertes.

– Je m'en sacre, des Chinois, Guillaume. C'est juste les joueurs qui ont reçu les boutons de manchette qui m'intéressent. Vous devez bien avoir une liste?

Guillaume Dionne avait perdu son flegme.

– Je savais que t'allais m'attirer des ennuis, Lessard.

CHAPITRE 46

Téléphone public

Mark McNeil descendit au premier sous-sol, où il y avait un téléphone public à l'écart. Il s'agissait d'un des endroits les plus calmes et isolés de l'hôpital, là où il ne serait pas importuné par le va-et-vient incessant des patients et des infirmières.

Soudain, des pas résonnèrent sur le paquet ciré. Le cœur cognant dans la poitrine, McNeil releva la tête. Un homme d'entretien passa près de lui sans le regarder, poussant un conteneur à déchets, murmurant pour lui-même.

Le psychiatre attendit qu'il disparaisse au bout du corridor, puis il sortit un bout de papier de sa poche. Glissant des pièces dans la fente, il composa le numéro qu'il y avait noté.

Tandis que la sonnerie retentissait, il ne put s'empêcher de repenser aux événements des dernières heures. Sa rencontre avec les policiers l'avait ébranlé au point de lui mettre les nerfs en boule.

Taillon était abjecte, certes, mais elle n'était qu'une brute sans envergure. McNeil redoutait davantage Lessard, son collègue. Le policier l'avait-il cru, se doutait-il de quelque chose? Dur à dire. Il savait masquer ses émotions, ce qui le rendait difficile à lire.

Et lui-même… Comment en était-il venu à perdre le contrôle ainsi? S'était-il trahi? Quoi qu'il en soit, il était retourné à sa réunion et avait réussi à sauver les apparences. À présent, il devait prendre les dispositions qui s'imposaient.

On décrocha à la quatrième sonnerie. Cette voix gutturale à l'autre bout du fil…

Toujours la même…

– Ici McNeil. Euh… (…) Non, pas encore. J'ai besoin d'un peu plus de temps. (Il leva les yeux au ciel, exaspéré.) Je comprends, oui. Je comprends très bien qu'il s'agit du dernier délai. (…) Oui. Je prendrai l'argent au même endroit que d'hab… (…) Parfait. Ce sera la dernière fois, promis.

En raccrochant, il massa sa main droite, secouée par un léger tremblement.

McNeil expira en gonflant les joues, ce qui anima sa moustache. Comment s'était-il laissé entraîner dans une histoire pareille? Secouant la tête, il se dirigea vers l'ascenseur. Il y avait une autre chose qu'il devait tirer au clair au plus vite.

Peut-être qu'une nouvelle occasion se présentait.

CHAPITRE 47

Célébration

Par la baie vitrée qui surplombait l'entrée, Victor la regarda enlever son manteau. Nadja sourit à la femme du Gnome, qui tenait dans ses bras le benjamin de la lignée des Sept Nains. Ses lèvres luisantes dévoilèrent ses dents, d'une blancheur étincelante. Nadja se pencha sur numéro 7, passa ses doigts sur sa joue rose, l'enveloppa d'un regard tendre.

Victor remarqua le reflet de la lumière sur ses cheveux de jais, l'éclat de sa peau hâlée.

Elle s'avança dans le corridor.

Le sergent-détective épiait chacun de ses gestes et mesurait sa chance.

Sa robe noire laissait deviner la naissance de sa poitrine, s'ouvrait sur ses jambes infinies. Ses talons hauts la faisaient rouler des hanches. Nadja ne l'avait pas vu. Sur son bras, elle traînait une housse qui contenait des vêtements propres. Victor n'avait pas eu le temps de passer à l'appartement se changer. Dans le sac qu'elle tenait à la main, il y avait sans doute le cadeau du Gnome, qu'elle avait promis de lui apporter. Et qu'elle aurait enveloppé, car, comme à son habitude, elle pensait toujours pour lui, elle le complétait.

Son cœur se serra, une larme roula sur sa joue.

Avait-il jamais aimé quelqu'un ainsi? Saurait-il faire ce qu'il fallait, cette fois? Un souffle glacial l'enveloppa soudain: il se sentit nu et démuni. Mais que fallait-il faire au juste?

Victor ne l'avait jamais vraiment su. Il n'y arriverait pas.

Nadja releva la tête, leurs yeux se croisèrent. Un sourire illumina le visage de son amour.

Oui, il y arriverait.

La salle de conférences était méconnaissable.

Une chaîne stéréo laissait filtrer les classiques du temps des fêtes de Fernand Gignac. Le grand tableau avait été recouvert d'un drap noir. Le sapin déniché par Jacinthe scintillait dans un coin, les cadeaux déposés à son pied. Il avait été décoré par Loïc et le Gnome, qui avaient aussi tendu des guirlandes entre les murs de la pièce.

Bon joueur, Lemaire avait enfilé le costume de lutin qu'avait acheté Victor à la blague et s'occupait de la distribution des cadeaux. Le sergent-détective avait un autre présent en réserve pour lui: une biographie de Winston Churchill. Le Gnome était littéralement fasciné par ce personnage et lui empruntait régulièrement des citations pour en farcir leurs discussions. Victor la lui offrirait plus tard.

Les enfants de Lemaire grouillaient dans tous les coins. Numéros 1 et 2 avaient les narines à vif à force de puiser dans le paquet de kleenex qu'ils se passaient. Pour leur part, dès qu'ils eurent reçu leurs cadeaux, numéros 3, 4 et 5, deux filles et un garçon, se mirent à courir dans le corridor autour de Loïc, qui feignait d'être un zombi.

Numéro 7 était maintenant passé dans les bras de Nadja, qui lui caressait les cheveux en parlant à Lucie, la conjointe de Jacinthe. Pour sa part, la grosse Taillon s'était offerte pour s'occuper du service. Dans les faits, il n'y avait presque rien à faire, outre retirer la pellicule plastique des plats que le traiteur avait déposés sur la table, une heure plus tôt. Mais ça lui permettait de piger dans le lunch en pensant que personne ne s'en apercevait.

Accroupi dans un coin, Paul Delaney était en train d'aider numéro 6 à construire un Bionicle en blocs Lego.

Un peu en retrait, Victor prenait des photos et captait des clips avec l'appareil numérique que Nadja avait acheté quelques semaines auparavant. Le résultat promettait d'être étonnant. En effet, n'ayant pas respecté la posologie des relaxants musculaires, il flottait dans un état second pas désagréable du tout. En prime, la douleur dans le bas de son dos avait disparu.

— Victor Lessard! s'écria Lemaire. Viens déballer ton cadeau! Viens t'asseoir sur les genoux du meilleur, du plus beau, du plus intelligent lutin du père Noël…

Le sergent-détective tendit l'appareil à Loïc et ne se fit pas prier pour faire ce que le Gnome lui demandait. Tous les adultes avaient relevé la tête d'un même mouvement pour assister à la scène.

— Donnes-y un *french*, Vic! lança Jacinthe en engouffrant un sandwich aux œufs sans croûte.

L'heure était à la rigolade, aux visages rayonnants, aux sourires radieux.

On sirotait le punch concocté par la femme de Lemaire. En raison des antécédents de Victor et de Delaney, le breuvage ne contenait pas d'alcool.

Le sergent-détective déballa le cadeau que lui avait remis le Gnome. Il s'agissait d'un roman de Paul Auster, *Mr Vertigo*. Victor cabotina encore un moment sur les genoux de Lemaire, puis tandis que ce dernier appelait Delaney à la barre, il s'avança vers Jacinthe en parcourant la quatrième de couverture. Victor n'avait jamais lu Auster, mais Véronique, l'une de ses ex, ne jurait que par lui.

— C'est de toi, non? demanda-t-il en brandissant le bouquin devant lui.

Juchée sur des souliers à talons, boudinée dans une robe fleurie et maquillée pour l'occasion, Taillon acquiesça d'un signe de tête.

— Merci! s'exclama Victor avec enthousiasme. Tu l'as lu?

— Oui, dit Jacinthe, avec une pointe de timidité dans la voix. En fait, je l'ai lu à Lucie quand elle était en convalescence. C'est l'histoire de Walt le Prodige et de maître Yehudi, un vieux bonhomme qui lui apprend à voler. Mais pas vraiment à voler, là, Lucie dit que c'est une image, une… une…

– Une métaphore…

– C'est ça! Ça a l'air fucké, vite de même, mais tu vas voir, c'est vraiment bon. On s'habitue…

Des éclats de rire fusèrent sur leur droite : numéros 3, 4 et 5 encerclaient maintenant Loïc et sautillaient devant lui en levant les bras, tandis qu'il les appelait par leurs noms en faisait mine de ne pas les voir.

Un large sourire aux lèvres, Taillon mit les mains en porte-voix et lança d'un ton badin :

– Eille, Loïc ? Qu'est-ce que t'attends pour nous en faire une couple ? T'as l'air prêt pour en avoir, mon homme !

La joie quitta aussitôt le visage du jeune policier, une ombre traversa son regard. Pendant un instant, il sembla être au bord des larmes, puis il sortit de la pièce.

Seuls Victor et Jacinthe avaient été témoins de la scène.

– J'ai-tu dit quelque chose qu'y fallait pas ? murmura-t-elle, une main sur la bouche.

– T'es pas au courant ? demanda le sergent-détective.

– Au courant de quoi ?

– Loïc a pas d'expérience aux homicides, mais, à sa sortie de l'école de police, il a travaillé trois ans comme agent double à la section moralité, alcool et stupéfiants. Il a infiltré un gang de rue de Montréal-Nord. Pendant qu'il était sur le terrain, il a eu une histoire d'amour avec la sœur d'un des gars du gang. Elle est tombée enceinte. Depuis la fin de l'opération, ils sont tous en prison pour trafic de drogue à cause de lui et son ex l'empêche de voir sa fille. La petite doit avoir deux ou trois ans, maintenant. C'est un sujet délicat…

Taillon lui jeta un regard horrifié. Victor lui mit une main sur l'épaule.

– C'est pas ta faute. Tu pouvais pas savoir. Paul l'a dit à personne pour pas que le Kid se fasse achaler. Je l'ai appris juste quand j'ai voulu le faire congédier, à cause de l'histoire du tapis.

– *Fuck!* Si j'avais su ! Mais il a tellement pas l'air de ça ! Toujours de bonne humeur, toujours enthousiaste. Trop, même, des fois !

– Tu devrais être bien placée pour savoir qu'il faut jamais se fier aux apparences. (Silence.) Un sourire cache parfois du désarroi. Je vais aller lui parler.

Victor s'apprêtait à quitter la pièce, mais il fit demi-tour, s'approcha et fit la bise à sa collègue.

– Merci pour le livre, Jacinthe. Je l'apprécie. (Il la regarda dans les yeux.) Vraiment…

Le sergent-détective franchissait le seuil lorsqu'elle le rappela.

– Eille, Lessard… je voulais te dire… (Elle joignit les mains, se tordit les doigts.) Je sais que je suis pas toujours évidente, mais… je suis contente qu'on refasse équipe ensemble.

Victor trouva les mots pour réconforter Loïc et le ramener à la célébration sans que les autres se rendent compte qu'il avait les yeux rougis. Quand l'échange de cadeaux fut achevé, on passa à table, les bols de salade changèrent de mains, les assiettes de carton ployèrent sous le poids de la nourriture.

On discutait fort du Canadien dans le coin où étaient assis Victor, Delaney et Loïc.

Enchanté par son cadeau, le Gnome ne quittait pas la biographie de Churchill des yeux. Les femmes parlaient entre elles. Jacinthe tenait la main de Lucie dans la sienne.

À un moment, Victor leva les yeux et sourit. Il se sentait en famille.

C'était une belle soirée.

Alors que tous s'apprêtaient à attaquer la bûche de Noël qu'avait cuisinée Lucie, le Gnome attira discrètement l'attention de Victor. Ils se retirèrent à l'écart du groupe. Toujours affublé de son costume de lutin, Lemaire s'assit sur le coin d'un bureau et annonça, fier de son effet:

– J'ai fait des petites recherches cet après-midi. J'ai deux bonnes nouvelles.

Le petit homme était méthodique.

Victor aurait préféré qu'il lui annonce ses conclusions d'entrée de jeu, mais il savait que son collègue avait besoin, avant de les lui communiquer, de lui relater le cheminement lui ayant permis d'y aboutir. Ça faisait partie de sa personnalité, et le sergent-détective avait appris à respecter ce mode de pensée.

Ainsi, le Gnome commença par lui expliquer que le lien qui semblait unir Judith Harper et Lortie par l'intermédiaire de MK-ULTRA l'avait amené à se questionner à propos de Lawson. Était-il possible de relier d'une quelconque façon l'avocat au projet piloté par Cameron pour le compte de la CIA?

Lemaire avait envisagé quelques hypothèses, dont une lui avait semblé plus prometteuse que les autres. En effet, en fouillant dans des documents publics, il s'était aperçu que des poursuites avaient été déposées par d'anciens patients de MK-ULTRA et leurs familles au début des années soixante-dix. Poursuites que les gouvernements canadien et américain s'étaient empressés de régler hors cour, pour éviter la tenue d'un procès qui aurait risqué de contribuer à la divulgation d'informations jugées de nature à «compromettre la sécurité nationale».

Puisqu'on avait conduit les expériences dans ses locaux, expliqua le Gnome, l'Université McGill avait été mise en cause dans les documents déposés à la cour.

— Et devine quel cabinet était chargé de représenter McGill?

Victor sentit une décharge d'adrénaline le traverser.

— Celui de Lawson?

— En plein dans le mille! Baker, Cooper, Sirois — l'ancêtre de Baker, Lawson, Watkins — avait été mandaté par l'Université McGill pour assurer sa défense dans le cadre des réclamations liées à MK-ULTRA. Attends, il y a mieux que ça: Lawson était lui-même l'associé responsable de la facturation.

Le sergent-détective mit quelques secondes à réagir.

De nouvelles connexions s'établissaient dans son cerveau, ouvrant tout un champ de possibilités. L'acronyme de MK-ULTRA dissimulé dans la phrase inscrite par Lortie sur les cartons, la photo montrant Judith Harper en compagnie du docteur Cameron et maintenant l'implication du cabinet de Lawson. Pour la première fois depuis le début de l'enquête, ils venaient, peut-être, d'établir une connexion entre les deux meurtres et le suicide.

La sonnerie de son cellulaire l'avertit qu'un texto venait d'entrer. Victor consulta la messagerie. Guillaume Dionne, le chef de la sécurité du casino, confirmait qu'il lui envoyait un fax. Le policier rempocha l'appareil et releva la tête.

– C'est pas banal ça! Bien joué!

Le Gnome accueillit le compliment en bombant le torse. Victor resta encore un moment sous le choc, à absorber l'information.

– Tu disais que tu avais deux bonnes nouvelles, Gilles.

– En fait, je gardais le meilleur pour la fin… J'ai reçu le relevé d'appels du cellulaire de Mark McNeil tantôt… Sais-tu qui lui a téléphoné le jour de sa mort?

Victor se tritura les méninges un moment, puis un nom jaillit brusquement dans sa mémoire. Il hocha la tête, incrédule.

– Non! Pas Judith Harper?

– Elle-même, répliqua le Gnome avec entrain. Et sais-tu c'est quoi le plus beau de l'affaire? McNeil est un drôle de moineau pour un psychiatre. Il a déjà été accusé de voies de fait.

CHAPITRE 48

Hochelaga

À travers la vitre de l'Audi, Mark McNeil observait la façade sordide de la taverne, guettait les allées et venues de la clientèle. Le bouge était situé dans une partie mal famée d'Hochelaga, une poche de résistance qui n'avait pas encore été récupérée par les *hipsters*.

Il était 20 h 17. Mal éclairé, le trottoir était désert.

Près de l'entrée, des papiers et des détritus baignaient dans la neige sale.

Deux hommes en survêtement sortirent en titubant. L'un d'eux ouvrit sa braguette et se soulagea contre le mur de brique. Puis les deux pochards disparurent dans la ruelle.

Nerveux, McNeil prit une grande inspiration et sortit de la voiture.

Il traversa la rue d'un pas vif et se dirigea vers la porte.

À l'intérieur, il scruta la faune du bar, composée d'habitués à l'air sinistre. Vêtu d'un manteau de cachemire, McNeil détonnait. Il marcha jusqu'au comptoir et commanda un cognac d'une voix mal assurée. Le barman, un malabar avec de la crasse sous les ongles, posa un verre devant lui et y versa à boire. Le psychiatre vida son verre d'un trait. Brûlant sa gorge, l'alcool lui fit monter les larmes aux yeux.

– Je m'appelle McNeil, dit-il en grimaçant. Vous devriez avoir quelque chose pour moi.

Il força un sourire. Le barman lui lança un regard dénué de toute expression. Le psychiatre se mit à douter. Avaient-ils changé d'idée? Le gaillard plongea soudain la main sous le comptoir. Se sentant menacé, McNeil eut l'instinct de reculer d'un pas et de rentrer la tête dans les épaules. L'autre éclata de rire, dévoilant une bouche édentée, et produisit une enveloppe brune, entourée d'un gros élastique, qu'il posa devant McNeil.

— Un autre, demanda le psychiatre en se détendant un peu.

Après ce second cul sec, il balança un billet de vingt dollars sur le comptoir, prit l'enveloppe et sortit en vitesse. De retour dans sa voiture, il démarra vivement et roula quelques coins de rue. Puis il ralentit l'allure et se gara sur le bas-côté. Fébrile, McNeil fit sauter l'élastique. À l'intérieur de l'enveloppe, la liasse de dollars lui extirpa un soupir de soulagement.

Cette première étape franchie, le plus dur était fait. Ne lui restait qu'à expédier la deuxième affaire.

Un sourire vicieux apparut sur ses lèvres.

Celle-là, inattendue, lui permettait d'envisager la suite des choses avec optimisme.

CHAPITRE 49

Mandat d'arrestation

Jacinthe et Loïc rejoignirent Victor et Lemaire. Les policiers poursuivirent leur discussion, soulevant quelques hypothèses en lien avec les faits nouveaux découverts par le Gnome. Le sergent-détective sut dès lors qu'il parviendrait difficilement à se replonger dans l'ambiance de la fête. Son cerveau, rempli de questions, ne cessait d'échafauder des théories.

Comme il soupçonnait qu'il en allait de même pour ses collègues, il leur proposa de tenir un conciliabule dans le bureau de Delaney. Les conjointes ne sourcillèrent pas. D'abord, elles étaient engagées dans une discussion animée sur la disparition des traditions et des valeurs dans la société québécoise; ensuite, elles avaient l'habitude des imprévus.

Laissant les autres prendre un peu d'avance, Victor bifurqua vers le télécopieur, où il récupéra le document expédié par Guillaume Dionne. Une fois dans le bureau du chef de la section des crimes majeurs, il referma la porte derrière lui.

Ses collègues s'attendaient à ce qu'il prenne la parole et c'est ce qu'il fit.

— On va t'expliquer ce qu'on sait, Paul. Après, tu décideras si c'est suffisant pour qu'on obtienne un mandat d'arrestation. Fait numéro un : McNeil connaissait Judith Harper. Et pas juste parce qu'elle lui a enseigné à l'université…

Victor montra à son supérieur la photo prise devant l'Allan Memorial Institute, qui liait le psychiatre à Harper et à Cameron, et, par ricochet, au projet MK-ULTRA. Puis il lui donna des détails concernant les expériences menées dans le cadre de ce programme.

– Fait numéro deux : le jour de sa mort, Judith Harper a téléphoné à McNeil.

Le Gnome tendit à Delaney une copie du relevé d'appels du psychiatre. Victor poursuivit :

– Fait numéro trois : il y a dans le bureau de McNeil une photo où on voit sa fille jouer avec des chiffres magnétiques, devant un frigo. Des chiffres en plastique multicolores… Exactement comme ceux retrouvés chez Harper.

Pour s'occuper les mains, Delaney sortit un bloc-notes et se mit à gribouiller.

– Fait numéro quatre : on sait pas encore si Lawson et McNeil se connaissaient, mais Gilles a appris que le cabinet de Lawson avait été mandaté pour défendre l'Université McGill dans des poursuites au civil déposées par d'anciens patients du programme MK-ULTRA.

Delaney se tourna vers le Gnome, qui confirma d'un hochement de tête.

– Fait numéro cinq : McNeil a ses habitudes au Casino de Montréal, où il figure sur la liste des joueurs VIP.

Le sergent-détective sortit le document que Guillaume Dionne venait de lui faxer.

– Fait numéro six : au cours des trois derniers mois, si on se fie aux rapports du service VIP du casino et au profil financier établi par Gilles, on constate que McNeil a perdu un joli paquet d'argent. Quelque chose comme…

– Six cent mille beaux dollars, précisa Lemaire. Et son crédit est bloqué partout.

– Comment vous avez su qu'il jouait au casino, déjà ? formula Delaney en jetant un coup d'œil au document.

– À cause de ses boutons de manchette, précisa Victor.

Se rappelant qu'on lui avait fait part de cet élément plus tôt dans la journée, le visage de Delaney s'éclaira.

– C'est quand même pas banal pour un psychiatre de se laisser aller à ce genre de compulsion, laissa-t-il tomber en hochant la tête, l'air désabusé.

– Il serait pas le premier à qui ça arrive, mais ça, c'est une autre question, chef, trancha Victor. Fait numéro sept : McNeil a déjà été accusé de voies de faits. (Le sergent-détective se tourna vers le Gnome.) Gilles?

— Ça remonte à 2003, une chicane entre voisins. Une affaire de déneigement, semble-t-il. McNeil a prétendu qu'il avait agi en légitime défense, que l'autre avait tenté de le frapper avec son véhicule, mais il lui a donné trois coups de pelle en pleine face. La victime a eu quatre dents cassées et des ecchymoses importantes. McNeil s'en est tiré avec des travaux communautaires.

— Fait numéro huit... Bon, tu vas me dire que c'est purement circonstanciel, reprit Victor, mais sa secrétaire et le garçon de courrier confirment tous les deux que, le jour de sa disparition, Lawson avait reçu un message qui l'a inquiété.

— Je me rappelle, oui. Des menaces...

— C'est notre hypothèse.

Se pilonnant l'oreille avec l'auriculaire, Delaney pencha la tête vers la droite.

— Vous croyez que McNeil faisait chanter Harper et Lawson? C'est ça? (Il se tourna vers le Kid.) Loïc, tu mâches comme une vache.

Blouin-Dubois se figea et rougit. Victor reprit la parole:

— McNeil a des dettes de jeu, Paul, il a besoin d'argent. Il déterre une vieille histoire, un secret enfoui dans le passé: le projet MK-ULTRA. McNeil menace Nathan Lawson avec une lettre et un enregistrement de la voix d'Oswald; Judith Harper avec les chiffres aimantés sur le frigo. Payez, ou je révèle la vérité!

— Mais c'est quoi, le rapport entre l'enregistrement, les chiffres aimantés et MK-ULTRA?

— Te souviens-tu l'autre jour, quand on parlait de charge symbolique à propos de l'enregistrement?

— Oui, oui, on faisait référence à quelqu'un qui a vécu une injustice...

— C'est un peu ce qui est arrivé aux patients de MK-ULTRA, non? Pour Harper, le symbole, c'était les chiffres. Peut-être qu'ils évoquaient une date significative reliée au projet.

– Et Lawson? Qu'est-ce qu'il a à se reprocher? C'était quand même pas un crime de représenter McGill, non? le questionna Delaney.

– C'est juste une hypothèse, mais il a peut-être contribué à dissimuler ou à faire disparaître des éléments de preuve. Ce serait pas le premier avocat à faire du «ménage» dans certains papiers et à jeter des pièces importantes par «inadvertance».

– Ça se tient. Mais pourquoi McNeil se contente pas d'empocher l'argent? Pourquoi il tue Harper et Lawson?

– Ça, c'est la grande question, chef. Pour le moment, on a juste des hypothèses, aucune certitude. Mais on sait que ce genre d'affaire tourne souvent mal. Une fois que le mouvement est enclenché, il est trop tard pour reculer. On sait que McNeil a des antécédents, qu'il peut être violent en certaines circonstances. Peut-être que Judith Harper et Lawson se sont parlé, qu'ils ont refusé de payer ou menacé de le dénoncer à la police, qui sait?

Delaney reprit son stylo et recommença à tracer des barbots. Un silence éloquent s'installa.

– Et le suicidé? reprit le chef au bout d'un moment. Qu'est-ce qui le relie à tout ça?

– Lortie? intervint Taillon, qui était restée à l'écart jusque-là. C'est le bouc émissaire parfait, une ancienne victime du programme MK-ULTRA, fragile et instable psychologiquement. McNeil planque les portefeuilles dans ses affaires pour le faire incriminer. Mais Lortie les trouve et, pour des raisons encore obscures, il se jette en bas d'un édifice avant qu'on remonte la piste jusqu'à lui.

– Tout transite par MK-ULTRA, chef, assura le Gnome. C'est le point central, celui à partir duquel on peut relier tous les autres entre eux.

Le chef de la section des crimes majeurs ne tergiversa pas longtemps.

– OK. Préparez un mandat, je vais le signer. Le lien avec Lawson me paraît faible, mais bon… (Silence.) Voulez-vous bouger ce soir? Moi, ça me dérange pas, mais ça va mettre fin à notre petite réception.

Victor consulta du regard ses collègues, qui acquiescèrent d'un signe de tête.

— C'était déjà fini, chef. Jacinthe a mangé son dessert.

La boutade les fit sourire, puis Paul Delaney reprit la parole :

— Je vais voir ce que je peux faire, dit-il en regardant sa montre, l'air soudain agacé. Mais je peux rien vous promettre. Ça arrive qu'à cette heure-ci, même les juges soient couchés.

Victor haussa les épaules.

— Fais ce que tu peux, chef. Au point où on est rendus, ce soir ou demain matin, ça fera pas une grande différence.

Delaney arracha la première page de son bloc-notes et la roula en boule.

— Quand on aura le mandat, emmenez McNeil ici pour un interrogatoire et perquisitionnez son domicile. Mais attention, on tient ça mort pour l'instant. Si jamais un journaliste vous pose des questions, vous connaissez la chanson...

— On la connaît, chef, confirma Victor. «Monsieur McNeil n'est pas considéré comme suspect, mais comme un témoin important.»

L'argent et les votes ethniques

Monsieur Jacques a bien harangué ses troupes:

« On s'est bien battus.

« On était si proches du pays.

« N'oubliez jamais : les trois cinquièmes de ce que nous sommes ont voté OUI. C'était pas tout à fait assez, mais bientôt ça sera assez. Notre pays, on l'aura ! »

Mais j'ai tiqué en entendant monsieur Jacques parler de l'argent et des votes ethniques. J'aurais tant voulu remettre ces paroles dans sa bouche pour préserver son image et appuyer sur «rewind» pour revenir trente secondes en arrière.

Parce que monsieur Jacques s'est bien battu et qu'il faut respecter ceux qui ont le courage de se battre pour leurs convictions.

Ce deuxième NON me fait mal, dans mon être, dans ma chair.

Désormais, ma douleur est un pays intérieur.

WATERMELON MAN

CHAPITRE 50

Je l'appelais toujours «monsieur»

Les policiers avaient obtenu les mandats rapidement. À cette heure, parfois les juges dormaient, mais parfois ils faisaient la fête avec des amis dans un bar à tapas du Plateau. Malgré ses protestations, Loïc n'avait pas accompagné ses collègues; Paul Delaney voulait s'assurer que ses enquêteurs d'expérience auraient les coudées franches pour mener à bien cette opération délicate. Dehors, la neige s'était remise à tomber. Avec le vent, ça commençait à ressembler à une autre tempête.

Ils passèrent devant une patinoire extérieure. Sous les réflecteurs, quelques silhouettes vêtues de chandails des Canadiens, des Bruins et des Canucks s'affrontaient, bravant les intempéries. Assis à l'arrière, le nez collé à la vitre, le Gnome tourna la tête pour suivre le match jusqu'à ce que les joueurs ne soient plus que des points à l'horizon.

Il resta un moment perdu dans ses souvenirs.

– Il y avait un vieux dans mon quartier, à Rosemont. L'hiver, il arrosait la patinoire et la déneigeait pour qu'on puisse jouer au hockey. J'ai jamais su son nom. Je l'appelais toujours «monsieur». Il vivait seul. Dans ses préparatifs pour les fêtes, ma mère faisait des pâtés à la viande et quelques tartes au sucre de plus. Le soir du réveillon, elle me demandait d'aller les lui porter. Je m'en rappelle, j'haïssais ça autant que de demander la bénédiction paternelle au jour de l'An. Le vieux insistait toujours pour me faire un chocolat chaud et me montrer des photos de ses petits-enfants. Je savais jamais quoi lui dire. Un jour, je me suis présenté chez lui avec le sac que ma mère avait préparé. J'ai sonné plusieurs fois, mais il répondait pas. Alors, j'ai poussé et la porte s'est ouverte. J'ai trouvé le vieux assis dans son fauteuil, au salon. Il était mort tout seul. (Silence.) Je pense toujours à lui quand je passe près d'une patinoire.

Le regard de Lemaire rencontra celui de Jacinthe dans le rétroviseur, et se voila un instant.

– Excusez-moi. Je sais pas pourquoi je vous parle de ça.

Victor connaissait peu la ville de Mont-Royal, cette enfilade de grosses cabanes, de façades cossues et d'entrées en demi-lune. La maison du psychiatre était l'une des plus imposantes dans son croissant. Les policiers parlementèrent à travers la porte et Taillon dut montrer son badge avant que la conjointe de Mark McNeil ne leur ouvre.

Même s'il savait qu'elle avait trente ans de moins que son mari, Victor ne l'avait pas imaginée aussi jolie. Ses cheveux noirs retombaient en fils de soie sur son visage, accentuant l'éclat de ses yeux en amande. De complexion délicate, elle était drapée dans une sorte de kimono sombre qui s'arrêtait à mi-cuisse, révélant des jambes fines et des orteils laqués de rouge.

– Est-il arrivé quelque chose à Mark? avait-elle lancé d'entrée de jeu, avec inquiétude. Est-ce qu'il a eu un accident?

Comprenant que McNeil n'était pas à la maison, le Gnome avait pris les devants, l'avait rassurée. Elle n'avait aucune raison de s'en faire pour la sécurité de son mari, mais ils avaient un mandat pour l'interroger et un autre pour perquisitionner la maison.

– Il m'a dit qu'il avait quelques courses à faire après le bureau, qu'il rentrerait plus tard, avait-elle répondu, méfiante, lorsque Lemaire lui avait demandé où il se trouvait.

La surprise initiale passée, la jeune femme conserva tout de même un sang-froid admirable. Elle tenta sans succès de joindre McNeil sur son cellulaire, lui laissa un message, parcourut le mandat avec Lemaire, s'informa quant à la possibilité de consulter un avocat, ajoutant du même souffle qu'ils n'avaient rien à cacher, puis, la tête entre les mains, s'inquiéta de logistique : pouvait-elle, pendant la perquisition, rester dans la maison avec son enfant, qui dormait à l'étage?

Le Gnome, qui avait troqué son costume de lutin pour sa tenue de ville, fit un signe de tête à ses deux collègues. Il s'occuperait des formalités d'usage avec madame, qu'il entraînait d'ailleurs déjà vers le salon.

– Ne vous inquiétez pas. Mes collègues vont faire attention pour pas réveiller la petite, lui glissa-t-il à l'oreille en lui tendant le bras.

Victor et Jacinthe filèrent directement à la cuisine. Les jeux aimantés étaient encore fixés à la porte en inox du réfrigérateur. Ils firent le décompte. La série paraissait complète en ce qui concernait les lettres, mais, en tenant pour acquis qu'elle comptait aussi au départ un exemplaire de chaque chiffre compris entre zéro et neuf, il manquait à présent les chiffres 0, 1, 2, 3, 4, et 6.

Victor tourna les pages de son calepin à rebours, jusqu'à retrouver une annotation qu'il avait faite plusieurs jours auparavant, alors qu'il arpentait la cuisine de Judith Harper.

– «0 bleu, 1 rouge, 2 orange, 3 jaune, 4 mauve, 6 vert». Ça correspond au niveau des chiffres et de leurs couleurs respectives, se contenta-t-il de dire en montrant la page à Jacinthe.

Cette dernière hocha la tête en signe d'assentiment; ils ensachèrent les chiffres restants et fouillèrent ensuite avec minutie le bureau de McNeil.

L'exercice s'avéra à la fois fastidieux et vain. L'ordinateur était protégé par un mot de passe que la conjointe du psychiatre ne connaissait pas. Du moins, c'est ce qu'elle leur déclara et ils n'avaient aucune raison de mettre sa parole en doute. Par ailleurs, il y avait très peu de dossiers et ce qui se trouvait sur place semblait être de la paperasse sans intérêt.

Jacinthe descendit au sous-sol tandis que Victor passait la chambre à coucher au crible.

La pièce ne révéla rien d'intéressant non plus, sinon que les époux avaient chacun leur lavabo et chacun leur *walk-in*. Victor n'avait d'ailleurs pas pu s'empêcher de remarquer que la superficie de la chambre et de la salle de bains attenante surpassait celle de son appartement au grand complet.

Sur le seuil de la chambre de l'enfant, en percevant le rythme régulier de sa respiration, Victor marqua une hésitation. Il ne pouvait courir le risque que McNeil s'y soit caché. Le sergent-détective entra et fouilla la pièce sans faire de bruit. Tout était en ordre.

Avant de ressortir, esquissant un sourire attendri, il regarda quelques secondes une petite beauté aux cheveux bouclés dormir paisiblement.

En redescendant au rez-de-chaussée, il vit le Gnome auprès de la jeune épouse asiatique de McNeil, assise sur le sofa. Le policier lui tendait un verre d'eau tandis qu'ils conversaient à voix basse. Parfait gentleman, Gilles Lemaire avait des qualités humaines indéniables, que le sergent-détective lui enviait: il savait parler aux gens, être à l'écoute et montrer de l'empathie.

Non pas que lui-même en fût totalement incapable, mais il avait parfois de la difficulté à communiquer. Même si, avec l'âge, comme le bon vin, il avait tendance à se bonifier.

Ou à ramollir, comme le prétendait Jacinthe. C'était selon.

Victor s'avança sans faire de bruit, ses pas s'enfonçant dans l'épaisse moquette.

Son collègue et la jeune femme se retournèrent vers lui seulement lorsqu'il se fut approché à quelques mètres. Gilles Lemaire eut à peine le temps de lui confirmer, pour répondre à sa question, qu'ils étaient toujours sans nouvelles de McNeil quand un grognement sourd monta du sous-sol.

– Lessard! beuglait Jacinthe. Lessard! Viens voir ça!

Victor s'excusa et se dirigea vers la cage d'escalier. Dans les marches, il entendit un boucan terrible, des pièces métalliques qui s'entrechoquaient.

Que fabriquait-elle?

Ce n'est que lorsqu'il traversa la salle familiale et qu'il s'engagea dans le garage qu'il la vit, de dos, au fond de la pièce, penchée au-dessus d'un coffre à skis en plastique.

– Regarde ça! s'écria-t-elle, excitée, en se redressant.

Dans une main, elle tenait des skis de fond; de l'autre, elle brandissait les bâtons.

CHAPITRE 51

Parc Maisonneuve

Mark McNeil avançait dans le sentier désert, la tête penchée vers l'avant pour atténuer la morsure du vent. La blancheur du mât du Stade olympique tranchait dans la nuit. Une rangée d'arbres se dressait sur sa droite. Derrière lui, la poudrerie balayait ses traces.

Les masques étaient tombés un peu plus tôt dans la journée.

– Je sais que c'est toi, avait-il glissé dans le téléphone.

La réponse avait mis un temps à arriver, il y avait de la friture sur la ligne. Le psychiatre s'était attendu à des protestations, à ce que l'autre nie avec véhémence ou tente de s'expliquer, mais non, rien de tout cela ne s'était produit.

– Qu'est-ce que tu veux?

La voix était calme, mais glaciale.

Il avait précisé ce qu'il voulait et la voix lui avait donné ce rendez-vous nocturne, au parc Maisonneuve. Et puis, il ne s'était plus rien passé. L'autre avait raccroché.

Le psychiatre avait garé la voiture sur le boulevard Rosemont. En entrant dans le parc à partir de cette artère, il aurait un meilleur point de vue sur son ensemble. Persuadé qu'il contrôlait la situation, il n'avait pas peur. Cependant, il n'était pas question d'être imprudent: du bout des doigts, il caressa le manche du couteau enfoui dans sa poche.

Après une courbe, il vit apparaître la butte.

Personne dans les environs.

S'était-il trompé d'endroit? La neige tombait en trombes serrées. McNeil plissa les yeux, scruta les alentours. Il ferma les paupières pour déloger le givre qui s'agglutinait sur ses cils. Soudain, sur sa gauche, une casquette rabattue sur les yeux, une ombre sortit de la ligne des conifères.

L'ombre s'arrêta dix mètres devant lui.

— Pensais-tu pouvoir continuer à mentir et à berner tout le monde encore longtemps? crâna le psychiatre.

L'ombre esquissa-t-elle un sourire? Il ne pouvait en être certain. On y voyait à peine.

— J'aime notre marché, reprit-il. Tu achètes mon silence et, en contrepartie, je détourne le regard. Et la police continue de chercher dans la mauvaise direction. De toute façon, ça fait beaucoup trop longtemps, ils ne réussiront jamais à remonter la piste. As-tu l'argent?

L'ombre brandit un sac de plastique et le déposa dans la neige, à ses pieds.

— Tiens, tout est là.

Sans rien ajouter, l'ombre tourna les talons et s'éloigna dans la nuit.

McNeil savoura le moment, franchit sans hâte la distance le séparant de son butin et le ramassa. Il plongea les doigts dans le sac pour palper les billets et se figea : sa paume était pleine de cartons d'allumettes.

Renversant avec fureur le contenu du sac sur le sol, il poussa un cri de rage. Il allait se lancer sur les traces de l'ombre lorsqu'il entendit un bruit derrière lui, un glissement. Le couteau à la main, il se retourna brusquement.

Un skieur s'approchait à vive allure, puis s'arrêta sec.

McNeil se détendit. Il était sur le point de partir en sens inverse lorsqu'il se rendit compte que l'autre l'observait. Un frisson lui parcourut l'échine : le skieur bandait la corde d'un arc pointé en sa direction.

Le psychiatre savait que s'il voulait survivre, il devait gagner le couvert des arbres. Il se mit à courir aussi vite que possible. Un sifflement près de son oreille l'alerta ; il se jeta sur sa gauche et roula sur lui-même.

La flèche l'avait manqué de peu.

McNeil se releva aussitôt et reprit sa course. Un coup d'œil par-dessus son épaule lui apprit que son poursuivant s'était déjà remis en route et qu'il gagnait rapidement du terrain.

La ligne des arbres approchait.

Plus que cent mètres, estima-t-il. Il était possible d'y arriver.

Et une fois qu'il se serait enfoncé dans le bois, tout pouvait survenir : d'une part, les troncs et les branches pouvaient dévier la trajectoire des flèches ; d'autre part, la vitesse de déplacement ne serait plus un facteur, les skis deviendraient même un handicap. Et en combat rapproché, avec son couteau, il pourrait causer des dommages.

À cet instant, Mark McNeil se maudit d'avoir laissé son téléphone cellulaire dans la voiture, mais se félicita de s'être astreint à un entraînement aussi rigoureux durant les dernières années.

Quelques mètres encore…

Les arbres étaient à sa portée, il pouvait presque toucher les premières branches.

À bout de souffle, il s'abrita derrière le tronc d'une grosse épinette. Le couteau tremblait au bout de ses doigts. Son assaillant était-il entré dans le bois derrière lui ? Surtout, cesser de haleter, ne pas trahir sa position.

Peu à peu, ses facultés auditives s'aiguisèrent, il perçut le hurlement du vent, l'oscillation des arbres et puis, au loin, les clameurs de la circulation.

Aucun bruit de pas, de crissement dans la neige, de craquement de branche. McNeil risqua un regard vers l'endroit où aurait dû normalement se trouver le skieur.

Personne. Il était seul.

Avec d'infinies précautions, le psychiatre se retourna et se remit à marcher, plié en deux. Il s'arrêtait tous les dix mètres, tendait l'oreille puis reprenait sa route. Tout à coup, il stoppa net. Son œil avait vu quelque chose, devant, sur sa droite.

Le skieur apparut devant lui, la tête camouflée dans un *hoodie*, l'arc bandé, les doigts ramenés près de la bouche, prêt à tirer. Les dents du psychiatre se mirent à claquer dans sa bouche.

Mais d'où sortait-il?

McNeil aurait voulu courir, plonger pour se mettre à l'abri, mais il était figé par la peur, il ne pouvait détacher les yeux de l'arc.

Son cœur battait à tout rompre; sa bouche se tordit en un rictus amer.

– Pitié, pas comme ça, s'entendit-il murmurer.

Une image se fixa sur sa rétine: le pouce et l'index de son agresseur se relâchèrent, la flèche quitta l'arc en chuchotant.

Ses pensées se mirent à défiler à toute vitesse.

Il n'avait jamais tant voulu vivre qu'en ce moment. Tout ce temps qu'il croyait avoir devant lui s'envolait, il le voyait glisser entre ses doigts, puis se faufiler entre le tronc des arbres. Il pensa à sa femme et à leur fille.

Cette petite qu'il aimait et que, par sa faute, il ne verrait pas grandir. Il songea au démon du jeu qu'il avait laissé s'insinuer dans sa vie, dans leur vie.

Parce qu'il connaissait tout des mécanismes mentaux poussant les hommes à devenir des joueurs pathologiques, il s'était cru plus fort et, surtout, à l'abri de ce mal-être.

Les yeux de McNeil s'agrandirent: son cerveau savait qu'il était trop tard, qu'il ne pourrait pas éviter le projectile lancé vers lui à toute vitesse. Ses pensées s'accéléraient tandis que la flèche sifflait dans l'air. Plus que quelques nanosecondes avant l'impact. Son esprit acheva sa vrille sur des questions.

Que serait-il arrivé s'il s'était ouvert à Marsha dès le début? Il était convaincu que cette dernière l'aimait, mais qu'est-ce que ça voulait dire au juste?

L'aimait-elle d'amour véritable ou pour ce qu'il représentait?

McNeil n'y avait jamais réfléchi et ne connaîtrait jamais la vérité.

La flèche acheva sa trajectoire, fracassa le sternum et lui transperça le cœur. Sa bouche s'entrouvrit, ses doigts se crispèrent, puis il relâcha le manche du couteau. Un autre projectile le frappa à la gorge. Son corps inerte s'affaissa d'abord sur les genoux, puis tomba durement vers l'arrière.

Déjà, ses yeux grands ouverts ne voyaient plus la ligne des arbres.

CHAPITRE 52

Bande vidéo

Samedi 24 décembre

La sonnerie de son cellulaire tira Victor d'un sommeil de plomb. Étirant le bras, ses doigts se mirent à ramper sur la table de nuit, cherchant à tâtons l'appareil. Son coude renversa le flacon de somnifères, accrocha un verre qui vacilla un instant, en équilibre entre le monde de la matière et le vide, avant de basculer et de s'écraser sur le sol. Se redressant d'un coup dans un enchevêtrement de draps moites, Victor ouvrit les paupières ; la lumière du jour l'aveugla.

Se frottant les yeux, il jeta un coup d'œil à sa montre.

Pourquoi Nadja l'avait-elle laissé dormir si tard ? Leur entente ne comportait pourtant aucune zone grise, elle le réveillait avant de partir, point à la ligne. Silence intégral dans l'appartement. Où était-elle passée ?

L'écho de son nom ricocha contre les murs.

Victor se pinça l'arête du nez : douleur stroboscopique, élancements. Pas étonnant, ses deux narines étaient complètement bouchées. Il resta un long moment immobile. Puis il se propulsa hors du lit d'un coup de reins.

Ses deux pieds atterrirent dans une substance visqueuse.

Ses yeux fouillèrent l'espace au bout de ses orteils : les kleenex roulés en boule au pied du lit flottaient maintenant dans l'eau. Par chance, le verre ne s'était pas brisé. En se penchant pour le ramasser, Victor constata que sa douleur dans les lombaires et dans la fesse était réapparue. Se sentant enrhumé, il trouva des décongestionnants dans la pharmacie et les avala avec un cocktail comprenant son cachet contre le reflux, un antidépresseur et des anti-inflammatoires.

Pour essayer de chasser sa déprime, il fit entorse à ses habitudes et sortit le paquet de café régulier qu'il gardait dans le réfrigérateur, pour les urgences.

Récupérant son cellulaire, il ouvrit la fenêtre de la cuisine et alluma une cigarette. Quelqu'un lui avait laissé un message pendant qu'il était aux toilettes. Numéro inconnu. Victor reconnut la voix nasillarde de l'adjointe de Lawson.

– Oui, monsieur Lessard, ici Adèle Thibault. Écoutez, je ne sais pas si j'ai bien fait de vous téléphoner, mais je voulais vous dire que maître Rivard a laissé un message dans ma boîte vocale, tard mercredi soir, pour annuler tous ses rendez-vous du lendemain. Et hier, sans avertir personne, il ne s'est pas présenté au bureau. Maître Rivard avait pourtant plusieurs grosses réunions. Personne ici n'a été capable de le joindre. Enfin, j'ai pensé que vous aimeriez le savoir.

Victor secoua la tête, expulsa de la fumée par les narines et appuya sur la touche permettant de conserver le message.

Compte tenu des tensions que les policiers avaient vécues avec le cabinet Baker, Lawson, Watkins depuis le début de l'affaire, le sergent-détective savait que Paul Delaney voudrait s'occuper lui-même d'entrer en contact avec l'un des associés de la firme pour obtenir des précisions sur les absences de Louis-Charles Rivard.

Le chef répondit à la première sonnerie et l'écouta lui relater l'appel de Thibault sans l'interrompre. Un coup lancé, Victor entreprit de lui résumer en quelques phrases débitées d'un ton monocorde l'opération de la veille : ils étaient restés chez McNeil jusqu'à 5 h, avaient découvert une paire de skis qu'ils avaient envoyés à l'Identification judiciaire pour qu'on les compare avec les empreintes relevées dans Summit Woods et posté des patrouilleurs en face du domicile du suspect avec instruction de les prévenir si le principal intéressé se pointait le bout du nez.

— À ton avis, McNeil est en fuite? demanda Delaney.

Victor expulsa un nuage de fumée en enfilant une paire de jeans.

— Aucune idée, Paul. Chose certaine, c'est pas bon signe qu'il disparaisse en même temps que Rivard. De toute façon, on s'en reparle tantôt. Je m'habille en vitesse et j'arrive.

— Vous avez essayé de trianguler le téléphone de McNeil?

— Ç'a pas marché. Soit son cellulaire est fermé, soit il est dans une zone où le signal rentre pas.

— Génial! (Delaney toussa et mit un moment avant de poursuivre.) Écoute, y a rien qui presse. C'est samedi, Jacinthe et Gilles sont pas encore rentrés et t'as même pas trois heures de sommeil dans le corps. Je vais aller aux nouvelles pour Rivard. Je te tiens au courant.

Victor alla jeter son mégot dans la cuvette et revint à la cuisine pour se faire à déjeuner et se verser un café. Une note qu'il n'avait pas remarquée sur le comptoir le fit enfin sourire:

```
T'es rentré tard (ou tôt) et t'étais trop
beau pour que je te réveille! Bonne journée,
mon amour.
À ce soir:)
N xx
```

Victor avait ramené avec peine sa carcasse jusqu'à Versailles. L'ascenseur, qui valsait d'un étage à l'autre sans jamais descendre jusqu'au rez-de-chaussée, aiguisait sa patience. Rasé de frais, élégant dans son complet gris, le Gnome arriva en sautillant dans ses claques.

Quand le sergent-détective l'avait vu apparaître, une idée était passée furtivement par sa tête mais, incapable de se concentrer, il fut incapable de la retrouver. À croire que quelqu'un avait remplacé son cerveau par de la poutine durant la nuit.

Victor passa la main dans sa barbe de plusieurs jours et, baissant les yeux sur sa veste de cuir, ses jeans usés et ses Converse, il soupira d'un air las.

– Salut, Gilles.

– Salut, Vic, répondit Lemaire d'un ton enjoué. Ça fait pas une grosse nuit, hein?

Victor hocha la tête en fermant les yeux, l'air découragé.

– Non, mets-en…

Après un moment de silence, les connexions dans ses neurones se rétablirent.

– Eille, Gilles, pendant que j'y pense… J'ai-tu rêvé à ça ou, hier, Jacinthe m'a dit que t'avais obtenu le nom des dirigeants de Northern Industrial Textiles?

Un sourire se dessina sur le visage du Gnome.

– Non, non, t'as pas rêvé. Mais avec tout ce qui est arrivé, j'ai oublié de t'en parler.

– T'as passé les noms dans le CRPQ?

Le voyant «RC» s'alluma enfin, les portes métalliques s'ouvrirent. Les deux enquêteurs s'engouffrèrent dans l'ascenseur en poursuivant leur conversation.

– Ç'a donné aucun résultat, mais Loïc m'a aidé à retrouver les trois dirigeants. L'un d'eux est mort d'un cancer en 2005, un autre est dans un CHSLD: maladie d'Alzheimer. Le troisième, à qui j'ai parlé hier, est l'ancien président de la compagnie, qui a été dissoute en 1974. Il connaît pas Harper et ça lui a pris un certain temps pour se souvenir de Lawson. Il dit que ça fait au moins trente ans qu'ils se sont pas parlé. Selon lui, il a fait affaire avec son cabinet seulement quelques fois, et il se souvenait pas d'un dossier en particulier qui aurait pu susciter son intérêt. (Silence.) C'est pour ça que ça m'était sorti de la tête: à moins que je me trompe royalement, ces trois-là ont rien à voir avec nos histoires.

– Bizarre, ça, murmura le sergent-détective, le regard errant dans le vide.

Les yeux pochés, traînant les pieds, Taillon entra dans la salle de conférences sur le coup de 10 h 54, avec deux Red Bull dans une main et une boîte de beignes dans l'autre. Elle posa sa cargaison sur la table, sembla sur le point de parler, mais se contenta de bâiller. Après avoir fait craquer ses jointures une par une, elle décapsula la première canette et la porta à ses lèvres. Elle la vida en quelques gorgées et la reposa sur la table.

Puis elle expulsa un rot sonore avec un sourire de satisfaction.

— T'es arrivé à quelle heure, Lessard?

Le front barré d'un pli, Victor figea l'image qui apparaissait sur l'écran du téléviseur en appuyant sur une touche de la télécommande.

— Ça fait environ une heure, répondit-il en se tournant vers sa coéquipière.

— En veux-tu un? demanda Jacinthe en mordant dans un beigne fourré aux framboises, qui lui laissa des résidus de sucre en poudre à la commissure des lèvres.

Tracassé par le message d'Adèle Thibault à propos des absences de Rivard, Victor avait passé les dernières minutes à écouter en boucle le même extrait vidéo.

— Tantôt, peut-être. Regarde ça.

La séquence qu'il passa montrait Louis-Charles Rivard pendant la rencontre impromptue avec les journalistes qu'il avait tenue après leur conférence de presse:

«Si, pour quelque raison que ce soit, vous avez peur de parler à la police, appelez-moi directement. Peu importe ce qui s'est passé, nous pouvons trouver un terrain d'entente. Contactez-moi. J'ai ce que vous cherchez.»

Taillon prit une première gorgée de la seconde canette de Red Bull, qu'elle semblait cette fois déterminée à savourer. Elle haussa les épaules.

— Ouin, pis?

— Voyons, y a pas quelque chose qui te frappe?!

Victor fit rejouer la fin de l'extrait.

— Écoute comme il faut…

Le visage de Rivard apparaissait en gros plan.

«Contactez-moi. J'ai ce que vous cherchez.»

— Ben quoi?

— Tu trouves pas ça bizarre? Qu'est-ce qu'il veut dire par: «J'ai ce que vous cherchez»?

– Ben voyons, Lessard! C'est clair comme de l'eau de source! Il est prêt à payer une rançon. Il a du *cash*. C'est juste ça qu'il dit.

Victor soupira et leva les yeux au ciel. L'étroitesse d'esprit de sa collègue l'exaspérait.

– De l'eau de roche, Jacinthe. De l'eau de roche, ne put-il s'empêcher de la reprendre, les dents serrées. Et non, je suis pas d'accord. C'est pas juste *ça*, qu'il dit. Au moment où on annonçait la disparition de Lawson, Rivard, lui, parlait déjà d'enlèvement. Ça vient de me sauter aux yeux! Il lance un message à quelqu'un. Il s'adresse au meurtrier de Lawson et de Harper. Il lui annonce qu'il a quelque chose qui l'intéresse en sa possession.

Le visage de Jacinthe se transforma en point d'interrogation tandis que le regard de Victor se promenait sur le mur derrière elle.

– On fait fausse route à propos de Rivard et McNeil. Les deux sont morts.

Le Red Bull ressortit par les narines de Jacinthe, qui se mit à tousser sa vie.

CHAPITRE 53

Question de profil

Après s'être épongé le visage avec un morceau d'essuie-tout arraché à la hâte, Jacinthe avait exprimé son désaccord en glissant une remarque cassante à propos des conclusions, trop hâtives selon elle, que Victor tirait des paroles prononcées par Louis-Charles Rivard devant les caméras. Le sergent-détective s'était levé d'un bond en pointant l'index vers elle, avait ouvert la bouche pour déverser son fiel, puis, se ravisant, avait préféré partir sans répliquer.

Traversant la salle des enquêteurs à toute vitesse, il marchait droit vers la sortie lorsque Jacinthe, courant presque, l'avait rattrapé dans le corridor.

L'agrippant par le bras, elle l'avait forcé à se retourner.

– Quoi? Qu'est-ce que j'ai dit?

Longtemps, ils se dévisagèrent en silence, un seul mot prononcé, le mauvais, risquant de provoquer une déflagration nucléaire. Une lueur qu'elle n'avait pas vue depuis des lustres dans les pupilles de Victor s'alluma, puis s'éteignit.

– Suffit que j'dise blanc pour que tu dises noir! finit-il par lâcher, entre les dents.

– J'savais pas qu'il fallait toujours être d'accord, monsieur parfait.

– Tout est dans la manière, Jacinthe! Es-tu obligée d'être toujours aussi désagréable?

Taillon afficha l'air contrit de celle qui se sait prise en faute et baissa la tête.

– Où est-ce que tu t'en allais de même?

Signe qu'il était parvenu à maîtriser sa colère, Victor inspira profondément et décrispa les mains.

– À l'appartement de Rivard. Ça fait deux jours qu'il se présente pas au bureau.

– Pas un autre qui a disparu! On a pas de mandat, je te ferais remarquer.

– Depuis quand t'as besoin d'un mandat pour rendre visite à quelqu'un? Grouille-toi, on a plus de temps à perdre.

Un petit sourire crasse apparut au coin des lèvres de Jacinthe. Elle aurait été bien en peine d'expliquer quelle mouche l'avait piqué, mais ce Lessard version 2.0 lui plaisait.

Dans la voiture, Victor réclama deux beignes de la boîte que sa collègue avait prise avec elle et les mangea en silence, mastiquant chaque bouchée avec soin. Jacinthe tenta de faire amende honorable en lui demandant pourquoi il croyait que Rivard et McNeil étaient morts. Victor lui expliqua que son affirmation relevait plus de l'intuition que de la certitude.

Il était convaincu, répéta-t-il, que Rivard avait lancé un message au meurtrier. Maintenant, s'il s'avérait qu'il avait disparu, il n'y avait qu'un pas à franchir pour conclure que le tueur qu'ils traquaient l'avait éliminé.

– Pour moi, c'est clair que le tueur, c'est McNeil, affirma Jacinthe.

Victor hocha la tête.

– J'étais convaincu hier mais, là, j'ai des doutes. Te rends-tu compte de la facilité avec laquelle on a imbriqué les pièces du casse-tête? Et, avec le recul, la qualité de certains éléments est questionnable, Jacinthe.

– Ah oui? Lesquels?

– Les chiffres aimantés, par exemple. Pourquoi un homme brillant et instruit comme McNeil aurait pris les chiffres qui se trouvaient sur son propre frigo?

Taillon lui fit remarquer que les meurtriers étaient souvent arrêtés pour des bêtises, des erreurs de jugement que quelqu'un de sensé n'aurait pas commises.

Lui concédant ce point, Victor rétorqua que cela concernait ce qu'ils appelaient entre eux les «petits meurtres», ceux qui impliquaient la plupart du temps des personnes aux prises avec des problèmes d'alcoolisme ou de toxicomanie, des affaires de violence conjugale, etc.

— C'est pas un cas comme ça, ici, insista le sergent-détective. Je peux te donner d'autres exemples : pense à quel point l'arme du crime est sophistiquée, à la planification nécessaire pour commettre les meurtres… Après s'être donné tout ce mal, McNeil aurait échappé la balle sur un élément aussi bête que les chiffres aimantés ? J'y crois pas, Jacinthe. McNeil est trop intelligent pour avoir laissé une preuve aussi évidente derrière lui. Ça colle pas avec son profil !

— Pis les skis ? souffla Taillon.

— On a pas encore eu de retour de l'Identification judiciaire, mais ça me surprendrait pas qu'on apprenne que les traces retrouvées dans la neige de Summit Woods correspondent pas à l'empreinte des skis de McNeil. (Silence.) On a été aveuglés par la perspective d'effectuer une arrestation rapide. C'est pas McNeil notre coupable, Jacinthe. Peut-être qu'il est impliqué dans l'affaire par la bande, peut-être que quelqu'un a manœuvré pour qu'on le soupçonne, mais y a quelque chose qui cloche. Et il faut mettre le doigt dessus rapidement. Sinon on va croiser une collection de cadavres sur notre route.

Les talons de Jacinthe claquaient sur les pavés ; les copeaux de calcium répandus pour faire fondre la glace crépitaient sous ses semelles. L'entrée de l'immeuble abritant l'appartement de Rivard était située dans le corridor piétonnier des Cours Le Royer. N'obtenant pas de réponse après avoir frappé à la dernière porte, au bout du couloir, la policière fit écran de son corps tandis que Victor se penchait pour crocheter la serrure.

Ainsi camouflé, il devenait quasi invisible. La sueur perlait à son front. La serrure lui donnait plus de fil à retordre qu'il ne l'aurait cru.

– Oui, oui, monsieur le juge, on venait rendre visite à maître Rivard, pis comme la porte était entrouverte, on a décidé de rentrer, rigolait Jacinthe à mi-voix.

Le loquet tourna enfin.

Le sergent-détective relâcha son souffle et s'essuya le front du revers de la main.

– On jette un coup d'œil rapide, OK? dit-il en tendant une paire de gants de latex à sa coéquipière. Si jamais on se fait pogner ici...

Loft spacieux, lumineux, mobilier design, déco minimaliste, deux toiles du même artiste (des portraits de visages distordus, torturés); un écran plat occupant presque un pan de mur et une chaîne haute-fidélité, de marque suédoise.

Ou finlandaise? Véronique, son ex, avait acheté la même, mais il ne s'en souvenait plus avec exactitude. Par contre, il n'avait jamais oublié le prix qu'elle avait payé, qui représentait presque une demi-année de salaire pour lui.

Jacinthe s'était dirigée tout droit vers le bureau de verre où étaient posés un téléphone, un ordinateur, un télécopieur et quelques papiers. Elle les parcourut du bout du doigt, puis elle vida le contenu de la corbeille à recyclage sur le lit. Victor alla d'abord fouiner dans la cuisine, puis dans la salle de bains.

En regardant les bouteilles et les flacons soigneusement alignés sur une tablette de verre, il ne put s'empêcher de sourire. Que dirait Taillon en voyant la panoplie de Rivard, elle qui l'agaçait en le qualifiant de métrosexuel seulement parce qu'il soignait son apparence et sa condition physique?

Ne trouvant rien d'intéressant, il revint dans la pièce principale, jeta un regard à la ronde, laissant le temps à son cerveau d'enregistrer ce qu'il voyait.

Victor cherchait un élément discordant, quelque chose qui paraîtrait à sa place sans pour autant y être. Un sentiment d'urgence et de frustration le gagna: il fallait faire vite mais, au premier coup d'œil, tout paraissait en ordre.

– As-tu essayé l'ordinateur? demanda-t-il à Jacinthe.

Sa coéquipière était assise dans un fauteuil de cuir et pitonnait, d'une main, sur le socle du téléphone de Rivard, tandis que de l'autre, elle jetait furieusement des notes sur un bout de papier.

— J'peux pas rentrer dans son ordi, il est protégé par un mot de passe. Je suis en train de recopier le journal des appels. Le dernier date de mardi.

Le sergent-détective montra du doigt les papiers déversés en éventail sur le lit. Jacinthe bougea la tête pour signifier qu'elle n'y avait rien découvert d'intéressant.

Une boule de stress se nouant dans son estomac, Victor s'attarda un moment devant la bibliothèque. À part des revues sur l'automobile, il n'y avait que quelques livres de droit sur les tablettes. À l'évidence, Rivard n'était pas un grand lecteur.

Une pile de DVD était posée sur une table basse : *Platoon, Saving Private Ryan, The Thin Red Line*. Que des films de guerre. Désolant…

Victor consulta sa montre avec nervosité : ils traînaient.

— Faudrait vérifier le fax aussi, reprit-il en parcourant du regard le contenu de quelques tiroirs. Plusieurs modèles gardent les derniers messages en mémoire.

Sans se détourner de sa tâche, la grosse Taillon émit un rire théâtral.

— Voyons, Lessard ! J'ai-tu l'air d'une technicienne en informatique ?

Ayant déjà vu Adams effectuer la manœuvre à quelques reprises, Victor ne croyait pas impossible d'être en mesure d'y arriver. Examinant l'appareil, il appuya sur quelques touches, et le moteur se mit à ronronner. Une page s'engagea dans le chariot, et les rouleaux commencèrent à tourner.

— Certaines machines impriment le fax le plus récent en premier, d'autres font l'inverse, précisa le sergent-détective.

La sonnerie de son cellulaire le fit sursauter. Sur l'afficheur, il vit que le Gnome cherchait à le joindre. Avant de répondre, il prit une grande inspiration pour se calmer.

– Salut, Gilles. (Son visage se ferma.) Quoi?! Où ça? (…) Oui, oui, elle est avec moi. Hein? (…) Non, non, rien d'important. (…) Écoute, je t'expliquerai ça tantôt. On se rejoint là-bas, OK?

Victor coupa la communication. Le front de Jacinthe se barra d'un pli. Elle devinait qu'il ne s'agissait pas d'une bonne nouvelle.

– Qu'est-ce qui se passe?

– Ils ont retrouvé un autre corps. Dans le parc Maisonneuve.

– C'est qui? McNeil ou Rivard?

– Ils sont pas sûrs encore, mais ils pensent que c'est McNeil. (Les deux policiers se dévisagèrent en silence.) Toi, as-tu quelque chose?

Jacinthe lui tendit le bout de papier où elle avait noté les numéros des dix appels enregistrés dans le téléphone fixe de Rivard. Quatre concernaient le même numéro. Le fax cracha une feuille. Elle la prit et constata qu'il s'agissait de la première d'un contrat de dix pages.

– Calvaire, on a pas fini! Je vais aller dans le char envoyer ça au bureau, dit-elle en parlant de ses notes, qu'on sache à qui on a affaire. Tu viendras me rejoindre.

Après le départ de Jacinthe, Victor se mit à tourner en rond dans la pièce tandis que le vrombissement régulier du télécopieur brisait le silence. L'anxiété le gagnait. Sur le coup, il avait agi sans réfléchir aux conséquences, mais entrer illégalement dans l'appartement de Rivard était loin d'être l'idée du siècle. Ça pouvait même leur attirer de gros ennuis.

Le télécopieur hoqueta; le policier s'approcha, crut qu'il avait régurgité tout son contenu, mais un voyant clignotait, annonçant qu'une autre impression suivrait.

– Maudite machine, marmonna-t-il entre les dents.

De retour dans la Crown Victoria, Taillon avait utilisé l'ordinateur de bord pour faire parvenir au bureau les numéros récupérés sur le téléphone de Rivard. Ensuite, elle avait tenté de joindre Lucie. N'obtenant pas de réponse, elle avait laissé un message dans leur boîte vocale, à la maison.

Jacinthe regarda sa montre. Où était Lucie?

Même après toutes ces années, l'insécurité ne la quittait jamais. Elle avait cette conviction profonde que, sans son amoureuse, tout s'écroulerait, tout perdrait son sens. Lucie constituait le fil invisible qui la rattachait au reste du monde.

Si ce fil se brisait, elle redeviendrait une marionnette désarticulée, un pantin sans vie.

Le regard de Jacinthe se perdit dans le banc de neige. La bordée de la veille avait laissé plusieurs centimètres au sol. S'impatientant, elle fouillait dans sa poche pour prendre son cellulaire lorsqu'elle vit Lessard sortir de l'immeuble, un paquet de feuilles coincé sous le bras.

Victor s'approcha de la Crown Victoria d'un pas rapide et s'y engouffra.

— Pis? demanda Jacinthe en actionnant le gyrophare.

Soucieux de quitter l'appartement de Rivard le plus vite possible, le sergent-détective n'avait pas encore pris le temps de consulter les documents ramassés dans le bac du télécopieur. Après avoir bouclé sa ceinture, il posa la pile sur ses genoux et se mit à les parcourir un par un.

— Contrat, opinion juridique, contrat, débita-t-il en se mouillant l'index.

La Crown Victoria filait déjà à vive allure dans Notre-Dame Est.

— On va prendre Pie-IX, murmura Jacinthe pour elle-même, traçant dans sa tête le trajet le plus court pour se rendre au parc Maisonneuve.

Victor se figea.

Prenant l'une des feuilles avec précaution, il l'isola du paquet et, retenant son souffle, l'examina avec une attention proche du recueillement.

— Ben quoi?! Parle, Lessard! T'as-tu trouvé de quoi?

— Je pense que oui, affirma-t-il, tournant lentement la feuille en sa direction, afin qu'elle puisse la voir.

Sur le papier, on discernait le dessin d'un bonhomme pendu tirant la langue, accompagné d'une exhortation adressée à Lawson :

> *Good morning, Nathan. Let's play hangman*
> *together.*

Une note manuscrite, qui semblait avoir été griffonnée à la hâte, avait été apposée à côté du bonhomme :

> *L-C, where are you?*
> *Left you a message on your cell*
> *Will call you back tonight*
> *Need your help*
> *THIS IS FUCKING URGENT*
> *Nathan*

CHAPITRE 54

Battue

La ligne avançait, synchrone, les gestes de chaque policier étaient calculés, précis, réguliers.

Devant, les chiens s'agitaient, reniflaient le sol, le museau effleurant la neige, la remuant. Amorcée à l'entrée du parc, la battue convergeait vers les arbres, jusqu'à l'endroit où le corps avait été découvert.

Jacinthe et Victor firent un crochet et dépassèrent le groupe par la droite. L'agent Giguère, qui les précédait de quelques pas sur le sentier balisé, leur parlait sans se retourner.

– C'est la deuxième passe. À part les traces de ski et les cartons d'allumettes, ils ont rien trouvé la première fois.

Ses oreilles, qui avaient pris une vilaine teinte mauve, menaçaient de craquer et de se réduire en poudre. Au pied de la butte, il désigna du doigt quatre piquets rouges que l'Identification judiciaire avait reliés entre eux avec des rubans de plastique jaune.

Le repère marquait, précisa Giguère, l'endroit où les chiens avaient flairé le sac contenant les cartons d'allumettes, qui avait été partiellement recouvert par la neige tombée la veille.

Même si, comme ses collègues, elle avait enfilé des bottes adaptées au terrain, Jacinthe peinait à conserver son équilibre et à les suivre. Elle arriva en haut de la butte hors d'haleine et s'appuya sur Victor pour reprendre son souffle. Quelques mètres plus loin, l'agent Giguère retint la branche d'un sapin pour les laisser passer. Les trois policiers arrivèrent au centre d'une petite clairière formée par l'espace qui se trouvait entre des arbres plantés en cercle.

Le flash d'un appareil photo crépita, captura le corps et la neige rougie.

Deux techniciens de l'Identification judiciaire creusaient avec une pelle autour du cadavre, pour le dégager. Ils travaillaient en silence. Chaque mouvement était méthodique, minutieux.

Tandis que Giguère retournait à ses hommes, le Gnome, accroupi près du corps, se leva et vint rejoindre Victor et Jacinthe. Coiffé d'une tuque aux couleurs du Canadien qu'il avait emprunté à un de ses enfants, il paraissait avoir à peine douze ans.

– C'est McNeil… Quelque chose lui a transpercé le cœur et la gorge, lança-t-il en réponse à la question qu'ils s'apprêtaient à formuler. Ce sera à Berger de le confirmer, mais un des techniciens trouve que ça ressemble à des impacts de flèches. Il a été tué un peu plus loin derrière, puis son corps a été traîné jusqu'ici. C'est un marcheur qui l'a trouvé. Ou plutôt son chien…

Le psychiatre gisait sur le dos. Des cristaux de frimas s'étaient agglutinés sur son visage en une pellicule formant un linceul translucide.

– Et les cartons d'allumettes. Qu'est-ce que ça signifie? demanda le sergent-détective.

Le Gnome haussa les épaules.

– Aucune idée. On vient de trouver son auto stationnée sur Rosemont. Il avait glissé un sac rempli d'argent sous le siège du conducteur. Quinze mille dollars. En petites coupures. Son cellulaire était sur le siège du passager. Pas étonnant qu'on ait pas pu le localiser, il était fermé. J'ai épluché le registre des appels. Rien.

– Pis les traces de skis, intervint Jacinthe. C'est-tu les mêmes que dans Summit Woods?

– C'est les mêmes, précisa le Gnome. Un des techniciens vient de me le confirmer. Et les vérifications montrent que les skis de McNeil sont plus larges que les traces qu'on a trouvées ici et dans Summit Woods.

– Ça, on s'en doutait, Gilles, trancha Jacinthe avec mauvaise humeur. Sinon, je serais pas ici à me geler les boules.

Victor n'arrivait pas à détacher les yeux du corps. Il pensait à la femme de McNeil, qu'ils avaient rencontrée la veille, et à leur fille, qui grandirait sans lui. La petite en garderait des séquelles toute sa vie, comme lui-même traînait dans son ADN, depuis des décennies, la disparition de sa famille. Quittant le couvert des arbres, il s'avança de quelques mètres.

Le cordon de policiers avait dépassé les marqueurs rouges et s'approchait du bas de la colline. Victor ferma les yeux et essaya de visualiser la scène, de s'en faire une représentation mentale. Il imagina le psychiatre et le skieur se rencontrant au bas de la pente.

Dans sa tête, il refit le trajet qu'avait emprunté McNeil: à un moment donné, craignant pour sa vie, celui-ci avait grimpé la butte et essayé de se sauver en gagnant les arbres.

Le sergent-détective se représenta encore le tueur bandant son arc, froid, méthodique, la flèche fendant l'air sous le regard horrifié du psychiatre. Quand Victor rouvrit les yeux, une idée s'était ancrée dans son esprit, dominant toutes les autres, une intuition qu'il n'aurait cependant pu étayer. Dans son dos, le souffle de Jacinthe, qui se déplaçait avec la grâce d'un chalutier, acheva de le sortir de sa rêverie.

– McNeil et le tueur se connaissaient, affirma-t-il sans se retourner. Il s'est pas méfié.

Alors que Jacinthe tentait de battre un record de vitesse, Victor, cramponné au tableau de bord, joignit Paul Delaney par téléphone. Il partagea avec lui ses premières impressions concernant la mort de McNeil. D'une part, les traces de skis dissipaient les derniers doutes: le skieur de Summit Woods était bien relié à leur enquête. D'autre part, le fait que le tueur ait utilisé une arme autre que celle ayant servi à éliminer les deux premières victimes intriguait particulièrement les deux policiers. Qu'est-ce qui motivait ce changement de *modus operandi*? La théorie du tueur en série fut de nouveau soulevée. Des changements dans le mode opératoire étaient fréquents. La conversation se polarisa ensuite sur le psychiatre lui-même :

– Les chiffres sur le frigo, le coup de fil de Harper le jour de sa disparition, le cabinet de Lawson mandaté pour défendre McGill... Mark McNeil était le coupable parfait. C'était trop beau pour être vrai, Paul.

De la colère et de la frustration perçaient dans la voix du sergent-détective.

– Attendons avant de jeter le bébé avec l'eau du bain, avança prudemment Delaney. Sa mort prouve qu'il était impliqué. On sait juste pas encore comment... Les analyses devraient montrer que les chiffres aimantés saisis chez McNeil proviennent du même jeu que ceux trouvés chez Harper. (Silence.) Pis, tu te promènes pas avec quinze mille piastres en liquide pour rien...

Lorsqu'ils eurent épuisé le sujet, Victor estima le moment propice pour faire son acte de contrition.

– Y a un autre truc dont il faut que je te parle, chef. T'aimeras pas la manière dont on a obtenu l'info, mais tu vas être content du résultat.

Sans hésiter, Victor raconta à son supérieur leur entrée illégale dans l'appartement de Rivard. Une plage blanche salua son aveu.

– Qu'est-ce que vous avez trouvé? finit par soupirer Delaney, visiblement agacé par les méthodes peu orthodoxes des membres de son équipe.

Victor lui parla du dessin de bonhomme pendu qu'ils avaient extrait du télécopieur de Rivard et le lui décrivit en détail.

Delaney se mit à tousser comme un tuberculeux.

– Excuse-moi. Je viens de m'étouffer avec ma salive. (Il toussa de nouveau.) Bon, ça c'est la preuve qui nous manquait : Lawson avait bien reçu une lettre de menaces. Mais ce que j'ai de la difficulté à comprendre dans ton affaire, c'est pourquoi il aurait sollicité l'aide de Rivard?

Victor prit le temps de réfléchir à l'interrogation de son supérieur avant de répondre :

– Qu'est-ce qu'on sait, Paul? Que Lawson, en réaction à la menace contenue dans le dessin du bonhomme pendu, a quitté le bureau avec un dossier en sa possession.

– Le dossier Northern.

– Exact. Et là, comme par hasard, on trouve pas le dossier et Rivard semble avoir disparu. Je peux me tromper, mais on dirait que ces deux-là se sont parlé. (Silence.) Alors, qu'est-ce qu'on en conclut?

– Que Lawson a demandé à Rivard de récupérer le dossier, avança Delaney.

– Je vois pas d'autre explication. Pour moi, le plus important, c'est de savoir ce qu'il en a fait.

Victor exposa ensuite sa théorie à propos du message que Rivard avait, selon lui, lancé pendant son point de presse:

«Contactez-moi. J'ai ce que vous cherchez.»

– Si je te suis, puisque Lawson est mort, ça voudrait dire que Rivard essaye de refiler le dossier Northern à quelqu'un d'autre, poursuivit Delaney.

– Moi, c'est ce que je pense. Le dossier Northern est au cœur de toute l'affaire, Paul. Le message qui accompagne le dessin du bonhomme pendu parle d'une «compagnie remplie de cadavres». (Silence.) Sauf qu'il y a deux choses que j'ai du mal à comprendre. Un, Gilles a parlé aux anciens dirigeants de Northern et, si je me fie à lui, ils ont rien à voir dans notre histoire. Deux, j'ai beau essayer toutes les combinaisons possibles, le mot secret peut pas être Northern Industrial Textiles. Les lettres correspondent pas aux tirets vides en dessous du bonhomme pendu.

Un silence éloquent suivit, chacun mâchant ses impressions de son côté. Ce fut finalement Victor qui reprit la parole:

– Ça serait une bonne chose que Baker, Lawson, Watkins collabore, Paul. On a vraiment besoin de renseignements sur le dossier Northern.

– J'ai laissé un message et j'attends un retour d'appel de l'associé directeur. Fais-moi confiance: là, avec Rivard qui est introuvable, j'te garantis qu'ils vont collaborer.

– OK. On fait-tu une conférence de presse pour annoncer sa disparition?

– C'est trop tôt. Pour l'instant, on va émettre un communiqué et envoyer son signalement à tous les corps policiers.

– J'ai le *feeling* que Rivard est mort, Paul.

– Écoute, ses absences sont suspectes, j'te l'accorde. En plus, ça arrive en même temps que la découverte du corps de McNeil. De là à dire que Rivard est mort, je trouve que tu vas vite en affaires. Au contraire, moi je pense qu'on doit le considérer comme suspect. Surtout si on pense que c'est lui qui a le dossier Northern en sa possession.

– Ça tient pas debout, Paul. Si Rivard était le tueur, penses-tu vraiment que Lawson lui aurait faxé le dessin du bonhomme pendu en lui demandant son aide?

– Ça serait pas la première victime qui fait confiance à son meurtrier, rétorqua Delaney.

Victor ravala son désaccord, préférant laisser couler en changeant de sujet.

– As-tu des nouvelles de Berger?

– Il est en route pour le parc Maisonneuve. En passant, je sais pas si t'as regardé tes courriels, mais il a fini l'autopsie de Lawson. C'est confirmé, la mort remonte à lundi soir. Mardi matin au plus tard.

– Le 19, risqua Victor en comptant sur ses doigts.

– Exact. Et ça va prendre une semaine pour avoir les résultats du rapport toxicologique.

Avant de raccrocher, Delaney promit à Victor de l'appeler dès qu'il aurait des nouvelles de l'associé directeur. En rempochant son cellulaire, l'idée du retardateur qu'avait évoquée Jacinthe refit surface dans l'esprit du sergent-détective. Nathan Lawson aurait-il pu tenir quelques jours, sans boire ni manger, sans s'asseoir ni dormir, avec les piques de la fourche de l'hérétique dans le menton et le sternum? Victor s'enfouit le visage dans les mains en soupirant. À force de se triturer les méninges, sa tête était sur le point d'exploser.

Le dessin du bonhomme pendu avait été reçu par le télécopieur de Rivard le vendredi 16 décembre, à 13 h 40, comme en attestait le certificat de réception figurant à l'en-tête du document. Le nom et le numéro de fax de l'émetteur s'y trouvant aussi,

Jacinthe et Victor avaient remonté la piste jusqu'à un centre d'affaires situé dans Côte-des-Neiges.

Après avoir stationné la Crown Victoria devant le commerce, ils entrèrent. À part le commis qui cassait la croûte derrière son comptoir, l'endroit était vide.

Posant son sandwich, de la moutarde à la commissure des lèvres, celui-ci regarda la photo que Victor tenait entre ses doigts. L'homme dodelinait de la tête et gesticulait d'une façon telle que le sergent-détective s'attendait à ce qu'il parle à tout moment, mais il prit une éternité à mastiquer sa bouchée.

— Je le reconnais, affirma-t-il après avoir avalé ce qu'il venait de réduire en bouillie.

En jetant un œil sur le portrait, le commis venait d'identifier Nathan Lawson.

Il tendit le bras devant lui, saisit un thermos sur le comptoir et se versa une rasade de café qu'il avala d'une traite, sans sourciller.

— Il est venu vendredi dernier, sur l'heure du souper. Il m'a demandé d'envoyer un fax, puis il est parti. Je m'en rappelle très bien parce que vous êtes pas les premiers à vous intéresser à lui.

Après un bref moment de surprise où ils se regardèrent, les deux policiers eurent beau le mitrailler de questions, insister, le commis ne leur donna rien de mieux qu'une description vague : un jeune dans la trentaine s'était présenté le lendemain. Coiffé d'une tuque et portant un manteau noir. Sans accent particulier ni autre signe distinctif. Monsieur Tout-le-Monde, en somme.

— Il m'a posé des questions sur l'identité du destinataire et sur ce que le vieux avait faxé. Quand je lui ai dit que c'était pas de ses oignons, il a pas insisté.

— Et puis? reprit Victor.

— Rien! Il est parti sans demander son reste, répliqua le commis.

— Pis vous avez pas trouvé ça bizarre? s'indigna Jacinthe.

— Ma pauvre madame… (Pointé vers sa tempe, son index se mit à tracer des cercles concentriques dans l'air, dans le sens des aiguilles d'une montre.) S'il fallait que je m'en fasse à chaque fois que quelqu'un de bizarre vient ici…

Le commis reprit son sandwich et mordit dedans. Un morceau de jambon et un bout de laitue pendaient au bout de ses lèvres, mais il parvint à les aspirer. Jacinthe soupira en hochant la tête, puis elle se dirigea vers la porte. Ils n'avaient pas une autre heure à attendre que monsieur ait fini de mastiquer.

Victor le remercia et lui remit sa carte professionnelle en lui enjoignant de l'appeler si autre chose lui revenait. Puis il rejoignit Jacinthe sur le trottoir. Le sergent-détective jeta un regard vers la rue : les branches des arbres ployaient sous les boules de coton.

Le vacarme d'un moteur dans leur dos les fit se retourner : ils s'écartèrent pour laisser passer une chenillette qui disparut au coin, laissant derrière elle un petit bourrelet de neige sur le bas-côté.

– Pas de nouvelles de l'experte en documents? grogna Taillon.

Victor s'étrangla en tirant une bouffée de la cigarette qu'il venait d'allumer.

Moins d'une heure s'était écoulée depuis qu'ils lui avaient envoyé une copie du bonhomme pendu.

– Mona Vézina? On se calme! On va lui laisser le temps de regarder ça comme y faut.

Jacinthe passait ses humeurs en délogeant à coups de pied la glace agglutinée entre les pneus et la carrosserie de la Crown Victoria quand *Who Let The Dogs Out*, la sonnerie de son cellulaire, retentit. Elle prit l'appel et parla quelques secondes, en monosyllabes.

Victor chercha de l'œil un endroit plus approprié que le banc de neige pour jeter son mégot, mais n'en trouva pas. Il s'en débarrassa d'une chiquenaude.

L'expression du visage de Jacinthe ne laissait augurer rien de bon.

– Un problème?

– C'est à propos des appels faits à partir du téléphone fixe de Rivard.

– Les quatre au même numéro?

– Non. Ceux-là ont été passés à une fille avec qui il baise. Les autres à son dentiste, à sa mère et à des avocats du cabinet. Y en a aucun qui sorte de l'ordinaire. Sauf le dernier. Celui qui a été fait mardi passé.

– Et qui était l'heureux élu?

– Le sénateur Daniel Tousignant.

CHAPITRE 55

Appel de sacoche

Regardant les glaces dériver, Victor tira sur sa cigarette. Son regard remonta jusqu'au pont Mercier. À bord de leurs véhicules, quelques suicidaires traversaient la verrue de rouille. Nichée dans le surplomb dominant le fleuve, la maison de style Tudor de Daniel Tousignant était située non loin du moulin Fleming. Dans une autre vie, Victor avait déjà emprunté la piste cyclable du boulevard LaSalle avec les enfants.

La réputation du sénateur Tousignant le précédait : grand avocat, il avait amassé une fortune considérable dans l'immobilier. Ce n'est qu'après avoir liquidé ses actifs et s'être retiré du monde des affaires que, à titre de philanthrope, il était devenu l'un des hommes les plus respectés du Québec.

La fondation qu'il avait créée — elle œuvrait pour la préservation de l'environnement — était souvent comparée à celle de David Suzuki. En dépit du fait qu'on ne lui connaissait pas d'allégeances politiques, il avait été nommé au Sénat quelques années auparavant.

Par son charisme et sa gentillesse proverbiale, Tousignant constituait ce type de personne, rare, capable de rassembler autour d'un projet des gens défendant des points de vue situés aux antipodes, de rallier les pires ennemis à une cause commune.

Considérant le profil de l'homme, les policiers n'étaient pas rassurés de voir son numéro de téléphone figurer dans le registre des appels de Rivard, qui était maintenant recherché par tous les corps de police de la province parce qu'on le pensait impliqué dans le meurtre de trois personnes.

Aller rencontrer un homme de la trempe de Tousignant faisait partie du genre d'initiatives que Victor et Jacinthe n'auraient pas prises sans d'abord consulter leur supérieur. Paul Delaney ne s'était pas opposé à la démarche, mais il avait tempéré leurs appréhensions en leur apprenant que Lawson et Tousignant avaient travaillé ensemble dans le passé, le sénateur figurant parmi la liste des fondateurs de l'un des cabinets d'où émanait, par le jeu des fusions, Baker, Lawson, Watkins.

Ceci expliquant cela, Delaney avait avancé une hypothèse : Rivard avait peut-être communiqué avec Tousignant tout simplement pour tenir ce dernier au courant des développements relatifs à la disparition, puis à la mort de Nathan Lawson.

Victor s'était attendu à parler à une procession d'adjointes, mais le sénateur avait lui-même répondu à son appel. Il n'y avait eu aucun malaise quand le sergent-détective s'était présenté comme enquêteur du SPVM, et le philanthrope n'avait pas le moins du monde cherché à connaître les motifs pour lesquels la police souhaitait le rencontrer. Son ton dégageait l'assurance de ceux qui dorment la conscience tranquille.

Malgré l'ouverture montrée par le sénateur, Victor avait été étonné que l'homme, dont l'emploi du temps devait être aussi chargé que celui du premier ministre, accepte de les recevoir sur-le-champ à sa résidence. Sans s'attendre à un majordome ou à des domestiques en livrée, il avait été tout aussi surpris que Tousignant réponde à la porte lui-même.

Droit comme un chêne malgré ses soixante-dix-neuf ans, un visage rose, des cheveux blancs soyeux, à la Jean Béliveau, le sénateur Tousignant charmait ses interlocuteurs tant par sa beauté que par le regard vif de ses iris gris, qui vous perçaient, vous désarmaient.

On pouvait difficilement ne pas aimer d'emblée un tel homme.

Avant même qu'il ait prononcé un mot, on se sentait prêt à tout pour lui. Et ce qui n'arrangeait en rien les choses, c'est que lorsqu'il ouvrait la bouche, il avait cette voix à la fois chaude et profonde, avec une pointe de vulnérabilité, qui aurait pu faire avaler n'importe quoi à n'importe qui.

Affable, Tousignant les avait accueillis avec courtoisie et leur avait préparé un café à la cuisine, que ni l'un ni l'autre n'avaient osé refuser, tant c'était offert de bon cœur. Victor se pinça. La dernière fois qu'il avait vu Taillon boire du café dans l'après-midi remontait au déluge.

Portant lui-même les breuvages sur un plateau, Tousignant les avait ensuite guidés dans une enfilade de pièces somptueuses. Victor cessa de compter les luminaires de cristal après le cinquième. Au passage, le sénateur offrait une explication sur la façon dont avait été fabriquée telle pièce de mobilier, datant du dix-huitième siècle, ou une précision sur telle toile, dont l'artiste avait concocté les couleurs à l'aide d'une technique particulière.

Le tout était amené avec une simplicité désarmante, sans vanité ni bouffissure, pour le simple plaisir de partager avec ses invités les multiples connaissances acquises au fil du temps.

Ils entrèrent dans le cabinet de travail, une pièce à la porte capitonnée de cuir rouge, dont les murs avaient disparu, entièrement dissimulés derrière de larges bibliothèques qui s'élevaient du plancher au plafond.

Sur chaque tablette, des livres à reliure de cuir s'entassaient, serrés en rangs d'oignons. Le bureau de chêne massif était disposé face à la grande baie vitrée, qui s'ouvrait sur le fleuve. Un rai de lumière profita de leur présence pour venir lécher les lattes de bois foncé, à leurs pieds.

Le sénateur posa le plateau sur une desserte, tendit les tasses aux policiers, puis s'installa dans un fauteuil de velours, les invitant à s'asseoir sur un long canapé.

– Le moins que l'on puisse dire, c'est que votre bureau est un endroit inspirant, commença Victor, un peu intimidé.

Il regarda Jacinthe du coin de l'œil. Elle se tenait droite, dans une pose figée qui ne lui ressemblait pas.

– Vous avez raison, monsieur Lessard. Je ne me lasse jamais de regarder le fleuve.

Le sergent-détective baissa les yeux. Ils avaient retiré leurs bottes à l'entrée ; il se sentit soudain ridicule de mener un interrogatoire en chaussettes. Il toussa, s'éclaircit la voix.

– Écoutez, je sais que vous êtes très occupé, alors nous ne vous dérangerons pas longtemps, sénateur.

Tousignant balaya la remarque d'un geste de la main.

– Vous savez, les gens me croient plus occupé que je ne le suis dans les faits. Même si je participe encore aux réunions du conseil quelques fois par année, je me suis retiré des opérations de la fondation. D'accord, je siège au Sénat. Mais vous savez aussi bien que moi ce que les mauvaises langues disent à propos de l'emploi du temps des sénateurs…

Clignant de l'œil à leur intention, Tousignant s'avança sur son siège et poursuivit sur le ton de la confidence :

– Entre vous et moi, je me dis parfois qu'elles ont bien raison.

Son éclat de rire lui secoua les épaules.

– Excusez-moi, reprit le vieil homme en se carrant dans son siège. C'est moi qui devrais m'assurer de ne pas vous faire perdre votre temps. J'imagine que vous voulez me parler de Nathan ? (Pensif.) À notre âge, on voit partir des amis de plus en plus souvent, mais je dois vous avouer que l'annonce de sa mort, dans les circonstances que l'on connaît, a été un choc. Quelle fin atroce ! (Il garda les yeux au sol un instant, comme s'il se recueillait.) Vous saviez que c'est moi qui lui avais offert son premier emploi comme avocat ?

Victor confirma qu'ils étaient au courant et le sénateur, sans doute un peu nostalgique, leur parla de leur « belle jeunesse envolée », de leurs idéaux de l'époque, de ce temps où tout le Québec était à construire, mais sans s'appesantir sur le sujet ni paraître passéiste.

Il parlait avec la sincérité de celui qui partage des souvenirs avec quelques vieux amis.

Un dialogue entre le sergent-détective et le sénateur s'installa peu à peu, au sein duquel Jacinthe fit office de figurante.

Tousignant posait lui-même les questions et y répondait avec concision, tandis que Victor hochait la tête pour l'encourager à poursuivre, ou intervenait pour obtenir une précision.

Malheureusement, leur confia le sénateur, la vie avait fait que Lawson et lui avaient pris des chemins différents, qu'ils s'étaient un peu perdus de vue au fil des ans. Mais il admirait beaucoup Nathan, qui était devenu l'un des plus puissants avocats de Montréal. Tousignant ne se souvenait pas exactement à quand remontait leur dernière rencontre, mais elle datait d'au moins quelques années. Il regrettait d'ailleurs de ne pas l'avoir revu avant que…

Bref, sa mort était une perte énorme pour la communauté juridique et celle des affaires.

– Connaissez-vous Louis-Charles Rivard, l'un des avocats avec qui maître Lawson travaillait en étroite collaboration?

– Je ne le connaissais pas jusqu'à ce qu'il donne cette conférence de presse après l'annonce de la disparition de Nathan. Je l'ai appelé au bureau après pour lui offrir mon aide et lui assurer mon soutien en lui proposant de participer financièrement au paiement de la rançon, le cas échéant. C'était le moins que je puisse faire. Même si nous ne nous fréquentions plus, Nathan était un vieil ami.

– Vous lui avez reparlé depuis? demanda Victor.

– À Rivard? Non. Pas depuis que le corps de Nathan a été retrouvé. Mais vous me faites penser qu'il faudrait que je le fasse, ne serait-ce que pour lui exprimer ma tristesse. (Il souleva la tasse et la soucoupe à deux mains, prit une gorgée de café.) Un jeune homme brillant, quoiqu'un peu rigide, ce Rivard. Au fait, y a-t-il eu des progrès dans l'enquête?

Sans divulguer d'informations sensibles, Victor lui résuma en quelques secondes les derniers développements. Il guetta la réaction sur le visage de Tousignant, mais n'y lut que de la surprise et de l'empathie lorsqu'il prononça le nom du psychiatre. Le sergent-détective s'ouvrait rarement à un civil sur les termes d'une enquête en cours, mais il dérogea à ses habitudes par respect pour l'homme et parce que ça lui permettait de préparer le terrain pour sa prochaine question.

– Écoutez, ce que je vais vous dévoiler est encore confidentiel, mais nous avons des raisons de croire que maître Rivard a disparu. (De l'étonnement se peignit sur les traits du sénateur.) Nous savons qu'il vous a téléphoné le soir de la conférence de presse… (Victor lui parla du journal des appels.) J'avais espéré que, peut-être, vous pourriez nous aider à y voir plus clair, que vous seriez en possession de renseignements qui pourraient nous mettre sur sa piste.

Tousignant soutint le regard du policier.

– Vous avez raison, enquêteur. La communication à laquelle vous faites référence a effectivement eu lieu. Elle n'a en fait duré que quelques secondes… J'entendais du bruit au bout de la ligne, j'ai essayé de lui parler, mais il ne répondait pas… Ça arrivait tout le temps à ma femme. En fouillant dans son sac à main, elle accrochait par inadvertance les touches de son cellulaire et téléphonait à quelqu'un sans le savoir. D'ailleurs, elle avait pris l'habitude d'appeler ça un «appel de sacoche», se remémora Tousignant en souriant.

– Quand même curieux…, remarqua Victor, le front barré d'un pli. L'appel a été passé du téléphone de la résidence de maître Rivard, pas de son cellulaire. (Silence.) Et vous ne l'avez pas rappelé?

– J'avais des invités à la maison. J'ai pensé que Rivard rappellerait si c'était important. Par la suite, pour tout vous dire, j'ai oublié.

– Avez-vous déjà entendu parler d'une entreprise du nom de Northern Industrial Textiles? reprit Victor.

– Non, je ne crois pas, affirma Tousignant en hochant la tête, un index sur la bouche. C'est une cliente de Rivard?

Victor enchaîna avec une série d'autres questions au sujet des liens qui avaient jadis uni le sénateur à Nathan Lawson. Tousignant se prêta de bonne grâce à l'exercice, fouillant dans sa mémoire, offrant plus de précisions lorsque Victor le lui demandait. Le manège se poursuivit durant de longues minutes. Victor mitraillait le sénateur avec tant d'opiniâtreté qu'après un moment Jacinthe se racla la gorge avec insistance. Le sergent-détective se tourna vers elle, il y eut un moment de flottement, puis il saisit le message de sa coéquipière.

— Sénateur, dit le policier en se levant, nous allons cesser de vous importuner avec nos questions. Nous avons déjà trop abusé de votre temps.

Tousignant posa sa tasse et sa soucoupe sur le bureau, puis il se leva à son tour.

— Mais vous ne m'avez pas importuné le moins du monde, enquêteur. Au contraire! Et surtout, n'hésitez pas à revenir si je peux vous être de quelque utilité. La porte est toujours ouverte.

Le vieil homme s'effaça pour les laisser passer, puis, marchant à pas feutrés, les conduisit à travers le labyrinthe jusque dans le lobby. Il récupéra ensuite leurs manteaux tandis que les policiers enfilaient leurs bottes. Pour sa part, Jacinthe avait dû s'asseoir sur une banquette pour terminer l'exercice en soufflant.

— Juste une dernière question, insista Victor en enfilant son manteau. Le projet MK-ULTRA, ça vous dit quelque chose?

— Les tests conduits à McGill pour le compte de la CIA? Bien sûr! Qui de ma génération ne se souvient pas de ça? Ça a fait scandale lorsque c'est sorti, à l'époque. Mais pourquoi cette question?

— Nous pensons qu'il existe peut-être une connexion entre ce programme et certaines de nos victimes, dont Nathan Lawson. Saviez-vous que son cabinet avait été retenu à l'époque pour représenter l'université dans certains procès civils?

Le sénateur se gratta la tête, sembla fouiller dans sa mémoire.

— Honnêtement, cela se peut très bien, mais je ne m'en souviens pas. Je pourrais consulter mes archives, si vous voulez…

Victor agita une main devant lui.

— Non, non, ce ne sera pas nécessaire… Merci de nous avoir reçus, sénateur. Et merci pour votre temps.

Les deux hommes se serrèrent la main, tandis que Jacinthe, qui peinait à zipper sa deuxième botte, émit un juron étouffé.

Victor adressa un sourire gêné au sénateur, qui le lui rendit avec un clin d'œil.

– Tout le plaisir était pour moi, enquêteur.

Après quelques pas dans l'allée, ils marchaient déjà sur le boulevard LaSalle. Victor jeta un regard vers la Crown Victoria, remarqua qu'elle était rongée par le calcium.

– Il est super, hein? lâcha Taillon, toujours sous le charme.

Le sergent-détective ne répondit pas.

Même s'il avait été lui aussi envoûté par le personnage, une petite voix dans sa tête tenait un discours dissonant. Sans marquer la moindre hésitation, Tousignant avait fourni une réponse claire et cohérente à chacune de ses questions.

Le nœud du problème, il le sentait, tournait autour de l'appel avorté, l'«appel de sacoche». Rivard n'avait quand même pas composé le numéro par erreur.

Dans quelle intention avait-il fait cet appel?

Victor porta la main à sa poche pour saisir ses cigarettes.

Une rafale balaya ses cheveux, il frissonna. L'humidité lui transperçait les os.

Pourquoi le sénateur montrait-il autant de sollicitude à l'égard d'un ancien collègue perdu de vue il y a longtemps?

D'ailleurs, quelle véritable raison se cachait derrière le fait qu'ils ne s'étaient pas vus depuis plusieurs années? Les simples hasards de la vie ou encore un vieux conflit?

Victor s'efforça de revenir à la base: que pouvait vouloir Rivard à un homme comme le sénateur sinon lui refiler le dossier Northern?

Une autre possibilité lui apparut alors, presque une évidence:

Rivard voulait-il faire chanter Tousignant?

Taillon débarrait les portes de la Crown Victoria.

En éjectant un dernier nuage de fumée avant de monter en voiture, Victor se tourna brusquement vers la maison et crut voir les rideaux du deuxième étage bouger.

CHAPITRE 56

Cadeaux de dernière minute

La terre entière semblait se liguer contre eux pour les empêcher de poursuivre leur route. En grognant, Jacinthe écrasa
son poing sur le tableau de bord. La sirène et le gyrophare en
fonction, elle fit grimper les deux roues de gauche sur le terre-
plein.

Passé l'embouteillage, elle écrasa la pédale au plancher.

La Crown Victoria gémit, se cabra, puis bondit vers l'avant
dans un grincement de courroies. Cramponné à son siège,
trimballé de gauche à droite comme un ballot dans un train de
marchandises, Victor luttait contre le mal de cœur en dessinant
des bonshommes pendus dans le givre de la vitre. En consultant
sa montre, Jacinthe avait réalisé l'étendue intersidérale du pétrin
dans lequel ils se trouvaient.

— Il reste deux heures avant que les magasins ferment, avait-
elle vociféré à travers un chapelet de sacres.

— *Fuck*, avait complété le sergent-détective, les mâchoires
crispées.

Le retour au bureau releva d'une pièce d'anthologie qui
resterait marquée au fer rouge dans la mémoire de Victor. À plus
d'une reprise, il s'était imaginé embaumé, son visage de cire
reposant dans un cercueil laqué de noir, les mains jointes sur
la poitrine. Ils étaient rentrés dans le stationnement de la Place
Versailles en dérapage contrôlé et Jacinthe avait abandonné la
voiture dans un endroit réservé aux véhicules d'urgence.

Durant le trajet, Victor avait téléphoné à Lemaire pour lui demander d'obtenir les relevés d'appels des cellulaires de Rivard et de Tousignant. Le sergent-détective voulait savoir si, contrairement à ce qu'affirmait le sénateur, ils s'étaient parlé à plus d'une reprise...

Par la suite, Jacinthe et Victor avaient bien essayé de se donner mutuellement des idées de cadeaux, mais aucun d'eux n'avait proposé quelque chose qui ait vraiment fait mouche pour l'autre, ou provoqué un eurêka. Ne pas avoir encore terminé leurs achats de Noël alors qu'ils travaillaient au-dessus d'un centre commercial relevait-il d'un goût sinistre pour le risque ou d'une insouciance crasse? Quoi qu'il en soit, il fallait les voir entrer tous les deux en panique et se précipiter dans les allées chacun de leur côté. Épique!

Au diable les chèques-cadeaux pour les enfants : Victor décida finalement de frapper un coup de circuit. La carte de crédit encore fumante dans la poche arrière, un sac de Bureau en gros sous le bras, il ne put s'empêcher de penser à la surprise et à la joie que ressentiraient Martin et Charlotte en déballant leurs iPad respectifs.

Pour Nadja, c'était plus compliqué.

Comme il n'avait pas eu d'éclair de génie, il s'était finalement décidé à lui offrir un forfait dans un spa des Cantons-de-l'Est, qu'il réserverait en ligne plus tard. Mais comme il s'y était pris à la dernière minute et qu'il ne recevrait pas le certificat avant quelques jours par la poste, il sentait le besoin de lui acheter autre chose, pour ne pas arriver les mains vides.

Le temps pressait et aucune autre idée ne lui venait : un peu intimidé, il entra à La Senza. Un sentiment de panique l'étreignit lorsqu'il consulta l'heure sur son cellulaire : plus que trente minutes avant la fermeture et il devait encore s'arrêter à la SAQ acheter une bonne bouteille pour Ted, et chez le fleuriste pour Albert, qui adorait les roses. C'était le strict minimum considérant que ceux-ci les recevaient à souper. Et, avec un peu de chance, il aurait le temps de tout faire emballer par les petites madames à tête grise, au kiosque central.

– Bonjour, je peux vous aider?

Victor devait avoir l'air un peu en détresse, puisque, bien que le magasin fût rempli de clientes, une jeune vendeuse s'était dirigée droit vers lui. Mal à l'aise, il dit qu'il cherchait «quelque chose» pour sa blonde. Quand il se révéla incapable de préciser davantage ce qu'il voulait, la vendeuse sourit et l'entraîna à sa suite à travers les présentoirs.

Heureusement, elle semblait avoir l'habitude, et l'opération se déroula sans heurt. Aussi se retrouva-t-il à la caisse quelques minutes plus tard avec une nuisette de tulle noir aux bonnets roses avec culotte assortie, une tenue de nuit et une paire de pantoufles.

Après avoir payé, Victor se préparait à partir lorsqu'il entendit une voix trop familière:

– Qu'est-ce que t'as acheté, Lessard?

Victor se retourna en rougissant. Jacinthe flânait au rayon des guêpières.

À voir la taille de celle qu'elle tenait dans sa main, elle magasinait assurément pour Lucie. Son esprit forma tout de même une image malsaine de sa coéquipière portant la guêpière, avec des cascades de bourrelets débordant de partout. Le sergent-détective chassa la pensée et marmonna quelque chose pour la forme, puis ils convinrent de se rejoindre «en haut» une fois leur magasinage terminé.

Pendant qu'il attendait chez le fleuriste, il remarqua un reflet dans la vitrine.

Le petit, dont la mère suivait Victor dans la file, devait avoir six ans. Un zèbre enfilé dans une main donnant la réplique à la grenouille tendue sur l'autre, l'enfant s'amusait à animer deux marionnettes de chiffon. La grenouille prit la parole:

– Maman a dit que tu es un tricheur, Panpan.

– Non! C'est toi, Zozo, qui est menteur!

– Tricheur, tricheur, tricheur! répétait le batracien.

Le zèbre ouvrit la bouche et croqua la tête de la grenouille en poussant un rugissement.

– Je suis pas un zèbre, Panpan. Je suis un loup.

Les bras chargés, Victor zigzagua à travers des collègues dans le corridor en sortant de l'ascenseur. Certains paquets étaient enveloppés dans des emballages métalliques rutilants, d'autres dans du papier de couleur crème, bariolé de vert et de rouge.

Arrivé près de son poste de travail, le policier posa les paquets sur le bureau.

— Calvaire, Lessard, t'as pas chômé! s'exclama une voix dans son dos.

— Pis, toi, as-tu trouvé ce que tu voulais? rétorqua-t-il.

Jacinthe affirma que oui. En se retournant vers sa coéquipière, Victor s'aperçut qu'elle n'était pas seule.

— Ah, bonjour, madame Vézina, lança-t-il à l'experte en documents.

La présence de cette dernière dans leurs bureaux le surprenait. Elle ne se serait pas déplacée sans avoir trouvé quelque chose d'important.

Jacinthe puisa une poignée de noix de cajou dans un contenant métallique et l'engouffra; elle avait toujours des *snacks* en réserve dans son tiroir du bas.

— On t'attendait, précisa-t-elle. (Elle se tourna vers la femme.) Montrez-lui ce que vous m'avez montré tantôt, Mona.

L'experte en documents posa sur la table une photocopie du dessin que Victor lui avait lui-même fait parvenir quelques heures plus tôt. Trois éléments du bonhomme pendu avaient été encerclés. Trois éléments qui formaient trois initiales, qu'ils n'avaient pas vues antérieurement en examinant le dessin, mais qui leur sautaient maintenant aux yeux.

JFK

CHAPITRE 57

Le réveillon

Nadja tenait le volant de la main gauche et serrait la sienne dans l'autre. Au feu rouge, elle lui décocha cette moue langoureuse qui figeait toute chose, suspendait le fil du temps. Victor soupira, ferma les paupières, puis les rouvrit, comme s'il voulait s'assurer qu'il ne rêvait pas.

Il baissa le volume de Nat King Cole et se tourna vers la banquette arrière pour admirer ses enfants, l'air attendri: Martin et Charlotte, déjà de jeunes adultes.

Ils s'asticotaient, comme d'habitude, mais avec humour et bonhomie.

– Tellement bonne, ta toune, j'me vomis sur les genoux!

Pour autant que Victor pouvait en juger, il était question d'une chanson d'Avril Lavigne que Charlotte trouvait géniale, mais que Martin s'amusait à critiquer juste pour la faire monter sur ses grands chevaux. Ses doigts touchèrent de nouveau le bouton du son.

La musique et le vrombissement du moteur qui accélérait enveloppèrent bientôt la conversation dont il perdit le fil. Son sourire s'élargit.

Il était 20 h 30, le 24 décembre.

Les nuages cotonneux laissaient tomber quelques flocons au tamis.

Nadja trouva une place de stationnement devant l'appartement de la rue du square Sir-George-Étienne-Cartier où Albert Corneau et Ted Rutherford habitaient depuis toujours.

Les deux hommes avaient constitué quelque chose ressemblant à une famille lorsque Victor avait perdu la sienne dans des circonstances effroyables. Puisque l'adoption par un couple gai n'était pas envisageable dans les années soixante-dix, Ted avait plus tard convaincu sa secrétaire de l'époque et son mari d'adopter l'orphelin efflanqué qu'il était alors.

Puis Rutherford, qui lui avait inspiré le désir d'entrer à l'école de police, était devenu son mentor alors que Victor faisait ses premiers pas dans le métier. Peu avant le départ à la retraite de Ted, ils avaient même formé une équipe.

La porte s'ouvrit, Albert apparaissant sur le seuil dans son éternelle chemise blanche à col Mao, la belle soixantaine, grand, svelte, inaltéré par le temps. Pour sa part, Ted les observait de la fenêtre du salon, dans son fauteuil roulant.

Victor et lui se dévisagèrent un instant.

Le vieux hocha la tête, une lueur réjouie dans le regard, content et fier de les accueillir. Victor sourit et lui adressa un signe de la main. Ted avait été le premier patrouilleur à arriver sur les lieux du drame qui avait décimé sa famille.

Ce jour-là, des siècles auparavant, Ted était devenu sa figure d'autorité paternelle.

Le sergent-détective flottait dans un état second lorsque Martin ouvrit le coffre et l'aida à monter les sacs qui contenaient les cadeaux. Charlotte et Nadja enlaçaient déjà Albert.

Au moment de franchir le seuil, Victor éprouva cette sensation familière, celle qu'il ressentait chaque fois qu'il remettait les pieds dans l'appartement, cette nostalgie empreinte de mélancolie qui lui nouait la gorge. Et cette odeur caractéristique qui lui chatouillait les narines, le replongeait si loin en arrière. Il ferma les yeux. L'image de Raymond, son jeune frère assassiné, défila dans sa tête.

Pendant une seconde, il eut envie de hurler, il crut défaillir. Puis l'instant passa.

Nadja posa une main sur sa nuque et l'embrassa.

– Ça va, chéri?

Ça allait, tout était parfait. Il prit Albert dans ses bras. Des bises et quelques larmes de joie succédèrent à l'accolade.

L'appartement de son enfance. Là où il avait séjourné tant de fois après ses fugues du centre d'accueil. Déjà, Albert s'éloignait dans le corridor, les bras chargés de cadeaux, Nadja et les enfants dans son sillage. Au fond, on distinguait le scintillement des lumières du sapin.

Victor pensa à Valérie, la sœur que lui avait donnée son adoption, à l'âge de seize ans. Elle devait se joindre à eux, mais avait décidé à la dernière minute de passer les fêtes dans le Sud avec ses enfants et son nouveau chum. Morts depuis quelques années, ses parents adoptifs lui manquaient durant ces réunions de famille.

Prenant une grande inspiration, Victor se dirigea vers la salle à manger, où l'attendait Ted. L'heure des retrouvailles avait sonné. À cet instant, il regretta de ne pas leur rendre visite plus souvent.

Dinde, pâtés à la viande, patates pilées, tarte au sucre, le repas préparé par Albert s'était avéré, comme toujours, succulent. Puis les cadeaux avaient été déballés dans l'allégresse.

Charlotte s'était jetée au cou de son père en ouvrant le sien et même Martin, d'ordinaire un peu blasé, avait semblé vraiment reconnaissant.

Victor avait décidé d'attendre un moment plus intime pour donner à Nadja la lingerie achetée à La Senza, mais il avait imprimé le forfait spa qu'il avait réservé en ligne et l'avait glissé dans une carte, à l'intérieur de laquelle il avait écrit quelques mots doux à son intention.

En l'ouvrant, Nadja avait éclaté de rire.

Mi-amusé, mi-insulté, Victor s'était alors juré qu'on ne l'y reprendrait plus à se lancer dans la poésie. Jusqu'à ce qu'il comprenne, en recevant le cadeau qu'elle lui offrait, l'objet de son fou rire: Nadja avait acheté un séjour pour deux au Scandinave, un spa des Laurentides.

— On va être tellement zen, avait-elle encore rigolé.

Un chèque-cadeau du magasin La Cordée était aussi glissé dans l'enveloppe.

– Pour t'acheter des bottes, avait précisé Nadja en l'embrassant.

Évachés sur le canapé du boudoir, Charlotte et Martin pianotaient chacun sur leur iPad tandis que les autres sirotaient un cappuccino décaféiné. En réponse à une question de Ted, Victor avait commis la gaffe de parler des grandes lignes de l'enquête sur laquelle il travaillait. S'en était suivi une discussion enflammée à propos du rôle de la police face à l'accroissement des sans-abri dans la société, un sujet sur lequel Ted se révélait intarissable.

– Le problème, c'est la loi, affirmait-il. Ça fait combien d'itinérants qui meurent gelés ou qui se font tirer par la police? Cette loi a coûté la vie à beaucoup de personnes vulnérables. On a mis tous les œufs dans le même panier avec la désinstitutionnalisation. Nous sommes passés d'un extrême à l'autre. C'est rendu que ceux qui auraient le plus besoin d'être gardés en cure fermée se retrouvent dans la rue. Ton Lortie, Victor, il serait peut-être pas mort s'ils l'avaient gardé en dedans.

Albert essuya le filet de bave à la commissure des lèvres de son amoureux. Conséquence de deux AVC, une légère paralysie affectait le coin droit de la bouche de Ted, altérant un peu son débit.

– Oui, mais Ted, intervint Nadja, il y a eu des abus! On a vu plusieurs cas de personnes internées qui n'avaient pas le profil pour être hospitalisées de façon permanente.

– T'as raison, Nadja. C'était vrai dans le passé. Mais là, comme je le disais tantôt, on est tombés dans l'autre extrême. C'est la même chose avec le mouvement syndical, mais, ça, c'est un autre débat…

Les opinions de Victor sur la politique et les affaires publiques divergeant souvent de celles de Ted, qui étaient plutôt tranchées, le sergent-détective avait appris au fil du temps à éviter les affrontements inutiles en s'abstenant de prendre part de façon active à la conversation.

Une sonnerie annonçant l'arrivée d'un texto retentit. Prenant discrètement son cellulaire dans sa poche, Victor consulta le message que venait de lui faire parvenir Mona Vézina :

Ce n'est pas l'écriture de Lortie… Joyeux Noël… Mona:)

Jacinthe et lui avaient demandé à l'experte en documents de comparer le spécimen d'écriture que l'on trouvait sur le dessin du bonhomme pendu avec celui de la mosaïque.

— Crois-moi, Nadja, continuait Ted, on rendrait service à plusieurs itinérants en les internant. Tiens, le meilleur exemple… Victor t'a sûrement déjà parlé de son ami Frank…

Nadja se tourna vers son compagnon, le secoua de sa torpeur.

— Tu m'as jamais parlé de Frank, chéri.

Des images, des souvenirs lointains se mirent à bouillonner dans le cerveau de Victor.

— Non? (Silence.) C'était mon meilleur ami, au centre d'accueil. On fuguait ensemble. Moi, après quelques jours dans la rue, j'atterrissais la plupart du temps ici. Lui, un jour, il a décidé de rester dans la rue pour de bon. Il y a vécu jusqu'au début de la trentaine.

Nadja posa la main sur la cuisse de Victor et brisa le silence après quelques secondes.

— Et après?

— Après…, répéta-t-il, les yeux dans le vague. (Long silence.) Après, il est mort.

Rutherford regarda Victor, hésita un instant à poursuivre. Bien que bourru, le vieux ne manquait pas de sensibilité et comprenait ce qui se passait: son ancien protégé revivait la scène dans sa tête.

Ces fantômes-là ne vous quittaient jamais.

— Un soir, en janvier, il faisait un froid sibérien, finit par préciser Ted. On est allés le chercher en dessous de son viaduc, puis on l'a reconduit dans un refuge. Il a attendu qu'on s'en aille et il est ressorti. Frank était schizophrène. C'est Victor qui l'a trouvé le lendemain, gelé dans son sac de couchage.

Sur le coup de minuit, après un décompte égrené à voix haute, tout le monde s'embrassa et se souhaita un joyeux Noël. Si, dans la plupart des familles, ce moment marquait le début des festivités, dans la leur, il en indiquait la fin.

En effet, l'état de santé de Ted ne permettait pas d'étirer la soirée en longueur, le vieux ne possédant tout simplement plus la résistance nécessaire. Aussi, plus ou moins quinze minutes après, Victor et sa troupe dirent au revoir à leurs hôtes et prirent le chemin du retour.

À l'arrière de la voiture, Charlotte et Martin, écouteurs sur les oreilles, s'étaient glissés dans leur bulle. Un sourire irradiait le visage de Nadja.

– C'était cool. Merci pour la belle soirée.

Victor déposa un baiser sur sa main.

– Merci à toi.

– Tu te souviens que je vois mon frère, demain?

Le sergent-détective se renfrogna. Diego estimait que sa sœur méritait mieux et le détestait. Victor le lui rendait bien.

Nadja remarqua qu'il consultait sa montre pour la deuxième fois depuis leur départ.

– Écoute, qu'est-ce que t...

Elle posa l'index sur ses lèvres.

– Chut, mon beau. Je sais déjà ce que tu vas me demander. Je vais te laisser en chemin.

CHAPITRE 58

Table d'opération

Dimanche 25 décembre

L'hôpital était le nouveau monde de Paul Delaney. Passer des heures dans le silence étouffé des corridors à observer le ballet feutré des infirmières était devenu aussi normal pour lui que de respirer. Dans ce cauchemar éveillé, il voyait la mort rôder près des chambres, se tapir sous les lits des malades et danser autour des roulettes des civières. Et, quand la lumière du jour entrait par les fenêtres, c'était pour mieux éclairer la maladie qui suintait des murs.

Victor le trouva à l'endroit indiqué par l'infirmière, affaissé sur une vieille banquette de vinyle, la tête entre les mains.

– Salut, chef.

Surpris, les traits tirés, Paul Delaney se leva d'un bond. Ils se serrèrent la main plus longtemps que d'habitude. Les yeux injectés de sang, Delaney lui donnait de grandes claques sur l'épaule.

– Vous êtes-vous donné le mot, coudonc? Jacinthe est passée, au début de la soirée.

Nadja avait déposé Victor devant l'entrée de l'hôpital. Elle avait proposé de l'attendre, mais il avait insisté pour rentrer en taxi. Chahutés par les enfants, ils s'étaient embrassés longuement sous leur regard moqueur.

Cette femme le transportait, le forçait à devenir meilleur.

Le sergent-détective tendit à Delaney l'une des deux canettes de Coca-Cola qu'il avait achetées dans la distributrice du rez-de-chaussée. Le bruit de tôle froissée retentit presque simultanément. Décapsulées, les canettes s'entrechoquèrent.

– Joyeux Noël, chef.

– À toi aussi, Victor.

Ils se trouvaient dans une aile mise à la disposition des familles. L'endroit était désert, mais ils marchaient dans le couloir sombre en chuchotant. Fixée au mur, une longue banderole dessinée par des enfants s'était décollée à une extrémité, de telle sorte que les trois dernières lettres de « *Merry Christmas* » pendaient dans le vide.

Les enfants de Delaney étaient partis une heure plus tôt et sa fille viendrait prendre le relais dans la matinée. Les nouvelles à propos de Madeleine semblaient encourageantes.

Les médecins avaient procédé à l'ablation de trois tumeurs localisées, et les métastases n'avaient pas envahi les organes voisins. Delaney avait pu la voir quelques minutes à son réveil. Elle gardait le moral, refusait de concéder la défaite.

Elle allait se battre jusqu'au bout.

Lorsque Victor voulut savoir comment lui se portait, les yeux de Paul Delaney se remplirent d'eau et il dut prendre une pause en plein milieu d'une phrase, étouffant un sanglot.

Sans trop se consulter, ils avaient pris l'ascenseur et s'étaient retrouvés au rez-de-chaussée. Victor laissa sa canette vide sur le dessus d'une poubelle.

– Je suis en train de virer fou à force de rester enfermé ici, lâcha Delaney.

Avec Victor sur les talons, le chef de la section des crimes majeurs marcha jusqu'à la porte, la poussa et sortit dans l'air froid.

– Ça fait du bien, confirma-t-il, après une longue inspiration.

De la buée se formait dans l'air, quand il parlait. Le chef fixa le paquet de cigarettes qui venait d'apparaître dans la main de son subordonné.

– Donne-moi-z'en une.

– T'es sûr, Paul? Ça serait niaiseux que tu recommences.

– C'est un ordre, répondit-il en lui tapant un clin d'œil.

Delaney pigea une cigarette et se pencha vers la flamme que Victor abritait dans la paume de sa main.

— C'est quoi, cette affaire-là? (Il rejeta de la fumée par les narines, puis il toussa.) D'abord l'enregistrement de la voix d'Oswald sur un CD, pis le dessin du bonhomme pendu… Et là, ces trois lettres… C'est-tu une coïncidence ou elles forment vraiment les lettres «JFK»?

— Ça pourrait être une coïncidence, admit Victor, mais l'experte en documents pense que c'est trop explicite pour que ce soit pas délibéré.

Victor parlait avec les mains, faisant rougeoyer le bout de sa cigarette. Delaney botta un bloc de glace du bout de la chaussure.

— Est-ce moi qui me fais des idées ou quelqu'un prend tous les moyens à sa disposition pour essayer de nous convaincre que notre enquête concerne aussi le président Kennedy?

Victor garda le silence un moment, comme pour remettre de l'ordre dans ses idées.

— Peut-être que le projet MK-ULTRA a été autorisé sous l'administration Kennedy? J'ai googlé un peu là-dessus, mais je m'y connais pas assez en politique américaine. Je vais en reparler à Gilles.

Delaney se racla la gorge et cracha dans la neige.

— En tout cas, le bonhomme pendu a inquiété suffisamment Lawson pour qu'il sorte le dossier Northern des archives et qu'il prenne la fuite, ajouta-t-il pensivement. (Le chef tira une bouffée; la fumée lui piqua un œil.) Qu'est-ce qui lui a fait peur, à ton avis? Les lettres «JFK» dans le dessin ou le mot secret?

— Honnêtement, j'en ai aucune idée. Mais il y a une chose que j'arrête pas de retourner dans ma tête à propos de Kennedy… (Victor planta son regard dans celui de Delaney.) J'ai l'impression qu'on voulait que McNeil serve de bouc émissaire, Paul. Comme Oswald…

Les deux policiers ruminèrent la remarque un moment. Le chef haussa les épaules.

– Je sais pas, peut-être… Mais en tout cas, les premières analyses confirment que les chiffres aimantés qu'on a saisis chez McNeil viennent du même jeu que ceux de Harper. (Le chef se racla la gorge et expulsa un crachat dans le banc de neige.) Pis notre homme mystère, reprit-il, le jeune gars avec la tuque qui s'est présenté au centre d'affaires… On est sûrs que c'était pas Rivard?

– Certains. Les signalements concordent pas. En plus, quel aurait été l'intérêt? Lawson lui avait déjà faxé le dessin.

Delaney prit une dernière taffe et écrasa le mégot dans le cendrier fixé au mur de la bâtisse.

Le sergent-détective ouvrit la porte et la tint pour laisser passer son supérieur. Ils rentrèrent et s'arrêtèrent dans le hall.

– L'autre chose qui me chicote, Paul, c'est les appels entre Rivard et Tousignant.

– Les explications du sénateur t'ont pas convaincu?

Victor haussa les épaules.

– J'sais pas. Je reviens à l'hypothèse que Rivard a le dossier Northern en sa possession et qu'il veut le refiler à quelqu'un, ou encore qu'il veut faire chanter quelqu'un en menaçant de le divulguer aux médias…

– Ce quelqu'un pourrait être Tousignant, compléta Delaney. Attendons d'obtenir les relevés d'appels de leurs cellulaires avant de se lancer dans des hypothèses. (Silence.) Si seulement on pouvait interroger Rivard…

– Pour ça, il faudrait qu'il soit encore en vie… (Victor resta un moment perdu dans ses pensées.) En passant, as-tu reparlé à l'associé directeur à propos du dossier Northern?

– Oui, je m'en suis occupé. Un des avocats du cabinet va t'envoyer des détails par courriel. Je pense que, cette fois, ils ont compris l'urgence de la situation.

Le sergent-détective ramena la discussion sur Madeleine. Delaney lui expliqua les étapes subséquentes. En gros, les quarante-huit prochaines heures risquaient de s'avérer critiques.

Quand arriva le moment de remonter, Victor le sentit se refermer. Les quelques minutes qu'ils avaient passées ensemble avaient permis au chef de s'évader de la réalité, mais celle-ci venait de le rattraper.

Dure, froide, implacable.

Lorsque tout eut été dit, Victor laissa son supérieur derrière lui et se dirigea vers la sortie.

En poussant la porte, le reflet dans la vitre lui serra le cœur comme un poing : Delaney s'était assis sur une banquette.

Une main sur les yeux, ses épaules tressautaient.

CHAPITRE 59

Joyeux Noël

La journée de Noël ne se passa pas tout à fait comme prévu. Alors que Victor avait l'intention de paresser au lit avec Nadja et de préparer à déjeuner pour les enfants — il avait pensé les surprendre en faisant des crêpes —, il fut tiré de son sommeil à 4 h 49 par la vibration de son cellulaire. En voyant son nom s'afficher, il se douta bien que Jacinthe ne l'appelait pas pour lui souhaiter joyeux Noël.

– Je passe te prendre dans vingt minutes. On va faire une petite promenade.

– Calvaire, chuchota-t-il. As-tu vu l'heure?

– Bon, bon, bon, Lessard. Tu te suicideras demain! Habille-toi chaudement, y fait frette.

Assis sur le bord du matelas, il resta immobile, l'air hébété, à fixer le renfoncement dans l'oreiller, là où, un instant plus tôt, était posée sa tête.

Nadja dormait toujours d'un sommeil paisible.

Fouillant dans ses tiroirs en essayant de faire le moins de bruit possible, évitant les lattes du plancher qui craquaient, Victor trouva des combines qu'il enfila sous ses jeans, puis passa un chandail de laine polaire par-dessus son t-shirt.

Lorsque la porte du garde-robe grinça, il se figea : Nadja remua, poussa quelques gémissements, mais elle ne se réveilla pas. Recommençant à respirer, il saisit un sac de toile et y entassa un survêtement doublé et des chaussettes supplémentaires. Le sergent-détective sortit de la chambre sur la pointe des pieds et mit une éternité à refermer la porte, pour ne pas faire de bruit.

L'odeur du café frais parvint à ses narines avant qu'il ne se pointe dans la cuisine. Martin était déjà en train de déjeuner, un vieux journal déployé sur la table.

Victor posa son sac sur le carrelage.

— T'es de bonne heure sur le piton à matin, mon gars!

— Mmm…

— Qu'est-ce qui se passe? T'as pas l'air dans ton assiette.

— J'étais plus capable de dormir. Charlotte ronfle, pis elle arrête pas de bouger.

L'appartement de Victor ne possédant qu'une chambre, les enfants devaient utiliser le divan-lit du salon quand ils étaient en visite chez leur père. Victor sortit le pain et le beurre d'arachide du frigo, entreprit de se confectionner quelques tartines.

— On est mal équipés ici, mais on va avoir une chambre d'invités dans notre condo. On va s'arranger pour que vous soyez confortables quand vous viendrez.

Martin releva la tête, prit une gorgée de café.

— En avez-vous visité d'autres récemment?

— Non. On va s'y remettre après les fêtes.

Victor fouilla une armoire du regard un moment, sans trouver ce qu'il cherchait, en ouvrit une autre. C'est dans la quatrième qu'il mit finalement la main sur son thermos en inox.

— Je peux me servir? demanda-t-il en pointant la cafetière du menton.

Martin balaya l'air d'un grand geste de la main.

— Vas-y, finis-le. J'en ferai d'autre après. (Nouvelle gorgée.) Y est bon, pour du déca.

Victor versa le liquide dans son thermos, reposa la carafe sur son socle et enveloppa ses tartines dans du papier d'aluminium. Puis il prit son trousseau de clés et débarra un coffre dissimulé dans l'armoire à balais, où il gardait son arme de service. Il enfila son holster et y glissa son Glock.

Le geste n'avait pas échappé à Martin qui savait que lorsque son père sortait avec son pistolet à 5 h du matin, il ne partait pas pour une promenade de santé.

— Tu travailles aujourd'hui?

— Juste quelques heures, j'espère. Toi, c'est quoi ton plan de match?

— Je vais chiller un peu ici. Faut que j'aille voir madame Espinosa tantôt.

Son fils n'avait pas toujours été un ange, mais Victor le savait sensible.

À la fin de l'adolescence, Martin avait bousculé la vieille dans le métro et lui avait volé son sac. Pris de remords, il était allé la voir le lendemain et le lui avait rendu sans avoir touché à l'argent. Plutôt que de le dénoncer, elle l'avait invité à entrer. À compter de ce moment, de fil en aiguille, la vieille était un peu devenue la confidente du jeune homme, tandis que celui-ci l'aidait à faire ses courses et à effectuer des travaux d'entretien dans son appartement.

Victor saisit le bloc-notes aimanté au frigo et griffonna un message à l'intention de Nadja.

— Veux-tu que je te laisse en chemin?

— Non, non. Y est trop de bonne heure.

Était-ce quelque chose dans la voix de Martin, ou son regard fuyant? Victor eut soudain l'intuition que son fils était préoccupé.

— T'es certain que ça va, mon gars? demanda-t-il, écartant le store avec les doigts.

Martin ouvrit la bouche, sembla sur le point de dire quelque chose.

— Merde, Jacinthe est déjà arrivée.

Victor se retourna vers son fils, déterminé à ne pas partir sans avoir obtenu une réponse. Martin se leva et s'approcha de son père. Fait inhabituel, il lui fit une accolade.

— Tout est beau, p'pa. Et merci encore pour le iPad.

Victor le serra dans ses bras et lui donna quelques claques dans le dos. Pour qui savait décoder le langage masculin, ça voulait dire quelque chose comme «je t'aime».

– Tant mieux, mon gars. Tant mieux.

Ils se souhaitèrent une bonne journée et Victor sortit.

Dans la voiture, Jacinthe, qui bouillait d'impatience, s'apprêtait à appuyer sur le klaxon.

Cinq heures du matin, cinq heures du soir, pour elle, ça ne faisait aucune différence : elle se foutait complètement de déranger les voisins.

Cependant, elle retint son geste en voyant son coéquipier apparaître sur le trottoir.

– C'est Rivard ? demanda-t-il en balançant son sac sur la banquette arrière.

Cette fois, Jacinthe attendit qu'il eût refermé la portière pour démarrer.

– Son corps a été retrouvé un peu après minuit, au cimetière Mont-Royal. Un homme qui était allé se recueillir sur la tombe de sa sœur a entendu une sonnerie de cellulaire provenant d'un caveau fermé à clé.

Ayant actionné le gyrophare, Jacinthe enfilait les virages à haute vitesse et sautait sans cesse sur les freins. Victor se battait avec sa ceinture de sécurité, qu'il n'arrivait pas à boucler, le dispositif permettant le déroulement de la bande se bloquant sans cesse.

– Pauvre gars, y a dû avoir la chienne de sa vie.

– J'sais pas. C'est un *weirdo*, à ce qu'y paraît. Je viens de parler à un des techniciens qui sont sur place. Ils ont trouvé deux cellulaires sur le corps de Rivard. Son iPhone était fermé. C'est pour ça que les Crimes technologiques ont pas pu le trianguler ni le localiser par GPS. L'autre appareil était à forfait prépayé.

– Des communications avec Tousignant ?

– Aucune trace dans le registre des appels du iPhone, ni dans celui du prépayé. C'est la première chose que je leur ai demandé de vérifier. Il y a seulement l'appel de cette nuit qui apparaît dans le registre du prépayé. J'ai vérifié le numéro : c'est celui d'une des maîtresses de Rivard.

Écoutant Jacinthe d'un air soucieux, Victor mit un doigt sur sa paupière droite, qui ne cessait de papilloter.

– Le fait que le deuxième appareil était un prépayé, ça confirme que Rivard tramait quelque chose et qu'il voulait éviter de laisser des traces. Et si le registre des appels du prépayé est vide, c'est parce qu'il effaçait les entrées au fur et à mesure. (Silence.) Pourquoi ça a pris aussi longtemps avant que l'Identification judiciaire nous contacte?

– Au cas où tu l'aurais pas remarqué, mon homme, c'est Noël. Le temps que le 9-1-1 envoie des patrouilleurs, qu'ils localisent un employé, que le *dude* quitte sa petite fiesta, qu'il trouve la clé… Quand je pense que c'est moi qui a reçu l'appel juste parce que j'ai accepté de changer mon jour de garde avec Gilles. Avoir su!

Jacinthe tira une poignée de Gummies d'un sac qu'elle tenait entre ses jambes, puis les enfourna. Elle mastiquait en sapant.

– Le plus drôle de l'affaire, c'est que le corps de Rivard a été retrouvé dans le caveau familial des Lawson.

CHAPITRE 60

R.I.P.

Les techniciens de l'Identification judiciaire étaient les mêmes que ceux qui avaient examiné la dépouille de McNeil dans le parc Maisonneuve. À la blague, l'un d'eux lança à Victor qu'à force de travailler sur des surgelés, ils allaient acquérir une expertise qui pourrait leur servir dans le domaine de l'alimentation. Un de leurs collègues était déjà reparti avec le téléphone prépayé de Rivard pour voir ce qu'il pourrait en extraire.

Pour l'heure, ils n'avaient rien trouvé de significatif, mis à part des blessures similaires à celles découvertes sur le corps du psychiatre. Berger avait confirmé à Taillon que McNeil avait été frappé mortellement par deux flèches, dont une en plein cœur.

Le tueur utilisait donc un arc, ou une arbalète.

Cependant, parce qu'il avait neigé, il paraissait impossible de déterminer si, cette fois, le tueur était chaussé de skis. L'expérience amenait les techniciens à penser que le corps de Rivard avait été traîné sur une courte distance avant d'être enfermé dans le caveau, mais ils ne disposaient d'aucun élément permettant de confirmer cette hypothèse de façon catégorique.

Manifestement, l'attaque avait eu lieu quelque part dans le cimetière.

De puissants projecteurs disposés dans le tombeau éclairaient le cadavre. En feuilletant le roman de Leroux, trouvé sur l'autel, Victor y avait découvert une note manuscrite. Écrite d'une encre à demi effacée par le temps, elle figurait dans les premières pages :

In Memory of our lovely Christmas Nights
Forever, Mother
Nathan

Profitant de ce que Jacinthe coordonnait les opérations qui allaient commencer par une battue des maîtres-chiens, Victor avait pris à l'écart, pour l'interroger, l'homme qui avait appelé le 9-1-1.

Celui-ci semblait effectivement un peu étrange, mais son histoire l'avait ému, bouleversé. L'homme avait un fort accent russe, aussi le sergent-détective avait-il tout d'abord peiné à le comprendre. Mais, à force de lui demander de répéter ce qu'il n'avait pas saisi, Victor avait fini par assembler les pièces du puzzle : sa sœur cadette était décédée le soir du réveillon, cinq ans plus tôt. Chaque année, il venait se recueillir sur sa tombe. Le désarroi de l'homme, dont les yeux se remplissaient de larmes lorsqu'il évoquait le souvenir de la disparue, lui rappelait le vide qu'il ressentait toujours à l'égard de la mort de sa mère et de ses frères.

En particulier, la perte de Raymond.

L'interrogatoire lui confirma ce qu'il soupçonnait déjà : outre d'avoir trouvé étrange, au point d'appeler le 9-1-1, le fait d'entendre la sonnerie d'un téléphone provenant d'un caveau, l'homme ne savait rien qui puisse les aider à avancer dans leur enquête.

Avant de le laisser rentrer chez lui, le sergent-détective calma ses inquiétudes : on ne lui causerait pas de problèmes parce qu'il était entré illégalement sur le site.

Un maître-chien passa devant Victor, son berger allemand reniflant la neige près du caveau.

Jacinthe le rejoignit. Elle était emmitouflée dans un long manteau rouge qu'elle ne sortait que dans les froids extrêmes. Certaines méchantes langues avaient déjà laissé sous-entendre que le vêtement avait été taillé dans de la voile à bateaux.

— Je viens de parler à l'agent Séguin. Ils ont rien trouvé, annonça-t-elle en rajustant sa tuque à pompons.

Les enquêteurs avaient demandé à Séguin, l'un des premiers patrouilleurs arrivés sur les lieux, de fouiller la voiture de Rivard avec un technicien de l'Identification judiciaire. Au moment d'entrer dans le stationnement, Jacinthe avait en effet remarqué une Porsche Cayenne enneigée. Le véhicule était garé dans la rue, à cent mètres des grilles qui bloquaient l'accès au cimetière la nuit.

Quelques coups de balai à neige avaient suffi à dégager le pare-brise et à révéler la présence d'une contravention. Le numéro de plaque leur avait permis d'obtenir la confirmation, quelques minutes plus tard, qu'il s'agissait bien d'un véhicule enregistré au nom de l'avocat.

Avec l'avis de recherche publié, ils auraient dû être mis au courant beaucoup plus tôt de la présence de la Porsche. Il était en effet pour le moins surprenant que le véhicule n'ait pas été identifié comme appartenant à une personne portée disparue par l'agent de stationnement qui avait émis le constat.

Victor avait haussé les épaules.

Depuis le temps qu'il pratiquait ce métier, il avait appris que même si on le souhaite très fort, on ne peut jamais revenir en arrière.

Victor plaça une main en visière devant ses yeux, pour se soustraire à la morsure du soleil, qui jouait à la cachette avec les nuages. Les maîtres-chiens suivaient leurs bêtes, qui reniflaient ici et là entre les stèles.

Le vent soufflait en diagonale, le froid lui engourdissait les doigts. Il retira ses gants de latex, sortit ses mitaines de ses poches et les enfila.

— Ça me surprendrait qu'ils trouvent quelque chose, affirma-t-il. Avec toute cette neige qui est tombée dans les derniers jours…

Avec l'index, Jacinthe se fouillait entre les dents et la gencive. Elle finit par extirper un morceau de Gummies, qu'elle regarda un instant avant de l'envoyer se perdre dans la neige d'une chiquenaude.

– Moi, je me demande ce que Rivard était venu faire ici.

– Je pense à ça depuis tantôt. La seule explication logique que j'ai réussi à trouver, c'est qu'il venait chercher ou déposer quelque chose dans le caveau.

– Le dossier Northern? hasarda-t-elle.

Aussi éloquent qu'une réponse, le silence de Victor flotta en suspension dans l'air comme un flocon ondoyant dans le vent.

Presque 11 h. La matinée traînait en longueur, Victor était transi, et cette attente, à regarder les techniciens travailler par-dessus leur épaule, le rendait fou.

Pendant l'absence de Jacinthe, partie s'acheter de la bouffe, il avait bu son thermos de café, et le papier d'aluminium ayant servi à envelopper ses tartines gisait en boule dans le fond de son sac. Victor se secoua : il fallait qu'il bouge, qu'il se passe quelque chose.

Prenant pour hypothèse que Rivard était mort près du caveau, il essaya de se mettre dans la peau du tueur et de déterminer le meilleur endroit pour atteindre la cible. Après avoir envisagé quelques options, il finit par porter son attention sur la petite colline en saillie, à droite, derrière la crypte où était enterrée la mère de Nathan Lawson.

À mi-chemin dans la pente, il regretta de ne pas avoir songé à prendre des raquettes. Enfoncé dans la poudreuse jusqu'aux genoux, il peinait à avancer et mit finalement plus de temps qu'il ne l'avait prévu à parvenir au sommet. En reprenant son souffle, il enveloppa du regard le cimetière en contrebas, admirant le ballet des hommes et des chiens sur la neige.

Comme il l'avait pensé, le dessus de la colline constituait un excellent poste d'observation, d'où l'on pouvait surveiller les allées et venues autour du caveau. L'endroit permettait en outre de guetter l'entrée principale du cimetière. Jacinthe revenait d'ailleurs dans leur direction en discutant avec un agent. Victor ne put s'empêcher de sourire : elle tenait un carton de pizza dans la main.

Le sergent-détective resta encore un moment à scruter les alentours, chercha des pistes de ski sans en trouver. Alors qu'il s'apprêtait à redescendre, le soleil sortit de derrière un nuage durant quelques secondes, pour être aussitôt ravalé par la masse.

Mais un reflet avait attiré son attention.

Quelque chose avait brillé dans la neige, quinze mètres derrière l'endroit où les maîtres-chiens s'activaient. Prenant pour repère une stèle de marbre noir, imposante, Victor descendit sans la quitter des yeux.

Jacinthe l'attendait au pied de la pente, une pointe de pizza marquée de traces de dents dans une main, la boîte tendue vers lui dans l'autre. À l'œil, il estima qu'il s'agissait au moins d'une «large», mais il lui signifia par un geste de la tête qu'il n'en voulait pas.

– J'ai parlé à Gilles. Il a reçu les relevés de compte des cellulaires de Rivard et de Tousignant. Aucune communication entre les deux.

Jacinthe s'attendait à ce que Victor réagisse mais, pour toute réponse, il la contourna en continuant de fixer le monolithe noir. Ses lèvres remuaient sans qu'aucun son n'en sorte.

– Voyons, Lessard, j'te demande pas d'te baisser les culottes pis d'courir avec la zoune à l'air, mais tu pourrais au moins avoir une réaction !

Elle le regarda s'éloigner, puis lui emboîta le pas en maugréant à voix basse :

– Maudits hommes !

Victor lui fit un signe de la main, sembla chercher quelque chose dans la neige, puis s'assit sur ses talons près d'une stèle. Il retira ses mitaines et enfila des gants de latex.

– Qu'est-ce que c'est ?

Jacinthe s'était approchée, tandis qu'à l'aide d'un stylo, le sergent-détective dégageait la neige autour d'un objet métallique qui affleurait à la surface.

– Va chercher un des techniciens, répondit-il. Je pense que c'est la pointe d'une flèche.

CHAPITRE 61

Brigade antiterroriste

Le ciel s'était complètement voilé, faisant chuter le mercure. Le vent soulevait des spirales de poudrerie. Rameuté par Jacinthe, un technicien de l'Identification judiciaire avait dégagé avec précaution l'objet trouvé par Victor : il s'agissait effectivement d'une flèche. Outre la pointe d'acier, qui ne semblait pas tachée de sang, la tige noire était coiffée de plumes roses et grises. Les policiers examinèrent le projectile un moment sans dire un mot.

– Probablement que le tueur a manqué sa cible, leur expliqua le technicien, que la flèche a ricoché contre une pierre tombale et qu'elle s'est plantée à l'envers dans la neige.

– Il l'a sûrement oubliée, avança Jacinthe.

– Ou il a pas été capable de la retrouver, proposa Victor.

Après avoir réalisé une série de clichés, le technicien entreprit de consigner les paramètres qui lui permettraient ensuite de situer l'endroit exact où la flèche avait été trouvée, l'angle, la position et toute autre information utile. Pendant ce temps, Victor leur expliqua comment il avait aperçu le reflet depuis la colline. Le technicien semblait d'accord avec sa théorie voulant que le tireur se fût embusqué au sommet. Une sonnerie retentit ; le sergent-détective prit son cellulaire dans sa poche.

– Tiens, siffla Jacinthe, ça, j'te gage que c'est ta blonde…

Un mince sourire se dessina sur les lèvres de Victor lorsqu'il consulta l'afficheur. Il se retourna vers sa coéquipière en souriant.

– Qu'est-ce tu veux, quand tu pognes, tu pognes...

– Tu changes tellement de ton quand c'est elle...

– Je change de ton? De quoi tu parles?

Ses paupières papillotant, Jacinthe modula sa voix de quelques octaves :

– Allô, mon amour... Oui, mon amour... Bonne journée, mon amour...

– Pfff... N'importe quoi! Je l'appelle jamais comme ça!

Victor prit la communication en se retenant pour ne pas pouffer de rire. Il ne l'admettrait jamais devant elle, mais Taillon avait raison : il parlait d'une voix plus douce quand il s'adressait à Nadja.

– Allô, mon amour.

Cellulaire à l'oreille, le sergent-détective avait fait exprès de prononcer les mots qui confirmeraient ce que venait de dire Jacinthe et l'entendit s'esclaffer. Son sourire mourut aussitôt sur son visage.

– Qu'est-ce qu'il y a? demanda Jacinthe en fronçant les sourcils.

Quelques secondes s'écoulèrent, puis Victor coupa la communication.

Il resta prostré, muet.

– Lessard! Qu'est-ce qui se passe? Y a-tu un problème à 'maison?

Sa main se promena à l'aveugle dans son manteau, récupéra son paquet de cigarettes et son briquet. Il tira une grande bouffée. Son esprit plongea dans le noir illimité, la surface n'apparaissant plus que comme un petit point lumineux, une tête d'épingle dont il s'éloignait. Nager s'avérait futile, la vase du fond l'aspirait, lui enserrait les chevilles.

Ce n'est qu'en entendant les interjections de Jacinthe qu'il émergea de sa torpeur.

Un grand malaise physique l'étreignait.

Suffoquant, Victor dézippa le col de son manteau, puis il défaillit. Jacinthe le rattrapa juste à temps, avant qu'il ne s'écrase sur le sol. Avec l'assistance du technicien, elle l'aida à s'asseoir dans la neige et l'adossa à une pierre tombale.

– C'est Martin, murmura-t-il, livide. Il vient d'être arrêté par la brigade antiterroriste.

Jacinthe et Victor n'avaient pas échangé un mot de tout le trajet. La tête accotée à la vitre, le sergent-détective avait regardé défiler le paysage sans pouvoir remettre ses pensées en ordre. Nadja l'attendait dans le hall du poste de police. Il voyait ses lèvres remuer, mais les mots oscillaient dans l'air sans jamais se rendre jusqu'à son cerveau.

Elle essaya de lui parler encore; il lui sembla même saisir qu'il était vaguement question de choses importantes qu'il devait savoir, dont ils devaient parler en priorité. Mais sa capacité d'absorption était saturée. Il ne s'agissait ni du moment ni de l'endroit.

Nadja se tenait devant lui, l'empêchant d'avancer. Victor la sentait émue et bienveillante; il l'écarta cependant de son chemin en la repoussant avec son avant-bras, doucement, mais avec fermeté. Jacinthe, qui comprit qu'il ne servait à rien d'insister, resta en retrait.

Victor se dirigea droit vers l'officier en service, un rouquin qu'il connaissait vaguement pour l'avoir croisé pendant les quelques semaines qu'il avait passées jadis dans le groupe d'intervention tactique, avant de se rendre compte que le SWAT ne correspondait pas à ses aspirations.

Les deux hommes se saluèrent, puis l'officier répondit à son interrogation en lui racontant que Martin et un complice avaient été arrêtés en possession de bâtons de dynamite volés, alors qu'ils tentaient d'acheter des détonateurs pour, semble-t-il, commettre un attentat terroriste contre une synagogue juive.

La lumière du jour clignota comme une ampoule sur le point de griller, le tunnel opaque dans lequel Victor avançait ne cessait de se rétrécir. Il connaissait son fils et ce qu'on prétendait à son sujet était inconcevable.

C'est ce qu'il dit en quelques phrases courtes et sèches à son confrère, qui haussa les épaules et lui répondit que la preuve accumulée était solide et que l'enquête durait depuis plusieurs semaines.

– Donne-moi cinq minutes, seul avec lui.

Victor ne demandait pas la charité.

La requête avait été formulée d'un ton ferme, sans appel. L'autre lui opposa une fin de non-recevoir et entreprit de lui en expliquer calmement les motifs.

Victor réagit comme un animal blessé; son instinct de survie était entré en action.

Cet homme s'opposait?

S'il n'était pas dans son camp, c'est qu'il était son pire ennemi.

Sans même hésiter, le sergent-détective agrippa le roux par le collet et le poussa contre le mur. Jacinthe, Nadja et deux policiers en uniforme se précipitèrent pour les séparer, mais, malgré les supplications de sa blonde et les ordres des autres, Victor ne lâcha pas prise.

L'idée d'appuyer le canon de son pistolet contre le visage de l'officier lui passa par la tête, mais trop de mains l'enserraient fermement.

Les voix tonnaient dans la pièce; la situation devenait critique et menaçait de dégénérer, mais, comme par magie, tout se calma d'un coup lorsque la voix de Jacinthe rugit encore plus fort, s'élevant par-dessus le brouhaha.

– Écoute, y te demande pas la lune. Cinq minutes avec son fils. C'est tout. T'as-tu des enfants, toi? Mets-toi à sa place, ciboire!

Victor et l'officier se dévisagèrent en chiens de faïence, puis le rouquin baissa les yeux, hocha la tête. Il n'avait vu aucune haine, aucun mépris dans le regard du sergent-détective. Que du désarroi. Après tout, qui pouvait blâmer un père de monter au front pour son fils?

– OK. Ouvrez-lui la porte, dit-il à ses collègues.

Tout le monde se lâcha, rajusta ses vêtements, Nadja se replaça une mèche de cheveux derrière l'oreille. Heureusement, comme c'était le jour de Noël, il n'y avait que leur petit groupe dans le poste. Victor présenta ses excuses à l'officier, qui les accepta d'un signe de tête.

Puis il remit son arme de service, ignora Nadja qui essayait de nouveau d'attirer son attention dans l'espoir de lui parler et franchit la porte vitrée qui menait aux cellules.

Son cœur se serra lorsqu'il vit Martin derrière la glace sans tain. La salle dépourvue de fenêtre était en blocs de ciment, lesquels avaient été recouverts de peinture beige quelques siècles auparavant. Son garçon était assis derrière une table de bois foncé, les coudes sur le plateau, la tête enfouie dans les mains, les doigts plantés dans les cheveux. Victor resta un instant à l'observer, interdit, la main sur la poignée de la porte qui donnait accès à la salle.

Tout à coup, après s'être battu bec et ongles pour arriver jusque-là, il fut saisi d'un doute. Et s'ils avaient raison, si ce qu'ils disaient avoir découvert sur Martin était vrai? Pour la première fois, Victor envisagea la possibilité que son fils soit devenu le genre d'individu qu'il avait passé sa vie à poursuivre, à coincer et, parfois, à écraser sous son talon.

Le sergent-détective entra, le jeune homme releva la tête.

Victor n'aurait su dire avec exactitude ce qui passa dans le regard de Martin. De la crainte, voire de la terreur, du mécontentement, mais du soulagement aussi.

Les pieds de la chaise vide grincèrent contre la céramique lorsque le policier la tira vers lui. La retournant, il s'assit à l'envers et croisa les bras sur le dossier.

– On a cinq minutes pour te sortir d'la marde. Dis-moi que c'est pas vrai.

Martin fixait le bout de ses Doc Martens. Il leva des yeux tristes vers son père.

– C'est pas ce que tu penses, c'est pas ce que ça a l'air. Laisse-moi faire, pis tu vas voir, tout va finir par s'arranger.

– Te laisser faire? Tu me niaises-tu, là? Réalises-tu la portée des accusations qui te pendent au bout du nez? Avec les nouvelles dispositions antiterrorisme, ils vont demander le maximum. En plus, t'es le fils d'un policier. Le juge va être impitoyable avec toi. Pis la prison va être pleine de gars que j'ai arrêtés et qui vont être juste contents de te casser la gueule et de te pisser dessus. Et ça, ce sera dans les bons jours. (Victor consulta sa montre.) Il nous reste trois minutes. Parle!

– Je peux pas, p'pa. Je peux pas parler.

Martin en avait envie, mais… Avait-il peur de la réaction de son père ou craignait-il quelque chose d'autre? Quoi qu'il en soit, Victor se leva d'un bond et repoussa la table et sa chaise dans un grand fracas.

– ARRÊTE DE ME NIAISER!

Les yeux exorbités, de l'écume au bord des lèvres, il flanqua une grande claque au visage de son fils, ce qu'il regretta aussitôt. La tête de Martin partit violemment vers l'arrière, puis il se mit à pleurer en silence.

Victor mit un genou à terre à côté du jeune homme.

– Martin, si tu veux pas pourrir en prison, parle-moi. Et vite.

Il avait exprimé cette dernière requête d'un ton doux, avec un calme absolu. Des coups ébranlèrent la porte. Une voix perça à travers le battant:

– Il vous reste une minute…

La lèvre inférieure de Martin tremblait; il renifla et passa une main sur ses yeux baignés de larmes.

– Je t'avertis, tu me croiras pas… (Il prit une grande inspiration.) Je travaille comme informateur pour la GRC. J'ai infiltré un gang de néonazis. Des fous, p'pa! Ils frappent des cibles juives et font passer ça sur le dos des musulmans. Ils veulent créer des tensions raciales pour que le monde pense que le multiculturalisme est dangereux.

Les idées circulaient à toute vitesse dans l'esprit de Victor. Des néonazis! Martin, informateur pour la GRC?! Sous son nez, sans qu'il s'aperçoive de rien.

Dans ta face, Lessard.

Puis le sergent-détective s'efforça de bloquer toute réaction. Il fallait faire vite et poser les bonnes questions.

– As-tu parlé à ton superviseur à la GRC?

– Oui. J'attends qu'il me rappelle.

– As-tu un statut officiel? Es-tu sur le *payroll*?

– C'est plus compliqué que ça, p'pa. (Martin hésita, faillit ajouter quelque chose, mais il se tut.) Pour une fois, je pensais que tu serais fier de moi, reprit-il en regardant son père droit dans les yeux.

Le bruit des loquets, on déverrouillait la porte… La nuque de Victor se mit à picoter, l'urgence de la situation libéra une dose d'adrénaline, le temps s'accéléra.

– Donne-moi le nom de ton contact. Je vais faire le pont.

– Je peux pas, *dad*.

– Voyons donc! C'est quoi, ces niaiseries-là? Fais-moi confiance, je pourrai pas t'aider si tu me dis rien, Martin. (Victor s'avança jusqu'à ce que leurs visages ne soient plus qu'à quelques centimètres l'un de l'autre.) C'est quoi, son nom?

La porte s'ouvrit, le rouquin apparut dans l'embrasure.

– Ça fait cinq minutes, Lessard.

– Il s'appelle Diego Concha Fernandez, murmura Martin à son oreille.

L'information mit un certain temps à circuler dans ses synapses, puis les connexions s'établirent. Victor embrassa son fils sur le front, se releva et marcha vers la porte à reculons. Ses yeux lançaient des points d'interrogation en direction de Martin, qui répondit à sa question muette en hochant lentement la tête de haut en bas.

Par ce geste, celui-ci venait de confirmer qu'il s'agissait bien du Diego Concha Fernandez auquel Victor pensait.

Le frère de Nadja.

CHAPITRE 62

Affrontements

Assise dans l'un des fauteuils de l'entrée, Jacinthe leva le poing en signe de victoire et lâcha un retentissant « *yes* », suivi d'un mot d'église. Elle venait de pulvériser son record précédent à *Angry Birds*. Depuis qu'elle l'avait téléchargé sur son BlackBerry, elle y jouait en moyenne trente minutes par jour, généralement aux toilettes.

Dans la salle de conférences où Victor avait entraîné Nadja en lui serrant le bras, les voix tonnaient. Derrière le comptoir de la réception, le rouquin faisait semblant de travailler dans sa paperasse, mais en vérité il fouinait, tendait l'oreille pour tout écouter. À un moment, il avait failli ouvrir la porte pour s'assurer que les choses se déroulaient correctement, mais Jacinthe l'en avait dissuadé d'un regard.

La porte claqua violemment contre le mur. Jacinthe sentit un courant d'air quand Victor passa devant elle comme une balle.

— On décâlisse, Taillon.

Le temps qu'elle rempoche son téléphone, il marchait déjà dehors.

Jacinthe passa la tête dans l'entrebâillement.

Le maquillage de Nadja avait coulé, ce qui n'altérait même pas sa beauté. Elle renifla un bon coup avant de répondre à sa question en lui confirmant que ça irait. Et d'ajouter, la suppliant presque :

— Empêche-le de faire des conneries, Jacinthe, je t'en prie.

Nadja trouva la force de mettre son manteau, de sortir du poste de police et de marcher jusqu'à sa voiture. Puis, quand elle fut assise derrière le volant, elle fondit en larmes et se replongea dans ses souvenirs.

Nadja et Martin s'étaient beaucoup occupés de Victor pendant sa convalescence et ils avaient tissé des liens étroits. Sans qu'elle se souvienne comment ils en étaient venus à parler de cela, le jeune homme lui avait fait part de son désir d'entrer dans la police.

Au fil de la conversation, Martin avait plus particulièrement manifesté une préférence pour la lutte contre le terrorisme. Puisque son frère, Diego, dirigeait une des sections de la GRC spécialisées en la matière, Nadja les avait mis en contact.

Contente que Martin s'ouvre à elle, reconnaissante de la confiance qu'il lui témoignait, elle avait bêtement promis de ne pas en parler à Victor.

Avec le recul, Nadja comprenait qu'il s'agissait du moment où elle s'était fait avoir.

Elle aurait dû se méfier quand Martin s'était montré insistant dans ses questions en lui présentant des scénarios hypothétiques: «Qu'arriverait-il si, par exemple, un civil rapportait de l'information à l'égard d'un complot terroriste?» «Comment est-on recruté comme informateur?»

Elle aurait dû comprendre, à cet instant, que Martin parlait de lui, qu'il s'était retrouvé en contact avec les mauvaises personnes et qu'il avait vu là l'occasion d'impressionner son père.

Mais, surtout, Nadja ne se pardonnait pas de n'avoir pas posé davantage de questions lorsque, quelques semaines plus tard, elle avait demandé à Martin s'il avait parlé à son frère, Diego.

Le jeune homme lui avait répondu de façon évasive, laissant sous-entendre qu'il travaillait sur un enregistrement pour m-jeanne, un groupe de rock *indie* québécois, et que, finalement, la police, ça ne l'intéressait plus trop.

Sur le coup, Nadja s'était dit que ça ressemblait au portrait que Victor lui avait brossé de son fils: il commençait plein de choses, partait tout feu tout flamme dans un nouveau projet, pour l'abandonner peu après. Par la suite, elle n'y avait plus repensé, s'était concentrée sur les soins à prodiguer à Victor. Et puisque Martin avait affirmé qu'il n'était pas entré en contact avec Diego, elle n'en avait même pas parlé avec ce dernier.

Victor avait raison de s'être mis en colère contre elle et de lui avoir dit qu'elle avait manqué de jugement. Et s'il était vrai que Diego avait recruté Martin, Nadja lui en voulait de ne pas l'avoir tenue au courant.

Mais pourquoi aurait-il osé faire une chose pareille?

Elle adorait son frère et ne pouvait se résoudre à penser que celui-ci avait pu agir ainsi uniquement parce qu'il n'aimait pas Victor.

Nadja contempla son téléphone cellulaire, hésitante. Devait-elle avertir Diego?

La Crown Victoria remontait à toute vitesse une rue paisible d'un quartier résidentiel de Saint-Lambert. De grosses veines saillaient sur les tempes de Victor qui, au volant du véhicule, ne desserrait pas les dents.

— C'est pas sa faute, plaidait Jacinthe. Elle pouvait pas savoir.

— Elle aurait *dû* savoir! Et surtout, elle aurait jamais dû l'envoyer voir c't'hostie-là. Un, c'est un trou de cul. Et deux, il peut pas me sentir. J'peux pas croire qu'elle voie pas ça!

— C'est son frère, Vic. (Silence.) Ralentis un peu.

— J'te dis qu'elle a manqué de jugement! Elle aurait dû lui demander s'il avait parlé à Martin.

Jacinthe montra du doigt une voiture qui reculait dans la rue étroite. Victor donna un coup de volant, mit deux roues sur le trottoir et la contourna sans ralentir.

— T'es en tabarnac, pis t'as peur pour ton fils, mais j'te trouve sévère dans ton jugement.

Jacinthe ne saisit pas toutes les nuances de ce qu'il grommela, mais elle entendit avec netteté les mots «l'enfant de chienne». Elle enchaîna:

– Justement, tu penses pas que, plutôt qu'on arrive comme des chiens dans un jeu de quilles, ç'aurait été une bonne idée que tu demandes à Nadja de lui parler pour avoir un premier son de cloche?

Victor ne décolérait pas.

– Trop tard. On va régler ça à ma manière.

Sur son BlackBerry, il parcourut en diagonale un courriel qu'il venait de recevoir d'un avocat de Baker, Lawson, Watkins concernant Northern Industrial Textiles. Ça attendrait plus tard, il avait plus urgent à régler.

Jacinthe haussa les épaules. Elle essayait de lui faire entendre raison, mais, en même temps, elle le comprenait parfaitement. À sa place, elle aurait fait au moins pire. Alors, elle n'allait pas le moraliser outre mesure.

– C'est Noël aujourd'hui, bonhomme. T'es sûr qu'il va être là?

– Il a rendez-vous au restaurant avec Nadja à 15 h 30.

Pour avoir consulté sa montre un instant auparavant, il savait qu'il disposait de suffisamment de temps pour arriver là avant l'arrivée de Diego. Pourtant, aveuglé par sa colère, il actionna le gyrophare et enfonça le pied sur l'accélérateur. Une lueur assassine brillait dans son regard.

– Ça serait mieux pour lui que je l'attende pas trop longtemps.

Depuis la mort de leurs parents, Diego et Nadja observaient chaque année leur rituel du jour de Noël: ils se rejoignaient dans le même restaurant du Vieux Saint-Lambert. Même s'ils se voyaient peu, ils étaient tricotés serré.

Ils arrivaient tôt, prenaient l'apéro et parlaient des déboires de leurs vies sentimentales respectives. La donne avait changé depuis que Nadja était en couple. Peut-être s'agissait-il de l'une des raisons de l'antipathie qu'éprouvait Diego à l'égard de Victor.

Quoi qu'il en soit, chaque fois qu'il le pouvait, le frère de Nadja ne manquait pas de lui souligner à grands traits qu'un ex-alcoolique de douze ans son aîné, père de deux enfants, n'était pas ce qui lui convenait.

Pour Diego, Victor était un *loser*.

La Jeep de Diego entra dans le stationnement et décrivit un long arc de cercle.

Comme plusieurs personnes qui ont le réflexe d'aller se garer à côté d'une autre auto dans un parking presque vide, il se rangea près de la Crown Victoria.

Descendant du VUS en sifflant, Diego ouvrit le hayon arrière et en sortit un cadeau emballé. Il venait de refermer le coffre et s'avançait entre les deux véhicules lorsque Victor poussa brusquement sa portière, et sortit pour lui barrer le chemin.

– Salut, trou de cul.

Regard inquiétant, nez épaté, cou massif, mains puissantes, baraqué comme un joueur de rugby, Diego Concha Fernandez sursauta sous le coup de la surprise et recula de quelques pas. Par-dessus l'épaule du sergent-détective, il tenta de voir à l'intérieur de la Crown Victoria, mais la buée sur les vitres l'empêcha de distinguer quoi que ce soit.

– Salut, le beauf, répondit-il avec dédain. T'es venu reconduire ma sœur? Où est-ce qu'elle est?

– Y a juste toi pis moi, trou de cul.

Diego n'avait pas envisagé que Victor l'approcherait de façon aussi directe, mais il ne semblait nullement intimidé. La sonnerie de son cellulaire retentit, sans qu'il y prêtât attention.

– Qu'est-ce tu veux? demanda-t-il, condescendant.

Les yeux de Victor se rétrécirent, devinrent des fentes.

– Tu le sais très bien. Tu vas sortir mon fils de prison.

Immobile, les bras le long du corps, le sergent-détective serrait et desserrait les poings. Il semblait plus grand et plus large que quelques minutes auparavant.

– J'comprends pas ce que Nadja fait avec toi, crâna Fernandez. Elle mérite pas mal mieux qu'un cave dans ton genre, Lessard.

Victor feignit de n'avoir rien entendu.

– Mon fils, trou de cul, tu vas t'en occuper!

– De quoi tu parles? Pis j'ai pas de temps à perdre. Laisse-moi passer.

– Hostie de charogne! Comment tu lui as présenté ça, hein? «Aimerais-tu ça faire un peu d'argent, Martin? Si tu m'amènes de bonnes informations, tu seras payé en conséquence. Et plus tu m'amènes de bons tuyaux, plus tu feras du *cash*.» C'est ça?

Fernandez décida de ne pas donner le change et abattit ses cartes.

– T'oublies la portion la plus importante : «Si tu te mets dans 'marde, on se connaît pas.» Oublie ça, Lessard. On a pas signé de contrat. Martin *is on his own*, il le savait et l'acceptait. Ton fils a pas beaucoup de cervelle mais, lui, au moins, il a des couilles. Apparemment, c'est pas génétique.

Fernandez s'avança entre les voitures vers l'entrée du restaurant et poussa Victor, qui l'empêchait de passer. À ce point, il s'agissait plus d'un réflexe qu'autre chose : un violent crochet de la droite partit, atteignant de plein fouet l'homme de la GRC.

Plié en deux, Fernandez porta les mains à son visage. Du sang se mit à gicler de ses narines. Ses doigts et son manteau en furent rapidement tachés.

– MON TABARNAC, TU M'AS PÉTÉ LE NEZ!

Avec une souplesse et une agilité surprenantes pour un homme de sa carrure, Fernandez se lança vers Victor d'un bond. Le coude droit en avant, il visait la tête du sergent-détective, qu'il semblait déterminé à faire éclater comme une noix. Ce dernier esquiva le coup, mais l'autre enchaîna avec un crochet qui lui ouvrit l'arcade sourcilière.

Du sang coula immédiatement dans l'œil gauche de Victor et celui-ci se retrouva momentanément déséquilibré, dos contre le VUS. Alors que son adversaire revenait à la charge, il se secoua à temps et l'accueillit d'un coup de pied dans les côtes.

L'agent de la GRC grimaça de douleur, mais répliqua avec un coup de pied qui manqua le sergent-détective et termina sa course contre la portière de la Jeep.

Un nouveau coup de poing fendit l'air, gracieuseté de Fernandez.

Victor ne réussit qu'à le parer en partie, avec l'avant-bras, mais une récidive l'atteignit solidement à la mâchoire.

La douleur se répercuta dans tout son corps. Plutôt que de l'inciter à reculer, elle décupla sa colère.

Il savait qu'il ne pourrait s'en sortir si le corps à corps se prolongeait. La force brute de Fernandez et son avantage en taille et en poids auraient rapidement raison de lui.

Quitte ou double. *Maintenant!*

Le sergent-détective se rua sur le gorille; les deux hommes s'empoignèrent et luttèrent un instant, leurs corps plaqués contre la Crown Victoria. À la surprise de Fernandez, Victor se retrouva derrière lui après avoir pivoté sur lui-même. L'empoignant par les cheveux, il tira sur sa tête aussi fermement qu'il le put vers l'arrière et lui donna un coup de poing de toutes ses forces dans les reins. L'agent de la GRC se vida de son air, plia les genoux et tomba dans la sloche, entre les deux voitures.

Victor ouvrit les doigts, vit une poignée de cheveux dans sa paume.

Il décocha un autre coup de pied qui arracha un cri à Fernandez. Dans la Crown Victoria, Jacinthe, qui n'avait rien manqué de la scène, admira la technique en esquissant un sourire narquois. Elle avait cessé de jouer à *Angry Birds* et rangé son téléphone depuis un moment, se tenant prête à intervenir en cas de besoin.

Victor saisit de nouveau Fernandez par les cheveux. L'agent de la GRC se tortillait de douleur.

– Là, tu vas m'écouter ben comme il faut, trou de cul, articula-t-il lentement, d'une voix plus grave et plus posée qu'à l'habitude.

Victor était tellement concentré sur l'endroit de la nuque de Fernandez où il appliquait de la pression avec le poing qu'il ne vit pas la voiture de Nadja entrer dans le stationnement.

CHAPITRE 63

Le Confessionnal

Sa sobriété datait de sept ans, cinq mois, douze jours, dix-huit heures et douze minutes quand Victor franchit le seuil du Confessionnal.

Or, des péchés à confesser, il n'en manquait pas.

Pour passer ses nerfs, il avait pris le métro jusqu'à Place-d'Armes et était sorti marcher dans un Vieux-Montréal abandonné par ses habitants pour la période des fêtes ; ses yeux avaient glissé sur les lignes des édifices patrimoniaux, s'accrochant parfois à une vitre éclairée en essayant de s'imaginer ce qui se passait derrière.

Au quai Alexandra, là où son errance l'avait mené, Victor avait, accoudé à la rambarde, longuement fixé un cargo amarré, rêvant de quitter ses cauchemars pour un ailleurs hypothétique. Même s'il s'était bourré d'anxiolytiques, il fumait cigarette sur cigarette sans parvenir à calmer la bête qui le rongeait.

Les mains dans les poches, il avait ensuite avancé au hasard des pavés de la rue Saint-Paul, s'enfonçant dans la nuit sans se soucier du froid.

C'est en remontant la rue McGill qu'il avait vu l'affiche sur la porte :

Deuxième édition du Noël des losers dès 21 h au Confessionnal. Vous n'êtes pas différents des autres ! Après avoir déballé vos cadeaux, vous pouvez faire la fête en soirée.

Sa montre marquait 21 h 35 quand il avait cédé.

La porte donnait directement sur le trottoir, au ras de la rue. Après être entré sans trop réfléchir, Victor n'avait prêté que très peu d'attention à la décoration, notant toutefois la présence d'un mur de brique, d'un autre en céramique et de plafonniers de cristal. L'endroit étant longiligne, il avait marché jusqu'au fond et s'était assis derrière le comptoir de verre illuminé. Et là, la tuque enfoncée sur les yeux, il s'était retrouvé en tête-à-tête avec lui-même et un scotch qu'il n'avait pas encore touché, mais qui le regardait fixement en lui murmurant de sinistres incantations.

L'endroit commençait à se peupler tranquillement. La faune, entre vingt-cinq et trente-cinq ans, était plutôt branchée.

L'arrivée de Nadja dans le stationnement du restaurant avait été catastrophique.

Tout était contre lui, à commencer par les apparences : elle l'avait trouvé entre les voitures en train de brutaliser son frère. Victor ne l'avait pas entendue arriver et — ça, c'était un des aspects négatifs d'avoir une blonde policière — elle lui avait fait une clé de bras pour le forcer à lâcher sa proie.

Jacinthe était sortie de la Crown Victoria, Diego s'était relevé et tout le monde s'était énervé, jusqu'à ce que Nadja leur ordonne de partir. Victor avait essayé de lui expliquer, d'argumenter, de lui faire entendre raison, mais Nadja n'avait pas voulu comprendre.

Elle l'avait fusillé du regard, trouant son cœur de part en part.

Victor lui avait ensuite joué son numéro d'homme de Cro-Magnon : il avait claqué la portière de la voiture, l'avait rouverte, puis claquée une deuxième fois, plus violemment encore, pour marquer davantage sa colère, la souligner à gros traits. Le visage barbouillé de sang, il avait démarré en trombe, bouillant de rage.

Plus tard, Jacinthe l'avait laissé chez lui et, malgré tous ses efforts, elle n'avait pas réussi à le faire parler. Elle avait bien offert de rester pour lui tenir compagnie, mais il avait hoché la tête avec véhémence : il voulait être seul à attendre la mort.

Le comble, c'est qu'en entrant dans son appartement, il avait trouvé une note écrite par sa fille, Charlotte, sur la table de la salle à manger. Elle était partie passer la soirée chez sa mère.

Victor s'était défoulé sur le mur de la cuisine. Quelques coups de poing avaient ouvert un trou dans le Gyproc.

La voix nasillarde du DJ sortit le sergent-détective de sa rêverie. Le volume de la musique venait de s'amplifier de nouveau; rythme électronique.

Épaules nues, décolletés plongeants, deux filles dans des camisoles moulantes venaient de s'asseoir à côté de lui. Le policier tourna la tête et leur jeta un bref regard. Elles devaient avoir dans les trente ans et semblaient avoir la note suivante écrite au feutre rouge sur le front : «CÉLIBATAIRES ET DÉSESPÉRÉES.»

Victor crispa les lèvres en réponse au sourire engageant de l'une d'elles, puis replongea les yeux dans les glaçons de son verre.

La colère était un tourbillon duquel il ne pouvait s'extirper, un torrent qui l'emportait.

Et aussi une protection.

La fuite était toujours son premier réflexe. Mettre une certaine distance entre ce qui l'agressait et lui. Nadja s'était aventurée au-delà d'une ligne qu'elle n'aurait jamais dû traverser : elle avait pris le parti de son frère. Tout était blanc ou noir : ils n'avaient plus rien à faire ensemble.

Le vide suivrait, il le savait. Le vide suivait toujours la colère. Et il se mettrait à penser à tous les bons côtés de cette femme merveilleuse, qu'il ne méritait pas.

Il l'aimait...

Puis la colère reviendrait, reprendrait le dessus.

Victor savait qu'elle retomberait. Et qu'alors, c'est lui qui serait dans l'expectative. Qu'il ne saurait ni quoi faire ni comment se comporter.

Il ne se faisait pas beaucoup d'illusions sur l'issue de sa relation avec Nadja : il avait battu son frère, s'était emporté contre elle, avait agi comme un rustre et l'avait accusée injustement.

En tournant la tête vers la gauche, il vit un couple. Le gars riait, la fille lui flattait le dos. Un geste tendre qu'il encaissa comme un coup de poing au plexus.

Ses doigts se crispèrent un peu plus sur son verre.

Avant de rentrer au Confessionnal, Victor avait mis un peu d'ordre dans ses idées en marchant dans le Vieux-Montréal, et essayé de joindre Marc Lagacé, un avocat de la défense avec qui il avait déjà croisé le fer alors qu'il comparaissait en tant que témoin de la Couronne.

L'avocat était un type aux méthodes brutales, qui rentrait dans 'le tas, un pitbull qui vous arrachait une jambe et un bras avant même que le greffier vous ait ordonné de vous lever pour accueillir le juge. Mais Lagacé était en plein le genre de plaideur que vous vouliez avoir de votre côté s'il fallait visser une baïonnette à votre canon, descendre dans les tranchées et guerroyer.

Le sergent-détective avait laissé son numéro de téléphone sur le téléavertisseur de l'avocat et espérait que celui-ci était en ville et non sur une plage des Caraïbes, qu'il le rappellerait vite et pis... et pis *fuck*!

Prenant son courage à deux mains, il avait aussi prévenu son ex, la mère de Martin.

Marie n'était pas au courant de l'arrestation et elle était tombée des nues. La sentant trop émue et fragile pour continuer la conversation, Victor avait demandé à parler à Derek, son nouveau conjoint; les deux hommes s'étaient rencontrés à quelques occasions et, malgré le caractère un peu drabe du comptable, s'appréciaient.

Sans trop entrer dans les détails, Victor lui avait brossé un portrait de la situation et des démarches qu'il avait entreprises pour trouver un avocat. Il avait raccroché en promettant de les tenir au courant. Incapable de rester inactif, il avait ensuite reparlé au rouquin, l'officier qui avait la garde de Martin, afin de lui demander plus de détails sur la preuve.

Ce dernier avait tout d'abord été froid et réticent, mais Victor avait fini par lui soutirer que Martin et un de ses complices nommé Boris avaient été arrêtés alors qu'ils essayaient de négocier avec un agent double du SPVM pour acheter des détonateurs.

Les bâtons de dynamite volés dans les Laurentides avaient été retrouvés lors d'une perquisition faite dans un entrepôt loué par un autre membre de la bande. Victor avait mis fin à la conversation la tête pleine d'un millier de questions, dont une le préoccupait davantage: pourquoi, si son fils était surveillé, ne lui en avait-on rien dit?

En fait, il savait déjà pourquoi: on ne voulait pas compromettre l'enquête en cours.

Il s'étonnait par ailleurs de ne pas avoir reçu de mise en garde de l'état-major avant que Martin ne soit arrêté, conformément aux pratiques informelles généralement en vigueur dans ce genre de situation.

Peut-être après tout que le nouveau chef de la police ne le portait pas dans son cœur.

Peut-être que la liste de ses détracteurs au sein du SPVM s'était allongée à son insu.

Pour sa part, Tanguay, son ancien boss, ne se gênait pas pour pisser dans son carré de sable et rincer sa réputation sur son dos chaque fois qu'il le pouvait.

La vie dans la police pouvait comporter sa part de risques quand vous étiez un électron libre. Alors, il importait qu'une personne influente vous apporte son soutien pour faire contrepoids. Paul Delaney pesait lourd dans la hiérarchie et l'appuyait sans réserve, mais, depuis quelque temps, en raison de la maladie de sa femme, il ne surveillait peut-être pas ses arrières avec autant de vigilance que d'habitude.

Victor balaya ce monologue intérieur dans une corbeille synaptique: de toute façon, il se préoccupait assez peu, à cet instant, des répercussions que pourrait avoir l'arrestation de Martin sur sa carrière.

À vrai dire, il s'en fichait pas mal.

Le verre devenait brûlant dans sa main tremblante. Combien de temps encore pourrait-il le tenir sans le porter à ses lèvres et le vider d'un trait? Et alors ce serait la fin de tout, le retour en enfer. Les paroles d'une vieille toune de Fred Fortin lui revinrent en mémoire:

> Donne-moé un verre de scotch
> Pour faire fondre toute la sloche
> Qui me gèle le cœur

Une intuition, le sentiment qu'on le clouait du regard: Victor releva brusquement la tête.

Quelque chose avait bougé dans son champ de vision. Était-ce une illusion ou, dans le fond de la salle, le visage dissimulé par une ancienne casquette tricolore des Expos, un homme avait soudainement baissé la tête? Se faire cruiser par un homosexuel ne le dérangeait pas, mais, en ce moment même, Victor avait envie qu'on l'oublie, qu'on l'ignore, il aurait voulu être transparent, invisible.

De plus en plus de monde gravitait autour de lui, des doigts effleuraient des hanches, des lèvres se penchaient pour parler dans des oreilles, des sourires se croisaient, la promesse du sexe échangé se négociait en verres, en mensonges, en demi-vérités et en déceptions.

Les seins de la barmaid tressautaient dans sa camisole chaque fois qu'elle saisissait une bouteille ou qu'elle servait un verre, et il lui apparut clairement, dans un éclair de lucidité qui le détachait du reste de la salle, qu'elle offrait autant ce spectacle qu'à boire.

Se replongeant dans ses pensées, il se remémora que le rouquin lui avait en outre confirmé que Martin ne comparaîtrait pas avant le 28. Ça lui laissait donc un peu de temps pour essayer de tirer les choses au clair et commencer à jeter les bases d'une défense avec le pitbull, pour autant que ce dernier accepte de prendre le dossier.

Par ailleurs, Victor se faisait assez peu d'illusions sur la façon dont les journaux traiteraient l'affaire. Il imaginait déjà les gros titres : «Le fils d'un policier du SPVM arrêté pour un complot terroriste».

Les médias pouvaient dire ce qu'ils voulaient : rien ne pouvait plus l'atteindre.

De nouveau, le regard de l'homme à la casquette l'agressa et Victor adopta son air fiche-moi-la-paix-si-tu-ne-veux-pas-avoir-mon-poing-sur-la-gueule. L'autre baissa encore la tête. Déjà que les sutures adhésives qu'il avait utilisées pour refermer la plaie de son arcade lui donnaient un air menaçant...

Que cette histoire lui coûte son job ou son couple, c'était secondaire. Tout ce qui lui importait, pour l'heure, c'était que Martin ne passe pas trop de temps derrière les barreaux.

Parce que, ça, il ne se le pardonnerait jamais.

Le bar était maintenant bondé, des filles debout derrière lui pour commander à boire titubaient, s'appuyaient sur son épaule en riant, mais il s'était retiré en lui-même, plus rien d'autre n'existait que le verre posé devant lui, qu'il lorgnait avec toute la solennité requise.

Comment gâcher sa vie 101, par Victor Lessard : ses doigts se crispèrent sur le verre et il le souleva du comptoir pour le porter à son nez, il le huma longuement. L'odeur de malt lui chatouilla les narines, lui gela la tête, il avait l'impression de retrouver un vieil ami qui rentrait d'exil, qu'il avait envie d'étreindre, tant il lui avait manqué.

Une ombre passa derrière lui, il n'y prêta pas attention.

Soudain, il lui sembla que tout le monde était debout, en transe, à taper des mains, et qu'en même temps que les corps se frôlaient, que les membres s'entrelaçaient, toutes les bouches scandaient son nom à l'unisson :

Victor, Victor, Victor.

Au moment où il allait porter le verre à ses lèvres, il vit un carton d'allumettes ouvert, posé en équilibre sur le comptoir illuminé. Il n'y avait rien une seconde auparavant. Tout de suite, il sut qu'il s'agissait de la même marque d'allumettes que celles retrouvées dans le parc Maisonneuve.

Tout se figea autour de lui tandis qu'il tendait la main pour la saisir. Lorsqu'il l'ouvrit, son cœur s'emballa. Sur le rabat, il y avait une inscription :

23 10 1964
il y en a d'autres

Stupéfait, il redressa la tête, chercha du regard autour de lui, se leva d'un bond. L'information enregistrée dans un coin de son cerveau s'embrasait soudain : l'ombre qui était passée derrière lui quelques secondes auparavant...

Les toilettes!

Bousculant les gens au passage, il fendit la foule et s'y précipita.

En une fraction de seconde, son œil détecta qu'il ne s'agissait ni des types qui baptisaient la porcelaine des urinoirs ni du *dude* éméché qui, dans le miroir, essayait de camoufler sa calvitie.

L'isoloir était fermé.

Au premier coup de pied, le métal de la porte plia ; au second, le loquet céda. Le gars et la fille qui se poudraient le nez et se tripotaient se pétrifièrent à la vue du Glock au bout de son poing. Le temps de demander pardon et il était déjà revenu dans le bar, le pistolet glissé dans la poche de son manteau.

Ses yeux balayaient chaque centimètre de l'espace, scrutaient les visages, analysaient les comportements. Quelqu'un agissait-il de façon anormale ou nerveuse? L'homme était de taille et de corpulence moyennes, une casquette était vite enlevée et Victor n'avait pas vu les traits de son visage, qui étaient restés dans l'ombre de la visière. Cependant, s'il essayait de se fondre dans la masse, le sergent-détective finirait par le repérer.

La *shooter girl* s'avançait vers lui en souriant, les lèvres luisantes.

– Où est le gars qui était au bar avec la casquette des Expos, tantôt?

Elle riait, soûle, pressait ses gros seins contre son bras. Son haleine sentait la sambuca et la mangue, ce qui n'aurait pas été désagréable en d'autres circonstances. La jeune femme promenait une main dans son dos.

– J'sais pas. (Rires.) Prends-tu un *shooter* avec moi, mon beau?

En voulant lui tendre un verre, elle renversa de l'alcool sur lui et entreprit de nettoyer sa gaffe avec une guenille. Victor la saisit par le poignet pour la repousser.

– Ça va aller, dit-il en s'esquivant.

Son cœur cognait dans sa poitrine lorsqu'il sortit dans la rue, regardant dans toutes les directions. Dommage pour la Lexus qui traînait devant l'édifice, car c'est elle et son gros orteil qui firent les frais de sa mauvaise humeur.

L'homme à la casquette lui avait glissé entre les doigts.

Cellulaire coincé entre l'oreille et l'épaule, Victor chercha son paquet de cigarettes. À l'autre bout du fil, une voix d'outre-tombe décrocha à la quatrième sonnerie, juste après sa première taffe.

– T'as besoin d'avoir une câlice de bo…

Son niveau d'adrénaline atteignait son paroxysme, il eut la chair de poule juste à l'idée de ce qu'il s'apprêtait à dire.

– Ferme ta gueule, Taillon, écoute-moi! J'ai trouvé la signification des chiffres de plastique sur le frigo.

– Bon! Encore ces niaiseries-là?

La porte du Confessionnal s'ouvrit brusquement. Un homme sortit en t-shirt et vomit en jet sur le trottoir, à quelques pieds de lui.

– Les chiffres représentent une date: le 23 octobre 1964.

– T'aurais pu attendre à demain au lieu de me déranger à 1 h du matin pour tester tes théories.

– C'est pas des théories, Jacinthe: le tueur était ici!

CHAPITRE 64

Archives

Lundi 26 décembre

Au retour du Confessionnal, Victor avait essayé de dormir, puis y avait renoncé. Défilant à grande vitesse, s'emmêlant entre elles, ses pensées allaient et venaient de Martin, à Nadja, puis à Raymond, son frère disparu. À 3 h du matin, incapable de trouver le sommeil parce que ses fantômes ne lui laissaient aucun répit, il s'était levé et avait fumé une cigarette devant la fenêtre ouverte.

Par la suite, il s'était installé à son ordinateur portable et avait lu le courriel que lui avait fait parvenir un avocat de Baker, Lawson, Watkins, maître Pageau, à propos du dossier Northern. Les noms des trois administrateurs s'avéraient être ceux qu'avait retracés le Gnome.

Le courriel fournissait certaines informations de nature technique concernant la compagnie, de même qu'une série de termes rébarbatifs que Victor ne maîtrisait pas. Cependant, il avait fini par comprendre que le dossier concernait la préparation de Northern Industrial Textiles à une vérification diligente pour une transaction qui ne s'était jamais matérialisée.

Pageau précisait en outre que le dossier paraissait de faible importance et qu'il aurait normalement dû être détruit depuis longtemps. Il corroborait ainsi l'opinion qu'avait exprimée le Gnome, après qu'il eut parlé avec l'ancien président de la compagnie.

Victor avait aussi passé une bonne partie de la nuit à fouiller sur le Web et dans le CRPQ dans l'espoir de trouver un lien entre les différents morceaux du puzzle.

Plus particulièrement, il avait tenté différentes combinaisons, et leurs variations, en utilisant certains mots-clés : «23 10 1964», «Kennedy», «MK-ULTRA», le nom des victimes et des principaux témoins de l'enquête ainsi que ceux des dirigeants de Northern Industrial Textiles. Le sergent-détective avait aussi essayé de trouver la trace de crimes violents ou de meurtres qui avaient été commis à cette date sur le territoire de l'île de Montréal.

Outre lui flanquer un mal de tête, l'exercice n'avait rien donné d'autre que de lui apprendre que l'écrivain Théophile Gauthier était mort un 23 octobre, que les Jeux olympiques d'été de 1964 avaient eu lieu au Japon du 10 au 24 octobre, et qu'en cette journée qui n'avait visiblement pas marqué le sort de l'humanité, la pièce *Do Wah Diddy Diddy* trônait en première position du palmarès. Sur YouTube, il avait regardé, ahuri, son interprète se déhancher avec des maracas dans chaque main.

Il s'était assoupi une heure ou deux. À son réveil, ses paupières lui avaient semblé lestées de plomb. Une profonde lassitude l'accablait, l'anxiété tentait d'avancer ses pions. Par expérience, Victor savait qu'il s'agissait du genre de fatigue qu'il ressentait pendant un épisode dépressif. Que pouvait-il faire de plus, sinon prendre ses médicaments?

C'était un automate qui s'était douché et préparé à déjeuner, un robot que le métro avait trimballé jusqu'à la Place Versailles. Seule note positive au tableau, le pire avait été évité de justesse : son envie de boire s'était évaporée en même temps que l'homme à la casquette.

L'appel de Nadja, qu'il espérait sans se l'avouer, n'était pas encore arrivé.

Cependant, son téléphone avait commencé à sonner dès 8 h et n'avait pas dérougi par la suite. Un journaliste affecté à la scène judiciaire essayait de le joindre. Victor avait fermé l'appareil et laissé les messages s'empiler dans sa boîte vocale.

Jacinthe l'écouta relater ce qui s'était passé au Confessionnal sans l'interrompre. Se sentant impuissant, il s'accusait : le tueur était là, sous ses yeux, et il l'avait laissé filer !

— Tu penses que c'était lui, mais tu l'as pas vu.

— Il m'épiait, Jacinthe. Et puis, c'est la même marque d'allumettes que celles qu'on a retrouvées dans le parc Maisonneuve. Regarde ! Tu vas pas me parler d'une coïncidence quand même ?

La policière tournait et retournait l'objet ensaché entre ses gros doigts.

— Non, mais c'est bizarre pareil. As-tu pensé que le tueur pourrait très bien avoir payé quelqu'un pour te remettre les allumettes ? (Silence.) Pis, à part ça, pourquoi le meurtrier nous donnerait encore des indices ?

Un haussement d'épaules constitua sa seule réponse. Après un silence, Jacinthe lui posa la question qui la chicotait depuis qu'elle savait qu'il avait passé la soirée dans un bar.

— J'ai pas bu une goutte, trancha-t-il.

C'était un jour férié mais, à 11 h, tout le monde s'activait : Jacinthe et Victor poursuivaient leur conciliabule, le Gnome était entré en contact avec l'Identification judiciaire pour faire le point sur la scène de crime du cimetière, et Loïc, comme le lui avait demandé Victor, avait délaissé ses recherches concernant la fourche de l'hérétique pour se concentrer sur les boutiques qui vendaient de l'équipement de tir à l'arc.

Victor demanda à Jacinthe de lire le courriel qu'il avait reçu de l'avocat de Baker, Lawson, Watkins, concernant le dossier Northern. Celle-ci ne sembla pas apprécier le jargon juridique plus que lui. Sa réaction se résuma à une simple question, accompagnée d'un gargouillis abdominal :

— Commences-tu à avoir faim, toi ?

Le sergent-détective la pria de lui accorder encore quelques minutes d'attention. La nuit précédente, alors qu'il était dans un demi-sommeil, une idée avait germé dans son esprit et il voulait savoir ce qu'elle en pensait. Le Gnome, qui terminait un appel, se joignit à eux.

Victor prit quelques secondes pour mettre ses idées en ordre avant de se lancer :

— Les vérifications faites par Gilles et les précisions qu'on a reçues du bureau de Lawson indiquent que le dossier Northern était pas important. Mais on pense que les documents que Lawson a sortis des archives avaient une grande valeur à ses yeux. Voici ma théorie, vous me direz si ç'a de l'allure : est-ce que ça se pourrait qu'un gros dossier ait été enregistré sous le nom d'un autre client, dans notre cas celui de Northern Industrial Textiles, pour le cacher, afin qu'on le trouve pas en essayant de le repérer par mots-clés ?

— Tu veux dire que Lawson aurait fait exprès d'enregistrer des documents aux archives sous le nom de Northern Industrial Textiles avec le résumé d'un dossier fictif ?

— Pas besoin de créer un dossier fictif. Pour t'assurer que personne tombe dessus par erreur, tu choisis simplement, dans tes anciens clients, le dossier d'une compagnie dissoute, un dossier mineur, dans lequel tu es certain que plus personne ira se fourrer le nez.

— Northern Industrial Textiles a été dissoute en 1974, murmura pensivement le Gnome. Ça voudrait dire qu'on a suivi une fausse piste en enquêtant sur ses dirigeants ?

Jacinthe fut la première à réagir :

— Veux-tu que j'te dise ? Si Lawson avait vraiment voulu cacher un dossier, il l'aurait mis ailleurs qu'aux archives.

— Pas nécessairement, rétorqua Lemaire. Il y a plusieurs avantages à le cacher là : pour le mettre à l'abri des perquisitions, pour qu'il soit noyé dans la masse et aussi parce que, parfois, la meilleure stratégie est de cacher un truc à l'endroit le plus évident.

— Et si tu t'arranges en plus pour faire une erreur d'étiquetage, ajouta Victor, ça devient impossible de le retracer, sauf pour celui qui sait où il est caché.

— Pas si fou que ça, ton idée, reprit le Gnome.

– J'veux ben croire, mais les dossiers sont sûrement pas gardés à vie aux archives, grommela Jacinthe. Ils doivent les détruire à un moment donné. Donc, je le répète, moi ça m'étonnerait que Lawson ait pris le risque d'y laisser des documents importants.

– Avant d'accoucher du nain numéro 5, intervint Lemaire, ma femme était parajuriste. Au bureau où elle travaillait, il existait une politique selon laquelle chaque avocat devait revoir périodiquement ses dossiers archivés et décider de ce qu'il voulait conserver. J'imagine que chaque grand cabinet en a une semblable, parce que le pied carré pour garder du vieux papier commence à coûter drôlement cher. Les documents périmés sont détruits, d'autres sont transférés sur des supports numériques pour sauver de l'espace et assurer leur préservation. Chaque dossier archivé est revu périodiquement par l'avocat en charge. Alors, Lawson pouvait garder ce qu'il voulait.

Ils débattirent de la question encore un moment ; Jacinthe campa sur ses positions. Ensuite, ils descendirent à l'aire de restauration de la Place Versailles. Comme le *Boxing Day* battait son plein et que l'endroit fourmillait d'activité, ils prirent des trucs pour emporter et revinrent manger dans la salle de conférences.

Au grand soulagement de Victor, le sujet délicat, l'arrestation de Martin, fut évité.

Le Gnome les dérida en leur racontant les frasques de ses deux plus vieux, qui avaient fait déborder la toilette du sous-sol en y flushant leur tortue.

Numéros 1 et 2 avaient plaidé non coupables, jurant sur tous les tons qu'ils l'avaient mise là «pour la changer un peu de sa routine». Manifestement, ils l'avaient par la suite oubliée en jouant au PS3. Le drame était survenu plus tard, lorsque numéro 4 avait actionné la chasse après un pipi nocturne.

Heureusement, Touché-la-tortue s'en était sorti sain et sauf.

Après le dîner, Lemaire se prépara à aller interroger un prêteur sur gages dans Hochelaga. La veuve de Mark McNeil avait reçu des menaces d'un homme qui était venu lui réclamer de l'argent. Loin de se laisser intimider, la jeune femme avait sollicité l'aide du Gnome. De toute évidence, McNeil avait emprunté de l'argent pour se refaire.

En boutonnant son manteau, ne sachant trop comment aborder le sujet, Lemaire demanda à Victor s'il avait pris connaissance des nouvelles sur Internet.

Victor secoua la tête, mais le Gnome resta planté devant lui sans bouger.

— Faudrait peut-être que tu jettes un coup d'œil, Victor, insista-t-il, visiblement mal à l'aise.

— Je veux pas en entendre parler, Gilles.

Victor s'apprêtait à faire le point avec Loïc, qui rentrait d'un lunch à l'extérieur, lorsque le pitbull qu'il voulait embaucher comme avocat pour représenter Martin le rappela. Le juriste confirma qu'il acceptait le mandat, ils discutèrent brièvement de l'affaire, puis Victor lui communiqua les bribes d'information qu'il possédait. Lagacé le rassura : il s'entretiendrait avec Martin et effectuerait les démarches nécessaires pour obtenir la communication de la preuve de la part de la Couronne. Les deux hommes expédièrent ensuite la question des honoraires :

— L'argent est pas une considération importante, ça coûtera ce que ça coûtera. Je suis pas riche, mais je donnerais ma chemise pour éviter que mon fils aille en prison.

Avant de raccrocher, ils convinrent de se rencontrer plus tard dans la journée.

Victor soupira. On venait enfin de retirer de ses épaules le piano qui le clouait au sol.

Au même moment, Paul Delaney arriva avec une tête d'enterrement et lui demanda de le suivre dans son bureau.

— Bande de charognes ! explosa le chef de la section des crimes majeurs après avoir fermé la porte derrière lui.

CHAPITRE 65

Communiqué

Victor avait craint un instant qu'on veuille le suspendre, mais Delaney le rassura. Le chef de police et l'état-major l'appuyaient. Son supérieur tempêtait plutôt contre le traitement sensationnaliste des médias sur Internet à l'égard de l'arrestation de Martin et leur façon tendancieuse de relier cette histoire à son passé trouble.

— C'est si pire que ça, Paul?

— Imagine le pire... Ben, c'est pire encore! Certains demandent que tu sois suspendu en attendant les conclusions de l'enquête, d'autres veulent carrément ta tête. Une chance que la plupart des journalistes sont en congé cette semaine et que les journaux sont pas publiés aujourd'hui!

Victor inspira profondément.

Il concevait sans peine le genre de débat que les chroniqueurs et les blogueurs de la ville devaient alimenter: pouvait-on se fier au bon jugement d'un enquêteur qui n'avait même pas été en mesure de déceler que son fils se livrait à des activités terroristes? De surcroît, ils ne manqueraient pas de souligner que ce dernier faisait partie d'un groupuscule d'extrême droite radical et ultra-violent qui voulait expurger Montréal de ses immigrants.

Sans parler de tous ses vieux squelettes qui allaient ressortir du placard.

— J'suis pas encore prêt à affronter ça, Paul.

— Je te comprendrais de vouloir prendre du temps *off*...

Delaney savait très bien ce que signifiait le regard que le sergent-détective lui lança : il n'était pas question qu'il reste à la maison à se morfondre.

— La pression va s'intensifier dans les prochains jours. Tu sais ce que les médias vont dire !

— Je le sais, Paul. Les arguments classiques : il faut éviter toute apparence de conflit d'intérêts et s'assurer que la population ne puisse douter de l'impartialité des policiers du SPVM qui enquêtent sur le fils de l'un des leurs.

— Exactement. Le chef veut qu'on travaille sur un communiqué de presse pour calmer le jeu. On va commencer par dire que tu ne sais rien des faits qui sont reprochés à ton fils et que, sur le plan personnel, tu lui apporteras tout le soutien qu'un enfant est en droit de recevoir de la part d'un parent dans de pareilles circonstances.

Le texte préciserait ensuite que Victor avait consacré toute sa vie professionnelle à faire respecter la loi et qu'il ne s'attendait pas à ce que ses enfants puissent s'y soustraire : le cas échéant, son fils devrait répondre de ses actes devant la justice et il en accepterait le verdict.

Sans le dire à Delaney, Victor se sentait un peu mal à l'aise quant à la véracité de cette dernière affirmation : il était déjà intervenu pour protéger son fils d'une arrestation en camouflant certains délits. Il va sans dire qu'à l'époque il ne s'agissait pas de crimes aussi graves que celui de complot terroriste.

— Après ça, continuait Delaney, on va insérer quelques lignes où tu vas confirmer que tu te mets à la disposition des enquêteurs au dossier pour répondre à leurs questions.

Victor s'éclaircit la gorge et poursuivit :

— Et on va finir avec le paragraphe standard, où le SPVM renouvellera toute sa confiance dans le jugement et l'intégrité de «l'un de ses meilleurs éléments».

— Ben voilà, fit Delaney en lui adressant un clin d'œil. Tu vois, quand tu veux !

Le chef de la section des crimes majeurs fignolerait le texte avec la relationniste, qui se chargerait par la suite d'obtenir les approbations requises avant d'en assurer la diffusion.

L'espace d'un instant, Victor se surprit à penser qu'il avait évité le pire : quelqu'un aurait pu le filmer en train de tabasser Fernandez dans le stationnement du restaurant et mettre la vidéo en ligne sur YouTube. Il faillit révéler à son supérieur ce qu'il avait appris à propos du rôle d'informateur de la GRC que Martin prétendait avoir joué, mais préféra se taire en attendant d'en savoir plus.

La conversation bifurqua brièvement sur l'état de santé de Madeleine. Les choses se tassaient, elle reprenait tranquillement des forces. Delaney et les enfants se relayaient pour assurer une présence à l'hôpital.

Les hors-d'œuvre étant avalés, ils s'attaquèrent au plat de résistance :

— Bon. Parle-moi donc de ce qui s'est passé au Confessionnal hier soir.

— Gardons ça pour la fin, Paul.

En quelques phrases, Victor lui parla des développements récents, plus particulièrement de la flèche retrouvée dans le cimetière. Puis il lui exposa la théorie qu'il venait de soumettre à ses collègues à propos du dossier Northern. Enfin, il ramena le nom de Tousignant sur le tapis. Delaney se frappa le thorax du poing, comme quelqu'un aux prises avec un problème de digestion ou un malaise cardiaque. Il finit par roter en grimaçant.

— Tu crois encore que Rivard le faisait chanter avec le dossier Northern ou tu soupçonnes maintenant le sénateur de l'avoir tué pour mettre la main dessus ?

— Je sais pas exactement, Paul. Mais j'aimerais ça l'emmener ici, pour un interrogatoire.

Sa remarque visait plus à tenter le diable qu'autre chose.

— Vous avez vérifié leurs relevés de cellulaires. T'es pas satisfait qu'il y ait pas eu d'appels entre les deux ? demanda Delaney.

— Rivard avait deux téléphones sur lui. Son iPhone et un prépayé. Si Tousignant utilisait aussi un prépayé, on a aucun moyen de retracer leurs appels. Même chose si Tousignant passait ses appels de son téléphone résidentiel. Et qui nous dit qu'ils communiquaient par téléphone ?

– Considérant le statut du sénateur, j'attendrais d'avoir un peu plus de substance avant de brasser la cabane. On est déjà assez dans le trouble comme ça…

Tandis que Victor essayait tant bien que mal de camoufler sa déception, un sourire espiègle apparut sur les lèvres de Delaney.

– Par contre, y a rien qui nous empêche de mettre sa ligne résidentielle sur écoute.

Le poing du sergent-détective s'abattit sur le bureau.

– Tu vois, quand tu veux! (Victor décocha un clin d'œil à son patron.) Je parle à Jacinthe. On va tout de suite commencer à travailler sur le mandat.

Les mains de Delaney s'élevèrent dans un geste d'apaisement.

– Minute, minute… Parle-moi de ce qui s'est passé cette nuit, maintenant.

Victor lui raconta en détail sa soirée au Confessionnal et évoqua les recherches infructueuses qu'il avait menées durant la nuit.

– Je suis sûr que le meurtrier était cet homme-là, avec la casquette des Expos, Paul.

Delaney gratta sa barbe, grise et drue, puis se passa la main dans les cheveux.

– On dirait que ton homme à la casquette veut qu'on trouve quelque chose. Un événement qui se serait produit le 23 octobre 1964, de toute évidence. Mais où? À Montréal, au Québec ou ailleurs dans le monde? On peut chercher longtemps. Avant les années soixante-dix, la rigueur dans les opérations policières était loin d'être ce qu'elle est aujourd'hui. Beaucoup de dossiers antérieurs à cette époque-là ont jamais été versés dans le CRPQ lorsqu'il a été créé.

Le téléphone sur le bureau se mit à sonner. Sans quitter Victor des yeux, Delaney prit l'appareil d'une main et le souleva. De l'autre, il débrancha le câble fiché dans le socle. L'appareil se tut sur-le-champ et le chef sembla en éprouver un grand réconfort.

– C'est ça, le problème, Paul. Si on cherche un *cold case*, on devrait être capables de retrouver un dossier physique. Encore faut-il savoir quoi chercher.

— Pour les cas de meurtres, tu devrais effectivement en avoir un. Par contre, et je répéterais jamais ça en public, à l'époque, les policiers des régions étaient beaucoup moins rigoureux qu'à Montréal. Te souviens-tu du meurtre de Thérèse Luce, à Longueuil? À peu près toutes les preuves significatives ont été perdues et l'enquêteur au dossier a été congédié. Et ça, c'était dans les années quatre-vingt. Imagine dans les années soixante!

Découragé, Victor ferma les yeux avec résignation.

— Pour l'instant, j'ai limité mes recherches au Québec, même si certains indices pointent ailleurs. (Silence.) On va quand même pas contacter Interpol ou le FBI, hein?

— Tu dis ça à cause de MK-ULTRA et de la référence à Kennedy sur le dessin du bonhomme pendu?

Victor acquiesça. Au-dessus de leurs têtes, un des néons se mit à clignoter, puis il s'éteignit.

— Ça donne rien de contacter qui que ce soit avant qu'on ait mieux cerné ce qu'on cherche.

Delaney ouvrit son tiroir, en tira une boîte métallique dans laquelle il gardait des clous de girofle. Il en enfourna quelques-uns et entreprit de les mâchouiller.

— Pis ça veut dire quoi, «il y en a d'autres»? reprit-il.

Le sergent-détective haussa les épaules.

— Peut-être une série de meurtres ou de crimes violents qui se seraient produits en 1964? (Silence.) Toi, à ton âge avancé, ça te dit rien, Paul?

Delaney sourit en réponse à la vacherie, puis plongea longtemps dans ses souvenirs, les yeux mi-clos, le menton dans la main.

— Non. Ça me dit rien. (Silence.) Mais as-tu pensé à en parler à Joe Bine?

Le visage de Victor s'éclaira aussitôt. Il sauta sur ses pieds.

— Ça, c'est l'idée du siècle, Paul! Merci!

Fébrile, sa main tournait déjà la poignée de la porte.

— Il a pas le téléphone, mais il reste au…

Victor ne se retourna pas. Vifs, ses pas résonnaient contre le sol du corridor.

— Je sais où le trouver!

CHAPITRE 66

Joe Bine

Il se nommait Joseph Binet, mais tout le monde l'appelait Joe Bine. Dès les premiers mois ayant suivi son embauche au SPVM, un collègue plus âgé l'avait surnommé ainsi et ça lui était resté collé comme une seconde peau.

À compter de ce moment, et pour le reste de sa carrière, qui s'était étendue sur plus de quarante-cinq ans, tout le SPVM avait pris l'habitude de l'appeler de cette façon. Au début, ça l'agaçait un peu, mais avec le recul, si on lui avait posé la question, Joe Bine aurait probablement répondu que ça l'avait plutôt amusé.

Presque aveugle, le vieil archiviste avait pris sa retraite trois ans plus tôt, ayant maintenant un âge vénérable et les années de service requises pour pouvoir profiter d'une pleine retraite sans pénalité actuarielle.

Joe Bine n'avait jamais pu se mettre tout à fait à l'informatique et cela expliquait peut-être en partie ce qui l'avait rendu si indispensable. En effet, plutôt que de se fier à la technologie, il n'avait toujours fait confiance qu'à ses seules facultés mentales.

L'homme était un peu la mémoire du SPVM.

Ainsi, il pouvait vous réciter par cœur les prénoms des enfants des trois derniers chefs de la section des crimes économiques ou vous entretenir de meurtres non résolus aussi obscurs qu'oubliés, et ce, même s'ils dataient de trois décennies et qu'il était difficile d'en retrouver la trace.

Joseph pouvait en outre vous donner les noms de plusieurs joueurs de l'alignement de chaque édition des Canadiens de Montréal, depuis le jour de la fondation du club, en 1909, jusqu'au congédiement de Jacques Demers, en 1995.

Il n'avait jamais digéré ce renvoi et avait cessé d'être un partisan de la Sainte-Flanelle du jour au lendemain, au profit des Red Wings de Detroit. Une organisation «avec de la classe», se plaisait-il à dire, une équipe toujours compétitive qui savait traiter ses employés «avec respect et considération». Sans compter qu'ils savaient repêcher des joueurs-clés dans les dernières rondes et présenter des équipes gagnantes année après année.

Mais bon, ça, c'était une autre histoire.

Joe Bine avait fini sa carrière d'archiviste principal à la section des crimes majeurs. Alors que plus personne n'en voulait en raison de son âge, de sa vue qui baissait et de son incapacité à effectuer des recherches dans les banques de données informatisées, Paul Delaney l'avait gardé le plus longtemps possible, parce qu'il appréciait l'homme et qu'il savait que, lorsqu'il partirait, il emporterait avec lui une partie de l'histoire du SPVM.

Avant d'être rétrogradé dans un poste de quartier à la suite d'une bavure ayant coûté la vie à deux de ses hommes, Victor avait bien connu Joe Bine, à qui il vouait une réelle affection.

Le vieil homme habitait une maison de chambres aussi crade que celle où André Lortie avait passé les derniers mois de sa vie. Le vieux ne possédait pas le téléphone, ce qui compliquait les choses pour Victor, qui venait de se heurter à une porte close.

Un homme s'avança vers lui et, tout en regardant le mur derrière la tête du sergent-détective, lui dit qu'il avait des chances de trouver Joe au sous-sol de l'église, où se tenait un bingo.

Victor était servi, lui qui n'aimait pas particulièrement les vieux : l'endroit où avait lieu le bingo pullulait de têtes grises.

D'ailleurs, il lui avait semblé que tous les regards s'étaient tournés en même temps pour le fixer lorsqu'il était entré. Au point qu'il s'était senti obligé de faire une sorte de salut général de la main. Tous les yeux étaient cependant retournés aux cartes et aux jetons dès l'annonce du «B12» par le maître de jeu.

De longues tables étaient disposées en rangées, et les joueurs, cordés en rangs d'oignons. De la musique country jouait en sourdine et tout le monde essayait tant bien que mal de ne parler qu'en chuchotant, si bien qu'une sorte de vrombissement montait de la salle et s'avérait au final bien pire que si les joueurs avaient parlé normalement.

Un premier coup d'œil ne permit pas au policier de trouver Joe Bine parmi la centaine de joueurs.

– G38, annonça le maître de jeu.

Un cri fendit l'air, une main se leva.

– BINGO!

Victor continuait de chercher le vieil archiviste des yeux lorsqu'une femme s'avança vers lui en souriant et lui demanda s'il voulait jouer. Répondant qu'il cherchait quelqu'un, elle hasarda qu'elle le connaissait peut-être...

– Son nom est Joseph Binet, précisa-t-il.

La dame secoua la tête et allait s'éloigner sans lui demander de comptes lorsqu'il se ravisa.

– Tout le monde l'appelle Joe Bine!

La femme se fendit d'un large sourire et l'invita à l'accompagner. Bien sûr qu'elle le connaissait! Qui ne connaissait pas Joe Bine?

Elle conduisit Victor dans le ventre de l'église, à travers un dédale de corridors, et s'arrêta bientôt devant une petite pièce sans fenêtre faisant désormais office de débarras, mais qui avait dû autrefois servir de salle de réunions pour les prêtres.

Seul, Joe Bine était attablé dans un coin, derrière une liasse de documents. Une puissante lampe de bureau éclairait la surface de travail. En s'approchant, Victor se rendit compte qu'il s'agissait plutôt d'une sorte de rétroprojecteur qui agrandissait de façon exponentielle les documents qu'on y glissait, ce qui permettait à l'homme de les lire.

— De la visite pour vous, Joe, annonça la femme, avant de les laisser pour repartir vers le champ de bataille.

Joe releva la tête et regarda dans la direction du sergent-détective.

Victor s'était arrêté dans un Tim Hortons où il avait acheté une boîte de beignes à la crème Boston, s'étant souvenu que c'était le péché mignon de Joe. Il les posa sur la table, mais ce dernier ne montra aucune réaction. Surpris, Victor agita la main près de son visage, mais le vieil archiviste ne sembla même pas en prendre conscience.

La situation avait empiré depuis la dernière fois : il n'y voyait vraiment plus rien.

Un filtre blanc couvrait ses yeux ; les cataractes avaient beau être enlevées chirurgicalement, elles revenaient sans cesse.

— Salut, Joe, prononça Victor d'une voix douce.

Un pli barra le front du vieillard, signe chez lui d'une intense concentration. Les deux hommes ne s'étaient pas parlé depuis quelques années, mais les traits de Joe s'illuminèrent presque aussitôt, sa main se tendit dans le vide à la rencontre du visage du sergent-détective ; ses doigts se promenèrent sur ses joues rugueuses.

— Victor ? Victor Lessard ? C'est bien toi ?

— C'est moi, Joe.

Victor ouvrit la boîte. L'odeur de beignes embauma la pièce.

Une larme roula sur la joue du vieil homme alors qu'il prit la main du policier entre les siennes. D'une maigreur squelettique, il rappelait un peu les films d'époque sur les camps de concentration nazis.

Les paupières closes, Joe mastiquait chaque bouchée avec un soin qui relevait presque de l'obsession. Puis, à l'aide d'une des serviettes en papier qu'avait apportées Victor, il essuyait la crème agglutinée à la commissure de ses lèvres. Il y avait un tel abandon dans ses gestes, il semblait tant apprécier l'instant que son visiteur en fut ému.

Joe en mangea finalement trois avant de reprendre son souffle, momentanément rassasié.

Victor ferma la boîte, la tassa sur le côté et précisa à Joseph qu'il pourrait garder le reste, imprimant ainsi un large sourire sur le visage de l'archiviste.

Avec un regard en direction des documents jaunis qui traînaient sur la table, il lui demanda ce qu'il fabriquait. Joseph lui expliqua qu'il avait accepté de délaisser temporairement le bingo pour aider la paroisse à remettre un peu d'ordre dans ses archives.

Du même souffle, il ajouta que la tâche s'avérait ardue, puisque, malgré l'utilisation du rétroprojecteur, il avait de plus en plus de mal à voir.

Puis, comme deux vieux amis qui se retrouvent, ils évoquèrent le passé.

Un passé pas si lointain où ils se côtoyaient régulièrement, un passé que Joseph désignait comme le temps où il avait encore ses yeux.

Sans entrer dans tous les détails de l'enquête, Victor lui expliqua enfin les raisons de sa visite et ce qu'il cherchait.

Joe Bine haussa un sourcil et resta un long moment prostré à fixer le vide d'un air absent.

– Un événement qui serait arrivé le 23 octobre 1964... Mmm... (Haussement d'épaules. Long silence.) Ça ne date pas d'hier, ça, mon ami...

L'ancien archiviste lui parla bien de quelques meurtres qui avaient été commis en 1964, mais rien en octobre. Victor prit néanmoins quelques notes dans son calepin.

Puis, après une autre longue pause au cours de laquelle il sembla dormir, Joe ajouta :

– Le seul événement qui pourrait correspondre à cette date-là, c'est un accident de chasse. Je ne sais pas si c'est ce que tu cherches, mais si ma mémoire est bonne, c'était arrivé dans le bois, pas trop loin de Joliette. Si t'es chanceux, la police a peut-être gardé un dossier. Sinon tu pourras sans doute trouver un article dans les archives du journal local ou dans celles du *Journal de Montréal*. À moins que je me trompe, il s'agissait d'un père et de son fils. À l'époque, on en avait un peu entendu parler ici parce que la police s'était d'abord demandé si ce n'était pas un meurtre par compassion, suivi d'un suicide. Le fils était handicapé mentalement.

Victor secoua la tête, à la fois incrédule et impressionné.

— Je sais que tu as une mémoire exceptionnelle, Joe. Mais comment t'arrives à te souvenir en détail d'un fait divers qui date de plus de quarante-cinq ans?

Un sourire triste anima le visage du vieil homme.

— Mon frère aîné est mort dans un accident de chasse en 1959. Ça marque.

23 octobre 1964

Dans le bois, près de Joliette

Papa et Léonard sont partis à la chasse à l'orignal. Charlie voulait les accompagner, mais maman l'oblige à garder le lit à cause de la fièvre. En sueur, Charlie s'agrippe à ses draps et se mord le poing de rage. Car la fièvre n'est rien à côté de la déclaration assassine que papa a proférée avant de partir, son fusil sous le bras, vêtu de sa veste à carreaux : «De toute façon, Charlie, la chasse, c'est une affaire d'hommes. Et je t'ai déjà dit d'enlever ta casquette dans la maison.»

Avalant sa salive de travers, la mine offensée, Charlie aurait voulu hurler : «Alors, pourquoi t'emmènes Léonard, d'abord? C'est peut-être un homme, mais il est débile!»

Sauf que Charlie se retient pour ne pas faire de peine à maman. Et aussi parce que Léonard ne lui a jamais fait aucun mal et qu'il serait injuste de l'attaquer alors que le seul coupable, c'est papa! Mais comment a-t-il osé lui dire ça, lui faire cet affront?

Depuis les événements de septembre, les deux jours où papa a disparu avant d'être jeté sur le talus depuis une voiture en marche, Charlie trouve qu'il n'est plus que l'ombre de lui-même. Superficielles, ses blessures ont guéri très vite mais, depuis quelque temps, papa ne part plus avec la voiture le matin pour aller additionner des chiffres au bureau : il reste cloîtré la journée entière dans le noir et le silence de l'atelier derrière la maison et, souvent, lorsqu'il en sort, il ne leur adresse même pas la parole. Pire, on dirait que, parfois, il ne les reconnaît pas.

Charlie trouve aussi étrange que papa regarde à la fenêtre chaque fois qu'on entend une voiture dans le lointain et que son fusil de chasse l'accompagne dans le moindre de ses déplacements. Charlie ne saurait expliquer son état autrement qu'en disant que c'est toujours papa dans son corps, mais qu'il n'est plus le même dans sa tête.

Tant bien que mal, ils ont repris leur vie, ils sont même presque parvenus à oublier, mais Charlie entend souvent maman pleurer la nuit, quand la lumière de l'atelier dans la cour est allumée.

Après être restée à ses côtés plus d'une heure, à mettre des compresses froides sur son front, maman l'embrasse et se dirige vers la porte de la chambre. Grâce aux médicaments, la fièvre est tombée, mais maman lui a demandé de dormir un peu, pour reprendre des forces. Tant que maman l'observe, du cadre de la porte, Charlie fait semblant de s'assoupir et module sa respiration pour imiter celle de Lennie quand il s'endort.

Lorsque maman redescend, Charlie s'habille en silence, essaie de retenir la quinte de toux qui monte dans sa gorge, saisit un oreiller pour étouffer le bruit, puis essuie la salive qui a coulé de sa bouche. Charlie sait que maman est retournée en bas pour travailler sur sa thèse et qu'elle ne remontera pas avant quelques heures. Avant d'ouvrir la fenêtre de sa chambre, Charlie enfile ses bottes de pluie et son ciré vert, enfonce sa casquette de baseball sur sa tête.

Charlie a réussi à se glisser dehors plusieurs fois à l'insu de papa et de maman pour aller rejoindre Cantin et fumer quelques cigarettes dans le bois, là où ils aimaient se raconter des histoires de soucoupes volantes venues enlever des enfants et aussi parler de René Desharnais et des autres ploucs de l'école.

Mais, ça, c'était avant que les parents de Cantin décident de retourner vivre dans la grande ville, à cause du travail qui manque dans la région et de l'argent qui ne pousse pas dans les arbres. Maintenant, tous ces bons moments passés avec

Cantin appartiennent «au bon vieux temps», comme le veut l'expression que Charlie a apprise dans les livres que papa avait pris l'habitude de lui lire chaque soir avant d'aller dormir.

Sauf que, depuis que papa lui-même a été enlevé par les extraterrestres et qu'ils ont joué dans son cerveau, ils ne lisent plus jamais de livres ensemble avant d'aller au lit.

Charlie se concentre: de la fenêtre de sa chambre, il faut simplement sauter sur le toit du balcon sans attirer l'attention, marcher jusqu'au bout, agripper la gouttière – elle est solide – et s'y laisser descendre doucement en posant le bout de ses bottes en appui sur les bardeaux de cèdre. Quand ses pieds touchent le sol, Charlie s'accroupit et tend l'oreille: le calme, personne aux alentours.

Avec une prudence de Sioux, Charlie passe en rampant sous la fenêtre de la cuisine pour échapper au regard de maman et, au coin de la maison, se relève et part au pas de course vers le champ. Quelques secondes plus tard, Charlie marche dans les herbes hautes, puis emprunte le sentier qui s'enfonce dans le bois. Les arbres se balancent tranquillement dans le vent.

Pas question qu'ils partent à la chasse sans l'emmener!

La journée est grise et sans soleil, mais Charlie n'a pas froid, l'intérieur de son imperméable est doublé de laine. Gorgée d'eau par les averses, la forêt chante et reluit. Un tapis de feuilles colorées étouffe ses pas sur la terre humide.

Charlie connaît par cœur l'endroit où est située la cache que papa a fabriquée avec l'aide de Lennie quelques années auparavant.

Après l'étang, Charlie bifurque sur un sentier secondaire qui lui permettra de rejoindre la cache de façon sécuritaire, sans jamais s'exposer dans leur champ de tir, comme le lui a déjà montré papa, «au cas où il y aurait une urgence».

Papa sera fâché par son arrivée, mais Charlie a déjà prévu le coup: sa température ayant chuté, maman a finalement changé d'idée et lui a permis de les rejoindre. Charlie comprend et accepte qu'il y aura une punition, au retour, quand maman et papa découvriront la supercherie.

Une détonation retentit, l'écho se répercute et glisse entre les branches. Charlie sursaute, puis sourit en pressant le pas. Papa sera sûrement de meilleure humeur s'ils ont déjà une prise.

Soudain, un cri déchire le silence.

Un long cri de terreur, qui lui glace le sang.

Lennie!

Sans réfléchir, Charlie se lance en avant et se met à courir aussi vite que possible, écartant tant bien que mal les branches avec les avant-bras, ignorant la douleur lorsqu'elles lui fouettent le visage ou lui griffent les joues. Il est sûrement arrivé quelque chose de grave à papa pour que Lennie crie ainsi.

Un deuxième cri encore plus effrayant que le premier éclate dans l'air, suivi de près par l'explosion d'une autre détonation.

Charlie se fige, s'arrête net : un silence assourdissant plane dans la forêt.

Un silence de mort...

Charlie se secoue et se remet à courir de toutes ses forces. Sa bouche est trop sèche pour lui permettre de crier ou d'appeler. Son cœur cogne dans sa poitrine. La peur lui noue l'estomac. Sa tête essaie de rejeter l'idée, mais elle revient sans cesse : ils sont morts tous les deux.

Droit devant, une veste de camouflage qui n'appartient ni à Lennie ni à papa apparaît entre les branches. D'instinct, Charlie se jette dans un bosquet de fougères et s'abrite derrière un gros arbre. À plat ventre, les ongles plantés dans le tronc, Charlie penche doucement la tête et risque un regard : un homme vêtu d'une tenue de combat s'avance dans le sentier, un pistolet glissé dans la ceinture. Son visage est barré de plusieurs traits de maquillage militaire.

Ce visage anguleux, c'est celui du conducteur de la Chevrolet 57!

L'homme s'arrête à sa hauteur.

Charlie tremble de tous ses membres et n'ose pas bouger. Une odeur d'ammoniaque lui monte aux narines en même temps que lui parvient le son étouffé d'un liquide qui ricoche contre une surface dure.

Les yeux écarquillés, Charlie réalise que l'homme est en train d'uriner sur le tronc qui constitue l'ultime rempart entre eux, entre la vie et la mort.

L'homme se racle la gorge, éructe comme un porc. Un jet de morve et de salive frappe l'épaule de Charlie et se met à couler le long de son bras.

– Maudite chienne de vie, soupire l'homme en refermant sa braguette, y était temps!

Le poing enfoncé dans la bouche pour ne pas crier, Charlie voit le bout des bottes noires piétiner le sol, pivoter, puis s'éloigner en direction de la route, qui serpente à moins de deux cent mètres à l'est.

Charlie reste longtemps immobile à trembler de tous ses membres, jusqu'à ce que le bruit du moteur de la Chevrolet disparaisse au loin, enveloppé par le chant des oiseaux. Les muscles engourdis, les jambes raides comme des clous, Charlie s'avance prudemment dans le sentier. Plus que quelques mètres à franchir, la cache apparaît entre les arbres.

Le vent se lève, des gouttes de pluie se mettent à cingler son visage violemment.

Une forme dans l'herbe attire son attention. Lennie gît au pied de la cache, sa jambe droite repliée sous son corps, dans un angle impossible. Charlie s'approche, sa lèvre inférieure tremble. Le visage de Lennie, emporté par un coup de feu, n'est plus qu'une bouillie informe de chairs et de tissus sanguinolents.

En état de choc, Charlie ne peut détacher son regard de l'œil intact de Lennie, qui lui renvoie son reflet. Puis les connexions s'effectuent dans son cerveau, Charlie recule brusquement, tombe à la renverse, tente de se relever, ses pieds patinent dans la boue, ses doigts saisissent quelque chose, ses yeux s'y accrochent une fraction de seconde de trop avant que sa main le rejette par terre : un bout de la calotte crânienne de Lennie.

Charlie essaie de reprendre son souffle, mais les images se bousculent sur ses rétines, la forêt vacille, le vent hurle dans ses oreilles et un voile noir, opaque, apparaît dans son champ de vision. Charlie est sur le point de perdre connaissance lorsqu'un bruit attire soudain son attention. Un raclement. Charlie relève la tête vers la cache, coincée entre les arbres, quinze pieds plus haut, dans les airs. Charlie tend l'oreille : ce n'est pas un raclement, il s'agit plutôt d'une voix humaine. Des gémissements.

Papa !

Charlie s'élance, ses mains agrippent l'échelle de bois, ses pieds grimpent les degrés aussi vite qu'ils le peuvent.

La première chose que Charlie voit en se hissant dans la cache, ce sont les éclaboussures de sang qui tapissent le sol et les murs. En les suivant du regard, ses yeux se posent sur papa : du sang coule de sa bouche, son souffle n'est plus qu'un murmure entrecoupé de borborygmes. Une plaie abdominale laisse voir les viscères. Déjà, il baigne dans une mare rouge.

– … arlie…

Charlie s'approche et glisse sa petite main sous la nuque de papa, pour soutenir sa tête. Sa bouche dépose des baisers sur son front. Le sourire de papa ressemble à une grimace.

– Respire, p'pa.

Et Charlie prend les viscères dans ses mains et essaie de les remettre en place dans le ventre de papa, et les larmes inondent ses yeux.

– Faut t'accrocher p'pa, j'ai besoin de toi. Tu peux pas me laisser, p'pa.

– Sou… viens-toi, Char… lie. Sou… sou… vie…

– Respire, p'pa. J'vais aller chercher de l'aide !

Un long soupir monte dans la gorge du mourant et s'échappe de sa bouche. Ses yeux se révulsent en papillotant, ses paupières se referment et sa tête bascule doucement sur le côté.

– RESPIRE, P'PA. RESPIRE ! NON, P'PA ! RESPIRE !

La pluie ricoche sur le toit de la cabane et commence à s'infiltrer dans les interstices.

Charlie a huit ans et les cris meurent dans sa gorge.

CHAPITRE 67

Cadeau-surprise

Victor fuma sa cigarette jusqu'au bout, écrasa son mégot dans le cendrier près de la porte et rentra à l'intérieur. Bien que brève, sa rencontre avec le pitbull l'avait encouragé; le sort de Martin était entre bonnes mains. Avant de prendre l'ascenseur, toujours pendu à l'espoir d'un appel ou d'un texto de Nadja, il vérifia sa messagerie. Même si, au fond de lui-même, il savait qu'il avait déconné, il réprimait l'envie de faire les premiers pas, de lui téléphoner.

À la cuisinette, où il se préparait un déca, les «poc» sonores des bulles de gomme se mélangeaient à ceux du maïs qui éclatait: Loïc faisait du popcorn dans le four à micro-ondes. Le Kid avait rendez-vous plus tard dans l'après-midi avec le propriétaire d'une boutique spécialisée dans la vente d'équipement pour le tir à l'arc.

Victor prit une poignée de maïs dans le bol que lui tendait le jeune homme et lui demanda de réunir le groupe d'enquête dans la grande salle de conférences.

Les chuchotements cessèrent dès qu'il entra dans la pièce. Jacinthe était vautrée dans un fauteuil, les jambes allongées sur un autre siège. Devant elle, le plat de popcorn que Loïc avait préparé quelques instants plus tôt était déjà vide.

Debout, Lemaire et le Kid étaient pour leur part penchés au-dessus de l'écran d'un ordinateur portable. Le second en rabattit fermement le clapet lorsqu'il vit le sergent-détective.

Victor savait qu'ils lisaient sur Internet au sujet de son fils.

– On commence par quoi? lança-t-il, feignant de n'avoir rien remarqué.

Puisque aucun de ses collègues ne semblait vouloir prendre la parole, il enchaîna:

– On commence par essayer de voir si on trouve un dossier aux archives de la SQ à Joliette. Avec un peu de chance, il y a peut-être un des enquêteurs ou des membres de la famille des victimes qui est encore en vie.

– Minute, moumoute, l'interrompit Jacinthe qui, plus tôt, avait accueilli avec un certain scepticisme le compte rendu de sa rencontre avec Joe Bine. MK machin truc, le président Kennedy, le dossier Northern qui n'est pas le dossier Northern et maintenant un accident de chasse qui remonte à octobre 1964… Y a-tu juste moi qui vois pas le rapport?

Tour à tour, elle les dévisagea.

– Tu oublies la mention «il y en a d'autres» sur le carton d'allumettes, ajouta Victor, d'un ton calme.

Jacinthe ricana en levant les yeux au plafond.

– Je veux ben croire qu'il y en a d'autres, mais d'autres quoi? On a quatre meurtres sur les bras, deux *modus operandi* différents, un suicide, pis, avec Will Bennett, un tata qui végète dans le coma. Et là, tu voudrais qu'on enquête sur un événement préhistorique juste parce qu'un vieux sénile pense qu'il est arrivé à 'même date. Ciboire, attachez-moi quelqu'un! lança-t-elle avec ironie.

– Attention, on laisse pas tomber le reste, répliqua Victor sans se laisser démonter, mais, oui, on commence à fouiller sur l'accident de chasse de Joliette. Et j'ai parlé à Paul au sujet de Tousignant. On s'est mis d'accord pour le mettre sur écoute. Il faut préparer un mandat. Pour le reste, on verra après.

Jacinthe se leva en maugréant, repoussa sa chaise et sortit en déclarant qu'elle s'occupait du mandat. Loïc proposa de prendre en charge les recherches concernant l'accident de chasse avant de se lever, plein d'enthousiasme, et de foncer vers son bureau.

Victor se tourna vers Lemaire.

Dans la pièce, il n'y avait plus qu'eux et un silence embarrassé.

– Le Kid est pas encore prêt à s'occuper de ça tout seul, Gilles. Pourrais-tu, subtilement…

Le Gnome rassura Victor : il donnerait un coup de main à Loïc. Il mentionna aussi qu'il allait appeler Jacob Berger pour avoir des nouvelles de l'autopsie de Rivard et reparler avec l'équipe de l'Identification judiciaire qui s'occupait des scènes de crime du cimetière et du parc Maisonneuve.

Des trous dans l'âme, Victor resta seul à broyer du noir et à se demander, la tête entre les mains, si Martin allait s'en tirer et pourquoi Nadja ne l'appelait pas.

Il allait finir seul, dans un hospice, à sucer des pastilles.

Soigneusement enveloppé dans du papier d'emballage blanc, orné de pères Noël ventrus et de sapins verts, le paquet traînait sur son bureau lorsqu'il y revint, probablement déposé là par l'un de ses collègues. Victor sourit et ne put s'empêcher de penser à Nadja. Puis il se raisonna : pourquoi lui enverrait-elle un cadeau ? Il songea ensuite à l'adjointe du doyen et se demanda si elle ne lui faisait pas parvenir de nouveaux éléments. Mais pourquoi aurait-elle pris soin de les emballer ?

La question flotta en suspension dans son esprit.

Du bout de l'ongle, le sergent-détective décacheta la petite enveloppe collée à l'emballage, en tira une carte blanche : *Joyeux Noël, Monsieur Lessard.*

Déchirant le papier, il découvrit une petite boîte de carton, d'environ quinze centimètres sur dix. Haussant les sourcils, intrigué, il ouvrit son tiroir et y prit une paire de ciseaux. À l'aide de l'une des pointes, il coupa l'adhésif qui tenait les rebords en place.

Victor plongea la main dans la boîte et en sortit un objet enveloppé dans du papier bulle.

De plus en plus intrigué, il fit sauter les attaches pour trouver un portefeuille d'un cuir de bonne qualité, d'aspect neuf. Il n'avait pas reçu de portefeuille en cadeau depuis belle lurette.

En l'ouvrant, il réalisa aussitôt sa méprise et resta un moment estomaqué, le regard figé sur un permis de conduire, revoyant la séquence des événements dans sa tête : ils n'auraient pas à demander un mandat pour mettre le sénateur sur écoute.

Le nom figurant sur le permis de conduire était celui de Daniel Tousignant.

CHAPITRE 68

Virginie

Roulant à tombeau ouvert, ils étaient encore à une quinzaine de minutes de la maison du sénateur Tousignant lorsque Victor parla au téléphone à l'agent Felipe Garcia, un des patrouilleurs qui avait répondu à l'appel d'urgence envoyé à toutes les unités sur les fréquences de la police.

Garcia était en train de glisser une contravention sous l'un des essuie-glaces d'une Ford Focus garée en infraction sur le boulevard LaSalle lorsque Denis Beaupré, son partenaire, resté dans l'autopatrouille, lui avait fait un appel de phares avant de mettre le gyrophare et la sirène en marche.

Si Garcia avait été à portée de voix, Beaupré lui aurait plus pragmatiquement glissé: «Envoye, l'gros, on a une urgence.»

Guatémaltèque d'origine, l'agent Garcia s'exprimait pourtant avec un accent québécois à couper au couteau. Il expliqua à Victor qu'en arrivant sur les lieux, ils avaient trouvé la porte d'entrée débarrée et le système d'alarme désactivé.

La maison était vide et, en la sécurisant pièce par pièce, les deux patrouilleurs n'avaient rien remarqué d'anormal.

— Tout a l'air en ordre, assura Garcia. Mais y a sa fille qui vient d'arriver.

— Sa fille? Passez-la-moi, ordonna Victor.

Une voix terriblement suave roula dans son oreille.

— Oui, allô?

— Sergent-détective Victor Lessard, du SPVM, madame. Qui parle?

— Virginie Tousignant. Qu'est-ce qui se passe avec mon père?

L'image d'une jolie fille croisant et décroisant les jambes dans une conférence de presse passa subrepticement devant ses yeux.

— La journaliste?

— C'est moi.

— Nous cherchons le sénateur. Savez-vous où il est?

— Non, je le cherche moi aussi, nous devions manger ensemble. (Panique dans la voix.) Mais là, vous m'inquiétez…

Victor la coupa avant même qu'elle aille plus loin.

— Attendez-moi, j'arrive.

Et il raccrocha sans attendre de réponse.

Ça, c'était loin d'être une bonne nouvelle. Avoir la famille dans les pattes aussi tôt dans le processus était pénible, mais une journaliste, c'était carrément une malédiction.

Tandis que Jacinthe enfilait les courbes à toute vitesse sans se soucier de déraper sur les plaques de glace, Victor ne put s'empêcher de se demander si Virginie Tousignant n'était pas l'une de ces journalistes qui venaient de le hacher menu à propos de l'arrestation de Martin.

L'agent Garcia, qui guettait leur arrivée par la fenêtre, leur ouvrit la porte.

Dans le hall d'entrée, ils retirèrent leurs chaussures et Garcia les guida jusqu'à la salle à manger. Quand Victor lui demanda où se trouvait son collègue, le policier pointa un doigt vers l'arrière de la maison et expliqua que celui-ci examinait les alentours à la recherche d'indices.

Dans les faits, l'agent Beaupré avait saisi l'occasion de libérer son petit côté Jack Bauer et faisait le tour de la propriété la main en appui sur la crosse de son pistolet.

Jacinthe rebroussa chemin, remit ses bottes et partit le chercher en maugréant.

— Gros épais.

Par la fenêtre, Victor regarda sa coéquipière s'éloigner dans la neige, puis il se tourna vers le constable.

— Touchez à rien avant l'arrivée de l'Identification judiciaire, Garcia.

Virginie Tousignant choisit le moment précis où il terminait sa phrase pour sortir de la cuisine en portant un plateau, qu'elle posa sur la table de la salle à manger.

Une odeur de café embauma soudain la pièce, chatouillant les narines du sergent-détective.

— L'Identification judiciaire? répéta-t-elle d'un air inquiet.

Ils se dévisagèrent un instant et Victor fut troublé par sa beauté. Elle portait un jeans ajusté et un chandail blanc. Ses cheveux étaient remontés en une sorte de chignon déstructuré, une mèche rebelle retombait sur son front. Elle souffla dessus pour l'écarter.

— Je peux pas vous en dire plus pour l'instant, fit-il d'une voix qui se voulait rassurante.

Ils se présentèrent en bonne et due forme, et Victor vit ses yeux se remplir de larmes quand ils se serrèrent la main. L'agent Garcia sentit à cet instant qu'il n'était plus qu'un figurant dans une pièce qu'il ne connaissait pas. Saisissant l'émetteur qu'il portait à l'épaule gauche, sur son gilet pare-balles, il se retira à l'écart pour faire son rapport à son superviseur.

Victor connaissait la question que Virginie Tousignant allait lui poser avant même qu'elle ne la formule et il aurait préféré qu'elle s'en abstienne. Il était un piètre menteur.

— Sa disparition a un lien avec la série de meurtres, c'est ça?

Pour chasser sa nervosité, Victor tournait et retournait son cellulaire entre ses doigts. La jeune femme avait le droit de savoir, mais il hésitait à lui parler du portefeuille, redoutant de sa part une réaction émotive qu'il ne saurait pas gérer.

— C'est prématuré de parler de disparition. Votre père est peut-être juste en retard…, risqua-t-il.

— Non, il a pas l'habitude d'être en retard, affirma Virginie. Pourquoi êtes-vous ici?

Le cellulaire du policier passait d'une main à l'autre de plus en plus vite.

— Votre rendez-vous… il était planifié depuis longtemps?

— Papa m'a appelée hier soir. Il voulait qu'on se parle.

— Avez-vous trouvé ça étrange?

– Pourquoi? Mon père est un homme plein de surprises et il paraissait de bonne humeur. J'aurais dû insister?

Virginie s'enfouit le visage dans les mains et éclata en sanglots. Puisqu'elle n'était qu'à quelques pas de lui, Victor s'approcha et, dans un geste d'empathie, toucha son épaule. À sa surprise, la jeune femme se blottit contre sa poitrine. Ne sachant quoi faire d'autre, il passa un bras derrière son dos et prononça doucement des paroles de réconfort. Au même moment, son cellulaire vibra. Par-dessus l'épaule de Virginie, il vit que Nadja venait de lui envoyer un texto sibyllin:

ça va être OK pour Martin

Victor eut beau se creuser les méninges, il n'arrivait pas à saisir le sens du message. Qu'est-ce qu'elle voulait dire? Avait-elle convaincu son frère d'intercéder en faveur de Martin? Ou encore croyait-elle que celui-ci s'en sortirait avec un bon avocat? Devait-il se sentir soulagé par cette nouvelle?

Et tandis que Virginie continuait de sangloter sur son épaule, un élément important lui sauta tout à coup au visage: Nadja n'avait pas écrit un seul mot à propos d'eux, pas fait une seule allusion aux événements de la veille, alors qu'un simple «faudrait se parler» aurait suffi et lui aurait permis d'espérer.

«Ne pas interpréter», se répétait-il, mais il ne put s'empêcher d'y voir un signe. Pour Nadja, l'entité qu'avait été leur couple ne semblait plus exister.

Du coin de l'œil, il vit Taillon qui enlevait ses bottes et, s'avançant vers eux, traversait le hall en silence. Quand elle les vit enlacés, elle lui fit un clin d'œil entendu, et un sourire moqueur apparut sur ses lèvres.

De sa main libre, Victor lui donna du majeur.

CHAPITRE 69

Cassette TDK

En avalant une gorgée d'eau, Daniel Tousignant embrassa de nouveau la pièce du regard.

La chambre datait d'une autre époque, simple et confortable : un lit double avec couvre-lit de laine brun et orange, une catalogne à motifs au pied, des murs en panneaux de préfini foncé, un poster de berger allemand avec relief, punaisé en angle sur le mur, un tapis jaune or qui dégageait des relents d'humidité, une table de nuit, une chaise droite et un vieux bureau de bois. Sur le bureau traînaient une lampe à ampoule, un bloc-notes vierge, quelques stylos, une carafe d'eau à moitié pleine, le verre dans lequel il venait de boire, un cadran à cristaux verts, un magnétophone à cassettes et, encore dans leur emballage, une dizaine de cassettes TDK empilées avec soin.

Par la fenêtre, entre les branches des épinettes, il apercevait le fleuve, d'où montaient des vapeurs, et le coin d'une cabane jaune, installée sur la glace pour la pêche blanche.

On ne le retrouverait jamais ici…

Tousignant sourit, un sourire à peine amer, à la pensée que le fleuve ferait partie de son karma jusqu'au moment de sa mort.

Un peu plus tôt, il avait mangé avec appétit un spaghetti sauce tomate et boulettes de viande, mais ce n'était que maintenant, alors qu'on venait de le débarrasser de son plateau, qu'il allait *réellement* se mettre à table.

Il jeta un coup d'œil à l'assiette posée à portée de sa main : on avait eu l'amabilité de lui trancher des quartiers de melon, sa gâterie préférée. Il faillit céder à la tentation d'en manger un tout de suite, mais il se ravisa : il préférait attendre plus tard.

Saisissant une cassette entre ses doigts, il perça la pellicule de cellophane à l'aide de la pointe d'un stylo, chiffonna l'emballage et le coinça sous la base de la lampe. Comme il avait appris à le faire des années auparavant, il inséra ensuite le stylo dans la roulette de droite et tourna jusqu'à ce que le ruban brun défile. Une pression du doigt sur la touche « *Stop / Eject* » lui permit d'ouvrir le compartiment à cassettes et d'y insérer celle qu'il venait de préparer avec minutie.

Dans le boîtier, il récupéra le feuillet qui contenait les étiquettes.

Sur la face A, il inscrivit simplement :

1

Approchant le magnétophone, un modèle standard, de forme rectangulaire et fabriqué de plastique noir, il enfonça les touches « *Rec* » et « *Play* ».

Un voyant rouge s'alluma et les chiffres du compteur, qu'il avait remis à zéro, commencèrent à défiler lentement. L'homme vérifia que la bande tournait aussi et prit une grande inspiration.

– Mon nom est Daniel Tousignant. Je suis sain de corps et d'esprit. Ceci est ma confession.

CHAPITRE 70

C'est votre appareil qui fait «bip bip»?

Devant son insistance, Victor avait dû se résoudre à parler «des vraies affaires» à Virginie, tandis que Jacinthe fixait le plafond. Pendant quelques secondes, alors qu'il lui révélait avoir reçu le portefeuille de son père par la poste et que ses narines frémissaient, il avait cru que les larmes se remettraient à gicler, mais la jeune femme avait su se contenir.

Bien évidemment, elle l'avait mitraillé de questions.

Mais que pouvait-il lui dire? Ils ne savaient rien.

En théorie, les deux enquêteurs auraient dû obtenir un mandat pour fouiller la maison. Mais lorsqu'ils lui expliquèrent qu'ils allaient ainsi perdre un temps fou, ce qui pouvait être évité si elle leur donnait son consentement, Virginie n'hésita pas une seule seconde. Elle insista cependant pour être présente pendant leurs recherches, ce à quoi ni l'un ni l'autre ne s'opposèrent.

Même si tout laissait présager un enlèvement, il fallait mettre en branle le protocole de recherche appliqué dans les cas de simple disparition. Rien ne devait être laissé au hasard.

D'un commun accord, il fut décidé que les agents Garcia et Beaupré regagneraient leur unité pour coordonner les équipes de recherche. Avant leur départ, Virginie leur fournit une photographie récente de son père, son signalement et des précisions sur son état de santé et son profil psychologique : à part un stimulateur cardiaque, pas de maladie connue ni de handicap, aucune prise de médicament, pas d'idées suicidaires ni de problèmes mentaux.

Victor demanda également à Virginie d'établir une liste des lieux publics que le sénateur avait l'habitude de fréquenter dans le voisinage. Ayant emporté le document, les agents Garcia et Beaupré mettraient sur pied dès que possible des patrouilles dans les endroits où Tousignant était le plus susceptible de se rendre. Ils communiqueraient aussi avec les services d'urgence et les hôpitaux.

Pendant ce temps, Jacinthe avait vérifié le garage : les deux voitures du sénateur y étaient rangées, de même que son embarcation, chargée sur une remorque.

Avant de quitter Versailles, leurs tentatives pour trianguler le téléphone cellulaire de Tousignant avaient échoué. Par ailleurs, le sergent-détective avait fait activer une alerte sur les cartes bancaires du sénateur.

Après s'être concertés, Jacinthe et Victor avaient finalement décidé d'attendre avant de faire intervenir l'Identification judiciaire et son artillerie lourde.

Virginie s'était absentée quelques minutes pour aller se rafraîchir à la salle de bains.

Quand elle revint, son regard croisa celui de Victor et elle lui sourit. Sans qu'il puisse en avoir la certitude ni en connaître la raison, il eut l'impression d'un changement dans son attitude.

Durant un instant, il se demanda si ça avait quelque chose à voir avec le fait qu'elle avait enfilé des talons hauts. Puis il haussa les épaules et se mit à la tâche.

Dans un premier temps, la fouille de la maison consista simplement à passer de pièce en pièce, à la recherche de «notes discordantes», d'éléments susceptibles de les éclairer quant à un enlèvement éventuel.

Par exemple, les ravisseurs avaient-ils laissé derrière eux des signes prouvant que Tousignant avait été séquestré, ou battu? Le sénateur avait-il dissimulé, à l'insu des ravisseurs, une note, un message, une indication à l'intention de ceux qui se lanceraient à sa recherche?

Pour ce faire, les deux enquêteurs s'étaient séparé la tâche par étages et Jacinthe avait choisi le deuxième. Virginie, pour sa part, avait décidé d'accompagner Victor. En ratissant le rez-de-chaussée, ils ne découvrirent aucun élément susceptible de les mettre sur la piste de Tousignant.

Par la suite, ils établirent leur camp de base dans le bureau du sénateur, où Victor demanda à Virginie de dresser une liste de personnes avec qui son père pourrait avoir été en contact dans les dernières heures : la famille, les amis proches et les collègues.

Avec une précision chirurgicale, la journaliste fit la liste et passa elle-même les appels en un temps record, ne perdant pas une minute en vaines explications, allant droit au but, recueillant l'information, puis raccrochant. À part son adjointe, à qui il avait parlé plus tôt dans la journée pour prendre ses messages, personne n'avait eu de nouvelles de Tousignant.

Se rendant compte qu'il savait très peu de choses sur la vie personnelle du sénateur, le sergent-détective ne put s'empêcher de demander des précisions à Virginie : en bref, elle était enfant unique et son père était veuf depuis un peu plus d'un an, après avoir été marié près de cinquante ans avec sa mère.

Victor tomba de nouveau sur la boîte vocale de Nadja et coupa la communication sans laisser de message. Ça le mettait en rogne ! Il avait essayé au moins dix fois de la joindre depuis qu'elle lui avait envoyé son texto, mais elle ne répondait pas à ses appels. Ulcéré, il rempocha son cellulaire et prit le temps de se calmer avant de regagner le bureau, où Virginie fouillait dans l'ordinateur de son père.

– Tu trouves quelque chose ?

Sans même en parler, ils étaient passés naturellement au tutoiement. Virginie releva la tête.

– Plein de choses à propos de la fondation… Je suis sûre qu'il préférerait que je sois pas au courant, mais je pense pas que c'est le genre d'informations qu'on cherche.

Après une demi-heure passée à éplucher les documents qu'il avait sortis d'un classeur métallique, les yeux de Victor se mirent à chauffer. En bâillant, il se leva, fit quelques pas dans le bureau et s'étira. Les doigts de Virginie continuaient de pianoter sur le clavier.

L'enquêteur se mit à regarder les cadres sur le mur : il y avait là, outre les diplômes de droit et de philosophie que Tousignant avait obtenus, trois doctorats *honoris causa*, titres qui lui avaient été décernés pour sa contribution dans le domaine de la protection de l'environnement, notamment par le biais de sa fondation.

Avec un certain amusement et beaucoup d'intérêt, le regard de Victor tomba ensuite sur la jaquette encadrée d'un livre :

```
Virginie C. Tousignant
Une analyse comparée : Buster Keaton vs
Charlie Chaplin
Qui était le plus grand comique du cinéma
muet ?
```

– Wow ! T'as écrit un livre ?

– J'ai étudié en cinéma. C'est mon mémoire de maîtrise que j'ai réussi à faire publier.

Victor hocha la tête à plusieurs reprises, ne cachant pas son admiration. Virginie se leva et s'approcha.

– Mon père en est très fier, avoua-t-elle en regardant le cadre.

– Avec raison ! Faire publier un livre, c'est quand même pas rien ! Et qui était le meilleur comique : Chaplin ou Keaton ?

Les mains sur les hanches, la tête inclinée sur la droite, Virginie feignit d'être vexée.

– Ça, c'est la question qu'il fallait pas me poser... (Elle le regarda en faisant une moue qui rendait ses lèvres irrésistibles.) Le personnage de Keaton est pas aussi emblématique que celui de Chaplin. Quand on regarde Keaton, on voit un homme ordinaire se démener froidement dans une suite de situations difficiles, alors que le personnage de Chaplin est en soi la situation, un animal bizarre, une créature magique. Par contraste avec Chaplin, Keaton, c'est l'homme-qui-ne-rit-jamais.

Mais la sensibilité de Keaton est beaucoup plus moderne que la sentimentalité victorienne de Chaplin. Son utilisation de la technique est aussi plus astucieuse, plus audacieuse. Par contre, les films de Keaton ont moins de portée sociale et humaniste que ceux de Chaplin. Bref, j'ai écrit plus de six cents pages là-dessus sans réussir à trancher le débat de façon satisfaisante. Faut le faire!

Victor fouilla dans sa mémoire. Il avait déjà vu plusieurs films de Chaplin, mais ne se souvenait pas avoir vu un film de Keaton.

– C'était quoi déjà, le film où Chaplin se moquait de Hitler?

– *The Great Dictator*, répondit Virginie.

– C'est ça! C'était vraiment bien.

Derrière eux, les bruits de gorge de quelqu'un qui s'éclaircit la voix les firent sursauter. Victor se retourna brusquement. Jacinthe se tenait dans l'embrasure de la porte.

– Toc, toc, toc, fit-elle, un sourire niais suspendu aux lèvres. Désolée de vous déranger. Lessard, est-ce que je pourrais te voir une minute?

Taillon l'entraîna à l'écart, dans une pièce attenante, un des multiples salons de la propriété, celui-là tout en tapisseries d'inspiration champêtre.

– Ouin, occupé, mon Vic! (Elle lui décocha un clin d'œil.) J'ai rien trouvé là-haut...

Victor rougit malgré lui et bafouilla quelque chose à propos de ses yeux qui brûlaient à force de lire des documents et de la nécessité de ne pas brusquer Virginie, qui vivait un moment difficile. Les insinuations de sa coéquipière n'auraient pas dû le déranger, mais la réalité était autre: il venait de se faire surprendre comme un gamin. Elle l'écouta parler tout seul d'une oreille distraite et redevint sérieuse.

– Deux choses. Un, j'ai parlé à Mona Vézina. Elle confirme ce qu'on pensait: les écritures qu'on trouve sur le carton d'allumettes, sur le dessin du bonhomme pendu et sur la carte que tu as reçue avec le portefeuille de Tousignant concordent. Ces trois messages ont été écrits par la même personne.

Victor enregistra l'information, qui ne les avançait guère.

– Et deux?

– Le Gnome vient de m'appeler. Bennett est sorti du coma. Il est en état de parler.

– Gilles va l'interroger?

– Non, il est sur la route avec Loïc.

Le sergent-détective fut secoué par une quinte de toux.

– Ils s'en vont à Joliette? Pour l'accident de chasse?

– Pas tout de suite. Avant, y faut qu'ils passent dans une boutique de matériel de tir à l'arc, pour faire des vérifications.

– C'est vrai! La flèche qu'on a trouvée au cimetière. J'avais oublié…

– Fait que, Gilles voudrait que j'aille à l'hôpital interroger Bennett.

Fermant les yeux, Victor hocha la tête de haut en bas à plusieurs reprises.

– Pas de problème. Vas-y.

– As-tu des capotes? lança brusquement Jacinthe, avec un sourire moqueur.

Surpris, le sergent-détective fronça d'abord les sourcils, puis, livide, se braqua.

– Voyons, c'est quoi ton hostie de problème?

– Victor Lessard! T'as jamais été capable de résister à une belle fille. Pis as-tu vu comment elle te regarde? (Sourire entendu.) En tout cas, à ta place, je niaiserais pas avec la *puck*! Surtout après ce qui s'est passé avec le frère de Nadja… J'ai ben l'impression que ton chien est mort…

L'allusion à l'altercation de la veille le fit carrément sortir de ses gonds.

– Va donc chier, Taillon! cracha-t-il.

Jacinthe lui tapa un clin d'œil.

– Relaxe, mon ti-pitou! J'te niaise. Bon, j'me sauve!

Furieux, le sang cognant contre ses tempes, Victor mit du temps à se ressaisir.

Il se pinça l'arête du nez entre le pouce et l'index. Ses yeux lui donnaient l'impression de vouloir sortir de leurs orbites et, après une autre heure à éplucher des documents, il avait acquis la conviction que ça ne donnerait rien, que l'élément qui les mettrait sur la piste de Tousignant ne se trouvait pas là. Si ce dernier avait voulu leur laisser un message, ils l'auraient déjà trouvé.

Infatigable, Virginie continuait quand même de consulter les courriels de son paternel en prenant des notes pour essayer de reconstituer le plus fidèlement possible son horaire des derniers jours.

Jusque-là, l'exercice avait été plutôt vain. Victor allait proposer de prendre une pause et de commander à manger lorsque la sonnerie du téléphone de Virginie retentit :

Only happy when it rains, Garbage.

Elle se leva et prit l'appel à l'écart, dans le corridor.

Après avoir écouté son interlocuteur pendant quelques secondes, la jeune femme débita quelques formules vides censées passer pour des marques d'empathie, des mots d'encouragement. Le sergent-détective replongea le nez dans les papiers en prenant une mine appliquée, mais il ne put s'empêcher de tendre l'oreille. Virginie parlait à voix basse ; pas suffisamment cependant pour qu'il ne puisse l'entendre.

Nouvelle envolée de son interlocuteur — Victor savait à son timbre de voix qu'il s'agissait d'un homme — que Virginie interrompit en répondant que oui, elle était toujours chez son père et que non, il ne fallait pas l'attendre pour souper, qu'elle rentrerait tard.

En guise de conclusion, avant de couper la communication, elle mentionna qu'il ne fallait pas «oublier de nourrir Woodrow Wilson».

Pas un mot concernant la disparition du sénateur.

Visiblement, elle n'avait ni envie d'expliquer la situation à son interlocuteur ni de s'empêtrer dans une conversation qui s'éterniserait. Elle revint dans la pièce, fouilla dans son sac à main et en sortit un bâton de baume pour les lèvres. Victor feignit de continuer sa lecture, mais, après un moment, sa curiosité l'emporta.

– Je veux pas être indiscret, finit-il par dire, mais Woodrow Wilson, c'est pas le nom d'un ancien politicien?

Virginie appliqua le baume et pressa ensuite ses lèvres l'une contre l'autre pour l'étendre uniformément.

– T'as raison, c'était le vingt-huitième président des États-Unis. Élu pour deux mandats de 1913 à 1921.

Le sergent-détective siffla entre les dents.

– T'as étudié en cinéma ou en histoire?

– C'est pareil. Et, pour ton information, dans le cas qui nous intéresse, Woodrow Wilson est le nom de notre chien.

Victor baissa les yeux vers son alliance, un bijou scintillant qui, sur ses doigts fins, paraissait aussi gros qu'une bague de la coupe Stanley.

– Mariée?

Virginie jeta un regard vers sa main.

– Ah, ça? fit-elle d'un ton désabusé. Jean-Bernard est un type extraordinaire. C'est le problème. Si c'était un trou de cul, ça me donnerait du courage et me faciliterait la vie.

Sous-entendu: «Mon mari est un type bien, je ne suis plus heureuse avec lui, mais je ne peux me résoudre à le laisser.» N'ayant pas envie de glisser sur la peau de banane qu'elle venait de déposer devant lui, Victor décida de ne pas pousser plus loin.

– Ça fait pas un peu long, quand tu l'appelles?

Virginie le regarda avec des points d'interrogation dans les yeux.

– Woodrow Wilson, je veux dire…

Le spleen de la jeune femme se transforma en un large sourire.

– C'est W pour les intimes.

Victor hésita un moment, se demanda avant de prononcer sa réplique suivante s'il était nécessaire d'être aussi honnête. Puis il décida de faire son *coming out*:

– Je m'appelle Victor Lessard et je déteste les chiens.

Cette fois, Virginie éclata de rire.

– Moi aussi! Si tu savais. (Silence embarrassé.) T'es marié, toi?

Le policier répondit avec trop d'empressement à son goût.

– C'est compliqué…

Un bruit attira soudain leur attention, le «bip bip» d'un appareil électronique.

Les sourcils froncés, Victor regarda en direction de Virginie qui lui fit un signe de tête : elle aussi avait entendu.

Après quelques minutes de recherches, il s'avéra que le signal sonore provenait d'un boîtier d'acier surmonté d'un voyant lumineux que Victor trouva fixé contre la tour de l'ordinateur. Avec la permission de Virginie, il s'installa derrière l'écran, repéra en quelques clics l'application et la lança. Un panneau de contrôle s'afficha et six fenêtres apparurent, relayant en temps réel des images extérieures montrant la porte d'entrée, l'allée et la cour arrière de la maison.

— Un système de surveillance? s'étonna Virginie. Où sont les caméras?

— Cachées quelque part dehors, répondit Victor qui ne les avait pas remarquées non plus. C'est rendu tellement petit qu'ils peuvent en mettre dans à peu près n'importe quel objet d'utilisation courante. J'en ai déjà vu dans un gicleur, dans un luminaire et même dans une enseigne de sortie.

Victor cliqua sur une autre icône et pointa le doigt vers la fenêtre qui venait de s'ouvrir.

— Tu vois, ton père a configuré le système de façon à envoyer les alarmes par SMS à son téléphone cellulaire. Le bip qu'on a entendu était simplement un signal local.

— Ça veut dire que dès qu'un mouvement est détecté..., commença Virginie.

— ... il reçoit les images sur son cellulaire, compléta Victor.

Il cliqua sur un autre onglet.

— Et avec un peu de chance, les images sont enregistrées et stockées un certain temps.

Victor ne mit que quelques secondes à trouver le dossier contenant les extraits vidéo.

La première séquence leur permit de comprendre que l'alarme qu'ils avaient entendue avait été déclenchée par une voiture qui était venue faire demi-tour dans l'entrée de la maison.

Les trois séquences suivantes étaient celles qu'ils redoutaient. Ils les regardèrent d'abord dans le désordre, puis les rejouèrent par ordre chronologique :

10 h 15 : Un individu entrait dans le champ de la caméra. Victor le reconnut immédiatement : il s'agissait de l'homme portant la casquette tricolore des Expos, celui qu'il avait essayé de coincer au Confessionnal. L'homme s'avançait dans l'allée en tenant un paquet dans ses mains et sonnait à la porte. La distance et la visière empêchaient de distinguer ses traits. On le perdait lorsqu'il entrait dans la maison.

10 h 17 : Les mains dans le dos comme s'il avait été menotté, le sénateur sortait de la maison. Une main sur l'épaule de ce dernier, l'homme à la casquette marchait un pas derrière, semblait appuyer quelque chose entre les reins de Tousignant, qui n'opposait aucune résistance. Tous deux sortaient du champ de la caméra.

10 h 18 : L'homme à la casquette revenait dans le cadre, déposait deux sacs à ordures dans la neige, près de l'allée, puis ressortait du cadre.

Trois minutes s'étaient écoulées entre le moment de l'arrivée de l'homme à la casquette et son départ avec son prisonnier. Stupéfaite, Virginie demanda s'ils avaient des images de ce qui s'était passé à l'intérieur. Victor lui expliqua que les caméras ne balayaient que l'extérieur de la propriété. Même si ce qu'ils voyaient à l'écran ne faisait que confirmer ce qu'ils soupçonnaient depuis le début, la jeune femme se figea, en état de choc.

– Il a vraiment été enlevé, constata-t-elle d'une voix chevrotante.

Victor rejoua à plusieurs reprises la dernière séquence. On voyait l'homme à la casquette porter les deux sacs. Le sergent-détective eut l'impression qu'avant de les déposer, il les soulevait en l'air, comme pour mieux les montrer à la caméra.

Soudain, il dévisagea la journaliste.

– Est-ce que c'est le jour des poubelles aujourd'hui ?

Scandale des commandites

On a chargé le juge Gomery de fouiller dans les poubelles de la démocratie et, aujourd'hui, la commission qu'il préside a publié un rapport concernant le scandale des commandites.

Selon les médias, la preuve semble indiquer que le programme était supervisé par le bureau du premier ministre. Elle montre aussi qu'on a contourné la hiérarchie de la fonction publique pour mieux contrôler le programme et que le bureau du premier ministre avait été alerté de possibles problèmes.

Des sous-fifres et des larbins qui ont empoché iront en prison. Qui s'en soucie?

Le juge Gomery aurait bien aimé forcer une confession de l'ancien premier ministre, celui qu'on appelle «le petit gars de Shawinigan», mais c'est Jean Chrétien qui a ri le dernier en exhibant ses balles de golf.

Je dois avouer que si je n'ai jamais partagé ses opinions, j'admire la manière. Pour lui, le Québec devait coûte que coûte demeurer au sein du Canada: la fin justifiait les moyens.

Sur ce point précis, je suis d'accord avec lui: la fin justifie les moyens.

EVERGREEN

CHAPITRE 71

Les ordures, les ordres

Dans l'urgence, Victor était sorti récupérer les sacs-poubelles et ils en avaient étalé le contenu sur la grande table de la salle à manger. Le premier contenait deux classeurs rigides, chacun ayant l'épaisseur de plusieurs annuaires téléphoniques; le second, cinq chemises cartonnées, soigneusement numérotées de «P-1» à «P-5».

Chaque pièce était scellée par un ruban rouge traversé de la mention «*Never Destroy*».

Le sergent-détective n'aurait pu le jurer, mais les scellés semblaient avoir été retirés, puis soigneusement remis en place.

— Le dossier Northern, murmura Victor.

Ils restèrent un moment plantés à fixer leur découverte, immobiles et interdits, les yeux du policier trahissant une certaine incertitude quant à la suite des choses. Virginie crut deviner ses appréhensions et déclara d'un ton péremptoire qu'il était hors de question qu'elle soit tenue à l'écart de l'examen de la documentation.

— T'as pas de mandat et nous sommes chez mon père. Tu l'as dit toi-même tantôt, t'as besoin de mon consentement. Et puis, je suis journaliste d'enquête, je peux t'être utile.

Victor hocha la tête, inspira à fond et relâcha l'air de ses poumons par petites bouffées.

Au point où ils en étaient, il n'en avait rien à foutre qu'elle consulte les documents. Contrairement à ce qu'elle croyait, son hésitation n'avait rien à voir avec le fait qu'elle prenne connaissance d'informations potentiellement reliées à l'enquête. Le sergent-détective avait plutôt à cœur de la protéger quant au contenu des classeurs. Comment réagirait-elle si la preuve montrant l'implication de son père dans les meurtres se trouvait dans ces dossiers ? Était-elle prête à affronter une telle éventualité ?

Sachant qu'elle repousserait ses arguments du revers de la main, Victor préféra les remâcher quelques secondes et les ravaler.

— Faudrait se trouver des gants, finit-il par articuler.

Virginie se leva sans un mot et monta à l'étage, où elle resta quelques minutes avant de revenir avec une boîte en plastique qu'elle posa sur la table. À l'intérieur, il y avait un stock de masques de protection épidémiologique et de gants de latex de toutes les tailles. Le regard médusé de Victor la força à s'expliquer quant à leur provenance.

— Mon père a pris ça très au sérieux quand, pendant la paranoïa de la grippe aviaire, les autorités ont donné leurs recommandations de sécurité.

Après avoir enfilé ses gants, Virginie entreprit de s'attaquer au premier des deux classeurs rigides. Pour sa part, Victor retira le sceau de la chemise cartonnée marquée «P-1» et en sortit une liasse de documents.

Il commença à lire et, rapidement, de la surprise se peignit sur son visage : Nathan Lawson avait scrupuleusement conservé une partie de la correspondance qu'il avait entretenue avec le sénateur Tousignant pendant les années 1963 et 1964. Même si, la plupart du temps, le sergent-détective était en mesure de saisir le sens premier des paragraphes qu'il lisait, il comprit que le deuxième degré de lecture, le sens caché, lui échappait.

En effet, Tousignant était à l'évidence passé maître dans l'art de l'ellipse et de l'utilisation de mots codés, de telle sorte que plusieurs interprétations étaient possibles.

Montréal
12 octobre 1963

PRIVILÉGIÉ ET STRICTEMENT CONFIDENTIEL

Cher Nathan,
Pourriez-vous, je vous prie, effectuer en date
de ce jour, le premier versement dans le cadre de
la transaction qui nous intéresse ?
Cordialement,
Daniel

Montréal
25 novembre 1963

PRIVILÉGIÉ ET STRICTEMENT CONFIDENTIEL

Cher Nathan,
Pourriez-vous, je vous prie, effectuer en date
de ce jour, les versements convenus à titre de
paiement final dans le cadre de la transaction qui
nous intéresse ?
Cordialement,
Daniel

Montréal
15 septembre 1964

PRIVILÉGIÉ ET STRICTEMENT CONFIDENTIEL

Cher Nathan,
On m'informe que, dans le cadre de la vérification
des états financiers d'Evergreen pour l'exercice se
terminant le 31 août, des « anomalies » concernant

certaines opérations bancaires de la société —
notamment celles du 12 octobre et du 25 novembre
1963 — ont été constatées par la firme comptable que
vous aviez mandatée pour la vérification.

Je vous avoue que j'appréhende un peu la
situation. N'est-ce pas vous qui évoquiez une simple
formalité en parlant de la production d'états
financiers vérifiés ? L'« appui » de cette firme ne vous
était-il pas déjà acquis ?

Quoi qu'il en soit, vous n'êtes pas sans savoir que
ces « anomalies », si elles venaient à être ébruitées,
seraient suffisamment importantes pour tout
compromettre.

Dans le but de colmater cette brèche et d'ainsi
éviter toute conséquence malheureuse, je propose
que vous prépariez et distribuiez à bon droit
quelques enveloppes qui permettront d'apaiser les
scrupules des principaux intéressés.

Expédions cette « formalité » au plus vite,
voulez-vous ?

Cordialement,

Daniel

Victor se redressa et décroisa les jambes. Tandis qu'il secouait
son pied dans le but de chasser les fourmis qui l'engourdissaient,
le dessin du bonhomme pendu, celui sur lequel Mona Vézina
avait décrypté l'inscription «JFK», lui revint soudain à l'esprit.
Malheureusement, le papier était resté au bureau. Mais, en
fermant les yeux et en se concentrant, le policier vit peu à peu
apparaître dans sa mémoire les lettres déjà dévoilées, les tirets
vides et certaines des phrases qui accompagnaient le dessin.

```
Let's play hangman together: _ V _ _ G _ _ _ N
Hint: Company filled with corpses...
```

La clé de l'énigme était là, tout près, dans les paragraphes
qu'il venait de lire. Son cœur se mit à battre plus fort tandis

que son index remontait fébrilement jusque dans les premières lignes du mémo daté du 15 septembre 1964 :

« [...] dans le cadre de la vérification des états financiers [...]. »

Quand Victor posa les yeux dessus, il lui sembla que le mot secret allait brusquement lui exploser en plein visage :

EVERGREEN

Une fois qu'il fut lancé, ses idées se mirent à tournoyer sans retenue, son imagination, à échafauder des hypothèses. Victor relut les mémos et tiqua sur la phrase parlant des paiements effectués par Evergreen le 12 octobre et le 25 novembre.

Le président Kennedy avait été assassiné le 22 novembre 1963...

Comme ce n'était pas concevable, le sergent-détective chassa la pensée de son esprit et continua à lire.

Montréal
19 septembre 1964

PRIVILÉGIÉ ET STRICTEMENT CONFIDENTIEL

Cher Nathan,

Malheureusement, l'appréhension dont je vous faisais part dans ma dernière correspondance s'est maintenant transformée en vive inquiétude. On m'informe en effet qu'au moins une des personnes à qui vous aviez fait remettre une enveloppe l'a rendue.

Je comprends, après vous avoir lu, que vous ne pouviez pas prévoir le zèle et l'entêtement de cet employé (vous dites qu'il a été engagé récemment ?), mais ai-je besoin de vous rappeler tout ce que la moindre fuite pourrait mettre en péril ?

Comme nous devrons dorénavant envisager des mesures plus « contraignantes », je vous informe que nous aurons bientôt un premier « sujet » en la personne de cet employé à soumettre aux bons soins de notre amie commune.

Étant donné qu'il importe d'agir dans les plus brefs délais, pourriez-vous communiquer avec elle et vous assurer de sa disponibilité dans les prochains jours ainsi que de celle de ses installations ?

Par ailleurs, j'ai informé Langley de la présente situation, et on vient de me confirmer qu'une ressource des BO arrivera sous peu à l'ambassade pour « faciliter la transition ».

Comme d'habitude, CW agira à titre d'agent de liaison.

Ne doutant pas que vous êtes tout disposé à nous aider à récupérer votre « faux pas », je vous demande de vous mettre à sa disposition ainsi qu'à celle de la ressource pour leurs besoins logistiques et opérationnels.

Enfin, je compte sur votre entière collaboration pour faciliter leur travail sur le terrain.

Cordialement,

Daniel

Virginie reposa sur la table le dossier qu'elle avait commencé à consulter. Victor leva les yeux vers elle : il était tellement absorbé par sa tâche qu'il en avait oublié sa présence. Sans dire un mot, elle se leva et disparut à la cuisine. À la hâte, le policier prit quelques notes avant de poursuivre sa lecture :

⇨ Bons soins / amie commune = Judith Harper = MK-ULTRA ?

⇨ BO / ambassade / Langley ???

⇨ Qui est CW ?

La jeune femme reparut quelques minutes plus tard, avec un plateau contenant des sandwichs, qu'elle venait juste de confectionner, un gros sac de chips au vinaigre et des boissons. Victor prit un V8, dévissa le bouchon et en but une gorgée.

Puis il mordit dans un sandwich au jambon et remarqua qu'elle avait mis une tranche de fromage Singles comme le faisait Ted à l'époque.

– Ça fait la job? demanda Virginie en montrant le gueuleton.

– C'est bon! s'exclama-t-il en mettant une poignée de chips dans son assiette. Merci!

Elle ouvrit la bouche, hésita, semblait se demander comment formuler la question qui lui brûlait les lèvres. À cet instant, avant que les mots ne sortent de sa bouche, Victor regretta amèrement de lui avoir permis d'examiner les papiers avec lui.

Merde, c'était inévitable!

Virginie allait lui poser des questions sur les documents qu'il venait de consulter, il lui faudrait révéler ce qu'il avait appris sur le sénateur et, dans le meilleur des cas, il aurait droit aux larmes ou, dans le pire, à la crise de nerfs.

– T'es bon pour retrouver les personnes disparues?

La question le surprit; il y réfléchit un moment. Pour livrer le fond de sa pensée, il aurait eu envie de lui dire qu'on finit toujours par retrouver les disparus, mais, trop souvent, pas dans l'état souhaité. Cependant, comme il ne pouvait lui répondre ça sans qu'elle s'inquiète mortellement du sort de son père, il improvisa:

– Ben... Pas pire...

Virginie prit sa réponse pour de la fausse humilité.

– Un jour, faudrait que tu m'aides à retracer Réjean Ducharme.

Réjean Ducharme... L'information était enfouie trop loin dans ses souvenirs pour qu'il se souvienne de qui il s'agissait. Virginie comprit qu'il fouillait dans sa mémoire.

– Le romancier...

Victor se frappa le front. Mais oui! *L'avalée des avalés*! Avec Marie, la maman de ses enfants, ils avaient fait un travail sur ce roman au secondaire.

– Pour un article?

Les yeux de Virginie se perdaient sur la table, dans les rainures du bois, qu'ils remontèrent jusqu'aux doigts de Victor.

– Non. (Long silence.) Juste pour savoir ce qu'il fait de ses journées…

– À moins d'être enlevé contre son gré, personne disparaît sans laisser de traces, répondit le policier au bout d'un moment. On garde toujours un lien avec son passé, parfois même sans s'en rendre compte. Quelqu'un de motivé pourrait le retrouver.

Le silence commençait à s'épaissir quand Virginie se leva pour aller aux toilettes. Victor en profita pour se replonger dans le dossier qui se trouvait devant lui.

Montréal
21 septembre 1964

PRIVILÉGIÉ ET STRICTEMENT CONFIDENTIEL

Cher Nathan,

Notre amie commune me confirme que les traitements effectués sur le sujet n° 1 ont été couronnés de succès. Je vous prierais en conséquence de prendre les dispositions nécessaires avec AL et CW à l'ambassade pour que les deux autres personnes à qui le sujet n° 1 s'est confié puissent être traitées par elle et son assistant dans les meilleurs délais.

En l'occurrence, ai-je besoin de vous rappeler ceci :

TIME IS OF THE ESSENCE.

Je vous remercie à l'avance de votre habituelle collaboration.

Cordialement,

Daniel

Montréal
20 octobre 1964

PRIVILÉGIÉ ET STRICTEMENT CONFIDENTIEL

Cher Nathan,

On m'informe que le sujet n° 1 a malheureusement recommencé à faire courir certains bruits concernant les états financiers d'Evergreen et qu'il a de nouveau tenté de convaincre les sujets n° 2 et n° 3 de l'aider à recueillir davantage d'informations dans le but, semble-t-il, de dénoncer ce qu'ils savent aux autorités.

Selon mes sources, ce n'est qu'une question de temps avant qu'ils réussissent à assembler les pièces du puzzle. Vous le comprendrez, nous ne pouvons prendre le risque qu'ils se rapprochent davantage du cœur de l'opération sans que l'identité de l'ensemble des participants soit compromise.

Langley vient de me confirmer qu'elle a donné instruction à AL d'effectuer une opération de nettoyage. Ma source m'informe que CW s'y oppose. Considérant vos contacts avec CW, je vous demande de me tenir au courant, le cas échéant, s'il venait à vos oreilles qu'il tente de mettre des bâtons dans les roues d'AL.

Cordialement,
Daniel

Sans que Victor le réalise sur le coup, des fragments se mirent à s'imbriquer les uns dans les autres, jusqu'à former une image. Des questions émergèrent soudain avec clarté: le sujet n° 1 dont parlait Tousignant était-il André Lortie?

Au contraire, est-ce qu'«AL» représentait les initiales de ce dernier?

Le cas échéant, à quoi le sénateur faisait-il allusion lorsqu'il mentionnait que Langley envoyait une ressource pour une opération de nettoyage?

Le sergent-détective redoutait d'autant la réponse qu'il croyait la connaître.

Lorsqu'il saisit de nouveau son stylo pour prendre des notes, il s'aperçut que sa main tremblait. Une vision d'horreur lui revint en mémoire : il ressentait le même genre de vertige que lorsqu'il avait eu le Beretta d'un des Red Blood Spillers enfoncé dans la gorge et que ce salopard l'avait forcé à assister au meurtre sordide de deux de ses hommes.

Puis, dans son esprit, ce souvenir céda sa place au dessin du bonhomme pendu.

À ce moment, il eut la nette impression que c'est à lui qu'on avait passé une corde autour du cou et qu'une trappe pouvait s'ouvrir à tout moment sous ses pieds.

CHAPITRE 72

Les pièces

Les paupières closes, les mains à plat sur la table, Victor se concentra sur le rythme de sa respiration. Les images défilèrent devant ses rétines et il les laissa flotter librement, sans même essayer de les chasser. Souvent, quand il éprouvait de l'anxiété, ses plus vieux fantômes revenaient le hanter, surtout ceux qui concernaient la disparition de sa famille.

En entrant dans la chambre, Victor voit son père étendu sur le lit. Après avoir abattu la mère et les deux frères de Victor, son père a essayé de s'enlever la vie: le projectile a pénétré par le menton, puis est ressorti par le haut du crâne.

Quand il réalise que son père respire encore, animé par une force irrésistible, Victor enserre son cou avec ses mains.

Victor serre, il serre jusqu'à ce que la plaie cesse de buller.

Puis, dans un silence qui se prolonge à l'infini, Victor regarde le sang sur ses mains.

Après un moment, les images disparurent, puis son malaise s'estompa peu à peu; il se sentait prêt à poursuivre l'examen du dossier.

Dans la chemise marquée «P-2», il y avait des documents concernant les opérations de MK-ULTRA, des mémos internes et de la correspondance. Pour autant qu'il pouvait en juger, certains papiers datant des années 1962 et 1963 concernaient l'établissement d'un laboratoire privé, sous la gouverne de Judith Harper. Victor parcourut la documentation avec intérêt, notant quelques bribes de phrases au passage et cherchant, par-dessus tout, une référence aux «sujets» désignés dans la correspondance entre Lawson et le sénateur.

Malheureusement, il ne trouva rien à propos de traitements infligés à des patients spécifiques. Cela dit, les communications entre Tousignant et l'organisme au sein duquel travaillait Judith Harper transitaient toujours par Nathan Lawson.

Et à en juger par l'échantillon qui se trouvait dans le dossier, elles étaient peu nombreuses.

Alors que Victor sortait une autre pile de documents de la chemise, une enveloppe jaunie, fermée à l'aide d'un élastique, tomba sur le sol.

Intrigué, il se pencha et, après l'avoir ramassée, retira l'élastique avec l'index.

À l'intérieur, il découvrit une série de photos en noir et blanc, où l'on reconnaissait aisément Judith Harper et Mark McNeil. Sur les clichés, les deux acolytes se livraient à toutes sortes de sévices sur des patients, Harper apparaissant ici et là en compagnie de son assistant, tirant les cheveux de bénéficiaires à demi conscients.

Et toujours, sur leurs visages de tortionnaires, ces sourires empreints d'un mélange de fierté et de mépris, que Victor connaissait pour l'avoir observé dans les pupilles de trop nombreux psychopathes. La vue de ces images sordides le remua au point qu'il prit quelques minutes pour aller fumer une cigarette dehors.

Tout le temps que dura sa pause, la même question l'obnubila : comment pouvait-on infliger un tel sort à ses semblables et y prendre plaisir?

À son retour, Victor prit la verseuse de la cafetière, qui traînait sur le plateau que Virginie avait laissé, quelques heures auparavant, sur le coin de la table. Puis il remplit sa tasse de café froid et en but quelques gorgées.

C'est en parcourant le contenu de la chemise «P-3» que le sergent-détective eut tout à coup l'impression qu'un voile venait de tomber.

Les trois coupures de journaux qu'il tenait entre ses doigts avec précaution, de peur qu'elles ne se déchirent, jetaient un nouvel éclairage sur l'identité des «sujets» dont Tousignant parlait dans sa correspondance avec Lawson.

Le 23 octobre 1964, près de Joliette, Gilbert Couture, trente-neuf ans, et son fils Léonard, âgé de dix-neuf ans, étaient morts dans les bois, non loin de leur demeure.

La police s'était un instant demandé si le père n'avait pas tué le fils par compassion, pour ensuite se suicider. Mais la Sûreté municipale de Joliette avait fini par conclure qu'il s'agissait plutôt d'un accident de chasse. Couture travaillait depuis quelques semaines à peine comme vérificateur pour Bélanger, Monette et associés, une firme d'experts-comptables de la région.

Perdu dans ses pensées, Victor releva la tête une seconde, mordit dans un sandwich qu'il avait attrapé sur le plateau et mastiqua sans même s'en rendre compte.

Joe Bine ne s'était pas trompé. Il s'agissait sans doute de l'accident de chasse dont le vieil archiviste lui avait parlé. Le sergent-détective plongea les yeux dans le deuxième article.

Dans la mesure où les coupures de journaux concernaient réellement les «sujets» évoqués par Tousignant, elles permettaient de comprendre la signification de l'inscription trouvée sur le carton d'allumettes qui affirmait : «Il y en a d'autres.»

En effet, en lisant les articles, Victor eut la nette impression qu'il venait d'identifier ces «autres» auxquels l'inscription faisait allusion.

Le 30 octobre 1964, Mathias Lévesque, vingt-neuf ans, avait perdu la vie dans un rang, près du village de Saint-Ambroise-de-Kildare. Pour une raison inconnue, sa voiture avait fait des tonneaux avant de plonger dans un ravin. L'homme travaillait comme vérificateur pour Bélanger, Monette et associés, une firme d'experts-comptables de Joliette.

Le troisième article était en très mauvais état. Victor dut l'approcher à quelques centimètres de ses yeux afin de pouvoir le lire.

Le 7 novembre 1964, à Saint-Liguori, Chantal Coulombe, quarante-deux ans, avait été heurtée de plein fouet par un chauffard, au beau milieu du village. Ce dernier n'avait jamais été retrouvé. La femme travaillait comme commis comptable pour Bélanger, Monette et associés.

Ce dernier article, tiré de *L'Étoile du Nord*, le journal local de Joliette à l'époque, spécifiait en outre qu'il s'agissait du troisième décès accidentel en quelques semaines à frapper la firme.

La direction se disait consternée par cette vague d'accidents malheureux et assurait «offrir aux familles éprouvées, de même qu'aux collègues des disparus, tout le soutien nécessaire».

Après avoir relu chaque article, Victor n'eut d'autre choix que de conclure que les «sujets» auxquels Tousignant faisait référence dans sa lettre et les employés assassinés de la firme comptable étaient les mêmes.

Le sergent-détective ne put s'empêcher de penser qu'ils étaient morts pour rien.

Gilbert Couture, parce qu'il avait découvert quelque chose en travaillant sur les états financiers d'Evergreen, un secret dont il n'avait pas mesuré l'ampleur, ni soupçonné les ramifications.

Les deux autres parce qu'ayant reçu les confidences de leur collègue, on les avait considérés comme des témoins gênants. Au final, étant donné qu'ils avaient posé le pied là où il ne fallait pas, on n'avait pris aucun risque : on les avait éliminés tous les trois.

Léonard, le fils de Couture, n'était qu'un dommage collatéral.

Victor se frotta les yeux et passa une main sur son menton. La fatigue le gagnait, mais il était déterminé à passer à travers l'ensemble du dossier. La chemise «P-4» contenait des copies des statuts de constitution et des règlements d'Evergreen. La compagnie avait été créée en 1961, par Daniel Tousignant. Ce dernier en était devenu le premier président, secrétaire et président du conseil d'administration.

Dans la rubrique «Secteur d'activités», il était inscrit que l'entreprise œuvrait dans l'organisation de foires commerciales internationales.

Sachant par expérience qu'ils ne recelaient que peu de renseignements pertinents, Victor lut les statuts et les règlements en diagonale, mais prêta une attention particulière à la liste des administrateurs, parmi lesquels figuraient maître Daniel Tousignant, maître Nathan R. Lawson, la docteure Judith Harper et une dizaine d'autres noms étrangers qui ne lui disaient rien, mais à propos desquels il demanderait un rapport de recherche à l'un des analystes de la section.

Devant lui, sur la table, il restait une seule chemise cartonnée qu'il n'avait pas encore consultée, la moins volumineuse du lot. Se demandant un instant ce qu'il allait y trouver, le policier passa son doigt sur la couverture de la pièce «P-5», puis l'ouvrit.

Le dossier ne renfermait qu'une feuille, au centre de laquelle figurait un paragraphe qui paraissait avoir été tapé des années auparavant avec une vieille machine à écrire, certaines lettres ayant subi la même troncature. Le paragraphe précisait d'abord la date, en l'occurrence l'année 1975, le nom d'une personne et, enfin, l'adresse de cette dernière, à Dallas, au Texas.

Une mise à jour des coordonnées semblait avoir été effectuée subséquemment, puisque la date avait été biffée et remplacée au stylo par 2003, tandis que l'adresse avait été modifiée à la main. Seul le nom de l'homme, Cleveland Willis, n'avait fait l'objet d'aucune modification.

Dans son carnet, Victor nota :

⇨ CW = Cleveland Willis ?

À la lumière de ce qu'il venait de lire, le sergent-détective avait acquis trois certitudes au sujet du dossier qu'il avait devant lui : un, c'était celui que Nathan Lawson avait retiré des archives quelques heures avant de disparaître ; deux, il ne concernait aucunement Northern Industrial Textiles, qui avait seulement servi de leurre pour camoufler le dossier qu'avait créé Lawson à propos d'Evergreen; trois, ce dossier était incomplet.

Le tueur jouait avec les policiers, il ne leur avait donné accès qu'à une partie du casse-tête, retirant la pièce maîtresse.

En effet, dans une cause de nature criminelle, la Couronne établissait d'ordinaire les faits reprochés à l'accusé et les infractions commises au Code criminel dans un acte d'accusation. Par ailleurs, la preuve présentée pour appuyer les allégations était annexée à l'acte d'accusation en pièces jointes.

Or, ici, s'il lui semblait évident que Lawson avait monté un dossier d'accusation, il lui apparaissait aussi avec clarté que ces documents ne contenaient que les pièces, en l'occurrence la preuve accumulée par Lawson dans le but d'établir la culpabilité d'une ou de plusieurs personnes.

Mais, sans l'argumentaire contenu dans le document principal, sans acte d'accusation, il devenait difficile de comprendre la nature exacte de ces allégations.

Victor releva la tête. Absorbé par sa tâche, il avait perdu toute notion du temps. Soudain, il prit conscience de l'absence de Virginie et se rappela qu'elle était partie aux toilettes. Le dossier qu'elle avait commencé à consulter, le seul que Victor n'avait pas encore lu, était resté ouvert sur le coin de la table. Le sergent-détective étendit le bras et saisit son cellulaire. En y consultant l'horloge, il se rendit compte que ça faisait plus d'une heure qu'il ne l'avait pas vue.

– Virginie?

L'ayant appelée à quelques reprises, il fit le tour des pièces du rez-de-chaussée. Était-ce son imagination qui lui jouait des tours? Quoi qu'il en soit, la maison lui semblait étrangement silencieuse, exempte des craquements et des bruits insolites qui peuplent habituellement les habitations.

Victor s'arrêta un instant à la fenêtre du salon et regarda les flocons virevolter comme des insectes autour de la lumière d'un lampadaire. Il allait retourner dans la salle à manger lorsqu'il remarqua les talons hauts que Virginie avait enfilés précédemment, gisant au milieu de la troisième marche de l'escalier qui menait à l'étage.

Montant les premiers degrés en silence, il tendit l'oreille.

Au début, il ne perçut aucun son, puis, en se concentrant, sa conviction se renforça : il entendait une voix. Indistinctement, certes, mais il s'agissait bien d'une voix. Celle d'un homme.

Son cerveau se mit en branle, des scénarios s'y bousculaient : ayant entendu du bruit en provenance de l'étage, Virginie avait-elle retiré ses chaussures pour monter et essayer de surprendre quelqu'un ?

Glock à la main, le souffle court, Victor grimpa en silence et se retrouva dans un corridor sombre. Un rai de lumière se dessinait sous la porte de la pièce du fond. En position de tir, le policier laissa ses yeux s'habituer à la pénombre avant de reprendre sa progression. Se déplaçant avec une infinie prudence, essayant de minimiser le bruit de sa respiration, conscient que le moindre craquement d'une des lattes du plancher résonnerait comme un signal d'alarme, il mit plus d'une minute à atteindre son objectif.

La porte était fermée, mais il put entendre distinctement, de l'autre côté, un homme à la voix nasillarde prononcer ces mots :

– *I didn't shoot anybody, no sir!*

Un trait de sueur froide roula sur ses tempes.

Retenant son souffle, bandant ses muscles, il balança son pied de toutes ses forces en travers de la porte, près de la poignée.

CHAPITRE 73

Autour du lit

Il n'y avait aucun autre meuble qu'un lit dans la chambre et, à part le cadre noir que faisait l'écran plat sur le mur, tout était entièrement blanc, pur, immaculé.

Reprenant son souffle, Victor resta un moment immobile au centre de la pièce et rengaina son pistolet. Télécommande à la main, Virginie ne semblait s'émouvoir ni de cette entrée fracassante ni de la porte disloquée.

— T'as réussi à passer à travers tous les documents? dit-elle, le regard dans le vague. Moi, j'ai consulté les états financiers d'une compagnie qui s'appelait Evergreen pour l'exercice de 1963-1964. (Silence.) J'ai décidé d'arrêter. J'ai eu peur de ce que j'aurais pu y trouver.

Elle avait appuyé sur la touche d'arrêt sur image : le visage de Lee Harvey Oswald, figé, la bouche entrouverte, se découpait sur l'écran. L'image en noir et blanc se réfléchissait sur la couette et sur Virginie, créant d'habiles jeux de lumière.

— C'est à propos de Kennedy, c'est ça? continua-t-elle.

À quelques reprises, les yeux de Victor firent l'aller-retour entre l'écran et la jeune femme. Celle-ci était couchée sur le lit, le haut de son corps appuyé contre une pile d'oreillers; la bretelle de son soutien-gorge retombait sur une épaule nue, qui émergeait par l'échancrure de son chandail.

Avalant sa salive de travers, Victor se passa une main dans les cheveux.

— Pourquoi tu dis ça?

– J'ai pas compris grand-chose en regardant les états financiers, mais pas besoin d'être comptable pour remarquer qu'il y a de grosses sorties de fonds dans les semaines qui ont précédé le 22 novembre 1963 et les jours qui ont suivi. De toute façon, je l'ai toujours su, ç'a toujours été à propos de Kennedy. Ç'a toujours été son obsession. (Elle resta un moment les paupières closes, comme si elle se remémorait de vieux souvenirs.) Je me rappelle, au début des années quatre-vingt, je l'ai surpris plusieurs fois à regarder cette vidéo. Il croyait sans doute que j'étais trop petite pour comprendre, mais je me souviens d'une fois en particulier. Il avait bu et, en regardant Oswald, il arrêtait pas de répéter que quelque chose avait mal tourné.

Elle appuya sur le bouton de la télécommande, et l'image se remit en marche. L'air juvénile, intimidé par les policiers qui l'encadraient, les lèvres pincées, Oswald poursuivit sa diatribe en affirmant: «*I'm just a patsy.*» Je ne suis qu'un pigeon.

Virginie figea de nouveau l'image et pointa l'écran du menton.

– Il avait seulement vingt-quatre ans ce jour-là. Regarde-le et dis-moi que tu crois sérieusement que c'est lui qui a planifié l'assassinat du président Kennedy?

Victor haussa les épaules, faillit lui poser une autre question, puis il se dit qu'il n'avait pas envie de connaître la réponse. Virginie fouilla sous les oreillers et en sortit une petite boîte métallique. Elle l'ouvrit et y plongea son auriculaire. Un peu de poudre blanche dans le creux de l'ongle, elle le porta à sa narine, aspira la coke en reniflant, puis elle planta ses yeux brillants dans les siens.

Même si son regard était résolument attiré vers son épaule, il s'efforça de fixer le visage de la jeune femme, qui s'humectait les lèvres avec langueur.

– T'en veux?

Elle semblait totalement désinhibée et ça l'intimidait. Le corps de Victor n'était plus qu'une cage qui l'embarrassait, il se trouvait ridicule, debout ainsi devant elle, à ne pas savoir quoi faire de ses mains. Et plus elle le regardait, plus son malaise grandissait.

— Non, répondit-il, après un temps.

— Tu vas me passer les menottes?

Virginie parut sincèrement déçue lorsque le policier lui répondit du tac au tac qu'il ne faisait pas partie de la brigade des stupéfiants.

Elle pinça sa lèvre inférieure entre le pouce et l'index. Une mèche de cheveux retomba sur son œil. Troublé, Victor se mit à regarder le sol, devant lui.

— Pourquoi est-ce qu'il a fait ça? reprit-elle.

Le sergent-détective chassa quelques fils sur la manche de son pull.

— Le meurtrier? C'est comme ça depuis le début. Il joue avec nous. Il a mis les documents dans les sacs-poubelles pour qu'on les trouve.

— Mais pourquoi il essaie de salir la réputation de mon père? Qu'est-ce qu'il lui reproche au juste? Pourquoi il nous laisse ces documents? À quoi il pense?

À moins que ce ne soit absolument nécessaire, Victor n'avait pas du tout envie d'entrer dans les détails de ce qu'il avait découvert dans les dossiers. Il préférait épargner la jeune femme.

— Il pense peut-être pas tant que ça. Contrairement aux films, où le tueur a toujours une logique implacable pour justifier ses actes, la réalité est parfois décevante.

— Et déconcertante, ajouta-t-elle. Toujours déconcertante. Tu crois que c'est un fou?

Le chandail de Virginie avait glissé ostensiblement, laissant entrevoir la naissance de sa poitrine. La gorge lui picotant, Victor déglutit avec peine.

— J'aimerais ça, y croire, mais je pense pas que ce soit le cas. Celui qui l'a enlevé veut soit le faire parler, soit le faire taire.

— Comment tu comptes t'y prendre pour l'arrêter?

— En essayant de comprendre ce qu'il sait. Il y a le nom d'un homme dans le dossier. Un homme de Dallas. Cleveland Willis… Ça te dit quelque chose?

— Non. Tu vas y aller?

Le sergent-détective haussa les épaules.

– Je sais pas…

Virginie lui prit la main et l'entraîna vers le lit.

– Viens ici, murmura-t-elle.

Victor saisit le poignet de la jeune femme et se dégagea.

Même si Virginie l'attirait, il n'en avait pas envie. Des ennuis, il en avait bien assez. N'ayant pas l'intention de compromettre d'un atome ce qui pouvait subsister de sa relation avec Nadja, il recula de quelques pas dans la pièce et tâta ses poches à la recherche de son cellulaire.

Après un moment, il se rendit compte qu'il l'avait oublié sur la table de la salle à manger.

Des battements sourds retentirent tout à coup et ce n'étaient pas ceux de son cœur, même si ce dernier cognait à tout rompre dans sa poitrine.

En bas, quelqu'un essayait de défoncer la porte.

CHAPITRE 74

Suspect

Victor débarra la porte et Jacinthe, la tête pleine de grains de riz, débaula dans la pièce et s'ébroua sur le tapis de l'entrée. La neige volait dans tous les sens.

— Tu réponds plus au téléphone, bonhomme? lui balança-t-elle d'un ton bourru.

Du coin de l'œil, le sergent-détective vit son cellulaire au milieu des papiers, sur la table de la salle à manger, là où il l'avait laissé avant de monter à l'étage.

— Excuse-moi, j'étais aux toilettes.

Jacinthe consulta sa montre, puis, du menton, pointa son manteau qu'il avait accroché, en arrivant, au pilastre de la rampe d'escalier.

— Habille-toi. On s'en va.

— Pourquoi, qu'est-ce qui se passe?

— Je viens de parler au Gnome. On a un suspect.

Plutôt que de s'activer, Victor se figea, interloqué. Comment Lemaire et Loïc pouvaient-ils déjà avoir un suspect? Avec la neige et les conditions routières, ils devaient à peine être rendus à Joliette. Puis il se rappela que Jacinthe avait mentionné qu'ils allaient d'abord rencontrer le propriétaire d'une boutique d'archerie.

— La flèche trouvée dans le cimetière?

Jacinthe acquiesça en marchant vers la salle à manger. Elle jeta un œil distrait aux papiers, puis, après avoir fouillé dans l'assiette que Virginie avait laissée sur la table, elle mordit dans un bout de sandwich orphelin.

Enfilant son manteau, Victor revint sur ses pas et récupéra son cellulaire.

– Le propriétaire de la boutique offre un service de montage de flèches, poursuivit Jacinthe, la bouche pleine. À cause des plumes roses et grises, il pense que la flèche provient d'un lot qu'il a monté pour un de ses clients. (Elle montra les documents sur la table.) C'est quoi ça? On laisse-tu ça là?

– Longue histoire, je t'expliquerai. Je vais demander à l'agent Garcia de venir garder un œil sur Virginie et sur les papiers, le temps qu'on revienne. Je veux pas la laisser seule.

Jacinthe prit le sac de chips sur la table et ils retraitèrent vers l'entrée. Soudain, un bruit à l'étage les fit se tourner en même temps vers l'escalier.

– Victor?

Virginie avait descendu les premières marches, mais s'était arrêtée à mi-parcours lorsqu'elle avait aperçu Jacinthe.

Cette dernière lança un petit sourire en coin à son coéquipier.

– Ouain... À ce que je peux voir, tu t'ennuyais pas, aux toilettes, mon homme.

– C'est pas ce que tu penses, murmura-t-il entre ses dents.

Virginie était remontée sur le palier, mais sa voix douce glissa jusqu'à ses oreilles :

– Victor? Est-ce que je peux te parler, une seconde?

Avant de sortir, Taillon bougonna et lui dit de se grouiller, qu'elle l'attendait dans la voiture. Le sergent-détective grimpa les marches quatre à quatre et se retrouva face à face avec la jeune femme, qui avait les yeux bouffis.

Visiblement, elle avait pleuré.

– Excuse-moi pour tout à l'heure. Je sais pas ce qui m'a pris... C'est vraiment pas mon genre d'agir comme ça.

Le sac de chips coincé entre les jambes, Jacinthe conduisait aussi vite qu'elle mastiquait, mais la poudrerie rendait les conditions routières difficiles.

– On va où? demanda Victor.

— Une maison sur Hill Park Circle.

Dans sa tête, Victor visualisa une route en lacets au pied du mont Royal. Il connaissait l'endroit.

— J'ai demandé qu'on envoie une voiture de patrouille pour surveiller discrètement la maison, mais je leur ai dit de pas intervenir avant qu'on arrive, reprit Jacinthe. Tiens-moi le sac, OK?

Le sergent-détective l'inclina de manière à ce qu'elle puisse piger dedans plus facilement.

— Gilles et Loïc sont déjà là-bas ou ils s'en vont à Joliette?

— Ils sont en route pour le domicile du suspect, eux aussi, mais on va être là pas mal avant. La boutique d'archerie est à Pierrefonds…

Victor lui parla des images de l'enlèvement de Tousignant, et lui décrivit dans les grandes lignes le contenu des dossiers que l'homme à la casquette avait laissés sur le bord de l'allée, dans des sacs-poubelles. Lorsqu'il lui mentionna que les dates des transferts de fonds entouraient celle de l'assassinat de Kennedy et qu'il lui dit que Virginie était convaincue que la disparition de son père y était reliée, Jacinthe se braqua.

— Lâche-moi avec ça! Kennedy… Ben voyons donc!

Victor porta aussi à son attention les articles concernant la mort «accidentelle» des trois employés de la firme comptable.

— En passant, Gilles a parlé à un officier de la SQ à Joliette, précisa Jacinthe. Pour l'instant, ça donne pas grand-chose d'y aller, ils trouvent rien dans leur base de données. Ils sont en train de checker s'ils ont pas un dossier aux archives. Si tu veux mon avis, ça va être long. Dans le temps, c'était une Sûreté municipale et l'accident de chasse est arrivé avant la mise en place du CRPQ. Comme l'affaire était pas considérée criminelle, le dossier a peut-être jamais été enregistré.

— Va falloir reparler au contact de Gilles pour lui donner les noms des deux autres victimes de 1964. C'est férié aujourd'hui, mais demain je vais téléphoner à la Grande Bibliothèque. On va faire sortir les archives des journaux pour les dates en question. Avec un peu de chance, on va tomber sur quelque chose. Faudra voir aussi ce qu'on peut trouver à propos d'Evergreen.

— Le fameux mot secret, railla Jacinthe. Avec un peu de chance, on aura pas à se taper tout ça. On a un suspect, je te rappelle.

Trop occupé à mettre de l'ordre dans ses idées et à essayer de faire des recoupements, le sergent-détective ne sembla même pas entendre la remarque.

— Et ta rencontre avec Bennett?

La tête de Jacinthe oscilla sur son cou, comme celle d'un Bobblehead.

— Tu veux la version longue ou la courte?

— Quelque chose entre les deux.

— Bennett se payait des putes, que lui fournissait un certain Daman, un *pimp*. Son *trip*, c'était de leur enfiler un gros collier autour du cou pour les tenir en laisse, pis de les attacher pour les sauter. D'après ce que j'ai pu comprendre, c'est allé trop loin une couple de fois, pis des filles se sont fait maganer. Y en a une qui a été retrouvée inconsciente mercredi passé, dans le bain d'une chambre de motel. Elle a eu un traumatisme crânien. Le plus fou de l'histoire, c'est que Bennett dit qu'il faisait ses cochonneries avec la bénédiction de Judith Harper. Et parfois même avec sa participation.

— Avec les photos que je viens de voir, ça me surprend pas, lança Victor.

— Quelles photos? demanda Jacinthe, les sourcils relevés.

Le sergent-détective lui parla de l'enveloppe qu'il avait trouvée dans le dossier et des photos qu'elle contenait.

— Hostie de gang de débiles! laissa-t-elle tomber, dégoûtée. (Silence.) En tout cas, le médecin dit que Bennett a la chlamydia lui aussi. Bref, c't'un malade, mais je pense qu'il a rien à voir avec les meurtres. D'ailleurs, Burgers m'a dit que le collier trouvé dans ses affaires était pas celui qui a causé les traces de frottement sur les cous de Harper et Lawson.

Jacinthe lécha le sel et le vinaigre agglutinés sur son pouce. La Crown Victoria tangua un instant quand, pour dépasser, elle roula dans la voie de gauche, qui n'était pas dégagée, mais elle parvint à récupérer le ballant du véhicule en quelques manœuvres habiles, qui laissèrent Victor avec le cœur au bord des lèvres.

– Qu'est-ce qu'on a sur le suspect? C'est quoi, son nom?

– Bon, y était temps! Je pensais que tu poserais jamais la question! Il s'appelle Lucian Duca. Mi-trentaine. Pas de casier.

– On sait ce qu'il fait dans la vie?

– C'est ça qui est le plus intéressant de l'affaire.

Le regard de la grosse Taillon quitta la route enneigée quelques secondes pour se fixer sur les prunelles de Victor.

– Duca travaille au courrier chez Baker, Lawson, Watkins. C'est le *dude* à qui on a parlé l'autre jour au téléphone.

CHAPITRE 75

Chasse à l'homme

Au pied du mont Royal, les lacets de Hill Park Circle serpentaient du chemin de la Côte-des-Neiges jusqu'au lac aux Castors. Les patrouilleurs s'étaient garés dans un coude, quelques mètres en amont de la maison, un cube de brique percé de fenêtres aussi étroites que des meurtrières.

Jacinthe dépassa l'édifice, passa le tournant et rangea la Crown Victoria derrière la voiture de patrouille. À travers le pare-brise, malgré l'obscurité, Victor vit l'agent parler dans l'émetteur qu'il portait à l'épaule. Celui-ci sortit de sa voiture en même temps qu'eux, puis ils se retrouvèrent tous les trois entre les deux véhicules. Jacinthe plissa les yeux pour voir le nom du patrouilleur sur son manteau : Legris.

Dans le boisé, en face de la maison, la neige valsait entre les arbres. Le vent qui soufflait avec force les obligea à hausser la voix.

— T'es-tu tout seul, Legris ? lança Taillon en remontant son pantalon.

— Mon *partner* est dans la cour de la maison voisine. Il surveille l'entrée arrière.

Victor se boutonna, récupéra sa tuque dans la poche de son manteau et l'enfila.

— Quelqu'un à l'intérieur ? demanda-t-il.

— Difficile à dire, répondit le constable.

Victor avait parlé avec Lemaire quelques minutes auparavant : à cause de la neige et du trafic, Loïc et lui ne pourraient les rejoindre avant, au mieux, une vingtaine de minutes. Le Gnome était d'accord : il n'était pas question de les attendre.

Le manteau ouvert, le col de ses bottes dézippées traînant dans la gadoue, Jacinthe se dressait, monolithique et apparemment insensible au déchaînement des éléments climatiques.

– OK, Legris, tu vas te poster entre la voiture et la maison, et avertir ton *partner* qu'on arrive, dit-elle d'un ton paternaliste en lui mettant la main sur l'épaule. Si ça se met à chier ou que tu vois quelque chose de pas normal, tu nous appelles, OK?

Sortant son émetteur-récepteur radio, Victor précisa à Legris la bande de fréquences qu'ils utiliseraient et l'invita à être prudent : l'homme qu'ils traquaient savait se servir d'un arc et pouvait lui planter une flèche en plein front à plusieurs mètres de distance.

Incapable de tenir une seconde de plus en place, Jacinthe lança son cri de guerre.

– *Devil*, câlice!

Victor la rejoignit au moment où, se plaquant contre le mur, elle sortait son pistolet. Le sien pendait déjà le long de son corps, dans son poing. Il inspira : son pouls battait à tout rompre dans ses tempes, une décharge d'adrénaline le traversa de la tête aux pieds.

Le sergent-détective donna plusieurs coups qui ébranlèrent la porte. N'obtenant pas de réponse, il tourna la poignée. C'était verrouillé. Sans même le consulter, Jacinthe jeta son épaule contre le battant, qui céda sous son poids. Victor pointa son pistolet dans l'embrasure et annonça leur présence d'une voix forte :

– POLICE! Y A QUELQU'UN? MONSIEUR DUCA?

L'agent Legris regarda les deux enquêteurs s'engouffrer à l'intérieur en pestant contre sa mauvaise fortune. Bientôt deux ans qu'il travaillait au SPVM et, la plupart du temps, c'était la même histoire qui se répétait : chaque fois qu'il y avait un peu d'action, c'était lui qui restait dehors à se geler le cul.

En replaçant l'élastique de son caleçon qui ne cessait de remonter entre ses fesses, il se dit qu'il aurait mieux fait de joindre les Forces canadiennes, comme l'avait fait André, son frère cadet, qui était allé deux fois en Afghanistan et avait combattu les talibans.

Un des murs de la maison de leur mère était d'ailleurs tapissé de photos où l'on voyait André en pleine action. Pour sa part, les images de son seul moment de gloire avaient été prises au printemps 2010, pendant la mini-émeute qui avait suivi, rue Sainte-Catherine, l'élimination des Capitals de Washington par le Canadien.

Et voilà que la grosse torche le traitait comme s'il n'était qu'un junior en culottes courtes.

Legris joignit ses mains et, les ramenant près de sa bouche, souffla entre ses paumes afin de les réchauffer. Il tâta ses poches pour y prendre ses gants et réalisa qu'il les avait laissés dans la voiture. Sans quitter la porte d'entrée du regard, il recula de quelques pas en direction du véhicule. Sur sa gauche, quelque chose bougea dans le boisé, entre les branches. Il tourna la tête et jeta un coup d'œil rapide, puis son regard revint à la porte.

Avait-il vu quelque chose? Difficile à dire avec cette neige.

Legris cessa de reculer, ses pensées se mirent à faire des va-et-vient entre trois pôles: la porte d'entrée, les gants dans la voiture et le boisé opaque.

Son œil enregistra de nouveau du mouvement entre les arbres. Les gants n'étaient maintenant plus une préoccupation dans l'équation; seuls le boisé et la porte d'entrée se disputaient désormais son attention.

Sa vigilance monta d'un cran, tous ses sens s'éveillèrent et ses yeux quittèrent définitivement la porte. Son cœur se mit à cogner, sa main descendit vers sa hanche et il dégaina son pistolet.

Quelque chose bougeait dans le boisé! Et ce n'était pas un petit animal.

Legris fit feu au moment où sa jambe droite explosait et cédait sous son poids.

En tombant, le policier vit une silhouette surgir entre les troncs, le capuchon de son *hoodie* rabattu sur la tête. Un arc à la main, l'ombre courait vers la voiture de police. S'engouffrant à l'intérieur, l'archer lança le moteur et embraya. Une giclée d'adrénaline secoua Legris.

Il devait agir vite, sinon son agresseur allait lui échapper!

Sur le dos, Legris visa pour tirer en direction du véhicule qui s'élançait dans la côte à toute vitesse, lorsqu'il vit son *partner* et la grosse torche, alertés par le premier coup de feu, courir vers lui. Sur le trottoir, l'autre enquêteur, le regard noir, vidait son chargeur sur le véhicule, faisant éclater la lunette arrière, et se mettait ensuite à sprinter en claudiquant.

Legris avait une flèche dans la cuisse; une fleur rouge commençait à grandir dans la neige; la douleur arrivait, mais ce n'était pas ce qui attisait le plus sa colère.

– Le tabarnac! Y est parti avec mon char!

Jacinthe tourna à gauche dans Côte-des-Neiges et aperçut Victor qui, cent mètres plus bas, courait en boitant au milieu de la rue. Combien de temps s'était-il écoulé entre le moment où ils avaient fait irruption dans la maison et le premier coup de feu? Une minute, deux, maximum? Tout au plus avaient-ils eu le temps de constater que Duca n'était pas là et que ses goûts en matière de décoration laissaient à désirer. En effet, à part un lit, un fauteuil vétuste, une vieille télé et quelques accessoires de cuisine, sa piaule était vide.

Jacinthe dépassa Victor, immobilisa la voiture quelques mètres devant lui et ouvrit la portière. Celui-ci sauta sur le siège du passager et elle appuya aussitôt sur l'accélérateur.

Hors d'haleine, les bronches en feu, le sergent-détective boucla sa ceinture et se tint la jambe à deux mains.

– Continue. (Quinte de toux.) Je l'ai perdu de vue quand il a pris le chemin McDougall.

Sans même attendre de reprendre son souffle, il enclencha le gyrophare et la sirène, puis il saisit l'émetteur.

– Alerte à toutes les unités. (Toux.) J'ai un agent blessé sur Hill Park Circle. Poursuivons voiture de patrouille 26-11 dans Côte-des-Neiges, direction sud. Suspect armé et dangereux.

Le moteur emballé de la Crown Victoria rugissait à fendre le capot. Victor remarqua que Jacinthe avait les mâchoires crispées.

– Duca était probablement caché dans le bois, en face. J'pense que j'l'ai touché, finit-il par articuler entre deux soupirs.

– Ça, ça veut dire que nos deux tatas de patrouilleurs se sont fait remarquer.

Ils avaient pris un retard considérable et Victor savait que, même avec Jacinthe au volant, ils devraient jouer de chance pour rattraper le fuyard. Le sergent-détective espérait toutefois que Duca, moins aguerri que sa collègue à la conduite à haute vitesse, et peu habitué au véhicule qu'il conduisait, commette une erreur de pilotage.

Et c'est précisément ce qui se passa.

En traversant le chemin McDougall, ils aperçurent la voiture, un peu plus bas, en travers de la rue. Duca avait visiblement fait un tête-à-queue après avoir accroché la Hyundai Elantra qui chevauchait le terre-plein, à l'intersection. L'homme mit les gaz à fond et fit déraper la voiture de patrouille pour la remettre dans l'angle de la rue, puis il accéléra en zigzaguant dans la neige. Les deux enquêteurs n'étaient plus qu'à deux cents mètres derrière.

Fébrile, Victor sauta sur l'émetteur-récepteur.

– J'ai un contact visuel au coin de Côte-des-Neiges et de Cedar. Le suspect s'engage sur Docteur-Penfield.

Victor signala l'accident. Sur les ondes, on commençait à entendre les autres voitures de patrouille répondre à l'appel et indiquer leur propre position. On ne s'attaquait pas impunément à un collègue : il y avait maintenant plusieurs autres véhicules engagés dans la poursuite.

Tout à coup, la voiture 26-11 sauta le terre-plein et prit le chemin de la Côte-des-Neiges en sens inverse de la circulation. Jacinthe effectua la même manœuvre. Tandis qu'elle slalomait entre les voitures arrivant en sens inverse, Victor remarqua ses doigts, exsangues, crispés sur le volant.

Roulant à tombeau ouvert, ils passèrent devant l'Hôpital général de Montréal, laissant derrière eux un chaos de klaxons et de voitures déviées de leur trajectoire. Heureusement, la bordée de neige et le fait que c'était un jour férié faisaient qu'il y avait moins de trafic.

Quoi qu'il en soit, une seule fausse manœuvre et c'était la catastrophe et des âmes quitteraient ce monde. Ils la frôlèrent d'ailleurs à quelques reprises, cette catastrophe.

Mais, comme par miracle, ils parvinrent indemnes jusqu'à la fourche où l'avenue des Pins rejoint Côte-des-Neiges. Victor soupira et commença à relaxer: il crut en effet que Duca allait tourner à droite pour prendre Docteur-Penfield et ainsi se retrouver dans le sens de la circulation. Mais, dans une manœuvre improbable, le fuyard s'engagea plutôt dans l'avenue des Pins, encore une fois à contresens. S'il était possible de voir venir sur Côte-des-Neiges, qui, bien qu'à sens unique, était une large avenue, louvoyer ici, entre les véhicules, frisait le suicide.

L'interdiction de stationner du côté sud de la rue leur permettait de rouler sur le trottoir et c'est ce que fit Duca, bientôt imité par Jacinthe. Il fallait toutefois être vif: les lampadaires, les boîtes aux lettres et les bornes-fontaines arrivaient rapidement. La borne située quelques mètres à l'ouest du consulat général de Pologne ne survécut d'ailleurs pas à leur passage.

La Crown Victoria fut ébranlée par le choc, mais Jacinthe réussit à la garder sur la route.

En transe, totalement concentrée sur son objectif, elle enchaînait les coups de volant, alternait entre les freins et l'accélérateur, poussait de grands cris et s'en prenait verbalement à l'homme qu'elle poursuivait, l'affublant de tous les noms, parmi lesquels «mon tabarnac» trouvait une place de choix.

Et, à chaque manœuvre, elle se rapprochait davantage de la voiture 26-11.

Lentement, mais inexorablement.

Nauséeux et, surtout, conscient des risques insensés qu'ils prenaient pour leur sécurité et celle du public, Victor posa une main sur l'avant-bras de sa coéquipière.

— Ralentis un peu, Jacinthe. On va finir par se tuer ou, même pire, par tuer quelqu'un.

— Arrête, on va l'avoir. J'te gage qu'il va tourner dans McGregor. On va le ramasser dans le croche!

Duca tourna effectivement à droite dans McGregor et Victor fut soulagé de se retrouver enfin de nouveau dans le sens de la circulation. La Crown Victoria n'était maintenant plus qu'à quelques mètres de la voiture de police. Jacinthe écrasa l'accélérateur; la voiture fit un bond en avant et alla percuter le pare-choc de l'autre véhicule. Duca partit en dérapage, réussit à ramener la voiture dans son axe, mais pas assez rapidement pour l'empêcher de percuter, dans une gerbe d'étincelles, le parapet de métal sur sa gauche.

Loin de ralentir sa course, la collision eut l'effet contraire: elle permit à Duca de tourner le coin, ce qu'il aurait difficilement pu faire autrement, arrivant beaucoup trop vite pour accomplir la manœuvre.

Jacinthe hocha la tête: elle appréciait le cran de Duca.

— Mon enfant de chienne! T'es bon en hostie!

Avec le coup d'accélérateur qu'elle avait donné, la Crown Victoria aussi arrivait trop vite et sa conductrice imita le fuyard en laissant la voiture cogner contre la rampe, puis poursuivre sa route jusqu'en bas de la falaise. En désespoir de cause, Victor ouvrit la fenêtre de dix centimètres.

Le vent froid le revigora. C'était ça ou il se mettait à vomir.

Duca tourna à gauche sur Docteur-Penfield et continua sa course folle vers l'est, talonné par la Crown Victoria et sa sirène hurlante. Accroché à l'accoudoir, Victor signala pour la énième fois leur position sur les ondes. Roulant à très haute vitesse, les deux voitures esquivaient les obstacles avec virtuosité et limitaient les dérapages.

La voix d'un autre policier retentit soudain dans l'émetteur-récepteur.

— Voiture 37-9. On va lui bloquer le passage à la hauteur de la rue McTavish.

Dans l'émetteur, Victor se mit à réciter les noms des rues, qui défilaient à toute allure : du Musée, de la Montagne, Drummond… Jacinthe parvint à remonter juste assez près du fuyard pour essayer de l'éperonner de nouveau, mais Duca donna un coup de volant et évita le choc de peu.

Lorsqu'ils sortirent de la longue courbe, la voiture 37-9 apparut brusquement devant eux comme une vision d'horreur : placée perpendiculairement à la rue, au centre de celle-ci, elle n'était pas assez longue pour bloquer complètement le passage et, si Duca décidait de tenter le tout pour le tout et la percutait, s'abriter derrière relevait du suicide pour les deux patrouilleurs.

Aussi, les policiers, pistolet au poing, se tenaient-ils en retrait, sur le talus du parc Rutherford, prêts à faire feu pour bloquer le passage au fugitif s'il s'aventurait de ce côté. C'était dans les faits la manœuvre la plus risquée pour Duca, dont le pare-brise risquait de ressembler rapidement à un ciel criblé d'étoiles.

Or, à moins d'essayer de forcer le passage en fonçant dans le véhicule de patrouille, son seul autre véritable choix était de tenter de passer à droite en montant sur le trottoir. C'était l'option la plus invitante et celle que choisit le suspect. Sur le coup, Victor se dit que, placé dans les mêmes circonstances, il aurait fait la même chose.

Malheureusement pour Duca, c'est là que le piège se referma sur lui.

À cet endroit, un parapet en demi-lune, surmonté d'une balustrade de fer, bloque toute circulation automobile dans la rue McTavish. Une vingtaine de marches permettent aux piétons de descendre de deux paliers et de continuer à marcher dans la rue, cinq mètres plus bas.

Lancée à toute allure, la voiture fut déportée sur la droite lorsque les roues frappèrent la chaîne du trottoir. Ce fut une question de quelques centimètres, mais Duca, qui croyait sans doute avoir suffisamment d'espace pour passer, ne réussit pas à redresser le véhicule à temps pour éviter le parapet. En raison de la vitesse à laquelle elle était lancée, la voiture rebondit sur la pierre et s'envola littéralement en touchant les rails. Elle flotta un instant en suspension dans les airs, les roues tournant à vide, vrilla, puis, dans un vacarme de tôle froissée et de verre brisé, elle alla s'écraser en contrebas dans la rue où, après une série de tonneaux spectaculaires, elle s'immobilisa définitivement sur le toit.

Jacinthe arrêta la Crown Victoria et ils sortirent au pas de course, abandonnant la voiture au milieu de la rue. Déjà, des curieux s'agglutinaient autour du parapet. Un des patrouilleurs convergea avec eux vers la scène de l'accident, tandis que l'autre appelait des renforts et s'occupait de rétablir la circulation.

Pistolet au poing, Victor se pencha d'abord vers la carcasse du véhicule pour constater qu'il était vide. Passé un moment de surprise, il aperçut la forme étendue sur la chaussée, dix mètres plus bas, presque en face de Voyage Campus.

Sous la force de l'impact, Duca avait été éjecté.

L'homme gisait sur le dos, et le sergent-détective sut, avant même de s'approcher de lui, que son corps était brisé, qu'il n'était plus qu'un pantin désarticulé.

Victor s'agenouilla près du mourant et passa sa main sous sa tête. Du sang sortait de ses narines, de sa bouche et de ses oreilles.

Les yeux bleus de Duca patinèrent dans le vide, puis s'accrochèrent aux siens, ses doigts agrippant la manche du manteau du policier. Duca essayait de parler, mais il hoquetait de l'air et régurgitait des bouillons de sang. Victor approcha son oreille de ses lèvres, pour essayer de saisir son murmure douloureux.

Les yeux de Duca s'agrandirent, sa bouche tenta une ultime contraction, puis sa tête retomba sur le côté. Le sergent-détective la posa doucement contre le sol.

— *Game over*, résuma Taillon, à bout de souffle, qui l'avait rejoint. Qu'est-ce qu'il a dit?

Sous le choc, Victor se redressa, regarda un moment la paume rougie de sa main.

Son visage trahissait de l'incompréhension.

— Je suis pas certain d'avoir bien entendu, mais il a dit quelque chose comme... (Hésitation.) Il a dit: «Je me souviens...»

CHAPITRE 76

Lettre morte

— Faudrait ben aller se coucher, Lessard !

Accoudé à la table de la salle à manger, Victor sursauta : il s'était assoupi, le menton dans les paumes. Il se frotta le visage en bâillant de fatigue. Le tabac et la caféine ne le stimulaient plus, il peinait à garder les yeux ouverts. Taillon avait raison. De toute façon, l'équipe de l'Identification judiciaire en avait encore pour plusieurs heures à recueillir des preuves et à effectuer des analyses.

Après avoir accompli les formalités d'usage sur la scène de l'accident, les deux enquêteurs avaient passé une partie de la soirée et de la nuit à fouiller la maison de Lucian Duca. Une paire de skis avait été trouvée dans la cave. Selon le technicien à qui Victor avait parlé, leur largeur correspondait aux traces relevées dans Summit Circle et dans le parc Maisonneuve.

Par ailleurs, l'arc et les flèches récupérés dans les débris de la voiture de patrouille étaient analysés au laboratoire de la police scientifique. Le fait que les flèches étaient surmontées de plumes roses et grises, comme celle découverte dans le cimetière, laissait peu de place au doute : Duca était leur homme.

Cependant, et il s'agissait de l'unique raison pour laquelle ils ne lâchaient pas le morceau et qu'ils continuaient à s'activer malgré l'heure et la fatigue, ils n'avaient encore trouvé aucune piste qui leur permît de retracer Tousignant.

Loïc et le Gnome avaient été dépêchés à la maison du sénateur pour y récupérer les documents et les faire mettre sous scellé. Victor avait insisté pour qu'ils s'en chargent. Il n'avait pas du tout envie d'y retourner et d'affronter son trouble. Parce que Virginie Tousignant le troublait.

Les deux enquêteurs avaient convenu de se donner encore trente minutes avant de plier bagage. La tête lourde, le sergent-détective sortit fumer dans la poudrerie. Le sol se mit à vibrer. Le grondement sourd d'un chasse-neige qui remontait Hill Park Circle le précéda de quelques secondes. Entre deux bouffées, un peu par automatisme, Victor laissa un nouveau message à Nadja. À sa grande surprise, quelques battements de cils plus tard, il reçut un texto :

on parlera plus tard... mon frère laissera pas tomber Martin...

Rageusement, d'une chiquenaude, il jeta son mégot dans l'air. Le tube rougeoyant fut happé par le vent, qui le souleva et l'emporta hors de sa vue. Oui, il aurait dû se réjouir, se sentir soulagé que les choses semblent s'arranger pour Martin. Et il l'était.

Mais le langage qu'utilisait Nadja renforçait son sentiment de rejet. Pas une allusion à eux.

Après tout, était-il si difficile que ça pour elle de prendre le téléphone et de l'envoyer chier ?

— Ouin, ben on a pas grand-chose, mon homme.

Assise face à lui, à la table, Jacinthe tenait un bloc-notes dans une main, et, dans l'autre, un stylo dont elle mâchouillait le bout.

— Lucian Duca, né au Québec, trente-trois ans, un mètre quatre-vingt-quinze, cent kilos, des entrelacs celtiques tatoués sur le biceps gauche. Pas de casier judiciaire, travaillait depuis deux ans chez Baker, Lawson, Watkins, au courrier. D'origine roumaine, sa mère, Silvia Duca, est morte à la fin des années quatre-vingt-dix...

— Répète ça ? l'interrompit Victor.

Il se massa les tempes. Ses idées s'embrouillaient, son esprit commençait à être saturé d'informations, et le stockage de données s'y faisait dans le désordre.

– Sa mère est morte à la fin des années quatre-vingt-dix.

– Non, avant ça. Qu'est-ce que t'as dit avant ça?

Jacinthe le lui répéta. Une idée avait jailli comme un éclair dans l'esprit de Victor, mais il n'avait pas réussi à la préciser avant qu'elle ne s'évapore. Il lui demanda de continuer.

– Silvia Duca avait une école de ballet rue Sherbrooke, qui marchait assez bien, à l'époque. Elle avait aussi fait quelques bons placements. À sa mort, le fils a hérité de sa maison et d'une certaine somme s'argent. Sur son acte de naissance, ça dit que Duca est né de père inconnu. À part ça, pas d'autre famille, pas l'air d'avoir de blonde... On devrait avoir son profil financier un peu plus tard. J'oublie-tu quelque chose?

Jacinthe s'arrêta, garda les yeux sur ses notes encore un moment, pour s'assurer qu'elle avait tout couvert. Puis son regard revint se poser sur Victor. À voir l'expression de son visage, elle réalisa que quelque chose clochait.

– Ça va-tu, Lessard? T'es vert.

Depuis la mort de Duca, le sergent-détective avait l'estomac à l'envers et, peut-être aussi à cause du manque de sommeil, il commençait à ressentir une sorte de vertige, l'impression douce-amère de flotter dans le vague, à côté de son corps.

Des gouttelettes de sueur apparurent sur son front et la pièce se mit à tourner.

– En passant, félicitations, t'as encore l'œil. Burgers m'a dit que tu lui en as mis une dans l'épaule.

– Hein? Qui ça?

– Duca. Tu lui as tiré dans l'épaule.

Victor se leva d'un bond, se précipita dans le corridor, ouvrit quelques portes dans l'urgence et finit par trouver les toilettes. Dans la pièce exiguë, il tomba à genoux devant la cuvette, son estomac se souleva et il vomit.

À plusieurs reprises, il actionna la chasse d'eau, qui emporta le fruit de ses entrailles.

Combien de temps Victor resta-t-il ainsi, accroupi au-dessus de la cuvette, à reprendre son souffle et ses sens, à fixer le carrelage du mur?

Alors qu'il allait se relever, une impression de déjà-vu le happa. Il détecta une variation dans la couleur du joint entre deux carreaux de céramique, près de la cuvette. Les images de la salle de bains se trouvant sur le palier de la chambre de Lortie lui revinrent en mémoire. Une idée germa alors dans sa tête, qu'il commença par repousser.

Puis, en se lavant les mains, il se dit qu'il n'avait rien à perdre.

Dans sa tête, il entendait Jacinthe railler: «Victor Lessard pis ses intuitions!»

Avec une paire de ciseaux trouvée dans la pharmacie, il dégagea facilement le carreau et découvrit, dans le vide, un petit sachet de plastique avec, à l'intérieur, une feuille pliée en quatre.

Incrédule, Victor enfila ses gants de latex et ouvrit le sac avec précaution.

Le papier avait été plié et déplié si souvent qu'à certains endroits les morceaux ne tenaient plus ensemble.

Écrites à la main, les lettres de la missive étaient serrées les unes contre les autres:

> *Mon petit Lucian d'amour, mica mea draga,*
> *Je m'en veux tellement que tu l'aies appris*
> *de cette manière, mais il ne t'a pas menti:*
> *André Lortie est bien ton père. Je ne sais pas*
> *ce qu'il est allé te raconter pour te mettre*
> *dans cet état, mais ne l'écoute pas. Depuis*
> *qu'il a subi des traitements au cerveau, il ne*
> *sait plus ce qu'il dit. Il y a longtemps que*
> *j'aurais dû te mettre au courant moi-même. Me*
> *pardonneras-tu avant que je parte?*
> *Ta maman, qui t'aime plus que tout.*
> *Silvia*

Mars 1981

L'homme aux vêtements sales

– S'il te plaît, laisse-moi entrer! J'ai nulle part où aller! S'il te plaît, Sylvie!

Les coups résonnaient sur le battant depuis de longues minutes. Silvia se tenait dans le vestibule, indécise : allait-elle lui ouvrir la porte ou non?

Brisée, désespérée, la voix de l'homme lui faisait pitié, ravivait des souvenirs d'une époque sur laquelle elle avait fait une croix. Elle jeta un coup d'œil par la lucarne et constata, à peine surprise, qu'il était dans un état pitoyable.

André Lortie était devenu un clochard.

Leur liaison naissante coulait des jours heureux lorsqu'il avait disparu, un soir de janvier 1969, sans lui donner d'explication. Aussi brusquement qu'il s'était évanoui dans la nature, il était réapparu, six ans plus tard, rasé de frais et vêtu d'un costume neuf. Silvia sortait à ce moment d'une rupture douloureuse, et son retour avait jeté un baume sur ses plaies.

André était toujours resté vague sur les raisons de sa disparition, se bornant, quand elle le questionnait, à dire qu'il avait passé un certain temps aux États-Unis à s'occuper d'un parent malade, et qu'il avait trouvé un travail dans le domaine des assurances. De toute manière, il avait toujours eu un petit côté mystérieux, auquel elle avait fini par s'habituer.

Silvia se rendit compte progressivement que certaines choses avaient changé. L'être confiant et sûr de lui avait fait place à un homme au tempérament taciturne et renfermé. En proie à des terreurs nocturnes, André avait développé des phobies : ne jamais se trouver dos à une porte et éviter à tout prix de passer devant les fenêtres. Enfin, surtout lorsqu'il arrêtait de prendre ses médicaments, il lui arrivait de traverser des moments de grave déprime.

Les mois passèrent. Silvia et André vécurent leur lot de moments doux et de périodes plus sombres. Fin 1977, après plus ou moins deux ans de vie commune, il mit les voiles de nouveau sans l'avertir. Un soir, elle était rentrée de l'école de danse et André était parti, sans même laisser une note, en emportant ses effets personnels qui tenaient dans un petit sac de cuir souple. Cela constitua presque un soulagement pour la jeune femme, qui n'en pouvait plus de composer avec ses changements d'humeur de plus en plus fréquents.

Silvia ne le savait pas encore à ce moment, mais elle attendait un enfant.

Lucian naquit en 1978 et, dès lors, elle s'en occupa seule. Silvia était ce genre de femme qui s'investissait corps et âme dans la maternité et l'éducation de son enfant, laissant très peu de place au reste. Lucian la comblait, elle avait eu ce qu'elle souhaitait et n'avait par conséquent aucune intention de s'embarrasser d'un homme.

À force de suppliques et de tapage, Silvia finit par céder, tira le loquet et débarra la porte. C'était la deuxième fois depuis son départ, en 1977, qu'André Lortie atterrissait ainsi sur son palier. La première, il n'était resté que quelques heures et était reparti après qu'elle lui eut donné à manger et de l'argent.

Ses loques souillées empestaient l'alcool et la rue ; hirsutes, ses cheveux lui descendaient jusqu'aux épaules, de la barbe mangeait son visage et son cou, et, lorsqu'il tendit la main, la crasse sous ses ongles la dégoûta.

Silvia le fit déshabiller dans le vestibule, puis elle mit ses vêtements directement dans un sac-poubelle. Après la douche, elle sortit des vêtements propres et lui coupa elle-même les ongles et les cheveux, en silence.

Sous les yeux de l'enfant, Lortie regarda ses longues mèches tomber sur le prélart de la cuisine en souriant, les doigts joints contre la poitrine. Silvia lui tailla enfin la barbe afin qu'il puisse par la suite se raser convenablement.

Malgré l'affection qu'il témoignait au garçon, Lortie ne demanda pas à Silvia si celui-ci était son fils et elle se garda d'abord le sujet avec lui.

Assis sur le comptoir de la salle de bains, à côté du lavabo, le petit Lucian regardait la lame aller et venir sur les joues de l'homme. Il aimait l'odeur de la crème à raser et quand l'homme lui chatouillait le bout du nez avec les poils du blaireau. Lortie trempa la débarbouillette dans l'eau chaude, la tordit, puis gomma les dernières traces de crème à raser sur son visage.

— Touche, Lucian. C'est doux, hein? dit-il en guidant les mains du garçon.

Les petits doigts de Lucian caressèrent les joues glabres un instant. Puis Lortie traça un bonhomme sourire dans la buée du miroir, ce qui fit rire le gamin. Se penchant, il descella ensuite un carreau de céramique, qui faisait le joint avec le sol, et y cacha des documents qu'il avait soustraits au regard de Silvia en les fourrant dans son caleçon, avant qu'elle ne le force à se déshabiller. Après, Lortie remit le carreau et les morceaux de coulis en place.

— Ça, c'est notre cachette, Lucian. (Il mit un doigt contre ses lèvres.) C'est notre secret, hein? Chuuuut…

— Chuuuut, répéta l'enfant en riant.

André Lortie déposa un baiser tendre sur le front du garçon.

— Le repas est servi, annonça la voix de Silvia à travers le battant.

— On arrive, ma Sylvie. On arrive.

Elle lui avait répété mille fois que son nom se terminait avec un *a*, mais il n'avait jamais pu s'y habituer. André Lortie prit le petit Lucian dans ses bras et le mit sur le sol. Ils sortirent dans le corridor main dans la main.

CHAPITRE 77

Brèves retrouvailles

Mercredi 28 décembre

Le col de son manteau de cuir relevé, Victor marchait sur le trottoir, les mains enfoncées dans les poches, un vêtement noir pendant à son bras gauche.

Des pancartes orange interdisant le stationnement avaient été piquées, çà et là, dans les bancs de neige. Une fois de plus, la Ville avait été déculottée par la météo : l'opération de déneigement s'étirait en longueur.

Arrivé en face de l'immeuble, le sergent-détective regarda à gauche et à droite à plusieurs reprises. Pas un chat en vue : il était 6 h 07 et la rue était aussi déserte qu'il le souhaitait.

Victor traversa sans se presser et tira la porte vitrée du poste de police. À l'intérieur, le hall paraissait vide, sauf pour l'homme qui l'attendait.

Un policier à la chevelure de feu.

Lucian Duca, le tueur qu'ils traquaient depuis plusieurs jours, était mort.

Cependant, une question importante demeurait : avait-il tué le sénateur Tousignant avant de mourir ou ce dernier était-il encore en vie, séquestré quelque part, incapable même de bouger, avec une fourche de l'hérétique autour du cou ?

Le sénateur n'était plus un jeune homme ; le temps commençait à presser et l'espoir de le retrouver en vie diminuait d'heure en heure.

Les enquêteurs avaient tout repris depuis le début et passé la matinée du 27 en réunion.

Plutôt que de traiter l'affaire comme un cas classique de disparition, Victor avait d'entrée de jeu insisté sur le fait que, pour retrouver Tousignant, il fallait d'abord saisir le mobile derrière les actes de Duca. Et ce mobile tirait visiblement sa source dans le passé.

Ce point de vue ne faisait pas nécessairement l'unanimité parmi les membres du groupe d'enquête pour qui, à ce stade, comprendre les motifs de Duca paraissait secondaire. En effet, la plupart avaient la même crainte : le temps qu'ils parviennent à les cerner, Tousignant serait mort.

Sans surprise, Jacinthe avait une opinion particulièrement tranchée sur la question : il ne fallait pas, pour l'instant, perdre de temps à fouiller les morts suspectes de 1964 ni pousser plus loin l'analyse des dossiers relatifs à Evergreen qui concernaient, selon elle, de «vieilles histoires». Pratico-pratique, son plan de match comportait quatre volets.

Un, traiter les appels reçus des personnes affirmant avoir vu le sénateur, rencontrer les plus crédibles, redoubler d'ardeur dans les recherches, augmenter les effectifs sur le terrain, organiser des battues sur les berges du fleuve, près de la maison de Tousignant, avec des maîtres-chiens. Deux, puisqu'il semblait sans famille, parler aux collègues de Duca, passer au peigne fin ses opérations bancaires, reconstituer son emploi du temps des derniers jours, essayer de savoir où il prenait ses vacances, etc. Avait-il, par exemple, séjourné dans un endroit isolé récemment ? Trois, reprendre l'exercice entamé par Virginie : contacter l'entourage de Tousignant pour vérifier si quelqu'un s'était souvenu d'un détail ou connaissait Duca. Quatre, arrêter de se faire chier et profiter des vacances ! Ou de ce qu'il en restait.

Un éclat de rire général avait secoué le groupe après que Jacinthe eut cité le dernier point, arrachant même un sourire à Victor.

Delaney trancha finalement la poire en deux.

Ainsi, ils passèrent plusieurs heures à échafauder des théories pour tenter de mettre le doigt sur le mobile de Duca. Non pas tant dans le but d'essayer de comprendre les raisons qui l'avaient poussé à commettre cette série de meurtres, mais plutôt en tablant sur le fait que, comme l'avançait Victor, l'exercice leur permettrait de suivre une piste qui les conduirait jusqu'au sénateur Tousignant.

Parmi les hypothèses soulevées, celle qui finit par emporter l'adhésion de la majorité, et ainsi devenir prédominante, voulait que Duca avait souhaité venger son père, André Lortie, pour les sévices qu'il avait subis dans le cadre du projet MK-ULTRA. Ce faisant, il avait découvert une plus vaste conspiration orchestrée par Daniel Tousignant.

À ce stade, les policiers étaient incapables de déterminer les motifs pour lesquels Duca l'avait enlevé. Mais ils supposaient que le geste était relié à l'implication du sénateur dans Evergreen.

— Pour moi, suggéra Gilles Lemaire, ses dernières paroles sont un ultime cri du cœur, c'est comme s'il disait : «Je me souviens de ce que mon père a enduré, de sa souffrance, de sa vie brisée. »

Un silence solennel avait enveloppé l'interprétation proposée par le Gnome.

Que s'était-il passé par la suite?

À ce point, ils se perdaient en conjectures. Comme l'avançait Jacinthe, ils ne sauraient peut-être jamais la vérité. Mais il paraissait logique de supposer que Lortie avait découvert les desseins meurtriers de son fils en même temps que les portefeuilles des victimes. Et que, comprenant les crimes que Lucian avait commis, incapable de vivre avec ce poids, il s'était donné la mort en plongeant dans le vide, à la place d'Armes.

Cette interprétation comportait des failles, et Victor s'était chargé de les montrer à ses collègues :

— Si la mention «AL» dans la correspondance entre Lawson et le sénateur fait vraiment référence à André Lortie, ça jette un sérieux doute sur le rôle qu'il a joué dans toute cette histoire…

L'homme était-il ce qu'il semblait être? Le sergent-détective fut bien sûr contraint de concéder à ses collègues qu'«AL» pouvait signifier quantité d'autres choses.

Mais son objection avait soulevé une question qu'ils avaient examinée: de quelle manière Lortie était-il lié à Evergreen et aux victimes de 1964? Avait-il, par exemple, travaillé pour la firme d'experts-comptables de Joliette? Et, dans la mesure où, comme le croyait Victor, les victimes de 1964 avaient été «traitées» par Judith Harper dans le cadre du programme MK-ULTRA avant d'être tuées, pourquoi Lortie avait-il, lui, échappé à la mort?

– Il est peut-être devenu itinérant parce qu'il avait pas le choix, proposa Gilles Lemaire, pour disparaître. Peut-être qu'il est resté en vie seulement parce qu'il a vécu dans la rue, en se cachant.

Le lien de filiation entre Lucian Duca et André Lortie avait aussi été évoqué. À cet égard, des tests d'ADN seraient effectués à partir de tissus prélevés par Jacob Berger sur les cadavres des deux hommes. Cependant, les résultats ne seraient pas connus avant quelques semaines.

Durant le reste de la réunion, les enquêteurs dressèrent la liste des informations qu'ils estimaient les plus susceptibles de les mettre rapidement sur la piste de Tousignant. Avant de clore la rencontre, Delaney distribua les tâches.

Taillon fouillerait le passé de Tousignant, entrerait de nouveau en contact avec sa fille, ses proches, sa famille, ses collègues et ses amis; Loïc effectuerait le même exercice avec les collègues de Lucian Duca.

Malgré les protestations de Jacinthe, Victor demanda à son chef de le laisser revoir les dossiers concernant Evergreen et ce qui en découlait. Delaney fit d'un compromis: il confia le mandat au Gnome, à qui il incomberait également d'obtenir plus d'informations sur la mort suspecte des employés de la firme comptable Bélanger, Monette et associés, et d'examiner les articles commandés au service des archives de la Bibliothèque nationale concernant ces événements.

Pour sa part, Victor s'occuperait de la coordination des recherches avec les différents corps policiers et de la préparation de la conférence de presse pour faire le point sur la disparition du sénateur. Il fut toutefois convenu qu'étant donné les circonstances — à savoir qu'il était déjà sur la sellette en raison de l'arrestation de son fils —, le sergent-détective n'y assisterait pas.

Delaney lui demanda de rester dans la salle de conférences tandis que ses collègues se dispersaient vers leurs postes de travail. Victor tournait et retournait entre ses doigts une photo d'une femme brune à forte poitrine. Sylvie ou Silvia, peu importe le nom qu'avait griffonné Lortie sur la bordure blanche, ils savaient désormais que le portrait trouvé dans sa chambre était celui de la mère de Lucian Duca.

— J'ai-tu besoin de t'expliquer pourquoi je t'en ai donné moins qu'aux autres, Vic? demanda Delaney.

Le sergent-détective reposa le polaroïd sur la table, au milieu des rapports, des photos, des notes d'interrogatoires et des fiches de renseignements. Coordonner les recherches lui demanderait moins d'une heure et ils savaient tous les deux que Delaney pouvait très bien préparer la conférence de presse lui-même.

— Non, chef, t'as pas besoin de m'expliquer. Merci.

La raison pour laquelle Delaney agissait ainsi ne relevait pas du mystère : la nouvelle avait commencé à circuler. Le reste de l'équipe savait déjà qu'il avait reçu un appel du directeur des poursuites criminelles à propos de Martin.

— Prends le temps de t'occuper de tes affaires, Vic. On est tous derrière toi, conclut son supérieur.

Par conséquent, tandis que ses collègues passèrent l'après-midi et une partie de la soirée du 27 à effectuer les vérifications requises, Victor fit ce que son chef lui avait conseillé : il s'occupa de ses affaires. Il donna ainsi plusieurs coups de fil et régla les derniers détails afin de s'assurer que tout se déroulerait sans la moindre anicroche le lendemain matin.

Vers 23 h, il quitta le bureau en compagnie de Taillon. À leur départ, Loïc et le Gnome planchaient encore. Jacinthe laissa Victor devant son appartement en lui souhaitant bonne chance. Le sergent-détective s'effondra sur son lit à moitié vêtu.

Victor attendait depuis quelques minutes dans le hall du poste de police lorsque l'officier aux cheveux roux reparut dans le corridor, précédé de Martin.

Lorsque ce dernier aperçut son père, son visage s'illumina et ils tombèrent dans les bras l'un de l'autre. L'officier s'effaça pour leur laisser de l'intimité et, pendant plusieurs secondes, Martin pleura à chaudes larmes sur l'épaule de Victor, qui le réconforta en lui parlant doucement à l'oreille.

Quand son garçon se calma, l'enquêteur relâcha son étreinte et lui tendit le *hoodie* qu'il avait apporté pour lui. À regret, il dut couper court aux retrouvailles ; ils n'avaient pas le temps de s'éterniser.

— Tiens, mets ça, mon gars. Et rabats le capuchon, juste au cas où.

Dans le hall, le rouquin scrutait la rue par la fenêtre.

— Je pense que c'est beau, déclara-t-il en se tournant vers eux.

L'officier les accompagna jusqu'à la porte. Avant que Victor ne parte, les deux hommes se dévisagèrent et le roux lui adressa un signe de tête. Le sergent-détective le remercia d'une tape sur l'épaule et il sortit avec Martin dans la lumière du matin.

Sans pour autant être au bout de ses peines, Martin était libre. Du moins, pour l'instant.

Marc Lagacé, le pitbull que Victor avait mandaté pour le représenter, lui avait annoncé la bonne nouvelle, tard le soir de la mort de Duca.

L'avocat lui avait assuré qu'il n'avait rien à y voir : le bureau du directeur des poursuites criminelles lui avait téléphoné pour l'informer qu'ils avaient décidé de ne pas porter d'accusations contre Martin. Victor se doutait bien de ce qui s'était passé. Nadja avait intercédé en sa faveur auprès de son frère, et

Diego avait tiré les ficelles dans l'ombre pour qu'on le relâche, invoquant sans doute le statut d'informateur du jeune homme au sein de la GRC.

La libération de Martin était accompagnée de conditions similaires à celles imposées durant une période de probation : il lui était interdit de se trouver en présence d'amis ou de membres de la famille des coaccusés, de fréquenter des débits de boisson et d'être pris en possession de toute arme, même légalement enregistrée. Martin devait en outre s'engager à se tenir à la disposition de la cour et à ne pas quitter le pays.

Autant pour sa propre sécurité que pour laisser la tempête médiatique se calmer, il était cependant impératif que le jeune homme disparaisse de la circulation quelque temps. En effet, le « milieu » n'était pas tendre pour les mouchards, et la nouvelle de sa « libération » viendrait, tôt ou tard, aux oreilles de ses anciens camarades. Victor avait pris le temps d'organiser son départ la veille, après que Delaney l'eut invité à s'occuper de ses affaires. Pendant la soirée, il s'était entretenu à plusieurs reprises avec son ex pour tout mettre au point.

Ses conversations avec Marc Lagacé n'avaient pas permis à Victor de clarifier le statut juridique de Martin, qui restait flou. S'en tirerait-il sans casier? Seul l'avenir le dirait. Mais, pour l'instant, le sergent-détective avait des préoccupations beaucoup plus importantes. Tenant Martin par le bras, il traversa la rue. De l'autre côté, une voiture noire aux vitres teintées les attendait.

Victor ouvrit la portière arrière, côté conducteur, et regarda son fils.

— Y a une chose que je voulais te dire avant que tu partes, mon gars.

Le jeune homme tourna des yeux luisants vers son père.

— Je t'aime, et je suis fier de toi. J'ai toujours été fier de toi...

Le père et le fils s'étreignirent, puis, rompu à l'art d'aider les prévenus à s'asseoir dans une voiture de police, Victor plaça sa main sur la tête de Martin et le guida vers la banquette.

La vitre du conducteur s'abaissa au moment où la portière claquait.

Visage dur, cheveux frisés noirs, tempes grisonnantes, lunettes miroir dissimulant les yeux, le chauffeur le gratifia de son plus beau sourire, ce qui fit à peine contracter ses lèvres et tressaillir sa moustache.

— Tout est prêt, Vic. J'te téléphone quand on arrive.

L'enquêteur s'avança à sa hauteur et posa un bras sur le toit. Sur la banquette arrière, Martin et sa mère s'étaient enlacés; émue, Marie se moucha bruyamment.

— Content que tu sois là, Jeannot.

Jean Ferland ne risquait pas de gagner un concours de beauté. Certains le trouvaient peut-être un peu quétaine, ou du moins passé de mode, mais le colosse, qui était devenu détective privé depuis quelques années, était reconnu, à l'époque où il travaillait avec Victor, pour être l'une des meilleures gâchettes du SPVM.

Le policier avait une confiance absolue en son ancien collègue, au point de lui confier le sort de son fils. Le fait que Ferland pouvait tuer un homme à mains nues n'y était peut-être pas tout à fait étranger.

Soudain, une camionnette tourna le coin et accéléra en se dirigeant vers eux. Victor sut que les ennuis commençaient.

— Filez avant qu'ils arrivent, je m'occupe du reste.

Le sergent-détective recula d'un pas et la voiture s'éloigna en rugissant.

Se plaçant en plein milieu de la rue, Victor força le car de reportage qui arrivait à s'immobiliser. Les portières s'ouvrirent dans l'urgence, un flash crépita.

— Enquêteur Lessard? Une déclaration?

Une autre voix s'éleva, renchérit:

— Sergent-détective... pourquoi votre fils a-t-il été libéré? S'agit-il d'un traitement de faveur?

Victor avait ce qu'il voulait: éviter à Martin de se retrouver à la une des journaux. Ferland allait le conduire en sécurité au ranch de l'oncle Gilbert, le frère de Marie, dans le nord de la Saskatchewan. Le jeune homme y resterait le temps qu'il faudrait, jusqu'à ce que la poussière retombe.

— Partagez-vous les idées de votre fils en matière d'immigration, enquêteur?

Victor n'était pas du tout inquiet: l'oncle Gilbert et ses hommes respectaient toujours les traditions des cow-boys et savaient manier la carabine. Par conséquent, si un membre du gang de néonazis que Martin avait infiltré s'avisait d'essayer d'aller lui faire un mauvais parti là-bas, il avait de bonnes chances de finir accroché au-dessus d'un feu de bois, avec une broche vissée dans le cul et une pomme dans la bouche.

Sans un mot, le policier tourna le dos aux journalistes et marcha vers la Crown Victoria, qu'il avait laissée dans une rue transversale. Ce n'est qu'en relevant la tête qu'il s'aperçut qu'il y avait une autre voiture garée près du trottoir, devant lui.

Il reconnut le véhicule, qui se mit à rouler dans sa direction. À travers la vitre, le regard d'une femme croisa le sien lorsqu'elle passa à sa hauteur.

Nadja avait les yeux pleins d'eau.

Victor se remit à marcher longtemps après que la voiture eut disparu au bout de la rue.

CHAPITRE 78

Voyage d'affaires

Dans son bureau, Paul Delaney avait répondu à sa question en précisant que Madeleine prenait du mieux. Le sergent-détective, pour sa part, l'avait informé que Martin était en sécurité et que Nadja ne voulait toujours pas lui parler.

Puis Victor cessa de tourner autour du pot et expliqua à son supérieur la véritable raison pour laquelle il était venu le voir. Delaney s'étouffa en buvant une gorgée, et le café lui sortit par les narines. En toussant, il s'essuya le visage avec une serviette et utilisa le revers de sa main pour les gouttes qui glissaient sur sa veste de laine polaire.

— Ça va, Paul? Vas-tu t'en sortir? demanda Victor en souriant.

— Dallas? (Delaney toussa de nouveau longuement.) Dis-moi que t'es pas sérieux! Pourquoi tu veux aller à Dallas?

— Ce serait juste un aller-retour. Je couche là une nuit, deux maximum, et je reviens.

Le fauteuil incliné vers l'arrière, les pieds sur le bureau, Delaney déplia un trombone et se servit d'un des bouts arrondis pour se curer l'oreille.

— Mais pourquoi il faut que t'ailles là-bas, au juste?

— Pour parler à ce type dont le nom apparaissait dans le dossier de Lawson: Cleveland Willis. Pour comprendre. Y a des trucs pas clairs.

Et le sergent-détective fit repartir la cassette, se remit à énumérer les zones d'incertitude dont ils avaient parlé durant leur dernière réunion. La main de Delaney balaya l'air avec impatience.

– OK, OK. Je comprends tout ça, répondit-il en essuyant le trombone dans un kleenex. Ce que je veux dire, c'est: pourquoi aller sur place? Pourquoi pas lui parler au téléphone ou prendre contact avec le FBI ou la police de Dallas? On pourrait envoyer un enquêteur de là-bas rencontrer Willis, non?

– Tu sais pourquoi, Paul. Willis est peut-être en possession d'informations qu'il garde secrètes depuis quarante-cinq ans. Il déballera pas son sac à n'importe qui, au téléphone. Et s'il se laisse approcher, ce sera par quelqu'un qui sait de quoi il parle. Je crois que j'en connais assez pour gagner sa confiance.

Delaney émit un petit rire et avala sa dernière gorgée de café.

– Et s'il refuse de te parler? Et si tu le retrouves pas?

– C'est un risque, concéda Victor. Mais l'adresse est bonne. Il y a bien un Cleveland Willis qui vit là. J'ai vérifié.

Paul Delaney cessa de mordiller la styromousse de son gobelet et posa, par-dessus ses lunettes de lecture, un regard contrarié sur le sergent-détective.

– Je peux pas te laisser aller, Vic. Les médias retiennent leur souffle en espérant qu'on va retrouver Tousignant en vie. Comment je vais justifier que mon meilleur enquêteur parte au Texas, aux frais du contribuable, en plus?

Victor lui jeta un regard amusé, sourire en coin, et croisa les mains derrière la nuque.

– Facile à justifier. D'abord, c'est connu que ton prétendu meilleur enquêteur est une tête brûlée. Ensuite, tout le monde sait que mon fils vient d'être mêlé à une affaire de terrorisme. Congé de maladie, vacances, tu vas trouver la bonne formulation. T'es bon là-dedans. Et je vais payer mes dépenses.

Delaney esquissa une moue qui en disait long sur ce qu'il pensait.

– T'as déjà toute l'équipe ici qui cherche Tousignant. Laisse-moi aller là-bas, chef. Qu'est-ce qu'on a à perdre?

Delaney se redressa et reposa ses pieds sur le tapis. Il mit le trombone et le kleenex souillé de cérumen dans le gobelet, avant de le jeter dans la poubelle.

– Je te donne deux jours, pas un de plus. Pis arrête de m'appeler «chef»! Comme c'est là, je décide de rien, ici.

Delaney jouait au supérieur indigné, ce qu'il n'était aucunement. Victor se leva et claqua des talons en esquissant un salut militaire.

– Oui, chef!

– Débarrasse de ma face, lança Delaney, qui ne put s'empêcher de sourire.

CHAPITRE 79

Un X sur l'asphalte

Dallas, Texas
Jeudi 29 décembre

Victor contempla un instant la silhouette massive des gratte-ciel en verre surplombant le John F. Kennedy Memorial Plaza, où s'élevait un cénotaphe érigé en l'honneur du président décédé, monument commémoratif constitué de poutrelles de béton blanc réunies pour former un cube sans toit de neuf mètres de hauteur, coupé en deux en son centre.

Sur une plaque, l'enquêteur lut que le monument avait été inauguré en 1970, sept ans après que Kennedy eut été tué sur Dealey Plaza, située à quelques pâtés de maisons.

L'architecte avait conçu le sépulcre comme une «une tombe ouverte», de façon à symboliser l'ouverture d'esprit de John Fitzgerald Kennedy, et Jacqueline Kennedy, qui avait ramassé une partie de sa calotte crânienne sur le coffre de la limousine ce jour-là, en avait personnellement approuvé la conception.

Ne touchant le sol que par l'entremise de huit points d'appui, les deux crochets de béton, qui donnaient littéralement l'impression de flotter au-dessus du sol, avaient été déposés à quelques mètres l'un de l'autre. On y accédait par l'ouverture ainsi créée.

À l'intérieur, on ne trouvait qu'une simple dalle de granit.

Après y avoir lu le nom du président gravé sur le rebord de la pierre en lettres dorées, Victor releva la tête, la main en visière pour se protéger du soleil.

Il faisait quinze degrés Celsius et il vit, dans le ciel d'azur, les lézardes dessinées par les traînées de condensation d'un quadriréacteur.

Victor marchait sur le trottoir encadrant la place, guettant nerveusement la rue. Consultant sa montre, il recula les aiguilles d'une heure, pour tenir compte du décalage horaire. Il allait allumer une autre cigarette lorsque, soudain, un doute l'assaillit : l'homme qu'il attendait viendrait-il au rendez-vous? Sentant son anxiété augmenter, il toucha par réflexe son côté gauche, là où d'habitude se trouvait son arme de service, qu'il avait laissée à Montréal.

Que pouvait-il bien lui arriver dans un lieu public, en plein jour? La même chose que Kennedy, souffla une petite voix dans un coin de son cerveau, qu'il fit taire d'un hochement de tête en saisissant une clope dans son paquet.

Ses craintes étaient ridicules!

Victor avait embarqué à 7 h 45, à Montréal-Trudeau. Après un vol direct d'environ quatre heures et des poussières, il était 10 h 55, heure locale, lorsque le Boeing 737 avait touché la piste de l'aéroport de Dallas-Forth Worth.

Ayant avalé un anxiolytique avant le décollage, il avait dormi tout le trajet.

De l'aéroport, un simple appel l'avait mené à son lieu de rendez-vous. À l'autre bout du fil, une voix de femme avait tout d'abord répondu. Le sergent-détective avait demandé à parler à Cleveland Willis. Elle l'avait prié d'attendre un instant. Quelques secondes après, il avait l'homme au bout du fil. Après s'être présenté et précisé qu'il appartenait à la police de Montréal, au Canada, il avait annoncé à son interlocuteur :

– J'ai des questions à vous poser concernant André Lortie.

Une longue plage blanche avait accueilli son entrée en matière.

Ne se laissant pas démonter, Victor avait alors mentionné les noms de Daniel Tousignant et d'Evergreen. La voix, celle d'un vieil homme, avait fini par lui donner rendez-vous au John F. Kennedy Memorial Plaza.

Victor s'était attendu à tout : à ce que Willis lui raccroche au nez, à ce qu'il lui dise qu'il ne connaissait personne de ce nom, à ce qu'il proteste ou lui fasse des menaces ; il s'était préparé à tout, sauf à ce que ce soit aussi facile de le rencontrer.

L'homme arriva dans une camionnette blanche, conduite par une femme grande et costaude. Dans la cinquantaine, celle-ci l'aida à sortir du siège passager, le prenant littéralement dans ses bras pour le déposer avec douceur sur le trottoir. C'était un petit homme à la peau diaphane et au front dégarni constellé de taches brunes. Ses yeux verts, vifs, papillotaient derrière de fines lunettes à monture dorée. Un tube à oxygène était fixé à ses narines et il se déplaçait à l'aide d'une canne.

Victor s'approcha et, dans un anglais presque sans accent, se présenta ; la main de Willis disparut complètement dans la sienne. La femme restait plantée devant lui, ses yeux globuleux le détaillant des pieds à la tête, le jaugeant.

L'air mécontent, elle ne lui faisait visiblement pas confiance. Le vieil homme lui murmura quelque chose à l'oreille. Elle hésita un instant, puis elle remonta dans la camionnette. Elle lança à Victor un dernier regard mauvais avant de démarrer.

— Ma fille, précisa Willis. Depuis la mort de ma femme, elle est très protectrice.

— Je comprends. (Silence.) C'est grave ? demanda le policier en montrant le tube à oxygène.

Willis força un sourire.

— Une saloperie. (Il tendit l'index en direction du cube de béton.) Vous avez eu le temps de visiter ?

Le sergent-détective fit oui d'un mouvement de la tête.

— Comment m'avez-vous retrouvé ?

— C'est une longue histoire.

Victor lui tendit le bras. Willis le prit et ils marchèrent quelques mètres pour atteindre la rue piétonnière qui bordait la place.

— Parfait. J'adore les longues histoires.

Et là, à l'ombre des arbres de South Record Street, Victor lui raconta tout ce qu'il savait. Le monologue dura une bonne trentaine de minutes. Les mains jointes sur le pommeau de sa canne qu'il tenait plantée devant lui, la tête légèrement inclinée vers le sol, Willis l'écoutait avec attention, en émettant de petits «hum hum» d'approbation de temps à autre.

Victor conclut en répondant à la première question que l'homme lui avait posée:

— Si je me fie aux éléments que j'ai en main, je dirais que Lawson s'était monté un dossier à propos des activités d'Evergreen dans le but d'imputer au sénateur Tousignant la responsabilité de certains événements en lien avec la mort violente de personnes tuées en 1964. C'est dans ce dossier que j'ai trouvé votre nom et votre adresse. Lawson avait retracé vos coordonnées une première fois en 1975, puis une seconde en 2003.

— Retracé? Je ne me suis jamais caché. J'ai vendu la maison en 2003, à la mort de ma femme, pour emménager dans un condo. D'où le changement d'adresse.

— Lorsque j'ai mentionné les noms d'André Lortie et d'Evergreen au téléphone, vous avez immédiatement accepté de me rencontrer, sans me poser de question. Tout à l'heure, je vous observais lorsque j'ai parlé de Lawson, Tousignant et Harper. J'ai eu l'impression qu'ils vous étaient tous familiers. Vous ne semblez pas être surpris par ma présence. Je me trompe?

Willis se racla la gorge à quelques reprises avant de planter son regard de hibou dans celui de Victor.

— Je savais bien que, tôt ou tard, on finirait par venir me poser des questions à propos de cette histoire. Mais, pour être honnête, jamais je n'aurais pensé que ça prendrait quarante-huit ans!

— Racontez-moi ce que vous savez, monsieur Willis.

— Je veux bien. Mais je vous avertis tout de suite: si vous pensiez élucider le mystère derrière l'assassinat de JFK, vous allez être déçu.

À la demande de Willis, ils parcoururent la courte distance qui les séparait de Dealey Plaza, là où a été assassiné le président. Ils s'arrêtèrent devant une carte en bronze qui montrait le trajet qu'avait emprunté le cortège de voitures, ce 22 novembre fatidique.

– Dealey Plaza attire une faune particulière. Du touriste moyen au chercheur chevronné sur la théorie du complot, précisa Willis en promenant sa main dans le vide, d'un groupe à l'autre. Et il y a plein de pseudo-experts qui y vendent leur camelote.

Victor vit effectivement des vendeurs ambulants qui haranguaient les touristes pour leur proposer des journaux et des livres dévoilant *toute* la vérité sur l'assassinat, mais la première chose qui le frappa était la taille relativement modeste de l'endroit, qui lui semblait plus petit que dans les souvenirs qu'il gardait des scènes du film de Zapruder.

Les deux hommes s'approchèrent d'un édifice de briques rouges. À en croire le vieux, le Texas School Book Depository Building, le dépôt de livres d'où l'assassin présumé, Lee Harvey Oswald, avait tiré, ressemblait à peu près à ce dont il avait l'air en 1963. Victor regarda le bout de l'index de Willis, qui pointait vers la fenêtre de coin où, au sixième étage, le tireur s'était embusqué.

– Ils en ont fait un musée. Mais il n'y a rien à y voir, grinça Willis, l'air désenchanté.

Un peu plus loin, le *grassy knoll*, sorte de petit tertre de gazon, était là, sur leur droite, minuscule. Une plaque était placée dans l'herbe, «près de l'endroit où la balle mortelle avait atteint le président», précisa le vieil homme.

Quelques gerbes de fleurs frémissaient sur le sol, gonflées par le vent. Victor trouvait à la fois macabre et fascinant de se retrouver là.

Willis attira également son attention sur trois repères blancs, des X, peints sur l'asphalte de la rue Elm, celle qu'avait suivie le cortège de voitures.

– Ils marquent l'endroit où le président a reçu les projectiles.

Plus bas, le sergent-détective reconnut les bouches de l'échangeur menant à l'autoroute qu'avait prise la limousine pour se rendre à l'hôpital. Un homme avec une caméra vidéo et un micro couvert d'une moumoute leur demanda de dégager en faisant l'important : il filmait un documentaire à propos de l'assassinat.

Victor aida Willis à traverser le tertre gazonné, à gravir les marches qui le ceignaient et à s'y asseoir. Le vieil homme reprit tranquillement son souffle avant de se remettre à parler.

– J'avais vingt-huit ans quand je suis entré à la CIA. C'était en 1961. J'étais jeune et idéaliste. J'avais travaillé pour la campagne de réélection de Kennedy au Sénat en 1958 et pour la présidentielle de 1960. Pendant deux ans, l'agence m'a envoyé dans plusieurs pays pour lutter contre les intérêts communistes et appuyer la démocratie locale. Je me suis promené : Laos, Paris, Berlin, Amérique latine. Début 1963, j'ai été nommé conseiller culturel à l'ambassade d'Ottawa puis, en mai, j'ai été détaché au consulat de Montréal. J'étais parmi ces ressources qui ne figurent pas dans l'organigramme. C'est-à-dire que le consul était parfois au courant de mes allées et venues, parfois pas. À l'époque, j'étais chargé de surveiller les activités du consulat cubain, qui était utilisé comme façade par les services secrets russes, le KGB. Le FLQ entretenait aussi des liens avec les Cubains et avec les services secrets français. J'étais responsable de la logistique. J'étais en contact avec Daniel Tousignant et Nathan Lawson, qui travaillaient pour la même firme d'avocats. Ils avaient leurs entrées à l'ambassade cubaine et nous échangions des renseignements. Il faut que vous compreniez qu'à l'époque tout le monde espionnait tout le monde, et que le commerce de l'information était une activité florissante. Moi, j'étais surtout en contact avec Lawson, qui était le subalterne de Tousignant. Ce que je ne savais pas à l'époque, mais que j'ai appris par la suite, c'est que pendant la période où je faisais affaire avec lui, Tousignant travaillait aussi pour l'agence.

La surprise se peignit sur le visage de Victor.

– Tousignant travaillait pour la CIA?

Willis posa sa canne contre le banc, sortit un mouchoir de sa poche et se mit à astiquer ses lunettes.

– *Watermelon Man*. C'était son nom de code.

Dans les synapses du sergent-détective, des images de la mosaïque où Lortie avait inscrit ces mots défilèrent. Willis chercha son regard avant de poursuivre.

– À cause de ce qu'il est devenu, peu de personnes s'en souviennent, mais Tousignant a été un héros militaire décoré. Engagé à vingt ans, il a participé à la guerre de Corée au sein du Royal 22e Régiment. Ce n'est qu'à son retour qu'il a terminé ses études de droit. Et que, beaucoup plus tard, il a bifurqué vers la philanthropie.

Victor sortit son carnet de sa poche, prit quelques notes et le posa sur ses genoux.

– En 1961, continua Willis, Tousignant a incorporé une compagnie dont il est devenu le président, le chef de la direction et le président du conseil. Cette entreprise était censée œuvrer dans l'organisation de foires commerciales.

– Evergreen.

Willis hocha la tête.

– Evergreen, oui. C'est exact. (Le vieux toussa et s'essuya la bouche avec son mouchoir.) En septembre 1964, au moment de produire les états financiers vérifiés de la société pour l'exercice se terminant le 31 août, un des vérificateurs a découvert une irrégularité dans les livres comptables au sujet de transactions effectuées en octobre et en novembre 1963. Tousignant et Lawson se sont mis à paniquer.

Le vieil homme fut pris d'une quinte de toux qui le plia en deux et il mit plus d'une minute à se ressaisir. Empourpré, il s'essuya de nouveau la bouche avec son mouchoir, y laissant une trace de sang. Après s'être assuré que Willis ne lui claquerait pas entre les mains, Victor se rendit au coin de la rue et acheta une bouteille d'eau dans un stand de souvenirs. Après l'avoir remercié, l'ancien agent porta la bouteille à sa bouche et, d'une main tremblante, but plusieurs petites gorgées. Sa peau reprit peu à peu sa teinte laiteuse. Il semblait perdu dans ses souvenirs.

– Où en étais-je? lança-t-il en interrogeant Victor du regard.

– Vous parliez d'une irrégularité dans les livres comptables d'Evergreen.

Une lueur se ralluma dans les prunelles de Willis.

– Oui. Evergreen avait viré des fonds à une compagnie étrangère, en contrepartie de services de terrassement effectués sur les terrains d'une foire commerciale qu'elle organisait à Berlin. Tout était en ordre en matière de comptabilité, la compagnie de terrassement avait fourni des factures en bonne et due forme à Evergreen, mais l'attention du vérificateur a été attirée par les montants en jeu, qui étaient à ses yeux beaucoup trop importants pour la nature des services fournis. (Willis s'arrêta un instant, comme s'il voulait remettre de l'ordre dans ses idées avant de reprendre.) Le vérificateur a commencé à poser des questions. Insatisfait des réponses obtenues et soupçonnant qu'il se trouvait en face de factures d'accommodation, il s'est par la suite renseigné sur l'entreprise de terrassement. Et, à force de fouiner, il a fini par découvrir qu'au moment de la fourniture présumée des services, en octobre 1963, ainsi qu'à la date des virements bancaires, en octobre et en novembre, l'entreprise n'avait pas obtenu les permis exigés et ne possédait ni les camions lourds ni la machinerie nécessaires pour effectuer de tels travaux. Ce n'est qu'à la fin de novembre, quelques jours après l'assassinat du président, qu'un permis a été délivré à la compagnie de terrassement.

Victor plissa le front.

– Il s'agissait d'une compagnie fictive, c'est ça? Une coquille?

– Exactement. Une autre entité contrôlée par la CIA. (Le regard de Willis se perdit dans le feuillage des arbres.) Ils ont agi trop rapidement, sans effacer leurs traces. Ensuite, ils ont essayé de couvrir leur erreur en obtenant le permis. Le *paper trail* était vicié, mais personne n'était censé poser de questions. Vous comprenez? La firme comptable recevait déjà des enveloppes brunes.

Victor acquiesça en fermant les paupières.

– Mais pourquoi Tousignant et Lawson se sont sentis menacés au point d'ordonner l'exécution du vérificateur?

Willis posa une main mouchetée de taches brunes sur son épaule.

– Parce qu'il avait trouvé un fil et qu'ils voulaient éviter à tout prix qu'en tirant dessus, il remonte jusqu'au sommet de la pyramide. Ils l'ont éliminé avant qu'il découvre la vérité.

– Et qu'est-ce qu'il aurait trouvé?

Le vieil homme le regarda droit dans les yeux en dodelinant de la tête.

– En remontant la piste des virements bancaires jusqu'à la compagnie de terrassement et en fouillant sur celle-ci, ses activités et ses clients, le vérificateur aurait pu finir par établir un lien entre Evergreen et certaines personnes ayant comploté pour assassiner le président Kennedy. C'est ce qui leur faisait peur.

Un grand frisson parcourut Victor.

– Qu'est-ce que vous voulez dire, monsieur Willis?

– Je n'ai jamais été en possession de la preuve matérielle qui m'aurait permis de le démontrer devant une cour de justice, mais Evergreen servait de façade à la CIA pour financer des assassinats. En d'autres termes, ce que je suis en train de vous dire, c'est que l'agence s'est servie d'Evergreen pour payer les tireurs embusqués dans Dealey Plaza ce jour-là.

CHAPITRE 80

Black Operations

Willis était lancé et, même si plusieurs questions lui venaient en tête, Victor renonça à l'interrompre, de peur qu'il ne se taise et que la source ne se tarisse à jamais. Il se mit à prendre des notes à la volée dans son calepin, tout en essayant de ne pas perdre un mot des révélations de l'ancien agent.

— Il faut comprendre qu'Evergreen regroupait une communauté d'intérêts hétéroclites. Tous étaient unis par un même but : la lutte contre le communisme. Il y avait notamment au conseil d'administration de la société l'ancien premier ministre de la Hongrie, un anticommuniste et anticastriste notoire ; l'avocat d'un sénateur américain influent, lequel sénateur était soupçonné d'entretenir des liens avec la mafia ; l'oncle du roi d'Égypte ; un des parrains de la mafia new-yorkaise ; un influent ministre autrichien, soupçonné d'être un ancien collaborateur nazi ; et Clay Shaw, mis en examen par le procureur de La Nouvelle-Orléans, Jim Garrison. Shaw avait des liens étroits avec à la fois les forces pro-Castro et anti-Castro. Tous avaient plus ou moins leurs raisons de vouloir la mort de Kennedy, mais nous n'entrerons pas là-dedans, ce ne serait ici que pure spéculation. Je vais m'en tenir aux faits dont j'ai été témoin. Comme je vous le disais, pour les raisons que vous connaissez maintenant, Tousignant et Lawson se sont mis à paniquer lorsque le vérificateur a découvert une irrégularité. Ce qui ne devait être qu'une vérification de routine menaçait soudain l'équilibre de l'édifice. Vous m'avez parlé tout à l'heure du projet MK-ULTRA, que vous avez croisé à quelques reprises dans le cadre de votre enquête...

Victor fit oui de la tête, pour l'encourager à poursuivre.

– Ce que peu de gens savent, c'est qu'au moment de l'abandon du programme à l'Université McGill, en 1964, Judith Harper avait déjà, depuis un certain temps, pris le relais du docteur Cameron comme pilote du projet. L'agence lui avait octroyé des fonds pour établir un laboratoire clandestin parallèle, où elle se livrait en secret à ses propres expérimentations. Il y avait aussi ce type avec elle... (Willis se tapa le front avec les doigts.) Voyons, son nom m'échappe. Un jeune gars...

– McNeil? Mark McNeil?

– C'est possible. Je ne me souviens plus. Quoi qu'il en soit, ai-je besoin de vous rappeler à quels genres d'expériences ces deux-là se livraient? Contrôle de l'esprit et lavage de cerveau par l'utilisation de méthodes permettant de manipuler les différents états mentaux et d'altérer les fonctions cérébrales : administration de drogues et autres substances chimiques, hypnose, privation sensorielle, isolement, violence verbale et sexuelle, ainsi que diverses formes de torture. Harper et son assistant étaient des sadiques, enquêteur. (Willis le dévisagea un instant.) Le père de Harper était un sympathisant d'Adrien Arcand, un ardent admirateur d'Hitler qui a été un des leaders du mouvement fasciste au Québec. Pardonnez-moi l'expression, mais Judith était une vicieuse de la pire espèce. Capable d'atrocités en privé, tout en étant en mesure de conserver son image de professeure émérite en public. Or, au moment où le vérificateur a commencé à faire remonter les irrégularités, Tousignant et son équipe ont d'abord essayé d'acheter son silence. C'était pour eux monnaie courante, les dirigeants de la firme d'experts-comptables qui employait le vérificateur étaient déjà dans leur manche depuis longtemps. La vérification ne devait d'ailleurs être qu'une pure formalité, personne n'était censé relever quoi que ce soit. C'était sans compter sur le fait que le vérificateur assigné au dossier en était à un de ses premiers mandats avec la firme. Affichant le zèle du débutant, il a poussé ses recherches plus loin qu'escompté. Quoi qu'il en soit, lorsqu'il a refusé de se laisser convaincre de la fermer et d'accepter l'argent, c'est vers Judith Harper que Tousignant s'est d'abord tourné pour régler le problème.

— Donc, Harper et Tousignant se connaissaient?

— Ils ne s'affichaient jamais en public, mais, derrière portes closes, Tousignant, Harper et Lawson frayaient ensemble. C'est d'ailleurs par l'intermédiaire de Lawson qu'Harper et son assistant ont reçu le mandat de «déprogrammer» le vérificateur. En parallèle, Tousignant avait contacté le quartier général de la CIA, à Langley, afin qu'on lui envoie une «ressource» des Black-Ops.

— Les Black-Ops?

— Des tueurs travaillant clandestinement pour l'agence…

L'image d'un visage se détacha et commença à tourner dans l'esprit de Victor. Les morceaux se mirent en place, l'écran de fumée se dissipa et, soudain, tout lui apparut avec plus de clarté. Il comprenait maintenant la signification des lettres «BO» et «AL» trouvées dans la correspondance qu'avaient échangée Lawson et Tousignant.

— André Lortie?

— Lui-même, en chair et en os. C'est Nathan Lawson qui m'a appelé pour m'avertir que Langley allait envoyer quelqu'un des Black-Ops au consulat. Il était paniqué et s'était opposé violemment à Tousignant. J'ai effectivement reçu confirmation quelques heures plus tard, par les canaux officiels, de l'arrivée de Lortie. Je me souviens encore des mots employés: on me demandait de l'aider à «couvrir un fil qui dépassait». Comme j'étais le responsable de la logistique, je devais l'assister en lui fournissant tout ce dont il avait besoin sur le terrain pour accomplir sa mission. Lortie possédait les deux nationalités. C'était le fils d'un Américain et d'une Québécoise. Le père les avait abandonnés et il avait repris le nom de sa mère. Lortie était un ancien marine et il en était à sa deuxième ou troisième mission pour les Black-Ops. J'ai compris, dès qu'il est arrivé, que c'était un sadique: il aimait la violence et tuait par pur plaisir.

— C'est lui qui a tué le vérificateur et son fils, n'est-ce pas? avança Victor.

Willis fit oui de la tête.

— L'après-midi de son arrivée, je l'ai accompagné en voiture chez le vérificateur. Il habitait à la campagne avec sa femme et ses deux enfants. Si ma mémoire est bonne, l'un d'eux était retardé mentalement. Pendant que les enfants étaient à l'école, Lortie a menacé le comptable, puis l'a battu. En partant, il lui a dit que s'il n'acceptait pas l'argent et qu'il ne se la bouclait pas, il reviendrait et s'en prendrait à sa famille.

Des larmes de rage et d'impuissance montèrent aux yeux de Willis. Sa lèvre inférieure tressautait. La gorge nouée, le sergent-détective ne savait comment réagir.

— Et moi, j'ai assisté à ça sans rien faire. J'essayais de me convaincre que j'obéissais aux ordres, mais, dans les faits, j'avais peur. Excusez-moi. (L'homme prit une pause et enfila de nouveau quelques gorgées d'eau.) Malheureusement, le vérificateur était un brave homme. Loin de se laisser démonter, il s'est confié à deux collègues à propos de sa découverte. Et ça, ç'a été le début de la fin. Suivant les directives de Tousignant, Lortie a enlevé les trois employés de la firme comptable à tour de rôle, et les a emmenés à Harper. Elle et son assistant se sont livrés à leurs traitements. Connaissant le penchant de l'agence pour la compartimentation, je parierais que ces deux-là n'étaient ni au courant de la conspiration ni des enjeux. Ils se sont bornés à exécuter ce qu'on attendait d'eux: effacer la mémoire des trois «sujets». Je vous passe les détails, enquêteur... Ils ont subi de véritables séances de torture. Ce sont trois personnes brisées que Lortie a ensuite jetées devant chez elles.

— Mais quelqu'un a sûrement porté plainte à la police! s'écria Victor d'une voix indignée.

En relevant la tête, une sensation désagréable étreignit le sergent-détective, lui laissant un goût métallique dans la bouche. Son imagination lui jouait-elle des tours? Il lui sembla que cela faisait deux fois qu'une voiture noire aux vitres teintées passait devant eux et ralentissait en arrivant à leur hauteur. Victor toucha encore le vide sur son flanc gauche. Il regrettait amèrement de ne pas avoir pris le temps de remplir la paperasse requise pour apporter son arme de service avec lui.

— Il faut se replacer dans le contexte de l'époque, continuait Willis, qui semblait n'avoir rien remarqué. La firme d'experts-comptables était établie en région, près de Joliette. Tousignant et Lawson versaient des pots-de-vin considérables au chef de police de l'époque et à son personnel. On leur a simplement demandé de fermer les yeux, de regarder ailleurs. Les disparus ont refait surface au bout de quelques jours, les poches bourrées de billets. Toute cette histoire se serait éteinte d'elle-même, n'eût été l'entêtement et la probité du vérificateur. Il s'est tenu tranquille pendant quelques semaines, puis, même s'il avait été congédié, il a essayé de reprendre contact avec ses collègues. Ses souvenirs étaient intacts, le traitement de Harper avait été un échec. C'est là qu'il a signé son arrêt de mort et celui des deux autres.

Victor se détendit : la voiture aux vitres noires venait de disparaître dans un des échangeurs, au bout de la rue Elm.

— Depuis le début, il y avait une forte animosité entre Lortie et moi. Mais, à ce moment-là, j'ai explosé, je me suis violemment opposé à ce qu'il exécute trois innocents. (Sa lèvre inférieure se mit de nouveau à sautiller.) Une nuit, je me suis réveillé dans mon lit, un couteau sur la gorge. Lortie m'avait surpris dans mon sommeil et me murmurait à l'oreille que, la prochaine fois, il n'hésiterait pas à me faire la peau.

Une larme roula sur la joue du vieil homme, puis une autre. Il les laissa serpenter jusqu'à son menton. Victor lui donna le temps de reprendre ses esprits avant d'enchaîner :

— Et Lortie a camouflé les meurtres en accidents…

— C'était un monstre, mais il faut avouer qu'il était très doué pour son métier. Et, bien sûr, Tousignant et Lawson passaient derrière, s'assurant de distribuer les enveloppes brunes aux bonnes personnes.

Insouciantes, deux jeunes femmes marchaient sur l'herbe devant eux, pieds nus dans la lumière, sandales en main, sans penser une seule seconde au drame qui s'était joué là, quarante-huit ans plus tôt.

– Que s'est-il passé ensuite? demanda Victor.

Willis sourit et haussa les épaules.

– Rien. Montréal était à l'époque la ville de tous les plaisirs. Lortie s'était arrangé pour convaincre ses supérieurs d'y établir une base opérationnelle. Je me tenais aussi loin de lui que possible. Mais je sais qu'à une certaine époque il avait infiltré le FLQ. Les États-Unis étaient en pleine paranoïa communiste, et l'agence craignait l'emprise de Castro sur le mouvement séparatiste. Il a participé à quelques opérations avec eux, principalement quelques vols de banque à main armée. En 1965, le FLQ a fait exploser une puissante bombe au consulat américain, là où je travaillais. Personne n'a été blessé, mais soixante-dix-huit vitres ont volé en éclats. Quand j'ai croisé Lortie et que je lui ai demandé s'il avait pris part à l'opération, il m'a dit à la blague que la façade du consulat avait besoin d'être refaite.

– Il a aussi participé aux enlèvements de Pierre Laporte et de James Richard Cross, non?

– Non. Mais je crois savoir pourquoi vous pensez ça. Voyez-vous, dès le début 1968, Lortie était incontrôlable. Il était devenu alcoolique et, lorsqu'il était soûl, sa langue se déliait et il parlait trop. Tousignant et Lawson se sont inquiétés de nouveau et ont pensé à le faire éliminer en recourant aux services d'une autre ressource des Black-Ops, mais Lortie avait déjà claironné à gauche et à droite qu'il avait pris ses dispositions et que, s'il mourait, les médias allaient découvrir la vérité. Tousignant et Lawson ne pouvaient courir le risque qu'il ait dissimulé un dossier compromettant quelque part et que ce dernier refasse surface à sa mort.

Des images se mirent à défiler dans l'esprit de Victor : l'espace caché derrière le carreau de céramique dans la salle de bains de la maison de chambres de Lortie ; et celui qu'il venait de découvrir dans la maison de Duca, autant d'endroits où, le cas échéant, Lortie avait eu la possibilité de dissimuler les documents dont parlait Willis.

– Comme ils ne pouvaient ni l'éliminer sans risque ni le laisser continuer à répandre des bruits, Tousignant a décidé de l'envoyer à Judith Harper. D'abord en 1969, puis à la fin de 1970, pour une retouche. (Willis ricana.) Lortie était un coriace. La première fois, ils ont eu besoin de trois marines pour le maîtriser. (Silence.) Avec le temps et l'expérience, Judith avait raffiné ses techniques. Elle lui a effacé la mémoire et, pour brouiller les pistes, s'il se faisait éventuellement interroger, elle a planté dans le cerveau de Lortie de faux souvenirs. C'est pour ça qu'il était persuadé d'avoir participé à l'enlèvement de Pierre Laporte et à celui de James Richard Cross.

– Au départ, Lortie a été vu en psychiatrie à Montréal, en 1969. Il n'avait aucun papier, aucune famille, aucun passé. Comment en est-il arrivé là? Comment est-ce possible?

– Ne soyez pas aussi naïf, enquêteur. Ce que vous décrivez là, c'était la spécialité de l'agence. C'était aussi simple pour elle d'effacer le passé de quelqu'un que pour un dentiste d'arracher une dent. Marchons un peu, voulez-vous.

Les deux hommes se levèrent et remontèrent le trottoir en direction de l'édifice d'où Oswald avait tiré sur le président.

– Les choses ont mal tourné pour lui, par la suite. Sans que personne ne le soupçonne, Lortie était affecté de troubles bipolaires. Sa première crise a probablement été induite par la prise de substances lorsqu'il a été traité par Judith Harper. C'est d'ailleurs elle qui, à la demande de Tousignant, l'a fait admettre à l'hôpital psychiatrique. À ce point, Lortie était un homme brisé, il n'était plus que l'ombre de lui-même. Dans ce temps-là, les cas lourds étaient encore gardés en institution. Harper s'est arrangée pour qu'il soit mis plusieurs mois en isolement.

– Est-ce elle qui a fait embaucher le docteur McNeil dans l'hôpital où était soigné Lortie?

– Le type dont vous parliez tout à l'heure? Je ne saurais vous dire. Par contre, si votre question est de savoir s'ils ont pu continuer à le soumettre à leurs traitements en secret, par l'intermédiaire d'un médecin relié à l'agence, je dirais que c'est possible.

– Qu'est-ce que vous voulez dire? J'ai consulté son dossier. Lortie est sorti, à un certain point, comme tous les malades mentaux du Québec. Il a fait plusieurs autres séjours en institution, mais il a passé la majeure partie de sa vie dehors. N'était-il pas dangereux pour eux?

Les paupières closes, la tête inclinée vers l'arrière, Willis laissa les rayons du soleil lui caresser le visage un moment. Quand il se retourna vers Victor, il avait un petit sourire en coin.

– Je vais vous dire une chose. Dès lors qu'il a été relâché dans la nature, Lortie ne représentait plus un danger pour personne. D'ailleurs, pour eux, sa bipolarité est devenue une bénédiction: elle justifiait tous ses délires et décrédibilisait toute prétention qu'il aurait pu avoir. Je l'ai croisé un jour dans la rue, par hasard. C'était en 1973, je crois. Je ne me rappelle plus très bien. Peu importe. Il était en pleine crise psychotique, il délirait à propos de Pierre Laporte et du FLQ. Il ne m'a même pas reconnu. Il vivait dans la rue comme un itinérant.

– Il voyait une femme à une certaine époque, Silvia Duca… Une ancienne danseuse de ballet… Ça vous dit quelque chose?

Cette fois, Victor eut droit à un clin d'œil en plus du sourire en coin.

– Pas elle en particulier, mais Lortie avait plusieurs maî-tresses et il les utilisait pour ses planques. Un peu comme le faisait Carlos, le terroriste.

– Vous rappelez-vous qu'il avait eu un enfant? Un fils…

– Avec ce que je viens de vous dire, je serais plutôt surpris qu'il n'en ait eu qu'un!

Après un éclat de rire, une autre quinte de toux terrassa Willis, qui s'enfouit la bouche dans son mouchoir. Lorsqu'il le questionna sur l'épisode de *black-out* au terme duquel Lortie s'était réveillé en possession des portefeuilles de ses victimes, Willis haussa les épaules. Il ne semblait pas être au courant.

L'homme que Victor avait devant lui était très malade. Visiblement, il ne se souciait plus des conséquences. Alors, pourquoi lui racontait-il tout ça, à lui, et pas aux médias? Willis prit une longue pause avant de répondre :

– J'ai quitté l'agence en 1975 et je suis revenu m'établir ici, à Dallas, à l'endroit même où le président a été assassiné. J'ai travaillé dans l'immobilier jusqu'à ma retraite. Ma décision de venir vivre ici était en fait motivée par une seule chose : ne jamais oublier. Vous comprenez, Kennedy était mon héros, mon idole de jeunesse. C'est à lui que je devais mon éveil à la politique, c'est lui qui avait allumé ma ferveur patriotique. La nouvelle de sa mort m'a profondément ébranlé. Je commençais à peine à m'en remettre lorsque, quelques mois plus tard, un détail a bouleversé à jamais tout le reste de ma vie. Quelques lignes comptables dans des états financiers. Ce fil qui dépassait et qu'on m'avait demandé d'aider à couvrir. Je m'en suis voulu chaque jour que la vie m'a donné. J'ai été écrasé par la machine et forcé de commettre des gestes qui ont, peut-être, permis à des hommes impliqués dans un complot visant à assassiner le président de s'en tirer. J'ai pris ma retraite à Dallas pour ne jamais oublier, pour me rappeler, chaque jour, que je n'ai pas fait ce qu'il fallait.

Très ému, Willis se tut et ravala ses larmes. Victor n'insista pas. Posant une main sur l'avant-bras du vieil homme pour lui témoigner son empathie, il attendit qu'il reprenne.

– Vous voulez savoir pourquoi je n'ai jamais brisé le silence, pourquoi je n'ai jamais parlé… Qu'est-ce que vous voulez que je vous dise? (Silence.) J'aurais dû être en mesure de pointer le mal du doigt, mais j'ai eu peur de tout. Peur de représailles à mon encontre, peur pour ma femme et pour mes enfants, peur de mourir avec mes utopies. (L'émotion faisait briller ses yeux.) Je me suis tu parce que j'ai cessé de rêver, parce que j'ai oublié qu'il était préférable de résister plutôt que de regretter, parce que j'ai étouffé ma propre voix et que je suis devenu un homme craintif et obscur. Parce que j'étais, et que je suis toujours, étouffé par la honte. (Willis prit une grande inspiration et refoula ses larmes.) J'ai préféré me taire et attendre que quelqu'un vienne me questionner. Et ce quelqu'un, le hasard a voulu que ce soit vous.

Victor ne répondit rien. Il se contenta de baisser les yeux.

Le vieil homme avançait péniblement, s'appuyant sur sa canne, le dos voûté. Ils avaient quitté le *grassy knoll* et arrivaient au coin des rues Elm et de North Houston, près du dépôt de livres, lorsque Victor la vit de nouveau. La voiture aux vitres noires venait de s'arrêter en face d'eux, de l'autre côté de la rue.

– Attendez-moi ici.

Mû par une impulsion irréfléchie, le policier se lança dans la rue, les poings fermés le long des hanches, les bras légèrement écartés, déterminé à affronter la menace. Au même moment, la porte du côté du conducteur s'ouvrit et un chauffeur en livrée en sortit.

Sans se soucier de Victor qui s'approchait, le regard menaçant, le chauffeur ouvrit la portière arrière et aida une femme dans la quarantaine, vêtue d'un élégant tailleur, à sortir. Deux jeunes enfants, un garçon et une fille, descendirent à sa suite. La femme glissa un mot à l'oreille du chauffeur et ce dernier acquiesça d'un signe de la tête. L'homme esquissa un sourire en regardant la femme s'éloigner sur le trottoir, tenant les enfants par la main. La fillette lui fit un signe, qu'il lui rendit.

Victor arrivait à sa hauteur lorsqu'il réalisa sa méprise.

Le chauffeur lui demanda d'un ton amical s'il pouvait lui être utile. Le sergent-détective bafouilla quelque chose d'inintelligible et repartit en s'excusant. Le chauffeur le regarda retraverser la rue, puis il haussa les épaules, l'air de se dire: «Un *weirdo* de plus.»

Victor rejoignit Cleveland Willis, qui n'avait pas bougé de son bout de trottoir et qui semblait se demander s'il y avait un problème. L'enquêteur bredouilla quelque chose à propos d'un renseignement à demander pour retourner à son hôtel, puis il relança la conversation en lui parlant de la disparition de Tousignant.

Willis brossa le portrait d'un homme ambitieux, froid et calculateur, dont l'image publique était à l'opposé de sa véritable nature.

— C'était donc lui qui tirait les ficelles dans l'ombre?

— Pour moi, Daniel Tousignant et ses acolytes n'ont jamais su qui était à la tête du complot pour éliminer le président Kennedy. Ils ont simplement été mandatés par l'agence pour en payer les exécutants, c'est-à-dire les tireurs, point à la ligne.

— Donc, vous croyez vraiment qu'il s'agissait d'un complot?

— J'ai toujours pensé que la mort du vérificateur et de ses deux collègues étayait la thèse des tireurs multiples, mais je n'ai jamais disposé des éléments pour le démontrer. Vous savez, une grande partie de ce que je viens de vous révéler, je l'ai appris par Nathan Lawson. Pour une raison que j'ignore, il m'a toujours fait confiance. (Willis ferma les yeux et parut se recueillir un instant.) En fait, j'ai parfois soupçonné que j'étais pour lui une sorte de police d'assurance. Vous venez en quelque sorte de me confirmer que j'avais vu juste en mentionnant qu'il avait inscrit mes coordonnées dans ce dossier qu'il avait constitué. Et ça ne me surprend pas du tout quand vous me dites que ce dossier avait pour but de le disculper et d'incriminer Tousignant. C'était en plein son genre. Avocat jusqu'au bout des ongles. Quoi qu'il en soit, une des dernières choses que Lawson m'a apprises à propos de Lortie, c'est que Judith Harper avait eu beaucoup de difficulté à le déprogrammer d'une phrase qu'il ne cessait de répéter en se moquant, hilare, quand il était soûl: *I didn't shoot anybody, no sir!*

Victor se retrouva soudain dans la chambre où, en compagnie de Virginie, il avait vu le jeune homme frêle sur la bande vidéo.

— Ce que je vais vous dire va peut-être vous surprendre: je ne sais pas si Lee Harvey Oswald était un des tireurs, le 22 novembre 1963; mais une chose est certaine, je me demanderai jusqu'à mon dernier souffle si André Lortie n'était pas à la fenêtre d'un édifice de Dealey Plaza, une carabine à la main, au moment où la limousine transportant le président est passée.

CHAPITRE 81

Un peu de tourisme

La camionnette blanche était revenue prendre Willis sur la place bordée d'arbres, près du monument commémoratif. En installant son père dans le siège du passager, sa fille avait été à peine plus sympathique avec Victor qu'à l'arrivée, ne desserrant les lèvres que pour forger un simulacre de sourire.

En remerciant le vieil homme, le sergent-détective aurait aimé prononcer les mots justes pour lui souhaiter une belle fin de vie, mais il fut incapable de les trouver, lui disant simplement de prendre soin de lui. Ils se serrèrent la main et là, sous le couvert des bruits du pot d'échappement, l'ancien agent de la CIA sortit de sa vie de la même manière qu'il y était entré, quelques heures plus tôt.

Le soleil commençait à décliner. Victor hésita, tiraillé entre l'envie de rentrer se reposer à l'hôtel, près de l'aéroport, et celle d'explorer un peu le centre-ville. Son avion repartait tôt le lendemain matin. À l'hôtel, il y avait une piscine. Avec un peu de chance, il pourrait se trouver un maillot de bain dans une des boutiques du rez-de-chaussée et faire quelques longueurs.

Cependant, comme il n'était jamais venu à Dallas et qu'il n'y reviendrait peut-être jamais, il se sentait coupable d'être aussi paresseux.

Ne voulant rien regretter, le sergent-détective entreprit, malgré la fatigue, de marcher un peu. À la limite, il se trouverait un petit resto sympa et en profiterait pour prendre une bouchée avant de rentrer.

Comme il ne savait quoi conclure de sa rencontre avec Willis, marcher l'aiderait à clarifier ses idées. Le vieil homme avait parlé de tant de choses que ça lui donnait le vertige juste d'y penser, l'impression de tomber dans un gouffre. Victor avait besoin de faire le ménage dans sa tête, de trier les informations.

Et d'une dose de nicotine.

Sortant une cigarette de son paquet, il s'arrêta de nouveau au kiosque à journaux. Le commis était en train de ranger les magazines. Sa journée de travail était finie, mais, pour un dollar, le sergent-détective se procura un plan du centre-ville.

Fumant tranquillement, il remonta la rue Elm, où des bâtiments en brique de quelques étages alternaient avec d'immenses immeubles de verre.

La ville se vidait peu à peu. Les gens rentraient chez eux, après le travail.

D'un signe de tête, Victor salua un homme qui fumait un cigarillo devant un 7-Eleven. Sur sa gauche, au pied d'un long stationnement, une tour de télécommunications s'élevait dans le ciel azuré.

Le policier marcha encore un peu et arriva bientôt dans une forêt de gratte-ciel. Les yeux en l'air, la nuque prête à rompre, il contempla la cime des géants de verre et d'acier.

Puis, ayant envie de voir quelque chose de différent, il remarqua un dôme argenté sur sa carte.

Le Convention Center.

Victor bifurqua à droite et prit une rue qui n'était pas indiquée sur son plan, mais qui lui paraissait aller dans la bonne direction. Se retrouvant à un carrefour qu'il n'arriva pas à situer sur le document, il décida néanmoins de rester dans la même rue.

Si ses calculs étaient exacts, il pourrait rejoindre la rue Akard et, de là, le Convention Center. Au fur et à mesure qu'il avançait, les piétons se faisaient de plus en plus rares. Force était de constater qu'il s'était aventuré dans un quartier non seulement moins achalandé, mais aussi, à en juger par les placards sur les fenêtres des commerces, moins prospère.

Victor continua sa marche pendant quelques minutes, puis il dut se rendre à l'évidence : il était perdu. Allumant une autre cigarette, il décida d'aller jusqu'au carrefour suivant. Avec le nom des deux rues, au coin, se repérer deviendrait un jeu d'enfant. Pourtant, une fois rendu là, il n'arriva pas à trouver l'intersection en question sur son plan. C'était le problème avec ces esquisses sommaires destinées aux touristes : on n'y indiquait que les artères principales.

Un Latino qui glandait sur le coin, un cure-dent aux lèvres, l'interpella. Vêtu d'un t-shirt à l'effigie de Pac-Man, accoté sur une clôture métallique, il avait remarqué que Victor cherchait son chemin.

– Où tu veux aller, *man*?
– Au Convention Center.

De petite taille, l'homme s'approcha en sautillant dans ses sandales.

– C'est facile, laisse-moi te montrer, *man*.

Le Latino se pencha sur le papier et, d'un doigt à l'ongle crasseux, lui donna les instructions nécessaires. Victor réalisa alors qu'il n'était qu'à quelques rues de son objectif.

– T'aurais pas une cigarette de trop, *man*?

Le sergent-détective fouillait dans ses poches à la recherche de son paquet lorsque le jeune homme, d'un geste vif et sec, lui décocha un coup de poing qui l'atteignit juste sous l'œil gauche. Au même moment, il reçut un violent coup derrière la nuque.

Victor se sentit partir vers l'avant, puis tout se voila et devint noir. Et il y avait ce bruit, lointain, qui déchirait le silence.

CHAPITRE 82

Baby Face

Victor ouvrit les yeux et voulut se lever aussitôt. Dans le halo jaune d'un réverbère, un Noir avec une tête de *rastaman* était penché sur lui, ses *dreads* se balançant dans l'air.

— *Yo, brother*, prends ton temps. T'as reçu un sale coup.

Victor eut un moment de panique et toucha son œil gauche : il ne voyait plus ! Ses doigts rencontrèrent un boursouflement de chair. L'enflure lui avait fermé l'œil. Il lui fallut un instant pour se rappeler où il était, ce qui s'était passé et pourquoi ce type lui parlait en anglais.

Déjà, les mains bienveillantes du rasta l'empoignaient sous les aisselles.

— Attends, *brother.* Je vais t'aider à te lever.

Le rasta le remit debout et l'entraîna vers un taxi.

L'asphalte et les immeubles vacillaient dans le champ de vision du policier, puis se fondaient dans une masse informe. Il cracha par terre pour essayer de se débarrasser du goût de mercure qui lui emplissait la bouche. Son œil se mit à pulser, puis la douleur à la nuque arriva, à retardement.

On l'avait aussi frappé par-derrière.

En titubant, Victor tâta ses poches. Plus de portefeuille, plus de cellulaire et, la pire nouvelle de toutes, plus de cigarettes !

— T'as de la chance que le grand chef, là-haut, ait mis Samuel Baby Face Johnson sur ton chemin, *brother.* Ça, oui.

De la chance, il en avait effectivement.

Au volant de son taxi, Baby Face avait vu Victor se faire agresser et avait mis ses assaillants en fuite à grands coups de klaxon. Puis, un bâton de baseball sur l'épaule, il était sorti pour l'aider à se remettre sur pied.

– Je peux aller te conduire où tu veux, *brother*, chez toi ou à l'hôpital, ou appeler la police pour toi, dit l'homme en l'aidant à grimper sur la banquette arrière de son taxi. Mais je vais m'en aller avant qu'ils arrivent. Parce que Baby Face et la police, c'est une longue histoire, et pas nécessairement une histoire d'amour, *brother*.

Et il éclata d'un grand rire, un rire de fauve, mais de fauve apprivoisé, dévoilant des dents blanches comme les touches d'un piano. Après que Victor lui eut raconté qu'il était en visite à Dallas pour la nuit, qu'il habitait à Montréal, au Canada, et qu'il logeait au Hyatt Regency de l'aéroport, Baby Face insista pour aller le reconduire.

– C'est pas comme ça qu'on traite les étrangers dans mon pays, *brother*. Baby Face te laissera pas tomber. Le grand chef serait pas content.

– J'ai pas d'argent pour te payer.

– Tu remettras à quelqu'un d'autre, *brother*. Le grand chef est au courant, il voit tout. Il saura si tu as payé ta dette à quelqu'un d'autre, *brother*. Ainsi soit-il, ajouta-t-il en se signant.

Et tandis que Baby Face lui parlait du grand chef, là-haut, Victor se cala dans la banquette et regarda l'autoroute défiler et le fanion à l'effigie des Rangers du Texas se balancer sur le rétroviseur.

Victor devait avoir une sale tête parce que la réceptionniste de l'hôtel le regarda d'un drôle d'air quand il demanda une nouvelle carte d'accès. Dans l'ascenseur, un couple détourna le regard.

Dès qu'il entra dans sa chambre, le sergent-détective se dirigea vers le bureau et, prenant un stylo, il griffonna un numéro sur le bloc-notes de l'hôtel. Avant que Baby Face ne reparte, il avait insisté pour obtenir sa carte professionnelle, de façon à le dédommager ultérieurement pour le prix de la course, mais l'autre n'avait rien voulu savoir. Alors, il avait mémorisé le numéro du permis de taxi affiché dans la voiture.

Évitant les miroirs, Victor avala une poignée de comprimés d'acétaminophène, puis récupéra de la glace au bout du corridor, pendant que la baignoire se remplissait.

Enfoncé jusqu'au cou dans l'eau fumante, il tint longtemps sur son œil un sac de glace enveloppé dans une débarbouillette mouillée. Le froid commençait à engourdir la douleur.

Consolation qui lui apparaissait non négligeable considérant la galère par laquelle il allait devoir passer pour annuler toutes ses cartes, le fait qu'on l'ait volé le rassurait sur une chose : l'agression dont il avait été victime n'avait rien à voir avec son enquête. Encore pouvait-il s'estimer chanceux d'avoir laissé son passeport et son billet de retour dans le coffret de sécurité de sa chambre.

Nu, assis sur sa serviette, près de la tête de son lit, Victor raccrocha en soupirant. Ses cartes bancaires étaient annulées, le reste pourrait attendre le lendemain.

De mémoire, il composa un numéro. Une voix préenregistrée lui indiqua en anglais que son appel ne pouvait être acheminé. C'était le problème avec tous les numéros qu'il avait programmés dans son cellulaire ; comme il n'avait qu'à appuyer sur une touche, il ne les connaissait pas par cœur.

Après quelques tentatives, il obtint finalement la communication.

– … lô ? Qui e… à … reil ? Less… ? Al… ?

– Jacinthe ? C'est moi. Je vou… M'entends-tu ?

– … ard ? … lô ? Allô ?

Parasites, bruits de fond, ligne hachurée. Jacinthe se trouvait dans une zone où la couverture de son cellulaire était mauvaise. De plus, en sourdine, le sergent-détective entendait un grésillement et une voix de femme qui s'exprimait dans une autre langue que le français et l'anglais.

– J'arrive à l'aéroport à 11 h 30 demain. Viens me chercher.

– QU…?

– VIENS ME CHERCHER DEMAIN! À L'AÉROPORT!

– … ROPORT? … EURE?

Excédé, Victor fracassa le combiné dans son socle. Puis il appuya sur la touche de recomposition automatique. La ligne était occupée. Après avoir réessayé en vain à quelques reprises, il laissa tomber. À ce moment-là, le policier se rendit compte qu'il s'était rassis à côté de sa serviette et qu'il trônait nu-fesses sur le couvre-lit. Il se leva d'un bond, dégoûté.

Il s'agissait d'une règle absolue et incontournable qu'il observait depuis toujours, qu'il se trouve dans le motel le plus miteux ou l'hôtel le plus chic : ne jamais toucher au couvre-lit sous aucune considération.

Les Tylenol commençaient à faire effet. Se levant avec peine, Victor se risqua jusqu'au miroir. Mauvaise idée! Il referma la lumière aussitôt. Une bosse de chair violacée enveloppait son œil. Heureusement, l'arcade amochée par le frère de Nadja ne s'était pas rouverte.

Le sergent-détective ressemblait à Rocky après que celui-ci eut goûté à la médecine d'Apollo Creed. Se sentant seul au monde, il jongla avec l'idée de donner un coup de fil à Nadja, puis la rejeta aussitôt. Autant, comme Rocky, se mettre à hurler « Adrian » et espérer qu'elle entende raison.

En enfilant un slip propre, il songea au ridicule de la situation. Toute cette histoire avait commencé avec les deux portefeuilles que Lortie avait laissés derrière lui avant de faire le saut de l'ange.

Et voilà qu'il se faisait voler le sien…

Pendant une fraction de seconde, l'idée que ce vol n'était après tout peut-être pas une coïncidence lui effleura l'esprit.

Puis, dans la pénombre de sa chambre, Victor se mit à rire tranquillement.

Plus de portefeuille, plus d'argent, plus de cellulaire, plus de fils, plus de blonde, plus de cigarettes, le visage en compote et ses fesses qui étaient entrées en contact avec le couvre-lit.

Les choses pouvaient-elles aller plus mal?

Son rire se figea dans sa gorge. Il ouvrit le minibar et le referma. Marcha un peu dans la chambre. Ouvrit et referma la porte de nouveau. Les mignonnettes... Non, il ne fallait pas.

Il avala un cachet pour calmer l'anxiété qui l'étreignait.

Puis un autre.

CHAPITRE 83

Une chose qui cloche

Montréal, aéroport Montréal-Trudeau
Vendredi 30 décembre

Sac de voyage sur l'épaule, Victor se faufila dans la cohue des autres voyageurs et sortit par les portes vitrées. Taillon se figea un instant à la vue de son œil au beurre noir, que ses verres fumés n'arrivaient pas à dissimuler complètement.

— Coudonc, Lessard! s'exclama-t-elle en s'esclaffant. T'es-tu fait arranger le portrait par une *cheerleader* des Cowboys de Dallas?

— Mange d'la marde, Taillon, répliqua-t-il en forçant un sourire.

Jacinthe posa un doigt sur son épaule et fit mine de s'y brûler.

— Moi aussi, je me suis ennuyée de toi, mon coco.

Dans la Crown Victoria, en route pour Versailles, Victor demanda à Jacinthe de lui raconter ce qui s'était passé en son absence. À en croire cette dernière, ils n'avaient à peu près pas progressé. Puis elle n'avait su résister à la tentation d'en remettre une couche:

— Un coup sur la tête dans Summit Woods, une arcade pétée par le frère de ton ex-blonde, pis, là, l'œil à moitié fermé. Ouin, tu dois avoir hâte qu'elle finisse, c't'enquête-là, mon homme…

Victor préféra se taire et ruminer en silence.

Le compte rendu de sa rencontre avec Cleveland Willis ne laissa personne indifférent, particulièrement les révélations qu'avait faites l'ancien agent au sujet d'Evergreen et de la participation éventuelle de Tousignant, de Lawson et de Lortie dans le complot visant à assassiner le président Kennedy. À cet égard, Delaney contacterait les autorités américaines pour leur relayer les renseignements. Par ailleurs, comme le leur avait rappelé Jacinthe, dans l'immédiat, leur enquête portait sur la série de meurtres commis à Montréal dans les jours précédents et toutes leurs énergies étaient centrées sur une seule chose : retrouver le sénateur Tousignant. Sans surprise, elle émit de nouveau les opinions les plus tranchées :

— Pour moi, c'est bonnet blanc, blanc bonnet : d'accord, on s'est trompés. Duca a pas tué les victimes pour venger son père, parce qu'il voyait ce dernier comme un martyr. Mais tu as dit que Lortie avait plusieurs maîtresses. Je me trompe ?

— C'est ce que prétend Willis, effectivement, répondit Victor.

— Moi, j'te gage que si on fouillait un peu, on découvrirait que les rapports entre Lortie et la mère de Duca étaient pas très bons. Peut-être même qu'on s'apercevrait qu'il la battait. On sait aussi que Lortie semblait avoir la manie de cacher des documents dans les salles de bains. Un jour, dans la maison léguée par sa mère, Duca tombe sur une des planques de Lortie : il y trouve des documents cachés par ce dernier, qui prouvent sa culpabilité et celle des autres personnes liées à Evergreen dans la torture et les meurtres du vérificateur et de ses deux collègues. Imagine sa réaction : c'est comme de découvrir que ton père est un ancien criminel de guerre nazi. Ça l'écœure au point qu'il se fait un plan : il décide d'éliminer les responsables et de faire porter le chapeau à Lortie en le faisant passer pour le meurtrier. Sauf que quand il remet les portefeuilles à son père pour l'incriminer, ça se passe pas comme prévu : Lortie se suicide. Duca décide quand même de poursuivre le programme avec les autres meurtres qu'il avait planifiés.

Un long silence accueillit la démonstration de Jacinthe.

Victor devait avouer que ça tenait la route.

– Et Rivard, objecta le Gnome, il était trop jeune au moment des faits pour avoir participé à tout ce qui a mené à la mort des employés de la firme comptable.

– J'avoue que ce bout-là est moins clair, concéda Jacinthe. (Silence.) Mais, comme on en a déjà parlé, peut-être que Rivard s'est retrouvé impliqué dans l'affaire tout simplement parce qu'il a essayé de récupérer le dossier Northern. Ou Evergreen, appelez-le comme vous voulez...

Jacinthe pavoisait, agitait ses plumes, fière comme une paonne de son réquisitoire.

– Pis, toi, qu'est-ce tu penses de ça, le Kid? On est-tu en *business* pas à peu près?

La main en l'air pour un *high five*, Jacinthe se tourna vers Loïc qui, pris de court, n'eut d'autre choix que de compléter la manœuvre.

Grave, une voix s'éleva au-dessus du brouhaha.

– Je suis d'accord avec à peu près tout ce que t'as dit, Jacinthe. Je crois qu'on est proches de la vérité... Sauf qu'il y a une chose qui cloche...

Le sourire de Jacinthe s'effaça aussitôt. Elle allait manifester son mécontentement à Victor lorsqu'il leva deux doigts en l'air.

– Attends avant de chialer. Donne-moi deux minutes. J'ai quelque chose à te montrer.

Victor se leva et se dirigea vers l'étagère métallique où l'on rangeait le matériel audiovisuel.

Dans l'avion, durant le trajet du retour, il s'était assoupi et, dans un demi-sommeil, il avait fait une succession de rêves. Dans l'un d'eux, il s'était retrouvé au Confessionnal et s'apprêtait à boire un verre d'alcool lorsque Nadja avait fait irruption dans la salle. Dégainant son pistolet, elle avait tiré pour faire éclater le verre en mille morceaux avant qu'il ne le porte à ses lèvres.

S'étant réveillé en sursaut, il n'avait, à partir de ce moment-là, plus pensé qu'à une chose : l'homme à la casquette.

Dans ses souvenirs, il le revoyait qui le fixait, accoudé au bar.

Victor repassa la bande de la vidéo de surveillance enregistrée dans la maison du sénateur Tousignant. Il fit rejouer à quelques reprises la séquence où l'on voyait l'homme à la casquette montrer les sacs-poubelles à la caméra.

Le sergent-détective ne se souvenait plus des chiffres exacts qu'avait donnés Jacinthe lorsque, le soir de la mort de Duca, elle avait mentionné sa taille, mais son esprit avait trébuché à ce moment-là.

— Quelqu'un remarque quelque chose?

Ses collègues se regardèrent entre eux. Jacinthe souriait en coin. Victor savait qu'elle s'apprêtait à invoquer le coup qu'il avait reçu sur la tête la veille pour remettre en doute la crédibilité de ce qu'il allait avancer. Il lui renvoya la balle avant qu'elle ne puisse ouvrir la bouche.

— Jacinthe, quand on était chez Duca, tu m'as donné sa taille et son poids. T'as ça dans tes notes, quelque part...

— J'me souviens pas, répliqua la policière en bâillant. (Elle regarda sa montre.) Bon, c'est ben l'fun de jaser pis d'écouter la TV, mon homme, mais en quoi ça nous aide à retrouver Tousignant?

— Où veux-tu en venir, Victor? intervint Delaney.

— Lucian Duca était un colosse, Paul. L'homme à la casquette était de taille moyenne. (Silence.) Personne trouve ça bizarre, qu'on ait trouvé aucun indice que Duca a été en possession d'une fourche de l'hérétique? Tout le monde a assumé que c'était lui le coupable, mais on a deux *modus operandi* différents...

— Tu sais que les changements dans le mode opératoire sont fréquents chez ceux qui commettent plusieurs meurtres. Et je parle pas juste des tueurs en série, là...

— Je sais, Paul. Mais il y a une autre option qu'il faudrait peut-être envisager...

— Que Duca soit pas le seul meurtrier? C'est ça?

Un silence à couper au couteau s'abattit sur le groupe d'enquête. En remettant en cause la résolution de l'affaire, Victor venait de dégoupiller une grenade. Tout à coup, il n'y avait plus seulement Tousignant à retrouver, mais peut-être un autre tueur.

— Je pose la question, chef. Si tu me demandes mon impression, je dirais qu'il avait un complice... Duca était beaucoup plus corpulent que l'homme qu'on vient de voir sur la bande vidéo et que j'ai croisé au Confessionnal. Et, à ce que je sache, on a toujours pas retrouvé Tousignant...

— C'est relatif, la taille, Victor. C'est difficile à juger sur la vidéo, et tu l'as dit toi-même, il faisait noir dans le bar. En plus, t'étais dans un drôle d'état...

Le sergent-détective se leva d'un bloc.

— J'accepte de me tromper, Paul. Mais si tu veux insinuer que j'avais bu...

Ses mains s'agitant devant lui, Delaney essayait de récupérer la situation :

— Pas du tout, Victor. C'est pas ce que j'ai voulu dire et tu le sais très bien. Je parlais de ton altercation avec le frère de Nadja. De toute façon, le portrait-robot tiré de la vidéo a déjà été diffusé partout.

Jacinthe ouvrit la bouche, Victor savait qu'elle s'apprêtait à dire quelque chose de désagréable.

— Toi, Taillon, j't'e jure que si tu m'parles de commotion cérébrale, j't'arrache la tête !

La nausée

À chaque jour suffit sa peine et les scandales se succèdent.

Corruption dans le domaine de la construction, effondrement de nos infrastructures, lassitude dans notre volonté de changer les choses, coupes à blanc dans la culture, marchandage à rabais de nos ressources naturelles, financement des partis politiques avec de l'argent sale, je-m'en-foutisme érigé en système, absence d'imputabilité des élites politiques.

La société dans laquelle je vis pue et me dégoûte et me donne la nausée.

Simple province, État souverain au sein du Canada ou pays, le Québec est libre et maître de son destin. Ses limites sont celles qu'il s'impose.

Et, pendant que le Québec cherche encore la sienne, moi, aujourd'hui, j'ai trouvé mon identité.

L'HOMME À LA
CASQUETTE DES EXPOS

CHAPITRE 84

I didn't shoot anybody, no sir!

Victor sortit de la salle de conférences et fila directement à son bureau. La responsable des achats y avait déposé son nouveau cellulaire. L'appareil était déjà configuré pour utilisation immédiate. Lui resterait la fastidieuse tâche d'entrer de nouveau ses contacts. En soupirant, il ouvrit un des tiroirs, y prit son casque d'écoute, un modèle recouvrant les oreilles, le brancha sur son ordinateur, ouvrit iTunes et mit une pièce au hasard.

Breathe. Pink Floyd.

Victor ne put s'empêcher de sourire : c'était exactement ce dont il avait besoin.

Respirer.

Ses collègues voulaient autant que lui résoudre l'enquête, mais ils essayaient de faire entrer les choses dans les mauvaises cases. Le sentiment profond d'être victime d'une injustice l'habitait : il avait fait avancer la compréhension générale de toute l'équipe en se rendant à Dallas pour recueillir le témoignage de Willis. Il était le seul à ressortir de l'exercice avec un œil amoché et, pour le remercier de sa contribution, on accueillait avec scepticisme les doutes qu'il exprimait sur la direction à suivre.

À 2 min 09 s de la pièce *The Great Gig in the Sky*, alors qu'il était perdu, les paupières closes, dans l'envolée lyrique exaltée de la soliste, Taillon arriva avec une boîte de carton sous le bras et vint se planter devant lui.

Sentant sa présence, Victor retira un écouteur, juste assez pour qu'elle entende la musique.

— *Dark Side of the Moon*?

— Jacinthe, j't'avertis tout de suite, j'suis vraiment pas d'humeur…

— *Calmos los neros, Lessardos…* (Elle inspira profondément.) Ça me fait chier parce que j'pensais qu'on pourrait classer l'affaire, pis avoir un semblant de vacances des fêtes, mais t'as raison. J'ai vérifié mes notes et je viens de reparler à Burgers. Duca était grand et bâti comme un cheval. Ça peut pas être lui, le *dude* à casquette sur la vidéo de surveillance.

Victor dévisagea sa collègue, puis pointa le menton vers la boîte de carton.

— C'est quoi, ça?

— Les effets personnels de Duca chez Baker, Lawson, Watkins. Loïc les a récupérés. J'ai pensé qu'on pourrait y jeter un coup d'œil ensemble.

Victor feuilletait des revues spécialisées sur le tir à l'arc tandis que Jacinthe passait à travers une pile de cartes professionnelles retenues par une pince à papiers. La boîte contenait divers autres objets hétéroclites, notamment une tasse I♥NY, des bons de réduction pour le cinéma, des boutons, une pile AAA, un ruban à mesurer, des comprimés d'ibuprofène, trois paquets de gomme balloune sans sucre non entamés et deux photos de Duca avec son arc, en position de tir. Victor reconnut le décor: elles avaient été prises chez lui, probablement avec sa webcam.

— Je sais pas si t'es au courant, mais pendant que tu te payais des vacances au soleil, on a reçu son portrait financier, Gilles et Loïc ont interrogé les voisins et on a passé le contenu de son ordinateur portable au peigne fin.

Victor sourit d'un air ironique et montra du doigt son œil amoché.

— Oui, des méchantes belles vacances! Tu trouves pas que j'ai pris des belles couleurs? (Il se renversa sur son fauteuil et posa les pieds sur son bureau.) Pis, ça donne quoi?

– En gros, rien. Duca était prudent et il avait pas de vie sociale.

Le sergent-détective mit les paquets de gomme de côté, pour Loïc, et soupira bruyamment.

– Tu veux dire qu'il avait pas de vie tout court... Son cellulaire?

– Forfait prépayé. L'Identification judiciaire a essayé d'accéder au registre des appels, mais l'appareil est tombé sous la voiture dans l'accident, il s'est presque désintégré.

Les deux enquêteurs continuèrent de fouiller en silence. Victor trouva un bout de carton entre deux pages d'un magazine et le retourna. Une carte professionnelle d'une compagnie de messagers à vélo. Un nom et un numéro de téléphone avaient été griffonnés à la main. Se disant qu'il était normal de trouver ce genre de cartes dans les affaires d'un gars qui travaillait au service du courrier d'un grand cabinet d'avocats, il la posa sur la table et s'apprêtait à continuer ses recherches quand une pensée lui traversa l'esprit. Reprenant la carte, il la retourna entre ses doigts, l'air songeur.

Taillon le regarda en silence pianoter sur les touches de son clavier, googler quelque chose, accéder à un site Internet, lire quelques paragraphes, puis se renverser sur son fauteuil, les mains derrière la nuque.

– T'as-tu quelque chose? dit-elle en jetant un coup d'œil à la carte qui traînait devant lui.

– Sais pas... C'est un service de messagers à vélo. Je viens d'aller sur leur site Web.

– Je vois pas ce qu'il y a d'extraordinaire là-dedans. Duca travaillait au service du courrier. C'était sa job, de faire parvenir des enveloppes et des colis.

Le sergent-détective se passa la main dans les cheveux.

– On a jamais compris comment la boîte contenant le portefeuille de Tousignant a abouti jusqu'ici, pas vrai?

– Non. C'est pas arrivé par la poste et personne au service du courrier sait d'où ça sort.

– Et toi, si t'avais eu à faire livrer le paquet, t'aurais fait comment?

Jacinthe haussa les épaules.

— Je sens que tu vas me l'apprendre…

Victor marqua une pause et regarda sa coéquipière.

— Tu donnes la boîte à un coursier qui a déjà des trucs à livrer ici. Et tu lui demandes de l'oublier discrètement sur le comptoir, au milieu des autres colis, pendant que le commis signe le bon de réception.

— Pour que ça réussisse, faudrait que tu *deales* directement avec le coursier et que tu lui graisses la patte au passage avec une couple de vingt piastres. Et le problème, c'est qu'ils travaillent tous pour des compagnies avec un répartiteur et que, lui, il ira pas se mettre dans le trouble pour deux ou trois billets de vingt piastres.

— C'est là que ça devient intéressant. C'est un service de messagers indépendants. Le site indique que les clients reçoivent le numéro de cellulaire des messagers qui s'occupent de leurs envois. Et il y a un nom et un numéro de téléphone de griffonnés sur la carte.

Jacinthe n'avait pas envie de repartir en guerre, mais elle n'adhérait pas à la théorie de Victor.

— Appelle si tu veux, mais tu perds ton temps. C'est plein de trous, ton affaire. En plus, les courriers à vélo restent dans le secteur du centre-ville. Y viennent pas revirer jusqu'ici.

— Ça coûte rien d'essayer, dit Victor pendant que la sonnerie retentissait dans son oreille. Allô? Est-ce que je parle à Annika? (…) Salut, je m'appelle Vict… Es-tu sur ton vélo, là? En pause? Ah, OK. Je m'appelle Victor Lessard. (…) Non, pas un client, je suis enquêteur au SPVM. (…) Oui, la police. (…) Quoi? (…) Non, non, je t'appelle pas pour ça. (…) C'est lui qui t'a coupée? (…) Euh… Oui… Écoute, Annika, je m'en sacre, que t'aies arraché un rétroviseur! C'est pas pour ça que je t'appelle. (…) Non… Inquiète-toi pas, t'as rien fait de mal. (…) Je préférerais t'en parler en personne. (…) T'es où, là? (…) OK. Donne-moi quinze minutes, j'arrive.

Victor se tourna vers Jacinthe.

— Elle est en pause, pendant son heure de lunch. Coin Cathcart et University.

– Je t'avertis, moi j'ai faim, pis j'vais dîner. Pas de temps à perdre à aller là.

– On a une chance d'arriver dans quinze minutes si c'est toi qui conduis. Et après, je t'invite à luncher au Boccacinos. Prends le jeu de photos avec toi…

Les yeux de Jacinthe se mirent à pétiller.

– T'es chien, Lessard, dit-elle en attrapant son manteau.

Ils avaient trouvé Annika rue Cathcart, assise sur un banc, en face du Tim Hortons. Elle était en train de rire et de fumer une cigarette avec d'autres messagers. Pour la première fois depuis plusieurs jours, le soleil se montrait et il faisait doux.

Victor se présenta et entraîna la jeune femme à l'écart. Taillon, qui était restée dans la voiture pour ne pas l'effaroucher, profita de ce moment pour venir les rejoindre. La jeune punk aux lèvres et aux ongles noirs ne sourcilla pas lorsqu'il lui présenta sa coéquipière.

Il cessa de compter à huit les piercings dans le nez et les oreilles d'Annika.

– Ça doit pas être chaud, fit Jacinthe en mettant la main sur la selle du vélo de la jeune femme pour amorcer la conversation.

– La seule façon de faire de l'argent dans ce job-là, c'est de travailler l'hiver. Tu peux te faire quatre-vingts piastres par jour. Des fois cent. Mais plus le beau temps approche et plus le nombre de messagers augmente.

– Connais-tu cet homme? demanda Victor sans préambule en lui tendant une photo de Duca.

– Jamais vu, dit-elle en acceptant la cigarette qu'il lui offrait. C'est qui?

Victor protégea la flamme du briquet dans sa paume. Se penchant vers lui, elle posa ses doigts tatoués sur sa main et alluma la clope.

– T'es sûre? Lui semblait te connaître. On a trouvé ton numéro dans ses affaires.

Annika haussa les épaules, l'air de dire qu'elle n'y pouvait rien. Taillon leva les yeux au ciel. Quelle perte de temps!

— As-tu déjà livré un colis à Place Versailles?

— Non, c'est trop loin. Nous, on va juste au centre-ville. En vélo, on est efficaces pour déjouer la circulation et le stationnement, mais, pour les colis et les boîtes, d'habitude les clients appellent des messagers avec une auto.

Victor sortit les photos des victimes de Duca, prit les deux premières sur le dessus de la pile et les tendit à Annika. C'étaient celles de Lawson et de Harper.

— Connais-tu une de ces personnes?

Jacinthe se leva en soupirant, théâtrale.

— J't'attends dans le char, pis j'ai faim. Fait que grouille, Lessard.

— Je connais la femme, répondit Annika sans hésiter. On m'a payée pour l'aborder dans la rue et lui dire quelque chose...

Jacinthe stoppa net et revint sur ses pas.

— Lui dire quoi?

— Une phrase en anglais: *I didn't shoot anybody, no sir!* C'est bizarre, hein?

Les deux policiers échangèrent un regard sans la moindre équivoque.

— Raconte, l'encouragea Victor d'un ton engageant.

— Tout s'est fait par téléphone. On m'a dit que c'était une blague pour l'anniversaire d'une amie. Et la personne m'a donné des directives pour que je retrouve un paquet caché dans un parc: une enveloppe dans un sac de plastique. Dedans, il y avait de l'argent et une photo de la femme. Il y avait aussi une note qui disait qu'on allait m'appeler à l'avance pour me donner l'heure et l'endroit de la rencontre.

— T'as pas trouvé ça bizarre? intervint Jacinthe d'un air plein de sous-entendus.

Victor la fusilla d'un regard qui voulait dire: «Ta gueule, laisse-la parler!»

— Un peu. Mais pour cinq cents piastres, je me suis dit que ça pouvait être bizarre en masse, répliqua la jeune femme avec aplomb. En plus, c'est pas comme si on m'avait demandé de faire quelque chose d'illégal. Hein?

– Tout à fait d'accord, acquiesça Victor. Qu'est-ce qui s'est passé ensuite?

– La personne m'a rappelée un matin pour me dire que la femme allait être sur McGill College, vers 7 h. J'ai eu un peu de difficulté à la reconnaître, à cause de la neige. Puis j'ai dit la phrase et je suis repartie.

– Te rappelles-tu quel jour?

– Non, pas vraiment. C'était un peu avant Noël.

– Le 15? proposa le sergent-détective.

Annika fit une moue qui lui rappela Charlotte, sa fille. En enlevant les piercings, elles se ressemblaient, toutes les deux. Sortant à peine de l'adolescence, elles jouaient à la femme.

– Ça se peut.

– Comment elle a réagi? reprit Victor.

– Je sais pas. Elle a été surprise, je pense. Je suis pas restée longtemps. J'ai pris mon vélo, et je suis partie tout de suite après.

– T'as encore la note? Et l'enveloppe?

– Non. Je les ai jetées.

– Parle-moi de la voix de l'homme, au téléphone. As-tu remarqué un accent, quelque chose de particulier?

– C'était pas un homme. C'était une femme.

16 mai 1980

Si je vous ai bien compris

Elle milite pour le PQ depuis 1979 et fait partie, depuis un peu plus de trois mois, de l'équipe avancée qui effectue, sur le terrain, le repérage pour les événements auxquels participe le premier ministre. Plus particulièrement, elle a la responsabilité de préparer les scénarios, la documentation et les photocopies.

Étendue dans les draps blancs, parfaitement nue, elle le regarde rentrer sa chemise dans son pantalon, puis nouer gauchement sa cravate. Il s'approche du lit et s'assit à côté d'elle. Saisissant la cigarette qu'elle lui tend, il prend une longue bouffée et la lui rend.

Il dépose un baiser tendre sur son front, puis il se lève.

Ce n'est pas la première fois qu'il la rejoint ainsi dans sa chambre d'hôtel.

– Si je vous ai bien compris, René, vous êtes en train de me dire : «À la prochaine fois…»

Face au lit, sa tête penche un peu vers l'avant tandis qu'il hausse les épaules et ferme les yeux une demi-seconde, un petit sourire en coin. Cette expression qui le rend si attachant…

Il saisit un objet qui traîne sur la commode, le tourne entre ses doigts, en l'observant.

– Tu sais, Charlie, j'ai beaucoup d'affection pour toi. Je butine, c'est vrai, mais Corinne et moi, c'est fusionnel. Tu comprends?

Ils échangent un sourire, sachant tous les deux qu'il marque la fin de quelque chose.

– Bonne chance pour la semaine prochaine. On mérite de gagner. Je vais penser à vous.

– C'est là qu'on va voir si Trudeau a été plus convaincant que moi.

En riant de bon cœur, René Lévesque lance vers le lit l'objet qu'il tenait dans les mains.

– Ça fait un peu garçon, c'est sûr, mais le pire, c'est que ça te va très bien quand tu la portes, affirme-t-il en sortant.

Les lèvres de la jeune femme esquissent de nouveau un sourire, mais, cette fois, il est un peu mélancolique. Elle éteint sa cigarette.

Longtemps après qu'il est parti, Charlie ramasse ses cheveux blonds, et en fait une natte grossière qu'elle glisse, en l'enfilant, à l'intérieur de sa casquette des Expos.

CHAPITRE 85

C'était la première fois, je le jure

La route défilait sur ses rétines et, dans ses oreilles, son sang bouillonnait. Victor se mordit la lèvre ; tout se comprimait et s'accélérait dans ses synapses. Il ne s'était pas trompé. Duca n'avait pas agi seul, il avait une complice. Ou peut-être pire encore : il y avait deux tueurs, deux monstres, dont un demeurait en liberté et pouvait continuer à semer la mort en toute impunité.

Même si le sergent-détective ne rejetait pas du revers de la main la possibilité qu'il s'agisse d'un couple, cela semblait improbable. D'une part, ils n'enquêtaient pas sur des meurtres de nature sexuelle ; d'autre part, les couples de tueurs en série ne couraient pas les rues. Malgré tout, il ne put s'empêcher de penser à Paul Bernardo et Karla Homolka, peut-être parce que c'était le dernier couple de tueurs en série à avoir défrayé la chronique.

Dans les années quatre-vingt, il y avait aussi eu, aux États-Unis, l'affaire Gallego.

La Crown Victoria s'immobilisa dans un stationnement boueux, Victor vit une enseigne : MetalCorp.

Une impression de vide. Le néant. Tout fuyait, puis, lointaine, une voix le tira de ses pensées, le ramena vers la surface comme un noyé boursouflé.

– On est arrivés, Lessard. Dégèle !

Le choc et la surprise passés, ils avaient questionné Annika. Mais à part leur préciser que la femme s'exprimait sans accent et dans un excellent français, elle n'avait pu leur en dire davantage. Elle ne l'avait pas vue, ne connaissait pas son nom. Ils l'avaient laissée rue Cathcart, au milieu du trottoir, avec ses piercings et son vélo, et ils étaient revenus dans la Crown Victoria.

Lui plongé dans un état catatonique ; elle répétant sans cesse la même phrase, comme une litanie, tandis qu'elle démarrait :

– Horowitz. Il faut reparler à Horowitz !

Fugace, l'image d'un visage lui était revenue en mémoire : Victor avait mis un moment à se souvenir d'Horowitz, le propriétaire de l'entrepôt qui avait subi un malaise cardiaque en découvrant le corps de Judith Harper.

– Je le savais depuis le début, faut jamais faire confiance à un homme ! Il nous a menti à propos de la clé. Il l'avait donnée à la salope avec qui il baisait !

Légèrement étourdi, un bruit de bouilloire sifflant dans ses oreilles, Victor avait l'impression de marcher dans le corps de quelqu'un d'autre à côté de lui. Impression surréaliste. Il ne souffrait pas, il ressentait juste une sensation étrange, comme s'il était figé dans un rêve duquel il ne pouvait se réveiller.

Dans ce rêve, il y avait des marionnettes de chiffon qui s'affrontaient.

Un zèbre qui n'en était pas un, qui était un loup. Puis il se retrouvait au Confessionnal et se ruait vers la salle de bains, pour appréhender l'homme à la casquette.

Un homme qui n'en était pas un, qui était une femme…

Pas étonnant qu'il n'ait trouvé personne, il n'y avait jamais eu d'homme à la casquette. Il aurait dû chercher une femme à la casquette, il ne regardait pas au bon endroit.

De savoir que la complice de Duca s'était cachée dans la salle de bains des femmes, à quelques pas de lui, l'épiant peut-être, le faisait rager, lui donnait tout à la fois le vertige et la chair de poule.

Entrée en coup de vent dans l'entrepôt, Jacinthe apostropha l'homme qui était venu à leur rencontre. Le ton monta. Reprenant peu à peu contact avec la réalité, Victor comprit, en replaçant en ordre les bribes de phrases qu'il saisissait, que l'homme disait être un des frères et l'associé d'Horowitz, et que ce dernier était parti se reposer dans le Sud avec sa femme.

Le sifflement dans son oreille cessa. Il enregistra qu'un vif désaccord avait éclaté à propos d'un appel que Jacinthe voulait le forcer à passer, l'homme répétant qu'après son malaise cardiaque il n'était pas question de déranger son frère. Cependant, tout s'était réglé comme par magie lorsqu'elle lui avait mentionné que, dans ce cas, elle devrait faire revenir l'Identification judiciaire sur place pour qu'ils continuent leurs analyses.

Il s'agissait évidemment d'un mensonge éhonté, mais la peur de voir à nouveau son entrepôt envahi par la police scientifique poussa l'homme à composer le numéro immédiatement devant eux, sur le téléphone fixe. Quand la voix de son interlocuteur retentit à l'autre bout du fil, Jacinthe mit l'appel en attente, expulsa l'homme de son propre bureau et ferma la porte.

— Sors de ton rêve, Lessard! beugla-t-elle avant de reprendre la ligne.

Pour lui montrer qu'il était de retour dans la course, Victor leva les yeux vers sa coéquipière, cligna du gauche et tendit le pouce vers le haut.

Pensant recevoir un appel de son frère, Horowitz ne s'était pas méfié.

À présent, il s'en mordait les doigts et prétextait qu'il ne pouvait leur parler, qu'il se trouvait à la plage avec sa femme. Sans le savoir, il venait lui-même de se mettre la corde autour du cou. Jacinthe, pour qui la ligne droite constituait toujours la seule route praticable, lui rentra dans le lard.

— Votre femme? J'espère qu'elle nous entend, votre femme! Dites-moi, Horowitz, que pense-t-elle de la salope à qui vous aviez donné la clé, celle que vous baisiez dans l'entrepôt?

Un long silence suivi de bruits de gorge et de balbutiements leur confirma qu'elle avait tapé dans le mille.

— Euh... attendez. Un instant!

On entendit des chuchotements. Prudent, Horowitz se retirait sans doute à l'écart pour être en mesure de parler plus à l'aise. Il y eut un flottement, où ils crurent avoir perdu la communication, puis ils entendirent un bruit de pas sur le sol et le claquement d'une porte.

– Ça fait quarante ans que je suis marié, madame! C'est la première fois que ça m'arrivait, je le jure!

Victor chuchota à Jacinthe que la dernière chose qu'ils voulaient, c'était qu'il se tape un nouveau malaise cardiaque.

– Calmez-vous, monsieur Horowitz, on va démêler ça ensemble, reprit-il d'une voix compatissante.

– C'était la première fois que ça m'arrivait, il faut me croire!

– On vous croit, monsieur Horowitz, on vous croit.

– On vous croit pas pantoute, maudit crosseur! trancha Jacinthe en abattant son poing sur la table.

– C'est arrivé une seule fois! Je ne croyais pas qu'il pouvait y avoir un lien!

La voix d'Horowitz ressemblait à un cri désespéré.

– Son nom et son adresse et on vous laisse tranquille, coupa Jacinthe sèchement.

– Je ne le sais pas!

– Vous préférez qu'on raconte tout à votre femme? cracha Jacinthe, les veines du cou gonflées.

– JE NE SAIS PAS SON NOM! JE LE JURE!

Et Horowitz de leur expliquer que la femme s'était présentée en tant qu'artiste visuelle, qu'elle était venue un matin d'octobre à l'entrepôt pour acheter des pièces de métal qu'elle comptait utiliser pour une œuvre; qu'il l'avait vue une seule fois; qu'elle ne lui avait pas dit son nom; et que, de fil en aiguille, ils s'étaient retrouvés sur le canapé du bureau à… à…

– … à baiser, Horowitz. À baiser. Appelons une chatte une chatte! rugit Jacinthe. Et la clé, vous lui avez donné la clé à ce moment-là?

Humilié, l'homme éclata en sanglots. Jacinthe leva les yeux au ciel.

– Je…

– Vous pensiez que vous la reverriez, c'est ça? avança Victor.

– Je… je lui ai montré où était la clé. Au cas où…

Ils perdirent quelques mots dans les pleurs de l'homme.

– Vous lui avez montré la clé au cas où elle voudrait venir vous rejoindre, proposa Victor.

– Oui… (Silence, pleurs.) J'ai été stupide… Mais c'était la première fois qu'on s'intéressait à moi en vingt ans!

– La femme… Elle ressemblait à quoi? ronchonna Jacinthe.

Horowitz parla de lèvres charnues et du plus beau corps qu'il avait vu de sa vie, d'une femme de taille moyenne, dans la quarantaine, des cheveux foncés et des yeux verts.

– Vous avez accès à un ordinateur? Vous allez devoir vous tenir à notre disposition: un spécialiste des portraits-robots va entrer en contact avec vous après cet appel. En fin de compte, il va peut-être aussi falloir écourter vos vacances et rentrer au Québec, énuméra le sergent-détective.

– Est-ce que je vais aller en prison?

Dépassé par les événements, Horowitz avait le ton de celui qui vient de recevoir un coup de pied dans les parties.

– Une chose à la fois, répondit Victor. Pour l'instant, notre priorité, c'est de retrouver cette femme et vous allez nous aider. Pour le reste, on verra après.

– Mais qu'est-ce que je vais dire à mon épouse?

– Ça, c'est votre problème, Horowitz, tempêta Jacinthe. Quant à moi, vous êtes bon pour le goudron et les plumes… Va falloir commencer à penser avec votre tête, non pas avec votre q…

– Monsieur Horowitz, la coupa Victor, fusillant sa coéquipière du regard pour qu'elle n'aille pas plus loin, fermez les yeux et réfléchissez. Tout ce que vous vous rappelez peut nous aider à sauver des vies.

– Elle avait mis sa sacoche et ses clés sur le bureau. J'ai vu son porte-clés. Il y avait un bidule en plastique avec un nom dessus.

– Quel nom?

– Charlie.

Jacinthe mit l'appel sur le mode silence et se tourna vers son collègue.

— Ta nouvelle *date*, là, la fille de Tousignant... elle a pas des grosses lèvres, les cheveux foncés pis les yeux verts?

Cette fois, Victor ne se braqua pas. Jacinthe venait d'exprimer une idée qui lui avait effleuré l'esprit. Le signalement que leur avait donné Horowitz l'avait ébranlé. Et il ne put s'empêcher de repenser au comportement imprévisible de Virginie le jour de la disparition de son père.

— D'abord, c'est pas ma nouvelle *date*. Et elle s'appelle Virginie, pas Charlie.

— Mais elle a pas une lettre dans son nom? Un «C»?

La jaquette du livre qu'il avait vu dans un cadre, au mur, chez le sénateur, lui revint en tête. À l'évidence, Jacinthe l'avait aperçue aussi.

— T'as raison. Elle s'appelle Virginie C. Tousignant.

Victor la regarda droit dans les yeux.

— Et elle a publié un livre sur Charlie Chaplin...

CHAPITRE 86

Une fille au masculin

Et on se prend la main
Une fille au masculin, un garçon au féminin
Indochine, *3ᵉ sexe*

À travers la vitrine du Van Houtte, Victor voyait les piétons déambuler sur le trottoir enneigé de la rue Notre-Dame, derrière le palais de justice. Portant la tasse à ses lèvres, il avala une gorgée bouillante du café biologique déca qu'il venait de commander au comptoir. Devant lui, sur la table, il avait posé son cellulaire. Il n'y avait que quelques autres clients dans le café.

Pour la énième fois, il essuya ses mains moites contre ses jeans. Sa pression montait, ses yeux gonflaient dans leur orbite, son cœur cognait contre les parois de sa poitrine. L'anticipation, celle qui précédait l'action imminente, s'avérait toujours plus difficile que le passage à l'acte. Chaque centimètre de sa peau le démangeait.

Dans la voiture, Jacinthe et le sergent-détective avaient affiné leurs théories, jusqu'à se mettre d'accord sur une hypothèse d'une étonnante simplicité : les enfants de Lortie et de Tousignant, deux des principaux responsables des meurtres de 1964, s'étaient ligués pour éliminer les traces des actes de barbarie commis par leurs parents.

Ça valait ce que ça valait, les deux enquêteurs en étaient rendus là.

N'ayant pas le temps de demander une vérification au registre de l'état civil, ils avaient téléphoné au bureau et exigé qu'on vérifie ce qui se cachait derrière le *C* dans le nom de Virginie. La recherche n'avait donné aucun résultat.

Victor n'avait pas eu de difficulté à convaincre Jacinthe de le laisser lui parler seul à seule.

En effet, puisqu'il n'avait pas pu tenir sa promesse de l'emmener luncher, il lui avait donné un billet de vingt et elle s'était ruée au McDonald's, au coin de la rue.

Victor n'avait rien dit à Virginie au téléphone sur les motifs de la rencontre ; il avait juste mentionné qu'elle devait le rejoindre immédiatement au Van Houtte qui était situé à quelques pâtés de maisons de la salle de rédaction du journal où elle travaillait. Il s'agissait de la seule façon de s'assurer qu'elle viendrait vite, mais aussi de mesurer sa réaction.

Toute tentative de fuite deviendrait en effet révélatrice.

À cet égard, Jacinthe, qui était postée à l'entrée de l'immeuble, la suivrait discrètement et serait en mesure de l'intercepter, le cas échéant. Évidemment, si la jeune femme n'avait rien à se reprocher, elle serait morte d'inquiétude en arrivant, elle se demanderait à coup sûr si le corps de son père avait été retrouvé.

Somme toute, ils préféraient cette solution à une confrontation dans la salle de rédaction, ce qu'ils voulaient éviter à tout prix.

Finalement, rien de tout cela ne se produisit, Victor la vit remonter le boulevard Saint-Laurent moins de dix minutes plus tard. Sa beauté restait intacte, mais son visage, marqué par la fatigue, témoignait d'une grande préoccupation.

Virginie s'approcha pour lui faire la bise.

Ayant besoin de créer une distance entre eux, pour être en mesure de mener à bien son interrogatoire, il simula une quinte de toux pour y échapper.

– Ça va ? Ça avait l'air urgent. Mon Dieu, qu'est-ce qui t'est arrivé au visage ?

Du bout des doigts, le sergent-détective palpa la bosse sous son œil. L'enflure avait presque disparu, mais la blessure demeurait très sensible au toucher. Par la fenêtre il vit Jacinthe, son sac de McDo à la main, regagner la Crown Victoria qu'elle avait garée en face du café.

Victor évita le regard de Virginie et afficha un sourire poli.

— Ça va, ça va. Je me suis cogné sur le coin d'une armoire, mentit-il. Excuse-moi pour mon coup de téléphone, je sais que j'ai dû t'inquiéter. Je te rassure tout de suite: j'ai pas de mauvaise nouvelle concernant ton père. En fait, j'ai pas de nouvelles tout court. On continue nos recherches. Comment ça se passe pour toi?

— J'essaie de pas y penser, répondit Virginie, que l'entrée en matière de Victor avait semblé apaiser. Et j'y parviens assez bien en travaillant. Je serais incapable de rester à la maison à me faire du mauvais sang. Je virerais folle. (Elle fronça les sourcils.) T'es sûr que ça va? T'as l'air bizarre… C'est à cause de l'autre jour, c'est ça?

— Non, ç'a rien à voir, répliqua le policier en secouant la tête. Tu prends quelque chose?

La jeune femme répondit non. Pour la première fois depuis son arrivée, Victor soutint son regard.

— J'ai des questions à te poser. C'est la routine, mais ce sont des questions plates.

Les yeux de Virginie se voilèrent. Elle prit une grande inspiration et repoussa une mèche qui lui tombait dans l'œil.

— C'est le moment de l'enquête où tout le monde est soupçonné, y compris la fille du disparu. C'est ça, non?

— Quelque chose du genre, oui. (Silence.) La lettre dans ton nom, c'est pour quoi?

L'expression de Virginie alternait entre surprise et amusement.

— Ça remonte à l'époque où j'étudiais à la maîtrise. Y avait une fille dans mes cours qui portait le même nom. J'ai ajouté le *C* parce que les profs étaient mélangés.

— T'as un deuxième nom qui commence par *C* dans ton acte de naissance?

Elle esquissa une moue de dédain.

– Non. L'autre nom sur mon acte de naissance, c'est Marguerite. Je trouvais pas ça top sexe. C'était juste une lettre choisie pour des raisons sentimentales.

– C'est-à-dire?

– Tu vas me trouver pas très originale. C'était en l'honneur de Chaplin.

– De Charlie ou de Chaplin? insista Victor, le regard dur.

Soudain, Virginie prit son sac sur le sol et l'ouvrit prestement. Sur les dents, le policier plongea la main dans l'échancrure de sa veste, ses doigts se crispèrent sur son Glock. Sans paraître remarquer la manœuvre, la journaliste sortit un élastique et s'attacha les cheveux.

– Qu'est-ce que tu veux dire? reprit-elle. Quelle différence ça fait?

Posée sur la table, la main de Virginie s'avança ostensiblement vers le coude de Victor, ses doigts y patinèrent comme les pattes d'une araignée.

– Réponds à ma question! C'était en l'honneur de Charlie ou de Chaplin? martela-t-il en lui saisissant le poignet.

– Aïe! Tu me fais mal, Victor. Qu'est-ce qui te prend?

Elle leva sur lui un regard chargé de reproches; il desserra son étreinte.

– Je pourrais voir ton permis de conduire et ton trousseau de clés?

Virginie versa rageusement le contenu de son sac sur la table. Un homme assis près d'eux les dévisagea.

– Sers-toi! J'ai des tampons, aussi.

Victor ignora la remarque et vérifia ses cartes: l'initiale n'y apparaissait nulle part.

– Où étais-tu le 15 décembre? C'était un jeudi.

Il s'agissait du soir où Judith Harper avait été tuée. Le fait qu'elle possède un alibi ne prouverait pas en soi qu'elle n'était pas la complice de Duca — ils devraient vérifier ses allées et venues —, mais ça constituerait tout de même un début. Virginie pitonna quelques secondes sur son iPhone pour consulter son agenda, puis répondit:

– J'étais dans le Vermont, dans un chalet de ski.

– Seule?

– Non, avec mon beau-frère, ma belle-sœur et un couple d'amis… et… et avec mon mari…

La jeune femme avait baissé les yeux, marqué une hésitation, comme s'il lui coûtait de parler de ce dernier.

– Tu veux les numéros? reprit-elle.

– S'il te plaît.

– J'oubliais: il y avait aussi la fille du couple d'amis! Elle a treize ans, mais c'est un vrai petit garçon manqué. C'est peut-être elle, le meurtrier que tu cherches? Tu veux son numéro de cellulaire, à elle aussi? lança-t-elle avec véhémence, l'air sombre et renfrogné.

Le regard dans le vague, Victor avait décroché de la conversation. Un déclic s'était produit et Virginie s'en aperçut. Cédant le pas à sa curiosité, sa colère s'estompa aussitôt.

– Quoi? Qu'est-ce qu'il y a? Qu'est-ce que j'ai dit? reprit-elle.

Les pieds de sa chaise grincèrent sur le sol lorsque Victor se leva précipitamment.

– Faut que j'y aille!

CHAPITRE 87

Charlie

— Est-ce que je parle à la secrétaire du docteur McNeil?

— Elle-même.

— Ici Victor Lessard, du SPVM.

— Oui, j'avais reconnu votre voix, enquêteur. Que puis-je faire pour vous?

— À notre première visite à Louis-H., vous nous avez présentés à une préposée aux bénéficiaires qui s'était beaucoup occupée d'André Lortie...

— Oui, je me souviens très bien.

— Quel est son nom?

— Charlie Couture. Pourquoi?

CHAPITRE 88

Fin des émissions

Daniel Tousignant appuya sur la touche «stop» du magnétophone. Le voyant rouge s'éteignit et les chiffres cessèrent de défiler. Lorsque le sénateur reposa la main sur la table, les chaînes qu'il portait tintèrent contre le bois. Fixées à des bracelets qui enserraient ses poignets et ses chevilles, elles étaient fermement assujetties à un anneau de métal ancré dans le sol. Tousignant avait testé la solidité de l'ensemble : aucune façon de s'échapper du piège.

La femme entra en portant un pichet d'eau et une assiette contenant des tranches de melon. Elle posa le tout sur la table.

– Bonsoir, sénateur. Je venais prendre de vos nouvelles.

Sans manifester la moindre trace de tristesse ou d'affolement, Tousignant resta un moment silencieux. Sans dire qu'il s'y résignait, il semblait en paix avec son sort.

– Bonsoir, Charlie. On approche de la fin des émissions, n'est-ce pas ?

La femme acquiesça. Elle avait une expression grave, mais dénuée d'émotion.

Le vieil homme leva les yeux vers elle : malgré des cheveux blonds relevés en un chignon strict et l'absence de maquillage, nonobstant des traits durs et marqués par la vie, Charlie demeurait une belle femme ; la forme de sa bouche, ronde et pulpeuse, attirait le regard, ses yeux verts transperçaient et ses vêtements d'allure masculine laissaient néanmoins deviner des courbes finement dessinées.

Le sénateur ne put s'empêcher d'esquisser un sourire, qui n'échappa pas à Charlie.

– Pourquoi souriez-vous?

– J'étais en train de me dire, en vous regardant, que le jour où vous m'avez kidnappé, je ne vous aurais jamais ouvert la porte si vous n'aviez pas été une femme.

Charlie hocha la tête et lui rendit son sourire. Elle savait simuler l'empathie, mais n'en ressentait aucune. Tousignant l'ignorait, mais elle tenait dans la main un drôle de collier.

CHAPITRE 89

L'assaut

Victor s'enfonça entre les arbres, de la neige jusqu'aux genoux, passa la barrière de conifères, et arriva sur la berge. Tous les sens en alerte, il s'arrêta un instant et tendit l'oreille : le bruit des voitures circulant sur la 138, qui serpentait loin derrière, était à peine perceptible.

Glock au poing, en position de tir, sa bouche rejetant de la buée dans l'air froid, il avança de quelques pas prudents sur la croûte de neige durcie.

La nuit noire l'enveloppait, facilitant son approche. Quelques flocons dansaient dans l'air.

Continuant à marcher, il jeta un regard sur sa gauche, là où, au-delà des sapins, la masse du fleuve sinuait, blanche et gelée. Plus haut sur sa droite, la maison, isolée, était partiellement camouflée par une butte et des arbres.

En plissant les yeux, il crut apercevoir, entre les branches, le scintillement d'une lueur faible, sur le fleuve. Son pouls battait dans ses tempes.

La Crown Victoria lancée à toute vitesse dans la rue Sherbrooke, ils allaient arriver à Louis-H., lorsque Jacinthe avait effectué un brusque demi-tour : au téléphone, la secrétaire de McNeil venait de donner à Victor l'adresse de la maison de Charlie Couture, située entre Lanoraie et Lavaltrie. Couture était en congé de maladie depuis le 26. Le jour de la mort de Duca.

La 138 s'éloignait de plus d'un kilomètre de la berge à l'endroit où ils avaient emprunté la route secondaire. Traversant des terres agricoles, ils avaient roulé phares éteints pour ne pas être repérés et laissé la Crown Victoria deux cents mètres avant la fin du rang.

Loïc et le Gnome convergeaient aussi vers la propriété, mais ils se trouvaient à quarante-cinq minutes derrière, le premier ayant dû passer prendre le second, qui était déjà retourné chez lui.

– On devrait les attendre, Jacinthe, avait recommandé Victor en arrivant.

Sa coéquipière lui avait jeté un clin d'œil en souriant.

– Elle nous a vus arriver et elle a essayé de se sauver. On a pas eu le choix d'y aller !

Et il y avait bien sûr ce qu'elle ne disait pas, mais qu'elle sous-entendait : «As-tu peur, Lessard?» En sortant du véhicule et en armant son pistolet, Victor lui avait fait remarquer qu'elle n'avait visiblement pas retenu la leçon dans l'affaire du Roi des mouches.

– *Come on*, Lessard! C'est juste une femme…

Avant de se séparer, les deux enquêteurs avaient convenu d'un plan : Victor contournerait la maison par la gauche pour arriver par la berge ; Jacinthe attendrait cinq minutes à la voiture, puis elle prendrait le sentier qui, à partir du rang, menait directement à la porte arrière.

Le sergent-détective mit un certain temps à comprendre que la lueur provenait de la fenêtre d'une cabane pour la pêche blanche, plantée à environ cent mètres de la berge. Jaunâtre, elle vacillait comme la flamme d'une lanterne et projetait un halo rectangulaire qui se reflétait, en diagonale, sur la glace. La façade semblait orientée vers l'autre rive, de telle sorte qu'il voyait seulement, pour autant qu'il pouvait en juger, une partie de l'arrière et du côté droit.

Consultant sa montre, il se rendit compte que les cinq minutes étaient écoulées. Jacinthe se mettait en marche. C'était le moment pour lui de couper vers la droite, de remonter la butte et d'atteindre la maison, qui devait maintenant se trouver à sa hauteur.

Pourtant, il fit plutôt quelques pas sur la glace, avant de s'arrêter. Quelque chose avait bougé, là-bas, entrant brièvement dans la lueur.

Perçant l'obscurité, ses yeux déchiffrèrent la scène : il y avait une silhouette sur la glace. Quelqu'un se tenait là, debout, les mains attachées dans le dos.

Victor se remit à marcher vers la lueur.

– LESSARD !

La voix de Jacinthe. Un cri d'urgence, à glacer le sang.

Le sergent-détective n'hésita pas une seule seconde : tournant le dos à la cabane, il revint en courant aussi vite qu'il le put. Sa coéquipière se trouvait en détresse.

La maison était plongée dans le noir.

Seul le hurlement du vent peuplait le silence et accompagnait Victor. Plus il s'approchait, et plus il constatait l'état de délabrement de la propriété.

Le revêtement d'aluminium pelé, sale, les planches gauchies.

Le sergent-détective grimpa un escalier de bois pourri et se retrouva sur un balcon. Puis, sur sa droite, il aperçut le reflet d'une vitre dans la nuit : une porte-fenêtre se découpait dans l'ombre.

Accroupi contre le mur, le pistolet toujours pointé, Victor essaya d'ouvrir doucement la porte de verre ; elle coulissa sans bruit sur son rail et, retenant son souffle, il se glissa à l'intérieur et referma derrière lui. Le policier resta immobile un moment, laissant ses yeux s'habituer à la pénombre. Les battements de son cœur n'étaient plus que vacarme.

Estimant que le champ était libre, il recommença à avancer.

Des éclats de verre craquèrent sous la semelle de ses Converse. Une lumière s'alluma soudain, le faisceau dirigé vers ses yeux l'aveugla. Victor pensa un instant à tirer, mais ne sachant pas où se trouvait Jacinthe, il ne voulait pas courir le risque de l'atteindre.

Une voix de femme, grave et profonde, monta calmement de la partie obscure de la pièce.

– Je vous attendais, monsieur Lessard. Posez votre arme sur la table. Vous n'avez rien à craindre : mon pistolet est pointé sur ma tête, pas sur la vôtre.

La lumière bascula, éclaira pendant une fraction de seconde l'acier d'un canon appuyé contre une casquette tricolore des Expos, puis revint l'éblouir.

La table avait été tirée près de la porte-fenêtre. Dessus, il remarqua un magnétophone avec des cassettes TDK encore emballées, une petite boîte de carton et une paire de jumelles.

Le doigt crispé sur la détente, continuant de pointer son Glock, il retira le cran de sécurité. Même sans la voir, il savait où se trouvait la femme. Une balle bien placée et tout serait joué.

– Qu'est-ce que vous voulez?

– Je suis prête à vous faire des aveux, enquêteur. Et vous avez tout ce qu'il faut sur la table pour les enregistrer. (Silence.) Mais au moindre faux mouvement de votre part, je me brûle la cervelle. Et vous n'apprendrez rien d'autre que ce que vous savez déjà…

Une petite voix dans la tête de Victor, la voix de la raison sans doute, lui ordonnait de ne pas céder à cette proposition insensée et de tirer.

– Et ma coéquipière?

– Ne vous inquiétez pas. Elle est dans l'autre pièce. Un coup de Taser et une petite injection. Elle ne gardera aucune séquelle à son réveil, dans quelques heures. Ou peut-être un léger mal de tête. Mais ce sera tout. Tirez maintenant, ou déposez votre pistolet, Victor. Vous permettez que je vous appelle par votre prénom?

– Et le sénateur Tousignant? répliqua-t-il, ignorant la question. (Le policier désigna le fleuve du menton.) C'est lui que j'ai vu sur la glace?

– C'est bien lui. Mais si vous faites la moindre tentative pour le secourir avant que nous ayons terminé notre entretien, vous perdez sur les deux tableaux : il sera mort avant que vous ayez réussi à atteindre la cabane et, lorsque vous reviendrez ici, c'est moi qui aurai mis fin à mes jours.

Une moue de désapprobation tordit le visage du sergent-détective.

— Vous allez vous y prendre comment pour le tuer?

— Saviez-vous qu'il a un stimulateur cardiaque? Je lui ai installé une série d'électrodes de part et d'autre du cœur. Vous voyez ce bidule? (Une main se glissa dans la lumière. Elle tenait un appareil électronique dont le boîtier noir était à peine plus gros qu'un téléphone portable.) C'est un électrostimulateur sans fil. Vous savez, ce type d'appareil que certaines personnes utilisent pour développer leur musculature sans faire d'exercices. Il y a une contre-indication importante pour celles qui portent un stimulateur cardiaque. Avec ça, je peux lui envoyer une impulsion électrique qui devrait être suffisante pour provoquer un arrêt cardiaque.

— Vous êtes sûre?

— Je ne le suis pas, vous avez raison. Mais si vous voulez courir le risque, je suis prête à essayer, se moqua-t-elle sur un ton goguenard. J'appuie sur le bouton?

Le ton de sa voix donnait à penser à Victor que la femme était convaincue de ce qu'elle disait, mais, sans voir son visage, il était impossible pour lui de savoir avec certitude si elle bluffait ou non.

— Et qu'est-ce qui me garantit que vous lui enverrez pas une décharge après notre entretien?

— C'est un risque à courir, mais je vous donne ma parole que lorsque nous aurons fini, il sera à vous. Je n'ai aucun intérêt à ce qu'il meure. Ouvrez la boîte de carton. (Victor souleva le couvercle et vit plusieurs cassettes datées et numérotées.) J'ai moi-même recueilli ses aveux dans l'espoir qu'il soit jugé pour ses crimes.

Le cerveau du sergent-détective fonctionnait à toute vitesse, il soupesa les différentes possibilités en quelques secondes. Le temps se figea et la petite voix continua de l'enjoindre à tirer. S'il visait juste, il l'empêchait d'actionner la télécommande et pouvait ensuite aller délivrer Tousignant. Même si le sénateur était un monstre sanguinaire, il lui incombait de le protéger.

Dans ce cas, il devrait cependant abandonner l'idée d'obtenir des aveux. En effet, pour s'assurer qu'elle ne puisse activer l'électrostimulateur, il devrait tirer pour tuer.

Par ailleurs, s'il ne visait pas juste, outre le fait qu'elle pourrait envoyer la décharge, il courrait le risque d'une riposte. Mais ce risque ne lui semblait pas significatif. Même s'il ne voyait pas la femme dans la pénombre, Victor savait précisément où elle se tenait dans la pièce. À cette distance, quelques projectiles accompliraient amplement le boulot.

Le problème, c'est qu'il écoutait plus souvent son instinct que sa raison.

Victor avait beau savoir qu'il prenait un risque énorme et qu'il pouvait se tromper, il ne se sentait pas menacé par cette femme et décida de tenter sa chance.

Le cliquetis du cran de sécurité que l'on remet en place brisa le silence.

Le policier déposa son pistolet sur la table, mais il prit soin de le placer à un endroit où il pourrait le saisir et tirer rapidement, en cas de besoin.

— Vous lui avez enfilé la fourche de l'hérétique? reprit-il.

— Je vois que vous avez fait vos devoirs, Victor. Prenez les jumelles sur la table et vérifiez-le donc par vous-même.

Le sergent-détective porta les lunettes d'approche à ses yeux et les braqua sur la silhouette, dont il n'apercevait que le dos. Debout, immobile, les mains du sénateur étaient attachées derrière lui par des bracelets de métal reliés à une lourde chaîne. L'autre extrémité, fixée au sol de la cabane, l'empêchait de fuir.

Percé d'un trou en son centre, au milieu de la nuque, un collier métallique à larges bords enserrait le cou de Tousignant. Partant des extrémités du collier, deux tiges se rejoignaient dans une petite boîte noire, entre ses omoplates. En dessous, une tige unique reliait ensuite la boîte aux bracelets qui entravaient ses poignets, l'ensemble du dispositif formant un Y dans son dos. Enfin, une sorte d'araignée métallique, dont les pattes étaient reliées aux tiges fixées au collier et à la boîte, surplombait la tête du sénateur de vingt centimètres. Un aiguillon noir d'une quinzaine de centimètres affleurait de la mygale, et cette épine mortelle était orientée directement vers le trou dans le collier, de façon à pénétrer la nuque en plein milieu.

N'ayant pas une vue frontale, Victor ne pouvait distinguer les pointes qui s'enfonçaient sous le menton et dans le thorax, mais la position de la tête, fortement rejetée vers l'arrière, était sans équivoque.

Des barres de fer assujetties à ses chevilles et à ses cuisses par du *duct tape* empêchaient par ailleurs Tousignant de plier les jambes ou encore de s'asseoir. D'observer la scène permit à Victor d'élucider deux questions restées en suspens : d'une part, il savait maintenant d'où provenaient les résidus de colle découverts sur les jambes de Harper et de Lawson ; d'autre part, il comprenait pourquoi aucune preuve matérielle indiquant qu'ils avaient été suspendus n'avait été trouvée : les barres rendaient cette précaution inutile.

Une bille de bois était posée sur la glace, devant le sénateur.

— La clé est sur la bûche ?

De l'autre côté de la pièce, la voix de la femme retentit, froide, posée.

— Bien joué, Victor. Si je vous avais répondu par l'affirmative, vous auriez su que je n'avais pas l'intention de lui laisser la vie sauve. La clé est sur la table, sous le magnétophone.

Le sergent-détective vérifia. Elle disait la vérité : il y avait une clé à l'endroit indiqué.

— Le mécanisme n'est pas armé. C'est très douloureux et inconfortable, mais ça ne met pas sa vie en jeu à court terme.

Pourvu que son cœur tienne le coup, pensa Victor.

— Ça fait longtemps qu'il est là ? demanda-t-il.

— Environ une heure.

— Vous nous attendiez, madame Couture ?

— Il serait plus juste de dire que je vous espérais, rétorqua la femme sans paraître s'émouvoir du fait que le sergent-détective connaissait son nom.

– Ne jouez pas à ça avec moi, répliqua Victor d'une voix calme, mais ferme. Comment avez-vous su que nous arrivions? C'est la secrétaire de McNeil qui vous a prévenue?

– Audrey est une collègue. À l'hôpital, nous mangions souvent notre lunch ensemble le midi. Il ne faut pas lui en vouloir. Votre appel l'a bouleversée et elle a pensé bien faire en me signalant que la police s'intéressait à moi. (Silence.) Il y a du thé sur la cuisinière, derrière vous. Voudriez-vous nous en servir?

Victor hésita, puis il recula de quelques pas, trouva des tasses sur le comptoir, prit la théière sur le four et y versa le liquide fumant. Tenant les deux tasses, il revint vers la table.

Le halo bascula de nouveau et vint éclairer le prélart, à quelques pas devant lui.

Ses yeux profitèrent du répit pour explorer dans toutes les directions et enregistrer le plus de détails possible.

– Posez la mienne sur le sol, dans la lumière, puis assoyez-vous à la table, ordonna la femme.

Victor obéit. Une main veinée sortit de la pénombre et ramassa la tasse.

– Merci. Au fait, je vous laisse le soin de gérer la situation si vos collègues attendent votre signal pour arriver en renfort. Mais je le répète: au premier bruit suspect, je me brûle la cervelle et vous n'apprendrez rien de plus.

Le sergent-détective consulta sa montre.

Encore au moins vingt minutes avant que Loïc et le Gnome n'arrivent.

– Je commence à enregistrer? dit-il pour toute réponse.

– Oui, il y a déjà une cassette dans l'appareil.

Le faisceau de la lumière bougea encore: la femme l'orientait de façon à cesser d'éblouir Victor, tout en préservant la zone d'ombre qui l'enveloppait, elle. En plissant les yeux, il pouvait deviner sa silhouette, mais ne pouvait voir son visage.

– Vous connaissez mon nom… Mais savez-vous qui je suis?

Le policier haussa les épaules.

– En roulant pour venir jusqu'ici, je me suis creusé la tête pour me souvenir où j'avais vu votre nom de famille dernièrement, puis je m'en suis rappelé : dans le dossier Evergreen que vous avez laissé dans des sacs à vidanges, chez le sénateur Tousignant. À moins que je me trompe, vous êtes la fille de Gilbert Couture. Un de mes collègues est en train de faire des recherches pour le confirmer. Votre père était un vérificateur au service de Bélanger, Monette et associés, une firme d'experts-comptables de Joliette. Lui et deux autres employés ont été tués en 1964 par André Lortie, sous les ordres du sénateur Tousignant.

– Épargnez ces tracas à votre collègue, Victor, vous avez vu juste. Ils ont aussi tué mon frère Lennie, mais, ça, nous en reparlerons tout à l'heure. Avant d'aller plus loin, puis-je vous demander ce qui m'a trahie?

– Un détail... un détail anodin... Tantôt, quelqu'un m'a parlé de la fille d'un couple d'amis qui avait l'air d'un garçon manqué. C'est là que j'ai réalisé que la femme qui m'a remis le carton d'allumettes au Confessionnal était pas déguisée pour avoir l'air d'un homme, mais plutôt qu'elle avait une apparence masculine dans sa vie de tous les jours. Et, de là, j'ai repensé à vous, et à cette remarque que vous avez faite à l'hôpital quand je vous ai dit que ça prenait de la force pour déplacer les bénéficiaires comme vous le faisiez.

– J'ai dit que mon père aurait préféré avoir un garçon...

– Exact. J'ai eu de la chance de me rappeler cet échange. Mais, de toute façon, c'était une question de temps. En fouillant le passé de votre père, votre nom aurait fait surface.

Victor porta la tasse à ses lèvres et sirota quelques gorgées de thé. Charlie poursuivit :

– Vous avez sans doute compris que, sans le vouloir, les parents déçus du sexe de leur enfant peuvent avoir une influence considérable sur son développement. Mon frère était retardé mentalement. Mon père n'a jamais accepté ses limitations. Et il m'a toujours traitée comme un garçon. Au point où j'ai fini par m'habiller et adopter une attitude de garçon.

La petite voix, dans la tête de Victor, exprima de nouveau un doute : que pouvait-il bien fabriquer à prendre le thé et à discuter tranquillement avec cette femme, comme s'il s'agissait d'une vieille amie, plutôt que de saisir son pistolet et de mettre un terme à ce simulacre?

La voix se volatilisa dès qu'il se rendit compte qu'il se mentait à lui-même.

Au fond, il savait très bien pourquoi : elle lui offrait la possibilité de combler les trous qui restaient dans l'histoire, de satisfaire sa curiosité, tout en conservant la chance de sauver Tousignant.

Une évidence lui sauta soudain au visage : le fait qu'elle veuille lui fournir des aveux ici plutôt que dans une salle d'interrogatoire lui semblait révélateur.

Charlie Couture n'avait ni prévu être jugée ni passer du temps en prison.

CHAPITRE 90

La ligne rouge

Victor se souviendrait de ce moment jusqu'à la fin de sa vie, jusqu'à son dernier souffle.

Quatre murs, l'odeur du thé, le parquet qui craquait sous le poids de sa chaise; la porte-fenêtre donnant sur le fleuve où, dans la lueur jaune, se découpait une silhouette; deux personnes, un homme et une femme, un policier et une meurtrière, une conversation altérant à jamais la courbe du temps. Et la vie qui fuyait comme l'évier de la cuisine: goutte à goutte, seconde par seconde.

— Je me suis dit que si Lucian Duca s'était rapproché d'une de ses victimes en se faisant engager chez Baker, Lawson, Watkins, vous aviez fait la même chose en travaillant à Louis-H. Vous vous rapprochiez de McNeil et de Lortie. Je me trompe?

— Effectivement, je me suis fait engager en 2008 comme préposée aux bénéficiaires à Louis-H. et je me suis arrangée pour être affectée au département où André Lortie séjournait de temps à autre.

— Vous vouliez lui faire porter le chapeau pour les meurtres de Harper et de Lawson?

— Je voulais surtout le faire basculer complètement dans la folie.

— Ou encore le pousser à se suicider.

— C'était difficile de prévoir qu'il irait jusque-là, mais, à force d'être avec lui et de l'observer, j'en étais venue à savoir exactement sur quels boutons appuyer, quels leviers enclencher pour le déstabiliser mentalement.

– Si ma mémoire est bonne, c'est vous qui, à l'hôpital, nous avez parlé du fait qu'il s'était réveillé avec des portefeuilles et du linge taché de sang après un *black-out*.

– Lortie n'a jamais eu le portefeuille de mon père ni celui des autres victimes en sa possession. Ce sont des suggestions que je plantais dans sa tête pendant ses délires et qui ont fini par se mélanger au reste dans ses pensées. Je lui en parlais tous les jours, lorsqu'il était hospitalisé. Et chaque jour, je lui murmurais ce qu'il fallait pour l'enfoncer encore davantage.

– Vous le prépariez pour la suite…

– Je préparais le terrain pour que, lorsqu'il trouverait les portefeuilles de Harper et de Lawson dans ses affaires, il ait l'impression de vivre le même cauchemar une deuxième fois, que ça amplifie son trouble. Et il y a cru à fond. Quand il a trouvé les portefeuilles qu'un jeune itinérant payé par Lucian avait cachés dans ses affaires, Lortie était convaincu qu'il avait tué Lawson et Harper.

Victor fronça les sourcils. Il se souvint du rapport de l'agente Gonthier. Avant de sauter, Lortie avait dit : « Pis ça recommence. Chus tanné. » Ensuite, l'image du visage de Nash lui revint en mémoire. S'agissait-il du jeune itinérant que Charlie venait d'évoquer ? Elle répondit qu'elle l'ignorait.

– Mais pourquoi nous avoir parlé des portefeuilles alors… si c'était des suggestions que vous avez plantées vous-même ? Vous vouliez nous mettre sur une fausse piste ?

– C'était dans son dossier. Je vous ai simplement transmis les données cliniques, comme vous les aurait fournies une autre de mes collègues. Sinon vous auriez pu me soupçonner.

– Et McNeil ? Votre emploi vous permettait d'être en contact avec lui aussi…

– Pour être honnête, mon but était surtout de me rapprocher de Lortie. Je ne savais pas alors jusqu'à quel point McNeil avait été impliqué dans les mauvais traitements que Judith Harper avait infligés à mon père. Je ne savais pas non plus s'il avait continué d'exercer une forme de surveillance à l'égard de Lortie. Au début, je ne prévoyais pas le tuer.

Une idée passa par la tête de Victor. Il faillit la taire, mais se risqua à l'exprimer :

— Mais l'occasion s'est présentée, vous avez pris les chiffres sur le frigo de McNeil et vous lui avez passé un appel à partir du téléphone de l'appartement de Judith Harper, le jour où vous l'avez tuée.

Charlie souffla sur son thé bouillant avant d'en boire une gorgée. Puis elle acquiesça.

— J'ai raccroché dès qu'il a répondu. Pour les chiffres, je les ai pris il y a quelque temps, un soir où McNeil avait organisé un souper chez lui pour les employés du département. Je voulais simplement le faire soupçonner, lui causer du tort. Mais pas le tuer. Jusqu'au moment où il s'est rendu compte que j'avais falsifié le dossier de Lortie.

Victor se rappelait la note manuscrite sur le rabat du dossier psychiatrique de l'itinérant.

— La référence au docteur Cameron…

— Oui. Je voulais vous aiguiller en douceur sur la piste du projet MK-ULTRA. Comme j'étais la dernière personne à avoir eu le dossier en ma possession, McNeil m'a confrontée. Mais, à ma grande surprise, il m'a proposé un arrangement financier en échange de son silence. Il m'a dit qu'il avait pris ses dispositions au cas où il lui arriverait quelque chose. Il bluffait. Je lui ai donné rendez-vous au parc Maisonneuve. Je crois qu'il ne s'est pas méfié parce que je suis une femme et qu'il me connaissait, mais ce qu'il ne savait pas, c'est que Lucian était embusqué tout près, avec son arc. (Silence.) Je ne sais même pas s'il a réalisé que j'étais la fille de Gilbert Couture. L'argent l'obnubilait tellement… Vous connaissez la suite, je suppose.

Victor se revit dans le bureau de McNeil, quelque chose était passé dans le regard du psychiatre quand il lui avait parlé de la note manuscrite. Sans le vouloir, le sergent-détective lui avait peut-être mis la puce à l'oreille.

— Et les chiffres de plastique aimantés sur le frigo ? J'ai compris que, pour vous, c'était un symbole : la date de la mort de votre père. Mais avaient-ils une signification pour Judith Harper?

– Le soir de la mort de papa, Tousignant et Harper ont soupé ensemble pour célébrer sa disparition. Lortie était présent et a pris des photos. (Silence.) C'est Lucian qui me les a montrées.

Victor enregistra l'information, puis lui demanda la permission de consulter la messagerie de son cellulaire, qui venait de sonner.

Charlie Couture accepta.

Par texto, le Gnome avertissait le sergent-détective que Loïc et lui avaient été retardés et qu'ils n'arriveraient pas avant vingt-cinq minutes. Un délai additionnel qui, même s'il répugnait à l'admettre, arrangeait Victor, lequel était complètement absorbé par la conversation.

Se demandant s'il devait répondre, il préféra d'abord laisser couler. Puis il se ravisa, écrivit: «OK», et reposa son cellulaire sur la table.

Chaque minute passée avec la meurtrière recelait sa mine de renseignements.

Aussi, il voulait éviter de perdre un temps précieux à expliquer au Gnome et à Loïc ce qui se tramait. Charlie Couture ne lui demandait pas de comptes. Elle lui avait lancé un avertissement dans des termes clairs.

À lui d'agir en conséquence.

– Vous parlez de Lucian... Comment l'avez-vous rencontré?

– Quand il sortait de Louis-H., Lortie vivait dans la rue ou dans un appartement miteux. Plus tôt dans sa vie, il avait eu de nombreuses maîtresses. Quand il avait besoin d'argent, il faisait le tour, apparaissant tard le soir, sur le seuil de leurs maisons. Souvent, il se faisait éconduire par le nouvel amoureux. À l'occasion, il trouvait une oreille compatissante et un peu d'argent. L'une d'elles, Silvia Duca, la maman de Lucian, l'avait pris en pitié et l'avait hébergé quelques nuits, ici et là. Lucian était tout petit à l'époque. Silvia n'avait jamais dit à Lortie ni à Lucian qu'ils étaient père et fils, sauf que Lortie l'avait compris. À un certain moment, dans l'un de ses délires, il a affirmé à Lucian être son père, puis lui a parlé de son passé, des mauvais traitements que lui avaient infligés Judith Harper et McNeil, de sa participation à des opérations pour le compte du FLQ et de son implication dans le complot pour assassiner le président Kennedy. Lucian s'est alors souvenu que, lors de ses visites, Lortie cachait des papiers et des photos dans la salle de bains. Des documents dont Lortie semblait avoir lui-même oublié l'existence, mais qui corroboraient ses dires.

Victor se remémora la conversation qu'il avait eue avec l'ancien agent de la CIA, Cleveland Willis, qui avait évoqué ces fameux documents que Lortie brandissait à l'époque comme une menace. Sans trop réfléchir, il s'avança :

— Des documents qui parlaient, aussi, des tortures infligées par Judith Harper à votre père et à ses collègues... et leur exécution par Lortie...

— Vous avez raison, ça en faisait partie, admit la femme. Lortie cachait non seulement des documents au sujet des missions qu'il exécutait pour Tousignant et Lawson, mais aussi des papiers établissant qu'il avait côtoyé Oswald...

Le regard dans le vague, le cerveau de Victor mit quelques secondes avant d'assimiler ce que Charlie Couture venait de lui révéler. Elle poursuivit sur sa lancée :

— Quand il a pris connaissance de tout ça, Lucian a été dévasté. Il parlait peu de ses sentiments et je n'en sais pas beaucoup sur cette période de sa vie, mais j'imagine assez facilement sa réaction : en l'espace de quelques semaines, il découvrait non seulement qui était son père, mais également que ce dernier était un bourreau, coupable d'atrocités.

— Lucian a confronté son père ?

— Lortie a nié. Il affirmait qu'il ne se souvenait de rien. Quand Lucian a insisté, documents à l'appui, il a prétendu que ce n'était pas sa faute, qu'on lui avait joué dans le cerveau, qu'il n'était pas responsable de ses actes. Le dossier contenait des papiers concernant son passage à MK-ULTRA. Par exemple, certaines phrases qu'il ne cessait de répéter avaient été effacées de son esprit par Judith Harper. Dont une qu'avait prononcée Oswald après son arrestation.

– *I didn't shoot anybody, no sir!*

– C'est exact… Mais Lucian n'a pas été dupe : les documents établissaient clairement que Lortie avait subi ces traitements en 1969 et 1970, bien après les assassinats de 1964. Lucian a coupé les ponts et Lortie a disparu dans la nature.

Pour Victor, le portrait se clarifiait au fur et à mesure de leur conversation.

– Puis, avec les informations contenues dans le dossier de Lortie, Lucian vous a retrouvée…

– C'était en 2007. Un soir, Lucian a débarqué comme ça, chez moi, et a commencé à me faire des révélations. Il insistait, me disait que j'étais la première personne à qui il parlait de ces choses, que j'avais le droit de savoir, qu'il pouvait tout prouver à l'aide de documents. Au début, je ne comprenais pas, j'ai pensé qu'il était fou. Je l'ai mis à la porte en refusant d'en entendre davantage. Puis, dans les jours qui ont suivi, Lucian a tellement insisté — il me téléphonait et revenait sans cesse frapper à ma porte — que j'ai fini par céder, j'ai fini par digérer tout ça. Par la suite, ça m'a complètement bouleversée… et révoltée.

– Vous pensiez jusque-là que votre père et votre frère étaient morts dans un accident de chasse…

– Non. Je savais que papa et Lennie avaient été assassinés, j'avais moi-même vu le tueur — je ne connaissais pas encore l'identité de Lortie à ce moment — dans le sentier. Mais quand j'en avais parlé à maman, elle m'avait fait jurer de ne rien dire aux policiers, m'assurant que nous serions tuées à notre tour si je le faisais. Je ne sais pas jusqu'à quel point maman savait des choses, mais, jusqu'à sa mort, elle a refusé de me dire quoi que ce soit. (Silence.) Je sais qu'elle l'a fait pour me protéger. Avec le temps, je m'étais reconstruite, j'essayais d'oublier, de mettre ça derrière moi. Vous comprenez?

Victor ne voyait toujours pas le visage de la femme, mais la sentait émue. Elle prit une longue pause avant de poursuivre.

– J'ai demandé à Lucian pourquoi il n'avait pas été à la police plutôt que de venir me voir. Il ne savait pas, n'offrait pas de réponse. J'ai voulu aller moi-même à la police mais, chaque fois que je prenais la voiture pour m'y rendre, je finissais par faire demi-tour. Qui allait me croire? Et je restais dans l'entrée, des heures entières, derrière le volant, à pleurer. Dans les premières semaines, Lucian et moi, on se voyait tous les jours. J'avais besoin de lui parler, pour comprendre. Puis, peu à peu, nous avons développé une relation, nous sommes devenus amants. Ça me semblait irréel qu'il s'intéresse à moi. Je n'avais pas eu d'homme dans ma vie depuis longtemps. Et puis, nous avions une différence d'âge importante. Mais ça me faisait du bien. J'essayais de me convaincre qu'il fallait vivre le moment présent et oublier le passé.

— Vous en avez été incapable…

— Si j'ai compris une chose en vieillissant, c'est que le passé nous rattrape toujours… Quand Lucian est arrivé dans ma vie et que j'ai appris la vérité, la plaie, qui s'était cicatrisée avec le temps, s'est rouverte, quelque chose s'est brisé, cette fois irrémédiablement.

Sans s'en rendre compte, Victor hocha la tête en signe d'assentiment. Ce qu'elle avançait à propos du passé trouvait une résonance particulière dans sa propre expérience.

— Avec Lucian, vous avez commencé à planifier votre vengeance…

— Ça ne s'est pas passé de la manière dont on pourrait le penser. On ne se lève pas un matin en disant à l'autre qu'on va se venger. Ce n'est même pas quelque chose qui se discute. Mais il arrive un moment où c'est là, au réveil, et on l'accepte sans poser de question. Le temps avait passé. J'avais commencé à observer les allées et venues de Tousignant, de Harper et de Lawson. J'éprouvais un profond dégoût devant leur succès professionnel et financier mais, surtout, devant le fait qu'ils avaient pu continuer à aller de l'avant, à vivre leur vie sans payer pour leurs crimes, en toute impunité. Un plan a commencé à germer dans mon esprit. Mais je n'en parlais pas à Lucian. Puis, quelque part en 2008, je crois, j'ai croisé un itinérant, qui quêtait dans la rue. Quand j'ai refusé de lui donner de l'argent, il m'a lancé: «Maudite chienne de vie» en crachant par terre. C'était Lortie, j'étais sûre de l'avoir reconnu: de toute mon existence, je n'avais entendu qu'une personne prononcer ces paroles. J'en ai parlé à Lucian à mon retour. (Silence.) Dans les jours suivants, à mon insu, il a cherché son père dans les refuges pour sans-abri. Quand, une semaine plus tard, il m'a remis une liste des endroits qu'il fréquentait, j'ai partagé mon plan avec lui pour la première fois. Lortie séjournait souvent à Louis-H. J'avais déjà une formation d'infirmière, ce qui m'a permis de me faire facilement engager comme préposée aux bénéficiaires. Les choses ont pris forme, peu à peu. En 2010, lorsque Lortie a été réadmis à Louis-H., je l'attendais. La phase finale de mon plan s'est enclenchée.

Victor se doutait bien que les motivations de Charlie s'emmêlaient dans un enchevêtrement complexe, mais il préféra lui poser une question ouverte :

– Vous avez pas agi seulement par vengeance… Je me trompe ?

– Je sais que tout le monde ne parlera que de vengeance en analysant mes crimes. Devant l'incompréhension que suscitent les atrocités, on a tendance à vouloir se rattacher à une conception bien tranchée entre le bien et le mal, comme s'ils étaient des compartiments entièrement étanches. (Silence.) Mais vous avez raison, Victor. À la base, la motivation derrière mes gestes ne relevait pas d'un désir de vengeance. Aux yeux de papa, l'honneur était la valeur la plus importante qui soit et certainement celle qu'il m'a transmise avec le plus de passion et d'acharnement. Alors, j'ai agi pour honorer sa mémoire. Je voulais lui montrer que je me souvenais. (Long silence.) La vengeance est venue après. Bien après… Quand j'ai lu l'emprise de la peur et de la douleur sur le visage de mes victimes. Et que j'ai ressenti du plaisir à les voir souffrir.

Victor hocha la tête. D'entendre Charlie dévoiler la noirceur de son âme le plongeait dans un état de profonde lassitude, mais à cause de ce qu'elle avait vécu, il ne pouvait s'empêcher d'éprouver une forme d'empathie à son endroit.

– Et pour honorer la mémoire de votre père, ça vous prenait des aveux de Tousignant ? Les documents que Lucian avait apportés ne vous suffisaient pas? (Silence.) Toutes ces morts auraient pu être évitées, non?

– Les documents impliquaient Tousignant comme tête dirigeante, mais de manière assez périphérique pour qu'il puisse échapper à sa responsabilité. Je devais veiller à ce qu'il n'y ait aucune ambiguïté possible. Tousignant a des moyens financiers considérables. Je voulais être certaine qu'il ne pourrait pas se cacher derrière une batterie d'avocats. Et pour le forcer à se confesser, pour l'atteindre dans ses derniers retranchements, j'avais besoin que les autres soient morts. Tousignant devait savoir que j'étais prête à aller jusqu'au bout, que j'étais prête à le tuer s'il ne s'exécutait pas. Je devais le convaincre qu'il n'avait pas d'autre choix.

– Vous auriez pu vous arrêter quand vous avez trouvé les dossiers rassemblés par Lawson à propos d'Evergreen. Ils incriminaient clairement le sénateur.

– Je ne pouvais pas savoir que Lawson avait ces dossiers en sa possession. Ces documents ont comblé plusieurs vides, c'est vrai, mais à ce moment-là il était trop tard pour reculer.

– Pourquoi Tousignant vous a déballé son sac? Il pouvait pas savoir que vous le tueriez pas, même après sa confession. La preuve, c'est qu'il est sur la glace présentement et je vous garantis qu'il croit qu'il va mourir.

– C'est vrai, mais nous sommes tous pareils devant la mort. Nous sommes prêts à beaucoup de choses pour en retarder l'échéance, ne serait-ce que de quelques secondes. Le sénateur a préféré parler et tenter sa chance, plutôt que de se taire et de mourir à coup sûr.

Le sergent-détective hocha la tête. Il était conscient que, dans l'obscurité, la femme l'observait, le jaugeait.

– Des aveux arrachés sous la contrainte ont aucune valeur en cour, reprit-il.

– Je laisserai aux juges le soin de faire leur travail. (Silence.) Vous auriez dû voir la peur que ressentaient Harper et Lawson chaque fois qu'ils s'approchaient de la ligne rouge.

À la demande de Victor, Charlie Couture lui fournit des précisions concernant cette ligne rouge: il s'agissait d'une bandelette de *duct tape* collée sur le sol devant le meuble sur lequel reposait la clé.

— Ils la percevaient comme une menace, un avertissement de danger imminent. Vous dire la joie sur leur visage au moment où, après avoir cru mourir en franchissant la ligne, ils ont pensé être sauvés en saisissant la clé. (Elle eut un rire dément, à faire frissonner.) La clé qui, au lieu de libérer leurs poignets comme ils l'espéraient, déclenchait plutôt le mécanisme qui les condamnait.

Le sergent-détective comprit alors qu'elle avait regardé ses victimes agoniser. La ligne rouge, la clé libérant l'aiguillon meurtrier, elle avait vu tout ça... Avait-elle poussé l'horreur jusqu'à les filmer? Cette femme était folle, brillante et psychopathe.

— Pourquoi avoir choisi cette arme en particulier?

— C'est un peu une sorte d'hommage. Maman était historienne, spécialiste du Moyen Âge. Sa thèse de doctorat portait sur l'usage de la fourche de l'hérétique, mais elle n'a jamais pu la terminer. Sa vie a été brisée par le décès de papa. Par la suite, elle est morte d'un cancer.

— Comment vous l'êtes-vous procurée?

— La fourche? C'est Lucian qui l'a fabriquée. Avant d'être engagé chez Baker, Lawson, Watkins, il travaillait dans une fonderie. Il était très habile de ses mains.

— C'est lui qui a mis au point le mécanisme qui permet à l'aiguillon de transpercer le cou?

— Quand le système est armé, l'aiguillon est activé par la victime à l'instant où celle-ci tourne la clé pour déverrouiller les bracelets à ses poignets. À la blague, je disais à Lucian que c'était quelque chose qu'il pourrait faire breveter. (Silence. Toussotements.) Vous savez, je n'ai malgré tout ressenti aucune satisfaction après la mort de Judith Harper. Elle est morte trop vite. Elle était résignée à mourir et a très rapidement saisi la clé. En quelques heures, tout était fini.

— Lucian était avec vous?

— Pas pour son enlèvement. Après l'avoir paralysée avec une décharge de Taser et lui avoir injecté un anesthésiant, je l'ai mise dans un fauteuil roulant pour la sortir de son immeuble. Ensuite, je l'ai assise dans ma voiture. C'était facile, elle était sèche et frêle.

Victor repensa au moment où, à Louis-H., il l'avait vue aider un patient corpulent à se retourner dans son lit. Elle avait l'habitude de ce type de manipulations.

– Vous l'avez emmenée à l'entrepôt. Vous aviez séduit Horowitz et connaissiez les heures d'ouverture…

– L'entrepôt est fermé le vendredi. Horowitz m'avait expliqué qu'ils fonctionnent comme ça depuis vingt ans… (Elle rit.) Ça n'a pas été difficile de le séduire, le vieux cochon…

– Vous portiez une perruque foncée pour l'occasion, non?

– C'est exact, répondit Charlie dans un murmure.

– Dans le cas de Nathan Lawson, vous l'avez séquestré quelques jours avant de le tuer…

– J'étais prête à prendre plus de risques pour Lawson, quitte à ce qu'il m'échappe. C'était devenu un jeu. Je voulais qu'il ait le temps d'avoir peur, mais aussi qu'il entretienne l'espoir de s'en sortir. Je l'ai suivi à distance, en auto, quand il a quitté le bureau. Je savais qu'il ne ferait pas appel à la police. En dernier recours, je serais intervenue avec mon Taser si j'avais eu peur qu'il m'échappe. À un moment, je l'ai dépassé en voiture et j'ai senti son soulagement quand il m'a regardée. Une femme… (Silence.) Quand il s'est arrêté dans un centre d'affaires, puis qu'il s'est dirigé vers le cimetière, j'ai eu des doutes, mais Lucian m'avait avertie qu'il avait aidé Lawson à mettre un dossier dans le coffre de sa voiture. Pendant que je suivais Lawson, Lucian est allé vérifier que Lawson avait bien caché le dossier au cimetière. Je connaissais la maison de Peter Frost. J'avais déjà suivi Lawson jusque-là avec le jeune homme qu'il baisait, quelques semaines auparavant. Quand j'ai réalisé que c'est là qu'il se rendait, j'ai compris que j'avais tout mon temps, qu'il allait se terrer.

La femme prit une grande inspiration. Elle parlait désormais librement, sans même que Victor ait à lui poser de questions. Ce faisant, se purgeait-elle d'un poids, libérait-elle sa conscience? Le sergent-détective n'aurait su le dire.

– Après que Lawson eut dissimulé les documents, nous les avons consultés Lucian et moi, puis je lui ai demandé de les remettre en place. Je savais que, pour Lawson, il s'agissait d'une assurance-vie, d'une monnaie d'échange, et que quelqu'un d'autre essaierait de venir les récupérer pour menacer Tousignant de les rendre publics. Car, pour lui, l'équation était simple : il était convaincu que c'était le sénateur qui en voulait à sa vie. J'ai gardé Lawson sous perfusion un moment, le temps de voir ce qui allait se passer. Logiquement, il fallait que ce soit Rivard qui aille chercher le dossier. C'était la seule personne en qui Lawson avait confiance. C'est en regardant l'intervention de Rivard après la conférence de presse que j'ai compris.

– Rivard s'adressait directement à Tousignant en lui disant qu'il avait ce qu'il cherchait.

– Dès cet instant, il était clair que Rivard avait trahi Lawson et décidé de vendre le dossier au plus offrant : en l'occurrence le sénateur. Lucian s'est mis à suivre Rivard. Le lendemain de la conférence de presse, il est allé au cimetière pour récupérer le dossier. Tousignant explique d'ailleurs dans ses aveux de quelle manière Rivard et lui sont entrés en contact.

– Et Lucian l'a tué pour empêcher le dossier de tomber entre les mains de Tousignant ?

– Lucian et Rivard travaillaient au même bureau. Rivard était méprisant et injuste avec le personnel de soutien. Lucian le haïssait déjà. Alors quand Rivard est venu récupérer le dossier… (Silence.) Vous savez, Lucian a fait de la compétition de ski de fond et il chassait l'orignal à l'arc… Rivard n'avait aucune chance…

Des lueurs s'allumaient et s'éteignaient dans le cerveau de Victor. Il aurait besoin de réécouter les enregistrements pour s'assurer d'avoir parcouru tous les couloirs du labyrinthe.

CHAPITRE 91

Sous le choc

Portés par la voix de Charlie Couture, les mots se dissolvaient, les paroles fondaient et les idées se fissuraient pour laisser place, dans la tête de Victor, aux images de mort, de douleur, mais aussi d'amour et de nostalgie qu'ils évoquaient.

Un déclic sec fusa, le faisant sursauter, tant il était absorbé par son récit.

La bande de la face A de la cassette était arrivée au bout. Le policier l'éjecta, la retourna et relança l'enregistrement. Charlie Couture parlait depuis déjà trente minutes.

– Combien de temps avant que vos collègues arrivent? demanda-t-elle.

– Dix minutes, répondit le policier après avoir consulté sa montre.

Victor et Charlie se regardèrent, se comprenant sans avoir besoin d'échanger un mot.

– Il y a une autre chose que j'aimerais savoir, commença-t-il. Depuis le début, vous avez laissé des traces. Les chiffres sur le frigo, le CD dans l'auto de Lawson, la référence manuscrite au docteur Cameron dans le dossier psychiatrique de Lortie, le carton d'allumettes au Confessionnal, les dossiers à propos d'Evergreen laissés dans les sacs-poubelles, le portefeuille de Tousignant que vous m'avez fait parvenir. Et Lucian qui m'a parlé du dessin du bonhomme pendu qu'il a lui-même remis à Lawson. Vous avez constamment pris des risques pour nous enligner dans la bonne direction. Consciemment ou non, vous vouliez qu'on vous arrête… Je me trompe?

– Le CD était une erreur, un oubli. Lucian allait le récupérer quand vous l'avez surpris dans Summit Woods. Pour le reste, je vous dirai ceci : à terme, mon but était que nous puissions avoir la discussion que nous avons maintenant. J'espérais toutefois que Lucian…

Charlie ne termina pas sa phrase. Un silence lourd et chargé de signification s'installa. Victor marqua une longue pause avant de reprendre.

– Sans dire que je les accepte, je pense que je comprends vos motivations. Mais celles de Lucian?

– Pourriez-vous accepter d'être le fils d'un monstre?

Victor reçut la question comme une gifle. La femme ne soupçonnait sans doute pas la résonance que ces mots pouvaient avoir en lui.

– La vie est contradictoire… Lucian portait une telle violence en lui qu'il avait acquis la conviction que celle de Lortie était en quelque sorte passée dans son ADN, et qu'il était condamné à suivre les traces de son père. Devant ce qu'il considérait comme une fin inéluctable, il a choisi de dédier sa vie à une cause qu'il estimait juste. (Silence.) Et on s'aimait, vous savez, conclut-elle d'une voix étranglée par l'émotion.

Le bruit des sanglots étouffés noua la gorge de Victor. La femme reprit au bout d'un moment.

– Excusez-moi. (Silence.) J'étais contente que ce soit vous qui héritiez de l'enquête. Je vous avais déjà vu à la télé. Je faisais confiance à votre jugement et à votre intégrité.

– Vous vous êtes servie de moi. En enquêtant sur la série de meurtres que vous avez commis avec Lucian, vous saviez que je finirais tôt ou tard par m'intéresser aux meurtres de 1964. C'est ce que vous vouliez, non? Que je complète le tableau, en quelque sorte.

– Si j'étais venue vous voir avec mon histoire, vous ne m'auriez jamais crue. Vous m'auriez conseillé de prendre un avocat, qui se serait battu pendant des années contre les leurs pour prouver mes affirmations. J'aurais été poursuivie en diffamation et, finalement, on m'aurait prise pour une folle. En essayant de retrouver le meurtrier de Harper et de Lawson, vous avez mené une enquête indépendante qui vous permet maintenant d'attester de la véracité de mes affirmations. Vous trouverez mon journal, dans ma chambre. Peut-être qu'il répondra à d'autres questions que vous pourriez avoir.

Victor but les dernières gorgées de son thé, reposa la tasse sur la table et laissa s'écouler plusieurs secondes avant de reprendre la parole. Perplexe, il ne savait pas comment formuler ce qu'il s'apprêtait à dire, car cela concernait davantage le domaine du ressenti que celui de la logique.

– Tout à l'heure, vous m'avez dit avoir été motivée par le désir de honorer la mémoire de votre père. Mais il y a autre chose, Charlie, n'est-ce pas? (Hésitation.) Quelque chose d'enfoui encore plus profondément, non?

La réponse vint rapidement, signe que son intuition ne l'avait pas trompé.

– Je ne vous ai pas menti à propos de papa. (Hésitation.) J'ai laissé la barbarie de Tousignant, Lawson et Harper me limiter pendant trop longtemps. J'ai passé ma vie à chercher qui je suis. Maintenant que je me suis définie par mes actes, je vais pouvoir partir libre et souveraine. Vous comprenez?

Victor baissa la tête, ses yeux balayèrent le sol, devant lui. Il ne voyait pas Charlie Couture, mais il savait que le regard de celle-ci le transperçait.

– Vous ne vous êtes pas ménagé de porte de sortie, n'est-ce pas, Charlie…

– C'est le genre d'histoire dont on ne sort pas indemne. Vous êtes un excellent policier, Victor. Et, par-dessus tout, un homme bien. Moi, je ne serai plus là, mais vous leur direz… (Silence.) Vous leur direz que Charlie Couture se souvient.

Sa main plongea vers son Glock, mais le sergent-détective ne réussit pas à l'atteindre : une décharge de Taser le foudroya et il tomba sur le sol, paralysé, incapable de se relever.

CHAPITRE 92

Le fleuve

Quand la nuit s'étend, elle se laisse tomber au hasard
Elle enveloppe et elle sape les carcasses atroces
Et si tu peux te perdre du côté du fleuve
Il te calmera jusqu'à ce que tu ne puisses plus respirer
Noir Désir

Victor réussit à se remettre sur pied. La porte était ouverte, le vent lui giflait le visage. En contrebas, il vit une lueur qui se déplaçait sur la glace du fleuve, au-delà déjà de l'endroit où se trouvait le sénateur Tousignant. Encore sonné, le sergent-détective saisit son pistolet sur la table, dévala les marches du balcon et s'élança dans la butte de neige.

Charlie possédait entre quarante-cinq secondes et une minute d'avance sur lui.

Rangeant son Glock dans son holster, il atterrit sur la berge en quelques enjambées, ses pieds patinèrent un moment sur la glace du fleuve, puis il arriva à la cabane.

Le sénateur Tousignant était dans un piteux état.

Le visage distordu de douleur, les yeux exorbités, il bavait et gémissait. Du sang coulait sous son menton, où étaient enfoncées deux pointes, descendait dans son cou et formait une flaque poisseuse dans le tissu de son manteau au niveau du thorax, là où pénétrait l'autre extrémité de la pique.

– ... dez-moi, aid...-moi, parvint-il à articuler, dans un gargouillis.

– Je reviens m'occuper de vous, sénateur.

– ...ARD! RES... TEZ I... CI! LESS... ARD!

La lueur tressautait légèrement devant lui. Dans l'obscurité, le sergent-détective courait aussi vite que le lui permettait sa jambe. Comme il ne voyait même pas ses pieds, il manqua à plusieurs reprises de trébucher sur les monticules qui parsemaient l'étendue glacée.

La distance entre lui et la lueur s'amenuisait. Encouragé, Victor accéléra, son souffle ricochant dans l'air.

Après cent mètres à ce nouveau régime, il sentit au contact de ses Converse avec le sol que la texture changeait, qu'elle s'avérait plus poreuse. Soudain, il réalisa que ses chaussettes étaient mouillées.

À cette époque-là de l'année, la couche de glace ne recouvrait pas entièrement le fleuve.

Elle commençait à se former sur les bords, en eau moins profonde. Quelle distance avaient-ils franchie? Étaient-ils déjà rendus dans la zone à risque?

Lorsqu'il entendit un premier craquement, il comprit qu'ils couraient à leur perte.

– CHARLIE! ARRÊTEZ!

Victor ne se trouvait plus qu'à cinquante mètres d'elle, mais la lueur, inexorablement, continuait à avancer. La glace commençant à se fendiller sous ses pas, il ralentit son allure. Étant donné qu'il était plus lourd, elle ne supporterait peut-être pas son poids là où elle avait tenu, quelques instants plus tôt, lors du passage de Charlie.

Et, brusquement, il entendit avec horreur un grand fracas, le vacarme assourdissant de la glace qui cédait, droit devant.

– CHARLIE!

Et alors, il la vit: la lueur glissa dans l'air, vers le sol, puis disparut.

Victor marcha sur un objet qui produisit un bruit métallique et il comprit de quoi il s'agissait en éclairant le sol avec son cellulaire: la chaîne qui retenait le sénateur traînait par terre, près de la cabane jaune. Le faisceau d'une lampe de poche le happa, puis l'éblouit. Le policier mit la main en visière devant ses yeux pour se protéger.

– Ça va, mon vieux?

Le Gnome venait à sa rencontre, sur la berge. En baissant le regard, Victor se rendit compte que ses jeans étaient aussi trempés que ses chaussures.

– Elle est…?

De gauche à droite, le sergent-détective passa sa main sous sa gorge en hochant la tête. Le Gnome se figea, la bouche ouverte, déboussolé.

– Et Tousignant? demanda Victor.

– Avec Loïc, à l'intérieur. On a réussi à lui enlever la fourche. Il est faible et il a perdu pas mal de sang. L'ambulance et l'Identification judiciaire sont en route. Jacinthe vient de se réveiller. Mais merde! Qu'est-ce qui s'est passé?

Le sergent-détective expira bruyamment.

– C'est une longue histoire, Gilles…

Une détonation assourdissante éclata, déchirant le silence.

Passé un moment de stupeur, le Gnome se précipita vers la maison, l'arme à la main, mais Victor ne bougea pas. Pas besoin de rentrer, il savait ce qui venait de se produire. Le pistolet de Couture était resté dans la pièce, à l'intérieur.

Tousignant avait préféré se suicider.

La perspective que sa confession soit rendue publique et les répercussions possibles avaient eu raison de son désir de vivre. En effet, si ses aveux mettaient en lumière son implication dans les trois meurtres de 1964, ils pouvaient peut-être aussi apporter la preuve de sa participation à un complot pour assassiner le président Kennedy.

La main tremblante, Victor alluma une cigarette et aspira si fort que le tabac crépita.

Et soudain, il n'y eut plus que le noir et le silence et la neige qui voltigeait autour de la luciole rougeoyant entre ses doigts.

CHAPITRE 93

Journal

Comme Charlie l'avait mentionné à Victor, son journal se trouvait dans la chambre, posé en évidence sur le lit. Et pendant que Lemaire réconfortait Loïc, que Jacinthe reprenait ses sens en compagnie des ambulanciers et que les techniciens de l'Identification judiciaire commençaient à s'affairer, Victor trouva un coin à l'écart dans la cave et le parcourut.

Il s'attarda longtemps à la dernière inscription, qui datait de quelques jours :

27 DÉCEMBRE

Je jure, papa

On peut crier à la face du monde qu'on est libre
Mais c'est de l'intérieur qu'on doit briser ses chaînes
Je suis le droit de mes cellules à disposer d'elles-mêmes
Je suis libre et souveraine et je détermine la forme de mon régime
Je suis indépendante à toute influence étrangère
Je ne verrai pas la nouvelle année, en trop : le temps déborde
Je quitte ce Québec que j'ai tant aimé
Je pars marcher pieds nus sur le monde
Et je jure, papa, que jusque dans l'infini

Je me souviens

CHAPITRE 94

Tounes tristes

Samedi 31 décembre

La porte s'entrouvrit de quelques centimètres. Entre des mèches de cheveux en bataille, un œil luisant et bouffi le fixait.

– Je peux revenir plus tard, si c'est pas le bon moment.

– Non, entre. Mais je t'avertis, je pleure et j'écoute une *playlist* de tounes tristes.

En s'avançant, il ne remarqua ni les longues baies vitrées s'ouvrant sur le centre-ville, ni les murs et le plafond de béton brut, ni les meubles design, ni l'épais tapis blanc, ni les œuvres d'art ou le désordre.

En effet, pendant qu'il retirait ses Converse, il parvint difficilement à détacher le regard des formes époustouflantes de Virginie qui, bretelle de camisole lui retombant sur l'épaule, jambes nues, chaussettes aux genoux, s'éloignait vers le fond de la pièce en petite culotte.

Après avoir passé un peignoir ajusté, elle revint vers lui, portant des lunettes fumées.

– T'es seule? demanda Victor.

– J'ai envoyé Jean-Bernard passer quelques jours chez son frère, avec le chien.

– Et moi qui venais juste pour voir Woodrow Wilson! lança le sergent-détective en esquissant une grimace.

La boutade arracha un sourire à Virginie. Le regard du policier glissa sur la table basse, derrière eux, où traînait une ligne de poudre blanche.

— T'as des cigarettes? dit la jeune femme.

Victor en coinça deux entre ses lèvres, les alluma et lui en tendit une.

— Je resterai pas longtemps. Je voulais juste te remettre quelque chose.

Le sergent-détective lui donna la petite boîte qu'il gardait à la main depuis son arrivée.

— Qu'est-ce que c'est?

Virginie l'ouvrit et y découvrit des cassettes audio.

— La confession de ton père. La femme qui l'a... Charlie Couture... Elle voulait qu'il soit jugé. Mais maintenant qu'ils sont... Enfin... J'ai pensé que t'avais le droit de savoir... (Silence.) Ce sont des copies, fais-en ce que tu veux...

La voix vaporeuse et lancinante d'Emily Haines s'élevait dans la pièce:

> *My baby's got the lonesome lows*
> *Don't quite go away overnight*
> *Doctor blind just prescribe the blue ones*
> *If the dizzying highs*
> *Don't subside overnight*
> *Doctor blind just prescribe the red ones*

Qu'allait-elle en faire?

Les détruire ou publier la vérité dans un article?

Rien, Victor n'en savait rien. Et il aurait été bien en peine d'avoir à déterminer qui de la journaliste ou de la femme qui venait de perdre son père allait trancher.

La lèvre inférieure de Virginie se mit à trembloter, la boîte glissa de ses doigts, les cassettes s'éparpillèrent sur le tapis. Retirant ses lunettes, elle leva vers lui un regard où brûlaient des feux de détresse. Elle s'avança et se blottit contre sa poitrine avant de fondre en sanglots. Après un moment, son corps haletant cessa de tressauter entre ses bras. Il n'y avait plus que leurs visages et le silence et les larmes qui roulaient sur les joues de la jeune femme.

Sur la pointe des pieds, Virginie bascula la tête lentement vers la sienne. Victor sentit un frisson lui parcourir l'échine, tandis que son propre reflet s'agrandissait dans les pupilles dilatées de la jeune femme.

Les lèvres de Virginie restèrent suspendues dans le vide, à quelques centimètres des siennes.

– Toi et moi, on s'embrassera jamais, murmura-t-elle.

Elle mit un doigt sur la bouche de Victor pour l'empêcher de répondre.

– Mais on en aura toujours envie...

CHAPITRE 95

Nouvelles de Trois-Pistoles

Dimanche 1ᵉʳ janvier

Victor éteignit le lecteur Blu-Ray, laissa l'écran plat allumé sur une chaîne d'information continue et se leva. Le résultat du combat de 1974, à Kinshasa, n'avait pas changé et, même au bout de dizaines d'écoutes, il s'en étonnait tout de même chaque fois : Mohamed Ali parvenait à repousser les assauts meurtriers de George Foreman, puis à le terrasser au huitième round.

Victor prit le gallon de Polyfilla et la spatule sur la table de la cuisine ; le geste lent, il entreprit d'appliquer la troisième couche de composé sur les trous que ses poings avaient façonnés dans le mur de gypse, le soir où il avait tabassé le frère de Nadja.

Sa tâche achevée, il rinça l'instrument dans l'évier et erra quelques secondes dans la cuisine, ouvrant successivement le frigo, le congélateur et les armoires. Constat d'échec : il allait devoir sortir pour s'acheter à manger.

L'horloge de la cuisinière marquait 17 h 12 et marcher jusqu'à la fenêtre du salon ressembla à une longue traversée du désert.

Là, baignant dans la lumière orangée du lampadaire qui inondait la pièce, il alluma une cigarette.

Dehors, un homme pelletait pour dégager sa voiture, ensevelie sous un banc de neige.

Victor sursauta : un chien aux poils jaunes, décharné, traversait lentement la rue, sa tête se balançant mollement entre ses omoplates saillantes.

Une voiture qui arrivait à sa hauteur klaxonna pour le faire accélérer, mais le chien jaune continua d'avancer au même rythme indolent, prenant une éternité à rejoindre l'autre côté. Puis, enjambant la bordure de neige laissée par le chasse-neige, l'animal vint s'asseoir sur le trottoir, devant la porte de son appartement.

Le sergent-détective et la bête échangèrent un long regard.

– Ça fait longtemps, finit par murmurer Victor au bout d'un moment, en regardant le chien jaune se traîner avec peine et disparaître au bout de la rue.

Malgré les comprimés, l'anxiété lui nouait l'estomac.

Miss météo apparut à l'écran, vêtue d'un tailleur rose. À l'aide de la télécommande, il la fit taire avant même qu'elle ne commence son bulletin.

Victor poursuivait son tête-à-tête avec le noir de l'écran lorsque son cellulaire sonna.

Une heure auparavant, Martin avait téléphoné de la Saskatchewan pour lui souhaiter une bonne année. Le père et le fils ne s'étaient pas parlé longtemps, Victor peinant à l'entendre à travers le brouhaha des festivités qui battaient leur plein chez l'oncle Gilbert.

Cependant, à en juger par le bruit qui étouffait leurs paroles jusqu'à les rendre insaisissables, Martin ne s'ennuyait pas. Avant de raccrocher, le sergent-détective avait néanmoins appris que tout se passait bien et que Marie, la maman de Martin, était toujours là-bas, avec lui. Victor avait terminé la conversation en promettant à son fils de l'appeler dans quelques jours et d'aller le visiter bientôt.

Perplexe, il consulta l'afficheur. Cette fois, il s'agissait d'un appel bloqué. Sans vraiment y croire, il prit la communication en espérant que ce soit Nadja.

– Victor ?

– Mmm ?

– Allô! (Voix enjouée.) J'étais pas sûre que c'était toi! C'est Simone… Simone Fortin! Bonne année!

D'entendre la voix de sa vieille amie lui soutira un demi-sourire figé.

– Simone! Wow, c'est une surprise! Bonne année à toi… Et à Mathilde et Laurent… Quoi de neuf?

– Pas grand-chose sinon que… (Cris et explosion de joie.) Je suis enceinte!

Victor releva la tête.

Depuis combien de temps était-il assis ainsi, prostré à la table de la cuisine?

Avait-il vraiment aperçu le chien jaune et parlé à Simone Fortin ou ces épisodes relevaient-ils de son imagination?

Quoi qu'il en soit, la bouteille de Glenfiddich était posée devant lui, sur la table. Encore inviolée, elle lui psalmodiait de sombres invitations à l'ivresse. Dans le seau, qu'il avait rempli quelques minutes auparavant, la glace commençait déjà à fondre.

L'absence de Nadja le hantait, lui tordait le cœur.

Attrapant son cellulaire, Victor composa un texto à son intention. Il n'avait eu aucune nouvelle d'elle depuis qu'il l'avait aperçue derrière la vitre de sa voiture, le jour de la libération de Martin.

je te demande pardon

Après avoir envoyé le message, Victor prit sans cérémonial la bouteille de scotch, la déboucha, saisit quelques glaçons avec les doigts et, après les avoir balancés dans le verre, le remplit à ras bord de liquide ambré.

– Tout ce chemin parcouru pour revenir au point de départ, marmonna-t-il pour lui-même en portant le verre à ses lèvres.

Annonçant la réception d'un texto, la sonnerie de son cellulaire l'interrompit avant qu'il ne boive la première gorgée. Le visage de Victor s'illumina: Nadja lui répondait enfin!

Déposant son verre sur la table, il saisit l'appareil et s'empressa de consulter la messagerie :

> allo dad, je me demandais ce que tu faisais… aurais-tu envie de venir manger à mon appartement ? mes colocs sont partis pour la soirée…
> on pourrait fêter ensemble
> luv Charlou xx

Victor se mordit le poing jusqu'au sang, puis il se prit la tête entre les mains. La honte le submergeant, ses yeux s'emplirent de larmes. Comment avait-il pu s'apitoyer sur ses petites misères au point d'oublier de téléphoner à sa fille pour le jour de l'An ?

Sans compter que, Marie et Martin se trouvant pour l'heure à l'autre bout du pays, Charlotte n'avait d'autre famille à Montréal que lui…

Et voilà qu'il l'avait laissée tomber lamentablement…

Quel père indigne il faisait !

Victor s'était déjà fait la remarque auparavant : ce genre de situation constituait parfois le quotidien des parents aux prises avec un enfant à problèmes. Souvent, les frères et sœurs grandissaient en retrait, sans qu'on leur accorde l'attention voulue.

Martin avait toujours sollicité toute la sienne, sapé toute son énergie. Et pendant ce temps, en silence, Charlotte était devenue une magnifique jeune femme.

Victor se leva d'un bond, prit le verre et les vingt-six onces de scotch sur la table, versa l'alcool dans l'évier et balança la bouteille vide dans le bac de recyclage.

Enfilant son manteau en vitesse, il composa le numéro de Charlotte.

— Allô, ma belle ! (…) Ben oui, je viens de prendre ton texto. (…) Mets-en que ça me tente ! (…) Je pars, là. Veux-tu que j'apporte quelque chose ?

En refermant la porte derrière lui, Victor s'essuya les yeux en arborant un large sourire.

À la prochaine fois

Je sais souvent je ne suis pas celui
Je sais souvent je suis perdu
Je ne sais plus qui je suis
Garde mon cœur près du tien
Sous le ciel des vautours on sait jamais qui nous sourit
Quand on s'pète la gueule
Fred Fortin, *Mélane*

Vendredi 6 janvier

Victor inclina le pichet d'eau et arrosa la plante qu'il avait récupérée dans la chambre sordide d'André Lortie. Ensuite, à l'aide d'un chiffon humide, il entreprit de chasser délicatement la poussière accumulée sur le feuillage.

L'avant-midi était vite passée: quelques réunions en début de matinée, puis, *Mr Beast* de Mogwai dans ses écouteurs, il avait travaillé sur le rapport qu'il préparait pour mettre un terme à ce qu'ils avaient baptisé «l'affaire Couture».

Les glaces du fleuve n'avaient pas encore rendu le corps de Charlie.

Un jour, demain peut-être, le printemps prochain, ou dans deux ans, le sergent-détective savait que le téléphone sonnerait et qu'il visiterait la morgue, qu'on soulèverait le drap blanc et qu'il devrait regarder en face le corps bouffi et décomposé, les chairs flasques et décolorées de Charlie Couture.

Parfois, même s'il savait la chose impossible, il se surprenait à imaginer qu'elle avait survécu, qu'elle avait réussi à gagner l'autre rive à la nage avant d'être frappée d'hypothermie.

Ou encore qu'elle s'était engouffrée dans un Zodiac amarré à proximité, qu'elle avait laissé dériver dans l'obscurité avant d'allumer le moteur quelques kilomètres plus loin.

Malgré les gestes horribles qu'elle avait commis, l'amour infini qu'elle vouait à son père avait marqué Victor.

Leur sang était maintenant séché, leurs péchés expiés, leurs âmes à jamais délivrées de la douleur, pourtant Charlie, Lortie, Tousignant et les autres l'habitaient encore. Avec le temps, leur souvenir s'estomperait peu à peu.

Certains disparaîtraient à jamais du fil de ses pensées, tandis que d'autres reviendraient de temps en temps animer sa galerie de fantômes.

Parfois, Victor se demandait s'il devait craindre ce qu'il était devenu ou s'il était devenu ce qu'il devait craindre.

Son regard se posa sur la feuille de la plante, dans la paume de sa main. Il s'extirpa de ses pensées et revint se fixer dans la réalité. La nature, palpable, dans toute sa simplicité et sa splendeur. Cette nature qui, contrairement aux humains, ne le décevait jamais.

Posant le pichet et le chiffon sur un chariot métallique, il se secoua et s'installa derrière son bureau. Son spleen enflait et il refusait de s'y abandonner.

Un coup d'œil à sa montre lui apprit qu'il devrait partir bientôt. Sortant une feuille blanche de son imprimante, il la posa devant lui et rédigea une courte note, au stylo :

Dear Baby Face,
If you ever come to Montreal, call me.
I owe you, brother.
Thanks,
Victor

Grâce au numéro de permis affiché dans le véhicule de Baby Face, le sergent-détective avait retracé l'adresse du chauffeur de taxi qui lui avait sauvé la mise à Dallas. Pliant la note, il la glissa dans une enveloppe avec les deux billets qu'il avait achetés sur Internet pour assister, en mai, à un match des Rangers du Texas.

Victor collait un timbre lorsque Jacinthe vint le retrouver.

– Tiens, la Belle au bois dormant.

Conséquence du moment passé dans les vapes dans la maison de Charlie Couture, Jacinthe avait, bien malgré elle, ajouté un surnom à sa collection.

– Va chier, Lessard, dit-elle, le majeur dressé, un sourire aux lèvres. Viens-tu manger avec nous autres?

– Je te remercie. J'ai déjà quelque chose.

Victor toucha les poches de ses jeans, fouilla dans son manteau. Où avait-il fourré la clé du véhicule de fonction qu'il avait réservé? Probablement quelque part sur son bureau, sous les liasses de papier.

Il souleva une fiche d'interrogatoire que lui avait remise Loïc. Ce dernier avait reparlé à Nash, le jeune itinérant qui avait étudié au doctorat en mathématiques. Nash avait d'abord juré n'avoir rien donné à André Lortie. Puis, pressé de questions, il avait fini par avouer qu'il avait accepté de l'argent d'«un type» pour dissimuler une enveloppe dans les affaires de Lortie, jurant qu'il ignorait ce qu'elle contenait. Il avait ensuite identifié l'homme en question sur une série de photos que lui avait montrées Loïc: il s'agissait de Lucian Duca.

Victor continua ses fouilles sous un rapport toxicologique. Selon le document, aucune trace d'anesthésique n'avait été retrouvée dans le sang de Judith Harper et de Lawson. La chose n'était guère surprenante, puisque les enquêteurs avaient découvert, dans la maison de Charlie, des flacons contenant une substance indécelable dans le sang après quelques heures. Ayant accès à l'armoire à pharmacie, elle avait sans doute subtilisé le tout à Louis-H.

Merde! S'il ne trouvait pas cette clé bientôt, il allait être en retard! Le sergent-détective poussa la pile de feuilles contenant la retranscription des aveux de Tousignant. Il les avait écoutés en long et en large sans y apprendre grand-chose de plus que ce qu'il savait déjà. Il en allait de même pour l'acte d'accusation préparé par Lawson, que les policiers avaient retrouvé dans les affaires de Charlie.

Ses yeux glissèrent ensuite sur le rapport d'autopsie du sénateur, qui confirmait que ce dernier s'était enlevé la vie avec le pistolet qu'avait laissé Charlie Couture à l'intérieur de sa maison. Par ailleurs, le document passait sous silence le fait que Tousignant avait retourné l'arme contre lui quelques secondes seulement après que Loïc se fut interposé pour l'empêcher de détruire les enregistrements de ses aveux.

Tout le matériel recueilli au cours de l'enquête, notamment le dossier concernant Evergreen, les aveux enregistrés par Tousignant et le journal de Charlie, avait été remis par le SPVM au FBI. À ce stade, Victor ignorait quelles seraient les suites.

Serait-il interrogé par les autorités américaines?

Perplexe, il toucha de nouveau les poches de son pantalon. Où avait-il foutu cette clé?

Un éclair lui traversa l'esprit. Plongeant la main dans sa poche arrière, là où il rangeait d'ordinaire son portefeuille, il y trouva la clé! Parfois, les choses étaient là où elles devaient être, il fallait seulement prêter attention.

Le vent balayait les rues du Chinatown, le soleil se cachait derrière les nuages.

Le col relevé, les mains dans les poches, la meurtrissure sous son œil ayant maintenant pris une vilaine teinte jaune, Victor avançait rapidement, d'un pas décidé. S'engageant dans la rue de La Gauchetière, il s'arrêta devant une boîte aux lettres de Postes Canada et y balança l'enveloppe destinée à Baby Face. Après avoir ouvert le clapet une deuxième fois pour bien s'assurer que la missive avait disparu, Victor parcourut encore cent mètres, puis il entra dans un immeuble anonyme.

Longeant l'escalier, il prit le couloir à droite, cogna à la troisième porte et s'engouffra dans la pièce sans attendre de réponse.

Au bout du corridor, un sourire de triomphe illumina le visage de Jacinthe Taillon.

Elle s'avança jusqu'à la porte derrière laquelle venait de disparaître son collègue.

Ni signe ni sonnette…

Elle allait enfin savoir ce qu'il fricotait dans Chinatown.

S'attendant à entrer dans une fumerie d'opium ou encore dans un salon de massage clandestin où on pratiquait les *happy endings*, elle tourna la poignée et ouvrit le battant sans ménagement.

Sur le dos, torse nu, Lessard était étendu sur une table de massage.

Gêné par l'intrusion intempestive de Taillon, le vieux Chinois qui plantait des aiguilles dans la peau du sergent-détective s'interrompit et, se tournant vers l'importune, commença à l'admonester sur un ton courroucé.

Jacinthe ne comprenait pas la langue dans laquelle l'homme s'exprimait, mais elle devinait assez facilement que la diatribe n'était en fait qu'un chapelet d'injures.

Chargé de reproche, le regard de Victor croisa le sien.

De l'acupuncture! Lessard faisait de l'acupuncture!

– C'est pour arrêter de fumer, affirma-t-il en réponse à l'interrogation muette de sa coéquipière. Referme la porte en partant, s'il te plaît.

En sortant de sa session d'acupuncture, Victor se dirigea vers un boui-boui dont il appréciait les *dumplings* et la soupe tonkinoise. Tandis qu'il marchait, son cellulaire vibra. Plongeant la main dans sa veste de cuir, il en extirpa son paquet de cigarettes, fouilla encore, récupéra finalement l'appareil.

Le soleil sortit entre deux nuages pour reprendre son souffle, mais c'est le visage de Victor qui se mit à rayonner.

Le texto qu'il avait reçu provenait de Nadja :

tu me manques…

Rempochant son téléphone, Victor se demanda où elle se trouvait, ce qu'elle fabriquait… S'était-elle finalement rendue au chalet qu'ils avaient loué pour la période des fêtes? À cette pensée, sa cuirasse se fissura et son cœur se gonfla d'espoir.

Peut-être, après tout, qu'elle lui donnerait une deuxième chance, que tout redeviendrait comme avant.

Et que, cette fois, il y arriverait.

Sur le trottoir, il s'apprêtait à jeter son paquet de cigarettes dans une poubelle lorsqu'il vit, sur le coin, un jeune itinérant en train de quêter.

S'arrêtant à sa hauteur, il le lui donna et repartit vers le bout de la rue.

— *Thank you, Sir! Thank you! Keep smiling!*

POSTFACE

Un roman policier s'ancre dans la réalité de la société qu'il décrit, témoigne dans une certaine mesure d'une époque ou d'événements donnés, présents ou passés. Ce roman ne transcrit toutefois pas une réalité historique ou politique. Le travail d'un romancier est d'imaginer ce qui *aurait pu* se passer. Et puisque nous ne sommes pas dans la réalité, mais dans l'univers romanesque, les réflexions des personnages dans ce contexte sont au service de l'intrigue et de leur propre logique.

Dans un roman, les détails doivent être empreints d'exactitude. Qu'il s'agisse, par exemple, de médicaments prescrits ou de politiques d'archivage. Un nombre considérable de personnes m'ont aidé à soigner ces détails. Je les mentionne dans mes remerciements.

Parfois, la réalité a besoin d'un coup de pouce : j'ai ajouté deux étages à la tour de la Bourse ; en 2008, des penthouses ont été construits sur le toit de l'édifice New York Life, d'où un des personnages se jette dans le vide ; j'ai reconfiguré certains lieux de la ville de Montréal et pris certaines libertés au sujet de faits et de personnages historiques.

Il y a un motif précis derrière chacune de ces entorses à la réalité qu'il serait trop fastidieux d'énumérer ici. Un trait commun les unit cependant toutes : elles sont, ici encore, au service de l'intrigue.

Tout est toujours au service de l'intrigue.

Martin Michaud
Montréal, août 2012

PLAYLIST

J'écris toujours en écoutant de la musique. Je peux faire jouer la même chanson en boucle pendant des heures. Si je me fie à mon lecteur iTunes, voici les quinze pièces les plus entendues durant l'écriture de *Je me souviens* :

Titre	Artiste	Nombre de lectures
Ruled by Secrecy	Muse	267
Give Up	Half Moon Run	226
Take a Bow	Muse	200
Par les lueurs	Dominique A	197
Stockholm Syndrome	Muse	161
Holocene	Bon Iver	128
Silas the Magic Car	Mew	122
Breathe Me	Sia	101
Scotch	Fred Fortin	91
Metamorphosis Three	Philip Glass	89
Cauchemar	Marie-Mai	82
Assassin	Muse	82
Blank Page	Smashing Pumkins	85
She Went Quietly	Charlie Winston	80
Wandering Star	Portishead	66

MATÉRIEL

J'ai toujours aimé lire les remerciements sur les pochettes des disques des groupes rock, où chaque musicien fait la liste des instruments utilisés durant l'enregistrement d'un album. Force est d'admettre que l'équipement de l'écrivain est plus modeste. Si jamais vous me voyez écrire dans un café, j'aurai aux oreilles mes fidèles écouteurs Audio-Technica ATH-M50. Je sais, je sais, j'ai l'air d'un Martien avec ça sur la tête (en passant je les recommande chaudement aux parents qui ne veulent pas entendre les enfants crier). À côté de mon bureau, il y a en permanence une vieille Gibson acoustique que m'a prêtée mon chum Marc Bernard (et que je ne lui remettrai jamais ; c'est dit!). Un instrument essentiel pour me permettre de conserver un semblant d'équilibre mental en période d'écriture. Quoi d'autre? Trop de litres d'expresso. Un iMac, un MacBook, une imprimante qui fonctionne quand ça lui chante, un marqueur jaune et un sac à dos. Wow! Tellement glamour!

REMERCIEMENTS

Écrire ce roman a été à la fois un long voyage solitaire au bout de moi-même et une entreprise où un grand nombre de personnes ont apporté une contribution significative pour créer cette histoire. Je suis redevable à chacune de ces personnes et j'aimerais ici les remercier chaudement :

À Alain Delorme et à toute l'équipe des Éditions Goélette (Katia, Marilou, Geneviève, Emilie et les autres) pour leur soutien indéfectible.

À Ingrid Remazeilles, amie et éditrice, qui m'épaule, me guide, croit en moi et en ma capacité de raconter des histoires.

À Benoît Bouthillette, gagnant du Prix Saint-Pacôme du roman policier 2005, de m'avoir aidé à soigner le style et l'efficacité de ces pages. C'était un honneur de t'avoir dans mon coin, Mickey.

À Judith Landry, mon attachée de presse, amie et maman de Rantanplan, qui sait si bien ouvrir les portes pour mes livres.

À Patricia Juste et à Fleur Neesham, correctrices de talent, d'avoir mis celui-ci au service de mon texte.

À Geneviève Gonthier, policière au SPVM, qui, en me racontant un cas vécu, a été à la base d'une partie de la trame de ce roman et qui, par la suite, m'a généreusement prodigué ses conseils sur les questions policières.

À Jacques Fillipi, qui a investi son temps sans compter pour lire et commenter avec cœur et souci du détail mon manuscrit.

Salut à tes gars, Jacques. (En espérant que, la prochaine fois, il fera assez chaud pour profiter de la piscine !)

À Marie «Mémé Attaque Haïti» Larocque d'avoir lu et commenté, en direct de Jacmel, mon manuscrit avec enthousiasme, humour et talent.

Au docteur Robert Brunet, psychiatre, qui m'a ouvert les portes de sa maison avec générosité, m'a patiemment instruit sur la bipolarité et sa pharmacologie, et m'a aidé à façonner le profil psychiatrique d'André Lortie.

À Jean-François Lisée de m'avoir reçu chez lui quelques jours seulement après la naissance de son dernier enfant, d'avoir répondu à mes questions relatives au rôle des services secrets américains au Québec dans les années soixante et de m'avoir aidé à donner un passé à Cleveland Willis.

À Michel Boislard de m'avoir expliqué le fonctionnement des politiques d'archivage dans les grands cabinets d'avocat.

À Isabelle Reinhardt pour ses lumières en ce qui concerne les questions reliées au registre des entreprises.

À Ariane Hurtubise d'avoir partagé avec moi son expérience du milieu de la santé mentale.

À Carole Lambert et sa sœur pour les informations relatives à la finance.

À Anne-Marie Lemay et à Yvon Roy pour leur patience, leur générosité et les nombreux essais. En espérant qu'il y aura une prochaine fois et que ce sera la bonne.

À Patrick Leimgruber, mon agent, et à Véronique Harvey, sa collaboratrice, qui sont toujours disponibles pour me donner leurs conseils quand j'en ai besoin.

Aux Billy Robinson, Morgane Marvier, Johanne Vadeboncœur et autres libraires du Québec qui, par leur passion et leur amour des livres, font la différence et permettent à des romans comme ceux que j'écris de trouver leur public.

À mon ami Marc Bernard, avec qui j'ai pris l'habitude de discuter du canevas de mes romans.

À mes parents, pour ce qu'ils m'ont enseigné ; à mon père pour cette phrase répétée sans cesse quand j'étais petit : « Quand tu fais quelque chose, fais-le bien, sinon fais-le pas. »

À mes enfants, Antoine et Gabrielle, pour votre soutien et votre amour et toutes ces heures que vous m'avez permis de vous voler pour mener ce projet à bien.

À Geneviève, mon amour, ma muse, ma correctrice, ma relectrice, ma dialoguiste, ma claviste, celle qui me supporte dans les bons comme dans les moins bons moments, qui ramasse ce que j'échappe, qui me consacre un temps fou et qui s'oublie trop souvent à mon profit. Ton nom mériterait de figurer sur la couverture de ce livre autant que le mien.

À VOUS TOUS, JE DIS MERCI ET VOUS ASSURE QUE JE ME SOUVIENS.

Évidemment, s'il subsiste des erreurs dans ce roman, j'en assume seul l'entière responsabilité.